Liz Gallaga wurde 1970 in Bilbao geboren und hat in Madrid studiert. Heute lebt und arbeitet sie als Schriftstellerin wieder in ihrer Heimatstadt. Dies ist ihr erster Roman.

Liz Gallaga

Fesseln des Schicksals

Roman

Aus dem Spanischen von
Inka Marter

Rowohlt Taschenbuch Verlag

Die Originalausgabe erschien 2009 unter dem Titel
«Lazos y cadenas» bei Plaza y Janés/Random House
Mondadori, S. A., Barcelona

Deutsche Erstausgabe
Veröffentlicht im Rowohlt Taschenbuch Verlag,
Reinbek bei Hamburg, Juni 2011

Redaktion Corinna Santa Cruz
Umschlaggestaltung any.way, Cathrin Günther
(Foto: Trevillion Images; Corbis; neuebildanstalt)
Satz ITC New Baskerville PostScript (InDesign)
bei hanseatenSatz-bremen, Bremen
Printed in Germany
ISBN 978 3 499 25593 9

Prolog

Katherine erwachte schlagartig. Ihr Herz klopfte heftig, die Bettdecken türmten sich zerwühlt neben ihr, und das leichte Leinennachthemd klebte an ihrem schweißnassen Körper.

Sie keuchte und legte sich instinktiv die Hände um den Bauch, als müsse sie sich vergewissern, dass das Kind in ihrem Inneren in Sicherheit war. Es gab keinen Grund zur Sorge, alles war gut, beschwor sie sich und versuchte, ihre Atmung zu beruhigen. Schon bald würde das Baby geboren werden. Diese seltsame Unruhe war sicher ganz normal bei einer unerfahrenen jungen Frau, die das erste Mal Mutter wurde.

Bis zur Morgendämmerung würde es gewiss noch einige Stunden dauern. Mondlicht fiel durch das Fenster und erhellte den Raum mit einem magisch silbrigen Glanz, der sich auf geschmackvoll im Zimmer arrangierte Porzellanfiguren und kostbare Möbel legte.

Wozu all dieser Luxus?, fragte sich Katherine müde. Als ihr Blick auf das unbenutzte Kissen neben ihr fiel, überschlugen sich die Erinnerungen in ihrem Kopf, und sie spürte, wie eine tiefe Trauer sich schwer auf ihre Brust legte. Nein, redete sie sich ein und versuchte, die schmerzvollen Bilder von sich zu schütteln, es war sinnlos, überhaupt noch daran zu denken. Jene glückliche Zeit würde schließlich nie wiederkehren.

Nervös stand sie auf, sie konnte die dunklen Gedanken einfach nicht beruhigen, die wild in ihr brodelten. Mit einem Streichholz vom Nachttisch zündete sie den Docht der Öllampe an und ging zum Fenster. Unter ihren nackten Füßen spürte sie den weichen Teppich aus Seide.

Der Vollmond tauchte die Nacht in ein geheimnisvolles Licht. Gedankenverloren betrachtete Katherine die Schattenlandschaft, während die nächtliche Brise durch die offenen Läden drang und erfrischend über ihre Haut streichelte. Allmählich färbte die Ruhe ihrer Umgebung auch auf ihr Inneres ab, und die bedrohlichen Erinnerungen zogen sich angesichts der hypnotischen Macht der Stille zurück.

Doch plötzlich zerriss ein fürchterlicher Schrei die Dunkelheit.

Katherine überfiel eine schreckliche Ahnung. Rasch nahm sie die Lampe vom Nachttisch und rannte los. Sie schickte ein Stoßgebet zum Himmel, dass sich ihre schlimmsten Befürchtungen nicht bewahrheiten mochten.

Keuchend stürzte sie die Treppe hinauf.

«Molly?», rief sie atemlos. Das Herz klopfte ihr bis zum Hals, als sie endlich die Tür zum Mansardenzimmer aufriss.

«Molly?»

Da entdeckte sie Mollys Gestalt auf dem Boden. Dieser Anblick und das stockende Stöhnen, das von ihrem Körper ausging, ließen in Katherine die Erinnerung an etwas aufbrechen, das vor nicht allzu langer Zeit an diesem Ort geschehen war. Etwas, das Katherines Leben für immer verändert hatte.

Mit den ungeschickten Bewegungen einer Hochschwangeren kniete Katherine sich neben die junge Frau, die ebenfalls in anderen Umständen war. Sie stellte die Öllampe auf den Dielen ab, hob sanft Mollys Kopf an und bettete ihn in ihren Schoß.

Eine lange dunkle Strähne fiel über das olivfarbene Gesicht der jungen Frau. Katherine strich das Haar liebevoll beiseite und sah ihr in die Augen.

«Katherine …» Molly seufzte erleichtert, als sie das Gesicht ihrer Freundin erblickte. «Es kommt», sagte sie erschöpft, aber voller Stolz. «Ich wollte dir Bescheid sagen, als es losging, aber …»

Sie konnte nicht weitersprechen.

Katherines Gesichtsausdruck wurde sanft. «Alles wird gut», sagte sie aufmunternd und nahm Mollys Hand, konnte aber ihren besorgten Blick nicht von dem Fleck abwenden, der den Teppich rot färbte.

Die Hände der beiden Frauen umschlangen sich fest. Auf Mollys Stirn glänzte eine dünne Schweißschicht, sie schrie erneut auf, als sie von einem weiteren Krampf geschüttelt wurde.

Alarmiert von den Schreien, tauchten kurz darauf drei Sklaven im Türrahmen auf, ein Mann und zwei Frauen, die jedoch an der Schwelle stehen blieben und nicht wagten, näher zu kommen, als sie ihre Herrin am Boden knien sahen.

«Thomas!», rief Katherine. «Geh und such Owen. Sag ihm, Mollys Baby kommt. Er soll Doktor Steward holen!»

Doch der Mann rührte sich nicht. Wie gebannt betrachtete er die junge Sklavin, die mit blutigem Nachthemd am Boden lag.

«Worauf wartest du? Lauf!»

Ein Leben lang gewohnt zu gehorchen, riss der Farbige sich schließlich von dem Anblick los und setzte sich auf seinen alten Beinen in Bewegung.

Schnell wandte Katherine sich der jüngeren der beiden Frauen zu. «Latoya! Nana Lo soll herkommen. Und bring reichlich heißes Wasser und saubere Tücher.»

Die Sklavin verschwand sofort.

«Und du, Olivia, komm her und hilf mir, Molly aufs Bett zu legen. Sie ist sehr schwach.»

Kaum hatte sie den Befehl erteilt, versuchte Katherine sich aufzurichten. Sie schlang sich Mollys kraftlosen Arm um die Schultern und zerrte mit aller Kraft an ihrem Oberkörper.

Genau in diesem Moment überfiel der Schmerz auch sie ohne jede Vorwarnung. Kurz und heftig wie ein Peitschenhieb.

«Mein Gott! Nicht jetzt», flehte sie und krümmte sich, während sie mit zusammengebissenen Zähnen darum kämpfte, Molly nicht fallen zu lassen. «Gib mir bitte noch etwas Zeit.»

Sie atmete tief aus und ein und spürte erleichtert, dass das Stechen wieder nachließ. Trotzdem gelang es ihr nicht, allein aufzustehen, und sie sah sich hilfesuchend um.

«Olivia, worauf wartest du?», drängte sie die rundliche schwarze Frau, die wie festgewachsen stehen geblieben war, unfähig zu entscheiden, welcher der beiden schwangeren Frauen sie nun beistehen sollte. «Hilf mir», befahl Katherine, während Mollys Körper ihr immer mehr entglitt.

Gemeinsam schleiften sie die beinahe bewusstlose Schwangere zum Bett. Olivia nahm die Schultern, Katherine packte die Füße, und mit letzter Kraft schafften sie es, Molly auf die Laken zu hieven.

Vollkommen erschöpft ließ Katherine sich neben ihrer Freundin aufs Bett fallen. Sie schloss die Augen und tat das Einzige, was ihr noch möglich war: Sie betete, dass bald Hilfe kommen möge.

Mollys herzzerreißende Schreie hatten sich in leises Stöhnen verwandelt, als Nana Lo, die alte Hebamme der Plantage, endlich das Zimmer betrat, gefolgt von Latoya, die Stofffetzen und eine Schüssel mit Wasser trug.

Langsam näherte Nana Lo sich dem Bett, und ihr dunkler und durchdringender Blick wurde unwillkürlich etwas trauriger, als sie Molly erblickte. Forschend betrachtete sie den schlaffen Körper, öffnete vorsichtig die Augenlider der jungen Frau, als würde das ausreichen, um alles in Mollys Innerem zu lesen, was sie wissen musste. Dann tastete sie den Bauch der Schwangeren ab, und nach einer abschließenden Untersuchung ihres Schoßes, die nur wenige Augenblicke dauerte, sah sie ihre Herrin ernst an und schüttelte den Kopf.

Als der alte Sklave schließlich mit Doktor Steward und dem Aufseher Owen Graham zurückkehrte, rührte Molly sich kaum noch.

Der Arzt war Anfang vierzig, mittelgroß und schlank. Er hatte dichtes braunes Haar und einen sorgfältig getrimmten Backenbart, der bis auf wenige Millimeter an die Mundwinkel heranreichte. Er war die Verkörperung der Gewissenhaftigkeit.

Wenn es Schwierigkeiten gab, wusste er gewiss einen Ausweg, sagte sich Katherine und versuchte, die hämmernden Stimmen in ihrem Kopf zum Schweigen zu bringen, die ihr einreden wollten, dass der Befund der alten Hebamme richtig war.

Owen bemühte sich, die junge Frau nicht anzusehen, die auf den mittlerweile blutgetränkten Laken um ihr Leben kämpfte. Er mochte nicht daran denken, dass Molly vielleicht sterben könnte. Gleich nachdem der Sklave ihm Bescheid gegeben hatte, war der Aufseher losgestürmt. Mitten in der Nacht war er quer über die Felder galoppiert, um Hilfe zu holen. Jetzt, da er seine Mission erfüllt und den Arzt sicher auf die Plantage gebracht hatte, konnte er nichts mehr tun. Er musste abwarten und darauf vertrauen, dass Molly die Geburt überstand. Für einen Moment kreuzte sich sein Blick mit Katherines. Owen senkte schnell den Kopf und verließ dann den Raum. Er würde im Gang warten.

Doktor Steward sah sich kurz um. Mit ausdrucksloser Miene winkte er den Sklaven heran, zog seine Jacke aus und reichte sie ihm. Dann knöpfte er die Manschetten seines Hemdes auf und krempelte die Ärmel hoch bis zu den Ellbogen. Er holte das Stethoskop aus seiner Tasche und näherte sich der Wöchnerin mit der gleichen Bedachtsamkeit, mit der er auch einen heißen Kaffee getrunken oder die Spitzen seines Backenbartes zurechtgezupft hätte. Er hörte sie ab, als folge er einem mit den Jahren einstudierten Ritual. Anschließend drückte er ihr das breite Ende eines konkaven Holzzylinders auf die Brust und näherte sein Ohr dem Gerät. Nachdem er dem Herzschlag für einige Sekunden gelauscht hatte, überprüfte er mit Hilfe seiner Taschenuhr den Puls der Patientin und untersuchte ihre Augen. Zum Schluss tastete er Mollys Leib ab, wie es auch die Hebamme mit ihren erfahrenen Händen schon getan hatte.

«Es tut mir leid, Mrs. Parrish. Das Kind liegt nicht richtig. Wir müssten es ein wenig drehen, um es zu holen, aber dazu brauchen wir die Hilfe der Mutter. Und in ihrem Zustand wird sie uns wohl nicht unterstützen können. Sie hat viel Blut verloren und ist zu schwach, um zu pressen. Ich fürchte, wir können nichts tun.»

Anders als die stumme Geste der Hebamme schienen die Worte des Arztes in Mollys Bewusstsein zu dringen. Sie öffnete die Augen und blickte Katherine flehend an.

«Mach dir keine Sorgen, Molly. Alles wird gut», beruhigte Katherine ihre Freundin und versuchte überzeugter zu wirken, als sie es tatsächlich war.

«Lass nicht zu, dass mein Kind stirbt», bat Molly mit kaum wahrnehmbarer Stimme, während ihr eine Träne über die Wange rollte.

«Hör mir gut zu, Molly.» Katherine sprach mit fester Stimme und sah ihr in die Augen. «Niemand wird sterben. Ich verspreche dir, dass du noch in dieser Nacht dein Kind in den Armen hältst, und es wird gesund und kräftig sein.»

Molly lächelte schwach, und ihre Lider wurden wieder schwer. Katherine hatte sie noch nie belogen.

«Aber du musst uns helfen, Molly», fügte Katherine schnell hinzu, damit ihre Freundin nicht vor Erschöpfung ohnmächtig wurde. «Das Baby braucht dich. Es kann nicht allein auf die Welt kommen. Du musst pressen.»

Katherine drückte Mollys Arm. Die junge Frau nickte zustimmend und versuchte all ihre Kräfte zusammenzunehmen.

Der Doktor enthielt sich einer Bemerkung. Aus seiner Tasche holte er ein Fläschchen Riechsalz hervor und reichte es Katherine.

«Geben Sie es ihr erst, wenn ich es Ihnen sage. Sie wird jede Hilfe brauchen können.»

Sobald er sicher sein konnte, dass Katherine seine Anweisungen verstanden hatte, bereitete Doktor Steward sich darauf vor, das Kind zu drehen.

Katherine hielt den Atem an, als er sich an Mollys Schoß zu schaffen machte.

«Jetzt», rief der Arzt mit blutigen Händen.

Katherine öffnete das Fläschchen und hielt es Molly unter die Nase. Der durchdringende Geruch des Riechsalzes entriss Molly ihrer Lethargie.

«Pressen!», spornte Katherine sie an und hielt fest ihre Hand. «Mein Gott! Man kann es schon sehen! Pressen, Molly! Noch einmal!»

Vor Anstrengung hob Molly den Kopf. Dann merkte Katherine, wie plötzlich der Druck in ihrer Hand nachließ.

«Ich kann nicht ...» Molly gab auf und ließ sich zurückfallen. «Ich ...»

Gleich würde sie das Bewusstsein verlieren.

«Molly, verflucht!», rief Katherine außer sich und schüttelte sie heftig. «Du musst pressen!»

Sekunden später erfüllte ein kräftiges Schreien das Zimmer. Katherine richtete sich erleichtert auf. Sie nahm das Kind in die Arme, wusch es mit Latoyas Hilfe eilig und wickelte es in ein schönes Baumwolldeckchen.

«Wie ich es dir versprochen habe.» Mit einem strahlenden Lächeln legte Katherine den Säugling auf Mollys Brust und setzte sich auf den Stuhl, den der Sklave an das Kopfende des Bettes gestellt hatte. «Es ist ein wunderschönes und gesundes Mädchen.»

Mollys mandelförmige Augen glänzten verzaubert, als sie das Neugeborene betrachtete.

Die Kleine ahnte nichts von den Schmerzen, die ihre Geburt der Mutter bereitet hatte, und schlief friedlich ein. Das rundliche Gesichtchen hatte sanfte und zarte Züge, die winzigen Fäuste waren kräftig geballt, und trotz der nach der Geburt geröteten Haut konnte man sehen, dass sie sehr hell war.

«Ja, sie ist weiß, Molly», sagte Katherine schnell und konnte die eigene Freude darüber kaum verbergen. «Weißer als ein Baumwollfeld.»

Die Haut des Mädchens war tatsächlich heller als die der meisten Kinder weißer Herren. Wahrscheinlich würde niemand, der sie zum ersten Mal sah, auf den Gedanken kommen, dass auch nur ein einziger Tropfen Sklavenblut durch ihre Adern floss.

Für einen kurzen Moment schien Mollys Glück unendlich zu sein. Dann aber wich alles Leben aus ihrem Körper, und sie wurde aschfahl im Gesicht. Nicht einmal die Freude, ihr Baby in den Armen zu halten, konnte die Schatten des Todes jetzt noch verjagen.

«Weißt du, Katty, ich hatte immer einen Traum», flüsterte Molly, und die Verzweiflung überdeckte alle Zeichen des Glücks.

«Erzähl ihn mir, Molly. Wir hatten doch nie Geheimnisse voreinander.»

Obwohl Molly erschöpft war, atmete sie tief ein und sprach mit einer Sehnsucht, die Katherine so niemals an ihr wahrgenommen hatte: «Ich habe mir immer gewünscht, frei zu sein.»

Die Worte bohrten sich wie spitze Dolche in Katherines Herz. Nie hatte sie es sich eingestanden, ja mit den Jahren hatte sie sogar verdrängt, dass die Frau, die sie ihre beste Freundin nannte und mit der sie seit Kindertagen ihr Leben teilte, eine Sklavin war. Man hatte ihr Molly zum siebten Geburtstag geschenkt, und seither war sie nicht von ihrer Seite gewichen.

«Warum hast du mir das nie gesagt?»

«Ich dachte, du würdest mir den Wunsch vielleicht abschlagen.»

Katherine hielt ihrem Blick stand. Da lag kein Vorwurf in Mollys Stimme, nur eine tiefe Traurigkeit, die Katherine jetzt die Tränen in die Augen trieb.

Hatte sie in all den Jahren wirklich nie daran gedacht, ihr die Freiheit zu schenken? Im Grunde hatte sie schon vor langer Zeit beschlossen, dass die junge Frau mit der bronzefarbenen Haut und den grünen Augen ihre Freundin sein sollte, auch wenn stets eine unbestimmte Angst an ihr nagte. Angst, dass Molly sie verlassen würde, sobald sie frei wäre.

«Ich hätte dich niemals verlassen, Katty», flüsterte Molly, als könnte sie die Gedanken ihrer Herrin erraten. «Du bist die einzige Familie, die ich je gekannt habe. Und die beste Freundin, die ...» Sie wollte weitersprechen, aber die Anstrengung war zu groß.

«Molly, du musst dich ausruhen. Wir sprechen morgen über alles.»

«Nein!», stieß sie aus. «Morgen wird es zu spät sein.» Zum ersten Mal in ihrem Leben widersprach Molly ihrer Herrin.

Katherine wollte erwidern, dass das nicht stimmte, dass das Schlimmste überstanden sei und es ihr bald besser gehen würde. Aber als sie sah, wie Doktor Steward bereits seine Sachen packte, obwohl die Blutung noch nicht gestillt war, brachte sie kein Wort heraus. Langsam verstand sie, dass es für Molly kein Morgen geben würde.

«Bis jetzt habe ich dich nie um etwas gebeten», fuhr Molly flehentlich mit dünner Stimme fort. «Aber nun musst du mir etwas versprechen ... Ich muss sicher sein, dass meine Kleine nicht das gleiche Schicksal erleidet wie ich. Ich muss sicher sein, dass sie keine Sklavin wird.»

Katherine betrachtete das Neugeborene. Es war wunderschön und so schutzlos. Allein die Vorstellung, dass man dieses Mädchen zu einer Sklavin machte, ließ ihr das Blut in den Adern gefrieren.

«Das wird nicht geschehen», versprach sie feierlich. Sie würde Molly nicht enttäuschen. Aber sie musste noch etwas anderes tun. Von jenem Herzenswunsch ihrer Freundin geleitet, den sie so lange ignoriert hatte, drehte Katherine sich zu Latoya um und befahl ihr, Papier und Federhalter zu bringen.

Owen Graham, der nach der Geburt des Mädchens wieder ins Zimmer getreten war, beobachtete alles aus dem Hintergrund, wagte aber nicht einzugreifen.

Molly war noch bei Bewusstsein, als Latoya zurückkehrte, ein zerknittertes Blatt in der einen und ein Tintenfass in der anderen Hand.

«Verzeihung, Herrin», entschuldigte sie sich, als sie die Dinge hastig auf den Nachttisch legte. «Das ist alles, was ich finden konnte.»

Ohne eine Sekunde zu verlieren, ergriff Katherine das vergilbte Blatt, und noch während ihre Hand überstürzt schrieb, las sie die Worte laut vor, die die Macht hatten, Molly die Freiheit zu schenken.

Ihre Stimme erhob sich klar und deutlich: «Ich, Katherine Lacroix, Eigentümerin der Sklavin, die seit meinem siebten Lebensjahr unter dem Namen Molly bekannt ist, schenke ihr heute, am 10. Juni 1837, die Freiheit.» Ihre Stimme erzitterte, bevor sie ihren Namen mit geschwungenen Lettern zu Papier brachte. «Gezeichnet: Katherine Lacroix.» Dann wandte sie sich an Doktor Steward und hielt ihm die Feder hin. «Ich brauche Ihre Unterschrift, Sie sind mein Zeuge.»

Steward, der sich inzwischen das Blut von den Händen gewaschen hatte und gerade dabei war, seine Manschetten wieder zuzuknöpfen, trat näher und unterschrieb, ohne eine Gefühlsregung zu verraten. Danach setzte der Aufseher Owen Graham als zweiter weißer Zeuge seinen groben Schnörkel unter das Dokument, damit es rechtliche Gültigkeit erlangte.

Weil Löschpapier fehlte, trocknete Katherine die Tinte schnell mit einem Zipfel ihres Nachthemdes ab.

«Hier steht es. Du bist frei!», verkündete sie und drückte Molly das Papier in die Hände.

Die junge Frau presste das Blatt an ihre Brust. Sie konnte nicht lesen; aber das musste sie auch nicht. Sie hatte vollstes Vertrauen in ihre Freundin.

Die Tinte war noch nicht ganz getrocknet, und bei der Berührung mit der Haut der Sklavin war es, als würden die Worte in ihr Inneres sickern und schließlich mit ihrer Seele verschmelzen.

Molly drehte ihrer Kleinen das Gesicht zu und murmelte mit ihrem letzten Atemzug: «Frei …»

Dann sank ihr Körper in sich zusammen.

Katherine beugte sich über den leblosen Körper ihrer Freundin und weinte bitterlich. «Oh Gott, vergib mir! Vergib mir, liebste Freundin, dass ich so selbstsüchtig war!»

Doktor Steward, der sich im Hintergrund gehalten hatte, trat nun näher und schloss Molly die Augen. Dann nahm er Katherine sanft bei den Schultern und löste sie von der Toten.

Er sah besorgt aus. «Mrs. Parrish, Sie müssen sich beruhigen. Denken Sie an Ihr Kind.»

Kaum hatte der Doktor den Satz beendet, als Katherines Bauch von einer Kontraktion geschüttelt wurde und eine warme Flüssigkeit ihr Nachthemd durchnässte. Die Fruchtblase war geplatzt. Noch in dieser Nacht würde das Kind geboren werden.

Der Arzt griff erneut nach seiner Tasche und winkte den Aufseher und den Sklaven heran.

«Schnell! Mrs. Parrish muss sofort in ihr Zimmer gebracht werden.»

Viel zu erschöpft, um sich zu weigern, stützte Katherine sich auf die Schultern der Helfer.

Als man sie gerade aus dem Zimmer führte, vernahm sie, wie Olivia den Arzt um Anweisungen bat, was mit Mollys Kind geschehen solle.

Doktor Steward warf nur einen schnellen Blick auf das Neugeborene, aber in diesem kurzen Moment verriet sein Gesichtsausdruck all die Verachtung und Abneigung, die er gegen dieses unschuldige Wesen hegte.

«Bring sie zum Sklavendorf. Später wird man entscheiden, was aus ihr werden soll.»

Katherine nahm den Befehl des Arztes nur wie ein entferntes Echo wahr. Sie hatte nicht mehr die Kraft zu denken, wollte nur noch, dass diese lange, schreckliche Nacht vorüberginge. Aber die Verachtung, mit der jener Mann über Mollys Tochter sprach, drang durch den Schleier aus Schmerzen bis in ihr Innerstes. Und sie begriff, was geschehen würde. Die Kleine würde kein glückliches Leben führen. Zu schwarz, um weiß zu sein, und zu weiß, um eine von den Sklaven zu sein. Mollys Tochter würde kein leichteres Schicksal haben als ihre Mutter.

Getrieben von einer heftigen Wut, befreite Katherine sich gewaltsam von den Männern, die sie stützten. Und noch bevor diese begriffen, was geschah, riss Katherine Owen die Pistole aus dem Gürtel und zielte auf seinen Kopf.

«Olivia, gib mir das Kind», befahl sie.

Wie gelähmt blieb die Sklavin stehen.

«Gib es mir!», schrie Katherine.

Olivia blickte verwirrt zum Aufseher. Langsam hob Owen die Hände und gab der Sklavin einen Wink.

Unsicheren Schritts ging Olivia zu ihrer Herrin und streckte ihr das Neugeborene entgegen, das daraufhin zu weinen begann.

«Sie bleibt bei mir», erklärte Katherine mit eisiger Stimme, als sie sich das Bündel an die Brust drückte.

Das Schreien wurde eindringlicher.

«Mrs. Parrish, beruhigen Sie sich», mischte sich Doktor Steward ein und trat einen Schritt vor. «Dem Kind wird es gutgehen. Verstehen Sie doch, hier ist nicht sein Platz. Sie müssen …»

Katherine drehte sich um und richtete die Waffe auf den Arzt. «Kommen Sie nicht näher», warnte sie und presste die Kleine noch fester an ihren Körper. «Und sparen Sie sich die Mühe, mit leeren Worten zu leugnen, was Ihre Augen ohnehin nicht verbergen können.»

Der Doktor blieb stehen.

«Mrs. Parrish, bitte! Sie wissen nicht, was Sie da reden. Erlauben Sie uns, Ihnen zu helfen.»

«Auf diese Hilfe kann ich verzichten!», rief Katherine rasend vor Zorn. «Raus hier!»

Latoya, Olivia und Thomas verließen sofort das Zimmer. Ihre Herrin hatte den Verstand verloren. Nana Lo folgte ohne Eile. Bevor sie die Schwelle erreichte, hielt die alte Hebamme inne und suchte die Augen ihrer Herrin. Beide wussten, dass dieses Mädchen nicht lange im Herrenhaus bleiben konnte.

Doch Katherine hielt dem Blick der Sklavin stand. «Raus, habe ich gesagt», wiederholte sie zornig. «Alle!»

Nana Lo schüttelte traurig den Kopf und ging.

Der Doktor und der Aufseher dagegen rührten sich nicht. Owen Graham war schon im Alter von zwanzig Jahren Aufseher der Parrishs geworden, und in den elf Jahren, die seitdem vergangen waren, hatte er niemals gewagt, einen Befehl seiner Herren in Frage zu stellen. Wie er einen aufsässigen Schwarzen behandeln musste, wusste er genau, aber das hier war anders. Er war der Lage einfach nicht gewachsen. Fragend sah er zum Doktor hinüber und hoffte auf Anweisungen.

«Ich kann Sie nicht allein lassen», beharrte der Doktor, ohne die Ruhe zu verlieren. «Ihr Kind kann jeden Augenblick kommen, und …»

«Wagen Sie nicht, mich auf die Probe zu stellen», warnte Katherine ihn mit unterdrückter Wut. Immer noch hielt sie die Waffe fest in der Hand. «Ich schwöre, dass ich nicht zögern werde, auf Sie zu schießen.» Einige Strähnen hatten sich aus ihrem Zopf gelöst und fielen ihr ins Gesicht. Ihre nackten Füße waren schmutzig und mit dem Blut der Sklavin bespritzt.

Steward taxierte Katherine skeptisch. Sie war vollkommen erschöpft und machte den Eindruck, als würde sie jeden Moment zusammenbrechen. Als er ihr Gesicht jedoch genauer betrachtete und die schmalen Augen und den entschlossenen Blick darin deutete, spürte er, wie gefährlich es sein würde, diese Frau zu unterschätzen. Stolz und herausfordernd stand sie vor ihm und begegnete seinem Blick mit einer solchen Entschlossenheit, dass er schließlich zurückwich.

Er nahm seine Tasche vom Nachttisch und verließ ohne ein weiteres Wort das Zimmer.

Owen Graham folgte ihm schweigend.

Eilig schloss Katherine sich im Zimmer ein, legte die Waffe ab und ließ sich erschöpft in den Schaukelstuhl sinken. Als sie ihre Umarmung lockerte, hörte das Baby endlich auf zu weinen. Die Kleine öffnete die Augen und schien sogar zu lächeln.

Und so erwartete Katherine Parrish die Geburt ihres eigenen Kindes.

Am nächsten Morgen wurde Molly, zusammen mit dem Dokument, das ihr die Freiheit gewährte, auf einer abgelegenen Parzelle der Plantage begraben. Dort, wo der Fluss ein kleines von Bäumen umgebenes Bassin bildete, dessen Ufer im Frühling von Blumen bewachsen war.

Nach der schlichten Zeremonie kehrte Katherine gegen Mittag in Mollys Zimmer zurück. Der Fußboden war geschrubbt worden. Und der Teppich, auf dem sie ihre Freundin in der Nacht zuvor gefunden hatte, war zusammen mit der blutgetränkten Tagesdecke verschwunden. Aber trotz der Unmengen an Wasser und Seife, mit denen man versucht hatte, die Erinnerung an das Geschehene auszulöschen, erfüllte Mollys sanfter Duft noch immer jeden Winkel des Zimmers.

Mit einem Baby auf jedem Arm ging Katherine zu dem Schaukelstuhl aus Holz, der unter dem Fenster stand, und setzte sich. Sie war sehr müde. Ihre eigene Tochter war gekommen, als schon der Tag angebrochen war. So war ihr keine Zeit mehr zum Schlafen geblieben, aber trotzdem hatte sie noch die Kraft gefunden, an diesem Morgen Mollys Beerdigung beizuwohnen. Jetzt musste sie sich ausruhen. Sie schloss die Augen und ließ ihr Gesicht von den warmen Sonnenstrahlen liebkosen.

Als David Parrish auf der Plantage ankam, senkte sich die Sonne bereits. Nachdem er über die Geschehnisse unterrichtet worden war, machte er sich sofort auf die Suche nach seiner Frau.

Geräuschlos betrat er das Zimmer.

Er bemerkte die fehlende Tagesdecke auf dem Bett und verspürte ein leichtes Schaudern. Es war nicht die Trauer über das frühzeitige und tragische Ende einer Sklavin, sondern eine instinktive Reaktion angesichts der Nähe des Todes. Und während jenes Erschauern langsam verebbte, sah er sie.

Katherine war in leichten Schlaf gefallen und hatte seine Ankunft nicht bemerkt. Vom warmen Glanz der Abenddämmerung umgeben, schien sie David die schönste Frau zu sein, die er je gesehen hatte. Sie war sogar noch schöner als an dem Tag, als er sie in New Orleans kennengelernt hatte, vor kaum einem Jahr. Ihre Haut schimmerte samtweich, das Haar war braun und seidig. Die großen Korkenzieherlocken fielen ihr über die Schultern und umrahmten das perfekte Oval ihres Gesichts. Auf ihren feinen und sinnlichen Lippen lag ein leichtes Lächeln.

Aber der Zauber war nicht von Dauer. Als Katherine Davids Anwesenheit spürte, schlug sie die Augen auf, und sobald sie den Eindringling erkannte, erstarrte ihr Gesicht.

David konnte zusehen, wie sich in wenigen Momenten eine unüberwindliche Mauer zwischen ihnen aufbaute, die all seine Hoffnungen mit der Wurzel ausriss.

«Hallo, Katherine», begrüßte er sie höflich.

«David», antwortete sie kühl. «Ich habe dich nicht vor morgen erwartet.»

«Doktor Steward hat mir eine Nachricht zukommen lassen und mich über die Ereignisse informiert. Daher schien es mir angemessen, meine Rückreise vorzuverlegen.» Eingehend und mit einer gewissen Irritation betrachtete er jetzt die beiden Bündel, die Katherine liebevoll in den Armen hielt.

Die Mädchen schlummerten, und die Abendsonne leuchtete warm in ihre kleinen Gesichter. Sie waren wunderhübsch, und zu Davids größter Verzweiflung hatten beide ausgesprochen helle Haut.

«Ich freue mich zu sehen, dass es dir gutgeht», sagte er in wohlerzogener Manier und beobachtete dabei weiter skeptisch die schlafenden Kleinen.

«Danke», antwortete Katherine und empfand eine gewisse Genugtuung angesichts der offensichtlichen Bemühungen ihres Mannes herauszufinden, welches der Mädchen schwarzes Blut in den Adern hatte.

«Welche ist von dir?», fragte er schließlich, zu ungeduldig für das Spielchen, das er selbst begonnen hatte.

Zum ersten Mal sah Katherine ihm direkt ins Gesicht. Seine hellblauen Augen leuchteten durchdringend. Tiefer Hass trennte sie. Für einen Moment glaubte sie, dass er sich auf sie stürzen und die Wahrheit aus ihr herausprügeln würde. Aber David rührte sich nicht.

Katherine verzog den Mund zu einem kühlen Lächeln. «Das, mein Lieber, wirst du nie erfahren.»

Ein Jahr zuvor …

· I ·

Über eintausendsechshundert mexikanische Soldaten unter dem Befehl von General Antonio López de Santa Anna hatten die Truppen des Kommandanten Sam Houston während der letzten Wochen verfolgt. Derartig unter Druck gesetzt, war die aus dem Boden gestampfte texanische Armee, die von Sam Houston geführt wurde, gezwungen gewesen, bis zum San Jacinto River zurückzuweichen, nur knapp hundert Meilen von der Grenze zwischen Texas und den Vereinigten Staaten entfernt.

Nachdem Houstons Freiwillige wochenlang unerbittlich verfolgt worden waren, schlug am 21. April 1836 schließlich ihre große Stunde. An diesem Tag bereiteten sie sich darauf vor, ihre letzte Schlacht zu schlagen, obwohl sie zahlenmäßig stark unterlegen waren. Eine zweite Gelegenheit würden sie nicht bekommen. Mit einem gewagten Manöver führten sie die mexikanischen Späher an der Nase herum und zogen sich unbemerkt auf eine Position zurück, die oberhalb der feindlichen Nachhut lag. Kurz vor Tagesanbruch nahmen sie dort ihre Stellung ein und warteten.

Im mexikanischen Feldlager herrschte an jenem Morgen emsiges Treiben. Die Soldaten reinigten ihre Waffen, striegelten die Pferde und widmeten sich Versorgungsaufgaben. Aber sobald die Sonne höher stieg, ließ ihre Aktivität nach. Die Mexikaner versuchten schon so lange, Houston in die Enge zu treiben, und die Mühen der Verfolgung gingen nicht spurlos an den Männern vorüber. Nach der Essenszuteilung schützten sie sich in ihren Zelten vor der aufsteigenden Hitze oder ruhten sich im Schatten eines Baumes aus. Schließlich wurden sie von einer milden, verführerischen Brise eingelullt. Vögel erhoben ihren Gesang zu einer Melodie, die sich mit dem betörenden, frischen Plätschern des Flusses vermischte. Erschöpft von den langen Märschen der letzten Tage und in der sorglosen Gewissheit, dass sie selbst die Verfolger waren, fielen die mexikanischen Soldaten unversehens in einen vertrauensseligen Schlaf.

Die Texaner hatten keine Eile. Geduldig warteten sie hinter den Hügeln, gut getarnt dank der üppigen Vegetation, die das Flussbett des San Jacinto umgab. Als endlich der letzte Mexikaner die Augen geschlossen hatte, zog Kommandant Houston seinen Säbel und stieß den Schlachtruf aus, der sie zum Sieg führen sollte: «Denkt an Alamo!»

Wie ein Donner hallte der Schrei durch den sonnigen Frühlingsnachmittag. David stand nur wenige Meter vom Kommandanten entfernt, als dieser den Befehl zum Angriff gab. Houstons siebenhundertfünfzig Männer erhoben sich aus ihren Verstecken und stürzten sich ohne Erbarmen auf die verwirrten Mexikaner, wie ein reißender, tödlicher Strom.

In der kurzen Zeitspanne bevor David seinem Befehlshaber folgte, zogen all die Ereignisse an ihm vorüber, die ihn in diese für das Schicksal von Texas entscheidende Schlacht geführt hatten.

Alles hatte vor zwei Monaten angefangen, genauer am 23. Februar 1836. An diesem Tag hatte der mexikanische General Antonio López de Santa Anna mit der Belagerung von Alamo begonnen. Seine viertausend Mann starke Armee umzingelte die alte Missionsstation im texanischen San Antonio, in der sich einhundertsiebenundachtzig Männer unter dem Befehl von William Barret Traves und James Bowie verschanzt hatten, um die Unabhängigkeit von Texas zu verteidigen.

Die Nachricht der Belagerung breitete sich rasch in jedem Winkel der Vereinigten Staaten aus. Alamo wurde zu einem Symbol des Widerstands. Angesteckt von einer Welle von Patriotismus, verließen Hunderte von Menschen unterschiedlichster gesellschaftlicher Herkunft ihre Heimstätten. Sie machten sich auf, diesen Männern zu helfen, die sich niemals ergeben würden, obwohl sie zahlenmäßig unterlegen waren und nicht die geringste Chance auf einen Sieg hatten.

David befand sich auf seiner Plantage in Virginia, als er erfuhr, was in Alamo vor sich ging. Eine militärische Ausbildung und ein Offiziersrang hatten ihm ausreichend Erfahrung vermittelt, um zu begreifen, dass diese tapferen Männer sich nicht lange ohne Hilfe halten könnten. Ohne zweimal darüber nachzudenken ritt er nach Norfolk, Virginia, um sich dort einzuschiffen und zum nächsten texanischen Hafen zu reisen. Da das Schiff keinen Zwischenhalt machte, erfuhr er erst am Ende der Überfahrt, dass Alamo schon am 6. März gefallen war – am gleichen Tag, an dem er Virginias Küste verlassen hatte. Keiner der Kämpfer hatte überlebt.

Er war zu spät gekommen. Enttäuscht und niedergeschlagen wollte David schon nach Hause zurückkehren, als ihm zu Ohren kam, dass Kommandant Houston ein kleines Heer um sich scharte und gegen die Mexikaner ziehen wollte. Er beschloss, sich der Truppe anzuschließen.

Zu diesem Zeitpunkt hatte Houstons Einheit sich in Richtung Westen an den San Jacinto River zurückgezogen. Entschlossen, die Männer unbedingt einzuholen, ritt David in nördlicher Richtung und wandte sich auf der Höhe von Goliad nach Osten.

Was er dort sah, bestärkte ihn in seinem Entschluss, bis zum Äußersten zu kämpfen. Zwar waren schon Wochen vergangen, seit er jenes verfluchte Goliad passiert hatte. Aber die Erinnerung an fast dreihundert Leichen von Männern, Frauen und Kindern, die in einem fortgeschrittenen Zustand der Verwesung mitten auf der Straße einfach übereinandergeworfen worden waren, ließ noch immer Zorn in ihm aufsteigen. Auch jetzt, kurz vor der Schlacht, dürstete er nach Blut. Er wollte diese mexikanischen Ungeheuer erledigen, die so viele Unschuldige skrupellos ermordet hatten, sandte einen hasserfüllten Schrei zum Himmel und gab seinem Pferd die Sporen.

Vollkommen unvermittelt fielen die Texaner über ihren Feind her. In kürzester Zeit war der Jäger zur Beute geworden, und die Beute zum grausamsten aller Jäger. Zahlenmäßig überlegen, hatten die Mexikaner keine Vorkehrungen getroffen, um sich gegen einen möglichen Angriff zu verteidigen. Noch dazu hatte ihr Feind sich in den letzten Wochen im ständigen Rückzug befunden, und sie hielten ihn daher für militärisch unterlegen.

Plötzlich aber sah es so aus, als hätte sich das improvisierte Heer der Texaner vervielfacht.

Die Angreifer schlugen alles kurz und klein. Sie stießen mit Säbeln und Bajonetten zu, ohne dass die Mexikaner, die gerade aus ihrem Schlaf erwachten, Zeit gehabt hätten, sich zu verteidigen. Sie starben mit einem ungläubigen Ausdruck in den Augen.

Von der Hitze des Gefechts angestachelt, galoppierte David auf die feindlichen Soldaten zu. Wie die Mexikaner in Alamo und Goliad kannte auch er kein Mitleid. Er zog seinen Säbel, hielt die Zügel seines Pferds mit den Zähnen fest und ergriff mit der anderen freien Hand die Pistole. Mit Säbelhieben bahnte er sich seinen Weg durch die Menge, und bald schon war seine Klinge mit Blut bedeckt.

Begleitet vom schrillen Wiehern der Pferde, gingen die feindlichen Soldaten zu Boden. Kugeln durchschnitten mit pfeifendem Geräusch die Luft und entrissen all jenen das Leben, die den Geschossen in die Quere kamen. Mitten im Schlachtgetümmel fiel David die kleine Gruppe von vier Reitern im ersten Moment gar nicht auf. Die Männer waren Teil des Gesamtbildes von Chaos und Zerstörung. Nur ein Detail stimmte nicht: Sie galoppierten von der Schlacht weg!

Trotz der Entfernung konnte David den Anführer der Gruppe erkennen: Es war Santa Anna, und es schien, als hätte außer David niemand bemerkt, dass er fliehen und seine Männer im Stich lassen wollte. Verzweifelt sah David sich nach seinem Anführer um. Sam Houston kämpfte tapfer zwischen den vorrückenden Reihen seiner Männer. Dann bemerkte David den mexikanischen Soldaten etwa zehn Meter vor ihm, der Houston ins Visier nahm. David reagierte sofort, zielte auf den Mann und drückte auf den Abzug. Kaum war die Rauchwolke aus Schwefel und Pulver verflogen, sah er den leblosen Körper des Soldaten am Boden liegen.

Ohne zu zögern, stieß David seinem Pferd die Sporen in die Flanken und galoppierte Santa Anna hinterher.

Erst Stunden später erreichte er den General und seine drei Begleiter. Zwei von ihnen tötete er mit je einem Schuss, noch bevor sie überhaupt bemerkten, dass ihre Flucht beobachtet worden war. Dem dritten Mann wich er im Galopp aus und stieß dabei mit seiner ganzen Wucht in Santa Anna hinein.

Der General konnte dem Angriff dieses Gespenstes nicht entgehen, das aus dem Nichts gekommen war, sich jetzt auf ihn stürzte und aus dem Sattel riss.

Mit dem ganzen Gewicht seines Körpers warf David sich über den General und drückte ihn in den Staub. Als er mit seinem Säbel zu einem schweren Stoß ausholte, sah Santa Anna ihn nur aus vollkommen überraschten Augen an.

In diesem Moment brachte der letzte der Offiziere, den David in seiner Tollkühnheit geschont hatte, seine Waffe in Anschlag und schoss. Die Kugel traf David in die Seite. Betäubt vom Schmerz, versuchte er sich aufzurichten, aber Santa Annas Mann war schon über ihm. Er bohrte David das Bajonett in den Schenkel, die Klinge ging wie durch ein Stück Butter glatt durch bis an den Knochen.

David schrie vor Schmerz auf. Nur die Wut, die ihm in den Adern floss, verhinderte, dass er das Bewusstsein verlor, als der Mexikaner das Bajonett wieder herauszog, um ihm einen letzten Stoß zu versetzen. Gerade als der Mann ausholte, drehte David sich blitzartig um und rammte seinem Gegner mit einer einzigen und präzisen Bewegung seinen Säbel in die Brust.

Er wusste nicht, wie lange er bewusstlos gewesen war, aber als David feststellte, dass er in einem Zelt auf einer Pritsche lag, wurde ihm klar, dass die Schlacht vorüber sein musste. Er hatte kaum die Augen aufgeschlagen, als eine ruhige und freundliche Stimme zu ihm sprach: «Es freut mich zu sehen, dass es Ihnen besser geht, Leutnant Parrish.»

David brauchte ein paar Sekunden, bis sich der Nebel auflöste, der die Züge des Mannes vor ihm verschwimmen ließ.

«Kommandant», stotterte er, als er Houston an seinem Kinngrübchen erkannte. Er versuchte sich aufzurichten, aber ein heftiger Schmerz ließ ihn aufstöhnen.

«Ruhen Sie sich aus, Soldat.»

Dankbar gehorchte David.

«Und die Schlacht, Sir?», fragte er, während er sich langsam zurücklegte.

«Wir haben gesiegt.»

Obwohl seine Wunden wie Feuer brannten, schaffte David es, seine Lippen zu einem Lächeln zu verziehen.

«Unser Angriff war ein voller Erfolg», berichtete der Kommandant. «Das Lager der Mexikaner ist im Chaos versunken. Der Fluss hat ihnen den Rückzug versperrt, und unsere Soldaten konnten auch ihre Nachhut überrumpeln. Dem Feind war es daher nicht möglich, sich neu aufzustellen.»

«Und unsere Männer, Sir?»

Der Blick des Kommandanten wurde ernst. «Leider haben wir neun Kämpfer verloren.»

«Neun …», flüsterte David mit einer Mischung aus Trauer und Ungläubigkeit. Auch wenn es ihm wie ein Wunder vorkam, dass nur neun der texanischen Soldaten in diesem Blutbad gestorben waren, schien ihm der Preis doch zu hoch.

«Nun, bis eben fürchtete ich, es wären zehn.» Houston war sichtlich zufrieden. «Es wäre eine Tragödie gewesen, einen so wertvollen Mann wie Sie zu verlieren.»

David wollte protestieren. «Sir, ich habe nur meine Pflicht erfüllt, nichts weiter.»

«Was soll ich sagen, junger Mann ...» Houston klopfte ihm auf die Schulter. «Sie haben mir das Leben gerettet und konnten Santa Anna an der Flucht hindern. Sonst hätte er möglicherweise eine neue Armee rekrutieren können und wäre in wenigen Monaten wieder zu einer ernsthaften Bedrohung für Texas und die Vereinigten Staaten geworden. Nur dank Ihnen sitzt dieser Mann jetzt hinter Schloss und Riegel. Und mehr noch: Wenn er je wieder in sein Land zurückkehren möchte, bleibt ihm nichts anderes übrig, als die texanische Unabhängigkeitserklärung zu unterschreiben.»

Kommandant Houstons Sieg über die Mexikaner rief eine neue Republik ins Leben und legte das Fundament dafür, dass Texas 1845, neun Jahre später, seinen kurzen Weg allein aufgeben und zum achtundzwanzigsten Bundesstaat der Vereinigten Staaten von Amerika werden würde.

Später erfuhr David, dass er zwei Tage lang bewusstlos gewesen war. Am Morgen nach der Schlacht hatte ein Spähtrupp den an einen Baum gefesselten Santa Anna entdeckt. Neben dem General lag ein bewusstloser Leutnant des texanischen Heers sowie die toten Körper dreier mexikanischer Offiziere.

David erinnerte sich nicht einmal mehr daran, den General gefesselt zu haben. Als er jetzt erfuhr, dass Santa

Anna gefangen genommen worden war, fühlte er zum ersten Mal, seit er all die Leichen in Goliad gesehen hatte, dass eine Schuld beglichen war. Der Tod der Männer und Frauen, die im texanischen Freiheitskampf ihr Leben gelassen hatten, war gesühnt.

Nach einigen Wochen war die Infektionsgefahr gebannt, und die Wunden an der Seite und am Oberschenkel vernarbten bereits. David fing an, vorsichtig auf Krücken zu gehen. Wenig später hatte sich sein Bein so weit erholt, dass er wieder reiten und sich endlich auf die lange Heimreise nach Virginia machen konnte.

· 2 ·

Die Sonne stand fast am Zenit, als David New Orleans erreichte. Gerade erst war die letzte Maiwoche angebrochen, aber es war bereits unerträglich heiß. Die Gebäude der Royal Street warfen nur einen schmalen Schattenkorridor, kaum breit genug, um den vor Hitze nach Luft schnappenden Passanten Schutz zu bieten. Kutschfahrer, Arbeiter, Sklaven und Herren, alle eilten hin und her, um ihre Besorgungen zu erledigen, bevor sie sich während der Mittagsstunden in die Kühle ihrer Häuser zurückziehen konnten, wenn Hitze und Feuchtigkeit ihren Höhepunkt erreichten.

Auch David hatte Ruhe dringend nötig. Mehrere Tage lang war er geritten, nun tat ihm das Bein weh, auch wenn es besser heilte, als er erwartet hatte. Seine Kleidung war mit einer dicken Kruste aus Schmutz und Erde bedeckt, und als wäre das nicht genug, juckte es ihn am ganzen Körper.

Die letzte Strecke seiner Reise hatte ihn durch die von Moskitos heimgesuchten Sümpfe in der näheren Umgebung von New Orleans geführt. Seit er vor fast drei Monaten sein Heim in Virginia verlassen hatte, sehnte David sich nach einem Bad und einem weichen Bett. Der Wunsch war deutlich stärker geworden, seit diese elendigen, geflügelten Bewohner der sumpfigen Lagunen des Mississippideltas beschlossen hatten, ihn zur Zielscheibe zu machen und mit Stichen zu durchlöchern. Aber seine Verabredung mit dem Schaumbad musste noch warten.

Nachdem er in einem Gebäude mit vanillefarbenen Mauern und grünen Fensterläden, das der staatlichen Bank von Louisiana als Hauptsitz diente, dreitausend Dollar abgehoben hatte, ritt er durch die Conti Street Richtung Fluss.

Obwohl es zwischen den dreistöckigen Gebäuden mit ihren endlosen Fensterreihen eingezwängt war, fiel das schmale, niedrige Haus vor allem durch seine gewagte gelbe Fassade und die indigoblaugestreifte Markise auf. Als David vom Pferd abstieg, schoss erneut ein scharfer und kalter Schmerz durch sein rechtes Bein. Er biss die Zähne zusammen und klammerte sich an die Zügel. Es war, als würden tausend Nadeln seinen Schenkel durchbohren und in den Knochen stechen. Doch der Schmerz würde ebenso rasch wieder verschwinden, David kannte das schon. Er musste nur stillhalten und abwarten.

Sobald der Schmerz nachließ, band David sein Pferd an einen Pfosten im Schatten eines Baumes und ging zur Tür. Als seine Hand den glänzenden Türknauf aus Metall berührte, nahm er schon nur noch ein unangenehmes Kribbeln im Bein wahr.

An jenem Morgen war Olivier De Hule unausgeschlafen. Die Hitze hatte ihm kaum erlaubt, ein Auge zu schließen. Den größten Teil der Nacht hatte er damit zugebracht, sich von einer Seite des schweißnassen Bettes auf die andere zu drehen und unablässig vor sich hin zu jammern. Schließlich war diese Nacht nur ein Vorspiel für das bevorstehende Elend: schlaflose Nächte bis Mitte September, wenn die heiße, mit Feuchtigkeit durchtränkte Luft endlich dem Herbst weichen würde. Erst dann würden die Nächte in New Orleans kühler werden und seinen verzweifelten und erschöpften Bewohnern wieder unbeschwerten Schlaf schenken.

Äußerst schlecht gelaunt stieg Olivier die Treppe hinunter und begab sich in die Werkstatt im hinteren Teil des Hauses, das mitten im Herzen des französischen Viertels lag. Nicht einmal das Frühstück mit Buttertoast, Kaffee und Rührei hatte ihn aufheitern können. Ein harter Tag lag vor ihm. Vielleicht hätte er seine Koffer packen und nach Norden ziehen sollen, wo zivilisierte Menschen auch im Sommer schlafen konnten, dachte er, noch immer verärgert wegen der durchwachten Nacht. Jedes Jahr spielte er mit diesem Gedanken, aber er wusste, dass er New Orleans nie würde verlassen können, ja nicht einmal das französische Viertel, um unter den feinen Herren im Norden zu leben.

Obwohl er die fünfzig schon überschritten hatte, wollte Olivier De Hule den Kampf noch nicht aufgeben, den sein Körper gegen den Lauf der Zeit ausfocht. Eitel wie kein zweiter, färbte er allmorgendlich jede einzelne seiner grauen Strähnen mit Pech und schmierte danach so viel Pomade darüber, dass die Zinken des Holzkammes perfekte schwarze Streifen in seinem ständig dünner werdenden Haar hinterließen. Durch seinen schlanken Körper, den er mit Sorgfalt kleidete, die achtsamen Bewegungen und eine klare und lebendige Stimme schien es tatsächlich so, als hätte er den Alterungsprozess angehalten. Geheiratet hatte Olivier nie, aber es machte ihm nichts aus. Seine Schneiderwerkstatt war alles, was er zum

Leben brauchte. Er bedauerte lediglich, keinen Sohn von seinem eigenen Fleisch und Blut zu haben, dem er sein Geschäft und seine Kenntnisse vermachen konnte. So hatte er einen Lehrling in Stellung nehmen müssen, den er mit einem Kopfnicken begrüßte, als er nun die Werkstatt betrat.

Exakt in dem Augenblick, in dem der Zeiger seiner Taschenuhr halb zehn anzeigte, betätigte Olivier De Hule die Klinke der Eingangstür und drehte das goldene Schild so um, dass von draußen das Wort GEÖFFNET zu lesen war.

Doch auch zweieinhalb Stunden später hatte noch kein einziger Mensch die Schwelle des Ladens überschritten. Gerade wollte Olivier schließen und sich zum Mittagessen zurückziehen, als das helle Läuten des Türglöckchens ihm bedeutete, dass soeben der erste Kunde des Tages eingetreten war. Bei dem Gedanken an das sautierte Huhn mit Champignons, das ihn auf dem Esstisch im Obergeschoss erwartete, schimpfte er innerlich.

Von seinem Platz aus konnte er das Gesicht des Kunden nicht erkennen. Es musste ein hochgewachsener Mann sein, so viel stand fest. Olivier erhaschte einen Blick auf ein Paar Hosen und einen Gehrock, beide von einer dicken Staubschicht bedeckt, sowie auf noch dreckigere Reitstiefel, die unschöne Spuren auf seinem makellosen roten Teppich hinterließen.

Entsetzt ließ er die Hemden, die er gerade ordentlich zusammenlegen wollte, auf dem Tisch liegen und schoss auf diesen Kerl zu, dem es offensichtlich an Respekt mangelte. Gerade wollte er den Mann schon hinauswerfen, als er dessen Gehrock bemerkte. Das Kleidungsstück war abgewetzt und von einer dicken Schmutzschicht überzogen, aber es gab keinen Zweifel. Selbst unter einer Million Röcke würde er dieses Stück wiedererkennen. Er selbst hatte es mit ein paar letzten Stichen vollendet. Und zum ersten Mal an diesem Tag erschien ein breites Lächeln auf dem kantigen, schmalen Gesicht des Schneiders.

«Monsieur Parrish!», begrüßte er seinen Kunden herzlich und ging jetzt gemessenеren Schrittes auf ihn zu. «Es ist eine große Ehre, Sie bei uns zu begrüßen.»

«Mr. De Hule», erwiderte David den Gruß und hob seine Hand zur staubigen Krempe seines Hutes.

«Setzen Sie sich doch bitte», forderte ihn der Schneider auf. «Machen Sie es sich bequem.»

David setzte sich vorsichtig auf einen weißlackierten, mit blassgrünem Atlas bezogenen Holzstuhl, den Oliviers Gehilfe ihm zuvorkommend herangeschoben hatte. Dabei vermied er ruckartige Bewegungen und hielt das rechte Bein die ganze Zeit gestreckt, so konnte er den Schmerz für ein paar Momente austricksen.

«Ich habe von Ihrer Heldentat am San Jacinto River gelesen. Beeindruckend, wie Sie ganz allein diesen Mörder Santa Anna gefangen genommen haben!»

«Sie müssen nicht alles glauben, was die Zeitungen schreiben, Mr. De Hule. Die haben nämlich die schlechte Angewohnheit zu übertreiben.»

Olivier lächelte. Nach der Niederlage der Mexikaner am San Jacinto hatten die Zeitungen wochenlang über nichts anderes berichtet. Eine Geschichte aber hatte alle anderen überstrahlt: die Heldentat eines jungen Leutnants aus Virginia, der, wie unzählige Ströme von Tinte erzählten, General Santa Anna gefasst und seine Begleiter im Alleingang erledigt hatte, obwohl er selbst schwer verwundet war. Man hatte sogar eine Zeichnung von ihm abgedruckt, wie er sich im Bett von den Verletzungen erholte.

Als Olivier bemerkte, in welchem Zustand das Bein seines Kunden einen Monat nach seiner Verwundung immer noch war, ahnte er, dass die Zeitungen zumindest dieses eine Mal wohl kaum übertrieben hatten.

«Ich bedaure, dass Sie verletzt wurden, Monsieur Parrish. Hoffentlich können Sie sich bald erholen.»

«Es wird schon.» Dankbar klopfte David auf das verletzte Bein. «Es braucht nur Ruhe und etwas Zeit.»

Olivier De Hule schwieg. Die gleichen Worte hatte er schon bei Hunderten Gelegenheiten gehört, aber die Erfahrung lehrte ihn, dass Kriegswunden nur selten von Zeit und Ruhe geheilt wurden.

«Was kann ich für Sie tun, Monsieur Parrish?»

«Nun, ich brauche einen Anzug für den täglichen Gebrauch, am besten noch heute Nachmittag», sagte er mit einem Blick auf sein Erscheinungsbild.

Olivier konnte sehr gut sehen, in welchem Zustand der Gehrock war. Das Leder war rissig und dunkel geworden. Nur mit Mühe konnte er seinen angewiderten Gesichtsausdruck hinter dem langen, gepflegten Schnurrbart verbergen, den er trug, seit er die ersten Falten auf seiner Oberlippe entdeckt hatte.

«Ich brauche außerdem noch einen zweiten sommerlichen Anzug, einen für Festtage und schließlich einen Reitanzug.»

«Accessoires?»

«Was Sie für notwendig erachten.»

«Farben?»

«Suchen Sie etwas aus.»

In Oliviers Kopf bildeten die Hemden, Schuhe, Stiefel,

Jacken, Hosen und Handschuhe bald ein hübsches Sümmchen. Die kleine, dunkle Iris des Schneiders verschwand beinahe hinter den Pupillen, die sich mit der immer länger werdenden Liste vor Glück vergrößerten. Er wusste, David Parrish sparte nie an seiner Kleidung, sondern verlangte stets das Beste. Im Handumdrehen hatte sich der Ärger über einen schrecklich heißen Tag in die Freude über ein hervorragendes Geschäft verwandelt.

Ausgiebig studierte Monsieur De Hule den Mann, den er vor sich hatte. Bei einer Körpergröße von einem Meter achtzig hatte David Parrish breite und wohlgeformte Schultern. Olivier hatte ihn praktisch heranwachsen sehen. Mit seiner Nadel hatte er vor über zehn Jahren den ersten Anzug für ihn vollendet, der nur der Anfang einer langen Geschäftsbeziehung war. Damals war David ein junger Bursche von achtzehn Jahren gewesen und hatte seinen Vater zum ersten Mal nach New Orleans begleitet. Für seine Maße brauchte Olivier nicht einmal in seinen Karteikarten nachzusehen. Er kannte sie in- und auswendig. Natürlich war David seit seinem letzten Besuch etwas schmaler geworden, aber das lag an den harten Monaten im Krieg. Bald würde er sein normales Gewicht zurückhaben.

Nachdem Olivier seinen Kunden von oben bis unten betrachtet hatte, nickte er und schnippte dann mit den Fingern nach seinem Lehrling. Der Junge stapelte gerade Kartons auf dem Ladentisch und ließ sofort alles stehen und liegen. Er lauschte aufmerksam den Anweisungen auf Französisch und verschwand dann hinter einem Vorhang.

«Der sommerliche Anzug wird Ihnen gewiss gefallen, Monsieur Parrish.» Wie ein Wasserfall redete Olivier auf seinen Kunden ein, um ihn von der Qualität seiner Ware zu überzeugen. «Ich kann Ihnen versichern, in Europa ist das die neueste Mode. Und der Stoff ...» Bewundernd zog er die Augenbrauen in die Höhe. «Wirklich erlesen!»

Wenig später trat der Lehrling mit einem Anzug aus dem Hinterzimmer, den er sich achtlos über den Arm gelegt hatte.

Olivier warf ihm einen tadelnden Blick zu. Würde er es denn nie lernen? Dachte dieses Bürschlein vielleicht, dass er sich eine Pferdedecke über den Arm geworfen hatte? Mit einer wütenden Handbewegung nahm er den Anzug an sich und schickte den Jungen in die Mittagspause. Erst nachdem er sich vergewissert hatte, dass keine einzige Falte den Eindruck trüben könnte, hob er das Kleidungsstück hoch und zeigte es seinem Kunden so vorsichtig, als hielte er ein Tablett mit kostbarem Porzellan.

Ein Blick genügte David, um festzustellen, dass der Anzug perfekt war. Der feine, seidige Stoff schien ihm genau richtig für die heißen Sommertage, die die Weiten Virginias gleichermaßen heimsuchten wie New Orleans.

«Wie ich schon sagte», fuhr Olivier fort, «das Material ist in Europa sehr gefragt. Ideal für heiße und schwüle Sommerabende. Sehen Sie nur dieses erfrischende Perlgrau!»

«Er gefällt mir.»

Sofort hängte Olivier den Anzug über einen Ständer und forderte seinen Kunden auf, ihn anzuprobieren.

«Danke, aber das wird nicht nötig sein.» David fühlte sich schmutzig und müde. «Ich bin sicher, dass er mir passt.»

Der Anzug war bestimmt für jemand anderen genäht worden, da war David sich sicher. Aber wahrscheinlich hatte der Unglückselige ihn nicht abholen oder nicht rechtzeitig bezahlen können, sodass Olivier De Hule die Gelegenheit nutzte, ihn jetzt anderweitig loszuwerden.

Schließlich war der Schneider ein Mann mit einem ausgezeichneten Sinn für Geschäfte, der die Gentlemen der besten Familien in Louisiana einkleidete. Aber das war David egal. Ohne Zweifel war das Kleidungsstück elegant und gut geschnitten, und er wollte sich so schnell wie möglich wieder wie ein zivilisierter Mensch kleiden. Außerdem würde sich dieser schmale Mann mit dem sorgfältig gestutzten Schnurrbart hüten, ihm etwas zu verkaufen, was nicht wie angegossen passte.

David konnte nicht ahnen, dass der kluge Schneider den Anzug tatsächlich für ihn angefertigt hatte. Seit Jahren kam David Parrish jedes Frühjahr für eine Woche nach New Orleans, um sich um seine Geschäfte und den Verkauf der Baumwollernte zu kümmern, und bestellte Anzüge bei De Hule. Dieses Jahr jedoch, nachdem der Schneider von den schweren Verletzungen seines treuen Kunden erfahren hatte, fürchtete er schon, die Anzüge an irgendeinen Dummkopf verkaufen zu müssen. So hatte Olivier für seine baldige Genesung gebetet wie kaum ein Mitglied der Familie Parrish.

Die Einzelheiten der weiteren Ausstattung waren in fünf Minuten besprochen. Ein Bambusstock mit silbernem Griff bildete den letzten Punkt auf der langen Liste. Den perlgrauen Anzug und den Stock würde Olivier gemeinsam mit den notwendigen Accessoires sofort zum Hotel schicken lassen. Der Rest der Bestellung würde später am Nachmittag fertig gemacht.

Nachdem alles geregelt war, zog David ein dickes Bündel Scheine aus der Tasche, bezahlte und ging.

Auf dem Weg zum Hotel hielt er für einen Moment in der Apotheke in der Decatur Street. Geduldig wartete er, bis eine Dame mit honigsüßer Stimme ein paar Magenbonbons aus Anis-Samen gekauft hatte, und bat dann um ein Mittel gegen die Mückenstiche.

Über die meistbenutzte Straße der Stadt gelangte David schließlich zum Hotel. Das *Royal Omini* war im Vorjahr eröffnet worden, genau dort, wo vorher das *Saint-Louis* gestanden hatte. Inzwischen war es das luxuriöseste Hotel der Stadt geworden.

Nachdem David sich vergewissert hatte, dass sein Pferd anständig versorgt wurde, trug er sich im Hotel ein und ließ sich von einem elegant gekleideten Sklaven in den ersten Stock geleiten.

Als er in seinem Zimmer ankam, hing schon alles, was er bei Olivier De Hule bestellt hatte, ordentlich im Schrank. Er bat darum, dass ihm ein Bad bereitet wurde, außerdem sollte jemand kommen, der ihn rasierte.

David wollte die Angelegenheit, die ihn nach New Orleans geführt hatte, so rasch wie möglich regeln. Aber auch wenn er bereits aus Texas ein Schreiben gesandt und sein Kommen angekündigt hatte, wäre es doch höchst ungebührlich, sich ohne direkte vorherige Ankündigung im Haus des reichsten Mannes von New Orleans zu präsentieren. So verfasste er eine kurze Nachricht, in der er seinen Wunsch nach einem Treffen ausdrückte, und übergab sie dem uniformierten Sklaven, der ihn ins Zimmer geführt hatte. Die Nachricht sollte sofort überbracht werden. Wenn alles lief wie erwartet, würde er noch am gleichen Nachmittag eine Antwort erhalten, ob das Treffen am nächsten Tag stattfinden konnte. In nur zwei Tagen würde David dann das letzte Stück seiner Heimreise in Angriff nehmen können.

Während ein Aufmarsch von Sklaven mit schweren Eimern die kupferne Badewanne füllte, kümmerte sich ein weiterer Bediensteter um seine Rasur. Als die Wanne voll und er endlich allein war, entledigte David sich seiner dreckigen Kleidung. Ein wohliger Seufzer entwich seinen Lippen, als das erfrischende Wasser seinen müden Körper aufnahm. Auf einer Ablage fand er ein Stück Seife und rieb sich gründlich damit ein. Kaum war er sauber, goss er ein paar Tropfen der Mixtur gegen Mückenstiche ins Badewasser und ließ das Mittel einwirken.

Es wirkte Wunder, daran gab es keinen Zweifel. Innerhalb weniger Minuten spürte er, wie die Schwellungen zurückgingen und der Juckreiz verschwand. Leider gab es auch eine unangenehme Nebenwirkung. Noch Stunden nach der Anwendung haftete ein starker und durchdringender Geruch an seinem Benutzer. Aber das war David egal. Schließlich wollte er das Zimmer erst am nächsten Tag wieder verlassen.

Die Reise war wirklich anstrengend gewesen. Nach dem Bad fiel David ins Bett und streckte sich behaglich auf der weichen Matratze aus, und ehe er sichs versah, war er tief eingeschlafen.

Lautes Klopfen an der Zimmertür weckte ihn. Er wusste nicht, ob er fünf Minuten oder ein paar Stunden geschlafen hatte. Wieder klopfte es.

«Herein!»

David erkannte den Sklaven, der die Nachricht für ihn überbringen sollte.

«Ich bitte um Verzeihung, Monsieur», entschuldigte sich der Mann, als er eintrat und mit seiner behandschuhten Hand einen Brief überreichte.

Alles lief perfekt. Morgen um Punkt sechs Uhr wurde David in der Residenz der Familie Lacroix in der Esplanade Avenue erwartet. Er würde New Orleans also tatsächlich in zwei Tagen wieder verlassen können.

Gerade wollte David den Brief schon weglegen, als ihm ein winziges Detail ins Auge sprang: Die Einladung war nicht erst für den nächsten Tag, sondern schon für denselben Abend.

«Verdammt!», fluchte David. Er hatte nur noch eine Stunde, um sich fertig zu machen und pünktlich zu erscheinen. «Schnell!», befahl er dem Sklaven. «Bring sauberes Wasser und ausreichend Handtücher. Ich muss diesen schrecklichen Gestank loswerden.»

Rasch stellte er sich wieder in die Wanne und seifte sich noch gründlicher ein als beim ersten Mal. Dann wartete er, dass der Diener mit sauberem Wasser zurückkam.

David war wirklich verärgert. Was fiel diesem Menschen ein, ihm nur eine Stunde vorher Bescheid zu geben? Für wen hielt sich dieser Gaston Lacroix? Diese unberechenbaren Franzosen würde er niemals verstehen, dachte David erbost.

Nachdem er wenig später den letzten Knopf des Gehrocks geschlossen hatte, fingerte er nach den Ärmeln des Hemdes und zog sie so weit heraus, dass man die Stickerei sehen konnte, die die Manschetten verzierte. Schließlich band er sich noch ein Tuch um den Hals und setzte sich einen Zylinderhut auf, der aus dem gleichen perlgrauen Stoff gefertigt war wie der Anzug.

David betrachtete sich im Spiegel. Er hatte eine gesunde Gesichtsfarbe. Seine sehr helle Haut hatte während der Monate im Feld eine leichte Sonnenbräune angenommen, die seine blauen Augen noch mehr betonte. Sein blondes, eigentlich kurzes Haar war gewachsen, und obwohl es im Nacken fast eine Handbreit lang war, konnte er es wegen seiner Locken noch nicht zu einem Zopf binden. Mit den feinen Augenbrauen, der glatten Haut und den gleichmäßigen, nicht sehr markanten Gesichtszügen wirkte er jünger als dreißig. Doch die recht große Nase mit breiter Nasenwurzel verlieh ihm einen maskulinen Zug. Seine Größe und Statur machten ihn zu einem außerordentlich attraktiven Mann.

Nachdem er seinem Spiegelbild einen letzten Blick zugeworfen hatte, nickte David zufrieden und verließ mit Hilfe des neuen Gehstocks das Zimmer.

· 3 ·

Schon vor über dreißig Jahren hatte Napoleon Louisiana an die Vereinigten Staaten verkauft und mit dem Erlös seine Feldzüge finanziert. Die Bewohner dieses Staates hatten sich jedoch noch nicht damit abgefunden, Amerikaner zu sein. New Orleans betete seine französischen Wurzeln an, und das französische Viertel mit seinen bunten Häusern, der europäischen Musik, die aus allen Ecken ertönte, und den bittersüßen Aromen seiner mediterranen Gerichte war das Herzstück der Stadt.

Gleichwohl würde David nicht lange genug bleiben, um auch das intensive Nachtleben zu genießen. Sein Zwischenhalt galt nur seinen Geschäften, und er musste seine Reise fortsetzen, sobald er seine Angelegenheiten geregelt hatte.

Die Kutsche bog in die Chartres Street ein. Zur Linken erschien das Gebäude des Cabildo, das während der spanischen Herrschaft als Regierungssitz gedient hatte und in dem jetzt das Rathaus untergebracht war. Dann erblickte David die Kathedrale St. Louis mit ihren drei Türmen und schließlich das Presbyterium, dessen Frontgiebel mit amerikanischen Symbolen verziert war, die das alte spanische Wappen ersetzt hatten. Jeder Hinweis auf die Kolonialzeit war beseitigt worden. Hinter dem Andrew-Jackson-Platz konnte David zwischen den unendlichen Reihen der Raddampfer und Schiffe, die über mehrere Meilen an beiden Ufern des Flusses angelegt hatten, das dunkle Wasser des Mississippi erkennen. Von hier aus wurde jedes Jahr eine halbe Million Ballen Baumwolle verschifft. Der geringere Teil davon ging flussaufwärts in die Nordstaaten, wo die Baumwolle weiterverarbeitet wurde. Der größte Teil wurde jedoch nach England gebracht, um die unersättliche Nachfrage der größten textilverarbeitenden Industrie nach Rohmaterial zu befriedigen.

Aber in Louisiana wurde nicht nur mit Baumwolle gehandelt. Jahrelang war der größte Teil der Sklaven, die aus Afrika hergebracht wurden, hier entladen und danach in den Straßen von New Orleans verkauft worden. Und trotz des internationalen Verbots war der Handel mit afrikanischen Sklaven auch heute noch eines der einträglichsten Geschäfte der Stadt.

Als die Kutsche das alte Ursulinenkloster mit seinen steilen, von Gauben gesäumten Dächern und den hohen Schornsteinen im französischen Kolonialstil erreichte, machte David die ersten abendlichen Passanten auf dem Bürgersteig aus.

Sie bogen in die Esplanade Avenue ein, deren zwei Baumreihen ein durchgehendes Schattendach warfen. Wenn es einen Ort gab, an dem sich die kreolische Aristokratie versammelte, dachte David, dann war es ohne Zweifel hier.

Es schien, als wollte jede der prächtigen Villen, die die Allee säumten, mit einer noch schöneren Fassade und einem noch gepflegteren Garten die Konkurrentin neben ihr ausstechen. Hier eine weiße Villa im reinsten neoklassizistischen Stil mit hohen Marmorsäulen, dort ein Anwesen, das im nüchternen, aber ebenso luxuriösen Queen-Anne-Stil gehalten war. Es gab auch Villen in lichtdurchfluteter italienischer Bauart. Welchen Stil man auch immer bevorzugte, die Esplanade Avenue diente dazu, den Reichtum ihrer Anwohner zur Schau zu stellen.

Schließlich zeigte ein schmiedeeisernes Gitter mit weitgeöffneten Toren das Ende der befahrbaren Strecke an. Es gab in diesem Teil der Allee nur noch zwei Villen, eine auf jeder Seite. Zweifellos war eine von ihnen der Wohnsitz der Familie Lacroix.

Der Kutscher lenkte die Pferde durch einen mit Efeu bewachsenen Torbogen. Jetzt konnte David das Anwesen sehen. Auf einer leichten Erhebung, von der aus es scheinbar die ganze Straße beherrschte, lag das beeindruckendste Herrenhaus, das er je gesehen hatte.

Jedes der drei Stockwerke verfügte über zehn Fenster. In der Fassade aus rötlichem Backstein waren in regelmäßigen Abständen klassische Skulpturen aus weißem Marmor eingelassen. Vier Säulen mit griechischen Kapitellen wachten über den Vorhof.

Nachdem die Kutsche ihren Weg durch einen blühenden Garten fortgesetzt hatte, hielt sie schließlich vor der breiten Treppe zum Hauptportal. Noch bevor David sich erheben konnte, öffnete schon ein Sklave in einer grünen, mit goldenem Atlas besetzten Livree den Wagen. David überreichte ihm seine Karte und folgte ihm ins Haus.

Als sie im Salon angekommen waren, murmelte der farbige Mann etwas, das klang wie eine Aufforderung, Platz zu nehmen. Dann verschwand er wieder. David schlug die Rockschöße der neuen Anzugjacke zurück und setzte sich auf einen mit bedruckter Seide bezogenen Sessel.

Der rötliche Glanz der Mahagonidielen wurde von den Fasern der orientalisch gemusterten Teppiche gedämpft.

An der Stirnseite des Salons führten in Blei gefasste Glastüren auf eine große Terrasse voller Bougainvilleen. Hinter der steinernen Balustrade und dem gepflegten Rasen konnte David die ruhigen, blauen Wasser des Lake Pontchartrain erkennen. Er war tief in der Betrachtung der Landschaft versunken, als ihn plötzlich eine melodische Stimme mit unverwechselbar französischem Akzent begrüßte: «Monsieur Parrish!»

David stand auf.

«Mr. Lacroix?»

Ein kleiner dicker Mann mit gutmütigem Gesicht lächelte ihn an. «So ist es.»

«Sehr erfreut.» David nickte höflich und wollte seinem Gastgeber die Hand schütteln. Doch Monsieur Lacroix beachtete die ausgestreckte Hand seines Gegenübers gar nicht, sondern schloss ihn gleich in seine kräftigen kurzen Arme.

«Ich habe erstaunliche Dinge von Ihnen gehört!», rief er aus und drückte David mit einem solchen Ungestüm, dass er ihn beinahe vom Boden hochhob. «Es freut mich, Sie endlich kennenzulernen.» Lachend klopfte er David auf den Rücken.

«Zu freundlich», antwortete dieser peinlich berührt.

«Werden Sie uns für längere Zeit beehren?»

«Leider fürchte ich, dass es nur ein paar Tage sind. Ich war schon seit Monaten nicht mehr auf meiner Plantage und muss vor der Baumwollernte zurück sein.»

«Ah, die Pflicht ...», murmelte Lacroix verständnisvoll und nickte. «Und Ihre Koffer?»

«Bitte?»

«Ihr Gepäck? Haben Sie denn kein Gepäck mitgebracht?»

«Aber … aber natürlich», stotterte David angesichts der unerwarteten Wendung, die das Gespräch nahm, «es ist im Hotel.»

Mit weitaufgerissenen Augen sah Gaston Lacroix seinen Besucher an.

«*Mon Dieu!* In einem Hotel!», rief er entsetzt und legte in übertriebener Manier die Hände an die Wangen. «Auf gar keinen Fall wird ein junger Mann wie Sie, ein Held unserer Nation, in einem jämmerlichen Hotel unterkommen. Ohne Bequemlichkeit, ohne Komfort. Niemals! Noch heute werden Sie in mein Haus umziehen.»

«Ich versichere Ihnen, dass ich perfekt untergebracht bin.»

«An einem solchen Ort kann es Ihnen unmöglich gutgehen!» Sofort blickte Gaston Lacroix sich suchend um, als hätte er gerade etwas verloren. «Martin! … Wo steckt bloß dieser –»

Noch bevor Monsieur Lacroix seinen Satz beenden konnte, stand der Sklave, der David hereingeführt hatte, schon neben seinem Herrn. «Ah, da bist du ja! Schick jemanden zum … Verzeihung», wandte er sich nun David zu. «Wie, sagten Sie gleich, heißt das Hotel?»

«Das *Royal Omini.*»

«Du hast es gehört. Jemand soll das Gepäck von Monsieur Parrish holen. Solange er in New Orleans bleibt, wird er unser Gast sein.»

David versuchte zu protestieren, aber Gaston Lacroix unterbrach ihn mit einer energischen Handbewegung. «Bitte erklären Sie sich einverstanden.» Dabei sah Lacroix seinem Gast mit Bestimmtheit in die Augen.

David war überrascht, einen so intensiven Glanz in den kleinen und tiefliegenden Augen zu entdecken. Sein Gastgeber würde es als eine persönliche Beleidigung ansehen, wenn David seine Einladung ausschlüge.

David Parrish tat selten etwas, was er nicht wirklich wollte. Aber hinter Lacroix' so freundlichem, scheinbar sorglosem Blick entdeckte er eine Zielstrebigkeit und Durchsetzungskraft, die ihn verstehen ließ, warum dieser Mann einer der reichsten und mächtigsten Männer der Stadt geworden war. Fast bereute er es, nicht auf direktem Wege nach Norfolk gereist zu sein, das nur wenige Tagesreisen von seinem Zuhause entfernt war. Stattdessen war er nun hier und musste mit diesem unberechenbaren Franzosen zurechtkommen.

Also fügte David sich den Umständen und sagte freundlich: «Es ist mir ein Vergnügen, Ihre Einladung anzunehmen!»

«Wunderbar! Dann zeige ich Ihnen jetzt Deux Chemins», verkündete Lacroix stolz wie ein Pfau. Mit einem zufriedenen Lächeln legte er seine Hand auf die Schulter seines Gastes und führte ihn in den Garten. Wieder bereitete die Berührung David Unbehagen.

Etwa um halb sechs wachte Katherine auf. In der Nacht zuvor hatte sie aufgrund der Hitze kein Auge zugetan, aber nach der ausgiebigen Mittagsruhe fühlte sie sich jetzt wie neugeboren. Heute Abend empfingen sie Gäste auf Deux Chemins, und die Soiree würde sicher bis in die frühen Morgenstunden andauern. Auf keinen Fall wollte sie mit müdem Gesicht und Augenringen herumlaufen. Katherine reckte sich und verließ mit einem wohligen Seufzer das Bett. Ein paar Stunden Schlaf hatten Wunder bewirkt.

Als kurz darauf Molly das Zimmer betrat, stand Katherine am Fenster und blickte verstohlen in den Garten, um die beiden Männer zu beobachten, die dort spazieren gingen.

«Katty, was tust du? Sie werden dich sehen», rief die junge Frau erschrocken.

Ohne vom Fenster zurückzutreten und ohne den geringsten Anflug von Schamgefühl, wies Katherine die Eingetretene mit einer Handbewegung an, still zu sein und näher zu kommen.

«Weißt du, wer das ist?»

Hinter den dichten Vorhängen aus grünem Samt betrachtete Molly aufmerksam Katherines Vater und den jungen Unbekannten, der neben ihm ging.

«Ich habe ihn noch nie gesehen.»

«Sieht er nicht gut aus!»

Trotz der Entfernung musste Molly anerkennen, dass der Herr außerordentlich vornehm wirkte. Master Lacroix war nicht sonderlich groß, er war sogar fast genauso breit wie hoch, aber sein Begleiter überragte ihn praktisch um einen ganzen Kopf.

In diesem Moment drehten die beiden Männer sich plötzlich zum Haus um, sodass Molly und Katherine sich schnell auf den Boden werfen mussten, um nicht entdeckt zu werden.

«Oh nein, bestimmt haben sie uns gesehen», rief Katherine vergnügt und riss in gespieltem Schrecken die Augen auf. Beide Frauen fingen an zu lachen, wie sie da so auf dem Boden lagen. Aber die Neugierde war stärker als die Vernunft, und Katherine richtete sich wieder auf, um erneut aus dem Fenster zu spähen.

Inzwischen hatte ihr Vater offensichtlich jedes Interesse

an der Fassade verloren und entfernte sich mit seinem Gast weiter vom Anwesen.

«Also Molly, ich glaube, heute ist ein perfekter Tag für einen Gartenspaziergang», verkündete Katherine, zog ihre Freundin hoch und zupfte verspielt an ihrem Nachthemd aus gelber Seide. «Meinst du nicht?»

«Oh ja, ich glaube, dazu hätte ich auch Lust», gab Molly schelmisch zurück.

❧

Das Grundstück dehnte sich fast bis zum Lake Pontchartrain aus, und obwohl David den Horizont angestrengt absuchte, konnte er keine einzige Baumwollpflanze in der gepflegten Gartenlandschaft entdecken.

«Die Plantagen befinden sich flussaufwärts, etwa eine Tagesreise mit dem Boot», erklärte Monsieur Lacroix dem jungen Mann, als hätte er dessen Gedanken erraten.

David kannte niemanden, der es sich erlauben konnte, eine so große Fläche nur für Spaziergänge zu nutzen. Das Gebiet schien mindestens so groß zu sein wie seine Plantage in Virginia. Welcher Mann war so reich, dass er auf derartige Weise Land verschwenden konnte?

Beglückt nahm Gaston Lacroix die Überraschung auf dem Gesicht seines Gastes wahr.

«Deux Chemins ist für uns ein Ort des Rückzugs.»

Der Spaziergang über das Anwesen dauerte nun bereits eine gute Stunde. Sie entfernten sich nie mehr als hundert Meter vom Haupthaus, aber alle Bäume und Blumen und jede im Garten aufgestellte Statue boten dem Gastgeber einen willkommenen Anlass, stehen zu bleiben und eine Anekdote aus der Familiengeschichte zu erzählen.

Auf Deux Chemins gab es also tatsächlich keine Baumwollfelder. Es hatte sie nie gegeben. Die Hauptplantage lag eine Tagesreise flussaufwärts, zusätzlich besaß Lacroix an anderen Orten des Bundesstaates noch drei weitere Pflanzungen von geringerer Ausdehnung. Die kleinste davon war so groß wie Davids Plantage. Seit sein Großvater Arnaud Lacroix die ersten fünfzig Morgen Sumpfland erworben und dort mit nur fünf Sklaven die erste Pflanzung angelegt hatte, war die Plantagenwirtschaft noch immer eine der Haupteinnahmequellen der Familie, obwohl Gastons Geschäfte sich inzwischen auch auf andere Bereiche ausdehnten.

Er betrieb Sägewerke, Bauunternehmen, Casinos, Handelshäuser, Schiffe ... Aber wenn es etwas gab, das den rundlichen Mann reich gemacht hatte, dann war es der Schmuggel. Er hatte sich die veränderten Umstände zunutze gemacht, die der Verkauf Louisianas an die Vereinigten Staaten mit sich gebracht hatte. Tief in den Laderäumen der Schiffe verborgen, wurden die verschiedensten Luxusgüter aus Europa und dem Rest der Welt von Lacroix' Flotte importiert. Er umging die hohen Zölle, die von der Bundesregierung verhängt worden waren, um den Handel mit Produkten aus den Nordstaaten zu begünstigen. Natürlich hütete David sich, irgendeinen Kommentar darüber zu machen. Schließlich waren es gerade Monsieur Lacroix' illegale Geschäfte, die ihn hierhergeführt hatten.

Als die beiden Spaziergänger wieder ins Haus zurückkehrten, begaben sie sich in die Bibliothek, einen großen und geräumigen Raum im unteren Teil des Gebäudes. In Leder gebundene Bücher mit Goldschnitt standen geordnet auf Regalen, die bis zur Decke reichten. Das übrige

Mobiliar bestand aus einem Schreibtisch und zwei breiten Armsesseln. Dort nahmen die Männer Platz.

David ließ sein Bein ausgestreckt. Nach wie vor konnte er das Knie nur schwer beugen, und die Verletzung hatte ihm den Spaziergang übel genommen.

«Ich habe gelesen, dass es ein harter Kampf war», sagte Lacroix mit einem Blick auf das Bein seines Gastes.

«So ist es», antwortete David und legte instinktiv seine Hand auf den Schenkel. «Die Mexikaner konnten nichts tun. Wahrheit und Gerechtigkeit waren auf unserer Seite.»

«Die Siedler stehen tief in Ihrer Schuld», bemerkte Lacroix nachdenklich.

Trotz seiner Worte war Gaston Lacroix davon überzeugt, dass die amerikanischen Siedler Texas gestohlen hatten. Und es erstaunte ihn, mit welcher Leichtigkeit die Sieger immer wieder vergaßen, was ihnen nicht in den Kram passte. Der junge Leutnant bildete da wohl keine Ausnahme. Schließlich hatte Texas zu Mexiko gehört, seit die Spanier die Neue Welt entdeckt und erobert hatten. Die mehrheitlich amerikanischen Siedler, die seinem Gast zufolge Wahrheit und Gerechtigkeit auf ihrer Seite hatten, hatten schlicht die mexikanischen Gesetze gebrochen, die ihnen verboten, sich auf diesem Territorium anzusiedeln. Und das mit dem stillschweigenden Einverständnis der Regierung in Washington. Ohne sich darum zu scheren, dass das Land ihnen nicht gehörte, hatten sie Häuser und ganze Dörfer gebaut. Und plötzlich schrien selbst die Menschen, die die mexikanische Staatsbürgerschaft schon angenommen hatten, gemeinsam mit den anderen nach Sezession. Es war also nur allzu verständlich, dass sich die Mexikaner angesichts der Verletzung ihrer Hoheitsrechte und deren Tolerierung durch die amerikanische

Regierung gezwungen sahen zu handeln. Die Belagerung von Alamo war für niemanden eine Überraschung gewesen, servierte der amerikanischen Regierung allerdings auf dem Silbertablett den perfekten Vorwand, endlich einzugreifen und sich dieses Land anzueignen, auf das sie schon seit Jahren ein Auge geworfen hatte.

Nichts in seinem Gesichtsausdruck verriet Gaston Lacroix' wahre Gedanken. Dass er seine jetzige Position erreicht hatte, lag an seiner Fähigkeit, seine Schlachten mit Bedacht zu wählen. Und diese würde er niemals gewinnen.

Nachdem Martin ihnen einen Cognac serviert hatte, ließ der Sklave sie wieder allein.

«Sie möchten also ein Exemplar erwerben?», fragte Lacroix ohne Umschweife und sprach damit endlich die Angelegenheit an, die David hergeführt hatte.

«So ist es, Mr. Lacroix. Und ich habe gehört, dass Sie die Besten besitzen.»

«Nun, so sagt man», bekannte er geschmeichelt und nahm einen Schluck von seinem Cognac. «Was suchen Sie denn genau?»

«Ein junges und kräftiges Exemplar.»

Als würde Lacroix diese Worte abwägen, strich er sich über das rundliche Kinn. «Männlich?»

David nickte.

«Parrish ...» Nachdenklich spielte Lacroix mit seinem Glas. «Ein englischer Name, nicht wahr?»

Schon zum zweiten Mal an diesem Nachmittag wurde David von der plötzlichen Wendung, die das Gespräch nahm, überrascht. Was konnte sein Familienname bloß mit diesem Geschäft zu tun haben?

«Lord Albert Parrish war mein Großvater.»

«Ah, Lord Albert», rief Lacroix mit freudigem Interesse aus, als er den Namen eines der Männer vernahm, die zum Sieg des Unabhängigkeitskrieges beigetragen hatten.

«Kannten Sie ihn?», fragte David.

«Nein, ich hatte leider nicht das Vergnügen, aber ich weiß, dass er auf seinen Titel verzichtet hat, um sich dem Freiheitskampf anschließen zu können.»

Er taxierte sein Gegenüber. Davids Art zu reden, das hochmütige Benehmen und das militärische Auftreten, all das bestätigte Gaston Lacroix' ersten Eindruck. Er hatte einen typischen Südstaatengentleman vor sich. Natürlich hatte er vor ihrem Treffen alle notwendigen Erkundigungen eingezogen. So wusste er zwar, dass David aus der Schlacht von San Jacinto als Held hervorgegangen war, musste aber trotzdem noch herausfinden, ob man ihm trauen konnte. Ohne Zweifel besaß der junge Mann ein komfortables Vermögen, wie Lacroix von seinen Kontaktmännern in der Bank von Louisiana erfahren hatte. Außerdem stieg nicht jeder im luxuriösesten und teuersten Hotel der Stadt ab. Lacroix war sich sicher, dass dieser schneidige junge Mann ein paar Jahre in einer Militärakademie verbracht hatte. In den Südstaaten taten das die meisten Söhne der Pflanzer englischer Herkunft. Auch wenn er selbst es für eine ausgemachte Dummheit hielt. Er war als Franzose geboren und würde als Franzose sterben, man konnte ihm tausendmal sagen, dass er jetzt Amerikaner war. Und das änderte sich auch nicht, nur weil Napoleon sie verraten und das Land, für dessen Eroberung so viel französisches Blut geflossen war, verkauft hatte, um an Geld für seine endlosen Kriege zu kommen. Lacroix' Söhne hatten beide nicht in der Armee gedient. Sie sollten ihr Leben nicht im Kampf für ein Land verlieren, das er nicht als das seine betrachtete. Stattdessen hatten beide an den besten Universitäten des Nordens studiert und waren fähige Anwälte geworden.

«Ein Exemplar also. Männlich», wiederholte Lacroix gedankenverloren.

Vorsichtig nickte David. Schon wieder hatte das Gespräch eine Wende von hundertachtzig Grad genommen.

«Das wird kein Problem sein», erklärte Lacroix. «Aber Sie sind doch sicher nicht den weiten Weg aus Virginia gekommen, um etwas zu erwerben, das Sie auch in Savannah oder selbst in Richmond bekommen könnten – wenn auch gewiss nicht in der gleichen Qualität …»

Gerade als David den wahren Grund seines Besuchs verraten wollte, wurde die Tür der Bibliothek geöffnet. Für einen Moment glaubte er, dass der Cognac ihm einen bösen Streich spielte und ihm eine Erscheinung vorgaukelte. In einem wunderschönen hellen Kleid mit großen gelben Blumen, das mahagonifarbene Haar so aufgesteckt, dass große Korkenzieherlocken in das samtweiche Gesicht fielen, betrat eine anmutige Frau den Raum.

«Oh, *pardon*!» Überrascht sah die junge Dame den Unbekannten an und legte eine Hand an ihre Lippen.

David erhob sich, als hätte eine Sprungfeder ihn von seinem Sitz katapultiert. Doch es verschlug ihm die Sprache.

«Es tut mir leid, Papa! Ich wusste nicht, dass du Besuch hast.»

Gaston Lacroix lächelte. Er wusste ganz genau, dass jedes Detail dieses Auftritts sorgfältig geplant war.

«Monsieur Parrish, ich darf Ihnen meine Tochter Katherine vorstellen.»

Zarter Jasminduft erfüllte die Luft. David atmete ihn

tief ein und hoffte dabei inständig, dass sein neuer Anzug jede Spur des Mückenmittels überdeckte.

«Miss Lacroix, es ist mir eine große Freude, Sie kennenzulernen.» Mit einer leichten Verbeugung begrüßte David die junge Frau und führte ihre behandschuhte Hand an seine Lippen.

«Sehr erfreut, Monsieur Parrish. Werden Sie länger bleiben?»

Für eine Sekunde war David wie gelähmt, verzaubert von ihrem Blick, aber diese verwirrenden honigfarbenen Augen erwarteten eine Antwort.

«Monsieur Parrish kommt aus Virginia, Katherine», warf Lacroix ein. «Und ich fürchte, dass er nur für ein paar Tage unser Gast sein kann. Er muss sich um seine Angelegenheiten kümmern.»

«Sie logieren also auf Deux Chemins?»

Lacroix zweifelte nicht im Geringsten daran, dass seine Tochter zu diesem Zeitpunkt sogar bereits wusste, in welchem Zimmer der arglose Gentleman untergebracht war.

«So ist es, Miss Lacroix.» David räusperte sich. «Ihr Vater besaß die Freundlichkeit, mich einzuladen.»

Katherine lächelte. «Dann werden wir ja Gelegenheit haben, uns beim Dinner wieder zu sehen, Monsieur Parrish. Ich ziehe mich jetzt besser zurück, um Sie nicht weiter zu stören.»

David war noch immer wie versteinert und fand nicht einmal ein passendes Abschiedswort.

Katherine deutete einen Knicks an, wandte sich ihrem Vater zu und gab ihm liebevoll einen Kuss auf die Stirn. «Wir sehen uns beim Essen, Papa.»

«Du sahst vorhin am Fenster sehr hübsch aus», flüsterte Lacroix seiner Tochter schnell noch auf Französisch zu.

Verschmitzt zwinkerte Katherine ihm zu und verließ die Bibliothek.

Selbst nachdem sie schon längst verschwunden war, starrte David noch immer die Tür an. Fast meinte er, gerade eine Halluzination gehabt zu haben.

«Verzeihen Sie die Störung, Monsieur Parrish, aber Sie wissen ja, Töchter sind unsere größte Schwäche.» Lacroix nahm noch einen Schluck Cognac. «Seit dem Tag ihrer Geburt habe ich ihr nichts abschlagen können. Geht es Ihnen nicht genauso?»

«Ich ... ich habe keine Kinder. Ich bin nicht verheiratet», antwortete David schon etwas gefasster.

Lächelnd rieb Lacroix sich die Hände, aber David war zu sehr in sich gekehrt, um die Veränderung im Gesicht seines Gastgebers wahrzunehmen.

«Zurück zu den Angelegenheiten, über die wir eben sprachen ...»

Für einen Moment hatte David den eigentlichen Grund seines Aufenthalts in New Orleans vollkommen vergessen.

«... Sie sagten, dass Sie ein junges und kräftiges Exemplar suchen.»

«So ist es.»

«Etwas Bestimmtes?»

David versuchte, die junge Frau aus seinem Kopf zu verbannen und sich auf sein Anliegen zu konzentrieren. «Nun, ich habe gehört, dass Sie mich vielleicht beraten könnten, wo man einen Mandinka bekommt.»

Lacroix kniff die Augen zusammen und blickte sein Gegenüber verschlagen an. Endlich lagen die Karten auf dem Tisch.

«Ein Mandinka.» Lacroix schüttelte langsam den Kopf. «Wissen Sie, dass es kaum noch reine Mandinka gibt?», sagte er und dachte an die hochgeschätzten Sklaven, die aus der afrikanischen Region des Niger stammten. «Seit vor ein paar Jahren die Einfuhr von Sklaven aus Afrika verboten wurde, ist es sehr schwierig, an ein Exemplar zu kommen. Kaum einer der jetzigen Besitzer möchte sie abgeben.»

«Man hat mich jedoch informiert, dass Sie vielleicht Bekannte haben, die trotz allem einen verkaufen würden.»

So höflich, wie es nur irgend möglich war, wollte David seinem Gastgeber zu verstehen geben, dass er über dessen illegalen Sklavenhandel Bescheid wusste.

«Es tut mir leid, aber ich weiß von niemandem.» Lacroix schüttelte erneut den Kopf.

«Verzeihen Sie, wenn ich Ihnen zu nahe getreten bin», entschuldigte David sich und stand auf, entschlossen, die Sache auf sich beruhen zu lassen.

Lacroix amüsierte die übereilte Reaktion seines Gastes. Wie hatte es ein Volk mit so wenig Feingefühl nur geschafft, die Welt zu erobern?

«Nicht so schnell, mein junger Freund. Ich sagte, dass ich von niemandem weiß. Was aber nicht heißt, dass ich mich nicht umhören kann. In vier Tagen vielleicht, höchstens einer Woche …»

David setzte sich wieder. Noch vor wenigen Minuten hätte ihn die Aussicht, seinen Aufenthalt in New Orleans auf eine Woche ausdehnen zu müssen, verärgert. Aber nach der Begegnung mit Lacroix' wunderschöner Tochter war alles anders.

· 4 ·

Pünktlich um acht Uhr gesellte David sich zu den anderen Gästen, die sich im Salon versammelt hatten. Als gleich darauf die Türen zum Esszimmer geöffnet wurden, folgte er ihnen und stellte sich hinter seinen Stuhl zur Linken des Gastgebers. Man wartete noch auf Lacroix, der dem Protokoll zufolge als Erster seinen Platz einnehmen musste.

«Mr. Parrish, nicht wahr?», fragte freundlich die ältere Dame neben ihm. «Wenn ich mich Ihnen vorstellen darf, ich bin Marie Languelot, und dies ist Mrs. Sophie De Blois», sie deutete auf die etwa fünfundzwanzigjährige junge Dame mit leicht hervorstehenden Augen, die ihm gegenüberstand.

«David Parrish aus Virginia. Zu Ihren Diensten», antwortete David und bedachte die Damen mit einer knappen Verbeugung.

Als Mrs. De Blois lächelte, kamen zwar ein paar ziemlich hübsche Zähne zum Vorschein, doch ihr größter Reiz bestand zweifellos aus ein paar Rubinohrringen und der dazu passenden Kette.

Mrs. Languelot hingegen trug kaum auffälligen Schmuck. In ihrem schneeweißen Haar steckte eine Reihe perlenbesetzter Haarnadeln, die für den akkuraten Sitz der komplizierten Hochfrisur sorgten. Von ihren Ohrläppchen hingen in Trauben Perlengehänge herab, und eine schlichte elfenbeinerne Kamee durchbrach das strenge Schwarz ihres Seidenkleids. Ihre Haltung war aufrecht und elegant, das Gewicht der Zeit hatte ihre Schultern nicht beugen können. Das Kinn hatte sie etwas in die Höhe gereckt, aber niemand hätte das für eine herausfordernde Geste gehalten. Im Gegenteil, Marie Languelot schien eine herzliche und angenehme Frau zu sein.

Endlich erschien Gaston Lacroix in Begleitung eines dünnen Männleins, das die vierzig wohl noch nicht erreicht hatte. Der Mann trug eine runde Metallbrille und einen Anzug, der für die Gelegenheit eigentlich nicht elegant genug war. Lacroix hatte ihm freundschaftlich die Hand auf die Schulter gelegt. Nach den beiden betrat Katherine den Raum. Ihr Kleid war ganz in zartem Flieder gehalten, nur eine Schärpe im leuchtendsten Violett betonte ihre schmale Taille. Sie ging am Arm eines hochgewachsenen, dunkelhaarigen jungen Mannes in einem tadellosen grünen Anzug.

Als David feststellte, dass Katherine an ihm vorbeiging und sich stattdessen Lacroix und sein Begleiter neben ihn setzten, wich die Aufregung, die er kurz vor dem Abendessen noch empfunden hatte, einer tiefen Enttäuschung.

Katherine und ihr Begleiter hatten gerade am entgegengesetzten Ende der Tafel Platz genommen, als David spürte, wie jemand diskret an seiner Jacke zupfte. Marie Languelot bedeutete ihm mit einem Blick, dass alle anderen bereits Platz genommen hatten. Sofort setzte er sich.

Lacroix machte es sich in aller Ruhe auf seinem Stuhl bequem. Schließlich lächelte er sichtlich zufrieden.

«Monsieur Parrish. Ich möchte Ihnen unseren Ehrengast vorstellen, Harry Roy Osborn.»

Als der Genannte die singende Aussprache seines Namens hörte, in dem kein R so klang, wie es sollte, zog er missbilligend die Augenbrauen hoch.

«Mr. Osborn», brachte David heraus.

«Monsieur Osborn wohnt ebenfalls auf Deux Chemins, aber nachdem er zwei Wochen bei uns verbracht hat, muss er uns leider morgen schon verlassen.»

David hörte kaum zu. Er war mit seinen Gedanken bei Katherine. Sie hatte ihn noch nicht einmal angesehen. Als er bemerkte, dass Lacroix noch einmal das Wort an ihn gerichtet hatte, fragte er verwirrt nach. «… Bitte?»

«Ich sagte, dass Monsieur Osborn uns morgen verlässt.»

«Das … das tut mir leid.» Nur mit Mühe konnte David sich auf diesen Mann konzentrieren. Zum Glück kam Marie Languelot ihm zu Hilfe. «Mein lieber Gaston, ich glaube, du hast uns noch gar nicht vorgestellt.»

«Mon Dieu!», rief dieser und griff sich an die Stirn. «Monsieur Osborn, ich möchte Ihnen Marie Languelot vorstellen, die Tante meiner verstorbenen Gattin, eine gute Freundin und die Patin meiner Tochter. Und die schöne Frau an Ihrer Seite ist Mrs. De Blois. Leider befindet ihr Mann sich gerade auf Reisen.»

Osborn murmelte zwar ein paar Worte, die nach einer Begrüßung klangen, würdigte sie aber ansonsten kaum eines Blickes. Ohne sich etwas anmerken zu lassen, überging Marie Languelot sein rüdes Benehmen und wandte sich an Lacroix. «Gaston, diesmal hast du dich selbst übertroffen», schmeichelte sie dem Gastgeber, während sie bewundernd über das Porzellan und das italienische Kristallglas mit Goldrand strich.

«*Merci, ma chère.* Aber du weißt doch, dass Katherine sich um diese Details kümmert.»

Schon bei der Erwähnung dieses Namens wurde David

wieder von Unruhe gepackt. Der lange Tisch, der ihn von dieser wunderschönen Frau trennte, war für ihn zu einem unüberwindlichen Hindernis geworden. Sie befand sich nicht nur außerhalb seiner Reichweite, anscheinend war sie auch dem Charme des aufgetakelten Dandys neben ihr völlig erlegen … Unwillkürlich schloss Davids Faust sich um den perlmuttbesetzten Griff des Messers.

«Er heißt Jean-Baptiste Vichy», flüsterte Marie Languelot ihm zu. Offensichtlich hatte sie seine Blicke bemerkt. «Seine Familie besitzt eine große Plantage flussaufwärts. Aber alle Welt weiß, dass der junge Vichy die Tage verschläft und die Nächte damit verbringt, das Vermögen der Familie zu verprassen.» Ihre Perlenohrringe schwankten vor Empörung hin und her. Dann legte sie David freundlich die Hand auf den Arm und sah ihn aus ihren warmen, dunklen Augen an. «Seien Sie beruhigt», sprach sie mit dem gleichen vertrauensvollen Tonfall weiter, «ich versichere Ihnen, dieser Stutzer ist absolut nicht der Typ eines Gentleman, in den meine Patentochter sich verlieben würde.»

Trotzdem wanderte Davids Blick immer wieder zu Katherine hin, und selbst wenn er diesen Impuls unterdrücken konnte und vor sich auf den Teller starrte, machte sein Gehör sich selbständig und suchte den süßen Klang ihres warmen und ansteckenden Lachens im Durcheinander der Stimmen.

Das Essen rührte er kaum an. Die Enttäuschung war ihm auf den Magen geschlagen. Als er beobachtete, wie der attraktive und nicht sehr vertrauenswürdige Jean-Baptiste Vichy Katherine etwas ins Ohr flüsterte, spürte er Eifersucht in sich aufsteigen.

War er etwa dabei, den Verstand zu verlieren? Auf keinen Fall konnte er zulassen, dass die Gegenwart dieser Frau eine solche Wirkung auf ihn hatte.

Von seinem etwas höheren Stuhl aus und mit Parrish und Osborn an je einer Seite überblickte Gaston Lacroix den Tisch, als würde er vom Turm einer Burg aus über ein kleines Königreich wachen. Ihm würde nicht einmal der winzigste Gesprächsfetzen entgehen. Keineswegs war er einfach nur gastfreundlich gewesen, als er David so beharrlich gedrängt hatte, in seinem eigenen Haus unterzukommen. Er wollte ihn genau beobachten und herausfinden, ob man diesem Mann vertrauen konnte. Als er vor einiger Zeit Davids erstes Schreiben erhalten hatte, war ihm nämlich sofort klar gewesen, dass dieser ihm ein illegales Geschäft vorschlagen würde.

Gewiss kümmerte sich kein Mensch besonders um die Schiffe, die trotz des internationalen Verbots noch an afrikanischen Küsten anlandeten und Sklaven erbeuteten. Andererseits versuchte die Regierung in Washington mit Feuereifer, den Schmuggel von europäischen Gütern zu unterbinden. Auch wenn Lacroix' ältester Sohn Julien Mitglied des Regierungskabinetts war und der jüngere, Jean Pierre, der sich gerade anlässlich der letzten Verhandlungen über den Kauf einer Textilfabrik in Europa aufhielt, bald zum Richter ernannt werden würde, konnte man nicht vorsichtig genug sein. Aber als typischer Südstaatengentleman würde David ihn auf keinen Fall wegen seiner illegalen Geschäfte anzeigen, wenn er einmal Gast seines Hauses war. Das würde die Etikette nicht zulassen.

Was Mr. Osborn anging, lag der Fall anders. Den Bundesbeamten, der mit der Überwachung der Zollbestimmungen betraut war, hatte er ebenfalls nicht aus übermäßiger Zuneigung in seinem Haus aufgenommen. Lacroix fand ihn einfältig und viel zu arrogant. Aber dieser einfache Mann aus dem Volke hatte einen Schwachpunkt, seinen Stolz. Und das wusste Lacroix.

Als Mitglied der Regierung von Louisiana war Julien Lacroix benachrichtigt worden, als ein Zollinspektor damit beauftragt wurde, dem illegalen Handel ein Ende zu bereiten. Kaum dass der arglose Osborn an Land gegangen war, hatte Lacroix ihn mit aller Freundlichkeit empfangen und sich in seinen ergebensten Diener verwandelt. Er lud ihn in sein Haus ein, bewirtete ihn wie einen König und sorgte dafür, dass der Inspektor in den zwei Wochen, die er auf Deux Chemins verbrachte, nicht eine Sekunde lang allein war.

Lacroix und sein Sohn wurden zu Osborns persönlichen Fremdenführern. Sie hatten ihm sogar ein paar Hinweise gegeben, die ihn flussaufwärts auf ein angebliches Warenlager der Schmuggler stoßen ließen. Diese List, die dem Inspektor zu einem schönen Triumph verhalf, den er seinen Vorgesetzten bei seiner Heimkehr präsentieren konnte, hatte Lacroix ein hübsches Sümmchen gekostet. Aber das war es wert.

Am nächsten Tag würde er die Stadt mit dem zufriedenen Gefühl verlassen, seine Aufgabe erfüllt zu haben, und Lacroix würde seine Aktivitäten einfach wieder aufnehmen, ohne dass der Tölpel von einem Inspektor etwas gesehen hätte, was er nicht hätte sehen sollen.

Inzwischen wurde das Dessert serviert, aber Katherine hatte David noch kein einziges Mal angesehen.

Der größte Teil der Konversation wurde von Mrs. Languelot bestritten. Zu Lacroix' großem Vergnügen gab sie einige Familienanekdoten zum Besten, dem abgelenkten

David stellte sie die eine oder andere einfache Frage, und sogar den unfreundlichen Mr. Osborn hatte sie nicht vollkommen aufgegeben.

«Sie sind aus dem Norden, nicht wahr?»

«Aus Gettysburg.»

«Get ... Gettys ... burg.»

Osborns knappe Antwort und Mrs. Languelots völlige Unkenntnis dieses Ortes schienen ein Gespräch unmöglich zu machen.

«Gettysburg liegt in Pennsylvania», erklärte David.

«Ah, Pennsylvania!», rief Marie zufrieden aus. «Stammt Ihre Familie von dort?»

«Nein.»

«Aber gewiss stammt Ihre Familie aus dem Norden?»

«Iren.»

«Wirklich! Dann sind Sie also Ire?»

«Nein», antwortete er brüsk. «Ich wurde in den Vereinigten Staaten geboren.»

«Natürlich. Sagen Sie, Mr. Osborn, was hat einen Mann des Nordens in unser geliebtes New Orleans verschlagen? Sind Sie vielleicht zum Vergnügen hier?»

«Ich fürchte, nein, gnädige Frau», antwortete Osborn, ohne seine Unlust zu verbergen. «Ich bin hier als Repräsentant der Regierung dieser Nation, mit dem Auftrag, eine Aufgabe zu erfüllen, die für die Zukunft unseres Landes von essenzieller Bedeutung ist.»

Die feierliche Antwort ließ die gute Frau verstummen.

«Unser Freund Mr. Osborn ist ein Regierungsbeamter, genauer gesagt ist er Zollinspektor, Marie», klärte Gaston Lacroix sie auf. Augenblicklich wurde es still im Raum.

Geschmuggelte Luxusgüter zu erwerben war gang und gäbe in der guten Gesellschaft von New Orleans, und auch in dieser Runde gab es niemanden, der nicht schon einmal Schmuggelware gekauft hatte. Sämtliche Gäste schienen plötzlich großes Interesse an der Mousse au Chocolat zu entwickeln, die vor ihnen stand. Nur David war aufmerksam geworden.

«Ich fürchte, Mr. Osborn, dass Ihre Mission nicht sehr erfreulich ist.»

Das Klirren der silbernen Löffel am feinen Porzellangeschirr, das zusammen mit der Tischwäsche illegal aus England eingeführt worden war, verstummte.

«Bitte?»

«Ich meine, es ist sicher nicht so einfach, dafür zu sorgen, dass ein so ungerechtes Gesetz Beachtung findet. Ein Gesetz, das ja praktisch gegen den Begriff von Freiheit verstößt, auf dem dieses Land gegründet wurde.»

Mr. Osborn richtete sich noch gerader auf, seine Wangen waren blass geworden.

«Die Bundesgesetze garantieren, dass die leistungsfähige Wirtschaft unseres Landes prosperiert, und sie sorgen daher auch für das Wohlergehen seiner Bürger», erklärte er, als hätte er es auswendig gelernt.

«Sie sprechen von den Interessen des Nordens.»

Jemand räusperte sich.

Osborns Gesicht war ein offenes Buch. Weder seine aufrechte Haltung noch sein selbstgefälliges Gebaren konnte seine Verärgerung verbergen. «Es tut mir außerordentlich leid, wenn das Ihr Eindruck ist, aber ich kann nur wiederholen, dass die Maßnahmen der Regierung auf lange Sicht jedem Bewohner dieses Landes Vorteile einbringen werden, auch wenn sie im ersten Moment etwas hart erscheinen.»

Auch wenn die Regierung genau diese Maxime in den

letzten Jahren ständig wiederholt hatte, glaubte doch keiner der Anwesenden daran. Durch die hohen Zölle wurden die Preise der importierten Gegenstände in unermessliche Höhen getrieben. Auf diese Weise versuchte man, den Verkauf von Produkten der jungen Industrie der Nordstaaten zu unterstützen, ja zu erzwingen, obwohl diese Produkte noch von deutlich geringerer Qualität waren. Höchstens Lacroix selbst hatte vielleicht einen Vorteil durch das neue Gesetz, da er sein ohnehin schon beträchtliches Vermögen durch illegalen Handel weiter vermehren konnte.

«Ich verstehe nicht, welchen Nutzen die hohen Zölle für die Südstaaten haben sollen. Wenn Sie so freundlich wären, mich aufzuklären?», fuhr David ironisch fort.

Mrs. De Blois rutschte unruhig auf ihrem Stuhl herum. Der auffällige Rubinschmuck, den ihr Mann ihr von seiner letzten Europareise zum Hochzeitstag mitgebracht hatte und der natürlich nicht verzollt worden war, fühlte sich plötzlich unangenehm an.

Julien warf seinem Vater einen beunruhigten Blick zu. Aber Gaston Lacroix schien die neue Wendung des Gesprächs beinahe zu genießen.

«Es ist doch ganz einfach», erklärte Osborn nun. «Wir sind eine Nation und müssen einander unterstützen. Für die Größe eines Landes muss man Opfer bringen. Es handelt sich um eine Strategie, die auf lange Sicht angelegt ist, auch wenn die Erhebung von Zöllen auf einige Produkte im ersten Moment keine direkten Vorteile für den Süden mit sich zu bringen scheint. Über kurz oder lang wird dieses Gesetz dem Wohle aller dienen, denn sobald die Industrie des Nordens leistungsfähiger geworden ist, wird es auch dem Süden besser gehen.»

Es war nicht das erste Mal, dass David mit einem dieser Mr. Osborns sprach. Wenn man ihnen zuhörte, bekam man den Eindruck, als wohnten im Süden nur launische Kinder, die die eiserne Kontrolle der nördlichen Nachbarn brauchten, um das Richtige zu tun.

«Verstehen Sie jetzt?»

Fast hätte David diesem Kerl ins Gesicht gelacht. Für wen hielt er sich eigentlich. Er war schließlich David Parrish. Seine Familie hatte geholfen, dieses Land zu gründen. Niemals würde er sich von einem Emporkömmling vorschreiben lassen, was richtig oder falsch war. Natürlich durfte er nicht vergessen, dass sein Gastgeber dieses Dinner aus irgendeinem Grund zu Ehren dieses Idioten gegeben hatte.

«So leid es mir tut, aber ich kann Ihre Meinung nicht teilen. Ich glaube, dass sich der Norden an uns und den Zöllen immer mehr bereichert. Und wenn er dann reich genug ist, wird uns nichts anderes übrig bleiben, als allen seinen Launen nachzugeben. Aber ich denke, wir sollten dieses Gespräch besser ein andermal fortsetzen», sagte David abschließend. Er wollte nicht zu weit gehen.

Wäre Osborn klug gewesen, hätte er Davids Friedensangebot akzeptiert und geschwiegen. Aber anscheinend fühlte er sich den anderen Gästen moralisch und intellektuell überlegen und wollte ihnen zeigen, wo ihr Platz war.

«Dieses großartige Land», antwortete er und hob die Stimme, damit ihn auch alle hören konnten, «hat die Freiheit von den Briten zu einem hohen Preis gekauft. Wir können nicht zulassen, dass England, das uns so lange unterdrückt hat, uns mit seiner Industrie aufs Neue zerschlägt, nur weil ein paar Landbesitzer, die von der Ausbeutung anderer Menschen leben, nicht zugunsten des Gemeinwohls auf überflüssigen Luxus verzichten können.»

Das war eine Beleidigung. Möglicherweise fühlten die meisten der Anwesenden anders. Als der Krieg um die Unabhängigkeit ausbrach, hatten ihre Familien zu Frankreich gehört, und selbst heute, nachdem sie vor über dreißig Jahren die Souveränität der Vereinigten Staaten akzeptieren mussten, sahen sie keine Notwendigkeit darin, einem diffusen Gemeinwohl zuliebe ihren Lebensstil zu opfern. Aber für David war es etwas anderes. Wie schon sein Vater und sein Großvater war er in den Vereinigten Staaten geboren. Dieser Hochmut und der Mangel an Respekt, mit dem Osborn wagte, über seinen Lebensstil zu urteilen, brachte ihn dazu, die elementarsten Regeln seiner guten Erziehung zu vergessen. Außerdem hatte die Gleichgültigkeit, mit der Katherine ihn behandelt hatte, ihn aufgewühlt.

«Von Freiheit und Opfern sprechen Sie? Als Ihr Großvater noch irischen Boden pflügte, hat meiner auf seinen Adelstitel verzichtet, um für die Unabhängigkeit dieses Landes zu kämpfen. Nur zu Ihrer Kenntnis, dieser Kampf begann mit Protesten gegen die überhöhten Zölle, mit denen die Engländer die Produkte aus dem Mutterland belegten. Mein Großvater war dabei, als die Unabhängigkeitserklärung entworfen wurde. Er hat für die Freiheit gekämpft, die Freiheit und Unabhängigkeit eines jeden Staates. Dafür, dass jeder Staat selbst über seine Zukunft bestimmen kann», sagte er aufgebracht. «Ich selbst habe Narben, die mich für den Rest meines Lebens zeichnen werden und die ich im Kampf für die Würde dieses Landes und für die Freiheit davongetragen habe. Ihre hingegen kann ich nicht sehen, Mr. Osborn. Wo sind Ihre Narben?»

Osborns Gesicht war rot angelaufen. Um die Männer

herum herrschte zähes Schweigen. Die Luft war so dick, dass man sie mit einem der vielen geschmuggelten Messer, die auf dem Tisch glänzten, hätte schneiden können.

«Gentlemen», sagte Gaston Lacroix beschwichtigend. «Ich darf Sie daran erinnern, dass Damen zugegen sind! Wir sollten diese Diskussion doch lieber auf einen passenderen Moment verschieben.» Lächelnd stand er auf. «Was halten Sie davon, wenn wir jetzt den Tanz eröffnen?»

Die Gäste erhoben sich erleichtert.

Gaston Lacroix wollte um jeden Preis verhindern, dass der kleine Disput in einen offenen Kampf ausartete. Typen wie Osborn waren komplexbeladen und nachtragend. Nach dieser Auseinandersetzung versuchte der Inspektor zwar, absolute Gleichgültigkeit an den Tag zu legen, die scharlachrote Farbe seines Gesichts verriet jedoch das Gegenteil. Die Situation musste entschärft werden, und Lacroix wusste auch schon, wie.

«Mr. Osborn, ich möchte Ihre Freundlichkeit keineswegs ausnutzen», flüsterte er ihm vertraulich zu, während er ihn am Arm in den Salon zog. Misstrauisch hörte Osborn ihm zu. «Ich fürchte, eine alte Rückenverletzung gestattet mir nicht, zu tanzen.» Mit schmerzlich verzogenem Gesicht legte Lacroix sich die freie Hand auf den unteren Rücken. «Wenn Sie vielleicht den Tanz mit meiner Tochter eröffnen könnten ...»

Osborn war sichtlich überrascht. «Es wäre mir eine Ehre», sagte er würdevoll. Mit einem eindeutigen Blick gab Lacroix seiner Tochter zu verstehen, was sie zu tun hatte.

Zum ersten Mal an diesem Abend lächelte Osborn. Nachdem das Paar sich die ersten Takte lang allein gedreht hatte, reihten sich allmählich die anderen ein. Osborn schien vor Glück zu leuchten.

Katherine lächelte ihm unermüdlich zu und pflichtete mit scheinbarem Interesse jeder seiner langweiligen Bemerkungen bei.

Nachdem er seinen anstrengenden Gast kurzzeitig losgeworden war, seufzte Lacroix erleichtert auf. Er nahm sich ein Glas Champagner und gesellte sich zu seinem ältesten Sohn, der abseits der Tanzfläche stand. Julien war kaum größer als sein Vater, jedoch schlank, und seine blauen Augen und das angenehme Gesicht wirkten vertrauenerweckend.

«Julien, bereite alles vor. In zwei Tagen geht es los», teilte Lacroix seinem Sohn auf Französisch mit.

«Ist das nicht zu riskant? Nach dem Vorfall heute Abend sollten wir die Sache vielleicht abblasen.»

Lacroix' Augen funkelten listig, als sie David in der Menge entdeckten. «Wir können ihm vertrauen.»

«Wie du meinst, Vater.»

Gaston Lacroix blickte seinem Sohn nach, der unauffällig den Salon verließ. Gerade wollte er einen großen Schluck Champagner nehmen, als neben ihm Davids besorgte Stimme erklang. «Mr. Lacroix, kann ich Sie einen Moment sprechen?»

«Aber natürlich, junger Mann.»

David wirkte verstört. «Mein Verhalten heute Abend war unverzeihlich.»

Bevor Lacroix darauf antworten konnte, sprach David weiter.

«Ich bin mir vollauf bewusst, dass es keine Rechtfertigung geben kann. Sie werden verstehen, dass ich Ihre Gastfreundschaft nach diesem Vorfall nicht länger in Anspruch nehmen möchte. Noch heute werde ich in mein Hotel zurückkehren.»

In diesem Moment wurde die Musik kurz unterbrochen, dann setzte ein neues Stück ein. Ein kurzer Blickkontakt mit seiner Tochter genügte, und bevor Osborn sich von der Tanzfläche zurückziehen konnte, hatte Katherine ihm schnell eine neue Partnerin besorgt, ihre hübsche Cousine Chantal.

Jetzt wandte Gaston Lacroix sich David zu. «Aber Leutnant Parrish, wenn Sie diesen besserwisserischen Yankee nicht in seine Schranken verwiesen hätten, ich selbst hätte mich gezwungen gesehen, ihn aus meinem Haus zu werfen», gestand er künstlich empört. «Ich bin es also, der Ihnen zutiefst dankbar ist und in Ihrer Schuld steht. Ich werde daher auf keinen Fall billigen, dass Sie uns verlassen.»

«Aber ...»

«Ich bitte Sie, drängen Sie nicht weiter.»

Etwas besserer Stimmung mischte David sich unter die Gäste. Katherine tanzte inzwischen mit Vichy. Fast schien sie in der Luft zu schweben. Während seines Streits mit Osborn hatte er bemerkt, dass sie ihn angesehen, ihm zugehört hatte. Was würde sie nur von ihm denken? Ob sie verärgert war?

Als die Geigen verstummten, beobachtete David, wie Vichy seine Tanzpartnerin in einen Winkel des Salons führte und ihr einen Stuhl anbot. Nachdem sie Platz genommen hatte, entfernte sich ihr Begleiter. Das konnte Davids letzte Möglichkeit sein, Katherine näherzukommen.

«Miss Lacroix?»

«Guten Abend, Mr. Parrish. Ich freue mich, Sie zu sehen. Ich hoffe, Sie genießen den Abend.»

Fast hatte er das Gefühl, seine Knie würden nachgeben, als er ihren glühenden Blick auf sich spürte. Er konnte nur hoffen, dass man ihm die Nervosität nicht anmerkte.

«Ich frage mich, ob Sie mir wohl den nächsten Tanz schenken würden.»

Sie lächelte. Aber als sie auf die Tanzkarte blickte, die an ihrem Handgelenk hing, runzelte sie bedauernd die Stirn. «Es tut mir schrecklich leid, Mr. Parrish, aber ich fürchte, ich habe ihn schon Jean-Baptiste versprochen.» Sie nannte ihren Begleiter beim Vornamen, was nach enger Vertrautheit klang.

«Dann vielleicht danach?»

Ein Kopfschütteln machte einen Strich durch Davids Hoffnungen. «Ich verstehe.»

«Es tut mir wirklich leid. Vielleicht ein andermal?»

«Ja, vielleicht.» Mit einer brüsken Verbeugung zog David sich zurück, als Vichy gerade mit einem Glas Bowle zurückkam.

David zog sich in eine etwas abgelegene Ecke des Salons zurück, wo er sich diskret aufstützen und sein Bein entlasten konnte. Von dort aus beobachtete er, wie Katherine ein ums andere Mal mit Vichy tanzte und auch alle anderen Aufforderungen annahm. Sogar mit diesem Osborn tanzte sie ein zweites Mal! Es war offensichtlich, dass sie sich über ihn geärgert hatte. Da er wusste, dass Katherine ihm keine weitere Gelegenheit geben würde, ließ David sich bald entschuldigen und begab sich in sein Zimmer.

Etwa um drei Uhr morgens hatte auch der letzte Gast Deux Chemins verlassen.

Erschöpft lächelnd ließ Katherine sich auf ihr Bett fallen. «Molly?»

«Ja, Katty.» Die Sklavin hatte im Dämmerlicht auf ihre Herrin gewartet.

«Ich kann nicht mehr. Mein Gott! Ich dachte, mir würden die Füße explodieren. Diese Schuhe sind wirklich eine Qual. Ich kann mir nicht erklären, wie ich die ganze Nacht lächeln konnte. Hätten die Musiker auch nur ein Stück mehr gespielt, wäre ich mitten im Salon zusammengebrochen.»

Molly bückte sich und zog Katherine die Schuhe aus.

Sobald die Füße von ihrer Pein befreit waren, massierte Katherine sich die Zehen. «Hast du ihn gesehen?»

Molly nickte. Sie hatte das ganze Fest heimlich von der Galerie im ersten Stock aus beobachtet. «Die ganze Nacht hat er dich angesehen.»

«Wirklich?»

«Du hast ihn vollkommen verrückt gemacht.»

Auf Katherines sinnlichen Lippen zeigte sich ein Lächeln. «Du hättest sein Gesicht sehen müssen, als ich ihm sagte, dass ich nicht mit ihm tanzen könnte. Er tat mir so leid, dass ich beinahe doch ja gesagt hätte. Und hast du mitbekommen, wie er sich mit diesem Idioten Osborn angelegt hat?» Sie stand auf und hielt ihr Haar hoch, damit Molly das Kleid aufhaken konnte. «Einen Moment lang hatte ich Angst, ein Unglück könnte geschehen», gestand sie besorgt, während das Kleid zu Boden fiel und Molly das Korsett löste. «Zum Glück ist Papa irgendwann dazwischengegangen.»

«Es war wirklich eine schreckliche Situation.»

«Nun, Leutnant Parrish hat diesen eingebildeten Kerl in seine Schranken verwiesen. Was glaubt dieser Yankee, wer er ist?»

Jemand, dem nicht klar war, wo er sich befand, dachte Molly im Stillen, während sie Katherine dabei half, das Nachthemd anzuziehen. Dann schlüpfte Katherine ins Bett und ließ sich von Molly zudecken.

«Ach, er sieht so gut aus!», seufzte sie. «Findest du nicht auch?»

«Sehr gut sogar. Und jetzt schlaf. Sonst wirst du morgen hässliche Augenringe haben.»

«Oh nein, bloß nicht.» Schnell legte sie ihren Kopf auf das Kissen. «Bis morgen, Molly.»

Bevor die Sklavin das Zimmer verließ, löschte sie die Kerzen.

Lächelnd schloss Katherine die Augen, während ihr Körper sich zu einem Knäuel zusammenrollte. Die Nacht war lang gewesen, aber alles hatte sich genauso entwickelt, wie sie es sich erhofft hatte. Der stattliche Leutnant hatte die ganze Zeit ihren Blick gesucht. Auch sie sehnte sich danach, noch einmal in diese blauen Augen sehen zu können, die ihre Seele berührt hatten. Aber sie hatte einen Plan, und wenn sie erreichen wollte, dass David Parrish sich bis über beide Ohren in sie verliebte, musste sie ihn aufs Genaueste befolgen.

Natürlich war es hart gewesen, über Vichys Scherze zu lachen und so zu tun, als würde sie seine Gesellschaft genießen. Immer schon hatte sie ihn für oberflächlich und eitel gehalten. Aber das war es wert. Sie hatte ihr Ziel erreicht, David Parrish war eifersüchtig.

Einfach war es nicht gewesen, das alles einzufädeln. Zuerst hatte Katherine ihm einen Sitzplatz zugewiesen, von dem aus er ständig mit ansehen musste, wie hingebungsvoll sie Vichys Worten lauschte. Außerdem hatte sie die anderen jungen Frauen im heiratsfähigen Alter klug am

Tisch verteilt. Die Hässlichsten saßen dort, wo David sie deutlich sehen konnte, die, die Katherine in irgendeiner Weise in den Schatten stellen konnten, waren außer Sichtweite. Am kompliziertesten war es gewesen, ihre rotgelockte Cousine Chantal aus Davids Blickfeld zu entfernen.

Katherine seufzte glücklich. Der Abend war perfekt gelaufen, aber es lag noch viel Arbeit vor ihr. Mit David vor ihrem inneren Auge, der sich wie ein fahrender Ritter mit schimmernder Rüstung dem dummen Osborn entgegenstellte, versank sie in den süßesten aller Träume.

· 5 ·

Mit festem Schritt durchquerte Molly den Raum, der noch im Halbdunkel lag, stellte das Frühstückstablett auf dem Tischchen vor dem Fenster ab und zog die Gardinen zurück. Hell ergoss sich das Tageslicht ins Zimmer.

«Molly», brummte Katherine und versteckte das Gesicht unter der Decke. «Bist du verrückt geworden? Darf man erfahren, wie spät es ist?»

«Es ist schon nach neun Uhr», teilte Molly ihr ungerührt mit.

«Das ist viel zu früh! Es ist ja kaum ein paar Stunden her, dass ich mich hingelegt habe! Lass mich noch schlafen!»

«Wie du willst! Aber ich sollte dir doch Bescheid geben, wenn der Leutnant sein Zimmer verlässt.»

Sofort streckte Katherine den Kopf unter der Decke hervor. «Ist er schon aufgestanden?»

«Seit mindestens einer halben Stunde frühstückt er mit dem Herrn und dem jungen Herrn Julien.»

«Eine halbe Stunde?», wiederholte Katherine und sprang ungewöhnlich flink aus dem Bett. «Ich muss mich beeilen!»

Das Frühstückstablett wie jeden Morgen außer Acht lassend, ging Katherine zielstrebig zum Kleiderschrank. «Weißt du, was er heute vorhat?», fragte sie Molly, während sie die Schranktüren aufriss.

Amüsiert sah die Sklavin ihr zu. «Ich habe gehört, dass er einen Spaziergang machen will.»

«Einen Spaziergang? Dann sollte ich etwas Schlichteres wählen», überlegte Katherine laut und ließ das prächtige, rosafarbene Seidenkleid mit Blumenbesatz, das sie schon in der Hand hielt, auf den Boden fallen.

«Weißt du, wohin er will?»

«Nicht sehr weit.»

«Vielleicht will er ins Zentrum», sagte Katherine, bevor Molly etwas ergänzen konnte. Sie musste sich unbedingt beeilen. Wenn sie es nicht schaffte, Davids Weg zu kreuzen, bevor er das Haus verließ, würde es fast unmöglich werden, ihn im lärmenden Gedränge des französischen Viertels zu finden.

«Nun, tatsächlich weiß ich ganz genau, wohin er will.»

Katherine hielt inne. «Du weißt es?»

Geheimnisvoll nickte Molly. «Er wird mit deinem Bruder einen Spaziergang durch den Garten machen.»

«Durch welchen Garten?»

«Katty, in welchem Garten soll er schon spazieren gehen! Im einzigen, der bis an die Ufer von Lake Pontchartrain reicht.»

David wollte Deux Chemins an diesem Morgen also nicht verlassen? Katherine lächelte. Geradezu mechanisch legte ihr Bruder Julien jeden Tag um dieselbe Uhrzeit die gleiche Strecke zurück. Ein Blick auf die Uhr genügte, um zu wissen, wo er sich gerade befand. Da die Standuhr in ihrem Schlafzimmer Punkt halb zehn zeigte, hatte sie also noch eine halbe Stunde, um sich zurechtzumachen und ganz zufällig David zu treffen. Die Welt war ihr wohlgesinnt.

Mehr als fünf Minuten brauchte sie, um sich unter ihren vielen Kleidern für ein schlichtes Modell zu entscheiden. Es war aus feinem Stoff in blassem Grün und hatte keine weiteren Verzierungen als ein breites Band aus gelbem Seidenkrepp, das ihre schmale Taille umgab.

Um Punkt zehn Uhr schritten Julien und David durch einen der beiden offenen Torbögen im Heckenlabyrinth und traten auf die grasbewachsene Lichtung in seiner Mitte. Vollkommen unerwartet trafen sie auf Katherine, die auf einer Bank neben dem kleinen Teich saß. In ihrer Begleitung befand sich eine junge Frau.

«Miss Lacroix!» Überrascht führte David seine Hand zum Gruß an den Hut. Lächelnd nickte Katherine ihm zu.

«Guten Morgen, Mr. Parrish. Darf ich Ihnen Molly vorstellen?»

Gerade wollte David seine Hand erneut an die Hutkrempe legen, als Julien ihn rasch unterbrach. «Guten Morgen, Molly.»

«Master Julien», grüßte Molly gehorsam, während sie einen Schritt zurücktrat und demütig vor sich auf den Rasen blickte.

David erstarrte. Niemals hätte er gedacht, dass diese so schöne und elegant gekleidete Frau eine Sklavin sein könnte.

«Wollen wir?», fragte Katherine und erhob sich. Molly blieb hinter ihrer Herrin.

«Sie begleiten uns?», fragte David. Schon hatte er die Sklavin vergessen.

«Ich treffe Julien jeden Morgen hier für diesen Teil des Rundgangs.» Nur mit großer Mühe konnte ihr Bruder seine Überraschung verbergen. Normalerweise stand Katherine nicht einmal vor Mittag auf. Ihn auf einem Spaziergang durch den Garten zu begleiten war das Letzte, was ihr dann einfiel.

Als sie sich wieder in Bewegung setzten, hielt Molly sich weiter diskret hinter ihnen.

«Waren Sie früher schon einmal in New Orleans, Leutnant Parrish?»

«Mehrere Male, aber immer nur kurz. Ich musste mich um Angelegenheiten kümmern, die die Plantage betrafen.»

«Erzählen Sie von Ihrer Plantage!»

Wehmütiger Glanz trübte ihm die Augen. «Bis vorgestern hätte ich noch behauptet, dass New Fortune der schönste Ort ist, den man sich überhaupt vorstellen kann, aber jetzt, wo ich Deux Chemins gesehen habe, muss ich wohl zugeben, dass ich mir dessen nicht mehr ganz so sicher bin.»

Katherine lächelte. «Es muss dort wirklich wunderschön sein.»

«Ja, das ist er. Vielleicht wird Ihre Familie mir einmal die Ehre erweisen, New Fortune zu besuchen. Dann könnten Sie sich selbst ein Urteil bilden.»

Eine halbe Stunde später waren sie wieder am Haupthaus angelangt. Katherine lehnte sich auf die Steinbalustrade der Terrasse, die die gesamte Rückfront der Villa umgab. Auch David stützte sich dankbar auf. Nach dem langen Spaziergang spürte er brennende Schmerzen im Bein.

Am Horizont konnte man das Wasser des Sees erkennen.

«Waren Sie schon am See?», wandte Katherine sich lächelnd an ihn.

Morgennebel hatte sich über die Wasseroberfläche gelegt und dämpfte ein wenig seinen Glanz.

«Bisher hatte ich keine Gelegenheit.»

«Dann haben Sie den bezauberndsten Platz von Deux Chemins ja noch gar nicht gesehen!»

Ein Sklave war zu Julien getreten und flüsterte ihm etwas ins Ohr.

«Wir müssen gehen, Katherine. Papa erwartet uns.»

«Ich befürchte, dass Sie anderweitig gebraucht werden, Mr. Parrish. Es war mir ein Vergnügen, mit Ihnen spazieren zu gehen. Denken Sie daran, dass ich Ihnen den See zeigen muss, bevor Sie uns verlassen.»

«Das werde ich, Miss Lacroix.»

Katherine gab ihrem Bruder einen Kuss auf die Wange, und die beiden Männer entfernten sich auf demselben Weg, auf dem sie gekommen waren.

Kaum hatten die Frauen das Haus betreten, lief Molly, die bis zu diesem Moment immer ein paar Schritte hinter ihrer Herrin geblieben war, automatisch wieder neben Katherine.

«Molly, hast du gesehen, wie seine Augen leuchteten, als er an sein Zuhause gedacht hat?»

«Ja, die Erinnerung hat ihn sehr berührt.»

«Ich hätte nie gedacht, dass ich so etwas einmal sagen würde, aber ich glaube, ich bin verliebt!», gestand Katherine lachend vor Glück und breitete überschwänglich die Arme aus.

Die Sklavin war beunruhigt. Wenn Katherine sich etwas in den Kopf gesetzt hatte, ließ sie nicht locker. Und jetzt war sie verliebt und wollte vielleicht sogar Mrs. Parrish werden. Etwas in ihr schrie Molly zu, dass ihre Welt sich bald verändern würde, und das machte ihr Angst. Aber ihre Gefühle spielten keine Rolle. Molly ließ sich von Katherine umarmen und freute sich mit ihr. Kattys Glück war für sie das Wichtigste.

An den folgenden Tagen wiederholte sich jeden Morgen dasselbe Schauspiel. Immer wenn Julien und David zum Teich kamen, wartete dort Katherine, die sie auf ihrem Spaziergang begleitete.

Eines Abends hatte David mit der ganzen Familie das Theater besucht. Erst gegen Mitternacht waren sie zurückgekehrt, und nachdem Gaston Lacroix unbedingt noch ein Glas mit ihm trinken wollte, hatten Julien und Katherine sich zurückgezogen. Wie sehr hatte er sich gewünscht, einmal mit Katherine allein sein zu können!

Als David dann endlich sein Zimmer betrat, war er müde und niedergeschlagen. Er warf Rock und Halstuch über einen Stuhl, zog die Schuhe aus und begab sich zum Bett. Jemand hatte ein gefaltetes Blatt Papier auf sein Kopfkissen gelegt. Zögernd ergriff David den Zettel und hielt ihn unter die Lampe. «Ich warte um ein Uhr beim Teich auf Sie.» Keine Unterschrift.

Schnell suchte David seine Uhr auf dem Schreibtisch. Er hatte noch zehn Minuten.

Katherine wollte ihn heimlich treffen!

Er sollte auf keinen Fall dort hingehen. Aber sosehr seine Vernunft und sein Ehrgefühl ihn auch vom Gegenteil zu überzeugen versuchten, er konnte nicht widerstehen. Der durchdringende Blick jener honigfarbenen Augen, der süße und fesselnde Klang ihrer Stimme, die ihn von Kopf bis Fuß erzittern ließen, ihr wunderschönes Lächeln, jeder noch so winzige Teil von ihr faszinierte ihn. Er musste sie einfach sehen.

Schnell zog David Rock und Schuhe wieder an und schlich vorsichtig aus dem Haus.

«Julien!»

Er traute seinen Augen kaum. Es war gar nicht Katherine gewesen, die ihm die Nachricht hatte zukommen lassen. David kam sich vor wie ein Idiot. Niemals würde eine Frau wie sie sich heimlich mitten in der Nacht mit einem Mann treffen. Aber seit Katherine in sein Leben getreten war, war ihm jede Vernunft abhandengekommen.

«Es tut mir leid, Sie zu diesem heimlichen Treffen zu bestellen, Monsieur Parrish, aber dies ist die beste Gelegenheit. Folgen Sie mir», flüsterte Julien. «Wir müssen uns beeilen.»

Das klang eher nach einem Befehl denn nach einer Einladung. Schweigend folgte David, als Julien ihn durch das Heckenlabyrinth führte. Draußen wartete ein Sklave mit zwei Pferden. Die beiden jungen Männer stiegen auf.

«Auf geht's, wir werden erwartet», sagte Julien, gab seinem Pferd die Sporen und ritt in Richtung See.

Am Ufer erwartete sie ein einfaches Segelboot. Obwohl kein Mond schien, konnte David auf Deck die Umrisse von drei Männern erkennen. Julien bedeutete ihm zu warten und ging vor. All diese Geheimnistuerei machte David langsam nervös. Katherines Bruder sagte ein paar Worte auf Französisch zu einem ungepflegt wirkenden Mann. Der Mann sprach kein Wort, nickte nur. Dann winkte Julien ihm, dass er an Bord gehen solle. «Keine Sorge, Leutnant Parrish. Bei Kapitän Tamalet sind Sie in guten Händen.»

«Wohin soll es gehen?»

«Machen Sie sich keine Gedanken. Das werden Sie schon bald erfahren.»

Das Boot glitt vom Ufer weg, und das Festland wurde von den Schatten verschluckt. David befand sich an Bord eines Schiffes, das keinen sehr sicheren Eindruck machte, dem Wohlwollen dreier kriminell aussehender Unbekannter ausgeliefert. Auf dem großen dunklen Gewässer gab es keine Orientierungspunkte, nur ein paar Sterne blinkten am Firmament.

Irgendwann veränderten sich die Geräusche, wurden dumpfer, intensiver. Die Luftfeuchtigkeit nahm zu, und die Sterne verschwanden. Sie waren in einen Mangrovensumpf gefahren. Als sie tiefer in das Sumpfgebiet eindrangen, schlug der Mast an die tiefhängenden Äste der Bäume, die immer dichter standen. Der Kapitän starrte in die Dunkelheit. Es war David unverständlich, wie er sich unter diesen Bedingungen orientieren konnte.

Auf ein Zeichen ihres Anführers hin klappten die Seeleute den Mast ein und bahnten sich mit Hilfe der Ruder einen Weg durch das Wurzelgeflecht. Schließlich legten sie an.

David war der Letzte, der an Land ging.

Die neuen Stiefel sanken tief in den morastigen Boden ein, während die Zweige sich in seinem perlgrauen Gehrock verhakten. Moskitos schwirrten um ihn herum. Immer wenn ihm erneut ein Ast im Weg war, bereute er, dass er nicht seine alten Kleider anhatte.

Irgendwann ahmte einer der Männer drei Mal den Schrei einer Eule nach und heftete seinen Blick auf einen Punkt in der dichten Vegetation. Kurz darauf leuchtete ein Licht in der Dunkelheit auf.

Sie brauchten fast zehn Minuten, um sich durch das dornige Gestrüpp in seine Richtung zu kämpfen.

Erst als David neben dem Mann angekommen war, der die Öllampe hielt, konnte er sehen, dass er vor einer perfekt mit Ästen und Blättern verdeckten, länglichen Holzhütte stand. Selbst bei Tageslicht wäre es fast unmöglich, diesen Ort zu finden. Es gab keine Fenster, und die Eingangstür wurde von einer dicken Kette mit Vorhängeschloss gesichert.

Als sie eintraten, nahm David, noch bevor das schwache Licht der Öllampe den Innenraum erhellte, einen fürchterlichen Gestank wahr, den er sofort erkannte. Es war der unverwechselbare Geruch eingesperrter Menschen, die ihre Notdurft an Ort und Stelle verrichteten. David hielt sich sein Halstuch vor Mund und Nase.

Etwa zwanzig Männer und Frauen waren in dieser Hütte zusammengepfercht. Sie waren angekettet, obwohl sie viel zu schwach und müde wirkten, um einen Fluchtversuch zu wagen.

David hätte diese kräftigen und gutgewachsenen Körper überall wiedererkannt. Die fast schwarze Haut, die langen Gliedmaßen und die ausgeprägte Armmuskulatur, die nicht einmal durch die lange Überfahrt vollkommen verschwunden war, ließen keinen Zweifel zu. Es waren Mandinka. Noch nie hatte er so viele auf einmal gesehen.

Sorgfältig betrachtete er sie, er musste eine gute Wahl treffen. Obwohl sie kränklich aussahen, würden sie sich bei ein wenig frischer Luft, Nahrung und Bewegung schnell wieder erholen. Früher hätte er sie in diesem bedauernswerten Zustand gar nicht zu sehen bekommen. Man hätte sie erst aufgepäppelt und dazu gezwungen, ihre Muskeln wieder aufzubauen. Nach einem Bad wären sie dann auf einem der besten Märkte der Stadt ausgestellt worden. Aber die Einfuhr von Sklaven aus Afrika war vor Jahren verboten worden. Nur die Sklaven, die schon im Land lebten, genossen das zweifelhafte Privileg, legal verkauft oder versteigert zu werden.

Hier im Süden waren die Käufer zwar nicht sehr wählerisch, was die Herkunft ihrer Sklaven anging, aber man musste trotzdem vorsichtig sein. Es waren nur wenige Mandinka zu haben, und das konnte ihren Preis maßlos in die Höhe treiben.

Nachdem er mehrere Exemplare untersucht hatte, entschied sich David für einen etwa zwanzigjährigen Mann. Er war nicht der Größte, sah aber kräftig und wendig aus, hatte noch alle Zähne, und die Narben an seinem Körper ließen den Schluss zu, dass er möglicherweise ein Krieger gewesen war. Der hochmütige und hasserfüllte Blick war der eines in Freiheit geborenen Mannes. Es wäre leichtsinnig, ihn auf eine Plantage zu bringen. Im Unterschied zu den Sklaven, die schon in Gefangenschaft geboren waren, würde dieser seine neuen Lebensbedingungen nie akzeptieren. Wenn man nicht gut aufpasste, würde er in das Haupthaus eindringen und seine weißen Herren töten.

Aber die Plantage war auch nicht der Bestimmungsort dieses Sklaven, er war nicht einmal für David selbst. Er war ein Geschenk, eine Dankesbezeugung für einen Wirtshausbesitzer in Richmond, der ihm vor etwas über einem Jahr bei einem Handgemenge das Leben gerettet hatte. Damals war David überfallen worden, als er aus dessen Lokal kam. Der Wirtshausbesitzer organisierte Sklavenkämpfe, und die gleichen Eigenschaften, die den Mandinka auf einer Plantage zu einer schrecklichen Bedrohung machten, machten aus ihm den idealen Kämpfer.

Die Einzelheiten des Kaufs waren schnell besprochen. Der Sklave sollte gebadet werden und etwas an Gewicht zulegen, bevor man ihn nach Richmond schickte. Er kostete ein Vermögen, aber das war er wert. Ein perfektes Geschenk.

Am Morgen bedankte David sich bei Gaston Lacroix und teilte ihm mit, dass er am nächsten Tag abreisen würde. Auch wenn er eigentlich nach einem Vorwand suchte, seinen Aufenthalt zu verlängern, wusste David doch, dass der Moment des Aufbruchs gekommen war. Viel zu lange schon war er nicht auf seiner Plantage gewesen, und er musste die Ernte beaufsichtigen.

Seinen letzten Tag auf Deux Chemins verbrachte er damit, seine Rückreise nach Virginia zu planen.

Unglücklicherweise ließ Katherine sich während des Mittagessens von einem Sklaven entschuldigen.

Die Zeit war gegen David. Noch vor Anbruch der Dunkelheit ging er in den Salon hinunter und trat auf die Terrasse. In Kürze würde er sein letztes Abendessen mit Gaston Lacroix und dessen Familie einnehmen. Er atmete tief ein. Die Sonne würde in einer Stunde vom See verschluckt werden. Bitte, er schloss die Augen und sandte ein Stoßgebet zum Himmel, lass sie zum Abendessen herunterkommen.

Als er ein Wiehern hörte, öffnete er die Augen und erblickte Katherine, die vom Rücken eines Pferdes auf ihn herabsah. Sie trug Reitkleidung, und das Haar fiel ihr offen über die Schultern. In der Linken hielt sie die Zügel eines zweiten Pferdes.

«Erinnern Sie sich, dass ich versprochen habe, Ihnen den See zu zeigen, bevor Sie abreisen? Jetzt oder nie, fürchte ich.» Katherine streckte ihm die Zügel hin.

«Aber … Ihre Familie erwartet mich …»

«Machen Sie sich darüber keine Gedanken. Molly wird ihnen Bescheid geben. Ich verspreche Ihnen, dass mein Vater nichts dagegen haben wird.»

Sie ritten über den Weg, der vom Herrenhaus zum Ufer des Sees führte. Es war die gleiche Strecke, die David in der Nacht zuvor zurückgelegt hatte, aber jetzt schien alles anders zu sein.

Als sie am Lake Pontchartrain ankamen, war das Wasser ruhig. Die schon tief stehende rötliche Sonne warf goldene Reflexe auf die spiegelglatte Oberfläche, am Horizont sah man von feinem Nebel umhüllt kleine Fischerboote, die vom offenen Meer zurückkehrten.

David und Katherine stiegen ab und ließen sich im Schatten einer alten Zypresse auf dem Rasen nieder. Schweigend saßen sie nebeneinander und betrachteten das wunderbare Schauspiel, das sich ihnen bot.

«Wie schön es hier ist.»

«Mein Urgroßvater verliebte sich auf den ersten Blick in diesen Ort. Seitdem wollte meine Familie hier nicht mehr weg.»

«Das könnte ich auch nicht. Ich muss dabei an New Fortune denken. Schon seit drei Monaten war ich nicht mehr dort.»

«Sie werden schon bald zu Hause sein …»

Beide verstummten.

«Katherine …»

«Ja, David?» Sie sah ihn an.

Es war das erste Mal, dass er ihre bernsteinfarbenen Augen traurig sah. Fast hatte David den Eindruck, dass sie geweint hatte. Sanft ergriff er ihre Hand.

Ein leichter Schauer überlief sie, als sie seine Berührung spürte.

«Ich …»

David schwieg. Wie sollte er die richtigen Worte für all die Gefühle finden, die sich in seinem Herzen aufgestaut hatten? «Ich liebe dich, Katherine. Ich liebe dich so sehr, wie ich nie geglaubt hätte, eine Frau lieben zu können. Ich wusste es, als ich dich zum ersten Mal sah. Es ist verrückt, wir kennen uns kaum, aber ich kann die Vorstellung einfach nicht ertragen, dich hier zurückzulassen, dich vielleicht nie wieder zu sehen.»

Katherines Herz klopfte wild. Ihre Augen wurden feucht. Als David, der noch immer ihre Hand hielt, jetzt vor ihr auf dem Rasen niederkniete, hörte sie fast auf zu atmen.

«Katherine Lacroix, willst du mich heiraten?»

Sie lächelte. «David Parrish. Es gibt nichts auf der Welt, was ich lieber täte.»

Noch am gleichen Abend, nur sechs Tage nachdem sie sich zum ersten Mal gesehen hatten, bat David offiziell um Katherines Hand.

Und eine Woche später, inzwischen war Mitte Juni, gaben Katherine Lacroix und David Parrish sich in der Kathedrale von New Orleans das Jawort.

· 6 ·

Owen Graham war übelster Laune. Die ganze Nacht hatte er kein Auge zugetan. Es war viel zu heiß gewesen, und eine alte Eule, die sich auf dem Baum vor seinem Fenster niedergelassen hatte, hatte ihr Übriges getan, um seine Nachtruhe zu stören.

Als er aufstand, waren noch die letzten Spiegelungen des Mondlichts auf den blanken Holzdielen zu sehen. Er fühlte sich, als hätte eine Herde wilder Pferde auf ihm herumgetrampelt. Allein beim Gedanken daran, was er alles erledigen musste, bevor er sich wieder hinlegen durfte, schlief er beinahe ein. Um die Müdigkeit abzuschütteln, tauchte Owen das Gesicht in kaltes Wasser. Es war noch viel zu tun, bis alles für den Empfang seines Herrn bereit wäre. Zunächst aber hatte er eine dringende Verabredung. Mit der Flinte in der Hand trat er vor die Tür. Diese Eule würde ihm nicht noch einmal den Schlaf rauben.

Owen war nach dem Tod seines Vaters mit nur einundzwanzig Jahren Aufseher auf New Fortune geworden und hatte noch nie in der Nähe einer weißen Frau gelebt. Als er auf die Plantage gekommen war, war Davids Vater, Timothy Parrish, schon Witwer gewesen. Und die ersten zwanzig Jahre seines Lebens hatte Owen mit seinem Vater und einem Fallensteller namens Joe inmitten der Smoky Mountains in North Carolina gelebt. Außer ihnen dreien hatte es am White Creek, einem schmalen, von zerklüfteten Felsen und dichten Tannen und Eschenwäldern umgebenen Wasserlauf, niemanden gegeben. Im Winter war das Tal sogar vollkommen von der Außenwelt abgeschlossen.

Eigentlich war sein Leben perfekt. Er konnte tun und lassen, was er wollte, und David, zu dem er ein fast freundschaftliches Verhältnis hatte, hatte sich nie in seine Arbeit eingemischt. Die Vorstellung, dass jetzt eine Frau mit geblümten Schirmchen, feinen Schuhen und ausladenden Kleidern in seinem Herrschaftsbereich umherschwirren und alles durcheinanderbringen könnte, behagte ihm nicht im Geringsten.

Owens einfacher und klar strukturierter Kopf hasste Veränderungen sowieso. Und das traf noch mehr zu, wenn er sich wie in diesem Fall sicher war, dass sie nicht zum Besseren wären. Von dem Moment an, als Eva in der Welt erschien und Adam in Versuchung führte, von der verbotenen Frucht zu essen, hatten die Frauen stets für Schwierigkeiten gesorgt. Und auf New Fortune wäre das kaum anders. Die Nachricht, die David ihm vor ein paar Tagen geschickt hatte, war Beweis genug, befahl er Owen doch darin, Haus und Umland perfekt für den Empfang seiner Gattin herzurichten.

Gerade war auf den Feldern die arbeitsreiche Zeit der Ernte angebrochen, und trotzdem hatte Owen sich gezwungen gesehen, beim Pflücken der Baumwolle auf die starken Arme einiger Männer und Frauen zu verzichten und ihnen sinnlose Reinigungsarbeiten zu übertragen. Diese Frau hatte noch keinen Fuß auf die Plantage gesetzt, und schon hatten die Veränderungen begonnen.

Im Stillen schimpfte Owen Graham also immer noch, als die Kutsche endlich am Horizont auftauchte. Jeder einzelne der Sklaven hatte seine Arbeit liegen gelassen, um David und seine Frau willkommen zu heißen, die noch dazu mit über drei Stunden Verspätung ankamen. Ein verschwendeter Vormittag, dachte Owen verärgert, als er in der Ferne die weißgesprenkelten Felder sah, auf denen die Baumwollpflanzen sich unter dem Gewicht der Fruchtkapseln zur Erde neigten.

Noch bevor die Kutsche unter den ersten Ahornbäumen hindurchfuhr, die die Hauptstraße der Plantage säumten, hatten sich die Sklaven in Reih und Glied vor dem Herrenhaus aufgestellt. Owen wartete an der Spitze der großen Dienerschar. Als der Wagen vor ihnen hielt, verließ Thomas, der Sklave, der für das Haus zuständig war, die Reihe und trat vor, um seinem Herrn den Schlag aufzuhalten.

«Mr. Parrish!» Kaum hatte David einen Fuß auf den Boden gesetzt, wurde er von Owen Graham begrüßt.

Herzlich schüttelte David ihm die Hand. «Freut mich, Sie zu sehen, Graham.»

David blickte sich kurz um und nickte zufrieden. «Ich sehe, dass Sie sich gut um New Fortune gekümmert haben.»

Owen lächelte. «Danke, Mr. Parrish.»

Geschützt hinter den Vorhängen, die die Fenster der Kutsche teilweise bedeckten, konnte Katherine das Geschehen in allen Einzelheiten beobachten.

Zwar hatte David ihr von seinem Aufseher erzählt, sie hätte jedoch niemals angenommen, dass er noch so jung war. Bestimmt war er kaum älter als David. Als Owen vor zehn Jahren angefangen hatte, sich um die Plantage zu kümmern, musste er fast noch ein Kind gewesen sein. Und groß war er. Selbst als er etwas respektlos die Hände in die

Hosentaschen steckte, nachdem er David einmal begrüßt hatte, und dabei ein wenig nach vorn gebeugt stand, überragte er David noch. Sein hellbraunes Haar schaute lockig und üppig unter dem alten Lederhut hervor, und ebenso widerspenstig wirkte der mehrere Tage alte Bart, der das quadratische Kinn bedeckte und die kantigen Züge etwas milder machte. Auf seinem zerknitterten Hemd konnte man die großen Karos nur noch vage erkennen. Und die Tatsache, dass er sich nicht einmal die Mühe gemacht hatte, es in die Hose zu stecken, verlieh ihm ein schlampiges Aussehen.

David wandte sich der Kutsche zu und bot seiner Frau den Arm.

Ihr Moment war gekommen. Sanft legte sie ihrem Mann die mit einem makellosen langen Spitzenhandschuh bekleidete Hand auf den Arm und stieg aus der Kutsche. «Liebes, ich möchte dir Owen Graham vorstellen.»

Der Aufseher ergriff die zarte Hand, die ihm die junge Frau entgegenstreckte, führte sie aber keineswegs an seine Lippen. Stattdessen drückte er sie mit einer solchen Kraft, dass Katherine vermeinte, einem Alligator zum Opfer gefallen zu sein. Es war klar, dass dieser Mann nicht gewohnt war, Umgang mit Frauen ihrer Stellung zu haben. Allein der liederliche Aufzug, in dem er erschienen war. Katherine war sich sicher, dass ihre Ankunft dem groben Aufseher absolut nicht behagte.

«Willkommen, Mrs. Parrish.»

«Sehr erfreut», antwortete sie amüsiert und erwiderte den Händedruck jetzt mit gleicher Festigkeit. Als er die grimmige Entschlossenheit darin bemerkte, sah der Aufseher Katherine endlich an. Überrascht blickte sie in sanft leuchtende dunkelblaue Augen und wunderte sich, hinter all dieser Nachlässigkeit einen äußerst stattlichen und attraktiven Mann vorzufinden.

«Nennen Sie mich Katherine», fügte sie im gleichen Moment hinzu, in dem sich ihre Blicke trafen.

«Katherine», brachte Graham heraus, der von diesem engelsgleichen Gesicht wie verzaubert war. Owen Graham hatte die Waffen gestreckt. Katherine lächelte. Gerade hatte sie ihren ersten Feind besiegt.

Der hielt noch selbstvergessen die Hand seiner neuen Herrin in der seinen, als zwei Lastkarren über die Grenze zu New Fortune fuhren. Für eine Sekunde war der Aufseher abgelenkt, und Katherine konnte endlich ihre Finger befreien, die schon langsam taub wurden.

Die Lastkarren hielten neben der Kutsche. Die Ladefläche war zwar mit Planen abgedeckt, aber die Höhe der Ladung verriet, dass Mrs. Parrish nicht mit leichtem Gepäck reiste. Mindestens zwei seiner stärksten Männer waren nötig, um alles vor Anbruch der Nacht im Haus unterzubringen, überlegte Owen, aber es störte ihn nicht mehr. Gern hätte er auf alle seine Leute verzichtet, wenn es nur der jungen Frau, die ihm so freundlich zugelächelt hatte, diente.

Erst als Katherine Molly entgegenlief, die gerade von einem der Lastkarren stieg, bemerkte Owen die andere Frau. Zum zweiten Mal innerhalb kürzester Zeit war er fasziniert. Die junge Dame, die jetzt angekommen war, war ebenso schön wie Mrs. Parrish selbst.

«Das ist die persönliche Sklavin meiner Frau», erklärte David, als Katherine außer Hörweite war, aber doch so laut, dass auch die anderen Sklaven es mitbekamen, die noch immer hinter dem Aufseher in einer Reihe standen.

Ungläubig blickte Owen ihn an, aber David nickte. Beide Männer betrachteten jetzt die Frau, die sich von

Katherine umarmen ließ. Sie trug ein elegant gestreiftes Kleid, und ihr Haar wurde von einem Netz mit Perlmuttbesatz zusammengehalten.

Mit der neuen Sklavin im Schlepptau, kam Katherine wieder zu ihnen. «Mr. Owen, das ist Molly», teilte Katherine dem Aufseher lächelnd mit. Unwillkürlich neigte sich sein Kopf leicht vor der Sklavin. Owen wusste, dass er das nicht hätte tun dürfen, aber sein Körper hatte beschlossen, den Ermahnungen seines Geistes keine Beachtung zu schenken und dieser Sklavin mit den schönen grünen Augen Bewunderung zu zollen.

Auch Molly nahm die fast unmerkliche Verbeugung des Aufsehers wahr und errötete bis über beide Ohren. Ein Blick auf das veränderte Verhalten der anderen Sklaven genügte ihr, um zu begreifen, dass sämtliche Bewohner von New Fortune ihre Stellung bereits erfasst hatten. Zwar hielten die Sklaven ihre Köpfe gesenkt, aber während sie Katherine demütig aus den Augenwinkeln betrachteten, starrten sie Molly unverschämt an. Sie war wieder einmal zum Mittelpunkt des Interesses geworden. Schon immer wurde hinter ihrem Rücken getuschelt, und man versuchte etwas an ihr zu finden, das sie den anderen Sklaven ähnlich machte. Aber Molly war zu weiß.

Sie versuchte Mut zu fassen, sich einzureden, dass sie sich daran gewöhnt hatte. Aber sie hatte schon von klein auf darunter gelitten. Gefasst ertrug sie den Ansturm der feindseligen Blicke, während sie spürte, wie der letzte Hoffnungsschimmer schwand. Sie ergab sich in ihr Schicksal. Auf New Fortune würde sie genauso einsam sein wie in New Orleans.

Katherine verliebte sich in New Fortune, kaum dass sie die majestätische weiße Fassade erblickte, die man schon am Anfang der breitangelegten Ahornallee erkennen konnte. Sie verliebte sich in den mit wilden Margeriten gesprenkelten Rasen, der das Herrenhaus umgab, in die dichtbelaubten Wälder, die es von den Baumwollfeldern trennten, in das ruhige Murmeln des Flusses und in sein Licht. Das rechteckige Gebäude mit zwei Stockwerken und einem ausgebauten Dachgeschoss war in reinem neoklassizistischem Stil gehalten, nichts störte diese Harmonie.

Alles war vollkommen weiß, abgesehen vom goldenen Türklopfer des Haupteingangs, den Dachschindeln aus grauem Schiefer und der Kletterrose, die sich an einer Säule bis zur Galerie hochgerankt hatte, die um die Fassade des gesamten ersten Stockwerks lief. Auch wenn das Gebäude längst nicht so luxuriös und von geringeren Proportionen war, erinnerte es sie doch an Deux Chemins. Von der Veranda aus hatte man einen wundervollen Blick auf die weitläufige Ahornallee, die sich vor den Hügeln am Horizont abhob. Katherine lächelte. Sie war in ihrem Zuhause angekommen.

Zweifellos hatte Owen seine Aufgabe mit aller Sorgfalt erfüllt. Die Teppiche waren geklopft und gelüftet worden, die Möbel und der Boden poliert, die Gardinen gewaschen. Die langen Stoffbahnen, die vor den Fenstern hingen, dünsteten sogar noch eine leichte Feuchtigkeit aus, in der Eile hatten sie nicht mehr trocknen können.

Inmitten von Gerüchen nach Bohnerwachs und frischen Blumen schritt Katherine nun, immer an Davids Seite, durch das Haus. Zum ersten Mal seit Jahrzehnten waren die Vasen mit bunten Blüten gefüllt worden. Die Zimmer waren geräumig. Salon und Esszimmer waren durch eine Zwischentür verbunden, und durch beide Räume, wie auch durch die Bibliothek, kam man direkt in das Empfangszimmer. Um in den hinteren Teil des Hauses zu gelangen, ging man durch einen rechteckigen Saal mit einem hübschen runden Balkon, von dem aus man den Verlauf des Flusses sehen konnte. Unterhalb der Treppe führte ein schmaler Flur in die Küche und zu den Kammern der Haussklaven. Mit Ausnahme des Dienstbotentrakts gingen alle Räume des Erdgeschosses auf die Veranda, die das Herrenhaus umgab. Durch unzählige Fenster und verglaste Türen wurden die Zimmer mit Licht überflutet.

Natürlich hatte das Fehlen einer weiblichen Hand mit den Jahren Spuren hinterlassen. Vor allem in den etwas derben und eher funktionalen Möbeln, die ohne Sinn für das Schöne einfach in die Ecken gestellt worden waren. Trotzdem kam New Fortune ihr vollkommen vor. Man konnte es nicht mit dem Luxus von Deux Chemins vergleichen, aber es war ein wunderbarer Platz, um eine Familie zu gründen. Sobald man die dunklen Möbel ausgetauscht hatte, würde auch noch der letzte Eindruck von Strenge und Schwerfälligkeit verschwinden. New Fortune würde sich in einen einladenden Ort verwandeln, dafür würde sie sorgen. Tatsächlich waren die beiden Lastkarren mit Zierrat, Accessoires und den modernsten und luxuriösesten Möbeln beladen, die Teil von Katherines Mitgift waren. All diese Dinge standen bereit, um eine Verwandlung zu beginnen, die sie mit der Ladung vier weiterer sich bereits auf dem Weg befindlicher Gespanne vollenden würde.

Während David seiner Frau die Räumlichkeiten zeigte,

malte Katherine ihm lebhaft aus, wie jedes einzelne Zimmer nach ihrer Umdekorierung aussehen würde. In einem Raum sollte ein Teetischchen mit goldenen Beinen, das unter einer der Planen wartete, eine alte Truhe ersetzen, in einem anderen wollte Katherine eine Lampe ausrangieren oder überlegte, wohin man die Vase mit chinesischen Motiven stellen könnte, die jetzt hinter einer Tür versteckt war. Teppiche mit floralen Mustern, Sofas in gewagten Farben, Katherine legte eine solche Leidenschaft in ihre Beschreibungen, dass David für einen Moment glaubte, wirklich all diese Pracht zu sehen, wo jetzt nur alte, mit einem groben braungemusterten Stoff bezogene Sessel auf einem Teppich derselben Farbe standen.

Gebannt sah er sie an. Bis zu diesem Augenblick hatte er nie darüber nachgedacht, dass die Einrichtung auf New Fortune aus der Mode gekommen war. Und obwohl es ihm durchaus Vergnügen bereitete, konnte er nicht wirklich verstehen, dass das Aufstellen von Möbelstücken seiner Frau solche Freude bereitete.

Noch bevor sie die zwanzig Treppenstufen überwunden hatten, die von der Empfangshalle in einer weiten Kurve in den ersten Stock reichten, hatte Katherine bereits entschieden, dass nur die Bibliothek von den Renovierungsarbeiten ausgenommen würde. Der Schreibtisch und die anderen Möbel waren aus massivem Mahagoni, Davids Urgroßvater hatte sie vor fast hundert Jahren aus England mitgebracht. Sie würde ebenfalls gestatten, dass die Porträts von Davids Vorfahren, die noch im Salon und an der Wand hinter dem Treppenabsatz hingen, im Hause blieben, fand aber, dass die Bibliothek ein angemessenerer Ort für sie wäre. Schließlich hatte sie einige schöne Bilder von Landschaften und Feldern voller Blumen mitgebracht, die diesen Hofstaat von alten, streng aussehenden Pflanzern wunderbar ersetzen könnten.

Nachdem Molly überwacht hatte, dass Katherines persönliche Besitztümer korrekt untergebracht wurden, war sie wieder nach draußen gegangen. Die Karren waren verschwunden, ein Teil der Ladung war vorläufig auf der Veranda gestapelt worden, bis man einen endgültigen Bestimmungsort für die einzelnen Dinge gefunden hatte.

Schnell hatte Molly ihre eigenen Sachen in dem Durcheinander gefunden. Katherine hatte ihr einen Koffer geliehen. Darin hatte sie ihre Kleider und einige der Geschenke gepackt, die Katherine ihr im Laufe der Jahre gemacht hatte. Molly sah sich um, aber niemand schien sich um sie zu kümmern. Die Sklaven, die Katherines Gepäck in ihr Schlafzimmer gebracht hatten, waren schon auf die Felder zurückgekehrt. Sie würde niemanden finden, der bereit wäre, ihr zu helfen. Nachdem sie den Koffer über die Veranda geschleift hatte und endlich in die Küche trat, fiel sie vor Durst beinahe um.

Nach Atem ringend und mit ihrem schönsten Lächeln, begrüßte Molly die drei Sklaven, die in der Küche waren.

«Hallo», antwortete der Mann und kam ihr entgegen, während die beiden Frauen sie nur anstarrten, ohne ihre Neugier auch nur im mindesten zu verbergen.

«Molly, nicht wahr? Die Sklavin der Herrin?»

Molly nickte.

«Ich bin Thomas. Ich kümmere mich um alles Mögliche. Das ist Olivia, die Köchin», sagte er und deutete auf eine etwa vierzigjährige Frau mit sehr dunkler Haut. Molly begrüßte sie mit einem Kopfnicken, die andere machte sich nicht die Mühe, den Gruß zu erwidern.

«Und die Jüngste ist Latoya. Sie hilft im Haus», fügte der Sklave hinzu, dessen Haare schon leicht ergraut waren, während er dem kaum fünfzehnjährigen Mädchen freundlich zulächelte.

«Willkommen, Miss Molly», sagte sie mit einem drolligen Knicks. Dabei lächelte sie über das ganze Gesicht und entblößte eine Reihe schneeweißer Zähne.

Als Olivia sah, dass die Küchenhilfe sich vor Molly verneigte, warf sie ihr schnell einen Blick zu, und Latoya richtete sich blitzschnell wieder auf. Und wenn diese Frau noch so hübsch und weiß war, sie war genauso eine Sklavin wie sie. Olivia würde nicht erlauben, dass eine Sklavin in ihrer Küche vor einer anderen knickste.

«Nenn mich Molly.»

Latoya antwortete nicht. Mit gesenktem Kopf blickte sie zu Boden. Molly hatte die Gelegenheit verpasst, eine Freundin zu gewinnen.

«Ich denke, ich werde mich erst einmal im Haus einrichten», sagte sie und versuchte, die angespannte Atmosphäre etwas aufzulockern.

«Ja. Der Aufseher hat befohlen, dass Sie im Dachgeschoss untergebracht werden», antwortete Thomas. Unwillkürlich hatte er sie gesiezt. Es war nicht so einfach, im Kopf zu behalten, dass diese hellhäutige, elegant gekleidete Frau nur eine weitere Sklavin der Plantage war.

«Könnte ich ein wenig Wasser bekommen?»

Gerade wollte Latoya zur Pumpe springen, als Olivia sie am Arm packte. «Da sind Gläser, da ist die Pumpe. Trink, so viel du willst.»

Molly spürte, wie sie errötete. Sie hatte all ihren Mut zusammengenommen, um ihre Schüchternheit zu überwinden und freundlich zu sein. Aber offensichtlich machte sie die Dinge nur jedes Mal schlimmer.

Diesmal warf Thomas der Köchin einen vorwurfsvollen Blick zu. Dann nahm er den Krug vom Regal, goss etwas Wasser in ein Glas und hielt es Molly hin.

Sie bedankte sich und leerte das Glas bis auf den letzten Tropfen. Wütend kehrte Olivia Thomas den Rücken zu, aber der Sklave kümmerte sich nicht um die Abfuhr der sturköpfigen Köchin.

«Ist der schwer?», fragte Thomas mit Blick auf den Koffer, der noch genau dort stand, wo Molly ihn hatte fallen lassen.

«Und ob er schwer ist. Nicht einmal eine Leiche wiegt so viel», scherzte sie. Während der Sklave prüfend an einem der Ledergriffe zog, nickte er. «Ich werde wohl besser ein paar Männer suchen, damit sie das Gepäck der Herrin hinaufschaffen.»

«Nein, bitte mach dir keine Mühe», warf Molly ein. «Die Sachen der Herrin sind schon oben. Das hier ist meins.»

Auf einen Schlag ließ Thomas den Griff los. Die drei starrten auf den Koffer. Kein gewöhnlicher Sklave konnte ein so großes Behältnis mit seinem Besitz füllen.

Wieder merkte Molly, dass sie etwas falsch gemacht hatte. Wahrscheinlich würden die Habseligkeiten dieser drei zusammen nicht mehr als ein Bündel ausmachen.

Der alte Sklave steuerte auf die Dienstbotentreppe zu. «Ich zeige dir, wo du schläfst, solange du hier bist», sagte er scharf und begann, die Treppe hinaufzusteigen. Molly war zum Weinen zumute, als sie schließlich selbst nach dem Koffer griff und sich daranmachte, ihn die Treppe hinaufzuschleifen.

Während sie darum kämpfte, die erste Stufe zu überwinden, ohne dass sich jemand erbarmte und ihr zu Hilfe kam, hörte sie noch, wie Olivia wetterte: «Sie kriegt sogar ein eigenes Zimmer.»

Sie wollte protestieren. Schließlich hatte sie nicht darum gebeten, getrennt von den anderen Sklaven untergebracht zu werden. Aber ein Leben in Gehorsam und das Schuldgefühl, das sie aufgrund ihrer zu hellen Haut verspürte, hatten sie nicht auf den Kampf vorbereitet. Schweigend hob sie den Koffer eine weitere Stufe hinauf.

Thomas machte nicht die geringsten Anstalten, ihr zu helfen. Es war offensichtlich, dass der Sklave sich darüber ärgerte, dass Molly so viele Dinge besaß. Seine anfängliche Freundlichkeit war vollkommen verschwunden.

Fast fünf Minuten später erreichte Molly das Dachstübchen.

«Es ist seit Jahren nicht mehr benutzt worden», sagte Thomas, als er die Tür öffnete. Molly ließ den Koffer fallen. Ihre Hände brannten. Als sie sich aufrichtete, fühlte sie ein heftiges Stechen im Rücken. Keuchend rang sie nach Luft.

«Wenn du nicht mit der Herrschaft zusammen bist, musst du immer die Dienstbotentreppe benutzen», erklärte Thomas völlig ungerührt.

«Du hast alles, was du brauchst. Wenn du etwas nicht weißt, frag mich. Hier bist du gut untergebracht. Niemand kommt jemals hier herauf.» Er sagte das, als wäre sie eine Aussätzige, die man vom Rest der Welt fernhalten müsste.

«Die Herrschaften essen in einer Stunde zu Abend.» Nach diesen Worten verschwand er.

Sie hatte nicht einmal eine Stunde, um sich einzurichten. Erst einmal versuchte Molly, zu Atem zu kommen, aber nachdem die Sonne den ganzen Tag lang unerbittlich auf die Dachziegel gebrannt hatte, war die Luft hier oben unerträglich heiß. Kein Wunder, dass sich niemand hier heraufwagte. Schnell ging sie zum einzigen Fenster der Dachstube, das unerwartet groß war, und versuchte, es aufzuschieben. Aber es war verklemmt, das Holz hatte sich verzogen. Erst beim zweiten Versuch konnte sie es ein wenig öffnen, und ein dünner Luftstrom kam herein, der den muffigen Geruch allmählich vertrieb. Molly hielt ihr Gesicht vor den Spalt und atmete gierig. Danach betrachtete sie das Zimmer, in dem sie für den Rest ihres Lebens wohnen sollte.

Die Schräge und die stickige Hitze ließen einen keinen Augenblick vergessen, dass man sich direkt unter dem Dach befand. Ein Eisenbett, eine Matratze mit zwei dunklen Flecken, deren Beschaffenheit Molly lieber nicht näher untersuchte, eine einzige Decke, die anscheinend noch nie Wasser und Seife gesehen hatte, ein Nachttisch, eine Schüssel, ein Stuhl, ein alter Schaukelstuhl, der ein wenig Farbe nötig hatte, eine Frisierkommode mit einem in der Mitte zerbrochenen Spiegel und über all dem eine Staubschicht, die so dick war, dass man die Straße von New Orleans nach Virginia damit hätte auslegen können.

Mit etwas Arbeit und Geschick könnte es hübsch werden, redete sie sich ein. Natürlich war es nicht wie in New Orleans, aber es würde genügen. Und außerdem war es mit Sicherheit bei weitem luxuriöser als jede andere Sklavenunterkunft auf New Fortune.

Als sie die goldenen Schließen des Koffers öffnete, war sie schon etwas zuversichtlicher. Zum Glück hatte sie eine schöne Decke mit Blumenmuster mitgebracht und ein paar Laken, die Katherine ihr vor Jahren geschenkt hatte, als sie selbst neue Bettwäsche bekam. Außerdem hatte Molly den Rest eines dicken, dunklen Stoffs aufbewahrt, aus dem sie sich eigentlich einen Schal machen wollte, der sich aber perfekt dafür eignete, Vorhänge aus ihm zu nähen. Unter dem Bett fand sie noch einen Teppich, den sie zuerst übersehen hatte. Er war so dreckig, dass man seine wahre Farbe kaum erraten konnte. Aber wenn er erst einmal sauber wäre, könnte er dem Zimmer etwas Gemütlichkeit verleihen.

Danach sah sie sich die Frisierkommode genauer an. Es musste einmal ein schönes Stück gewesen sein, aber jetzt blätterte die Farbe ab. In einer der seitlichen Schubladen des Möbelstücks fand Molly eine Schreibfeder und ein leeres Tintenfass. Der vorherige Bewohner des Zimmers hatte das wohl vergessen. Immer hatte sie sich gewünscht, lesen und schreiben zu lernen, aber wie viele andere Dinge war auch das einer Sklavin nicht gestattet. Rasch schob sie die Schublade wieder zu.

Vorsichtig wischte sie mit der Hand über den zerbrochenen Spiegel und betrachtete ihr Gesicht in der vom Staub befreiten Fläche. Ihre Haut hatte zwar immer eine goldene Tönung, sie war aber nicht dunkler als Katherine, wenn diese vergaß, sich vor der Sonne zu schützen. Die Spitze ihrer geraden Nase war sanft gerundet, die Lippen voll, und die grünen, mandelförmigen Augen leuchteten in der Sonne wie Smaragde. Der leicht olivfarbene Ton ihrer Haut und die exotischen Gesichtszüge waren die einzigen sichtbaren Anzeichen für das afrikanische Erbe ihrer Urgroßmutter. Eigentlich flossen nur noch wenige Tropfen schwarzen Blutes in ihren Adern. Seit ihre Urgroßmutter die Blicke eines Hauptmanns der spanischen Armee auf sich gezogen hatte, waren alle männlichen Nachfahren Weiße gewesen. Ein letztes Mal betrachtete Molly im abendlichen Sonnenlicht ihr Spiegelbild und wünschte sich, dass das Blut ihrer Urgroßmutter dicker gewesen wäre.

· 7 ·

Eine sanfte Brise hatte sie zu einem Ausritt animiert. Sie ließ das Pferd um die Ställe herumlaufen und trabte in Richtung Wald. Der Sommer ist schon vorüber, dachte Katherine, als ihr Blick auf die ockerfarbenen Pinselstriche in den Baumkronen fiel. Vor beinahe vier Monaten war sie nach New Fortune gekommen. Aber die Renovierung ihres neuen Heims und die zahlreichen Feste und Empfänge, die die Nachbarn ihr zu Ehren gegeben hatten, hatten sie so in Atem gehalten, dass die Zeit wie im Flug vergangen war.

Tief in ihren Gedanken versunken, bemerkte sie die Sklavin, die ein Stück vor ihr den Weg entlangging, erst, als sie sich direkt vor ihr befand. Schnell trat das Mädchen zur Seite und wartete, dass ihre Herrin sie überholte. Aber anstatt vorbeizureiten, zügelte Katherine das Pferd und blieb stehen.

Obwohl das Mädchen kaum älter wirkte als sechzehn, konnte man deutlich sehen, dass sie schon bald ein Kind zur Welt bringen würde. Die Nähte ihres geblümten Kleides sahen jetzt schon aus, als würden sie platzen.

«Hallo», begrüßte Katherine die Sklavin, die ihren Kopf ergeben senkte.

«Guten Tag, Herrin.»

Katherine lächelte ihr zu. Irgendwie sah das Mädchen traurig und einsam aus. «Wie heißt du?»

«Velvet, Herrin», antwortete sie, ohne den Blick zu heben.

«Was für ein ungewöhnlicher Name. Wohin gehst du?»

«Zu den Hütten, Herrin Katherine.» Mit der Hand deutete sie auf eine Weggabelung nur ein paar Meter weiter geradeaus.

Katherine verzog leicht das Gesicht. Kurz nach ihrem Einzug auf New Fortune war sie aus Versehen in die Nähe des Hüttendorfes geraten, wo die meisten Sklaven lebten. Sie hatte es nur von weitem gesehen, aber es schien sich um einen schrecklichen Ort zu handeln. Nun, der Zustand der Sklavenunterkünfte war nicht ihre Angelegenheit. Der Aufseher war dafür zuständig. Katherine machte einfach immer einen weiten Bogen um diesen unangenehmen Ort.

«Master Owen hat mir erlaubt, früher aufzuhören», rechtfertigte Velvet sich eilig.

Katherine war überrascht, dass man eine Frau in diesem Zustand überhaupt noch auf den Feldern arbeiten ließ. «In welchem Monat bist du?»

«Fast im siebten, Herrin Katherine.»

«Dann wird das Kind im Dezember geboren.»

Velvet nickte.

«Ich wünsche dir, dass es ein kräftiges und gesundes Kind wird.»

«Danke, Herrin», sagte Velvet schüchtern und strich sich über den Bauch, als wolle sie böse Vorzeichen verjagen. Weil das Mädchen seinen Kopf mit jedem Wort tiefer senkte, musste Katherine sich Mühe geben, die Stimme der Sklavin überhaupt noch zu verstehen. Als sie merkte, dass nicht mehr aus der Sklavin herauszuholen war, gab Katherine ihrem Pferd die Sporen und ließ das Mädchen am Wegesrand stehen.

An diesem Nachmittag begleitete sie ein merkwürdiges Gefühl, und anstatt sich an ihren üblichen Reitweg zu halten, bog sie in einen schmalen Pfad ein, der dem Flusslauf folgte. Zweige und Gestrüpp waren so dicht, dass sie irgendwann absitzen und zu Fuß weitergehen musste. Sicher hatte schon seit langer Zeit niemand mehr den Pfad benutzt. Gerade wollte sie schon kehrtmachen, als sie plötzlich den schönsten Ort vor sich entdeckte, den sie je gesehen hatte.

«Du glaubst es nicht, Molly!», erzählte sie begeistert, als sie zum Herrenhaus zurückgekehrt war und Peitsche und Hut in der Empfangshalle auf einen Stuhl warf. «Der Fluss staut sich dort zu einem kleinen Bassin und ist am Ufer von Bäumen und Blumen umgeben. Es ist bezaubernd, wie ein Feengarten. Du musst unbedingt mitkommen und es dir ansehen.»

«Das wäre schön», antwortete Molly, die sich von so viel Begeisterung anstecken ließ. Dann bückte sie sich, um den Hut aufzuheben, der auf den Boden gerollt war, nahm die Peitsche und folgte Katherine, die schon die Treppen hochlief.

«Erinnere mich daran, dass ich Owen darum bitte, ein paar der Äste wegzuschneiden. Ich möchte auch zu Pferd bis dahin kommen.»

Als Katherine ihr Zimmer betrat, war das Bad schon fertig. Molly streute eine Handvoll Badesalz ins Wasser und überprüfte die Temperatur mit dem Ellenbogen.

Währenddessen ließ sich Katherine auf das Sofa vor dem Fenster fallen. «Ich kann nicht mehr!», jammerte sie. «Ich habe keine Lust, zu dem Empfang heute Abend zu gehen und diese affektierte Mrs. Burton und ihren langweiligen Gatten zu ertragen.»

Zwar kannte Molly die Gastgeberin des heutigen Empfangs nicht persönlich, Katherine hatte ihr jedoch schon ausführlich genug von ihr erzählt. Anscheinend war es eine eitle Frau ohne einen Funken Intelligenz.

«Ich hoffe nur, dass sie nicht wieder erzählt, wie sie in New York in der Oper war, wo ihr die jungen Yankees ob ihrer Schönheit zu Füßen lagen.» Mit einer gekünstelten Geste bedeckte Katherine sich das Gesicht mit beiden Händen und ahmte Gwendolyn Burtons schrille Stimme nach.

Molly musste alle ihre Kräfte aufbringen, um Katherine die Reitstiefel auszuziehen. Danach half sie ihr, sich zu entkleiden. «Was wirst du heute Abend anziehen?»

«Bring mir etwas Schlichtes», wies Katherine sie an und ließ sich in die Wanne gleiten.

Molly zögerte. «Aber Katty! Du hast nichts Schlichtes!»

«Ja, du hast recht», überlegte Katherine, während sie den Jasminduft des Badewassers inhalierte. «Aber Gwendolyn steht gern im Mittelpunkt, man muss sich nur ihre schrecklichen Kleider ansehen ... Da ich bei ihr zu Gast bin, möchte ich lieber etwas Dezenteres tragen.»

«Vielleicht das Blaue?»

«Das mit den Blumen um die Taille?»

«Nein, das schlichte Blassblaue. Master Lacroix hat es dir zum letzten Geburtstag geschenkt, es hat Ärmel aus Spitze.»

Katherine runzelte die Stirn. Sie konnte sich an kein blassblaues Kleid erinnern. Aber bevor sie noch etwas dazu sagen konnte, hatte Molly es schon geholt. Ganz anders als die meisten von Katherines Kleidern, die in kräftigen, fröhlichen Farben gehalten waren, war dieses sehr hell, fast schon langweilig.

«Das ist perfekt!», rief Katherine und ließ mit ihrem ungestümen Klatschen einen Teil des Badewassers auf den Teppich schwappen.

Als Katherine fertig gebadet hatte, holte Molly ein Handtuch. «Und übrigens», sagte Katherine, während sie sich in die weiche Baumwolle einwickeln ließ, «heute wirst du mich begleiten.»

«Aber … aber ich glaube, das sollte ich nicht», protestierte Molly erschrocken.

«Was soll das heißen, du solltest nicht? Natürlich sollst du. Du kommst mit mir. In New Orleans hast du mich immer begleitet.»

Aber in New Orleans wussten alle, dass ich die Sklavin der Tochter des wichtigsten Mannes der Stadt war, wollte Molly schreien. Stattdessen sagte sie: «Ich glaube nicht, dass Master David es gutheißen wird …»

«Warum sollte er es nicht gutheißen? Du sollst ja schließlich nicht mit uns zu Abend essen!»

Molly verspürte Angst. Bis jetzt hatte sie es geschafft, New Fortune nicht zu verlassen. Noch hatte niemand sie gesehen. Sie wollte lieber kein Aufsehen erregen.

«Das rote Kleid wird dir bestens stehen», fügte Katherine hinzu. Es gab nichts mehr zu sagen. Molly kannte Katherine zu gut und wusste, dass sie nicht mehr über dieses Thema sprechen wollte. Als ob ihr Aussehen an sich nicht schon genügen würde, um die Blicke aller Gäste auf sich zu ziehen, würde das rote Kleid sein Übriges tun und sie in ein Jahrmarktäffchen verwandeln. In einer so auffälligen Aufmachung würde wirklich niemand sie übersehen können.

Obwohl ihre Besitzer mit Büschen und Pflanzen zu kaschieren versuchten, dass die Farbe der Fassade an mehreren Stellen abplatzte, konnte man doch nicht übersehen, dass die Residenz der Burtons einen neuen Anstrich dringend nötig hatte. Von den Gebäuden, die Katherine bisher gesehen hatte, war es bei weitem das schlichteste. Es hatte einen quadratischen Grundriss, und durch seine plumpe Bauweise wirkte es eher wie ein Bauernhaus und nicht wie das Herrenhaus einer Plantage. Und wenn sie es noch so bemüht dekorierten, niemals könnte es mit der Schönheit von New Fortune konkurrieren.

Das Ehepaar Burton begrüßte seine letzten beiden Gäste. Gwendolyn Burton lächelte breit. «Katherine, wie ich mich freue, dich zu sehen», sagte sie und gab ihr auf französische Art einen Kuss auf jede Wange. Mr. Burton, ein untersetzter Mann mit pockennarbigem Gesicht, schielte derweil unschlüssig nach einem Tablett mit Canapés, das von einem Sklaven herumgereicht wurde. «Mein Lieber!» Ein strenger Blick seiner Frau brachte Mr. Burton dazu, die Häppchen nicht weiter zu beachten. «Komm und begrüße unsere Gäste.»

Mr. Burton trat näher. «David, Mrs. Parrish.»

«Es ist mir ein Vergnügen, dich wiederzusehen, Burton. Danke für die Einladung.» David begrüßte den Gastgeber mit einem Händeschütteln.

«Bitte kommt doch herein.» Jede Geste, jede Modulation ihrer künstlich klingenden Stimme verriet, dass Gwendolyn Burton den Eindruck erwecken wollte, eine feine Dame zu sein.

Nun trat auch Molly ein, die kurz zur Kutsche zurückgegangen war, um Katherines Schal zu holen. Diskret blieb sie hinter ihrer Herrschaft. Zu Gwendolyn gewandt, erklärte David: «Das ist Katherines persönliche Sklavin.»

Sobald die Gastgeberin Molly erblickte, wurde ihr Gesicht zuerst blass und nahm dann eine leuchtend scharlachrote Farbe an. All ihre Selbstbeherrschung war nötig, um nicht laut aufzuschreien. Hinter ihren Ehrengästen stand nämlich eine junge und hübsche Sklavin, die unverschämterweise ein ähnliches rotes Kleid trug, wie sie selbst es für diese Gelegenheit gewählt hatte. Sie versuchte sich zu beruhigen, aber sie konnte die Vorstellung nicht ertragen, mit dieser Sklavin verglichen zu werden. Am liebsten würde sie sie hinauswerfen, aber natürlich konnte sie Katherine Parrish nicht beleidigen. Mit Mühe nahm sie sich zusammen und lächelte verkrampft, während sie angestrengt überlegte, wo sie die Sklavin verstecken könnte.

Schließlich wurde Molly ein Platz in einem dunklen Winkel des Esszimmers zugewiesen, in angemessener Entfernung von den Gästen. Aber jedes Mal wenn Gwendolyns Blick auf jene schöne Frau fiel, der das rote Kleid wie angegossen passte, kochte das Blut in ihren Adern.

Seit der Geburt ihrer Tochter hatte Gwendolyn das Kleid nicht mehr getragen. Über vier Wochen Hungern und Verzicht waren nötig gewesen, bis es wieder passte, aber sie konnte darin kaum atmen. Zwei Sklavinnen hatten das Korsett mit vereinten Kräften geschnürt, bis sie das Kleid zuhaken konnte, ohne dass die Nähte platzten. Eine der beiden hatte sogar gewagt vorzuschlagen, es etwas weiter zu machen. Aber sie hatte das abgelehnt. Sie würde ihre alte Figur wiederbekommen. Wenn es nötig sein sollte, würde sie eben aufhören zu essen. Sie hatte schön sein wollen. Schöner als David Parrishs Ehefrau, die den Neid des ganzen County auf sich zog. Und jetzt stand sie vor dieser Sklavin mit ihrer Wespentaille, den wohlgeformten Schultern und den schönen grünen Augen, und ihr Übergewicht war überdeutlich. Der eigene Anblick kam ihr plötzlich lächerlich vor. Nicht einmal das Korsett hatte den Bauchspeck vollkommen wegdrücken können. Hätte sie doch einen Gürtel umgelegt, um ihn zu kaschieren! Am liebsten hätte sie dieser unverschämten Sklavin, die es wagte, sich wie eine Weiße anzuziehen, eigenhändig die Kleider vom Leib gerissen.

Den ganzen Abend aß sie keinen Bissen. Dafür redete sie ununterbrochen mit schriller Stimme und langweilte ihre Gäste mit ihrem affektierten Gehabe.

Der Gastgeber hingegen, der seine Ehefrau keines Blickes würdigte, sparch nur sehr wenige Worte. Sein Hauptaugenmerk lag zweifelsohne auf den Speisen vor ihm auf dem Teller.

Aus ihrer stillen Ecke konnte Molly alles beobachten. Hinterher würde Katherine wissen wollen, was während des Essens geschehen war und was Molly davon hielt. Sie war schon bei vielen Feiern zugegen gewesen und hatte zahlreiche Küchen gesehen, und ihr war bewusst, dass die täglichen Mahlzeiten der Burtons anders aussahen als das Übermaß an Speisen, das an diesem Abend aufgetischt wurde. Nur fünf Personen waren eingeladen. Mr. Rockwater plauderte angeregt mit Katherine, wobei er ständig den Kopf zur Seite neigen musste, weil das Blumengesteck in der Mitte des Tisches eindeutig zu hoch angelegt war. Seine Ehefrau Cynthia Rockwater und David lauschten angeregt den Geschichten des mit David befreundeten jungen Armeeoffiziers Ross Dugan, der gerade aus dem Westen zurückgekehrt war. Mr. Burton speiste stumm, und Gwendolyn gab sich alle erdenkliche Mühe, die Aufmerksamkeit ihrer Gäste auf sich zu lenken. Nur leider hatten alle Anwesenden schon mehr als einmal Gelegenheit gehabt, sie von ihren Reisen in die Nordstaaten sprechen zu hören.

Das Abendessen schien kein Ende zu nehmen. Schon seit zwei Stunden stand Molly reglos an ihrem Platz. Sie war müde, und der Duft der Speisen, die unablässig an ihr vorbeigetragen wurden, erinnerte sie schmerzlich daran, dass sie seit dem Mittagessen nichts mehr zu sich genommen hatte. So gern wollte sie sich irgendwo anlehnen, und eigentlich sah es so aus, als würde niemand auf sie achten. Gwendolyn war vollauf damit beschäftigt, sich mit Cynthia über einen Ball zu unterhalten, der nächste Woche in Richmond stattfinden sollte.

Derart darin versunken, die Gäste zu beobachten, achtete Molly gar nicht mehr auf die Sklaven, die durch eine hinter ihr gelegene Tür kamen und gingen. Ebendiese Tür öffnete sich just in dem Moment, als Molly vorsichtig zwei kleine Schritte rückwärts machte, um sich etwas anzulehnen.

Gerade hatte ein Schokoladenkuchen in Form eines Schwans die Küche verlassen, umgeben von bengalischen Lichtern, die das Meisterwerk in rötliches Licht tauchten. Gwendolyn konnte kaum erwarten, ihn stolz zu präsentieren, als der Schokoladenschwan einen Moment später einen kurzen Flug unternahm und auf dem Boden landete. Molly war dem Sklaven, der den Kuchen trug, so unvermittelt in den Weg getreten, dass er über sie stolperte und dem Schwan den nötigen Schwung für seinen kleinen Sturzflug gab. Alle starrten die Sklavin im roten Kleid an.

Molly wäre am liebsten gestorben vor Scham. Es war

keine Absicht gewesen, sie hatte den eintretenden Sklaven einfach nicht bemerkt.

Niemand wagte es, auch nur zu atmen.

«Verfluchte schwarze Idiotin!», brüllte da auf einmal Gwendolyn und rannte auf Molly zu wie ein wildes Tier.

«Es tut mir leid. Ich wollte nicht ...» Aber Molly konnte den Satz nicht beenden, Mrs. Burton hatte sich schon auf sie gestürzt.

Gwendolyn konnte an nichts anderes denken als an ihr Meisterwerk, dessen Überreste nun im Esszimmer verstreut lagen. So viel Mühe und Geld hatte sie in diesen Abend investiert, und diese Idiotin hatte alles verdorben.

«Was glaubst du eigentlich, wer du bist!», schrie sie Molly vollkommen außer sich an und riss ihr das Haarnetz vom Kopf. «Eingebildetes schwarzes Biest! Weißt du vielleicht nicht, dass Sklavinnen sich nicht schmücken dürfen?» Dann schlug sie Molly mit solcher Wucht ins Gesicht, dass diese beinahe zu Boden ging.

Auf die schallende Ohrfeige folgte absolute Stille. Gwendolyn war zu weit gegangen, niemand hatte das Recht, die Sklaven eines anderen zu bestrafen. Molly war wie gelähmt und wagte nicht einmal zu zittern. Gerade wollte Katherine sich erheben, als David ihr zuvorkam. «Molly, geh hinaus.» Das ließ sie sich nicht zweimal sagen. Sofort rannte sie los, als hinge ihr Leben davon ab.

«Dieser Zwischenfall tut mir außerordentlich leid», entschuldigte David sich bei Edward Burton, der vergeblich versuchte, die Fassung zu bewahren. «Ich gebe dir mein Wort, dass die Sklavin angemessen getadelt wird.»

«Es war nur ein kleiner Unfall. Lassen wir uns nicht den Abend verderben.»

Aber für Gwendolyn Burton war der Abend bereits verdorben. «Wie kann man einer Sklavin erlauben, sich derart anzuziehen. Als wäre sie eine große Dame! Was glaubt sie bloß, wer sie ist? Jemand musste ihr zeigen, wo sie hingehört», zeterte sie jetzt, nachdem sie ihre Wut nicht mehr direkt an Molly auslassen konnte.

In Davids Gesicht machte sich Anspannung bemerkbar. Gwendolyn Burtons Anschuldigungen wuchsen sich zu einem persönlichen Angriff auf seine Frau aus. Und auch Edward Burton war das offensichtlich klar geworden. «Es reicht», unterbrach er seine Frau, bevor sie noch mehr Unsinn von sich gab und seine gute Beziehung zu David gefährdete. «Gwendolyn! Es war ein Unfall!», sagte er mit Bestimmtheit, damit sie endlich ihre Fassung wiedererlangte. Offensichtlich begriff sie nicht, in was für eine heikle Situation sie ihn brachte.

Katherine, die Gwendolyn eben noch mit ihren Blicken förmlich durchbohrt hatte, lächelte jetzt und entspannte sich ein wenig. Schließlich sollte niemand bemerken, wie persönlich dieser Affront gewesen war. «Es tut mir so leid um den Schwan. Er sah so hübsch und lecker aus! Ich habe noch nie so etwas Nettes gesehen», sagte sie mit engelsgleichem Gesicht und legte ihre Hand entschuldigend aufs Herz. Gleichzeitig schwor sie innerlich, dieser lächerlichen Frau nie zu verzeihen, dass sie Molly gedemütigt hatte.

Trotz aller Bemühungen, das Geschehene zu vergessen, verlief der Rest des Abends angespannt, und die Gäste verabschiedeten sich, sobald die Etikette es erlaubte.

Es war schon spät, als sie nach New Fortune zurückkehrten. Molly folgte Katherine in ihr Zimmer. David, der die Sklavin auf der Rückfahrt keines Blickes gewürdigt hatte, entschuldigte sich und begab sich in die Bibliothek. Er hatte noch einiges zu tun.

Die Knoten in Katherines Korsett wollten sich heute nicht lösen lassen.

«Mrs. Burton ist eine Idiotin», rief Katherine, während Molly mit den Bändern kämpfte.

Keine Antwort.

«Es war wirklich ein schrecklicher Abend!»

Aber Molly sagte immer noch nichts. Die Finger wollten ihr nicht gehorchen. Erst beim dritten Versuch gab der Knoten nach, und Molly konnte Katherine das Korsett abnehmen und das Nachthemd anziehen. Danach setzte Katherine sich vor die Frisierkommode. Eine nach der anderen zog Molly die hübschen Haarnadeln aus der Frisur und bürstete ihr wie jeden Abend das Haar. Im Spiegel konnte Katherine das Gesicht ihrer Sklavin betrachten.

Ihr Blick hatte sich im Nichts verloren. Man sah, dass sie geweint hatte, denn ihre Augen waren geschwollen. Sie war furchtbar blass, nur an der Stelle, wo Gwendolyn Burton sie geschlagen hatte, konnte man noch immer eine Rötung erkennen.

«Mach dir keine Gedanken. Alles ist gut», tröstete Katherine sie liebevoll. Eine einzelne Träne bahnte sich einen Weg über Mollys Wange.

«Es ist mir unbegreiflich, wie jemand, der aussieht wie eine Tonne, ein solches Kleid anziehen kann. Sie war lächerlich! Und etwas so Kitschiges wie einen beleuchteten Schokoladenschwan habe ich seit der Geburtstagsfeier meiner Nichte Rona nicht mehr gesehen.»

Endlich erschien der Anflug eines Lächelns auf Mollys Gesicht.

Beim letzten der hundert Bürstenstriche klopfte es, und

David stand in der Tür. Die Eheleute sahen sich an. Molly ließ Katherines Haar offen über ihre nackten Schultern fallen, legte die Bürste auf die Kommode, hob das Kleid vom Boden auf und verließ den Raum.

Nicht einmal Katherines freundliche Worte hatten die Sorgen vertreiben können, die Mollys Herz bedrückten. Sie konnte nicht aufhören, an diesen Vorfall zu denken. Wie immer hatte Katherine die Sache heruntergespielt, aber Molly ahnte, dass David Parrish nicht so nachgiebig sein würde.

Mit dem ausladenden Kleid ihrer Herrin in der einen Hand und der Öllampe, mit der sie die enge und steile Dienstbotentreppe beleuchtete, in der anderen stieg Molly vorsichtig in die Küche hinunter.

Auf den letzten Stufen erkannte sie Thomas' offenes Lachen. Er amüsierte sich prächtig über einen von Olivias unvorsichtigen Scherzen über die Herrschaft. Die Nacht war so still, dass man ihre Worte auch außerhalb der Küche gefährlich gut hören konnte. Aber sobald die beiden Sklaven Molly bemerkten, verstummten sie.

«Guten Abend», sagte Molly, aber keiner der beiden antwortete. Wie immer sah Olivia sie nicht einmal an, sondern grunzte nur und sah nach, ob das Wasser auf dem Herd endlich kochte. Thomas, der vor der Speisekammer saß, nahm einen tiefen Zug aus seiner Pfeife, lehnte sich in seinem Stuhl zurück und schloss genüsslich die Augen.

Der Herr wollte sich also noch nicht zurückziehen, dachte Molly, sonst hätte Thomas schon die Erlaubnis bekommen, ins Bett zu gehen, und Olivia würde zu so später Stunde keinen Kaffee mehr kochen. Vielleicht würde David, nachdem er mit Katherine geschlafen hatte, wieder ins Arbeitszimmer gehen und noch arbeiten.

Molly war müde. Die heftigen Gefühle dieses Tages hatten sie erschöpft. Sie wäre Olivia und Thomas für ein paar tröstende Worte dankbar gewesen, aber die beiden hatten sie immer wie eine Fremde behandelt. Sie hätte sich an das Misstrauen gewöhnen sollen, das ihre Gegenwart bei den übrigen Sklaven weckte, aber sie konnte es einfach nicht.

Fast konnte Molly hören, wie ihr Herz vor Traurigkeit zersprang. Am liebsten hätte sie geweint. Doch noch konnte sie sich nicht in die Sicherheit ihres Zimmers zurückziehen, wo ihre Hautfarbe weder Schwarze noch Weiße störte. Das musste warten. Zuerst musste sie den Saum von Katherines Kleid säubern und flicken.

Es wäre schön gewesen, in der Küche bleiben zu können und bei der Arbeit mit den anderen zu plaudern. Was hätte sie darum gegeben, sich neben Thomas zu setzen und sich von seinem Lachen anstecken zu lassen. Aber wie immer wollte sie niemanden stören und es allen nur recht machen. Und je mehr sie sich darum bemühte, desto weniger kam dabei heraus. Nun, diese Nacht würde sie ohnehin keinen vorwurfsvollen Blick mehr ertragen. Sie begab sich also in die kleine Kammer neben der Küche, in der die Bügelwäsche aufbewahrt wurde. Sie schloss die Tür hinter sich, stellte die Öllampe neben einen großen Haufen Bettwäsche, der noch nicht zusammengelegt worden war, auf den Tisch.

Kaum hatte sie sich an die Arbeit gemacht, hallte das Lachen von Thomas und Olivia wieder durch die Dunkelheit.

Fast eine Stunde später hatte Molly den Saum mit einem feuchten Tuch von Erde befreit und die Stellen, an denen die Naht aufgegangen war, wieder festgenäht.

Dann legte sie das Kleid vorsichtig über einen Stuhl, damit es keine Falten bekam. Am nächsten Tag wäre es trocken, und Molly könnte es wieder an seinen Platz in Katherines Kleiderschrank hängen.

Als sie aus der Kammer trat, brannte in der Küche noch ein Licht, aber es war niemand da. Olivia hatte sich wahrscheinlich bereits in das Zimmer zurückgezogen, das sie mit Latoya teilte, es ging von einem der hinteren Flure ab.

Der kräftige Kaffeeduft und die Schüssel mit Äpfeln auf dem Tisch erinnerten Molly daran, dass sie seit Stunden nichts mehr zu sich genommen hatte, aber trotz ihrer Schwäche konnte sie nichts essen. Ihr Magen hatte sich schmerzhaft zusammengezogen, und für einen Moment hatte sie fast das Gefühl, das würde sich nie mehr ändern.

Gerade wollte Molly in ihr Zimmer hinaufgehen, als Thomas mit einem Tablett unter dem Arm in der Küche erschien.

«Gute Nacht», verabschiedete Molly sich mit einem leisen Gähnen und erwartete eigentlich keine Antwort.

«Du sollst zum Herrn kommen», sagte Thomas, als Molly mit ihrem zarten Schuh schon auf die erste Stufe getreten war.

Vor Schreck blieb ihr das Herz stehen. Fragend blickte sie den Sklaven an. «Weißt du, was er von mir will?»

Thomas schüttelte den Kopf. «Nein. Aber er sieht ärgerlich aus.»

Schweigend nickte Molly. Ihr stockte der Atem, wie immer, wenn sie nervös war.

«Soll ich auf dich warten?»

Molly konnte zuerst gar nicht darauf antworten. Natürlich war ihr klar gewesen, dass David den Vorfall bei den Burtons nicht einfach vergessen würde, aber da er sie nicht sofort zu sich bestellt hatte, hatte sie zu hoffen gewagt, dass er die Angelegenheit auf sich beruhen lassen würde. Sie sah Thomas an. «Danke, aber es ist schon spät, und du musst morgen früh aufstehen.»

Thomas lächelte. Seit langer Zeit war es das erste Mal, dass jemand außer Katherine ihr zulächelte.

Molly verließ die Küche und ging in die Bibliothek. Ihr Kopf explodierte beinahe vor Furcht. Seit diese schreckliche Gwendolyn Burton beschlossen hatte, ihre Wut an ihr auszulassen, hatte sie gewusst, dass dieser Moment kommen würde.

David bemerkte sie zunächst nicht. Er schien in die Lektüre einiger Papiere vertieft, die neben einer Tasse Kaffee auf dem Tisch verstreut lagen. Eine Öllampe tauchte den Raum in ihr orangefarbenes Licht.

Molly zögerte. Sollte sie eintreten oder warten, bis David ihrer gewahr wurde? Schließlich entschloss sie sich, vorsichtig an den Türrahmen zu klopfen.

David hob seinen Blick nur so weit, dass er erkennen konnte, wer ihn störte. «Ah, du bist es», sagte er und wirkte verärgert über die Unterbrechung. Er wandte sich wieder den Papieren zu und nahm einen Schluck vom noch dampfenden Kaffee.

«Verzeihung, Herr», antwortete Molly mit dünner Stimme. «Thomas hat mir gesagt, dass Ihr mich sehen wollt.»

«Ja. Komm herein.»

Molly schwitzte, als sie die Tür hinter sich schloss. Sie verschränkte die Hände hinter dem Rücken, um das Zittern zu verbergen, das ihren Körper schüttelte.

«Komm näher.»

Molly gehorchte. Obwohl sie direkt vor David stand, sah dieser sie nicht an. Er war vollends damit beschäftigt, ein

Buch mit grünem Einband aus einem Stapel auf der hinteren Ecke des Schreibtisches zu ziehen.

«So kann es nicht weitergehen.»

Molly spürte, wie ihre Wangen brannten. Fast war sie dankbar dafür, dass David sie noch kein einziges Mal angesehen hatte.

«So ein Vorfall wie heute darf sich auf keinen Fall wiederholen.»

Am liebsten wäre Molly in den Boden versunken, aber die Erde machte keine Anstalten, sich zu öffnen. «Es tut mir schrecklich leid, Herr», stotterte sie, «ich schwöre, dass so etwas nicht wieder vorkommt.»

Endlich blickte David von seinem Buch auf und sah Molly direkt ins Gesicht. Seine Augen waren kalt geworden. Molly erinnerte sich an diesen Blick. Schon einmal hatte sie diesen Ausdruck an ihm gesehen, in New Orleans, als er erfahren hatte, dass sie eine Sklavin war. Damals hatte sie geglaubt, dass sie es sich vielleicht nur eingebildet hatte, aber jetzt verstand sie. Dieser Mann verachtete sie zutiefst.

«Das hier ist nicht New Orleans», warnte er sie. «Wir sind in Virginia, und du musst wissen, wo dein Platz ist.»

Molly schwieg. Auch wenn seine Stimme ruhig war, sie konnte diese kalten Augen nicht vergessen, die ihr das Herz gefrieren ließen. Als hätte sie nicht immer gewusst, wo ihr Platz war, dachte sie. Schon mit sechs Jahren hatte sie das herausgefunden, als sie gewagt hatte, ihrer ersten Herrin zu widersprechen. Damals hatte sie eine Tracht Prügel bezogen, die Narben konnte man noch immer auf ihrem Rücken sehen. Dann hatte man sie verkauft. Seither hatte sie in Katherines Diensten gestanden, und eigentlich war es Katherine, die vergessen hatte, wo der Platz ihrer Sklavin war.

«Ich bitte um Verzeihung, Herr», sagte sie noch einmal und senkte den Kopf, um seinem Blick auszuweichen.

«Dein Aufzug ist nicht sehr hilfreich dabei.»

Molly war sich bewusst, dass er recht hatte. Es war nicht nur ihr Aussehen, ihre zu helle Haut. Noch dazu trug sie ein schöneres Kleid, als viele weiße Frauen es sich erlauben konnten. Dabei gefiel es Molly nicht einmal, sich so herauszuputzen. Schließlich konnten sich die Weißen dann noch weniger vorstellen, dass eine Person mit ihren Gesichtszügen, der hellen Haut und der gepflegten Ausdrucksweise eine Sklavin war. Katherine aber bestand darauf, dass sie sich gut kleidete. Schließlich kostete es kaum Mühe, und sie wäre doch viel schöner anzuschauen. «Ich versichere Euch, dass es nicht wieder vorkommen wird, Herr.»

«Noch etwas.»

Molly erstarrte.

«Ich vertraue darauf, dass dieses Gespräch unter uns bleibt.»

«Ja, Master David.» Anscheinend war David nicht bewusst, dass Katherine nicht das geringste Interesse daran hatte, irgendetwas von diesem Gespräch zu erfahren.

Jetzt wandte ihr Herr sich wieder seinen Papieren zu. Das Gespräch war beendet.

Die Unterredung mit David hatte Molly endgültig aus ihrem zerbrechlichen Gleichgewicht gerissen. Sie musste erst einmal tief durchatmen. Anstatt gleich in ihr Zimmer zu gehen, trat sie aus der Küche nach draußen.

Die Luft war kühl. Bis jetzt war der Oktober warm gewesen, es hatte kaum geregnet. Aber in dieser Nacht kam es Molly so vor, als würde sie die Feuchtigkeit wahrnehmen, die ein Gewitter ankündigt. Sie atmete tief ein. Nach dem kurzen Gespräch fühlte sie sich kraftlos. Sie sehnte sich nach Frieden.

Als sie dort auf der hinteren Veranda des Hauses stand, suchte sie im Himmel nach etwas Vertrautem. Aber sogar die Sternbilder erschienen ihr fremd. Hier war ihr Licht viel schwächer und kälter als am Himmel über New Orleans, wo man den Eindruck hatte, nur die Hand ausstrecken zu müssen, um sie berühren zu können. Die Sterne über New Fortune waren schrecklich weit weg.

Molly seufzte. Sie vermisste den Duft der Magnolien und die Gerüche der scharfen Gewürze, die in der Luft hingen. In New Orleans hörte man nachts immer das entfernte Echo irgendeiner Gruppe Musikanten. Die schwüle Hitze hinderte die Menschen am Schlafen, und so waren die Straßen bis in die frühen Morgenstunden hinein voller Leben.

Sie vermisste ihr Zuhause. Der Gedanke überraschte sie. Nie zuvor hatte sie an Deux Chemins als an ihr Zuhause gedacht. Sie hatte erst Hunderte von Meilen reisen müssen, um das herauszufinden.

Wehmütig erinnerte sie sich an die nächtlichen Spaziergänge mit Katherine am Ufer des Sees, an ihr Zimmer und ihr ganzes früheres Leben. Wie ihr das alles fehlte. In New Orleans kannten sie alle und wussten, welches ihre Stellung war. Dort war das Leben viel einfacher gewesen.

Müde lehnte sie sich an eine der Säulen der Veranda. Nicht weit von hier, hinter den dunklen Umrissen der Bäume schliefen die Sklaven in ihrem Hüttendorf. Vielleicht wäre es besser, dort zu sein, dachte sie, verwarf diesen Gedanken aber sofort mit einem gewissen Unbehagen, als sie sich vorstellte, was für ein elendes Leben sie an diesem Ort führen würde. Immer schon hatte sie unter Weißen gelebt, und sie konnte es sich nicht vorstellen, auf die Annehmlichkeiten des Herrenhauses zu verzichten und in eine kalte und dreckige Holzhütte zu ziehen. Außerdem wäre sie dort nicht weniger ein Eindringling.

Noch einmal sog sie die reine Luft ein. Es war Zeit, in ihre Dachkammer hinaufzusteigen, am nächsten Morgen würde sie früh aufstehen müssen.

Gerade wollte sie die Küche betreten, als eine Gestalt aus dem Schatten trat. «Ein schöner Abend», sagte eine Stimme, und kurz darauf erkannte Molly ihren Besitzer.

«Master Owen», rief sie aus und trat einen Schritt zurück.

«Kannst du nicht schlafen?»

Molly gab keine Antwort. Wie lange mochte dieser Mann schon dort gestanden haben? Bei der Vorstellung, dass er sie in der Dunkelheit beobachtet hatte, bekam sie eine Gänsehaut.

Owen indessen schien durch das Schweigen der Sklavin nicht entmutigt zu werden. In aller Ruhe nahm er seine Pfeife aus der Brusttasche und riss ein Streichholz an der Säule an, an der Molly eben noch gelehnt hatte. Starker Geruch nach Tabak durchdrang die Luft.

Molly wollte an ihm vorbei ins Haus gehen, aber plötzlich hatte der Aufseher mit seinem Körper die Küchentür verstellt. Als sie sich nach rechts wandte, um ihm auszuweichen, trat er ihr wieder in den Weg.

Während Angst sich in ihrem Herzen ausbreitete, suchten ihre Gedanken verzweifelt nach einem Ausweg. In der Küche war niemand mehr, der ihr hätte helfen können. Olivia, Thomas und Latoya waren schon vor einer Weile ins Bett gegangen. Zwar waren ihre Kammern nicht weit weg, aber wenn es dem Aufseher einfallen würde, sie mitten auf dem Küchenfußboden zu vergewaltigen, könnten ihn nicht einmal zwei Millionen Sklaven davon abhalten. Kein Sklave auf New Fortune hätte je gewagt, sich ihm entgegenzustellen. Wäre sie doch nach dem Gespräch mit David direkt auf ihr Zimmer gegangen! Das war es! Master David war noch wach. Owen würde niemals riskieren, sich von David mit der Sklavin seiner Ehefrau erwischen zu lassen. Irgendwie musste sie ins Haus gelangen. Dort würde sie sicher sein.

Aber bevor Molly etwas unternehmen konnte, ging Owen noch einen Schritt auf sie zu. Langsam wich sie immer weiter zurück, bis sie gegen die Wand stieß. Jetzt saß sie in der Falle! Nervös blickte sie auf. Der Aufseher stand so nah vor ihr, dass ihr Gesicht fast sein Hemd berührte. Er roch so stark nach Tabak, dass Molly übel wurde.

Owen sah ihr in die Augen. Molly fürchtete, ohnmächtig zu werden. Sie wusste genau, was er wollte. Schon oft hatte sie die Begierde im Blick eines Mannes gesehen. Und das Schlimmste war, dass sie überhaupt nichts tun konnte. Sie hatte ja nicht einmal das Recht, sich zu verteidigen. Schließlich war sie nichts weiter als eine Sklavin, und das war es eben, was mit Sklavinnen geschah, die das Pech hatten, hübsch geboren zu sein. Es war mit ihrer Urgroßmutter geschehen, ihrer Großmutter, ihrer Mutter, und ihr würde es genauso ergehen. Schon immer hatten die Frauen ihrer Familie die Blicke der weißen Herren auf sich gezogen.

«Wie weiß du bist ...» Ohne den Blick von Mollys sinnlichem Mund zu wenden, streckte der Aufseher seine Hand nach ihr aus. Während er ihr mit seinen rauen Fingern über die Wange strich, hielt Molly den Atem an. Sie war starr vor Angst. Dieser Mann würde vor nichts zurückschrecken.

Als Owen Graham die zarte Haut der Sklavin berührte, kam er sich derb und unbeholfen vor. Durch die jahrelange schwere Arbeit waren seine Hände hart geworden. Wieder sah er Molly an. Er war ihr so nah, dass er ihren hektischen Atem spürte.

Plötzlich hielt er inne. Vielleicht hatte er das stille Flehen in ihren Augen gesehen. Er ließ seine Hand sinken und trat einen Schritt zurück. «Gute Nacht, Molly.»

Mit heftig klopfendem Herzen und zitternden Knien rannte Molly in ihr Zimmer hinauf, so schnell sie nur konnte.

Kurz nachdem Molly sein Arbeitszimmer verlassen hatte, bekam David Durst. Er hob den Glaskrug an, den Thomas mit dem Kaffee gebracht hatte, und stellte fest, dass er leer war. Ungehalten verließ er das Zimmer, den Krug in der Hand, und tastete sich durch den Flur zur Küche vor.

Die Küche wurde von der schwachen Flamme einer Öllampe erhellt. Jemand war so unvorsichtig gewesen, die Lampe nicht zu löschen. David nahm sich vor, am nächsten Tag herauszufinden, wer der Verantwortliche war. Er würde über eine Gedankenlosigkeit, die New Fortune in wenigen Stunden in Asche verwandeln könnte, nicht hinwegsehen.

Das schummrige Licht genügte ihm zur Orientierung. David trat vor die Pumpe und wollte gerade den Schwengel betätigen, als er draußen jemanden bemerkte. Wahrscheinlich war der Sklave, der die Flamme hatte brennen lassen, kurz vor die Tür gegangen. Gut, dachte David zufrieden bei sich, dann war auch niemand unvorsichtig gewesen. Er ging zum Fenster und zog die Gardine zur Seite, die ihm die Sicht nach draußen versperrte.

Es war kein Sklave, der sich auf der Veranda herumtrieb. Es war Owen Graham, aber er hatte David nicht bemerkt. Er schien mit etwas an der Wand beschäftigt zu sein. Instinktiv duckte David sich ein wenig. Da war noch jemand bei Owen. Aber wer? David presste sein Gesicht an die Scheibe. Zwar konnte er die andere Person nicht sehen, aber das war auch gar nicht nötig. Dieses rote Kleid würde er überall wiedererkennen. Jetzt begriff er, was vor sich ging.

Gerade hatte David beschlossen dazwischenzugehen, als Molly schon in die Küche gestürzt kam. All das geschah so schnell, dass David gerade noch Zeit hatte, der Sklavin auszuweichen und sich gegen eine Wand zu drücken. Sie hatte es so eilig zu entfliehen, dass sie ihren Herrn gar nicht bemerkte. Im Vorbeilaufen schnappte sie sich die Öllampe vom Tisch und rannte wie der Blitz die Treppe hinauf.

Fast gleichzeitig verließ Owen die Veranda.

Nur das gedämpfte Licht der Sterne fiel noch durch die Fensterscheiben in die Küche. David verfluchte das plötzliche Verschwinden der Lampe, machte sich aber endlich daran, den Krug zu füllen.

In der Tat, dachte David, während er sich zum Ausgang der Küche tastete, Molly war eine schöne Frau. Zweifellos die schönste Sklavin, die er jemals besessen hatte.

· 8 ·

Molly stand auf, sobald der Morgen graute. Noch eine Minute länger im Bett, und sie würde verrückt werden. Sie musste unbedingt irgendetwas tun, um sich von den unangenehmen Ereignissen des Vortags abzulenken. Die Demütigung bei den Burtons, das Gespräch mit David und die bedrohliche Begegnung mit dem Aufseher hatten ihre Nerven blank gelegt. Die ganze Nacht hatte sie wach gelegen und auf die Geräusche gelauscht, die aus der Dunkelheit kamen, voller Angst, dass sich vielleicht die leisen Schritte des Aufsehers dahinter verbargen, der sich heimlich in ihr Zimmer schleichen wollte. Inständig flehte sie, dass dieser Mann sie vergessen möge.

Nachdem sie sich das Gesicht gewaschen hatte, spürte sie, dass sie sich langsam wieder in den Griff bekam. Davids Worte waren deutlich gewesen. Ihr Aussehen musste sich verändern. Sie musste sich schlichter kleiden. Das war gar nicht so einfach, denn Molly hatte sich immer gut angezogen. Und fast alle ihre Kleider hatten vorher Katherine gehört.

Zum Glück fand sie ein Kleid, das für ihre Zwecke geeignet war. Sie würde es ein wenig ändern müssen, aber zumindest war der Stoff von einer diskreten Farbe und so unmodern, dass er nicht weiter auffallen würde.

Sie nahm etwas Stoff aus dem Rock, damit er weniger ausladend fiel, trennte die Spitzen und Volants ab und ersetzte den spitz zulaufenden Ausschnitt durch einen runderen, unauffälligeren. Einige Zeit später betrachtete sie zufrieden ihr Werk, verstaute dann den übrig gebliebenen Stoff sorgsam in ihrem Koffer und zog das Kleid an. Dann steckte sie ihr Haar hoch und versteckte es unter einem bunten Tuch, das Katherine ihr vor kurzem geschenkt hatte. Ein Blick in den Spiegel der Frisierkommode zeigte ihr, dass sie blass war und tiefe Ringe unter den Augen hatte. Trotz des einfach geschnittenen Kleides war sie noch immer eine attraktive junge Frau. Aber vielleicht würden die Dinge jetzt einfacher werden. Mit dem neuen Aussehen würden die Leute hoffentlich auch ohne Erklärungen erkennen, dass sie eine Sklavin war. Und vielleicht, so hoffte sie inständig, genügte ihr schlichteres Äußeres auch, um sich vor den Zudringlichkeiten des Aufsehers zu schützen.

Sie brauchte ein wenig Zeit, um sich in der Unbekannten wiederzuerkennen, die sie aus dem Spiegel anblickte. Als sie sich bereit fühlte, atmete sie tief ein und verließ das Zimmer. Wie jeden Morgen verstummten die Sklaven, sobald sie Mollys Schritte auf der Treppe hörten. Aber diesmal, anstatt einfach so zu tun, als wäre sie nicht da, musterten Latoya, Thomas und Olivia sie von oben bis unten. Molly verspürte einen winzigen Anflug von Freude. Fast genoss sie diesen Moment ein wenig. Sie wünschte allen einen guten Morgen und nahm sich eine Tasse Kaffee, ohne auf eine Erwiderung ihres Grußes zu warten. Als Latoya das Frühstück fertig hatte, holte sie schnell das hellblaue Kleid aus der Kammer neben der Küche.

Wenige Minuten später trat Molly mit dem Kleid über dem Arm in das Zimmer ihrer Herrin. Latoya folgte ihr mit dem Frühstückstablett.

«Guten Morgen, Molly», gähnte Katherine ungeniert und reckte und streckte sich. Master David hatte schon vor Stunden im Esszimmer gefrühstückt und war auf die Felder geritten. Molly lächelte Katherine zu. Sie hängte das Kleid in den Schrank, zog die Gardinen zur Seite und hob Katherines Morgenmantel vom Boden auf.

Latoya verließ das Zimmer wieder, nachdem sie das Frühstück auf einem Marmortisch abgestellt und ihrer Herrin einen guten Morgen gewünscht hatte.

Katherine war bester Laune. Sie sprang aus dem Bett, nahm Mollys Gesicht in die Hände und drückte ihr einen lauten Kuss auf die Wange.

«Ich bin so glücklich! Ich hätte nicht gedacht, dass man so glücklich sein kann!»

Molly lächelte traurig. Sie selbst konnte sich kaum vorstellen, was Glück überhaupt war.

Erstaunt trat Katherine einen Schritt zurück. «Und dieses Kleid?»

Molly wusste nicht, was sie sagen sollte.

«Wenn es wegen gestern Abend ist ...»

«Nein, Katty», widersprach sie etwas zu schnell, «ich glaube, so werde ich mich wohler fühlen. Wirklich.»

Katherine wollte schon protestieren. Molly war schließlich nicht wie die anderen Sklavinnen. Sie war ihre Freundin, und Katherine würde nicht erlauben, dass die dummen Komplexe einer schamlosen Harpyie Einfluss darauf hatten, wie sie ihre Sklavin anziehen oder behandeln sollte. Aber etwas in Mollys Blick, ein stummes Bitten oder vielleicht der deutliche Glanz von Tränen, brachte sie dazu, ihre Meinung zu ändern.

«Wie du willst, Molly. Wenn du dich wohler fühlst, kannst du dich natürlich so anziehen.»

Katherine war keinesfalls dumm, auch wenn sie sich manchmal bemühte, genau diesen Eindruck zu erwecken. Und sogar ein Blinder hätte bemerkt, dass Molly sich verändert hatte. Die Ringe unter den Augen wurden jeden Tag tiefer. Ihre Bewegungen waren langsamer geworden, und mehr als einmal hatte sie zerstreut und abwesend gewirkt.

Katherine sah ihr in die Augen. «Geht es dir auch gut, Molly?»

Molly war eine Sekunde lang versucht, ihr das Herz auszuschütten und ihr von dem Zwischenfall mit dem Aufseher zu erzählen. Fast hätte sie zugegeben, wie sehr sie sich nach ihrem Zuhause in New Orleans sehnte und wie hart es war, ständig die misstrauischen Blicke der anderen Sklaven ertragen zu müssen.

Aber Molly wusste, dass Katherine es im Grunde ihres Herzens vorzog, nichts von den Schwierigkeiten ihrer Sklavin zu hören. Ihr Glück sollte nicht durch die Probleme anderer Menschen getrübt werden.

«Alles ist in Ordnung, Katty.»

Obwohl Katherine ahnte, dass das nicht stimmte, seufzte sie doch erleichtert auf. Alles war gut.

«Master David wartet schon. Wenn du dich nicht beeilst, wirst du auch diesen Sonntag zu spät kommen», sagte Molly.

«Auf keinen Fall!» Katherine ergriff dankbar die Gelegenheit, das Thema zu wechseln. «Heute werde ich pünktlich sein.»

Wie sonst auch trank Katherine nur eine halbe Tasse Tee und verschmähte das Frühstück aus Buttertoast mit Himbeermarmelade. Sie begnügte sich damit, an einem der geschälten Apfelschnitze zu nagen, die Latoya auf einem Tellerchen aus hauchdünnem Porzellan bereitgestellt hatte.

Zwanzig Minuten später traf Katherine ihren Mann im Empfangszimmer. Sie hatte ein dezentes Kleid mit spitzem Ausschnitt gewählt, das für einen Gottesdienst in der sittenstrengen Gesellschaft Virginias mehr als angemessen war.

Nach der Messe plauderten David und Katherine noch ein wenig mit ihren Nachbarn und kehrten dann nach New Fortune zurück. Zu Mittag speisten sie gegrilltes Lamm mit Gemüse, zum Dessert gab es einen köstlichen Pudding, den Olivia aus den letzten Brombeeren der Saison zubereitet hatte.

Am Nachmittag fuhr David zu Ross Dugans Plantage, um sich von seinem Freund zu verabschieden. Am nächsten Tag würde Dugan in den Westen zurückkehren. Mit einigen Indianerstämmen hatte es Probleme gegeben, und sein Regiment hatte die Aufgabe, für die Sicherheit der Siedler zu sorgen. Vielleicht würden ein paar Jahre vergehen, bevor sie sich wiedersahen. Vielleicht kehrte Ross Dugan aber auch nie zurück, wie viele andere, die vor ihm in diese unwirtliche Gegend aufgebrochen waren.

Während David in Gesellschaft einiger Freunde einen guten schottischen Whisky trank, wurden auf New Fortune zwanzig Paar Vorhänge aus feinstem Samt angeliefert. In nur einer Stunde waren die alten Stores ersetzt. Als Katherine feststellte, wie elegant sich der blaue Samtstoff von den hellen Farbtönen der Wände abhob, nickte sie zufrieden. Damit war die Renovierung der schönen Villa mit der weißen Fassade vollendet. New Fortune war endlich bereit, seine Nachbarn zu empfangen. Man müsste nur noch ein passendes Datum für die Feier finden.

David war in aller Frühe aufgebrochen. Da er einiges in Richmond zu erledigen hatte, hatte er angeboten, Ross Dugan in die Stadt zu bringen. Dugan würde am Bahnhof in den Zug steigen und über den Norden in die Westgebiete fahren. David hingegen würde sich mit Senator Browning treffen, mit dem er Geschäftliches zu besprechen hatte. Nach ein paar Einkäufen, die Katherine ihm aufgetragen hatte, würde er noch am gleichen Abend nach New Fortune zurückkehren.

Es war zwar erst sieben Uhr morgens, aber Katherine war voller Energie. David hatte ihr die Erlaubnis gegeben, einen Ball zu veranstalten. Es würde die prachtvollste Feier der Saison werden. Es gab viel zu tun: Die Einladungen mussten geschrieben werden, das Menü ausgewählt, das Haus dekoriert. Man musste an so viele Dinge denken, es war keine Minute zu verlieren.

Schwungvoll stieg sie aus dem Bett. Sie konnte unmöglich warten, bis Molly sie in ein paar Stunden wecken würde. Sie musste unbedingt jetzt schon mit ihr sprechen.

Von ihrem Zimmer im ersten Stock aus durchquerte sie den kleinen Flur, der zur Dienstbotentreppe führte. Gerade wollte sie die Stufen hinaufsteigen, als sie sah, wie sich eine Gestalt über den unteren Treppenzug entfernte. Es war David. Er musste in der oberen Etage gewesen sein. Sie wollte ihn schon rufen, aber er hatte sie nicht bemerkt und schien es eilig zu haben. Es kam ihr sonderbar vor, dass er noch nicht weg war, aber sie maß dem keine weitere Bedeutung bei. Sie wandte sich wieder der Stiege zu, die sie bis jetzt noch nie benutzt hatte und die ihr steiler vorkam als normale Treppen. Es war leicht, Mollys Zimmer zu finden: Vom schmalen Gang im Dachgeschoss ging nur eine Tür ab. Jetzt fiel Katherine auf, dass sie noch nie in Mollys Zimmer gewesen war, nicht einmal, als sie noch in New Orleans gelebt hatten. Ohne zu klopfen, öffnete sie die Tür und trat ein.

Der Raum war zwar klein, aber sauber, und es gab ein hübsches kleines Fenster. Katherine erkannte die geblümte Decke, die sie Molly geschenkt hatte, und bemerkte den Riss, der sich durch den einzigen Spiegel im Zimmer zog. Man müsste ihn auswechseln lassen, dachte sie und wunderte sich, wo Molly war. Vielleicht war sie schon in der Küche. Gerade wollte sie nach unten laufen und nach ihr suchen, als sie hinter der Tür ein Wimmern hörte. Verwundert schloss Katherine die Zimmertür und entdeckte Molly, die sich eng in die Ecke gekauert hatte. Erschrocken beugte Katherine sich zu ihr herunter. Mollys Nachthemd hing in Fetzen von ihr herab, und ihr ganzer Körper war voller Blutergüsse.

«Molly?», rief Katherine sanft und versuchte vergeblich, der Sklavin in die Augen zu sehen, die ihr Gesicht verbarg. Als sie sich noch verzweifelter gegen die Wand drückte und ihren Kopf zwischen den Knien versteckte, verrutschte das Nachthemd, und Katherine erhaschte einen Blick auf den Rücken der Sklavin. Entsetzt entdeckte sie darauf tiefe Narben. Jemand musste sie mit blinder Wut ausgepeitscht haben, so tief hatten sich die Spuren der Hiebe in ihre Haut gegraben. Sie kniete sich verwirrt neben Molly auf den Boden. Sanft berührte sie ihren Rücken und streichelte vorsichtig über die Narben. Molly musste noch ein Kind gewesen sein, als man sie geschlagen hatte. Katherine erschauerte am ganzen Körper. Wie konnte es sein, dass sie nie etwas davon erfahren hatte? Was gab es alles noch, was sie nicht wusste?

«Molly, bitte, sieh mich an», sagte sie liebevoll und legte ihrer Freundin die Hand auf die Schulter.

«Ich kann nicht.»

Behutsam hob Katherine Mollys Kinn an und zwang sie, ihr in die Augen zu sehen. In Mollys Blick las sie solche Schuldgefühle, so viel Verzweiflung und Schmerz, dass sie sie in die Arme nahm.

«Ich konnte nichts tun. Ich habe es versucht! Ich schwöre es dir! Ich konnte ihn nicht davon abhalten!», beichtete Molly schluchzend.

Katherine erstarrte. Plötzlich verstand sie die Eile, mit der David das Haus heimlich über die Dienstbotentreppe verlassen hatte.

Katherine hielt Molly, die noch immer schluchzte, weiter in ihren Armen. Nie hatte sie sich für das Leben ihrer Sklavin interessiert, und nun legten sich die Gewissensbisse schwer auf ihre Seele.

«Bitte verzeih mir, Molly», flüsterte sie. «Ich schwöre dir, dass ich nicht zulassen werde, dass dir noch einmal jemand wehtut.» Während Katherine ihre Freundin zu trösten versuchte, spürte sie, wie ihr Herz vor Hass zu Eis gefror.

Sobald seine Verpflichtungen es zuließen, machte David sich auf den Heimweg. Als er auf New Fortune ankam, dämmerte es gerade erst, aber Katherine hatte sich schon zurückgezogen. Zwei Stufen auf einmal nehmend, rannte er die Treppe hinauf und blieb vor ihrem Schlafzimmer stehen. Kurz tastete er in seiner Tasche nach dem rubinbesetzten Ring aus Weißgold, den er ihr in Richmond gekauft hatte. Bei der Berührung des kühlen Metalls leuchtete sein Gesicht auf. Katherine würde sich freuen. Aber als er den Türgriff drehte, ging die Tür nicht auf. Er versuchte es wieder – ohne Erfolg. Katherine hatte abgeschlossen.

Sofort war ihm klar, dass seine Frau Bescheid wusste. Vielleicht hatte die Sklavin geredet, dachte er im ersten Moment, verwarf diesen Gedanken jedoch sofort wieder. Niemals hätte sie gewagt, ihn zu verraten. Kein Sklave würde je seinen Herrn beschuldigen. Aber er hatte einiges riskiert. Trotzdem wollte er diese Geschichte nicht zu ernst nehmen, denn ein Ausrutscher konnte jedem passieren, und obwohl es nicht offen ausgesprochen wurde, war man sich doch einig, dass ein Herr über die Sklavinnen in seinem Besitz verfügen konnte, wann immer es ihm beliebte.

Also beruhigte er sich und beschloss, im Gästezimmer zu übernachten. Am nächsten Tag würde er mit Katherine reden. Wenn er genügend Reue zeigte, würde sie sicher Verständnis haben und ihm verzeihen.

Aber als David seine Frau am nächsten Morgen traf, strahlten ihre Augen in einem veränderten Licht. David entdeckte etwas in ihnen, das er vorher nie gesehen hatte: die Flamme des Hasses. Es würde wohl doch schwieriger werden, ihre Vergebung zu erlangen.

Einen ganzen Tag lang sprachen sie nicht miteinander, sie sahen sich nicht einmal an. Entsetzt begriff David, dass die Frau, die eben noch so verliebt gewesen war, ihn plötzlich verabscheute. Und der stumme Hass, mit dem sie ihre Verachtung ausdrückte, war mehr, als er ertragen konnte.

Niemals hätte er die Sklavin anfassen dürfen, dachte er reumütig. Aber er konnte es nun mal nicht ungeschehen machen. Dennoch zermarterte er sich den Kopf. Es musste doch einen Ausweg geben. Sie war wütend und verletzt, aber sie musste doch Verständnis für ihn haben. Schließlich hatte es für ihn nichts bedeutet, und er liebte nur sie.

Trotz allem beschloss David, sie nicht um Vergebung anzuflehen. Das Beste war, ihr Zeit zu geben. Er würde weggehen und erst zurückkommen, wenn Katherine in Ruhe nachgedacht hatte und einsah, dass das Geschehene keine Bedeutung hatte. Schließlich war er ihr Mann, und diese Frau, die sie so mochte, war nichts weiter als eine Sklavin.

Noch am gleichen Abend verließ David New Fortune.

Im Dezember fielen die letzten Blätter von den Bäumen.

Katherine und Molly saßen auf der Veranda und ließen sich die Gesichter vielleicht das letzte Mal in diesem Jahr von der Sonne wärmen. Obwohl es noch recht mild war, hatte Katherine sich einen Wollschal umgelegt. Auch Molly saß, in eine Decke gewickelt, in einem Schaukelstuhl. Über ihnen zog ein Schwarm Wildgänse nach Süden, wo die Vögel vor dem harten, kalten Winter Zuflucht suchten.

Owen Graham ging an den beiden Frauen vorbei und grüßte mit der Hand am Hut. «Mrs. Parrish. Molly.»

«Guten Tag, Owen.»

Molly lächelte, sagte aber nichts.

Schon vor geraumer Zeit hatte der Vormann beschlossen, einfach zu vergessen, dass Molly eine Sklavin war.

«Gibt es Neuigkeiten?» Diese Frage war fast schon zur Gewohnheit geworden.

«Nicht sehr viele, Mrs. Parrish. Sie wissen ja, dass zu dieser Jahreszeit nicht viel auf der Plantage zu tun ist.»

Katherine nickte. Zwar hatte sie sich nie sonderlich dafür interessiert, wusste aber trotzdem einiges über den Anbau von Baumwolle. Sobald die Felder einmal gejätet und für die neue Ernte vorbereitet waren, musste man nur auf den nächsten Frühling warten. Daher hatte Davids Rückkehr sie auch so überrascht. Zuerst hatte sie angenommen, er suche noch einmal nach Versöhnung, aber nachdem er sie kein einziges Mal angesprochen hatte, schloss sie diesen Gedanken aus. Zum Glück verbrachte David die meiste Zeit in der Bibliothek.

An diesem Nachmittag war er ausgeritten und würde sicher nicht vor Ablauf einer Stunde zurückkommen.

«Setzen Sie sich doch einen Moment zu uns.» Der Aufseher ließ sich nicht lange bitten. Er war gern in Gesellschaft der beiden Frauen.

Katherine sah Owen dabei zu, wie er sich auf eine Stufe der Verandatreppe setzte. In dem sorgfältig rasierten Mann, der sein gebügeltes Hemd ordentlich zugeknöpft hatte, konnte sie den Menschen, der sie zu Beginn des Sommers begrüßt hatte, kaum wiedererkennen.

«Wie ich gehört habe, war einiges los», sagte der Aufseher.

«Sie meinen den kleinen Unfall gestern bei den Rennen? Das war gewiss sehr bedauerlich», sagte Katherine und schüttelte in übertriebener Weise den Kopf, während sich ein breites Lächeln auf ihrem Gesicht abzeichnete. «Es tat mir wirklich leid. Die arme Gwendolyn. Es muss schrecklich für sie gewesen sein, als ihr Stuhl zerbrach und sie so furchtbar auf den Rücken fiel. So ein Pech, nicht wahr, Molly?»

«Wirklich Pech!», grinste Molly komplizenhaft.

«Es ist doch erstaunlich, dass ein Stuhl dermaßen nachgeben kann. Und wenn man bedenkt, dass er eigentlich für Sie bestimmt war.» Owen Graham wirkte erleichtert. «Ich habe gehört, dass mehrere Männer helfen mussten, um sie aus dem Matsch zu ziehen.»

«Es war wirklich schrecklich», nickte Katherine. Mit schier übermenschlicher Anstrengung versuchte sie, ernst zu bleiben und nicht laut herauszulachen, als sie sich genüsslich ins Gedächtnis rief, wie Gwendolyn Burton im Dreck gelandet war, und zwar vor den Augen der wichtigsten Persönlichkeiten des County, die sich zu den traditionellen Pferderennen eingefunden hatten.

Natürlich ahnte Owen nicht, dass die Person, die für Gwendolyn Burtons Unglück verantwortlich war, genau vor ihm saß. Molly hingegen wusste es, obwohl Katherine ihr nichts gesagt hatte. Das war nicht nötig. In dem Moment, als Gwendolyn sich hinsetzte, hatte Katherine schnell zu Molly herübergesehen, wie um ihr ein Zeichen zu geben.

Als Gwendolyn vor allen Leuten auf dem Boden aufschlug, spürte Molly, dass ihre Demütigung gerächt war. Und Katherine hatte sogar dafür gesorgt, dass Molly dabei zusehen konnte. Es war das einzige Mal, dass die beiden Frauen New Fortune in den vergangenen Monaten verlassen hatten.

Während Owen noch einmal wiederholte, was für ein

Glück es doch war, dass Mrs. Burton schließlich Katherines Platz eingenommen hatte, zwinkerten sich die beiden Frauen hinter seinem Rücken zu. Als Molly ein stummes «Danke» mit den Lippen formte, das tief aus ihrem Herzen kam, sah man zum ersten Mal seit langer Zeit wieder Freude in ihren Augen.

Owen bemerkte die heimlichen Botschaften nicht. Der honigfarbene Blick dieser Frau hatte ihn an den Tag erinnert, an dem David Parrish ohne weitere Erklärung das Haus verlassen hatte. Seitdem waren zwei Monate vergangen. Wie konnte jemand, der eine solche Ehefrau hatte, so lange von ihr fernbleiben?, fragte er sich. Owen selbst hätte sich keine Sekunde von einer Frau wie Katherine getrennt. Und tatsächlich war er es auch, der für Davids Rückkehr verantwortlich war. Es gab da eine Angelegenheit, von der Mrs. Parrish nichts wissen durfte.

Während der Aufseher über das sonderbare Verhalten seines Dienstherrn nachgrübelte, kam Latoya aus der Küche und goss kochendes Wasser in die Teekanne, die zwischen Katherine und Molly auf einem Tischchen stand. Sobald das heiße Wasser die Teeblätter berührte, stieg aromatischer Dampf auf.

Molly verzog kaum merklich das Gesicht, als sie den intensiven Teegeruch wahrnahm. Owen überlegte einen Moment und betrachtete sie dann forschend. Wie hatte ihm das entgehen können? Jetzt war ihm alles klar. Die Müdigkeit, die Augenringe, die Übelkeit und das häufige Übergeben. Molly war schwanger. Diese Feststellung verwirrte ihn nur noch mehr. Wer war dafür verantwortlich? Er selbst hatte sie schließlich nicht angerührt. Ein Zwischenfall wie damals auf der Veranda hatte sich nicht wiederholt. Er hatte sein Verhalten ehrlich bereut, und kein anderer Mann der Plantage hätte gewagt, Hand an die persönliche Sklavin der Herrin zu legen. Niemand außer David selbst.

Katherine bemerkte die leichte Veränderung in Owens Blick. Der Aufseher hatte begriffen, warum ihr Mann so plötzlich verschwunden war. Doch in seinem Gesichtsausdruck entdeckte sie nur Mitleid und Sorge um Molly.

«Was für ein schöner Tag», sagte Katherine im Bewusstsein, dass ihr Geheimnis sicher war.

«Ja, es ist wirklich ein herrlicher Tag», pflichtete Owen ihr nachdenklich bei.

Da kam ein Sklave aus dem Wald gelaufen und begab sich zur Veranda. Er machte eine leichte Verbeugung und näherte sich dann dem Aufseher, dem er etwas ins Ohr flüsterte.

Owens Gesicht wurde ernst.

«Ist etwas passiert, Owen?»

Der Sklave, ein etwa fünfzehnjähriger Junge, sah die Herrin verstohlen an.

«Nichts weiter, Mrs. Parrish», wehrte Owen ab. «Anscheinend wird eine Sklavin niederkommen. Wenn Sie mich entschuldigen ...» Owen stand auf und hob die Hand an die Hutkrempe.

Aus der Entfernung konnte Katherine nicht mehr hören, was gesagt wurde, aber Owen gab dem Jungen ein paar Anweisungen, woraufhin dieser nickte und in die Richtung losrannte, in die David vorhin weggeritten war.

Auch Latoya, die noch immer den Wasserkessel in der Hand hielt, wirkte beunruhigt.

Ihr Instinkt sagte Katherine, dass irgendetwas nicht stimmte. Zwar waren die Sklaven ein geschätztes Gut auf der Plantage, aber es kam ihr komisch vor, dass so viel Aufhebens um eine Geburt gemacht wurde. «Latoya, wer ist diese Sklavin? Kenne ich sie?»

«Ich glaube nicht, Herrin», antwortete Latoya ausweichend. «Es ist ein Mädchen, das auf den Feldern arbeitet. Sie war noch nie im Herrenhaus.»

«Wie heißt sie?»

«Velvet», antwortete Latoya zögernd.

Irgendwo hatte Katherine den Namen schon einmal gehört. Angestrengt dachte sie nach. «Jetzt erinnere ich mich!», rief Katherine so laut, dass Latoya beinahe den Kessel fallen ließ. Es war die junge Frau, die Katherine Anfang Oktober getroffen hatte. Also hatte sie ihr Kind noch nicht bekommen. Katherine runzelte die Stirn. Langsam kam es ihr so vor, als hätten sich alle verschworen, um ihr etwas zu verheimlichen.

Molly war neben ihr eingeschlafen. In letzter Zeit schlief sie ständig ein. Katherine stand auf und deckte sie liebevoll zu. «Latoya, ich will, dass du mich zu Velvet bringst.»

Erschrocken riss Latoya die Augen weit auf. «Aber … aber Herrin», stotterte sie. «Das Sklavendorf ist kein Ort für die Ehefrau des Herrn. Sie sollten nicht …»

«Ich möchte aber.» Anscheinend sollte wirklich verhindert werden, dass sie die junge Frau zu Gesicht bekam.

«Der Herr wird es gewiss nicht richtig finden …», wagte Latoya erneut einzuwerfen, aber Katherine unterbrach sie. «Denk nicht einmal daran, ihm etwas zu sagen!» Ohne auf das Mädchen zu warten, schlug Katherine den Weg zu den Sklavenhütten ein.

In den letzten Tagen hatte es heftig geregnet, und der kalte Boden, der von den ersten Nachtfrösten hart geworden war, hatte das Wasser der Niederschläge nicht aufgenommen. Die Erde hatte sich in eine dicke Schlammschicht verwandelt.

Während Katherines feine Schuhe in den matschigen Boden einsanken, zog ihr Herz sich zusammen. Am liebsten hätte sie weggesehen, sich einfach nicht darum gekümmert, wie sie es ihr ganzes Leben lang getan hatte, aber das konnte sie nicht mehr. Und sie würde es nie wieder können.

Es kam Katherine vollkommen unmöglich vor, sich in diesem Durcheinander von Hütten zurechtzufinden, die ohne jede Ordnung errichtet worden waren und alle aussahen, als würden sie jeden Moment zusammenbrechen. Aber Latoya, die ihre Herrin schließlich eingeholt hatte und vorausging, steuerte mit sicherem Schritt durch das Chaos auf eine Gruppe Sklavinnen zu.

Einige der Frauen waren damit beschäftigt, mit am Waldrand aufgesammeltem Zunder und Ästen ein Feuer am Brennen zu halten. Darüber brodelte Wasser in einem rostzerfressenen Topf. Andere tauchten Stofffetzen in das kochende Wasser und brachten sie gleich darauf in eine nahegelegene Hütte.

Als Owen sah, dass Katherine ihm zwischen den zurückweichenden Sklavinnen entgegenkam, glaubte er zuerst, seine Vorstellungskraft spiele ihm einen üblen Streich.

«Mrs. Parrish, was tun Sie hier?»

«Ich wollte sehen, wie es der jungen Frau geht.»

«Sie dürfen nicht hier sein», sagte er nervös und warf Latoya, die nicht wusste, wohin sie sich verkriechen sollte, einen scharfen Blick zu.

«Latoya trifft keine Schuld», erklärte Katherine. «Ich musste ihr befehlen, mich herzubringen.»

«Aber …»

Katherine unterbrach ihn mit einer Handbewegung. Sie hatte die Ausflüchte satt. «Es ist sehr freundlich, dass Sie sich Sorgen machen, aber ich bin eine erwachsene Frau und kann die Geburt eines Kindes durchaus ertragen. Selbst wenn das arme Ding inmitten von Dreck und Armut zur Welt kommen muss.»

Noch immer stand Owen vor der Holztür.

«Wollen Sie mich nicht hineinlassen?»

Owen zögerte. Was sollte er tun? Wenn Katherine über die Schwelle dieser Hütte trat, könnte er ernsthaften Ärger mit David bekommen.

«Ich glaube nicht, dass Ihr Mann das gutheißen würde.»

«Mr. Graham, ich habe vor einiger Zeit aufgehört, mich um die Wünsche meines Mannes zu scheren. Tatsächlich gibt es kaum etwas, was mir mehr Vergnügen bereitet, als ihnen zuwiderzuhandeln», teilte Katherine ihm ungeduldig mit.

«Es tut mir leid, Mrs. Parrish. Ich kann Sie nicht durchlassen.»

«Owen! Sofort treten Sie zur Seite, oder ich werde Sie persönlich beiseiteschieben. Und wenn ich diese Tür mit meinen eigenen Händen niederreißen muss, ich versichere Ihnen, dass ich in diese Hütte gelange!»

Die Intensität, mit der jene honigfarbenen Augen ihn fixierten, und die Art, wie Katherine die Fäuste ballte, genügten. Owen wusste, dass seine Herrin es ernst meinte, und trat beiseite.

Als Katherine das junge Mädchen entdeckte, das auf einer Decke auf dem Boden lag, verstummte sie. Es war haarsträubend, dass eine Frau unter solchen Bedingungen gebären sollte. Dann entdeckte sie das einfache Bett und begriff, dass es der Heftigkeit einer Geburt nicht standhalten würde.

Eine Gruppe von Frauen stand der Gebärenden zur Seite. Eine hatte Velvets Kopf auf ihren Schoß gebettet, während zwei andere ihre Hände hielten. Eine dritte, in der Katherine Nana Lo, die alte Hebamme der Plantage, wiedererkannte, wartete darauf, dass das Kind kam.

Katherine trat näher. Jetzt, mit offenem Haar und schweißgebadet, sah das Mädchen noch jünger aus als damals, als Katherine es auf ihrem Rückweg von den Feldern getroffen hatte. Als Velvet ihre Herrin bemerkte, erschrak sie.

«Keine Angst!», beruhigte Katherine sie. «Ich bin nur hier, um zu helfen.»

Mit Ausnahme der alten Hebamme warfen die Sklavinnen sich beunruhigte Blicke zu. Was wollte die Gattin des Herrn hier? Ahnte sie etwas?

Es war eine schwierige Geburt. Aber obwohl Nana Lo müde wirkte, bewegte sie ihre von Arthritis verkrümmten Hände mit unglaublichem Geschick. Als das Kind kam, hielt die Hebamme es mit einem geübten Griff fest und trennte die Nabelschnur mit einem schartigen Messer, das sie aus ihrer Schürze holte. Besorgt fragte Katherine sich, wie die Frauen bei einem derartigen Mangel an Hygiene überleben konnten.

Während die Frauen Velvet in ihr Bett halfen, wusch Nana Lo das Kind. Als sie es in eine alte Decke wickeln wollte, nahm Katherine ihre Stola ab und reichte sie der Sklavin.

Als wenige Minuten später Owen in die Hütte trat, lächelte Katherine. Sie konnte kaum glauben, dass das junge

Mädchen, das sicher noch keine siebzehn Jahre alt war, gerade ein so großes Baby bekommen hatte.

Fast hatte der Aufseher Katherine davon überzeugt, die Hütte zu verlassen, damit die Sklavin sich ausruhen konnte, als plötzlich David auftauchte.

Sie sprachen kein einziges Wort, aber das war auch nicht nötig. Der warnende Blick, den Owen seinem Dienstherrn zuwarf, die Angst in den Augen der jungen Mutter, die Art, wie sie sich das Baby an die Brust drückte, und Davids überraschtes Gesicht, als er Katherine an der Seite der Sklavin und ihrem Neugeborenen entdeckte, all das ließ keinen Zweifel zu.

Jetzt verstand sie die Geheimnistuerei, die Art, wie die junge Frau damals auf dem Weg so verschämt zu Boden geblickt hatte, die plötzliche Rückkehr ihres Mannes und den Eifer, mit dem alle sie von Velvet fernhalten wollten. David war der Vater dieses Kindes, und jetzt versuchte er, es loszuwerden.

Sie spürte Wut in ihrem Inneren auflodern. Molly war also nicht die Erste gewesen. Sie kam sich wie eine Idiotin vor!

«Katherine ...»

«David», antwortete sie ruhig, ohne ihre wahren Gefühle zu verraten.

«Was tust du hier?»

Katherine sah ihren Mann an. «Wenn ich es richtig sehe, lerne ich wohl gerade deinen Sohn kennen.»

Verzweifelt blickte David zu Boden. «Es ist nicht so, wie du denkst», versuchte er, sich zu rechtfertigen. «Damals kannte ich dich noch nicht. Das Kind bedeutet mir nichts.»

«Ach, so ist das!», fauchte Katherine. «Und dieses arme

Mädchen, das du geschwängert hast, bedeutet dir wahrscheinlich auch nichts.»

Owen trat einen Schritt zurück, und auf ein Zeichen von David verließ er die Hütte.

«Hör zu, Katherine», bat David nun. «Ich verspreche dir, dass sie dir nicht noch einmal unter die Augen kommen. Noch heute werden sie weggebracht.»

Schweigend betrachtete Katherine ihren Ehemann. Dieses Ungeheuer konnte unmöglich der bezaubernde junge Mann sein, den sie in New Orleans kennengelernt hatte.

«Die Mutter und das Kind werden nirgendwohin gehen.»

«Wie? Aber willst du denn nicht, dass sie verschwinden?»

«Nein.»

Überrascht sah David sie an. Dann verhärtete sich sein Gesicht. «Das ist unmöglich, sie müssen gehen!»

«Ich verstehe», sagte Katherine mit einem sarkastischen Lächeln. «Du willst sie also gar nicht wegschicken, um mir den Schmerz zu ersparen. Eigentlich geht es um dich.»

«Bist du verrückt geworden? Sie können nicht bleiben!» David verlor die Kontrolle. «Auf keinen Fall wird ein schwarzer Bastard auf meinem Land herumlaufen.»

«Das hättest du dir vorher überlegen sollen. Ich versichere dir, die beiden werden bleiben. Sie bleiben, um dich daran zu erinnern, was du getan hast.» Katherines Stimme nahm einen drohenden Tonfall an, als sie jetzt mit dem Finger auf David zeigte. «Und hör mir gut zu, jeder Bastard, den du gewaltsam zeugst, wird hierbleiben!»

«Du bist verrückt, wenn du glaubst, dass ich das zulasse. Niemals!»

«Und ob du es zulassen wirst. Das schuldest du mir!»

David sah nicht aus, als ob er nachgeben würde. «Nein, Katherine, das werde ich nicht», sagte er mit fester Stimme.

«Doch, du wirst. Denn sonst werde ich dich verlassen, das schwöre ich beim Leben des Kindes, das ich in mir trage, und du wirst dein Kind niemals zu Gesicht bekommen.»

Zögernd sah David ihr in die Augen. Das konnte nicht sein. Aber nein, Katherine würde nicht lügen. Sie war schwanger.

Für einen Moment glaubte er, dass alles wieder so werden könnte wie früher. Der Vorfall mit Molly würde bald vergessen sein. Und wenn Gras über die Sache gewachsen war, könnte er Velvet und ihren schwarzen Bastard von der Plantage bringen lassen. David wollte sich Katherine nähern, er wollte sie umarmen, sie trösten. Jetzt würde sie ihn mehr brauchen denn je.

Aber der eiskalte Blick seiner Frau hielt ihn zurück. Noch immer war Katherine zu stolz, um ihm zu verzeihen.

«Gut, Katherine. Du hast gewonnen.»

Am nächsten Tag fuhr David wieder nach Richmond. Er setzte erst wieder einen Fuß auf New Fortune, als er Monate später die Nachricht von der Geburt seiner Töchter und von Mollys Tod erhielt.

· 9 ·

Etwa um fünf Uhr früh hörte man die Schreie des zweiten Kindes.

Doktor Steward und Owen warteten noch immer im Dachgeschoss, als Katherine kurz nach Sonnenaufgang mit zwei Neugeborenen auf dem Arm aus Mollys Zimmer kam.

«Owen, kümmern Sie sich darum, dass Molly gewaschen wird. Ich möchte sie noch heute an der Flussbiegung begraben. Geben Sie mir Bescheid, wenn alles bereit ist. Ich warte in meinem Zimmer.»

Doktor Steward trat einen Schritt näher, und Katherine drehte sich zu ihm.

Mrs. Parrish war vorsichtig genug gewesen, nach der Geburt genügend Zeit vergehen zu lassen. Weil sie die Mädchen schon gewaschen und in ihre Decken gewickelt hatte, war es unmöglich, auf einen Blick zu erkennen, welche zuerst geboren war. Wenn er sie doch untersuchen könnte …

«Mrs. Parrish, erlauben Sie mir sicherzugehen, dass es Ihnen und den Kindern gutgeht.»

«Danke, Doktor, aber das wird nicht nötig sein. Meinen Töchtern und mir geht es ganz wunderbar. Wenn es Ihnen nichts ausmacht, ich muss mich jetzt von einer Freundin verabschieden.»

Katherine stieg die Treppe hinunter in ihr Zimmer,

und so blieb Doktor Steward nichts anderes übrig, als seinen Koffer zu nehmen und zu gehen. Wenigstens konnte er David benachrichtigen. Von jetzt an würde der sich um diese Sache kümmern müssen.

Latoya, Olivia, Nana Lo und Thomas waren noch immer in der Küche versammelt, als Owen eintrat und den Frauen befahl, Molly für die Beerdigung vorzubereiten.

Zwar hatte Doktor Steward sich persönlich angeboten, David in Richmond aufzusuchen, aber selbst bei höchster Eile würde seine Kalesche vier Stunden brauchen. David käme nicht vor dem Abend an.

Als der Arzt das Haus verlassen hatte, war Owen wieder verantwortlich für die Situation. Das Wichtigste war nun, die Geschehnisse geheim zu halten, bis der Herr entschied, was zu tun sei. Steward würde das Geheimnis bewahren. Er war ein guter Freund von David, außerdem würde ihm seine Berufsethik verbieten, Informationen über seine Patienten enthüllen.

Es war schon schwieriger, dafür zu sorgen, dass die Sklaven nichts ausplauderten. Zwar konnte er ihnen drohen, aber auf lange Sicht würde irgendetwas durchsickern. Für den Moment war es das Beste, jeden Kontakt mit den anderen zu verbieten.

In strengem Schwarz, das Gesicht von einem Schleier verhüllt, folgte Katherine mit ihren Töchtern im Arm dem Karren, auf dem Mollys Sarg stand. Latoyas und Olivias

Hausarrest war für einen Moment aufgehoben. Aber es war trotzdem ein kleines Begräbnis.

Als Katherine ihrer Freundin zu Ehren einen Psalm rezitierte, nahm Owen respektvoll den Hut ab.

Nachdem sie noch ein paar frischgeschnittene Margeriten auf das Grab gelegt hatte, ging sie schließlich zum Haus zurück. Im sehnlichen Wunsch, Mollys Gegenwart noch einmal zu spüren, stieg Katherine ein letztes Mal zur Dachkammer hinauf. Sie setzte sich in den alten Schaukelstuhl und spürte, wie die behaglich warmen Sonnenstrahlen ihren Körper umhüllten. Mit dieser tröstlichen Empfindung gedachte sie ihrer Freundin und schlief irgendwann vor Erschöpfung ein.

Latoya zwirbelte nervös an einem Zipfel ihrer Schürze herum. «Was wird nur mit uns geschehen?»

David war noch immer oben in der Mansarde.

«Ich habe Angst.»

Gern hätte Thomas das Mädchen beruhigt, aber ihm war bewusst, dass sie sich in einer schwierigen Lage befanden. Mit etwas Glück würde man sie verkaufen, sonst ...

Olivia wiegte sich nervös von einer Seite zur anderen. Nur Nana Lo wartete reglos und gefasst.

Dann erschien David mit Owen in der Küche. Die Sklaven standen auf.

Unaufhörlich hatte David sich das Gehirn zermartert. Es gab viel zu viele Zeugen für das, was geschehen war, und Sklaven hatten zudem die schlechte Angewohnheit, Dinge, die ihre Herrschaft lieber unter Verschluss hielten, auszuplaudern. Natürlich konnte er damit drohen, sie zu verkaufen, aber dann wäre das Risiko fast noch größer. Waren sie erst einmal außerhalb seiner Reichweite, könnte er überhaupt nicht mehr kontrollieren, was sie erzählten.

«Ich will es kurz machen. Bis ich etwas Gegenteiliges sage, hat eure Herrin Zwillinge zur Welt gebracht. Die Sklavin und ihre Tochter sind bei der Geburt gestorben, und beide», betonte er, «sind unten am Fluss begraben.»

Die Sklaven rührten sich nicht.

«Ich rate euch, das niemals zu vergessen. Wenn mir auch nur die geringste Bemerkung zu Ohren kommt, die mich daran zweifeln lässt, ich schwöre euch, ich ziehe eure Haut in Streifen ab, und wenn ihr dann noch lebt, lasse ich euch alle aufhängen. Jetzt macht euch an die Arbeit.»

In der Überzeugung, dass die Angst schon dafür sorgen würde, dass die Sklaven ihre Zunge im Zaum hielten, verließ David die Küche. Owen folgte seinem Arbeitgeber. Sobald sie wieder allein waren, setzten Latoya, Olivia und Thomas sich in Bewegung, als hätten sie es eilig, endlich diesen Raum zu verlassen.

«Keiner von uns wird reden», ertönte da die Stimme der alten Hebamme, und alle drei drehten sich zu ihr um. Latoya zitterte noch immer.

«Wir müssen absolut sicher sein, dass niemand jemals über diese Sache spricht.»

«Ich … ich wollte sowieso nichts sagen», stammelte Latoya und mied Nana Los stechenden Blick. Auch Thomas und Olivia bestätigten Latoyas Worte mit einem Kopfnicken.

Eindringlich sah ihnen die alte Sklavin in die Augen, bevor sie weitersprach. «Doch, das würdet ihr tun. Vielleicht nicht dieses Jahr, auch nicht in zwei Jahren, aber irgendwann kommt der Moment, in dem ihr die Angst verliert. Ihr werdet glauben, dass das Geheimnis gut aufgehoben ist bei der Person, der ihr euch anvertrauen wollt. Dass niemand etwas merken wird. Und dann …»

«Das werden wir nicht», protestierte Olivia.

«Du, Olivia, hast deinen Mund noch nie halten können. Dir macht es viel zu viel Spaß, fremde Geheimnisse auszuplaudern. Früher oder später wirst du es jemandem erzählen.» Nana Lo ließ Olivia keine Möglichkeit, sich zu verteidigen. «Aber dieses eine Mal wird niemand reden. Nicht jetzt, nicht wenn wir verkauft werden, nicht wenn der Herr stirbt oder zu alt und krank ist, um seine Drohungen wahr zu machen», sprach sie und wandte sich bei den letzten Worten Latoya zu, die noch sehr jung war. «Wir werden es nicht tun, weil wir eine Schuld zu begleichen haben.»

Verlegen senkte Olivia den Kopf, als sie daran dachte, wie sie Molly behandelt hatte. Auch Thomas fühlte sich sichtlich unwohl in seiner Haut.

«Keiner von uns hat dieser Unglücklichen geholfen, als sie uns brauchte. Sie war eine von uns, und wir haben ihr den Rücken zugekehrt. Wir haben sie alleingelassen.»

Olivia erinnerte sich an die unzähligen Male, die Molly ihr zugelächelt hatte, um ihre Freundschaft zu suchen. Sie hatte das Lächeln nie erwidert. Als sie jetzt an Mollys schrecklichen Tod dachte, hätte sie sich gewünscht, die Zeit zurückdrehen zu können.

Nana Lo sprach weiter. Ihr Wort war unter den Sklaven immer respektiert worden. «Wir schweigen für dieses Mädchen. Die Frau des Herrn, auch wenn ich das niemals erwartet hätte, wird sie mit Zähnen und Klauen beschützen. Solange wir ihr Geheimnis bewahren, ist das Mädchen sicher. Sie wird frei sein. Denkt daran. Wir können einer von uns die Freiheit schenken. Denkt nur für einen

Moment daran, was für ein Leben das Mädchen erwartet, wenn man hinter ihr Geheimnis kommt ... Wir schulden es ihrer Mutter. Und wir schulden es Herrin Katherine.»

«Der Herrin ...»

«Ja, Olivia. Dank ihr kann Velvet den kleinen Noah behalten. Hätte der Herr vielleicht zugelassen, dass das Kind hierbleibt? Habt ihr auch nur einen Moment darüber nachgedacht, was diese Frau getan hat?»

Alle hatten das Bild vor Augen, wie Katherine den Aufseher entwaffnete und Doktor Steward entgegentrat, um zu verhindern, dass sie das Kind der Sklavin wegbringen würden.

«Obwohl sie eine weiße Frau ist, hat sie viel riskiert, um dieses Mädchen zu beschützen. Eine von uns. Wollt ihr etwa zurückstehen?»

Die alte Frau ergriff nun ein Messer und brachte sich in der Handfläche einen schnellen Schnitt bei. Sie ballte die Hand zur Faust und ließ das Blut in einen leeren Behälter tropfen, der auf dem Küchentisch stand. «Ich schwöre, dass ich das Geheimnis von Mollys Tochter bis an mein Lebensende bewahren werde.»

Nana Lo gab das Messer an Thomas weiter, der es nur zögernd an sich nahm.

Wenn man einen vor Zeugen abgelegten Blutschwur brach, würde man einen qualvollen Tod sterben und seine Familie dem gleichen Schicksal aussetzen. Dem Herrn würden sie vielleicht entfliehen können, aber niemals dem Zorn der Götter.

Als sich das Blut aller vier Zeugen gemischt hatte, war der Schwur besiegelt. Das Geheimnis der kleinen Sklavin war für immer sicher.

· 10 ·

Owen hatte die Hitze noch nie gut vertragen, und die Sonne hatte den ganzen Vormittag keine Barmherzigkeit gezeigt. Als er zum Mittagessen ging, war er dankbar, dass heute Sonntag war. Die Sklaven arbeiteten nur bis mittags und kehrten erst am nächsten Morgen auf die Felder zurück. So kam auch er in den Genuss eines freien Nachmittags. Er war erschöpft.

Nachdem er gegessen und drei Gläser Wasser getrunken hatte, zog er das Hemd aus und legte sich aufs Bett. Zum Glück hatte er heute Morgen daran gedacht, die Fensterläden zu schließen, und so herrschte eine recht angenehme Temperatur in der Hütte.

Fast war er eingenickt, als er das alte Holz der Verandatreppe knarren hörte. Er drehte sich im Bett herum und wartete, dass die Schritte verstummten. «Herein!», rief er, noch bevor es klopfte.

Aus irgendeinem ihm unersichtlichen Grund betraten die Sklaven niemals sein Haus. Wenn sie ihm eine Nachricht überbrachten, blieben sie vor der Tür stehen, bis er öffnete. Danach gingen sie wieder, ohne die Schwelle überschritten zu haben.

Vorsichtig klopfte es an der Tür. Verdammt! Er musste aufstehen. «Es ist offen», rief er mürrisch und erhob sich. Er griff sich das Hemd vom Stuhl und zog es über. Die Schweißflecken waren schon nicht mehr zu sehen.

«Kann man mich nicht einen Moment in Frieden lassen?», murmelte er ärgerlich, als er die Tür aufriss. «Katheri … Mrs. Parrish!»

«Guten Tag, Owen.»

«Gu… guten Tag, Mrs. Parrish», stotterte Owen.

Katherine lächelte. «Verzeihen Sie bitte, dass ich ohne Anmeldung einfach hier hereinplatze, aber ich fragte mich, ob Sie nicht vielleicht Zeit für ein kleines Gespräch hätten.»

Zu gern hätte er ihr gesagt, dass er nichts lieber hörte als ihre Stimme. Aber anstatt ihr dieses für beide peinliche Geständnis zu machen, trat er beiseite und bat sie herein.

«Vielleicht sollten wir lieber einen kleinen Spaziergang machen», schlug Katherine vor und blieb auf der Veranda stehen.

«Aber natürlich, Mrs. Parrish. Nur einen Moment», brachte Owen heraus, als er seinen Fehler bemerkt hatte. Verlegen drehte er sich um, während Katherine auf der Veranda Platz nahm.

«Was bist du für ein Tölpel», schimpfte er leise über seine Dummheit, während er sich das Hemd zuknöpfte. Eine verheiratete Frau ohne Begleitung konnte die Hütte eines Mannes nicht allein betreten, und Owen wusste das. Jeder wusste das. Er hoffte nur, dass sie es ihm nicht übel nahm.

Während er das Hemd in die Hose stopfte, blickte er in den Spiegel. Nach der Siesta stand sein Haar ab wie die Stacheln eines Borstenschweins. Schnell fasste er in den Krug, der auf dem Tisch stand, und strich das Haar mit etwas Wasser glatt. Dann nahm er den Hut und trat vor die Tür. Auf keinen Fall wollte er Katherine länger warten lassen.

«Es ist heiß», sagte Katherine, als Owen sich zu ihr stellte. «Was meinen Sie, wollen wir zum Fluss hinunter?»

«Ich denke, das ist eine gute Idee, Mrs. Parrish.»

Der Uferweg war gesäumt von schattenspendenden Zypressen. Kaum hatten sie den Schutz der Bäume erreicht, nahm Katherine den Strohhut ab, der sie vor der Sonne geschützt hatte. Konzentriert lief sie den Pfad entlang.

«Was kann ich für Sie tun, Mrs. Parrish?»

Katherine wirkte abwesend. «Ach, in ein paar Wochen jährt sich zum achten Mal Mollys Todestag. Ich weiß, dass Sie sie mochten.»

Owen schwieg. Es bedurfte keiner Worte. Schon vor langer Zeit hatte Katherine ihn dabei ertappt, wie er Blumen auf Mollys Grab legte.

«Acht Jahre …», wiederholte sie wehmütig. «Wie schnell die Zeit vergeht. Und trotzdem, wenn ich die Augen schließe, spüre ich, dass sie noch immer da ist. Manchmal höre ich sie sogar lachen, wie damals, als wir in Decken gewickelt auf der Veranda Tee getrunken haben. Wissen Sie noch? Sie haben sich oft zu uns gesetzt.»

Owen nickte. Auch ihm fiel es leicht, sich an diese schönen Momente seines Lebens zu erinnern. Er fragte sich jedoch, welches Anliegen Katherine zu ihm geführt hatte. Eigentlich war es egal. Sie war zu ihm gekommen, weil sie seine Hilfe brauchte, und er würde sie ihr, ohne zu zögern, anbieten.

Katherine ging so dicht an seiner Seite, dass sich ihre Hände beinahe berührten.

«Ich habe gehört, dass mein Mann ein paar Dinge im Sklavendorf verändern will», sagte sie jetzt beiläufig.

«So ist es, Mrs. Parrish. Seit der Zeit, als der alte Herr noch lebte, wurden dort keine Verbesserungen vorgenommen. In letzter Zeit sind ein paar Sklaven krank geworden.»

«Das wusste ich nicht.»

«Nichts Ernstes. Aber wenn die Regenzeit kommt, gibt es Überschwemmungen, und die Abwässer können nicht mehr abfließen …» Owen beschloss, nicht weiter ins Detail zu gehen. «Die sommerliche Hitze übernimmt den Rest. Vor ein paar Jahren sind auf einer Plantage flussaufwärts über zwanzig Sklaven an der Ruhr gestorben.»

Betroffen schwieg Katherine.

«Der Herr will sichergehen, dass auf New Fortune nichts dergleichen passieren kann. Er möchte ein paar neue Kanäle ausheben und mit Kiesgräben an den Wegen dafür sorgen, dass das Wasser in dem Gebiet besser absickert.»

«Und die Hütten?»

Owens betrachtete sie verständnisvoll. Er erriet den Grund ihrer Frage. «Nun, eigentlich soll dort nichts verändert werden», antwortete er.

Jetzt waren sie an der Stelle angelangt, wo der Pfad am Fluss eine leichte Kurve beschrieb. Katherine blieb stehen und betrachtete das funkelnde Sonnenlicht auf dem Wasser.

Je näher Mollys Todestag rückte, desto stärker spürte Katherine, dass sie eine Schuld begleichen musste. Lange Jahre hatte sie sich in ihren Schmerz zurückgezogen und sich nicht für die Lebensbedingungen der Sklaven interessiert. Vielleicht waren sie nicht schlechter als anderswo, aber das war kein Trost für sie. Sie konnte es nicht länger mit ihrem Gewissen vereinbaren, das vor einiger Zeit erwacht war.

«Mein Mann legt Wert auf Ihre Meinung, Owen. Wenn Sie ihm gegenüber erwähnen könnten, dass man auch die Hütten mit einem Holzboden ausstatten könnte, um Krankheiten zu vermeiden …»

«Wissen Sie, Mrs. Parrish», unterbrach Owen sie, «der Herr hat immer ein Interesse daran gehabt, dass die Sklaven gesund und kräftig für die Arbeit sind. Es ist sicher nicht schwer, ihn davon zu überzeugen, dass ein Holzboden eine enorme Verbesserung für die Gesundheit der Sklaven wäre.»

«Danke.»

Owen lächelte.

In diesem Moment entdeckten Owen und Katherine zwei Jungen auf dem Anleger, die sich gerade wieder anzogen. Den Sklaven war es verboten, in dieser Gegend des Flusses zu baden oder zu fischen. Aber die Kinder hatten sie nicht bemerkt und lachten munter und sorglos. Gerade wollte Owen sie zur Ordnung rufen, als Katherine ihm Einhalt gebot.

«Lassen Sie sie.» Sie sah ihm in die Augen, während sie seine Hand ergriff. «Erlauben Sie ihnen, einfach Kinder zu sein.» Am liebsten hätte Owen diesen magischen Augenblick bis in alle Ewigkeit angehalten, aber Katherine ließ seine Hand wieder los.

Die Jungen, die nichts von der Gegenwart ihrer Herrin ahnten, hatten einen großen Fisch gefangen und rannten in Richtung Sklavendorf davon.

Obwohl sie ihn nach seiner Geburt nur wenige Male gesehen hatte, erkannte Katherine den einen der Jungen sofort wieder. Bevor der Tag vorüber war, würde sie also noch einem anderen Gespenst aus der Vergangenheit entgegentreten müssen.

Es war kurz nach fünf, als Noah in die Hütte stürzte, in der er gemeinsam mit seiner Mutter wohnte. Sein Gesicht strahlte vor Freude.

«Mama, Jeremias und ich haben einen riesigen Fisch gefangen», verkündete er aufgeregt und breitete die Arme weit aus, um seiner Mutter die Größe des Fisches zu demonstrieren. «Heute Nacht bringt Jeremias ihn zum Lagerfeuer mit, dann wird er gegrillt.»

Velvet lächelte ihm zu. Trotz des Altersunterschieds, Noah war nämlich erst vor wenigen Monaten acht geworden, und Jeremias war schon zehn, waren die beiden Kinder unzertrennlich.

«So groß?» Lächelnd ahmte Velvet die Geste ihres Sohnes nach. Ohne die Arme herunterzunehmen, pflichtete Noah ihr stolz bei. Dabei nickte er mehrere Male so nachdrücklich mit dem Kopf, dass dicke Wassertropfen aus seinem Lockenkopf geflogen kamen, der genauso wie seine Kleider vollkommen nass war.

«Hat Jeremias dich vielleicht als Köder benutzt?», fragte Velvet und strich ihrem Sohn zärtlich über das Haar.

Als Noah seiner Mutter das Lächeln zurückgab, entblößte er eine Reihe perlmuttweißer Zähne. Es war noch nicht lange her, dass sich die Lücken der ausgefallenen Milchzähne wieder geschlossen hatten.

«Wir haben nach dem Angeln noch im Fluss gebadet», erklärte er strahlend.

«Und offensichtlich habt ihr mit all euren Kleidern gebadet.»

«Aber Mama! Wir haben doch nicht mit Kleidern gebadet!», protestierte der Junge und schüttelte den Kopf angesichts dieser absonderlichen Idee. «Wir hatten nur nicht mehr genug Zeit, um in der Sonne zu trocknen.»

Noch bevor er zu Ende gesprochen hatte, wusste Noah, dass er zu viel gesagt hatte. Verzweifelt versiegelte er seinen Mund mit beiden Händen, als könnte er das Unvermeidliche wieder rückgängig machen. Seine Mutter würde herausfinden, dass er ungehorsam gewesen war.

«Noah, ihr wart doch nicht etwa an der Flussbiegung?», fragte seine Mutter erschrocken, woraufhin Noah sich darauf beschränkte, auf den Boden zu starren.

Velvets sanfter Blick war verschwunden. «Oh, Noah!», schimpfte sie offensichtlich besorgt. «Du weißt, dass ihr dort nicht hindürft. Und wenn euch jemand gesehen hat?»

«Es hat uns niemand gesehen», versicherte Noah seiner Mutter schnell. «Wir waren ganz vorsichtig. Wirklich, Mama, niemand hat uns gesehen.»

Es schien, als würden Noahs Worte Lügen gestraft, denn in diesem Augenblick klopfte Thomas an die Tür.

«Velvet», grüßte der grauhaarige Mann in seiner ruhigen Art.

«Ist etwas nicht in Ordnung, Thomas?»

Thomas war sich bewusst, dass schon seine Gegenwart vollkommen ausreichte, um die meisten Sklaven zu beunruhigen. Ihm gefiel seine Aufgabe als Bote des Herrenhauses genauso wenig, aber er musste die Wünsche seiner Herrschaft eben überbringen. Er wandte sich dem Kind zu und sagte mit müder Stimme: «Noah, die Herrin möchte dich sehen.»

Noahs Herz begann zu rasen. Am Ende hatte ihn doch jemand beobachtet.

«Weißt du, warum Herrin Katherine ihn sehen will?», fragte Velvet ängstlich.

«Es tut mir leid, Velvet. Ich weiß es nicht.» Entschuldigend zuckte Thomas mit den Achseln. Er konnte gut verstehen, wenn die junge Frau bei dem Gedanken, dass ihr Sohn den Herrschaften aufgefallen war, unruhig wurde. «Beeil dich», sagte er sanft zu dem Kind. «Ich warte in der Küche auf dich und bringe dich zur Herrin.» Obwohl die Angst ihn fast lähmte, brachte Noah ein Nicken zustande.

Für einen kurzen Moment legte der Sklave Velvet beruhigend die Hand auf die Schulter, dann ging er.

«Mein Gott», rief die junge Sklavin voller Panik, sobald sie mit ihrem Sohn allein war. «Tausend Mal habe ich dir gesagt, dass du dort nicht baden sollst. Du weißt genau, dass die Herrschaft das nicht möchte.» Der kleine Noah brachte kein Wort mehr heraus. Das Herz schlug ihm bis zum Hals, während er sich in seinem Kopf schreckliche Bestrafungen ausmalte.

In den acht Jahren seines Lebens war Noah bisher nur bis in die Küche des Herrenhauses gekommen. Nicht weiter. Und jetzt sollte er vor seine Herrschaft treten. Auch wenn seine Mutter sich bemühte, ruhig zu bleiben, wussten doch beide, dass er sich in einer schlimmen Lage befand.

Schnell schüttelte die Sklavin die düsteren Gedanken ab. Wenn sie später auf ihren Jungen warten würde, hätte sie noch genügend Zeit, sich Sorgen zu machen. Jetzt musste sie etwas unternehmen. Velvet atmete tief ein.

«Schnell jetzt, komm her!», sagte sie zu ihrem Sohn. «Zieh die nassen Sachen aus.» Die Sicherheit, mit der seine Mutter sprach, steckte Noah an. Ohne ein Wort gehorchte er, entledigte sich der durchnässten Kleider und ließ sie zu Boden fallen.

Velvet holte eine ihrer beiden Decken und trocknete ihren Sohn ab. Zum Schluss hüllte sie den dichten, pechschwarzen Lockenkopf darin ein und rubbelte mit solcher

Kraft, dass Noah schon fürchtete, sie wolle ihm die Haare ausreißen, nur um die Beweise für sein Vergehen zu vernichten.

Nachdem sie zufrieden festgestellt hatte, dass Noah nun so trocken war, als wäre er noch niemals in seinem Leben mit Wasser in Berührung gekommen, holte Velvet das zweite Paar Hosen und das andere Hemd des Kindes aus dem Weidenkorb, der am Fußende einer der beiden Pritschen stand.

«Zieh dich an!», drängte sie.

Die Hosen waren an den Knien mit großen Flicken besetzt und reichten seit dem letzten Wachstumsschub nur noch bis oberhalb der Knöchel. Das Hemd war schon ganz durchscheinend, so oft hatte sie es über die Steine am Ufer des Flusses gerieben und dann ausgespült. Die Ärmel waren nicht lang genug, um die Arme des Jungen zu bedecken.

Jetzt streckte Velvet ihrem Sohn sein einziges Paar Schuhe hin. Als er die Stiefel von einem größeren Jungen bekommen hatte, hatten sie genau gepasst, und Noah konnte sie in den kalten Wintermonaten tragen. Aber inzwischen waren die Stiefel definitiv zu klein. Eigentlich wollte Velvet sie gegen ein größeres Paar eintauschen, aber da die Kinder im Sommer sowieso barfuß herumliefen, hatte sie sich noch nicht darum gekümmert. Offensichtlich war das Schicksal heute gegen sie, denn kein Sklave durfte ohne Schuhe vor seinen Herrschaften erscheinen.

Zum zigsten Mal in diesen letzten Minuten jammerte Noah schweigend. Aber eine andere Lösung gab es nicht. Also gab er sich geschlagen und bereitete sich innerlich auf die Tortur vor, seine Füße in diese Schuhe hineinzuzwängen.

Noah hielt die Luft an, während seine Mutter ihm die Schnürsenkel zuband und ihm half, sich aufzurichten. Eine Träne rollte über seine Wange.

Jetzt ergriff Velvet ihren Sohn bei den Schultern und beugte sich zu ihm herunter, bis sie ihm direkt in die Augen blicken konnte. «Hör mir gut zu», ermahnte sie ihn, während sie ihm vorsichtig die Träne abwischte. «Alles wird gut. Hab Vertrauen», sprach sie ihm zu. «Aber du musst tun, was ich dir sage. Wenn du vor den Herren stehst, halte den Kopf gesenkt. Warte schweigend, bis sie dich etwas fragen. Und wenn du ihnen antwortest, schau ihnen nie direkt in die Augen. Vor allem dem Herrn nicht, hörst du?»

Noah nickte schweigend.

«Gib nichts zu, bevor du nicht danach gefragt wirst», fuhr seine Mutter fort. «Sag nichts, bevor sie nicht fertig gesprochen haben, und denk daran», von neuem ermahnte sie ihn, «wenn sie dich wirklich gesehen haben, darfst du weder leugnen noch widersprechen. Vor allem darfst du ihnen nicht widersprechen. Warte einfach und sag nichts. Und vergiss nicht, sie jedes Mal Master oder Herrin zu nennen, wenn du etwas sagst.»

Zu all den Ratschlägen seiner Mutter nickte der kleine Noah stumm. Danach gab Velvet ihm einen Kuss auf die Stirn. Ohne sich umzudrehen, wartete sie, bis die Schritte sich draußen verloren. Sie wollte ihn nicht weggehen sehen. Dann setzte sie sich und tat etwas, was sie noch nie zuvor getan hatte. Sie schloss die Augen und betete in der Dunkelheit ihrer Hütte zum mächtigen Gott der Weißen, dass er ihren Jungen beschütze.

Noah lief indes, so schnell er konnte, zum Herrenhaus. Seine Zehen waren völlig zusammengequetscht, die Schuhe drückten entsetzlich. Das harte Leder rieb an seinen Füßen, und er wusste, dass er Blasen bekommen würde. Aber immerhin lenkte der Schmerz ihn von seiner Angst ab. Als er am Herrenhaus ankam, vermied er es, am Haupteingang vorbeizugehen, und begab sich zum hinteren Teil des Hauses, wo die Küche war.

Thomas wollte gerade das Haus betreten, als Noah ihn einholte. «Du warst schnell», sagte der Alte. «Komm. Sie warten auf dich.»

Die beiden Sklaven verließen die Küche und betraten den schmalen Flur, der zum Hauptteil des Hauses führte. Für einen Augenblick vergaß Noah vollkommen, warum er eigentlich hergekommen war. Sein Blick sprang von einem Bild, auf dem weiße Gipfel hoch in den Himmel ragten, zu einem anderen Gemälde, das in lebendigen Farben Schiffe auf weiten Meeren zeigte. Sie kamen an funkelnden Kristallleuchtern vorbei, die das Licht in einen wunderschönen Regenbogen verwandelten, und gingen über Teppiche mit prächtigen Mustern, und obwohl Noahs Schuhe noch immer schmerzhaft drückten, war es, als würde er über dicke Lagen weicher Baumwolle laufen. Einen Moment lang stellte er sich vor, wie es wäre, ohne die schrecklichen Stiefel auf einem solchen Teppich zu stehen.

Schließlich traten sie in das Empfangszimmer. Noah stockte der Atem.

Nicht einmal in seinen Träumen hatte er sich so schöne Dinge ausgemalt. Weiße Säulen, wie sie auch die Veranda umgaben, eine Treppe aus glänzendem, rötlichem Holz und Vasen, die ihm bis ans Kinn reichten und auf denen in kobaltblauen Einlegearbeiten geflügelte Katzen zu sehen waren, die Feuer spuckten.

Thomas ging neben ihm her, anscheinend ließ er sich nicht im Geringsten von den Wundern dieses Ortes beeindrucken. Gemessenen Schrittes führte der alte Sklave Noah bis an den Salon und bedeutete ihm zu warten.

«Viel Glück!» Aufmunternd zwinkerte Thomas dem Jungen zu und kehrte auf dem gleichen Weg zurück. Noah blieb reglos in der Tür stehen.

Die ganze Familie war im Salon versammelt. Master Parrish saß auf einem Sessel, der Noah unendlich bequem vorkam, und studierte aufmerksam große Bögen aus Papier, auf denen man kleine schwarze Zeichen erkennen konnte. Herrin Katherine saß am Fenster und stickte, während die kleine Hortensia mit den schönsten Buntstiften, die Noah sich jemals hätte vorstellen können, in einem Heft malte. Sie trug passend zu ihren Augen hübsche blaue Schleifen in den goldenen Locken. Charlotte schließlich kniete zu Füßen ihres Vaters auf dem Teppich und versuchte, einer weißen Angorakatze ein Wollknäuel zu entreißen.

Als Katherine die Anwesenheit des Jungen bemerkte, unterbrach sie ihre Beschäftigung.

«Noah, tritt ein», bat sie ihn lächelnd.

Zögernd blickte der Junge auf den elegant bedruckten Teppich zu seinen Füßen.

«Nur herein», munterte Katherine ihn auf und legte ihre Arbeit auf einer der Armlehnen ab.

Mit unsicheren Schritten ging Noah auf seine Herrin zu und blieb ein paar Meter vor ihr stehen.

Jetzt legte auch Hortensia ihren grünen Stift hin und lächelte ihm zu. Charlotte hingegen beachtete ihn nicht im Geringsten. Sie war viel zu sehr damit beschäftigt, das arme Tier zu ärgern, das nur mit Mühe das gelbe Knäuel zwischen den Pfoten festhalten konnte.

Auch Master David blickte nicht von seinen Papieren auf.

«Du bist jetzt acht Jahre alt, oder?», fragte Katherine, die noch immer lächelte.

«Ja, Herrin Katherine. Ich bin im Dezember acht geworden.»

«Dann wirst du bei der nächsten Ernte auf dem Feld arbeiten, nicht wahr?»

«Ja, Herrin Katherine.» Wie seine Mutter ihm geraten hatte, antwortete er so knapp wie möglich. Fast wurde er ein bisschen ungeduldig. Er verstand nicht, was sein Bad an der Flussbiegung mit der Tatsache zu tun hatte, dass er acht war. Andererseits wollte die Herrin es vielleicht wissen, um ihn dem Alter entsprechend bestrafen zu können. Bei diesem Gedanken stieg ihm das Blut in die Wangen.

«Langsam wird ein kleiner Mann aus dir, Noah», sagte Katherine, ohne zu bemerken, wie nervös der Junge war. «Ich dachte, dass du vielleicht gerne lesen und schreiben lernen willst.»

Mit weitaufgerissenen Augen starrte Noah seine Herrin an. Herrin Katherine nahm ihn gewiss auf den Arm oder, schlimmer noch, war vollkommen verrückt geworden. Sogar er, der nur ein Kind war, wusste, dass es in den Südstaaten gesetzlich verboten war, Sklaven das Lesen und Schreiben beizubringen.

Eine andere Person im Raum wirkte beinahe noch überraschter als Noah selbst. Charlotte achtete plötzlich nicht mehr auf die Katze, die diese Unaufmerksamkeit ausnutzte und sich blitzschnell mit dem Wollknäuel ins andere Ende des Zimmers verzog. Für den Bruchteil einer Sekunde sah sie den Eindringling an und wandte sich empört ihrer Mutter zu. Aber anscheinend hatte sie es sich im letzten Moment anders überlegt, denn anstatt irgendetwas zu sagen, presste sie die Lippen aufeinander und runzelte die Stirn. In den ausdrucksvollen smaragdgrünen Augen, die hinter dichten Wimpern verborgen waren, konnte man erkennen, dass sich ein Unwetter ankündigte.

«Was sagst du, Noah, bist du einverstanden?», fragte Katherine und nickte ihm ermunternd zu.

Noah wollte gerade antworten, als er sah, wie Master David plötzlich missgelaunt seine Miene verzog. Dann legte er geräuschvoll die Zeitung weg, stand abrupt auf und verließ das Zimmer. Erschrocken schielte Noah ihm hinterher.

«Du wirst vormittags mit Charlotte und Hortensia lernen und am Nachmittag auf dem Feld arbeiten. Einverstanden?»

Automatisch nickte der Junge.

Heftige Unruhe hatte ihn ergriffen, seit Master David so plötzlich gegangen war. Das alles ergab überhaupt keinen Sinn. Warum er?, fragte er sich und konnte nicht glauben, was geschah. Aber dann auf einmal wurde ihm alles klar. Immer schon hatte die Antwort direkt vor ihm gelegen, obwohl er sie bis jetzt nicht hatte verstehen können. Master David war sein Vater!

Aber nein, das konnte nicht sein. Wenn er der Sohn des Herrn war, warum war er dann ein Sklave und hauste mit seiner Mutter in einer Bretterbude auf der nackten Erde, während der Herr mit seiner Frau und den anderen Kindern in einem schönen Haus wohnte? Es war unmöglich, und doch …

Die unbequemen Stiefel waren vergessen, dafür brodelte es in seinem Kopf. Nie hatte man offen mit ihm gesprochen, aber er hatte mitbekommen, dass man heimlich über seine Herkunft tuschelte. Einmal hatte er sogar seine Mutter gefragt. Aber er hatte damit nur erreicht, dass sie ganz traurig wurde und ihm erzählte, dass sein Vater sie verlassen musste, als er noch ganz klein war. Noah hatte immer gewusst, dass sie ihm nicht die Wahrheit sagte, denn seit seiner Geburt, und sogar lange Zeit davor, war kein einziger Sklave aus New Fortune verkauft worden. Aber auf jeden Fall hatte er begriffen, dass diese Frage seiner Mutter Kummer bereitet hatte, und so schwor er sich, das Thema nie wieder zu berühren. Wie sonderbar war es doch, dass die Antwort ihm jetzt so unerwartet zuflog, wo er sich längst damit abgefunden hatte, nicht mehr danach zu suchen.

Ja. Master David war sein Vater. Und außerdem begriff er nach diesem letzten Blick, den er ihm eben noch zugeworfen hatte, dass dieser Mann ihn hasste. Aber warum?, fragte er sich empört. Was hatte er getan, dass sein eigener Vater ihn verachtete? Als Noah erst seine dunkle Haut und danach die samtweiche weiße Haut der Mädchen betrachtete, die jetzt seine Schwestern waren, verstand er. Er konnte noch so sehr lächeln und sich bemühen, seinem Vater zu gefallen, es hätte keine Bedeutung, dachte er, während ihn ein Gefühl von Trauer überfiel. Der Mann, den er Master nannte, würde sich immer für ihn schämen.

«Mama! Dieser Sklave wird nicht mit uns lernen!» Kaum war Noah gegangen, sprang Charlotte wütend auf.

Die Worte ihrer Tochter schienen Katherine nicht aus der Ruhe zu bringen. Schweigend nahm sie ihre Arbeit wieder auf.

«Mama …!», wiederholte Charlotte und bemühte sich vergeblich darum, von ihrer Mutter beachtet zu werden.

Doch Katherine wandte sich nur dem blonden Mädchen zu, das jetzt mit einem gelben Buntstift malte. «Was ist denn deine Meinung, Hortensia?»

Charlotte schnitt wütende Grimassen. Aber sie wusste, dass die Mutter ihr erst ihre Aufmerksamkeit schenken würde, wenn sie sich beruhigt hatte.

«Ich mag ihn», sagte Hortensia jetzt mit einem Lächeln. «Es scheint ein netter Junge zu sein.»

Charlotte ballte ihre Hände zu Fäusten und stampfte mit dem Fuß auf dem Boden auf. Es war ja normal, dass ihre Mutter merkwürdige Einfälle hatte, aber dass ihre Schwester sie auch noch unterstützte, kam einem Verrat gleich.

«Ich werde es Papa sagen», drohte Charlotte.

«Tu, was du nicht lassen kannst. Aber ich kann dir garantieren, dass Noah mit euch unterrichtet wird.»

Als Charlotte begriff, dass ihre Mutter es ernst meinte, wurde sie noch wütender. «Warum muss ein Sklave mit uns lernen?»

«Weil es richtig ist. Deshalb habe ich es so entschieden.»

«Das ist nicht gerecht», protestierte sie.

«Woher willst du wissen, was gerecht ist?», wies ihre Mutter sie zurecht. «In diesem Fall ist deine Meinung nicht von Bedeutung. Ich bin deine Mutter. Und ob es dir passt oder nicht, es wird gemacht, was ich sage.»

Aber Charlotte war nicht bereit, so schnell aufzugeben. «Wenn dieser dreckige Neger mit uns zusammen lernt, gehe ich nicht in den Unterricht.»

Bei nur oberflächlicher Betrachtung blieb Katherines ruhiger Gesichtsausdruck unverändert. Aber wenn man genauer hinsah, bemerkte man ein leichtes Beben der Nasenflügel, eine bläuliche Vene, die oberhalb der linken Schläfe erschien, und die zusammengepressten Lippen. Charlotte wusste, dass sie diesmal zu weit gegangen war.

«Der Junge heißt Noah», ermahnte Katherine ihre Tochter streng, ohne die Stimme zu erheben. «So wirst du ihn nennen, ob es dir gefällt oder nicht. Und ich warne dich, ich werde nicht zulassen, dass du solche Wörter in meiner Gegenwart benutzt, und erst recht nicht vor den Sklaven.»

Nervös rutschte Hortensia auf ihrem Stuhl hin und her. Sie mochte es gar nicht, wenn ihre Mutter und ihre Schwester stritten. «Ach, Charlotte, es wird bestimmt schön», sagte sie versöhnlich.

Es überraschte Katherine jedes Mal, wie Hortensia ihre Schwester fast immer dazu brachte, sich zu beruhigen und schließlich nachzugeben. Diesmal aber sollte ihr das nicht gelingen.

«Wenn er zum Unterricht kommt, gehe ich nicht hin», wiederholte sie.

«Er wird kommen.» Katherine würde sich von einem eigensinnigen Kind keine Vorschriften machen lassen. Man musste nicht besonders scharf nachdenken, um zu erraten, dass Charlotte diese Ausdrücke von ihrem Vater gelernt hatte, den sie anbetete. Am meisten störte Katherine, wie verächtlich Charlotte gesprochen hatte. Das Mädchen fing an, David gefährlich zu ähneln. Doch das würde Katherine niemals zulassen, selbst wenn sie bis zu ihrem letzten Atemzug kämpfen musste.

· 11 ·

Noch bevor Noah begreifen konnte, was eigentlich geschah, nahm er an seiner ersten Schulstunde teil. Vor ein paar Tagen hatte Herrin Katherine ihm eine große, knallgrüne Schachtel senden lassen. Darin lagen sorgfältig zusammengelegt eine schwarze Hose, die ihm wie angegossen passte, ein paar makellos weiße Hemden, Hosenträger, eine Halsschleife, Strümpfe und glänzend schwarze Stiefel. Alles für ihn. Und noch dazu war es vollkommen neu. Herrin Katherine hatte die Kleider extra für ihn in Richmond anfertigen lassen.

Bisher hatte Noah immer nur Gebrauchtes getragen, und allein bei dem Gedanken, dass vor ihm noch niemand in den Sachen gesteckt hatte, fühlte er sich wie jemand ganz Besonderes.

Seitdem Noah im Besitz der Schachtel war, hatte er sie nicht ein einziges Mal auf den Boden der Hütte gestellt. Sie war das Schönste, was er je besessen hatte, und sollte auf keinen Fall dreckig werden. Die Schachtel war so grün wie der Buntstift, mit dem Miss Hortensia gezeichnet hatte, als Noah im Herrenhaus gewesen war. Und wenn Noah abends schlafen ging, befolgte er von nun an ein strenges Ritual. Zuerst sah er nach, ob sich seine neuen Kleider noch alle im Inneren der Schachtel befanden. Danach legte er sie vorsichtig aufs Bett und streckte sich daneben aus. Und als wäre die Schachtel ein lebendiges Wesen, gab er ihr sogar ein Stück seiner Decke ab und legte einen Arm um sie, damit niemand sie ihm wegnehmen konnte, während er schlief. Lange bevor die Sonne hinterm Horizont versank, sein Schatz in der Dunkelheit die leuchtende Farbe verlor und all seines Zaubers beraubt zu einem grauem Umriss wurde, senkten sich schon Noahs Lider. Damit war der Weg frei in eine Welt voller Farben und Orte, die er sich bis zu seinem Besuch im Herrenhaus nicht hätte vorstellen können. Strände aus feinstem Sand, verschneite Gipfel und mächtige, feuerspuckende Drachen. Die Bilder, die er dort auf den Gemälden und Vasen erblickt hatte, wurden in seinen Träumen lebendig. Und beim Aufwachen, wenn die Morgensonne seiner schönen, grünen Schachtel ihren Glanz zurückgegeben hatte, betrachtete er sie zufrieden und stellte hoffnungsfroh fest, dass nicht alles, was er sich vorgestellt hatte, nur Phantasien waren.

Sogar Jeremias kam, um sich den Karton anzusehen. Als er ihm seinen kostbaren Schatz zeigte, nickte sein sonst so schwer zu beeindruckender Freund nur langsam voller Bewunderung und Neid.

Endlich kam der Tag, an dem Noah die neuen Kleider anziehen durfte. Als er aufstand, war er so ungeduldig, dass er den Maisfladen, den er zum Frühstück bekam, nicht aufessen konnte. An diesem Tag hätte er nicht einmal einen Brotkrümel hinunterbekommen. Er fühlte sich, als hätten sich hundert Schmetterlinge verabredet, gleichzeitig in seinem Bauch mit den Flügeln zu schlagen.

Mit der größten Sorgfalt zog Noah sich an. Seine Mutter half ihm, das Hemd zuzuknöpfen, und band ihm die schwarze Schleife um den gestärkten weißen Kragen. Obwohl er kaum atmen konnte, widersprach er nicht. Wenn die gezierten weißen Herren diesen unbequemen Strick klaglos um den Hals trugen, dann konnte er das auch. Schließlich war er zur Hälfte weiß. Dann legte er die Hosenträger an und machte sich ganz zum Schluss für die schlimmste Tortur bereit, nämlich die glänzend schwarzen Lederstiefel anzuziehen, die seinem Aufzug den letzten Schliff gaben.

Ganz vorsichtig steckte er die Füße in die Stiefel und stellte ungläubig fest, dass sie ohne den geringsten Widerstand hineinschlüpften. Die Stiefel waren weich und geschmeidig. Er konnte sogar die Zehen frei bewegen. Auf seiner Haut sah man noch immer die Abschürfungen und Blasen, die er von den alten Stiefeln davongetragen hatte. Jetzt aber taten sie nicht mehr weh, weil ein weiches Paar weißer Baumwollstrümpfe seine Wunden schützte.

«Vergiss nie, wer du bist», sagte seine Mutter mit tiefer Traurigkeit. «Du bist ein Sklave, und du wirst in diese Hütte zurückkehren und auf den Feldern arbeiten, bis deine Hände bluten. Nimm von dort mit, was du kannst, aber vergiss nicht, wo du hingehörst. Vergiss es nicht, Noah, sonst wirst du nicht glücklich sein.»

Velvet musste auf die Felder. Bevor sie die Hütte verließ, gab sie ihrem Sohn einen Kuss. Noah setzte sich und wartete geduldig, bis er zu seiner ersten Schulstunde gehen konnte.

Ein paar Stunden später betrat Katherine das Zimmer ihrer Töchter. Die dicken Samtvorhänge hielten jeden Sonnenstrahl ab, der den Schlaf der Mädchen stören könnte. Katherine ließ die Tür angelehnt, und der schmale Lichtstreifen, der aus dem Flur hineinfiel, leitete sie durch das Zimmer. Als sie die schweren Vorhänge zurückzog, wurde der Raum von Helligkeit durchflutet.

Die Möbel erwachten aus ihrem langen nächtlichen Schlaf. Die goldenen Nieten der Lampen funkelten, die Polster erstrahlten grün und violett, und das Holz glänzte in Ocker- und Mahagonitönen, sobald sich die ersten Sonnenstrahlen auf seiner polierten Oberfläche spiegelten.

Dann öffnete Katherine die Fenster. Noch lag erfrischender Morgentau in der Luft.

Wahrscheinlich würden die nächsten Tage nicht einfach werden, aber andererseits war nichts einfach gewesen, seit sie ihr Zuhause in New Orleans verlassen hatte. Katherine hatte eine Wahl getroffen, und auch wenn es wehtat, würde sie dementsprechend handeln.

Noch einmal atmete Katherine tief ein und sammelte die Kraft in sich, die sie brauchte, um den bevorstehenden Schwierigkeiten entgegenzutreten. Denn die würden wegen ihrer Entscheidung, den kleinen Noah mit ihren Töchtern unterrichten zu lassen, nicht ausbleiben. Aber ihre Prüfung hatte schon lange vorher begonnen. An dem Tag, an dem Molly gestorben war. Nein, schon in dem Moment, als sie entdeckte, wie ihr Mann sich heimlich aus dem Zimmer ihrer lieben Molly schlich. Damit hatte ihr Leidensweg begonnen. Zwar hatte sie damals nicht den Mut gehabt, ihren Mann zu verlassen, aber David würde so etwas nie wieder tun. Das würde sie nicht zulassen. Sie hatte sich geschworen, dass Mollys Tochter nicht das Schicksal ihrer Mutter erleiden würde und, soweit es möglich war, auch nicht der Sohn ihres Mannes. Sie wusste, dass ihre Last mit der Zeit nicht leichter werden würde, aber irgendwann würden sich die Dinge verändern. Deshalb durfte sie jetzt nicht schwach sein. Nicht aufgeben. Als sie nun in die Sonne blickte und die frische Energie der Morgenluft in sich spürte, schien alles viel leichter.

Hortensia, deren Bett näher am Fenster stand, murmelte im Halbschlaf etwas vor sich hin und verschwand unter der Decke, die noch genauso dalag, wie Katherine sie am Abend zuvor hingelegt hatte. Im Bett daneben schlief Charlotte wie eine Tote. Ihre Decke war auf den Boden gerutscht, und das Laken war lediglich vor diesem Schicksal bewahrt worden, weil es sich zwischen ihren Beinen verheddert hatte. Das Nachthemd hatte sich schief um ihren Körper gewickelt, und irgendwann in der Nacht hatte sie ihr Kissen einen guten Meter weit aus dem Bett geschleudert.

Die beiden Schwestern lagen nebeneinander, die kleinen Gesichter nicht weiter als zwei Handbreit voneinander entfernt. Lächelnd erinnerte Katherine sich daran, wie vor zwei Jahren die neuen Betten geliefert worden waren. Zuerst hatten sie einen Nachttisch dazwischen aufgestellt, aber schon am nächsten Morgen war der Nachttisch verschwunden und die Betten zusammengeschoben. Seither war es so geblieben.

«Zeit zum Aufstehen, ihr Faulpelze», verkündete Katherine, während sie ihre Mädchen weiter betrachtete.

«Es ist noch so früh», murmelte Charlotte.

«Ja, Mama, lass uns noch ein bisschen schlafen», fand auch Hortensia, die sich jetzt vollkommen unter den Decken verkrochen hatte.

«Ihr habt wohl vergessen, was heute für ein Tag ist.»

Aufgeregt hörte man jetzt Hortensias Stimme. «Heute fängt der Unterricht an, oder?»

«So ist es. Gestern, als ihr schon im Bett lagt, ist eure

Lehrerin angekommen, Mademoiselle Gassaud. Sie hat sich im Waldhaus eingerichtet und ist jetzt schon im Schulzimmer, wo sie noch ein paar Vorbereitungen trifft. Sobald ihr euch angezogen und gefrühstückt habt, könnt ihr zum Unterricht.»

Das brauchte sie nicht zweimal zu sagen. Die Mädchen sprangen wie der Blitz aus den Betten und stellten sich vor den Waschtisch, auf dem ein feiner geblümter Porzellankrug nebst passender Waschschüssel stand. Kaum hatte Katherine Wasser dort hineingossen, spritzte sich Charlotte schnell etwas von dem Nass unter die Achseln, hielt die Luft an und tauchte mit solchem Schwung ihr Gesicht in die Schüssel, dass die Marmorplatte von einer kleinen Welle überspült wurde. Mit triefnassem Gesicht und der ebenso nassen Häkelspitze ihrer Schlafhaube packte sie einen Zipfel ihres Nachthemds und trocknete sich damit ab, anstatt das Handtuch zu benutzen, das die Mutter ihr hinhielt. Eine Sekunde später lag die feucht zusammengeknüllte Nachtwäsche auf dem Boden. Katherine wollte ihre Tochter schon zur Ordnung rufen, überlegte es sich aber noch einmal und beschloss, sie noch ein wenig in Ruhe zu lassen.

«O Mama, wie schön!», rief Hortensia. «Ich möchte so gern schreiben und zeichnen lernen. Und bald werde ich auch die Geschichten mit den schönen Bildern lesen können, die Großvater uns Weihnachten aus New Orleans mitgebracht hat.»

Als Katherine an dieses Geschenk dachte, musste sie lächeln. Es waren wunderschöne Geschichten. Aber sie waren auf Französisch, der Sprache, die ihr Vater trotz der langen Zeit, die Louisiana schon nicht mehr zu Frankreich gehörte, nicht gegen das Englische eintauschen mochte.

Das Geschenk war ein kleiner Fingerzeig an seine Tochter gewesen. Er wollte, dass seine Enkelinnen die Sprache ihrer Vorfahren lernten. Als sie noch Babys waren, hatte Katherine immer in ihrer Muttersprache mit ihnen gesprochen, aber eines Tages hatte sie einfach damit aufgehört. Inzwischen hatte sie zu ihrem Bedauern festgestellt, dass sie das Französische nur noch bei feststehenden Redewendungen oder Kosenamen gebrauchte.

«Aber Laura Burton hat gesagt, dass Französisch sehr schwer ist», beklagte Hortensia sich und sah ihre Mutter etwas mutlos an.

«Mach dir keine Sorgen, Hortensia. Du wirst es schnell lernen», ermutigte die Mutter sie. Dabei konnte sie kaum vermeiden zu grinsen, als sie an das affektierte Burton-Mädchen dachte, das mit einer übertriebenen Aussprache versuchte, die Nuancen der sinnlichen Sprache nachzuahmen. «Mademoiselle Gassaud ist extra aus Frankreich gekommen, um es euch beizubringen. Und ich kann ja auch Französisch mit euch sprechen.»

«Ich will es auch schnell lernen», fiel Charlotte ein, während sie in ein hübsches, blaugrün kariertes Kleid schlüpfte, das ihre Mutter extra für die Schulstunden hatte anfertigen lassen. «Alle eleganten Damen sprechen Französisch. Außerdem habe ich es satt, dass Laura immer damit angibt, wie gut sie sprechen kann und wie elegant sie ist.»

Als sie die Unordnung betrachtete, die Charlotte verursacht hatte, und sah, wie sie sich jetzt verdrehte, um an die hinteren Knöpfe zu kommen, dachte Katherine, dass ihrer Tochter außer korrektem Französisch noch etwas mehr fehlte, um zu einer perfekten Südstaatendame heranzuwachsen. Ganz anders Hortensia. Trotz ihres jungen Alters konnte man schon sehen, dass eine Schönheit aus ihr werden würde. Nicht nur ihr Gesicht und ihr Benehmen, alles an ihr war zart und fein. Zurückhaltung und Schüchternheit, die notwendigen Eigenschaften einer Dame, waren ihr angeboren. Ohne Zweifel war auch Charlotte ein hübsches Mädchen, aber ihre Schönheit war exotischer. Im Feuer ihrer grünen, etwas schrägen Augen erkannte man die rebellische Natur ihrer Seele. Für ein Mädchen ihrer Stellung war Charlotte viel zu ungestüm und leidenschaftlich, und um eine umschwärmte junge Frau der strengen Oberschicht des Südens zu werden, würde sie lernen müssen, ihren Charakter zu beherrschen. Katherine war sich nicht sicher, ob sie das mit ihrer Erziehung erreichen konnte. Und tief in ihrem Inneren wollte sie es vielleicht auch gar nicht.

Hortensia starrte immer noch auf das Wasser in der Schüssel, als Charlotte die Mutter schon darum bat, ihr die weiße, mit Rüschen besetzte Schürze umzubinden. Seufzend öffnete Katherine die Verschlüsse, die Charlotte falsch zusammengeknöpft hatte, schloss das Kleid gerade und machte eine hübsche Schleife in die Bänder der Schürze.

Nach einer Ewigkeit entschloss sich auch Hortensia endlich, mit der Morgenwäsche zu beginnen. Das Mädchen nahm ganz wenig Wasser mit den Händen auf und hob es so langsam hoch, dass eigentlich alles schon wieder in der Schüssel gelandet war, als sie bei ihrem Gesicht ankam. Erleichtert atmete das Kind auf und drückte sich für eine Sekunde die feuchten Handflächen aufs Gesicht. Dann schnappte sie sich sofort ein Handtuch, um die unangenehmen Tropfen schnell loszuwerden.

Inzwischen hatte Katherine Charlottes Haar gebürstet und zu einem Pferdeschwanz gebunden. Nun wartete sie auf Hortensia, um die Prozedur zu wiederholen. In den meisten Familien – und auch bei ihr war es so gewesen, als sie noch ein Kind war – wurde diese Aufgabe Sklavinnen übertragen. Die Tatsache, dass sie ihren Töchtern jeden Morgen die Haare bürstete und sie anzog, hätte bei mehr als einer ihrer Nachbarinnen Anstoß erregt. Aber seit geraumer Zeit schon machte Katherine sich keine Gedanken mehr über das Gerede. Sie wollte sich selbst um ihre Kinder kümmern. Sie liebte jede Sekunde, die sie mit ihnen verbrachte. Es war wundervoll, sie ins Bett zu bringen, sie aufzuwecken und von ihren Ängsten und Wünschen zu erfahren, und kein lächerlicher Brauch würde sie dieser Freude berauben. Außerdem wollte sie, dass Charlotte und Hortensia es als etwas Selbstverständliches ansahen, wenn eine Mutter sich um die wichtigsten Bedürfnisse ihrer Kinder selbst kümmerte. Vor allem sollten sie es nicht für eine würdelose Aufgabe halten, die man besser Sklaven überträgt.

Trotz der Schlafhaube waren Hortensias Haare vollkommen verklettet, und Katherine war fünf lange Minuten damit beschäftigt, den dichten blonden Lockenkopf des Mädchens zu glätten. Ihr Haar war mit Sicherheit das einzig Rebellische an ihrer Kleinen. Nur mit viel Geduld schaffte Katherine es, große Korkenzieherlocken aus Hortensias Zopf fallen zu lassen.

«Ihr seht sehr hübsch aus», lobte Katherine die Mädchen, als sie fertig waren. «Jetzt geht frühstücken, und dann könnt ihr Mademoiselle Gassaud begrüßen.»

Hand in Hand verließen die beiden Mädchen das Zimmer und rannten lachend die Treppe hinunter. Katherine folgte ihnen.

Als sie im Esszimmer ankam und am Kopfende des großen Esstisches Platz nahm, saßen die Mädchen schon. Zu ihrer Rechten hatte Hortensia geduldig auf ihre Mutter gewartet. Links von ihr versuchte Charlotte zu verheimlichen, dass sie sich schon etwas in dem Mund gesteckt hatte.

«Charlotte, du sollst erst anfangen, wenn alle am Tisch sitzen», rügte die Mutter sie.

Die Backen zu voll, um zu antworten, nickte Charlotte und schluckte hastig die fünf Weintrauben hinunter, die sie stibitzt hatte.

Latoya, das Haar mit einem grünen Kopftuch bedeckt, stand unbeweglich neben einem geblümten Lampenschirm und war kaum zu bemerken. Erst als ihre Herrin sich gesetzt hatte, nahm die Sklavin die Teekanne von einem Silbertablett auf der Anrichte. Zuerst schenkte sie Katherine ein, dann nahm sie den Krug mit heißer Schokolade für die Mädchen.

«Danke, Latoya», sagte Katherine und atmete genussvoll das Aroma ein, das aus der Tasse aufstieg.

Ganz leicht nur nickte die Sklavin und füllte gleichzeitig Charlottes Tasse bis zum Rand mit Schokolade. Zum Schluss bediente sie Hortensia. Diesmal aber füllte sie die Tasse nur bis zur Hälfte mit der dunklen Flüssigkeit. Dann zwinkerte Latoya dem Mädchen zu und blickte für den Bruchteil einer Sekunde zur Mitte des Tisches, wo vor Hortensia eine Schale mit Milchbrötchen stand.

Das Mädchen folgte Latoyas Blick und fand, was es suchte. Halb unter den größeren Brötchen versteckt, lag ein kleineres, das Hortensia eilig nahm. Dankbar lächelte sie Latoya zu. Im Unterschied zu ihrer Schwester, deren gieriger Appetit kaum zu stillen war, hatte Hortensia niemals Hunger. Trotzdem hatte die Mutter bestimmt, dass sie jeden Morgen wenigstens ein Brötchen essen und eine Tasse Schokolade trinken musste, bevor sie vom Tisch aufstehen durfte.

Deshalb machte Olivia ihr jeden Morgen ein kleineres Brötchen, und Latoya sorgte dafür, dass es in Hortensias Reichweite lag.

«Vielen Dank, Latoya.»

«Gern geschehen, Miss Hortensia.»

Keinem anderen weißen Herren hätte Latoya gewagt zu antworten, aber bei Herrin Katherine und Miss Hortensia lag der Fall anders. Charlotte war dagegen wie ihr Vater, also wie die meisten weißen Herrschaften.

Hortensia zupfte ein winziges Stück aus dem Brötchen und steckte es sich in den Mund. Eine Minute später kaute sie immer noch darauf herum. Aber an jenem Vormittag war das Glück auf ihrer Seite. Ihrer Mutter schien plötzlich etwas einzufallen, und sie wandte sich einen kurzen Augenblick lang an Latoya. Genug Zeit für Hortensia, um ihrer Schwester unter dem Tisch heimlich die Hälfte ihres Brötchens zu reichen, das Charlotte sich auf einmal in den Mund steckte.

«Es ist noch früh, Charlotte. Du hast Zeit, iss langsam», schalt Katherine ihre Tochter, als sie die vollen Backen des Mädchens sah.

«Bald beginnt der Unterricht. Noah wird sicher gleich hier sein.»

Fast verschluckte sich Charlotte und stellte die Tasse wieder hin, die Latoya gerade ein zweites Mal gefüllt hatte. Mit vor Überraschung aufgerissenen Augen sah das Mädchen ihre Mutter an und versuchte zu widersprechen, aber ihr Mund war viel zu voll, um ein Wort artikulieren zu können.

«Charlotte, wie oft muss ich dir noch sagen, dass du mit vollem Mund nicht reden sollst. Erst hinunterschlucken, dann kannst du so viel protestieren, wie du willst.»

«A...ber ...»

«Charlotte!», warnte Katherine.

Ein Blick ihrer Mutter genügte, und Charlotte wusste, dass sie besser gehorchte. Schnell ergriff sie die Tasse mit der Schokolade und spülte mit einem großen Schluck alles hinunter. «Ich dachte, er würde doch nicht kommen», klagte sie schließlich gekränkt.

«Nun, ich glaube, ich habe neulich sehr deutlich gesagt, dass er auf jeden Fall am Unterricht teilnehmen wird.»

Hortensia nutzte den Streit, um unauffällig den Rest des Brötchens zu zerkrümeln und auf ihrem Teller zu verteilen.

«Ich werde nicht gemeinsam mit ihm zum Unterricht gehen!», schimpfte Charlotte halsstarrig.

Im Stillen betete Hortensia, dass der Streit nicht ausartete.

Katherine musste bedrückt feststellen, dass sie das Verhalten ihrer Tochter richtig eingeschätzt hatte. Aber sie hatte lange genug Zeit gehabt, sich eine Antwort zurechtzulegen. «Wenn du das wirklich willst, meinetwegen.»

Charlotte lächelte triumphierend. Ihre Schwester allerdings sah ungläubig auf. Bisher hatte ihre Mutter nie zugelassen, dass Charlotte mit ihrer Starrköpfigkeit durchkam, und Hortensia wunderte sich, dass dies das erste Mal sein sollte.

Natürlich war auch Charlotte überrascht, aber sie bildete sich viel zu viel auf ihren unerwarteten Triumph ein, als dass sie der Schnelligkeit, mit der die Mutter nachgegeben hatte, größere Beachtung schenkte. Noch immer von dem Machtgefühl berauscht, stürzte Charlotte den Rest ihrer Schokolade hinunter. Dann bat sie um die Erlaubnis, aufstehen zu dürfen, die Katherine ihr gab. Hortensia ahmte ihre Schwester nach. Geschwind hob sie ihre Tasse zum Mund und stellte sie wieder ab, ohne einen einzigen Tropfen getrunken zu haben. Dann versuchte sie, unauffällig aufzustehen und vom Frühstückstisch zu verschwinden.

«Hortensia, setz dich wieder hin!»

Ihr Fluchtversuch war missglückt, das Mädchen sank zurück auf den Stuhl.

«Soll ich dir vielleicht ab jetzt persönlich eingießen und dein Brötchen aussuchen?»

Die Mutter schien so wütend zu sein, dass sie ihre Drohung wahr machen und sie sogar ans andere Ende des Tisches setzen könnte, damit Charlotte ihr nicht mehr half. Allein die Vorstellung ließ Panik in ihr aufsteigen.

An der Treppe wartete ungeduldig ihre Schwester. «Komm schon, Hortensia.»

Charlottes Worte gaben ihr den nötigen Anstoß. Mit geschlossenen Augen atmete sie tief ein und stürzte die Schokolade hinunter. Noch mit vollem Mund blickte sie ihre Mutter fragend an, aber sie durfte erst aufstehen, als ihre aufgeblasenen Wangen in ihren normalen Zustand zurückgekehrt waren. Wie der Blitz war Hortensia bei ihrer Schwester, und Hand in Hand rannten die beiden Mädchen, neugierig auf ihre erste Unterrichtsstunde, die Treppe hinauf. Das Schulzimmer war im ersten Stock eingerichtet worden.

«Wohin gehst du, Charlotte?», rief Katherine ihnen hinterher.

Charlotte wandte sich um. Sie war wirklich sehr hübsch. «Zum Unterricht!», verkündete sie triumphierend.

«Ich fürchte, das wirst du nicht. Gerade hast du dich entschieden, nicht mit Noah zusammen zu lernen.»

«Aber du hast doch gesagt …»

«Ich habe gesagt, dass es in Ordnung ist, wenn du nicht mit Noah zusammen lernen willst.»

Es war allzu deutlich, dass Charlotte den Sinn der Worte nicht verstand.

«Es ist ganz einfach», erklärte ihre Mutter. «Solange du deine Meinung nicht änderst, wirst du nicht am Unterricht teilnehmen.»

Nicht in einer Million Jahren hätte Charlotte geglaubt, dass so etwas passieren könnte. Sie war sprachlos. Und fürchterlich wütend. Aber sie würde sich nichts anmerken lassen. Wenn sie sich entscheiden musste, würde sie das tun. Nie, nie, nie würde sie Seite an Seite mit einem Sklaven lernen.

· 12 ·

Charlotte hatte unter ein paar Bäumen am Ufer des Flusses Zuflucht gesucht. Wenn ihre Mutter einen Sklaven lieber hatte als sie, dann sollte sie doch! Charlotte versuchte, sich einzureden, dass es ihr egal war. Aber auf keinen Fall würde sie im Haus bleiben, während dieser dreckige Schwarze sich an ihr Pult setzte und ihre Stifte angrabbelte.

Während sie darüber nachdachte, schnappte sie sich einen Stock und schubste damit einen Wurm herum, der sich vergeblich abmühte, den Schutz der feuchten Erde am Ufer zu erreichen. Ihr war langweilig, und noch schlimmer, sie war wütend. Der Wurm entwand sich geschickt dem Stock und versuchte, ein Hindernis zu überqueren, das vor ihm lag, aber Charlotte war schneller, und als er sein Ziel fast erreicht hatte, schleuderte sie ihn zurück in die Dichte des Waldes.

Sie blickte dem unglücklichen Würmchen nach, als sie Noah auftauchen sah.

Er war elegant gekleidet und ging schnell, während ein dämliches, glückliches Lächeln sein Gesicht erhellte. Natürlich war dieser Idiot glücklich! Schnell duckte Charlotte sich tiefer hinter den Busch, als Noah dicht neben ihr vorüberging. Er konnte das unverkennbare Paar grüner Augen gar nicht bemerken, das jeder seiner Bewegungen folgte.

Charlottes Zorn wurde noch mehr entfacht, als sie mit ansehen musste, wie Noah sich dorthin begab, wo sie eigentlich hätte sein müssen. Nur wegen dieses unbedeutenden Sklaven wurde sie von ihrer Mutter bestraft. Und was glaubte er eigentlich, wer er war, dass er sich wie ein Weißer anzog. Ihre Mutter machte einen großen Fehler. Sie sollte Noah besser nicht erlauben, Dinge zu tun, die sonst nur Weiße taten, und ihre Töchter dazu zwingen, es zu akzeptieren. Wenn ihre Mutter glaubte, dass sie deshalb ihre Meinung über die Sklaven ändern würde, dann hatte sie sich mächtig geirrt. Und wenn sie dumm bleiben müsste, um ihr das zu beweisen, dann wäre das eben so.

Aber gleich darauf verwarf sie diesen Gedanken. Eigentlich wollte sie nicht, dass es so weit kam. Sie hoffte, dass ihre Mutter nach ein paar Tagen nachgeben würde.

Doch sie fühlte sich gedemütigt und wütend. Sie wollte sich rächen. Und sie wusste auch schon, wie.

Noah selbst hatte sie schon vor einer Woche auf eine Idee gebracht. Damals hatte sie der Begebenheit keine Bedeutung beigemessen, aber jetzt erinnerte sie sich an ein Gespräch zwischen Noah und einem etwas älteren Jungen, das sie zufällig mitangehört hatte. Auch da hatten die beiden Jungen Charlotte nicht bemerkt. In diesem Gebiet der Plantage wuchs das Gestrüpp nach Lust und Laune und hatte einen großen Teil der alten Wege überwuchert.

Eigentlich hätten ein paar Sklaven das Unkraut jäten und verbrennen können, aber zu dieser Jahreszeit wurden alle bei der Baumwollernte gebraucht. Man konnte nicht auf Arbeitskräfte verzichten, nur um ein Stück waldiges Gelände von Unkraut zu befreien. Zudem war es weit vom Herrenhaus entfernt und lag zu nah am Hüttendorf, als dass die weißen Herren sich gern dort aufgehalten hätten. Aber das war genau der Grund, weshalb Charlotte diesen Ort liebte. Im dichtbelaubten Wald konnte sie rennen, auf Bäume klettern und am Flussufer planschen, und niemand kümmerte sich darum.

Als Charlotte das Gespräch zwischen Noah und dem anderen Jungen, den er Jeremias nannte, belauscht hatte, hatte man sie auch gerade bestraft. Sie konnte sich nicht einmal mehr an den Grund erinnern. Aber während ihre Mutter Hortensia mitnahm, um Orante und Silvia, die Kinder von Onkel Quentin, zu besuchen, hatte sie auf New Fortune bleiben müssen.

Charlotte war neugierig auf diese grüne Schachtel gewesen, von der die Jungen gesprochen hatten. Sie hatte nicht mitgehört, wie Noah dieses Ding in die Hände bekommen hatte, aber ihr war an dem Tag so langweilig, dass ihr sogar ein blöder Karton interessant vorkam. Danach war sie ihnen in sicherem Abstand gefolgt. Nah genug, um sie nicht aus den Augen zu verlieren, aber zu weit entfernt, um sie noch weiter belauschen zu können.

Die Jungen begaben sich auf einem der unzähligen Pfade, die die Sklaven auf ihrem Weg durch das Gebüsch ausgetreten hatten, ins Hüttendorf. Noch nie hatte Charlotte diesen Ort gesehen. Sie wusste genau, wo er lag, und hatte unzählige Male in seiner Nähe gespielt, aber es hatte immer so etwas wie eine unsichtbare Grenze gegeben, die sie nicht überschreiten durfte.

Einen Moment lang zögerte sie. Ihr Vater hatte ihr streng verboten, dort hinzugehen, und auch wenn sie eigentlich nicht besonders gehorsam war, galt das doch nicht für die Anweisungen ihres Vaters. Charlotte betete ihn an und wollte ihn nicht enttäuschen. Eigentlich wollte sie das Sklavendorf auch gar nicht sehen. Wenn sie diesen

Ort zu Gesicht bekäme, würde nichts mehr so sein wie vorher, das ahnte sie. Und Charlotte wollte nicht, dass sich die Dinge veränderten. Trotzdem war die Neugierde stärker gewesen als die Angst oder der Wunsch, es ihrem Vater recht zu machen.

Als die beiden Jungen die letzten Bäume hinter sich gelassen hatten, wagte Charlotte sich nicht weiter vor. Der Anblick dieses Ortes ließ ihr das Herz heftig in der Brust schlagen, ihr ganzes Wesen erzitterte. Es war schrecklich. Sie konnte nicht glauben, dass es auf New Fortune etwas so Fürchterliches gab. Der gepflegte Rasen, der bis auf die Baumwollfelder jeden Zoll der Plantage bedeckte, hatte hier einem gräulich und ausgezehrt wirkenden Boden Platz gemacht, auf dem die Hütten sich vollkommen willkürlich aneinanderdrängten.

Gänzlich unberührt von der sie umgebenden Armut, gingen Noah und Jeremias weiter und verschwanden in einer Hütte am Waldrand, die sich in keiner Weise von den anderen unterschied. Ein einfaches Fenster in der Rückwand war die einzige Öffnung, durch die Licht in diesen Holzkasten scheinen konnte. Irgendetwas in Charlottes Seele rebellierte beim Anblick dieses Ortes. Aber sie wollte dem keine Beachtung schenken. Sie versuchte sich einfach nur auf die beiden Jungen zu konzentrieren, um all die Bilder abzuwehren, die ihr Herz bestürmten.

Immer noch im Schutz des Waldes, schlich Charlotte zu einer Eiche, die genau hinter der Hütte stand, in der Noah und Jeremias gerade verschwunden waren. Sie wollte unbedingt wissen, was in der Hütte geschah, aber ihre Füße weigerten sich, noch weiter zu gehen. Dabei war das Fenster so nah, es waren nur ein paar Schritte bis dorthin. Gerade als Charlotte den nötigen Mut zusammengenommen hatte, um das Versteck zu verlassen, bewegte sich etwas hinter ihr. Wie ein Blitz rannte sie los in Richtung Herrenhaus.

Nachdem sie das Sklavendorf gesehen hatte, erwog sie, zu ihrem Vater zu gehen. Sie wollte wissen, warum es auf New Fortune einen solchen Ort gab. Aber sie überlegte es sich anders. Ihr Vater sollte nicht erfahren, dass Charlotte sich trotz seines Verbots diesem Bereich genähert hatte. Sie erinnerte sich daran, dass der Vater ihr unzählige Male erklärt hatte, dass Sklaven anders waren als weiße Menschen und auch nicht die gleichen Bedürfnisse hatten.

Trotzdem hatte Charlotte das Gefühl, dass nicht einmal die Sklaven unter solchen Bedingungen leben sollten. Sogar Hortensias Vögelchen hatte einen hübschen goldenen Käfig mit einer Schaukel.

Aber ihr Vater konnte sich nicht irren. Die Sklaven waren nicht wie sie, und sosehr ihre Mutter auch versuchte, sie vom Gegenteil zu überzeugen, ihr Vater hatte ihr das Versprechen abgenommen, diese Tatsache niemals zu vergessen. So hatte Charlotte also beschlossen, nicht mehr an den Vorfall zu denken und nie wieder einen Fuß an diesen schrecklichen Ort zu setzen.

Aber jetzt, nur eine Woche später, war alles anders. Dieser Dummkopf Noah hatte vergessen, wo er hingehörte, und hatte erreicht, dass Charlotte dafür bestraft wurde. Dabei würde ihre Mutter diesem Jungen ohnehin niemals Lesen und Schreiben beibringen können. Jeder Weiße wusste, dass schwarze Kinder nicht schlau genug waren, um etwas zu lernen. Und mit diesen Rachegedanken, die ihr Bewusstsein vollkommen ausfüllten, lenkte sie ihre Schritte erneut in Richtung Sklavendorf.

Als sie näher kam, verschwand der gepflegte Rasen, und

eine Unzahl ausgetrockneter, kreuz und quer verlaufender Feldwege tauchte auf. Obwohl die Hütten sich alle glichen, fiel es ihr nicht schwer, diejenige wiederzuerkennen, in der Noah und Jeremias vor ein paar Tagen verschwunden waren. Sie erinnerte sich sehr gut an den dicken und knorrigen Baumstamm, der ihr als Versteck gedient hatte. Obwohl sie wusste, dass zu dieser Tageszeit alle Sklaven auf den Feldern waren, war sie vorsichtig. Sie wollte auf keinen Fall entdeckt werden, weder von einem verspäteten Sklaven, der die Hütten noch nicht verlassen hatte, noch von einem, der vor Ende des Arbeitstages zum Dorf zurückkehrte.

Sobald sie sicher sein konnte, dass keine Gefahr drohte, verließ sie den Schutz des Waldes und rannte zu der Hütte. Sie drückte sich eng an die Wand und schlich vorsichtig um die Hütte herum. Dann stand sie vor dem Eingang.

Ihr Herz klopfte so laut, dass sie beinahe fürchtete, die Schläge könnten sie verraten. Stockend atmete sie ein, rang förmlich nach Luft, während Furcht ihre Bewegungen lähmte. Sie konnte sich nicht daran erinnern, jemals solche Angst gehabt zu haben. Aber sie würde sich nicht aufhalten lassen. Ein ausgehungerter, müde aussehender Hund strich an ihr vorbei und hob nicht einmal den Kopf. Charlotte wollte sich nicht umsehen. Weder wollte sie die Reste der Lagerfeuer betrachten, über denen die Sklaven kochten, noch herausfinden, wo der starke Geruch nach menschlichen Ausscheidungen herkam. Obwohl sie sich so sicher war, dass die Bewohner dieser Siedlung nicht so waren wie sie selbst, überkam sie eine seltsame Unruhe, als sie die Tür zu Noahs Hütte öffnete.

Sobald die Tür hinter ihr zugefallen war, kam es ihr so vor, als versuchte sogar das Sonnenlicht, diesem hoffnungslosen Ort schnell zu entfliehen. Niemals hätte Charlotte gedacht, dass jemand mit so wenigen Dingen leben konnte. Kalt und hart spürte sie die trockene Erde unter ihren Füßen. Der Raum war dunkel. Sie sah zwei Pritschen, wacklige Stühle, von denen der Lack abgeblättert war und die neben einem ebenso klapprigen Tisch von undefinierbarer Farbe standen. An einer Wand war ein einfaches Holzbrett als Regal angebracht. Darauf befanden sich eine Öllampe, je zwei Teller und Becher, die aus Blech zu sein schienen, und eine leere Konservendose, auf der man erste Rostflecken sah. Und mitten in dieser farblosen Welt entdeckte Charlotte die Umrisse des vielgepriesenen Schatzes, den ihr schlimmster Feind wohl vor der staubigen Erde hatte schützen wollen.

Als sie die Decke zurückschlug und die Schachtel entdeckte, war Charlotte nicht einmal überrascht, dass der Sklave dieses einfache Behältnis aus Pappe so bewunderte. Es war so strahlend neu, dass es selbst ihr inmitten dieser armen und schäbigen Umgebung wertvoll vorkam, und dabei hatte sie den Schachteln, in denen Hüte aufbewahrt und Kleider geliefert wurden, vorher nie Beachtung geschenkt.

Der Schatten eines Zweifels begann an Charlotte zu nagen. Vielleicht hatte ihre Mutter gar nicht so unrecht, und die Sklaven waren nicht anders als sie selbst. Allein dieser Gedanke ließ sie von Kopf bis Fuß erzittern. Aber dann fielen ihr die Worte des Vaters wieder ein. Sie durfte kein Mitleid haben, hatte er ihr erst am Tag zuvor gesagt. Wenn man zuließ, dass die Sklaven vergaßen, wo sie hingehörten, würde Chaos in der Welt ausbrechen. Schon bald würden sie ihre Freiheit verlangen und in die Schule und die Kirche gehen wollen. Und noch bevor man etwas dagegen tun könnte, würden die Slaven sich gegen ihre weißen Herren auflehnen. Das war schon einmal geschehen, nur wenige Jahre vor Charlottes und Hortensias Geburt.

In Southampton County, dem benachbarten Bezirk, hatte ein Sklave namens Nat Turner beschlossen, sein Volk aus der Sklaverei zu befreien. Charlotte erinnerte sich gut an den Namen, weil ihr Vater ihn bei verschiedenen Gelegenheiten wiederholt hatte und weil es den Sklaven auf New Fortune, genau wie auf den meisten Plantagen der Umgebung, aufs strengste verboten war, ihre Söhne Nat zu nennen. Turner und sieben seiner Anhänger waren mitten in der Nacht in das Haus ihres Herren eingebrochen und hatten ihn und seine Familie ermordet. Danach hatten sich viele Sklaven Turner angeschlossen und ihren Weg in die Freiheit mit Blut getränkt. Als Turner und seine Anhänger Monate später schließlich hingerichtet wurden, hatten sie mehr als fünfzig weiße Männer, Frauen und Kinder getötet.

Seither waren über zehn Jahre vergangen, aber wenn jemand den Sklaven erwähnte, der damals sein Volk befreien wollte, rutschten die Weißen noch immer unruhig auf ihren Stühlen herum.

«Sklaven sind von Natur aus undankbar und rachsüchtig», hatte ihr Vater erklärt. «Sie haben kein Ehrgefühl und halten ihr Wort nicht. Und wenn du nicht willst, dass sie vergessen, wo ihr Platz ist, solltest du nicht vergessen, wo deiner ist», hatte er ihr gesagt.

Charlotte wusste genau, was ihr Vater meinte. Als ihre Mutter zuließ, dass ein Sklave gemeinsam mit ihnen unterrichtet wurde, hatte sie vergessen, wo ihr Platz war. Damit hatte sie unbewusst die ganze Familie in Gefahr gebracht. Aber Charlotte wusste, was sie zu tun hatte, und bevor die

Zweifel an der Überlegenheit der Weißen sich in ihrem Herzen einnisteten, würde sie diese vertreiben.

Sie schleuderte die Schachtel zu Boden und sprang mit beiden Füßen auf ihr herum. In nur einem Augenblick hatte sie sie zerstört.

Als die Schulstunde vorbei war, rannte Noah zur Hütte. Er musste sich umziehen und so schnell wie möglich auf die Felder, um bei der Erntearbeit zu helfen.

Er konnte es kaum erwarten, zu seiner Mutter zu laufen und ihr zu erzählen, dass er eine Schiefertafel und Kreide bekommen hatte. Er war so aufgeregt, dass er die Schachtel erst auf den zweiten Blick bemerkte.

Sie war kaputt! Jemand war so sehr auf ihr herumgetrampelt, dass sie völlig zerrissen war.

Noah stieß einen Schrei aus und – vergessen war seine neue Kleidung – kniete sich auf den Boden, um die verstreuten Einzelteile zusammenzusuchen. Wer hatte etwas so Furchtbares tun können?, fragte er sich und fing bitter an zu weinen, während er sich die staubbedeckten Überbleibsel seines wertvollen Schatzes an die Brust drückte.

Clarisse Gassaud war zweiundvierzig Jahre alt, als sie zum ersten Mal den Fuß auf den nordamerikanischen Kontinent setzte. In den Schoß einer wohlhabenden Marseiller Adelsfamilie hineingeboren, wuchsen Clarisse und ihr Bruder inmitten von Luxus auf. Nichts war für die Gassauds gut genug. Doch eines Tages, Clarisse hatte die zwanzig kaum überschritten, starb ihr Vater, und alles brach zusammen. Durch ein Leben in Exzess und Müßiggang hatten ihre Eltern nur ein Menschenalter gebraucht, um das Familienvermögen zu verprassen. Nicht einmal die Revolution hatte Derartiges vermocht.

Sie waren ruiniert. Zu arm, um einen wohlhabenden Mann von Stand zu heiraten, und zu klug, um eine einfache Arbeiterin zu sein, entschied Clarisse sich für die einzige Möglichkeit, die einer Frau ihrer Herkunft offenstand, wenn sie nicht den Schleier nehmen wollte. Sie wurde Gouvernante.

Es war zwar nicht ganz einfach, eine Anstellung zu finden, aber dank der Freunde, die ihr noch geblieben waren, kam sie bei den Rambadots unter. Diese ordinäre Familie hatte mit einem Marktstand am Hafen ein Vermögen angehäuft, aber alle Juwelen und Parfüms der Welt konnten den Geruch nach Fisch nicht überdecken, der jeder ihrer Gesten entströmte.

Eine gute Aussteuer verhalf den vier Rambadot-Töchtern zu Ehemännern von hohem Stand, aber geringen Einkünften, die die Fischersfamilie endlich auch in die höchsten Sphären der Marseiller Gesellschaft einführten. Fast zwanzig Jahre hatte Clarisse in den Diensten der Rambadots gestanden, aber als die Familie ihre Ziele schließlich erreicht hatte, war ihre Gegenwart nicht mehr notwendig, und man entledigte sich ihrer mit einer Gleichgültigkeit, als wäre sie ein alter Hund.

Zum zweiten Mal in ihrem Leben wusste sie nicht, wohin sie sollte. Aber obwohl sie sich gedemütigt und gekränkt fühlte, war Clarisse im Grunde höchst erleichtert, diese Familie los zu sein. Sie hatte sie immer verachtet. Hätte der Adel sich nicht für eine Handvoll Münzen kaufen lassen, hätten sie niemals Zugang zu den besten Kreisen der Gesellschaft gefunden. Als Clarisse feststellen musste, dass solche Menschen nun die gleiche gesellschaftliche Stellung einnahmen wie früher ihre Eltern, brach ihre Welt wie ein Kartenhaus zusammen. Denn trotz all der erlittenen Entbehrungen hatte sie sich immer an die Überzeugung geklammert, diesen Menschen überlegen zu sein. Und diese Gewissheit hatte ihr geholfen, ihr demütigendes Leben zu ertragen. Jetzt aber waren diese dummen Mädchen Marquisen und Gräfinnen geworden, gingen auf Bälle und in die Oper, während sie, eine Tochter der alten Grafenfamilie Gassaud, nur eine Gouvernante war, ohne Anstellung und arm wie eine Kirchenmaus.

Als sie dann aus reinem Zufall eine Anzeige entdeckte, in der eine Gouvernante in Übersee gesucht wurde, zögerte sie nicht. Ihre Verpflichtungen würden sich auf den Unterricht beschränken, und sie würde sogar ein eigenes Haus bewohnen. Das Angebot, in die Neue Welt zu reisen und die Hauslehrerin der Töchter eines Plantagenbesitzers zu werden, kam ihr reizvoll vor. Es war die ideale Gelegenheit, Marseille zu verlassen und neu anzufangen. Vorher allerdings musste sie noch eine letzte Demütigung über sich ergehen lassen. Sie musste den ordinären Fischer um ein Empfehlungsschreiben bitten.

Zwei Wochen nachdem Mademoiselle Gassaud auf New Fortune angekommen war, hatte sie noch immer nur zwei Schüler, darunter einen Farbigen.

«Wie ist es im Unterricht?», fragte Charlotte eines Nachmittags ihre Schwester.

«Es ist schön. Aber du fehlst mir. Wann kommst du endlich auch?»

Charlotte schüttelte den Kopf und spielte mit ein paar Steinen in ihrer Tasche.

«Das hängt von Mama ab.»

«Ach, Charlotte. Noah ist ein sehr kluger Junge. Er lernt sehr schnell. Er kann schon seinen Namen schreiben.»

Obwohl Charlotte nicht viel von Buchstaben verstand, wusste sie doch, dass der Name des Sklaven sehr viel einfacher war als der ihrer Schwester. «Er ist schließlich älter als wir», gab sie trotzig zurück. «Und mit einem so kurzen Namen hätte das jeder gelernt.»

«Aber er kann auch meinen Namen schreiben. Und deinen auch!»

Das hatte gesessen. Auf keinen Fall konnte Charlotte zulassen, dass ein Sklave ihren Namen schrieb, bevor sie selbst es konnte. Am nächsten Tag schluckte sie ihren Stolz hinunter und nahm an ihrer ersten Schulstunde teil.

❧

«Großvater!», riefen die Mädchen im Chor.

Gaston Lacroix drehte sich zu seinen Enkelinnen um und breitete die Arme aus, um die Kinder in Empfang zu nehmen. *«Mes petites!»*

«Mama hat uns gar nicht gesagt, dass du kommst», beschwerte sich Charlotte, während der Großvater sie nacheinander in die Luft hob.

«Es war auch eine Überraschung!»

Katherine beobachtete ihren Vater. Seit er sie das letzte Mal besucht hatte, hatte er zugenommen, und obwohl er versuchte, es sich nicht anmerken zu lassen, wurden ihm die Mädchen schnell zu schwer. «Kommt, Kinder. Lasst euren Großvater.»

Gaston Lacroix stellte jetzt Hortensia vorsichtig wieder auf dem Boden ab und richtete sich auf. «Seit meinem letzten Besuch seid ihr ganz schön gewachsen», keuchte er.

Stolz reckte sich Charlotte, damit ihr Großvater sehen konnte, wie groß sie geworden war.

«Und Hortensia ist noch mehr gewachsen!» Sie zog ihre Schwester, die noch ein gutes Stück größer war, zu sich heran.

«Aus dir wird eine sehr große junge Dame werden.» Mit der Handfläche markierte er die Stelle an seiner Brust, an die der Kopf seiner Enkelin reichte.

Hortensia lächelte. «Großväterchen, wir haben schon die Geschichten gelesen, die du uns letztes Jahr geschenkt hast.»

«Habt ihr sie mit Mama gelesen?»

Rasch verneinte Hortensia. «Nein, mit Mademoiselle Gassaud.»

«*Mon Dieu!* Und wer ist Mademoiselle Gassaud?»

«Die Gouvernante der Mädchen», fiel Katherine ein. «Sie ist am Anfang des Sommers angekommen.»

Überrascht erstrahlte Gastons Gesicht, als er den Namen der Hauslehrerin vernahm. *«De la France?»*

«Oui, papa, de la France», antwortete Katherine.

«Lernt ihr denn viel bei Miss Gassaud?»

Die beiden Mädchen nickten.

«Und haben euch die Geschichten gefallen?»

«Sie waren wundervoll, Großvater!», rief Hortensia aus. «Und Noah haben sie auch sehr gefallen.»

«Noah? Und wer ist Noah?»

«Noah …», Hortensia wusste nicht, wie sie es sagen sollte, «das ist ein Junge …»

«Es ist der Sklave, der mit uns zum Unterricht geht», erklärte Charlotte mit Unschuldsmiene. Sie wusste nur zu gut, dass niemand außerhalb von New Fortune erfahren durfte, dass ein Sklave gemeinsam mit ihnen am Unterricht teilnahm. Ihr Vater hatte ihr erklärt, welche Unannehmlichkeiten das für ihre Mutter haben konnte, und sie hatte ihm versprechen müssen, mit niemandem darüber zu reden. Aber der Großvater gehörte zur Familie. Und Charlotte wollte keinesfalls eine Gelegenheit verstreichen lassen, um ihrer Unzufriedenheit Ausdruck zu verleihen und einen Verbündeten zu suchen.

Hortensia schubste ihre Schwester heimlich, damit sie nicht noch mehr sagte, aber Charlotte blieb ungerührt.

Obwohl man nicht die Spur einer Veränderung in Gaston Lacroix' Gesichtsausdruck sah, loderten seine Pupillen auf. Katherine vermied es, ihn direkt anzusehen.

«Sehr gut», sagte er und schnippte laut mit den Fingern. «Wer errät wohl, für wen diese Kästchen sind?»

Sofort hatten die Mädchen Noah vergessen und wandten sich dem Tisch zu, auf den der Großvater zeigte.

Dort standen zwei Holzkästchen. Sie sahen so ähnlich aus wie die Zigarrenkästchen ihres Vaters, nur etwas breiter.

«Sind die für uns?»

«So ist es. Für jede eines.»

Charlotte hatte schnell das Kästchen an sich genommen, auf dem ihr Name eingeprägt war. Als sie es öffnete, blieb ihr der Mund offen stehen.

«Sie sind aus Gold», erklärte Gaston Lacroix. «Eine für jeden Geburtstag.»

Auch Hortensia öffnete den Verschluss ihres Kästchens

mit zitternden Händen und betrachtete gebannt die Goldmünzen darin.

«Schaut sie euch einmal genau an», meinte Gaston Lacroix und nahm jeweils die erste Münze aus den Kästchen. «Auf dieser hier ist dein Name und der Tag eurer Geburt eingraviert.» Er zeigte sie Hortensia. «Und dies ist deine, Charlotte.»

Lacroix legte die Münzen wieder in die mit Samt ausgeschlagenen Mulden und zeigte auf die beiden folgenden.

«Seht ihr? Hier erscheint das Datum eures ersten Geburtstages, und des zweiten, des dritten ... für jeden Geburtstag eine Münze. Und von jetzt an werde ich euch jedes Jahr eine neue schenken.»

Gaston Lacroix freute sich an den staunenden Gesichtern seiner Enkelinnen.

«Außerdem», flüsterte er geheimnisvoll, «hat mir ein Vögelchen gezwitschert, dass es vielleicht noch eine Überraschung gibt ...»

«Geschenke?», rief Charlotte, als sie das Kästchen schnell wieder zuklappte.

«Wer weiß?», antwortete Lacroix. «Ich weiß nur, dass das Vögelchen aus eurem Zimmer geflogen kam.»

Behutsam strich Hortensia über die Münzen und klappte ihr Kästchen langsam zu. Dann ging sie zu ihrem Großvater und gab ihm einen Kuss. «Danke! Das ist das schönste Geschenk, das ich je bekommen habe.»

Dann rannten die beiden Mädchen in ihr Zimmer.

«Du verwöhnst sie zu sehr», mahnte Katherine ihn liebevoll, als die Mädchen sie allein gelassen hatten.

Lächelnd zuckte ihr Vater mit den Schultern.

Gaston Lacroix hatte es sich auf der Veranda gemütlich gemacht, als Katherine zu ihm trat und ihn mit einem Kuss begrüßte.

«Wie war der Spaziergang?»

Der Saum ihres Kleides war mit Dreck verschmutzt. «Angenehm», antwortete sie.

«Leistest du mir ein wenig Gesellschaft?»

«Natürlich, Papa.»

Lacroix wartete, bis Katherine an seiner Seite Platz genommen hatte. «New Fortune ist wirklich ein wunderschöner Ort», sagte er sinnierend und ließ seinen Blick über die Hügel schweifen, von denen die Plantage umgeben war.

«Das stimmt.»

«Katherine ...?»

«Ja, Vater?»

Am nächsten Tag würde Gaston nach New Orleans zurückkehren, nachdem er fast zwei Wochen auf New Fortune verbracht hatte. Und obwohl Katherine und David sich bemüht hatten, den Schein zu wahren, spürte Gaston die Spannung, die zwischen ihnen herrschte.

«Bist du glücklich?»

Katherine legte ihrem Vater die Hand auf den Arm. «Ich habe mir mein Leben selbst ausgesucht.»

Gaston schien über die Worte seiner Tochter nachzudenken. «Heute habe ich Noah kennengelernt.»

«Noah?»

«Ja.» Er nickte. «Ohne Frage ein intelligenter, aufgeweckter Junge. Er erinnert mich daran, wie sein Vater war, als ich ihn gerade kennengelernt hatte.»

«Wie hast du es herausgefunden?»

Gaston lächelte. «Noch bin ich weder zu alt noch zu dumm, um zu bemerken, was in meiner Umgebung vor sich geht. Ein Sklave, der mit den Töchtern seiner Herrschaft zur Schule geht! Ich kenne dich, Katherine. Du willst ihn damit demütigen.»

«Das stimmt nicht. Ich sorge mich nur um das Wohlergehen des Kindes.»

«Bist du sicher, dass du es für das Kind tust?»

Bei dieser Frage ihres Vaters spürte Katherine ein leichtes Unbehagen. «Wie kann es für ein Kind, das immer ein Sklave bleiben wird, gut sein, Wissen zu erwerben? Du wirst den Jungen nur noch unglücklicher machen. Katherine, wenn dir wirklich etwas an der Zukunft dieses Jungen und seiner Mutter liegt, kann ich sie nach New Orleans mitnehmen. Bei mir wird es ihnen gutgehen.»

Zwar wusste Katherine tief in ihrem Inneren, dass ihr Vater nicht unrecht hatte, aber sie wollte es nicht zugeben.

«Er hat mich betrogen», sagte sie.

Gaston Lacroix war immer ein praktisch veranlagter Mensch gewesen und hielt seine Tochter ebenfalls dafür. «Du bist eine kluge, erwachsene Frau. Und auch wenn man nicht darüber spricht, musst du wissen, dass es durchaus üblich ist, dass weiße Männer zu ihren Sklavinnen gehen ... Das war schon immer so. Eine Frau sollte wissen, wann sie wegschauen muss.»

«Ich kann das nicht, Papa. Und es überrascht mich, dass du das von mir verlangst.»

«Ich verlange es nicht von dir, ich glaube einfach, du solltest nachdenken und gerecht sein. Als David den Jungen gezeugt hat, kannte er dich nicht einmal.»

«Er hat mich betrogen», wiederholte Katherine und dachte dabei an Molly.

«Sei vorsichtig, Katherine. Verletzter Stolz ist ein schlechter Ratgeber. Eines Tages wird David es satthaben zu warten. Wenn du eure Verbindung zu sehr strapazierst, wird sie zerbrechen. Das Leben geht so schnell vorbei, meine Kleine. Lass nicht zu, dass Groll das deine zerstört. Wenn du ihm nicht verzeihen kannst, dann verlass ihn. Komm mit mir nach Hause zurück.»

«Danke, Papa, aber mein Platz ist hier.»

«Wie du willst, Katty. Aber vergiss nicht, dass Deux Chemins immer dein Zuhause sein wird. Was auch immer geschieht.»

«Ich werde daran denken, Papa.»

«Miss Charlotte, können Sie mir das Ergebnis nennen?»

Charlotte hatte die Frage nicht gehört. Verstohlen blickte sie zum benachbarten Pult, aber Hortensia schien ebenso verloren zu sein wie sie selbst. «Zwanzig», antwortete sie aufs Geratewohl.

«Miss Hortensia. Fünfzehn mal zwei?» Müde wiederholte die Gouvernante ihre Frage.

Wenn es etwas gab, das Hortensia nicht mochte, dann war es Rechnen. Sie liebte es, zu malen und den schönen Geschichten und Märchen aus den Büchern zu lauschen, aber es lag auf der Hand, dass Zahlen nichts für sie waren. Sie warf einen Blick in ihr Heft, in dem zwei hässliche Striche neben einer dritten Zahl zeigten, dass sie ihre Meinung mehrmals geändert hatte.

«Dreißig?», brachte sie verzagt vor.

«Richtig.»

Erleichtert seufzte das Mädchen. Aber bevor sie sich entspannen konnten, hatte Mademoiselle Gassaud schon eine weitere Aufgabe an die Tafel geschrieben.

Charlotte verzog das Gesicht, als sie die vielen Siebenen sah, die in der Rechenaufgabe enthalten waren. Siebenen hatte sie noch nie gemocht.

«Siebenundsiebzig mal sieben?»

Zum zweiten Mal drehte Charlotte sich hilfesuchend nach Hortensia um, aber die zuckte mit den Schultern.

«Weiß jemand die Antwort?»

Die beiden Mädchen steckten die Köpfe tief in ihre Hefte und wagten nicht aufzublicken. Und Noah tat gar nichts. Er hatte die Aufgabe noch nicht einmal in sein Heft geschrieben. Schon vor einiger Zeit hatte er festgestellt, dass er für Mademoiselle Gassaud nicht existierte. Außerdem mochte er die hochnäsige Frau mit dem verkniffenen Gesicht nicht. Die vorstehende Nase und die schmalen, eng zusammenstehenden Brauen, die sich in der Mitte abwärts neigten, verliehen ihr das Aussehen ständiger schlechter Laune. Die farblosen Lippen hoben sich kaum von der blassen Haut ab. Verstohlen betrachtete Noah die Hände der Lehrerin, ihren langen und dünnen Hals, und versuchte dann, sich vorzustellen, wie die braunen, sauer dreinblickenden Augen wohl aussahen, wenn sie in einem Lächeln erstrahlten. Dabei entstand plötzlich ein ganz anderes Bild von Mademoiselle Gassaud, ohne den schrecklichen Dutt und die Brille, die ihr an einem Kettchen um den Hals hing. Und er dachte überrascht, dass sie eigentlich eine schöne Frau gewesen sein musste.

Als Noah vor einem Jahr mit dem Unterricht angefangen hatte, standen die drei Pulte noch in einer Reihe, aber Mademoiselle Gassaud hatte nach wenigen Wochen verfügt, die Mädchen nach vorne zu setzen und Noah dahinter, neben die Tür, um das Schulzimmer harmonischer zu gestalten, wie sie sagte.

«Vielleicht weiß Noah die Lösung, Mademoiselle Gassaud», sagte Charlotte, die aus den Augenwinkeln erspäht hatte, dass Noahs Heft leer war.

Die Gouvernante musste nur den Namen des Jungen hören, damit sie sich noch etwas gerader aufrichtete. Seit dem ersten Unterrichtstag sagte sie sich, dass sie ihn einfach nicht beachten würde. Außerdem war sie davon überzeugt, dass ein Sklave nicht fähig wäre, irgendetwas zu lernen. Das würde auch Mrs. Parrish bald einsehen müssen und sich schließlich geschlagen geben. Dann würde man ihn wieder auf die Baumwollfelder schicken, wo er wahrscheinlich hergekommen war, und sie wäre ihn los. Die Ordnung wäre wiederhergestellt.

Aber trotz allem lernte der Sklave, und zwar schneller als jeder andere Schüler vor ihm. Diese Aufgabe hatte er jedoch nicht einmal von der Tafel abgeschrieben. Vielleicht wusste er die Lösung nicht. Clarisse wollte unbedingt beweisen, dass dieser Junge nicht so intelligent war, wie es den Anschein hatte. Einige grundlegende Prinzipien durften sich einfach nicht verändern. Genauso wenig wie Fischverkäufer zum Adel aufstiegen, konnte ein Sklave so klug sein wie ein Weißer.

«Sie!»

Noah hob den Kopf und deutete mit dem Finger fragend auf seine Brust.

«Ja, Sie», wiederholte Mademoiselle Gassaud streng. «Wie viel ist siebenundsiebzig mal sieben?»

Die Mädchen drehten sich um. Noah spürte, wie Charlotte ihn förmlich anstarrte. Mademoiselle Gassaud hingegen versuchte, ihm nicht direkt ins Gesicht zu sehen. Aber er hatte durchaus schon bemerkt, wie sie ihn ansah, wenn sie sich unbeobachtet glaubte. Dann erkannte er das Feuer in ihren Augen. Auf die gleiche Weise sah auch sein Vater ihn an. Hinter dieser Frage versteckte sich tiefer Hass.

Noah zögerte. Er wusste nicht, ob er antworten sollte.

Ein triumphierendes Lächeln zeigte sich auf Charlottes Gesicht. Nur Hortensia versuchte, ihn mit ihrem Blick zu ermutigen. Noah wusste, dass sie Vertrauen in ihn hatte.

«Fünfhundertneununddreißig», brachte er mit dünner Stimme hervor.

Hasserfüllt blickte Mademoiselle Gassaud ihn an. «Können Sie das wiederholen?»

«Fünfhundertneununddreißig.»

Die Lehrerin drehte sich um und löste die Rechenaufgabe an der Tafel. Eine nach der anderen erschienen die Zahlen, drei, neun ... und als die Fünf auf dem schwarzen Untergrund der Tafel Form annahm, wurde die Kreide langsamer und zerbrach. Charlottes anmaßendes Lächeln wich einer erstaunten Grimasse. Jetzt schenkte Hortensia dem Sklavenjungen das süßeste Lächeln, an das er sich erinnern konnte. Und zum ersten Mal seit Beginn des Unterrichts lächelte auch Noah.

Clarisse Gassaud brauchte ein paar Sekunden, um die Fassung wiederzuerlangen und sich erneut ihren Schülern zuzuwenden. Dieser dumme Sklave hatte sie gedemütigt, und das würde sie ihm nicht verzeihen. Sie faltete die Hände vor dem Schoß, begab sich mit festem Schritt zu ihrem Pult und öffnete das Lesebuch. Die Mathematikstunde war vorbei.

«Beginnen Sie, Miss Charlotte.»

Augenblicklich verschwanden die Mathematikhefte von den Pulten und wurden durch die Lesebücher ersetzt.

Noch immer wütend darüber, dass sie Noah nicht hatte

bloßstellen können, öffnete Charlotte das Buch an der Stelle, an der sie das letzte Mal aufgehört hatten. Stockend begann sie zu lesen.

Es handelte sich um die «Reise um die Welt» des großen englischen Seefahrers James Cook. Im Moment lasen sie das Kapitel, in dem er von der Entdeckung einer sehr entlegenen Insel namens Neuseeland erzählte. Ihre Einwohner waren Wesen mit dunkler Haut, wild, gewalttätig und halbnackt, die ihre Ohrläppchen mit Tierknochen durchbohrten und ihre Körper von Kopf bis Fuß tätowiert hatten. Sogar eine Illustration zeigte das furchterregende Aussehen jener Wilden.

Charlotte ärgerte sich darüber, dass Hortensia sich so gut mit Noah verstand. Aber ihre Schwester konnte nichts dafür. Sie war gut und vertrauensselig, und im Unterschied zu Charlotte wusste sie nichts über die wahre Natur der Sklaven. Hortensia hatte die Geschichten ihres Vaters nie gemocht. Sie wollte nichts von Nat Turner hören und den schrecklichen Dingen, die er getan hatte. Zwar warnte Charlotte ihre Schwester ständig davor, wie gefährlich es war, sich mit den Sklaven abzugeben, aber immer wenn sie davon anfing, beschränkte Hortensia sich darauf zu erklären, dass sie Noah mochte und für einen sehr sympathischen und intelligenten Jungen hielt.

Auch jetzt lächelten die beiden sich glücklich zu und achteten gar nicht auf den Text, den Charlotte ohne große Leidenschaft vortrug. Aber die Stelle über die Wilden und die Illustration dazu hatten Charlotte auf eine Idee gebracht. «Mademoiselle Gassaud?»

Die Lehrerin blickte auf. «Miss Charlotte? Wünschen Sie etwas?»

Der schneidende Ton in der Stimme der Gouvernante

verriet Charlotte, dass sie den Zwischenfall mit Noah noch nicht vergessen hatte. Das Mädchen hatte gleich bemerkt, dass diese einsilbige Frau heftigen Groll gegenüber dem Sklaven hegte. Neben der Tatsache, dass sie seine Gegenwart seit einem Jahr ignorierte, zeigten das auch die heimlichen Blicke, die sie ihm hinter ihrem Textbuch verschanzt zuwarf. Dabei glühten ihre Augen, und ihr Kiefer war angespannt. Diese Frau hasste den Sklaven, das hätte sogar ein Blinder bemerkt. Nur ihre Mutter ahnte nicht das Geringste.

Charlotte lächelte unschuldig. Das war ihre Gelegenheit. «Entschuldigen Sie, Mademoiselle Gassaud. Könnten Sie uns erklären, warum die Wilden und die Sklaven dunkle Haut haben?»

«Gott hat sie so erschaffen», antwortete die Lehrerin und sah Noah zum ersten Mal seit ihrer Ankunft auf New Fortune fest an.

Noah fühlte, wie er bis über beide Ohren errötete.

«Der Herr hat sie farbig gemacht, um sie zu zeichnen. So kann man sie vom weißen Mann unterscheiden, den Er nach seinem Bild erschaffen hat», erklärte sie und ließ all dem Hass freien Lauf, den sie in ihrem Leben angehäuft hatte.

Hortensia warf Charlotte einen wütenden Blick zu, aber die achtete einfach nicht auf ihre Schwester.

Inzwischen hatte die Lehrerin die übliche Kontrolle über ihre Stimme wiedererlangt. Noah verstand nicht, wie es sein konnte, dass Mademoiselle Gassauds Stimme fern und kalt klang, während die seiner Herrin so sanft und warm war, wo doch beide die gleiche Sprache sprachen.

Um den feindseligen Blicken zu entgehen, die ihn

förmlich durchbohrten, senkte Noah den Kopf so weit hinunter, wie er konnte. Am liebsten wäre er weggelaufen, aber doch hielt ihn etwas zurück. Er wollte wissen, warum er anders war. Warum war seine Haut dunkel und die seiner Schwestern hell? Oft schon hatte er danach fragen wollen, aber wen? Seine Mutter wollte er nicht traurig machen, und er glaubte nicht, dass einer der anderen Sklaven die Antwort kannte. Heute würde er es endlich erfahren.

«Die dunkle Haut zeichnet jene, die Satan dienen», fuhr Mademoiselle Gassaud fort.

Bei der Erwähnung von Satan hielten Charlotte und Hortensia erschrocken den Atem an. Auch Noah blieb reglos sitzen. Er durfte nicht einen Laut verpassen. Alles wollte er wissen. Er versuchte, den Namen dieses mächtigen Herrn im Kopf zu behalten, aber im Unterschied zu seinen Schwestern, die ihn zu kennen und zu fürchten schienen, hatte Noah noch nie von ihm gehört.

Die drei Schüler wagten nicht einmal zu blinzeln.

«Zu Anbeginn der Zeit, als sich der Herr der Finsternis gegen unseren Gott auflehnte, schlossen sich ein paar missgünstige Wesen den Horden des Bösen an. Trotzdem triumphierte das Gute. Der Aufstand wurde niedergeschlagen, und der bösartige und gehässige Satan, der sich gegen den eigenen Vater aufgelehnt hatte, wurde in die Hölle verbannt. Nach dieser Niederlage wurden alle verflucht, die sich vom Allmächtigen abgewandt hatten und dem Verräter folgten.»

Hier machte Mademoiselle Gassaud eine wirkungsvolle Pause. Noah schluckte, und Hortensia und Charlotte fassten sich an den Händen.

«Ihrer Seelen beraubt, wurden sie und ihre Nachkommen dazu verdammt, wie Wilde über die Erde zu wandeln. Damals ist ihre Haut dunkel gefärbt worden, damit sie ihren Verrat nicht verbergen konnten. Der Herr hat das zu unserem Schutz getan. So können sie uns nicht mit ihren hinterlistigen Worten über ihre gehässige Natur hinwegtäuschen. Seither müssen sie den weißen Männern und Frauen dienen, die unserem Gottvater treu geblieben sind. Das ist ihre Strafe, und die Farbe ihrer Haut ist ihre Schmach.»

Sosehr er sich auch anstrengte, Noah konnte sich nicht erinnern, jemals diesem schrecklichen Herrn Satan gedient zu haben, und er glaubte auch nicht, dass seine Mutter es getan hatte. Er hatte immer geglaubt, dass sie auf einer Plantage in der Nähe geboren war und an Master Parrish verkauft wurde, als sie noch ein Kind war. Vielleicht waren die Vorfahren schuld, von denen Mademoiselle Gassaud gesprochen hatte. Als er seine dunkle Haut betrachtete, verstand Noah zum ersten Mal den Grund für die Verachtung im Blick seines Vaters. Im Unterschied zu seinen Schwestern war er mit dem Zeichen für Satans Verrat geboren worden. Master David musste also denken, dass er ihn eines Tages verraten würde. Aber das stimmte nicht. Als sie ihn einfärbten, hatten sie sich geirrt. Er war nicht böse, und selbst wenn er dieses Ding namens Seele nicht hatte, war er auch kein Wilder. Und das würde er beweisen. Als Mademoiselle Gassaud ihm in die Augen gesehen hatte, hatte sie gesagt, dass seine dunkle Haut nur gefärbt war. Und Farbe ging ab, auch wenn sie in einer dünnen Schicht an seinem Körper haftete. Er hatte das bei Hunderten von Möbeln auf der Plantage gesehen. Und er konnte das auch, er konnte diese dunkle Schicht, die ihn in den Augen seines Vaters böse und gehässig machte, abreißen und sich in ein weißes Kind verwandeln, das man bedenkenlos lieben konnte.

Am nächsten Tag stand Noah im Morgengrauen auf. Es war Sonntag, und er musste nicht in die Schule. Er nahm einen rauen Schwamm aus Espartogras, den er aus dem Lager mitgenommen und unter dem Kissen versteckt hatte, und stahl sich lautlos aus der Hütte, damit seine Mutter nicht aufwachte.

Ohne dass ihn jemand bemerkte, lief er zwischen den Hütten hindurch und rannte dann flussaufwärts bis zu der Biegung, wo sich das Wasser in einem kleinen Bassin staute. Sie war von Bäumen umgeben, und am Ufer stand ein einfacher Grabstein mit frischen Blumen, wo der Leichnam einer freigelassenen Sklavin ruhte.

Nervös blickte Noah nach links und rechts. Er war ungeduldig, wollte aber nicht, dass ihn jemand entdeckte. Als er sicher war, dass ihn nicht einmal die Vögel beobachteten, zog er sich aus, nahm den Espartoschwamm aus der Hosentasche und tauchte ins eisige Wasser ein. Für einen Moment hörte das Blut auf, in seinen Adern zu zirkulieren, und seine Lippen wurden blau. Seine Zähne klapperten laut, aber er konnte nicht mehr zurück. Jetzt fing er an, sich mit dem harten Espartoschwamm abzuschrubben. Er rieb so kräftig, dass seine Haut rot wurde.

Vor Kälte ganz starr, schrubbte er immer weiter, ohne den Mut aufzubringen, sich anzusehen. Erst als er keine Kraft mehr hatte, betrachtete er hoffnungsvoll seinen Körper. Voller Schrecken entdeckte er, dass seine Haut zwischen all den Kratzern und dem Blut, das Tropfen auf den

Wunden bildete, genauso schwarz war wie vorher, und er begriff, dass kein Schwamm der Welt das ändern könnte. Mutlos ließ er den Schwamm los und schleppte sich aus dem Wasser. Als er sich am Ufer zu Boden fallen ließ, fing er untröstlich zu weinen an.

In jener Nacht hatte Katherine wie so oft nicht einschlafen können. Es war noch sehr früh am Morgen, als sie sich anzog und einen Spaziergang machte. Gerade wollte sie aus dem Dickicht der Bäume treten und Mollys Grab besuchen, als sie einen Jungen sah, der zum Ufer rannte. Es war Noah. Katherine zögerte einen Moment lang, aber sie beschloss, noch im Schutz der Bäume stehen zu bleiben und das Kind zu beobachten. Sie sah, wie er sich auszog und ins Wasser tauchte. Obwohl der Morgen angenehm war, musste das Wasser sehr kalt sein.

Aufmerksam beobachtete sie den Jungen, bis er sich kraftlos und besiegt zu Boden fallen ließ, das Gesicht tränennass.

Dann näherte Katherine sich ihm leise und setzte sich neben ihn ans Ufer. Er zitterte vor Kälte, und sein ganzer Körper war mit blutigen Schrammen bedeckt.

Als Noah merkte, dass die Herrin sein Geheimnis entdeckt hatte, spürte er Scham in sich aufsteigen und versank noch tiefer in all den verwirrenden Gefühlen, die ihm den Atem stocken ließen. Aber Herrin Katherine sagte nichts. Sie blieb nur bei ihm sitzen und deckte ihn mit ihrem wunderschönen Seidenschal zu, der mit Blumen in prachtvollen Farben bestickt war. Danach saßen sie nebeneinander schweigend da, bis die Sonne hinter dem Horizont erschien.

Katherine Lacroix erzählte nie jemandem Noahs kleines Geheimnis, und er würde niemals das Geheimnis seiner Herrin enthüllen. Er hatte es zufällig vor ein paar Tagen entdeckt, als er sich nah am Grab der freigelassenen Sklavin hinter den Bäumen versteckt hatte. Katherine sprach mit dieser Frau, und Noah konnte sogar ihre Worte verstehen. Sie erzählte von der Tochter, die die Sklavin nicht aufwachsen sehen konnte. So hatte Noah herausgefunden, was David niemals aus dem Mund seiner Frau erfahren würde.

An diesem Tag war zwischen dem kleinen Sklaven und seiner Herrin eine Freundschaft entstanden, die im Verlauf der Jahre immer weiter wachsen sollte.

Am nächsten Tag verließ Mademoiselle Gassaud die Plantage. Katherine Lacroix kümmerte sich von da an selbst um die Erziehung der drei Kinder ihres Mannes.

Fünf Jahre später
August 1851

· 13 ·

Katherine, ich wäre dir wirklich dankbar, wenn du dich heute etwas zurückhalten könntest.»

Das Ehepaar Parrish hatte in der Kutsche Platz genommen und wartete auf die Mädchen. Katherine sah ihren Mann an. «Hast du so viel Angst vor der Wahrheit?»

Davids Finger schlossen sich fester um den Elfenbeinknauf seines Spazierstocks. Diesmal würde er sich nicht aus der Fassung bringen lassen. «Du weißt genau, worauf ich hinauswill.» Doch er bekam keine Antwort. Obwohl Katherine ganz genau wusste, dass er sich auf ihre unangebrachten Bemerkungen über die Sklaverei bezog.

«Wenn du es schon nicht für mich tust, dann wenigstens für unsere Töchter.»

«Unsere Töchter? Alles, was ich tue, tue ich für sie, ganz im Gegensatz zu dir, David. Und ich werde auch alles dafür tun, damit sie ihrem Vater nicht zu ähnlich werden. Selbst wenn ich mich dafür mit allen anderen überwerfen muss.»

«Wie du willst», sagte er, entschlossen, Ruhe zu bewahren. «Aber denk daran, dass deine Töchter im Süden leben. Und dass ihre Landsleute so sind wie ich und so denken wie ich.»

«Nein. Nicht wie du.»

Schneidender Hass klang in ihren Worten mit. David wusste, dass er Katherines Sklavin nicht hätte anrühren dürfen. Aber es war längst zu spät für Gewissensbisse. Seit jenem Tag war zwischen ihnen etwas zerbrochen, und seine Frau war viel zu stolz und vielleicht auch zu verletzt, um ihm je zu vergeben.

«Möglicherweise sind die Leute nicht solche Ungeheuer wie ich», sagte er bitter. «Aber die Sklaverei ist Teil ihrer Lebensart. Wie übrigens auch deiner. Oder werden deine Kleider und dein Essen etwa nicht mit dem Schweiß und Blut der Sklaven bezahlt?»

Das war ein Schlag unter die Gürtellinie, David wusste das. Er hatte sie getroffen, wo es ihr am meisten wehtat. Katherines Augen funkelten, aber sie antwortete nicht.

«Vergiss bitte nicht, dass die Zukunft unserer Töchter von dem Ruf abhängt, den sie bei den Leuten genießen, die du so verachtest und zu denen du für die längste Zeit deines Lebens auch gehört hast, und zwar ohne die geringsten Gewissensbisse.»

Obwohl Katherine am liebsten protestiert hätte, musste sie sich voller Scham eingestehen, dass jedes Wort davon wahr war. Kurz trafen sich ihre Blicke. Noch immer brannte Feuer in ihren Augen, aber das warme Licht der Liebe war schon vor langer Zeit von den bösen und mächtigen Flammen des Hasses verdrängt worden.

Bevor Katherine antworten konnte, kam Hortensia aus dem Haus. Das Mädchen nahm den Arm, den der alte Thomas ihr bot, um auf das hohe Trittbrett der Kutsche zu steigen. «Ich bin so nervös …», gestand sie. Nachdem sie sich ihrem Vater gegenübergesetzt hatte, spannte sie ihren Schirm auf, um sich vor den Sonnenstrahlen zu schützen.

Vor kurzem war sie vierzehn geworden, aber erst in ein paar Jahren würde sie offiziell in die Gesellschaft eingeführt werden.

«Du bist wunderhübsch», redete David ihr zu. «Du hast überhaupt keinen Grund, nervös zu sein. Ganz bestimmt sind meine Töchter die hübschesten jungen Damen auf dem ganzen Ball.»

Hortensia dankte ihm seine aufmunternden Worte mit einem Lächeln.

«Und Charlotte?», fragte er. Doch eine Antwort war nicht notwendig, denn in diesem Augenblick kam die junge Frau aus dem Haus gerannt.

«Ich komme schon, Papa!»

Mit Schwung stieß Charlotte sich vom Boden ab, setzte ihren Fuß auf das Trittbrett und sprang beinahe in die Kutsche. Dabei ignorierte sie geflissentlich den Sklaven, der ihr den Arm hinhielt. «Es tut mir leid», entschuldigte sie sich und ließ sich auf den Sitz plumpsen. «Ich konnte mein Haarband nicht finden.»

Geduldig hatte Thomas darauf gewartet, dass Charlotte ihren Platz eingenommen und aufgehört hatte herumzuzappeln. Erst jetzt schloss er die Tür der Kalesche. Sekunden später gab David das Startsignal, und die Räder begannen, sich um ihre Achsen zu drehen.

Gerade waren sie in die Ahornallee eingebogen, als Latoya erschien und mit einem länglichen Gegenstand herumfuchtelte. «Miss Charlotte!», rief sie. «Sie haben Ihren Sonnenschirm vergessen!» Rasch lief die Sklavin dem Wagen hinterher.

Eine Dreiviertelstunde später fuhren sie unter dem von Efeu überwucherten Torbogen hindurch. Hier begann Heaven's Door, die Plantage von Davids Cousin Quentin. Am heutigen Tag sollte die Hochzeit seiner Tochter Silvia gefeiert werden.

Das Haus aus rotem Backstein wirkte, als hätte man es geradewegs aus einer ländlichen Region Englands hierher versetzt. Es war solide gebaut und groß, aber man hatte auf den sonst üblichen klassischen Säulengang und andere Verzierungen verzichtet, sodass das Haus auf angenehme Art bescheiden wirkte.

Der Kutscher der Parrishs zügelte die Pferde und manövrierte langsam an den Fuhrwerken vorbei, die an beiden Seiten des Weges in langen Reihen parkten.

Am Haupteingang nahmen Quentin und sein Sohn Orante die Gäste in Empfang, die nach und nach aus ihren Kutschen stiegen. Geduldig wartete Davids Familie, bis sie an die Reihe kam. Vor ihnen fuhr in einer grünen Kutsche das Ehepaar Burton in Begleitung ihrer beiden Kinder, Robert William, einem dreizehnjährigen Jungen mit dunklem Haar und rundem Gesicht, der von seinem Vater die Leidenschaft fürs Essen geerbt hatte, und Laura, einem blonden, hochmütigen Mädchen, das hinter ihrem hübschen Gesicht einen egoistischen und launischen Charakter verbarg.

Nach den Parrishs kamen die Carmodys. Drei ihrer Söhne begleiteten die Kutsche zu Pferd, der vierte saß seinen Eltern gegenüber. Keiner der schmucken jungen Männer schien die Anwesenheit von Charlotte und Hortensia bemerkt zu haben. Alle hatten nur Augen für Laura Burton, die ihr Haar trotz ihrer fünfzehn Jahre schon hochsteckte und ein langes und ausgeschnittenes Kleid trug, als wäre sie alt genug, um in die Gesellschaft eingeführt zu werden. Jetzt eilte auch Orante heran, um der sinnlichen jungen Dame mit dem üppigen Dekolleté seinen Arm zu bieten.

Charlotte war wütend. Heute Morgen hatte sie sich

noch so hübsch gefühlt. Aber als sie jetzt Laura betrachtete, die, obwohl sie nur ein Jahr älter war, schamlos vor allen mit den Hüften wackelte, war sie sich sicher, dass niemand auf sie achten würde. Und das nur, weil sie ein hochgeschlossenes Kleid anhatte, das oberhalb der Knöchel endete und darunter weiße Strümpfe sehen ließ.

Endlich kam Quentin Parrish auf seinen Cousin zu. «David!» Die beiden Männer umarmten sich herzlich. Dann wandte er sich an Katherine. «Katherine, was für eine Freude. Ich danke dir, dass du gekommen bist. Silvia wird überglücklich sein, dich zu sehen.»

«Danke, Quentin. Um nichts in der Welt hätte ich ihre Hochzeit versäumen mögen. Du weißt, wie gern ich sie habe.»

Quentin lächelte. Er wusste, dass das stimmte. Und dass Katherine ihre selbstauferlegte Zurückgezogenheit für diesen Tag unterbrochen hatte, um bei der Hochzeit seiner Tochter zugegen zu sein, war Beweis genug.

«Ah, und da sind ja auch meine Lieblingsnichten!»

Hortensia und Charlotte lächelten. «Hallo, Onkel Quentin», antworteten sie wie aus einem Mund und deuteten ein sehr diskretes Kopfnicken an.

«Und Silvia?», fragte Katherine, nachdem auch ihr Neffe Orante ihr einen Begrüßungskuss gegeben hatte.

«Sie ist in ihrem Zimmer», sagte Quentin.

«Ich werde ihr helfen. Sicher ist sie sehr nervös.»

Liebevoll beobachtete Katherine ihre Nichte von der Tür aus. Silvia war sehr schlank und etwas größer als sie selbst. Bis zu diesem Moment hatte Katherine ihrem Aussehen nie viel Beachtung beigemessen. Silvia war einfach ein sanftes und liebevolles Mädchen gewesen. Und obwohl sie eine hübsche Nase und ebenmäßige Züge besaß, fehlte ihr das gewisse Etwas, das sie in den Augen der Männer begehrenswert gemacht hätte.

Selbst jetzt, wie sie da im weißen Kleid vor ihr stand, mit dem Strauß in der Hand und den Blumen im hochgesteckten Haar, kam es Katherine so vor, als betrachte sie ein Kind. Tatsächlich war Silvia gerade erst neunzehn geworden. War denn sonst niemand der Ansicht, dass das Mädchen eigentlich zu jung war zum Heiraten?

«Tante Katherine!», rief die Braut glücklich, als sie Katherine in der Tür entdeckte.

«Meine liebe Silvia!» Gerührt nahm Katherine ihre Nichte in den Arm.

«Du hast mir so gefehlt.»

«Um nichts in der Welt hätte ich diesen Tag versäumt.»

Silvia lächelte. Obwohl ihre Tante oft sehr unkonventionell war, hatte Silvia sie immer geliebt. Als ihre Mutter gestorben war, hatte sie mit ihrem Bruder eine Zeit lang auf New Fortune gelebt. Sie war erst vierzehn Jahre alt gewesen, erinnerte sich aber noch voller Zärtlichkeit daran, wie Katherine sie jeden Abend zugedeckt hatte und in diesen schwierigen Momenten bei ihr gewesen war. Seither hatte Silvia jeden Sommer ein paar Wochen auf New Fortune bei ihrer Tante und ihren Cousinen verbracht.

«Du siehst wundervoll aus.»

«Danke, Tante.»

«Ich kann es noch gar nicht glauben, dass du heute heiratest. Ich sehe noch das kleine Mädchen vor mir, das so sehr an seinem Bruder hing.»

«Es ist viel Zeit vergangen.»

«So viel nun auch wieder nicht», widersprach Katherine ein wenig wehmütig. «Aber erzähl! Wer ist dieser junge Mann, der mir meine Lieblingsnichte wegnehmen will?»

«Er heißt Jonathan Perelman, er kommt aus Norfolk und arbeitet mit seinem Vater in einem Familienunternehmen.»

«Das weiß ich doch schon. Aber wie ist er so?»

Silvias Gesicht erstrahlte, als sie an den Mann dachte, der in weniger als einer Stunde ihr Ehemann werden würde. «Er ist intelligent, galant, umsichtig. Er ist der beste aller Männer.»

«Liebst du ihn?»

«Wie könnte ich ihn nicht lieben, Tante?», sagte sie lächelnd mit vor Rührung feuchten Augen. «Ich liebe ihn, wie ich noch niemals jemanden geliebt habe. Wenn er mir in die Augen sieht und meine Hand nimmt, fühle ich, wie mein ganzer Körper erzittert. Mein Herz stirbt vor Ungeduld, wenn ich nicht bei ihm bin. Ich kann mir ein Leben ohne ihn nicht vorstellen. Ist das vielleicht keine Liebe?»

Katherine lächelte. «Und er? Liebt er dich?»

Die Veränderung in Silvias Gesichtsausdruck verriet, dass sie nie etwas anderes für möglich gehalten hatte.

Katherine erinnerte sich daran, wie sicher sie selbst gewesen war. David war ein bezaubernder, gebildeter und umsichtiger Mann gewesen. Sie hatte gespürt, wie diese blauen Augen ihre Seele berührten, hatte sich gewünscht, jede Sekunde ihres Lebens an der Seite dieses attraktiven und eleganten Mannes zu verbringen. Dafür hatte sie alles hinter sich gelassen. Sie war weggegangen, um ein Leben mit einem vollkommen Fremden zu beginnen. Ihre Nichte war kurz davor, das Gleiche zu tun. Aber wenigstens ging Silvia nicht so weit fort. Norfolk war nur eine Tagesreise von Heaven's Door entfernt.

«Glaubst du denn, dass er mich vielleicht gar nicht liebt?», fragte Silvia jetzt voller Zweifel. «Dass ein Mann sich nicht in eine Frau wie mich verlieben kann?» Das Glück ihrer Nichte war kurz davor, sich in Trauer und Verzweiflung zu verwandeln.

Katherine sah sie an. Das Mädchen vor ihr hatte eine so schöne und edle Seele. Ihre Stimme war sanft und liebevoll, und gewiss hatte Silvia nie in ihrem Leben Neid verspürt oder jemandem etwas Schlechtes gewünscht.

«Du bist eine wundervolle Frau, Silvia! Lass dir nie etwas anderes einreden», antwortete Katherine ihr voller Herzlichkeit. «Jeder gute und anständige Mann würde sich in dich verlieben.»

Silvia lächelte und wischte sich eine Träne aus dem Gesicht.

«Du wirst bestimmt sehr glücklich sein», sagte Katherine und ergriff die Hände ihrer Nichte. «Aber ich möchte, dass du mir etwas versprichst: Wenn etwas nicht so ist, wie du es erwartet hast, vergiss nicht, dass meine Tür immer für dich offen steht.»

Lächelnd nickte Silvia, obgleich Katherines Worte sie etwas zu beunruhigen schienen.

«Meine Liebe», flüsterte Katherine und strich der jungen Frau über das Gesicht, das sich durch den Anflug von Sorge etwas verdüstert hatte. «Alles wird gut. Vergiss nicht: Deine Familie ist für dich da.»

Der junge Jonathan Perelman war genau so, wie Silvia ihn beschrieben hatte. Und er wirkte ebenso jung wie die Braut selbst. Während sich die Brautleute an den Händen gefasst das Eheversprechen gaben, erinnerte Katherine sich an den Tag ihrer eigenen Hochzeit. Sie hatte mit dreiundzwanzig Jahren geheiratet, aber trotzdem war sie noch sehr jung gewesen. Jetzt, mit dem zeitlichen Abstand, kam es ihr fast unglaublich vor, dass niemand Einwände dagegen vorgebracht hatte, dass sie David so rasch geheiratet hatte, um Hunderte Meilen von ihrem Zuhause entfernt eine Familie zu gründen.

Katherine sah kurz zu Charlotte und Hortensia hinüber, die der Zeremonie gebannt folgten. Sie waren noch Kinder, aber Silvia war gerade einmal fünf Jahre älter. Inständig betete Katherine in diesem feierlichen Moment, dass die junge Frau ein glücklicheres Leben führen würde als sie selbst und dass das Schicksal ihre eigenen Töchter davor bewahrte, zu früh Ehefrauen und Mütter zu werden.

Nach der Zeremonie nahmen die Gäste an den Tischen Platz, die im Herrenhaus aufgestellt worden waren. Es gab ein köstliches Festmahl. Quentin Parrish hatte weder Kosten noch Mühen gescheut, um die Hochzeit seiner einzigen Tochter zu begehen.

Während die Frauen nach dem Essen auf der Veranda ihren Tee zu sich nahmen, trafen sich die Männer in der Bibliothek.

David hatte seine Zigarre fast aufgeraucht, und in seinem Glas ging der Cognac zur Neige.

«Dieser Abolitionist Charles Sumner wird uns nichts als Ärger bringen», meinte Edmond Carmody, während sein Sohn Mathew, alt genug, um in die Runde der erwachsenen Männer aufgenommen zu werden, schweigend nickte.

«Man hätte nie zulassen dürfen, dass dieser Kerl in den Senat kommt.»

«Ich stimme Ihnen zu», bestätigte ein Mann mittleren Alters, der Garret Bolman hieß und eine kleine Tabakplantage besaß. «Es heißt, dass er letzte Woche eine vierstündige Rede gehalten hat, obwohl es fürchterlich heiß gewesen sein muss.»

«Offensichtlich war es ein direkter Angriff auf das Gesetz über entlaufene Sklaven», warf Quentin ein.

Es hatte die Senatoren der Südstaaten mehrere Jahre harte Arbeit und komplizierte politische Schachzüge gekostet, bis ein Gesetz verabschiedet wurde, das die Nordstaaten dazu verpflichtete, entlaufene Sklaven wieder ihren Herren zuzuführen. Das gleiche Gesetz legte auch die Vorgehensweisen fest, die seine Ausführung auf nationaler Ebene garantierten.

«Und als wenn das nicht schon genug wäre, hat diese Frau ein paar Tage vor Sumners Rede dieses Machwerk veröffentlicht», fügte Edmond Carmody hinzu, ohne mit seiner Verachtung hinter dem Berg zu halten. «Das Absurdeste daran ist, dass sie anscheinend noch nie den Süden betreten hat, geschweige denn eine Plantage.»

Keiner der Anwesenden hatte das Buch von Harriet Beecher Stowe gelesen, und keiner würde es je tun. Sie sprachen ja nicht einmal den Titel des Romans aus, in dem die Landbesitzer des Südens als mitleidlose Monster geschildert wurden, als sadistische Aufseher, die die schrecklichsten Gräueltaten begingen. In nur wenigen Wochen hatte *Onkel Toms Hütte* mehr Herzen in den Nordstaaten erreicht als die abolitionistische Propaganda in vielen Jahren.

Ein letztes Mal zog David an seiner Zigarre.

«Das ist bald vorbei, Edmond. In ein paar Wochen ist Sumners Rede vergessen, und auch für das Buch interessiert sich dann niemand mehr.»

David sah, wie sein Cousin die Lippen aufeinanderpresste. «Du stimmst mir nicht zu?»

Quentin schüttelte den Kopf. «Gerne würde ich deinen Optimismus teilen, David. Aber ich glaube, das Gesetz über entlaufene Sklaven bringt uns auf lange Sicht nur Probleme.»

«Warum sollte es Probleme geben? Die Verabschiedung des Gesetzes war ein großer Sieg für den Süden», warf Doktor Steward ein.

«Genau», pflichtete sein Schwager Nicholas Reemick ihm bei. «Endlich musste sich der Norden einmal unseren Forderungen beugen.»

«Ich glaube, genau deswegen hat die Situation eine gefährliche Wendung genommen. Beauftragte der Südstaaten werden jetzt in Gemeinden fahren, in denen es keine Sklaverei gibt. Und sie holen dort schließlich nicht nur die entlaufenen Sklaven ab, sondern sperren deren Helfershelfer ein und verhängen Geldstrafen. Das wird böses Blut geben. In Neuengland wurden sogar schon Bestimmungen verabschiedet, die erlauben, das Gesetz zu umgehen. Vorher war es nur eine Minderheit, die den entlaufenen Sklaven geholfen hatte. Selbst diese Geheimorganisation, die als *Underground Railroad* bekannt ist und in der sich hauptsächlich Quäker und ein paar Idealisten tummeln, war vollkommen ineffektiv. Sie haben sich darauf beschränkt, den entflohenen Sklaven in Kellern und Ställen Unterschlupf zu gewähren, bis man sie in Karren versteckt über die Grenze bringen konnte. Aber jetzt hat sich die Situation geändert. In den Nordstaaten ist es fast zu einer Frage der Ehre geworden zu verhindern, dass die Sklaven zu ihren Besitzern zurückgebracht werden.»

«Nun, es ist auch für uns eine Frage der Ehre», widersprach Edmond Carmody. «Unsere Art zu leben, unser Wohlstand, alles beruht auf der Sklaverei. Wir können nicht zulassen, dass unsere Sklaven ungestraft fliehen. Sonst stehen wir bald ohne Arbeitskräfte da, und was wird dann aus dem Süden? Wer soll auf den Feldern arbeiten?»

Ein etwa sechzigjähriger, elegant gekleideter Mann, der sich als Ernest Vigeland vorgestellt hatte, ergriff das Wort.

«Ich muss Ihnen zustimmen. Meine Plantage liegt im Norden von Maryland, selbst zu Fuß kaum eine halbe Tagesreise von der Grenze zu Pennsylvania entfernt. Jeden Tag fliehen Sklaven nach Norden, ohne dass wir etwas dagegen unternehmen könnten. In den letzten Jahren habe ich so einige verloren, genau wie meine Nachbarn. Jetzt wenigstens sind sie nicht mehr automatisch in Sicherheit, wenn sie die Grenze passiert haben. Sie können immer noch zu ihren rechtmäßigen Besitzern zurückgebracht werden.»

Obwohl Virginia relativ nah an den Nordstaaten lag, waren New Fortune und die Plantagen der meisten der Anwesenden zu weit von der Grenze entfernt, als dass eine Flucht erfolgversprechend gewesen wäre. Und die Sklaven wussten das.

«Außerdem», fuhr der Gentleman aus Maryland fort, «habe ich es satt, mir anzuhören, wie die Abolitionisten gegen unsere Lebensart hetzen und uns als Unmenschen bezeichnen, obwohl sie nicht einmal Mitleid für die vielen Einwanderer ihrer eigenen Rasse haben, die jedes Jahr in den Fabriken sterben.»

«Sie haben ganz recht, Mr. Vigeland», wagte Mathew

Carmody sich vor. «Es ist kein Geheimnis, dass Männer, Frauen und Kinder im Norden unter unmenschlichen Bedingungen arbeiten, und das für einen Lohn, der nicht einmal für ihren Unterhalt ausreicht. Hier hat wenigstens jeder Sklave ein Dach über dem Kopf und etwas zu essen.»

Geduldig hatte David abgewartet, bis alle ihre Argumente vorgebracht hatten. «Vielleicht hast du recht, Quentin, aber was sollten wir sonst tun?», sagte er nun.

«Ich weiß es nicht, David. Ich wäre froh, wenn ich eine Antwort darauf hätte. Vielleicht würde es ausreichen, die Fluchtwege besser zu überwachen. Man könnte dann die wenigen Sklaven, die es trotz allem in den Norden schaffen, einfach aufgeben. Letztendlich sind es nicht viele. Und auch wenn ständig das Gegenteil behauptet wird, ich bezweifle, dass die Mehrheit der weißen Bevölkerung der Nordstaaten große Sympathien für die Schwarzen hegt. Wenn das Gesetz über entlaufene Sklaven nur in den Südstaaten Gültigkeit hätte, würden die Spannungen sich vielleicht verringern, und die Dinge könnten ihren gewohnten Gang gehen.»

David dachte nach. Sein Cousin war immer ein vernünftiger und kluger Mann gewesen.

«Das wäre möglich, Quentin. Aber wir müssen auch unsere Rechte verteidigen. Wenn wir jetzt nachgeben, werden wir es auch beim nächsten Mal wieder tun! Und irgendwann bleibt nichts mehr übrig, was wir verteidigen könnten. Wir haben einen Schritt getan und können erst einmal nur abwarten.»

Quentin nickte. Trotzdem war er sich sicher, dass es auf dem Weg, den die feindlichen Parteien eingeschlagen hatten, kein Zurück mehr gab. Die Differenzen zwischen Norden und Süden wurden immer größer, und schon bald wären die beiden Teile des Landes nicht mehr dazu in der Lage, sich miteinander zu versöhnen.

Als die Uhr sechs schlug und den Beginn des Tanzes ankündigte, war das Gespräch ohnehin an einem toten Punkt angelangt. Nachdem die Männer ihre Zigarren ausgedrückt und den restlichen Cognac hinuntergestürzt hatten, holten sie ihre Gehröcke, die sie vor der Bibliothek abgelegt hatten, und zogen sie nun, unberührt vom Geruch nach Rauch, der im Raum herrschte, mit Hilfe einiger zuvorkommender Sklaven wieder an.

Auf der Veranda hatte man achtzehn Tische aufstellen müssen, damit alle weiblichen Gäste einen Sitzplatz fanden. Inmitten von kostbaren Leinentischdecken, eleganten Tafelaufsätzen mit Geißblatt und zartem Porzellan plauderten die Damen, während sie, von einer angenehmen Brise erfrischt, Tee und köstliches Gebäck zu sich nahmen.

An Katherines Tisch saßen Gwendolyn Burton, Rose Mary Sebastian und Sarah Timberland.

«Wir haben dich schon so lange nicht mehr gesehen», sagte Gwendolyn zu ihr. «Ich habe gehört, dass deine Gesundheit in den letzten Jahren etwas angegriffen war. Ich hoffe, du bist wieder bei Kräften.»

Seit über sieben Jahren hatte Katherine an keinem einzigen gesellschaftlichen Ereignis im County teilgenommen, und ihr war vollkommen klar, dass die Leute sich keineswegs um ihre Gesundheit sorgten, zumindest nicht um ihre körperliche Gesundheit. Sie wusste, dass es allen möglichen Klatsch über ihre Zurückgezogenheit gegeben hatte. Darunter sogar Stimmen, die behauptet hatten, sie hätte den Verstand verloren. Lächelnd blickte Katherine Gwendolyn an.

«Danke für die Anteilnahme, Gwendolyn. Aber es geht mir wirklich viel besser.»

Missbilligend verzog Gwendolyn das Gesicht. Nur zu gern würde sie herausfinden, aus welchen Gründen sich die eleganteste Frau der Grafschaft auf ihrer Plantage eingeschlossen hatte und ihr stattlicher Ehemann den größten Teil des Jahres weit weg von seiner Familie im Stadthaus der Parrishs in Richmond lebte. Aber es war offensichtlich, dass Katherine von sich aus nichts preisgeben würde.

Rose Mary Sebastian fühlte sich immer ein wenig unbehaglich in Katherines Gegenwart. Katherines Schönheit, die in den letzten Jahren noch strahlender geworden war, und ihr starkes Selbstbewusstsein hemmten sie. Deshalb wandte sie sich jetzt an Sarah Timberland. «Ich habe deinen Sohn gar nicht gesehen, Sarah?»

«Er wurde nach New Mexico abgeordert. Letzte Woche ist er aufgebrochen», antwortete Sarah und bemühte sich, die Besorgnis zu verbergen, die ihr Herz bedrückte. Rose Mary nickte verständnisvoll. «Paul ist zum Glück in Annapolis auf der Marineakademie geblieben. Er hat diesen Sommer seinen Abschluss gemacht, bleibt aber noch als Unterstützungsoffizier dort», erklärte sie.

«Sarah, ich nehme an, dass auch dein Sohn Offizier ist?», mischte Gwendolyn sich jetzt ein.

«Leutnant.»

«Wie alt ist er noch? Zweiundzwanzig?»

«Im Oktober wird er dreiundzwanzig.»

Man musste nicht besonders feinsinnig sein, um Gwendolyns Interesse an Sarahs Sohn zu verstehen. Als Einzelkind war er mit einem anständigen Vermögen ausgestattet und würde den perfekten Ehemann für ihre Tochter Laura abgeben.

«Du bist sicher stolz auf ihn.»

Seufzend nickte Sarah. Offensichtlich war sie eher um ihren Sohn besorgt, der mitten im Indianergebiet allen möglichen Gefahren ausgesetzt war, ja sogar sterben konnte. Aber Gwendolyn Burton war viel zu sehr mit ihren eigenen Überlegungen beschäftigt.

«Ich hoffe, dass Robert William ebenfalls zum Militär geht», fuhr Gwendolyn fort. «Sein Vater und ich wären sehr stolz auf ihn.»

Nicht in einer Million Jahren konnte Katherine sich diesen apathischen Jungen, der ständig Kuchen futterte und im Leben noch keinen Schritt zu Fuß gegangen war, als Anführer einer Gruppe Soldaten vorstellen, die gerade von einer blutdürstigen Horde Indianer umzingelt wurde.

«Jede Mutter ist stolz auf ihre Kinder, Gwendolyn», warf Katherine jetzt ein. «Ich bin auch stolz auf meine Töchter.»

«Natürlich. Aber unseren Männern sind ihre Söhne besonders wichtig. Sie legen all ihre Hoffnungen in sie. Nun, Katherine, du kannst das sicher nicht nachempfinden, schließlich hast du deinem Mann keinen Sohn geschenkt.»

Es war offensichtlich, dass Gwendolyn Katherine verletzen wollte, doch ohne Erfolg. Fast hätte Katherine ihr erwidert, dass es schrecklich dumm war, sich zu wünschen, dass das eigene Kind in einen Krieg zog, in dem es sein Leben verlieren könnte. Das hatte sie von ihrem Vater gelernt. Aber sie schwieg. Außerdem wollte sie Sarah nicht noch mehr beunruhigen.

Nicht weit entfernt von den Frauen saßen Charlotte

und Hortensia mit Rose Marys Tochter Rebecca und Laura Burton an einem Tisch. Zu Gwendolyns tiefstem Bedauern hatte man ihre Tochter zu den drei jungen Mädchen gesetzt. Das Protokoll würde ihr erst einen anderen Platz zuweisen, wenn sie offiziell in die Gesellschaft eingeführt war. Bis dahin wurde Laura als Kind betrachtet, auch wenn ihr Körper und ihr Aussehen das Gegenteil behaupteten.

Hortensia ließ die Beine baumeln, und Charlotte verspeiste gerade ein zweites Stück Torte, als ihr Cousin Orante in Begleitung von Adam Carmody auf die Veranda kam.

«Meine Damen», begrüßte er sie.

Hortensia schenkte ihrem Cousin ein reizendes Lächeln. «Hallo, Orante.»

«Ich habe mich gefragt, ob ihr vielleicht Lust habt, mich zu begleiten.»

Hortensia suchte mit den Augen das Einverständnis ihrer Mutter, die nickte. Schnell schob Charlotte sich den letzten Bissen Torte in den Mund und stand auf. Auch Rebecca bekam die Erlaubnis ihrer Mutter mitzugehen.

Laura Burton hingegen wurde vom siebzehnjährigen Adam Carmody gefragt, ob sie ihm den ersten Tanz schenken würde.

«Katherine, deine Töchter sind so wunderhübsch», schwärmte Gwendolyn hinterhältig und sah wie ein aufgeplusterter Pfau dabei zu, wie ihre eigene Tochter alle Blicke auf sich zog. «In ein paar Jahren werden sie sich vor Verehrern kaum retten können.»

«Ja, es ist zwar unglaublich, dass sie Zwillinge sind, aber sie sind wirklich sehr hübsch», bestätigte Rose Mary, deren eigene Tochter keine große Schönheit war. Erst nachdem

Gwendolyn ihr einen scharfen Blick zugeworfen hatte, fügte sie schnell hinzu: «Laura hat sich auch sehr verändert. Sie ist eine sehr attraktive junge Frau geworden.»

«Danke», lächelte Gwendolyn. «Sie war immer ein hübsches Mädchen, und anscheinend hat es das Schicksal so gewollt, dass eine schöne Frau aus ihr wird. Bald wird sie heiraten können.»

Katherine tat diese unzufriedene Frau leid, die es nicht erwarten konnte, ihre Tochter auf den Markt zu werfen, und sie in einer für ihr Alter vollkommen unpassenden Weise verkleidete.

«Nun», sagte Katherine, «ich hoffe, sie findet einen Ehemann, der sie verdient.» Katherine war fast überrascht, wie leicht es ihr fiel, so zynisch zu sein.

Gwendolyn heuchelte ein Lächeln. Sie hasste diese Frau. Nie hatte sie verkraftet, dass Katherine sie an Schönheit weit übertraf. Und vor allem konnte sie der hochmütigen Katherine Lacroix nicht verzeihen, dass sie die Gesellschaft einer Sklavin ihrer Freundschaft vorgezogen hatte. Zugegebenermaßen spürte sie jetzt, dass sie für die erlittene Demütigung entschädigt wurde, als sie sah, wie sehr Laura bewundert wurde, während die Parrish-Zwillinge von ihrem Cousin gerettet werden mussten.

«Auch du musst dir keine Sorgen machen, Katherine. Deine Töchter werden gewiss nicht das gleiche Schicksal erleiden wie ihre Cousine.»

Katherine runzelte die Stirn. «Sprichst du etwa von Silvia?»

Lächelnd ließ Gwendolyn Burton noch ein Stück Zucker in ihre Tasse fallen. «Von wem sonst?»

Plötzlich war die Luft zum Schneiden dick. Selbst Humberta Doran und Angelica Leberman am Nachbartisch hatten ihre Ohren gespitzt, um sich kein Wort entgehen zu lassen. Gwendolyn Burton hatte sich auf ein gefährliches Terrain begeben.

«Mein Gott, Katherine! Ich weiß ja, sie ist deine Nichte, aber du musst zugeben, dass sie nicht gerade eine Schönheit ist.»

«Vielleicht nicht in deinen Augen, Gwendolyn. Aber sie ist gutherzig, sanft, intelligent, liebevoll, gebildet, fein, und in ihrem Herzen haben Neid und böse Gedanken keinen Platz. Und das macht sie wunderschön.»

«Ich verstehe schon, ein Tugendlamm.»

Eine Sekunde lang dachte Katherine daran, ihren Tee über Gwendolyn auszuschütten, aber sie biss sich auf die Lippen und beschwor sich, die Kontrolle zu bewahren.

«Ich finde, sie ist eine schöne junge Frau», bestätigte Rose Mary. «Ich schätze sie sehr, und sie ist wirklich tugendhaft.»

«Und wie sollte sie auch nicht tugendhaft sein, Rose Mary!», rief Gwendolyn aus. «Mit den wenigen Vorzügen, die der Herr ihr gegeben hat. Nun, wenn man daran denkt, wie reizlos deine eigene Tochter ist, musst du natürlich Partei für Silvia ergreifen.»

Rose Marys Wangen liefen rot an, und gedemütigt senkte sie den Blick.

In Katherines Adern kochte das Blut. Wenn diese dumme Frau noch ein Wort über ihre Nichte oder ein anderes wehrloses Mädchen verlor, würde sie ihr die Augen auskratzen.

Gwendolyn Burton machte keine Anstalten, ihren Mund zu halten. «Man muss zugeben, dass sie Glück hatte. Einen Landbesitzer aus der Gegend hätte sie ja nicht bekommen. Dafür ist ihre Mitgift viel zu armselig. Aber für einen Händlersohn aus Norfolk ... Man hört, dass der junge Mann aufsteigen wollte.»

Schon bereute Katherine, auf diese Hochzeit gekommen zu sein. Die Vorstellung, jemand hätte ihre Nichte nur ihrer Aussteuer wegen geheiratet, machte sie wahnsinnig.

«Dann werden sie ja sicher glücklich werden», warf sie schnippisch ein. «Schließlich habe ich gehört, dass dein Mann auch nicht mehr besaß als die Kleider, die er am Leib trug, als er dich geheiratet hat, und wie du selbst so gern betonst, ist eure Ehe doch so glücklich.»

Sarah und Rose Mary tauchten die Nasen tief in die Teetassen, um ihr Lachen zu verbergen.

«Du irrst dich, Katherine», verteidigte sich Gwendolyn, bemüht, ihre Fassung zu wahren. «Mein Mann stammt aus einer der besten Familien in Georgia.»

«Gewiss. Die Burtons. Aus Savannah, nicht wahr? Habe ich schon einmal erwähnt, dass dein Schwiegervater Mathias Burton zu verschiedenen Anlässen bei meiner Familie in New Orleans zu Gast war? Soweit ich weiß, hat mein Vater auch das eine oder andere Geschäft mit ihm gemacht.»

Kaum fiel der Name ihres Schwiegervaters, begann die hochnäsige Gwendolyn nervös auf ihrem Stuhl herumzurutschen.

«Wie auch immer, jedenfalls musst du dir keine Sorgen machen. Deine Mädchen werden zu Schönheiten heranwachsen, und es wird ihnen auch an der Mitgift nicht fehlen. Sie werden also einen Ehemann bekommen, der ihrer gesellschaftlichen Position entspricht. Da kannst du ganz beruhigt sein.»

«Das bin ich auch. Aber weil ich davon überzeugt bin,

dass unabhängige Frauen aus ihnen werden, die allein zurechtkommen und die für das geschätzt werden, was sie sind, nicht für das, was sie besitzen.»

«Mein Gott, Katherine! Du hörst dich an wie diese Frauen aus dem Norden, die glauben, dass Männer und Frauen gleich sind», warf jetzt Humberta Doran ein, die zusammen mit Angelica Leberman beschlossen hatte, ihren Stuhl herumzudrehen und an der lebhaften Diskussion am Nachbartisch teilzunehmen.

«Nun, Humberta, so denke ich auch, da kannst du dir sicher sein. Und wenn meine Töchter eines Tages heiraten, hoffe ich, dass sie dann nicht noch halbe Kinder sind. Was mich betrifft, können sie gern einen ruinierten Dichter oder einen armen Eisenbahnbauer heiraten. Ich möchte nur, dass sie glücklich sind.»

Entsetzt zog Humberta Doran ihre Augenbrauen in die Höhe. Ihr Gesichtsausdruck verriet, dass sie ernsthaft überlegte, dem Klatsch über Katherines geistigen Zustand Glauben zu schenken.

Als Katherine weitersprach, blickte sie Gwendolyn direkt ins Gesicht. «Und wie du gerade sehr treffend bemerkt hast, Gwendolyn, haben meine Töchter glücklicherweise genügend Geld und können tun und lassen, was sie wollen.»

«Aber wenn deine Familie nun durch einen Unglücksfall – Gott möge so etwas verhüten – ihr Geld verliert? Wäre es dir dann immer noch egal, wenn sie einen armen Mann heirateten?», fragte Sarah Timberland.

«In diesem Fall sprächen noch mehr Gründe dafür», gab Katherine zurück.

«Aber Katherine! Wie kannst du deine Töchter in die Armut treiben?», beharrte Sarah verständnislos.

«Dann würden zumindest beide mit gleichen Voraussetzungen in die Ehe treten.»

«Ja, mit leeren Händen», bemerkte Gwendolyn mit scharfer Zunge.

«Nicht mit leeren Händen. Mit einem gemeinsamen Projekt. Und mit der absoluten Gewissheit, dass sie nicht des Geldes wegen geheiratet wurden. Außerdem sind meine Töchter nicht dumm. Sie könnten arbeiten.»

Das nun kam in den Ohren der Damen einer Gotteslästerung sehr nah.

«Arbeiten!», wiederholte Gwendolyn entsetzt. «Du bist verrückt geworden! Eine Frau unserer Stellung arbeitet nicht. Das ist etwas für Sklaven und Einwanderer.»

«Ich werde dafür beten, dass deine Töchter das Erwachsenenalter mit ihrer vollen Mitgift erreichen, damit es nicht so weit kommen muss», bekräftigte Humberta.

Aber Katherine gab nicht so schnell nach. «Warum sollte eine Frau nicht arbeiten gehen?»

«Es wäre sehr unpassend», sagte Humberta Doran.

«Brenda Georgensen hat eine Arbeit als Gouvernante gesucht, und ihre Schwester Diana hat im Laden der MacEwans angefangen, als ihre Eltern starben und sie die Plantage aufgeben mussten. Ich habe sie immer für anständige und rechtschaffene Mädchen gehalten», bemerkte Rose Mary.

Auch Sarah Timberland kannte die Georgensen-Schwestern. «Rose Mary hat recht», pflichtete sie ihr nun bei.

«Willst du damit sagen, dass es dir egal ist, wenn aus deinen Töchtern einfache Angestellte würden?» Gwendolyn war keineswegs bereit einzulenken. Wahrscheinlich hätte sie Katherine sogar widersprochen, wenn diese gesagt hätte, dass die Sonne rund sei.

«Wenn sie dabei glücklich sind. Aber warum sollten sie sich damit zufriedengeben, Angestellte oder Lehrerinnen zu sein? Warum nicht Ärzte oder Anwälte?»

«Mein Gott, Katherine!», rief Humberta jetzt sichtlich besorgt aus. «Frauen können keine Ärzte werden.»

«Und was hindert sie daran?»

«Das ist doch klar. Unser Kopf ist nicht dazu fähig, die Wissenschaft geistig zu verarbeiten», erklärte Gwendolyn sehr bestimmt.

«Ich teile deine Meinung nicht, und es macht mich traurig zu hören, dass wir selbst unsere Leistungen so einschränken. Ich würde es begrüßen, wenn meine Töchter wegen ihrer Fähigkeiten begehrt werden, nicht wegen ihrer Schönheit. Es ist doch schrecklich, dass ein tüchtiges und intelligentes Mädchen dazu verurteilt sein soll, einen mittelmäßigen Ehemann zu ertragen, nur weil sie für ihn schön und reich genug ist. Ich habe es satt, dass wir unsere Töchter verkaufen.»

Humberta Doran war sichtlich schockiert. Wenn sie nicht solche Angst gehabt hätte, etwas zu verpassen, wäre sie wahrscheinlich in Ohnmacht gefallen. Aber Sarah und Rose Mary hingen wie hypnotisiert an Katherines Lippen. Es war nicht leicht, sich der Faszination zu entziehen, die von dieser Frau ausging. Das Vertrauen in ihre Prinzipien. Die Leidenschaft in ihrer Stimme. Jede Geste, jede Bewegung, jeder Blick aus ihren durchdringenden, honigfarbenen Augen verlieh ihr eine unbezähmbare Macht.

Besonders Rose Mary wünschte sich voller Sehnsucht, dass sie eine Mutter wie Katherine gehabt hätte. Wie anders wäre ihr Leben verlaufen, wenn man ihr als junges Mädchen gesagt hätte, dass sie schön wäre. Dass das Schicksal mehr für sie bereithielte, als den ersten und einzigen Mann zu akzeptieren, der um ihre Hand anhielt, obwohl er nie auch nur die geringste Zuneigung für sie verspürt hatte. Wie sehr hatte sie sich gewünscht, sich hübsch und geliebt, ja besonders zu fühlen! Vielleicht hätte sie ihrem Mann, ihren Eltern und der Welt dann etwas entgegensetzen und sogar glücklich sein können. Wenn sie auch nur ein Mindestmaß dieser Sicherheit an ihre Tochter weitergeben könnte, wie anders könnte Rebeccas Leben aussehen!

Gwendolyn runzelte die Stirn. Es kam ihr so vor, als hätte Katherine Parrish alle mit ihrer Verrücktheit angesteckt. Diese Frau war gefährlich. Aber Gwendolyn würde sich nicht beeindrucken lassen.

«Sag, Katherine … Wenn Frauen zu diesen Dingen fähig sind, warum gab es noch nie eine Frau in der Geschichte, die Arzt oder Mathematiker war?» Bevor Katherine antworten konnte, ergriff nun die alte Mrs. Leberman das Wort, eine streng in Schwarz gekleidete Witwe, die vor weniger als einem Jahr ihren Ehemann verloren hatte. «Ganz einfach, Gwendolyn Burton, weil Frauen wie du und Humberta sich vorgenommen haben, dumme und unnütze Wesen aus uns zu machen.» Sie wandte sich an Katherine. «Ich bin deiner Meinung, Katherine. Eine Frau muss für sich selbst einstehen können, und wenn die Mütter sich darum bemühen würden, ihren Töchtern Mut zu machen und sie davon zu überzeugen, dass sie genauso viel wert sind wie ihre Brüder, dann lägen die Dinge ganz anders.»

Bald wäre es sechs Uhr und der Tanz würde beginnen. Die Musiker stimmten bereits ihre Instrumente.

Orante lief neben Hortensia durch den Garten. Seit er seine Cousinen das letzte Mal gesehen hatte, war ein Jahr vergangen, und Hortensia war ein gutes Stück gewachsen. Fast war sie so groß wie er. Wenn er die beiden betrachtete, musste er feststellen, wie wenig ähnlich sie sich waren. Die große und blonde Hortensia war extrem schüchtern, aber sanft und elegant, während die dunkelhaarige Charlotte, die für ihr Alter eher klein war, temperamentvoll auftrat. Ihre schönen grünen Augen funkelten rebellisch. Ständig fragte er sich, wie zwei so unterschiedliche Menschen Schwestern sein konnten, sogar Zwillinge. Und noch weniger verstand er, dass Hortensia und Charlotte so sehr aneinander hingen.

Nur ein paar Schritte neben Charlotte ging schweigend Rebecca, immer darauf bedacht, nicht über einen der hübschen Steinwälle zu stolpern, die die Blumenbeete umgaben. Laura Burton und Adam Carmody waren ein wenig zurückgefallen und bildeten das Schlusslicht des kleinen Zugs.

Als sie an dem Platz ankamen, wo der Tanz stattfinden sollte, näherte Orante sich einer Gruppe junger Leute, die am Rand der unter freiem Himmel aufgebauten und mit Blumenarrangements und bunten Lampions geschmückten Tanzfläche warteten. Richard Reemick und Gilmore Evans unterhielten sich mit Alexandra Done. Innerlich beklagte Orante sein Schicksal. Während seine Freunde sich in Gesellschaft eines gleichaltrigen Mädchens amüsierten, hatte er die schwierige Aufgabe, Tanzpartner für seine Cousinen und Rebecca zu finden. Richard und Gilmore hatten die achtzehn schon überschritten und waren eigentlich zu alt, um sich noch für kleine Mädchen mit Pferdeschwanz und kurzen Kleidern zu interessieren. Bestimmt würde niemand mit ihnen tanzen wollen. Aber er würde es trotzdem versuchen.

«Alexandra, Richard, Gilmore, ihr kennt meine Cousinen ja schon, Hortensia und Charlotte Parrish, und das ist Rebecca Sebastian.»

Orante hatte in den letzten Tagen unaufhörlich an Alexandra Done gedacht, und seine Freunde wussten das. Ihnen war ebenfalls klar, dass Orante, bevor er die drei jungen Mädchen nicht für mindestens einen Tanz unterbringen konnte, keine Zeit haben würde, um sich der jungen Frau mit den grauen Augen zu widmen, die erstaunlicherweise noch keinen Partner für den ersten Tanz hatte.

«Die Damen», grüßte Richard und zog seinen Hut.

«Sehr erfreut», machte Gilmore Evans es ihm nach.

Die drei Mädchen kicherten nervös. Richard Reemick, der attraktivste junge Mann auf dem ganzen Ball, hatte das Wort an sie gerichtet. Charlotte hatte ihren Vater davon sprechen hören, dass Richard bald auf der Marineakademie studieren würde. In wenigen Wochen würde er nach Annapolis gehen und für die nächsten vier Jahre nicht wiederkommen.

Orante und Richard wechselten einen Blick, und Richard lächelte. Er würde seinen Freund nicht enttäuschen. Als der hochgewachsene junge Mann mit dem hellbraunen, leicht gewellten Haar, den sanften Zügen und dem tiefen Blick Charlotte um den ersten Tanz bat, lächelte sie verzückt. Fast gleichzeitig fragte Gilmore Evans Rebecca, die ihr Glück kaum fassen konnte.

Dankbar nickte Orante seinen Freunden zu. Fehlte nur noch Hortensia, aber das wäre einfach. Sie war sehr hübsch, und durch ihre Körpergröße wirkte sie etwas älter. Ganz in ihrer Nähe standen Edgar Carmody und William

Burton, Lauras Bruder, und tranken Limonade. Edgar hatte einen Weg gefunden, dem Getränk einen großzügigen Schluck Whisky beizumischen.

Im Unterschied zu William war Edgar ein gutaussehender junger Mann, genau wie alle seine Brüder. Orante war davon überzeugt, dass seine Cousine gern mit ihm tanzen würde. Außerdem war er nur ein Jahr älter als Hortensia, und so dürfte auch er kein Problem damit haben. Ohne es zu ahnen, war Edgar Orantes nächstes Opfer geworden.

«Edgar», begrüßte er ihn.

Der junge Carmody antwortete nicht. Er war zu sehr darauf konzentriert, die offen zur Schau gestellten Reize von Laura zu betrachten, die gerade allein dastand, weil ihr Begleiter, Edgars Bruder Adam, der jungen Dame eine Limonade holte.

«Edgar, würdest du mit meiner Cousine Hortensia tanzen?», nahm Orante ihn flüsternd beiseite. Der jüngste der Carmody-Brüder sah Hortensia aus den Augenwinkeln an.

Hortensia lächelte. Obwohl sie nicht hören konnte, was gesagt wurde, hatte sie doch bemerkt, dass ihr Cousin und Edgar über sie sprachen.

«Bist du wahnsinnig geworden? Sie ist noch ein Kind», sagte Edgar laut und versuchte, übertrieben gestikulierend Lauras Aufmerksamkeit auf sich zu ziehen. Der schien Edgars ungezogenes Verhalten zu gefallen.

«Edgar, sprich leiser! Bitte, es ist nur für einen Tanz», flüsterte Orante.

«Ich werde bestimmt nicht mit ihr tanzen», weigerte Edgar sich erneut, wobei er Hortensia direkt ansah und sich vergewisserte, dass sie ihn hören konnte. «Außerdem weiß jeder, dass ihre Mutter ein Negerliebchen ist.»

Diese verletzenden Worte wurden mit solch einer Verachtung ausgespuckt, dass alle, die sie vernahmen, erschrocken verstummten. Hortensias Wangen brannten feuerrot, und sie musste sich sichtlich zusammennehmen, damit ihr keine Tränen in die Augen traten. Charlotte, die in ihrer Nähe stand, hielt wütend den Atem an. Wie konnte dieser arrogante Edgar Carmody es wagen, Hortensia und ihre ganze Familie vor aller Welt zu demütigen.

Es war Orante bewusst, dass er, als nächster männlicher Verwandter, etwas unternehmen musste. Gerade hatte Edgar seine Tante mit der schlimmsten Beschimpfung bedacht, die es für eine Frau in den Südstaaten gab. Aber er war wie gelähmt und wusste nicht, wie er reagieren sollte.

Da kam ihm sein Freund Richard zu Hilfe. «Edgar, sofort wirst du dich entschuldigen.»

Aber Edgar machte keine Anstalten, klein beizugeben, und schwieg verbissen. Aus irgendwelchen Gründen hatte sein unentschuldbares Verhalten ihm offensichtlich Lauras Bewunderung eingebracht, und er war nicht bereit, diese so schnell wieder aufzugeben.

Richard wiederholte seine Worte. «Ich verlange, dass du dich entschuldigst!», sagte er in einem drohenden Tonfall und trat einen Schritt vor.

Erst jetzt schien Edgar zu begreifen, dass die Situation ernst war. Sein Bruder Adam war leichenblass geworden.

Im Hintergrund kündigten Geigenklänge den beginnenden Tanz an. Nur ein paar Meter weiter bildeten die Gäste anmutig einen Kreis um die Jungverheirateten und begleiteten die Melodie mit Händeklatschen, um das junge Paar dazu zu ermuntern, die ersten Schritte in ihrem gemeinsamen Leben zu tun. Silvia und Jonathan Perelman schienen über die Tanzfläche zu schweben, weit weg von den anderen Paaren, die nach und nach den Kreis verließen und sich den Tanzenden anschlossen.

Trotzdem bemerkten auch einige andere Gäste bald die jungen Leute, die wie erstarrt neben der Tanzfläche standen.

Langsam wurde Edgar bewusst, dass sein Verhalten sich besser nicht herumsprechen sollte. Wenn sein Vater erführe, dass er die Frau und die Tochter eines der mächtigsten Männer von Virginia beleidigt hatte, würde er ihn umbringen. Und die Angst vor dem Zorn seines Vaters war stärker als sein jugendliches Ego. «Mach schon, Edgar …» Sein Bruder Adam ermahnte ihn mit einem diskreten Schubser.

«Hortensia, ich bitte dich um Verzeihung», brachte er schließlich widerstrebend heraus.

Hortensia nickte stumm. Am liebsten wäre sie vom Erdboden verschluckt worden. Sie fühlte sich nicht in der Lage, jemandem in die Augen zu sehen, so sehr schämte sie sich. Zum Glück hatte niemand auf dem Ball bemerkt, was passiert war. Das hätte sie nicht ertragen.

Die Anspannung legte sich etwas, und bald konnte man fast den Eindruck gewinnen, als ob nichts geschehen wäre. Aber es war geschehen, und Hortensia war der lebende Beweis dafür. Charlotte hatte sie die ganze Zeit beobachtet. Zwar hatte Hortensia ihr beruhigend zugelächelt, aber ihre sanften Augen bewegten sich nervös hin und her und versuchten, den mitleidigen Blicken auszuweichen. Sie litt, und Charlotte konnte nicht ertragen, dass derjenige, der Schuld daran hatte, einfach so davonkommen sollte.

«Und trotzdem bleibt sie ein Negerliebchen», bekräftigte Edgar jetzt noch einmal im Flüsterton für sich, leise genug, damit es Richard, Orante, Gilmore und seinem

Bruder Adam entging, die in einer gewissen Entfernung beieinanderstanden, aber doch so laut, dass Laura und William es deutlich hören konnten.

Vielleicht bemerkte er gar nicht, dass noch jemand seine Worte hörte, allerdings wirkte es beinahe so, als hätte er sie mit Absicht wiederholt, um Hortensia erneut zu verletzen. Aber der junge Carmody hatte nicht mit Charlotte gerechnet.

Plötzlich stürzte sich jemand auf ihn, und Sekunden später lag er am Boden. Dieses vierzehnjährige Mädchen, das ihm nicht einmal bis zu den Schultern reichte, hatte ihn umgeworfen. Er konnte nicht glauben, was ihm geschah. Wie eine wilde Bestie schlug Charlotte auf ihn ein und zog ihn an den Haaren, als hätte sie auf einmal den Verstand verloren. Eine so kleine Person konnte unmöglich so viel Kraft entwickeln. Und Edgar konnte nichts tun. Hätte er zurückgeschlagen, wäre sein Ruf für den Rest seines Lebens ruiniert. Er versuchte also, sie abzuschütteln, was ihm jedoch nicht so schnell gelang. Und noch bevor er sich von ihr befreien konnte, war die Musik verstummt.

Jetzt versuchten Richard und Orante, Charlotte von Edgar zu trennen, konnten sie aber kaum halten.

«Charlotte Parrish!»

Beim Klang dieser Stimme ließen Richard und Orante schlagartig von dem Mädchen ab. Charlotte erstarrte, als hätte man sie wie einen Pfosten in die Erde gerammt. Sie musste sich nicht umdrehen, um zu wissen, dass ihr Vater hinter ihr stand. Edgar nutzte die Gelegenheit, um sich rasch aus dem Staub zu machen, hatte aber das Pech, direkt in seinen Vater zu laufen, der ihn sofort am Kragen packte.

David wandte den Blick nicht von seiner Tochter. «Hast du den Verstand verloren?»

Charlotte brachte keinen Ton heraus.

Jetzt war auch Quentin herangekommen und zerrte seinen Sohn beiseite. «Was zum Teufel ist passiert, Orante?», schalt ihn sein Vater mit beherrscht leiser Stimme. «Habe ich dir nicht gesagt, dass du auf deine Cousinen aufpassen sollst?»

«Es tut mir leid, Vater», antwortete Orante beschämt. «Ich hätte niemals erwartet, dass Charlotte auf Edgar losgeht.»

«Aber was ist denn passiert?», hakte Quentin nach. Vorsichtig sah er sich um und vergewisserte sich, dass sonst niemand sie hören konnte. Dann blickte er seinem Sohn direkt in die Augen.

«Edgar hat Tante Katherine Negerliebchen genannt.»

Sofort hielt Quentin seinem Sohn so heftig den Mund zu, dass dieser befürchtete, keine Luft mehr zu bekommen. Quentin, sah sich um. David stand zwar in der Nähe, hatte aber genug damit zu tun, mit seiner Tochter zu schimpfen. Er konnte nicht gehört haben, was Orante gerade gesagt hatte.

«Um nichts in der Welt wirst du dieses Wort wiederholen», befahl Quentin so leise er irgend konnte.

Orante nickte. Er war alt genug, um die Folgen einer solchen Anschuldigung einschätzen zu können. Dicke Tropfen kalten Schweißes liefen Quentin den Rücken hinunter. Wenn seine Nichte etwas verlauten lassen würde, könnte sich die Hochzeit seiner Tochter in eine Tragödie verwandeln.

Inzwischen hatte Katherine sich neben Charlotte auf den Boden gekniet und versuchte ohne großen Erfolg, ihr

Kleid wieder etwas herzurichten. Unter dem Dreck und den Knitterfalten konnte man kaum noch die mit Seidenfäden gestickten blauen Blümchen erkennen, die den weiten Faltenwurf des Leinenrockes schmückten. Katherine griff nach der Haarschleife, die Charlotte im Eifer des Gefechts verloren hatte, strich sie ein wenig glatt und band ihrer Tochter einen neuen Zopf.

«Was ist bitte in dich gefahren, Charlotte?»

«Nichts», sagte sie und vermied es, ihre Mutter anzusehen.

Nicht weit davon entfernt hielt Edmond Carmody seinen Sohn noch immer am Kragen gepackt. «Bist du wahnsinnig geworden?», schalt er den Jungen leise. «Was fällt dir ein, dich in der Öffentlichkeit mit einem Mädchen zu prügeln? Mit David Parrishs Tochter! Und du, Adam, warum hast du das zugelassen?»

Adam senkte den Kopf.

«Vater, ich schwöre, dass ich nichts dafür kann», verteidigte sich Edgar. «Wie ein wildes Tier hat sie sich auf mich gestürzt. Sie ist verrückt!»

Edmond zerrte noch etwas kräftiger an der Halsbinde seines Sohnes und ermahnte ihn, die Stimme zu senken.

Als Katherine bemerkte, dass auch Edgar schmutzig und derangiert aussah und vergeblich versuchte, sich vor seinem Vater in Sicherheit zu bringen, lächelte sie insgeheim. Wenigstens hatte der junge Mann genauso viele Federn lassen müssen wie ihre Charlotte.

Da Charlotte sich weigerte, etwas zu sagen, wandte Katherine sich Hortensia zu, um nach Antworten zu suchen. Aber Hortensia war vollkommen verschreckt. Angst lähmte jeden Muskel ihres Körpers. Jetzt wurde Katherine ernst. Sie kannte ihre beiden Töchter viel zu gut. Irgendwie musste der junge Carmody Hortensia verletzt haben. Das war etwas, was Charlotte niemals duldete. Jeder, der Hortensia angriff, würde Charlottes Zorn zu spüren bekommen. Und wenn man Edgar so ansah, hatte er seine Lektion hoffentlich gelernt.

Noch immer stand Charlotte vor ihrem Vater. Sie hatte noch nichts gesagt, und ihr Blick war starr auf Edgar geheftet.

«Entschuldige dich», befahl David seiner Tochter.

Charlotte ballte ihre Hände zu Fäusten.

«Hast du mich nicht gehört?»

Charlotte blickte zur Seite. Sie war zum Mittelpunkt des allgemeinen Interesses geworden.

«Zwing mich nicht dazu, das noch einmal zu sagen, Charlotte!»

Das Mädchen sah seinen Vater an, der dicht vor ihm stand und sich zu ihm heruntergebeugt hatte. Seine blauen Augen blickten sie hart an. So hatte er sie noch nie angesehen, und sie spürte einen Stich in der Brust. Am liebsten wollte sie erzählen, was passiert war, aber niemand sollte erfahren, was der gemeine Edgar Carmody über ihre Mutter gesagt hatte.

«Entschuldige dich jetzt sofort», drängte David erneut.

Charlotte zögerte. Alle starrten sie an. Ihr Vater war böse auf sie, und sie konnte seinen kalten Blick kaum ertragen. Gerade wollte sie nachgeben, als sie Hortensia bemerkte, die noch immer ganz blass und erschrocken aussah.

«Niemals», sagte Charlotte und stampfte kräftig auf dem Boden auf.

David kniff die Augen zusammen. Er atmete tief durch und richtete sich auf. «Holt eure Sachen. Wir fahren nach Hause. Quentin, ich bitte dich im Namen meiner Familie um Entschuldigung. Ich weiß nicht, was in Charlotte gefahren ist. Aber ich verspreche dir, dass ich es herausfinde.»

Sein Cousin knetete nervös seine Hände. «Mach dir keine Gedanken, es sind nur Kindereien. Es hat nicht die geringste Bedeutung.»

«Und ob es die hat, Quentin. Es geht nicht, dass eine meiner Töchter sich wie eine Wilde aufführt. Es tut mir leid. Ich bitte dich noch einmal um Entschuldigung, Quentin, und auch dich, Edmond», sagte David und wandte sich Edmond Carmody zu, der seinen Sohn noch immer am Kragen gepackt hielt.

«Beruhige dich doch», antwortete Edmond eilig. «Es sind nur Kinder.»

Aber Edgar war kein Kind mehr. Er war fünfzehn, ein Alter, in dem man nicht mehr mit einem Mädchen raufen durfte, und schon gar nicht in der Öffentlichkeit.

Quentin konnte sehen, wie Carmody die Hand hinter seinem Rücken zur Faust ballte, auch wenn seine Stimme fest und unbesorgt klang. Edmond ahnte oder wusste, was vorgefallen war, dachte Quentin, und er versuchte, das Ereignis um jeden Preis herunterzuspielen. Edgar für seinen Teil wagte nicht einmal, David überhaupt anzusehen.

Den Großteil der missbilligenden Blicke bekam Charlotte zu spüren, die ihren Kopf gesenkt hielt.

Gwendolyn Burton und ihre Tochter Laura genossen das Spektakel aus der ersten Reihe und gaben sich nicht die geringste Mühe, ihre spöttischen Mienen zu verbergen. Silvia hingegen klammerte sich erschrocken an die Hand des Mannes, mit dem sie nun verheiratet war.

Besonders ein Blick stach deutlich unter den anderen

hervor. Doktor Steward beobachtete die Geschehnisse schweigend aus dem Hintergrund. Seine durchdringenden Augen waren auf Charlotte geheftet, kein Fünkchen Mitleid lag in ihnen. Katherine hatte schon am Nachmittag bemerkt, wie der Arzt ihre Töchter beobachtete. Keiner von beiden hatte vergessen. Entschlossen stellte sie sich zwischen ihn und Charlotte. Wie damals, als sie Mollys Tochter vor ihm beschützt hatte, trat sie ihm auch jetzt entgegen.

«Charlotte!» Ohne Doktor Steward aus den Augen zu lassen, rief Katherine ihre Tochter. «Eine Lacroix trägt den Kopf immer oben», sagte sie zu ihr auf Französisch.

Als Katherine Lacroix sich bei diesen Worten selbstsicher und herausfordernd aufrichtete, verstummte das Gemurmel. Das spöttische Lächeln auf einigen Gesichtern war plötzlich wie weggewischt. Unmöglich konnte man der Macht widerstehen, die von dieser Frau ausging. Auch Charlotte fühlte die Kraft ihrer Mutter und reckte stolz das Kinn nach oben.

«Charlotte, Hortensia», Katherine streckte ihren Töchtern die Hände hin. «Wir fahren nach Hause.»

Angesichts der Entschlossenheit dieses vierzehnjährigen Mädchens verspürte Quentin plötzlich Bewunderung für seine Nichte. Sie war stur und tollkühn, zweifellos hatte sie den Mut von ihrem Vater geerbt. Quentin war sich sicher, dass sie kein einziges Wort sagen würde. Zumindest nicht in der Öffentlichkeit.

«Mach dir keine Sorgen, Kleine», sagte Quentin liebevoll zu seiner Nichte, während die anderen in der Kutsche Platz nahmen.

«Es tut mir sehr leid», entschuldigte Charlotte sich reumütig. «Ich wollte Silvia nicht das Fest verderben.»

Quentin zwinkerte ihr lächelnd zu. «Bestimmt hatte dieser vorlaute Kerl es verdient. Du und Hortensia könnt zu Besuch kommen, wann immer ihr wollt.»

Bei den freundlichen Worten des Onkels nahmen Hortensias Wangen etwas mehr Farbe an. Ihr Onkel hasste sie nicht. Die beiden Schwestern warfen sich einen überraschten Blick zu.

«Danke, Onkel!», antwortete Charlotte für sie beide.

«Katherine, David, bis bald.»

David runzelte die Stirn und verabschiedete sich mit einer Handbewegung von seinem Cousin.

Der Rückweg wurde schweigend zurückgelegt. David war verärgert und sprach während der ganzen Fahrt kein einziges Wort, aber er war gleichzeitig auch stolz auf seine Tochter. Niemand konnte die Parrishs ungestraft beleidigen.

Kaum waren sie auf New Fortune angekommen, wurden Charlotte und Hortensia auf ihr Zimmer geschickt. David und Katherine schlossen sich in der Bibliothek ein.

Es dämmerte bereits, und der Raum war in das zarte Licht getaucht, das das Ende des Tages ankündigte.

«Siehst du jetzt, was du mit deiner liberalen Erziehung erreicht hast?», schimpfte David.

«Dann sag mir mal, was ich erreicht habe. Dass meine Töchter sich verteidigen, wenn sie beleidigt werden? Dass sie keinen Mann brauchen, der ihnen zu Hilfe kommt? Dass sie eigenständige Frauen sind?»

«Nein, Katherine. Du hast nur erreicht, dass deine

Tochter sich vor der gesamten Gesellschaft Virginias wie eine Wilde aufgeführt hat. Merkst du denn nicht, was um dich herum vorgeht?»

«Vor allem habe ich bemerkt, dass dieser dumme Junge Hortensia verletzt hat.»

«Ich verstehe. Du willst also, dass deine Töchter sich mit allen duellieren, die sie beleidigen?»

«Machen das die Männer etwa nicht auch?»

«Werd jetzt bitte nicht zynisch.»

«Dann stell mir nicht solch alberne Fragen! Du weißt genau, dass ich das nicht will. Ich möchte einfach, dass sie eigene Meinungen und Gedanken haben und auch mal anderer Ansicht sind als ihr Vater, ihr Cousin oder die Leute.»

David war kurz davor, die Fassung zu verlieren.

Eine Frau, auch wenn sie noch so viel Charakter und Temperament hatte, war nur eine Frau und brauchte einen Mann. Selbst Katherine brauchte ihn, auch wenn sie es sich nicht eingestand.

«Du bist das Problem, Katherine. Glaubst du, ich weiß nicht, was die Leute über dich reden? Glaubst du, ich weiß nicht, warum die Kinder aneinandergeraten sind? Ich habe gehört, was Orante Quentin erzählt hat. Du warst der Grund für den Streit, Katherine ... Negerliebchen haben sie dich genannt.»

«Das war es also», sagte Katherine ruhig.

«Wenn mir das jeder, der so denkt, ins Gesicht sagen würde, müsste ich mich mit dem halben Staat Virginia schlagen», ereiferte sich David.

«Sollen sie doch reden! Es ist mir egal, was sie von mir denken oder über mich sagen.»

«Mir aber nicht!» David schrie zum ersten Mal. «Und

deinen Töchtern auch nicht! Aber du wirst Ausgestoßene aus ihnen machen! Ist dir das denn egal?»

Katherine ließ sich nicht erschüttern. Sie drehte ihm den Rücken zu. Sie konnte nicht ertragen, wenn er sie anschrie.

«Nur zu, beachte mich einfach nicht. Das kannst du am besten.»

«Du hast es nicht anders verdient, David. Wir hätten glücklich werden können. Du könntest noch immer der junge Mann sein, in den ich glaubte, mich verliebt zu haben, aber du hast mich betrogen. Du hast mir sehr wehgetan.»

«Es war ein einziges Mal. Es tut mir leid. Ich bereue es seit jenem Tag. Werde ich denn mein ganzes Leben lang für diesen Fehler bezahlen müssen? Haben wir uns nicht genug bestraft? Ich liebe dich noch immer, Katherine. Ich will bei dir sein.»

David streckte seine Hand nach Katherine aus.

Katherine spürte, wie die Mauer um sie herum zu bröckeln begann. David war noch immer ein attraktiver Mann. Und vorher hatte er sich nie entschuldigt. Wenn sie ihm verzieh, könnte alles so sein wie vorher. Sie wäre nicht mehr allein.

«Ich ...», sie zögerte. Es war, als würde sie in ihm den Menschen wiedererkennen, in den sie sich damals verliebt hatte. Er war immer dort gewesen.

«Du hast dich so verändert ...»

«Vielleicht bist *du* diejenige, die sich verändert hat. Vergiss nicht, dass du so warst wie ich.»

«Ja, das war ich. Und du wirst nie verstehen, wie sehr ich mich dafür schäme», sagte sie, und bevor er sie berühren und ihre Wut unter der Wärme der Liebkosung verrauchen konnte, zog sie schnell ihre Hand zurück.

«Wirst du mir denn niemals verzeihen?»

«Ich kann es nicht, David. Dein Verrat hat mein Herz kalt gemacht.» Eilig verließ Katherine die Bibliothek.

David ging ihr nicht nach.

Am Tag darauf brach er beim ersten Licht der Morgendämmerung nach Richmond auf. Dort wenigstens konnte ihm das Gefühl von Trauer und Ohnmacht nichts anhaben, das er in Katherines Nähe verspürte, mit ihrem perfekt unter einem Mantel von Gleichgültigkeit versteckten Hass.

Latoya war mit einem Tablett mit Pfirsichkonfitüre, Toast und dünn geschnittenem Käse ins Zimmer der Mädchen hinaufgegangen. Aber Hortensia hatte keinen Appetit, und selbst Charlotte, die nichts mehr zu sich genommen hatte, seit sie das Tortenstück am Nachmittag hinuntergeschlungen hatte, rührte nichts an. Als Hortensia sich die Schlafhaube aufsetzte, drehte sie sich zu ihrer Schwester um, die schon unter die Decke geschlüpft war und deren verlorener Blick auf dem Schatten der Zypresse ruhte, der sich auf dem Fenster abzeichnete.

«Geht es dir gut?»

Charlotte antwortete nicht. Sie war mit den Gedanken weit weg.

«Als ich gesehen habe, wie du auf Edgar losgegangen bist, hatte ich schon Angst, er würde dich schlagen. Ich bin furchtbar erschrocken», sprach Hortensia weiter.

«Niemand beleidigt meine Familie!»

«Was wollte Edgar wohl damit sagen?»

«Vergiss ihn einfach. Edgar war schon immer ein Idiot. Er weiß nicht, was er sagt.»

«Du hättest sein Gesicht sehen sollen, als du dich auf ihn gestürzt hast.»

Als Charlotte sich an Edgars ungläubigen Gesichtsausdruck erinnerte, musste sie grinsen. «Hortensia, hast du gesehen, wie sein Vater ihn am Kragen festhielt?»

Die Schwester nickte.

«Er sah aus wie ein begossener Pudel. Im Leben habe ich noch nie jemanden gesehen, der so lächerlich aussah.»

Die beiden Mädchen lachten.

«Charlotte?»

«Ja?»

«Du warst großartig.»

Charlotte schwieg einen Moment lang. Sie wollte den jüngsten Spross der Carmodys so schnell wie möglich aus ihren Gedanken verbannen. In ihrem Kopf war nur noch Raum für einen anderen Menschen.

«Hast du gesehen, wie Richard diesen Idioten gezwungen hat, sich zu entschuldigen?»

«Das stimmt. Das war sehr aufmerksam.»

«Er sieht so gut aus ...», seufzte Charlotte.

Die beiden Schwestern hingen ihren Gedanken nach.

«Weißt du was, Hortensia?»

«Was?»

«Eines Tages werde ich Richard Reemick heiraten.»

Zwei Mal noch hatte Charlotte die Gelegenheit, Richard zu sehen, bevor er nach Annapolis aufbrach, wo er die nächsten vier Jahre verbringen würde. Zwar sprach er nicht mit ihr, aber Charlotte sah, wie er sie immer wieder anlächelte.

· 14 ·

Trotz des heftigen Schneefalls über Boston fertigte Raymond O'Flanagan den Kutscher ab und beschloss, das letzte Stück bis zu seinem Haus zu Fuß zurückzulegen. Er hielt den Hut gut fest und bahnte sich, von kräftigen Windstößen geschüttelt, einen Weg durch das Schneegestöber. Er musste unbedingt nachdenken und ein paar Schritte laufen. Die Dinge verkomplizierten sich. Scott hatte sich schon wieder in Schwierigkeiten gebracht, und er war nicht bereit zuzulassen, dass die Anwandlungen seines Sohnes ihn bloßstellten. Aber das würde anders werden. Diesmal würde Scott nicht einfach so davonkommen. Als er über die Schwelle seines Hauses trat, hatte der Schnee den Mantel aus gepresstem Wollfilz und die glänzenden Lederschuhe bereits durchweicht.

Nachdem James, der Butler des Hauses, seinen Herrn mit steifer Förmlichkeit begrüßt hatte, nahm er dessen Hut und Handschuhe und half Raymond aus dem schweren Mantel.

«Ist Scott schon da?»

«Noch nicht, Mr. O'Flanagan.»

«Sobald er durch diese Tür kommt, sagen Sie ihm, dass ich ihn sofort in meinem Büro erwarte.»

James nickte und zog sich diskret mitsamt den Kleidungsstücken zurück.

Raymonds Gattin Beatriz stickte im Zimmer neben der

Empfangshalle. Als sie die Stimme ihres Mannes hörte, erhob sie sich und ging ihm entgegen. «Ist etwas nicht in Ordnung, mein Lieber?», fragte sie mit Unschuldsmiene.

Die Frau mit dem kupferfarbenen Haar und dem wachen Blick, die gelernt hatte, ihre Gefühle zu verbergen, kannte den Grund für den Ärger ihres Mannes bereits. Eine Cousine hatte es sich nicht nehmen lassen, sie zu besuchen und sie in allen Einzelheiten über den Vorfall zu unterrichten, bei dem ihr Sohn Scott eine tragende Rolle gespielt hatte. In der Tat gab es in diesem Augenblick wohl kein einziges Mitglied der Bostoner Gesellschaft mehr, das nicht wusste, dass Raymond O'Flanagans Sohn öffentlich Zorton beleidigt hatte, den Kandidaten für das Bürgermeisteramt, den ihr Mann unterstützte.

«Ich konnte es nicht glauben, als ich es erfahren habe! Scott hat Zortons Rede in der Markthalle unterbrochen und ihn vollkommen bloßgestellt!», rief Raymond verärgert aus. «Und als ob das nicht schon genug wäre, ist ihm nichts Besseres eingefallen, als dort mit diesen aufrührerischen und faulen Halunken aufzutauchen, die er seine Freunde nennt! Es muss ein peinliches Spektakel gewesen sein.»

Beatriz sagte nichts. Schweigend folgte sie ihrem Mann in sein Büro. Auch ihr gefiel dieser Aufschneider nicht, der Bürgermeister werden wollte, und egal, was Raymond auch immer sagte oder tat, sie war sich sicher, dass er ebenso wenig von ihm hielt.

Dem übertriebenen und unzusammenhängenden Bericht ihrer Cousine hatte Beatriz entnehmen können, dass Scott den Kandidaten nicht einmal zu Unrecht beschimpft hatte. Doch ihr Sohn schien dabei vollkommen das Maß verloren zu haben. Er war ein Idealist, und seine Leidenschaft für die noble Sache wurde langsam zu einem Problem.

«Sei nicht so hart zu ihm», sagte sie zu ihrem Mann, als sie in der großen Bibliothek waren, in der Raymond ganze Nächte mit der Lektüre der Bücher verbrachte, die dicht an dicht in den Regalen standen. «Nach allem, was ich gehört habe, war er zumindest sehr eloquent», bemerkte sie und zog ein wenig die Augenbrauen hoch.

Endlich lächelte Raymond und entspannte sich. Er mochte diese kleinen ironischen Bemerkungen seiner Frau. Im Unterschied zu ihr hatte er diese subtile Kunst nie zu beherrschen gelernt.

«Verteidige ihn nicht auch noch. Diesmal müssen wir hart durchgreifen. Wir haben ihm zu viel durchgehen lassen. Und ich glaube nicht, dass es ihm gutgetan hat.» Beatriz wollte eigentlich widersprechen, doch sie ahnte, dass ihr Mann recht hatte.

«Was wirst du tun?»

«Ich kann nur eins tun.»

Sie wusste, wovon er sprach. Mehr als einmal hatten sie über diese Möglichkeit nachgedacht und sie letztendlich immer wieder verworfen.

«Aber es ist so weit weg ... und Scott ist so ...»

Doch dieses Mal bat ihr Mann sie um ihre Unterstützung. Wenn sie sich den Problemen nicht gemeinsam stellten, würde sich nichts verändern, und O'Flanagan konnte nicht zulassen, dass sein Sohn einfach tat, was er wollte, ohne sich im mindesten darum zu kümmern, was das für seine Familie bedeutete.

Beatriz lächelte. Und sie lächelte nur selten. Obwohl ihr Mann schon fünfzig war, zeigte sich kein bisschen Grau in seinen schwarzen Haaren. Raymonds Gesicht war zwar nicht schön, aber es strahlte Energie und Entschlossenheit aus, und das machte ihn attraktiv. Nur durch sein eigenes Streben war er der schlimmsten Armut entronnen und zu einem der reichsten Männer in Massachusetts geworden. Aber das, was Beatriz dazu gebracht hatte, sich in diesen Mann zu verlieben, war der melancholische, traurige Blick, der sich tief hinter seinen dunklen Augen verbarg.

Scott trat ohne anzuklopfen ein. Obwohl er sich seines Rocks schon entledigt hatte, trug er noch den gestreiften Schal um den Hals. Er war nicht groß für sein Alter, doch sein glattrasiertes Gesicht, in dem sich die Züge des Mannes, zu dem er einmal werden würde, erst ankündigten, zeigte an, dass er noch wachsen würde. Zerstreut schüttelte er die Schneeflocken ab, die an seinen Haaren hafteten.

«Papa, Mama», grüßte er ungezwungen, «James hat gesagt, dass ihr mich sehen wollt.»

«Guten Abend, mein Lieber.»

Sein Vater antwortete nicht auf seinen Gruß, doch das durchdringende Leuchten seiner dunklen Augen war Scott eine Warnung. Die Situation war ernst.

«Scott, ich glaube, du hast mir etwas zu sagen.»

Zu diesem Zeitpunkt wusste schon ganz Boston, was geschehen war. Es war zwecklos zu leugnen, und noch weniger vor dem Besitzer der auflagenstärksten Zeitung der Stadt.

«Er hat es verdient», sagte Scott und zuckte mit den Schultern.

«Er hat es verdient?», wiederholte sein Vater kopfschüttelnd. «Und das ist alles? Glaubst du, das genügt, nachdem du einen Mann, der bald unser Bürgermeister wird, öffentlich beleidigt hast?»

«Wenn du ihn nicht unterstützen würdest, würde es nicht so weit kommen.»

«Wage es bloß nicht …», warnte sein Vater mit lauter Stimme. «Ich bin dein Vater, und ich weiß, was für diese Familie das Beste ist.»

«Dieser Mann schätzt dich in keinster Weise. Das Einzige, was er will, ist dein Geld. Wie kannst du das ignorieren?»

O'Flanagan war nicht dumm. Nicht umsonst hatte er sich aus dem Loch, in dem er aufgewachsen war, befreien und ein immenses Vermögen anhäufen können. Er wusste genau, dass der Bürgermeisterkandidat kein Mann von großem moralischen Format war. Aber er hatte seine Pläne. Brian, sein Ältester, hatte gerade die Universität beendet. Dafür, dass seine Zeitung Zortons Kandidatur unterstützte, würde Brian eine Stelle als Mitarbeiter des Gouverneurs bekommen.

«Hast du vergessen, wer du bist? Weißt du, dass ich ein Vermögen dafür ausgebe, die Kandidatur dieses Mannes zu unterstützen?»

«Dieser Mann verdient dein Vertrauen nicht!»

«Du hast nicht zu bestimmen, wer mein Vertrauen verdient! Du bist mein Sohn und solltest tun, was ich sage!» Raymond schlug mit der Faust auf den Schreibtisch.

Scotts Sturheit machte ihn wahnsinnig. Nie gab er klein bei. Man konnte ihn einfach nicht zur Vernunft bringen. Er war auf eine Weise leidenschaftlich, die Raymond nie hatte verstehen können. Und solch unkontrollierte Leidenschaft konnte zu einer Katastrophe führen.

«Du wirst dich entschuldigen.»

«Wie bitte?»

«Du hast mich schon verstanden. Du wirst dich öffentlich entschuldigen.»

«Du möchtest ernsthaft, dass ich diesen Mann um Verzeihung bitte?»

Sein Vater war nicht zu Scherzen aufgelegt.

«Und was genau soll ich widerrufen?»

Überrascht hörte Beatriz einen Anflug von Sarkasmus in den Worten ihres Sohnes. Ihr Junge veränderte sich, dachte sie traurig und fand sich selbst in ihm widergespiegelt. Scott hatte zugelassen, dass sich eine dünne Schicht Zynismus um sein edles und großzügiges Herz legte, und wenn er nicht aufpasste, würde diese Schicht sich verhärten und so undurchdringlich werden wie Stein.

«Das weißt du genau, Scott.»

«Nein, das weiß ich nicht. Denn nichts von dem, was ich gesagt habe, war falsch. Und das sollte dir klar sein. Du machst einen Fehler, wenn du ihn unterstützt!»

«Ich mache also einen Fehler?»

Trotzig schwieg Scott.

«Ich verstehe. Trotz allem sind es aber diese sogenannten Fehler, die für deine gute Ausbildung gesorgt haben, und übrigens auch für das Geld, das du so selbstlos und großzügig ausgibst.»

«Ja, Vater. Ich bin privilegiert», bestätigte er mit einem Anflug von Schuldbewusstsein. «Es fehlt mir an nichts. Ich lebe im Überfluss, während nur wenige Meter von meinem Zuhause Leute in schmutzigen Gebäuden zusammengepfercht leben und vergeblich nach etwas Wärme suchen. Aber gerade weil ich reich bin, ist es meine Pflicht, mich um die zu kümmern, die dieses Glück nicht haben.»

Beatriz warf ihrem Mann einen Seitenblick zu. Damit hatte Scott ihn an seiner empfindlichsten Stelle getroffen.

«Wer bist du, dass du entscheiden willst, was richtig und was falsch ist? Du weißt nicht, was harte Arbeit ist. Du hast nie Hunger gelitten. Du musstest auch nicht machtlos zusehen, wie die Menschen, die du liebst, von Kälte und Armut aus dem Leben gerissen wurden. Bete zu Gott, dass du niemals erleiden musst, was ich erlitten habe! Aber bis du nicht erfahren hast, was es heißt, mit jedem Atemzug das Leben festzuhalten, dich an das Leben zu klammern», er sprach diese Worte nachdrücklich und mit glühenden Augen, «ja, Scott, dich mit Klauen und Zähnen an das Leben zu klammern, weil du mit Sicherheit keine zweite Chance bekommen wirst, bis dahin hast du nicht das Recht, mich zu verurteilen.»

Raymond sammelte sich kurz und fuhr fort: «Als ich um Hilfe für meine Familie bat, hat niemand mein Flehen erhört. Und deshalb sage ich dir jetzt eines, Scott. Erwarte nie etwas von anderen. Vertrau nur auf deine eigenen Fähigkeiten und denk immer daran, dass es auf der Welt nichts Wichtigeres gibt als die Familie. Ich werde nie wieder jemanden um ein Stück Brot anbetteln müssen. In ein paar Jahren wird dein Bruder in der bedeutendsten staatlichen Behörde dieses Landes sitzen, er wird Gesetze entwerfen und die Geschichte mitgestalten.»

«Aber zu welchem Preis, Vater? Indem du einen Mann unterstützt, der seine Arbeiter ausbeutet, der sie sich zu Tode schuften lässt? Du solltest von allen am besten wissen, wovon ich spreche!»

«Das ist doch nur Gerede.»

«Müsstest du dir einen Mann, dem du dein Vertrauen schenkst, nicht genauer ansehen?»

«Und wenn es der Teufel selbst wäre!», schrie sein Vater. «Ich werde nicht zulassen, dass mein eigener Sohn die Arbeit meines ganzen Lebens zunichtemacht, jetzt wo das Ziel zum Greifen nah ist.»

Wenn Raymond aus seiner in Armut verbrachten Kindheit etwas gelernt hatte, dann war es, nie wieder von jemandem abhängig sein zu wollen. Er würde all denen, die ihm damals den Rücken zugekehrt hatten, beweisen, wer Raymond O'Flanagan, Besitzer von Reedereien, Minen, Webereien und Eisenbahnen wirklich war.

Nicht einmal er selbst kannte die genaue Höhe seines Vermögens. Trotz allem blieb ihm noch etwas zu tun. Er hatte den Gipfel der Macht noch nicht erreicht, war aber kurz davor. Brians Eintritt in die hohen Sphären der Politik würden ihm dabei dienlich sein.

«Ich habe einen Entschluss gefasst», verkündete Raymond, als er merkte, dass sie sich nicht einig werden würden. «Ich werde dich nach Annapolis schicken.»

Scott erstarrte.

«A ... Annapolis? Aber dort ...»

Sein Vater nickte.

«So ist es. Dort befindet sich die Marineakademie.»

«Aber ich will dort nicht hin!»

«Du hattest die Wahl.»

«Mama?», bat Scott seine Mutter verzweifelt um Unterstützung.

Aber zum ersten Mal in seinem Leben kam seine Mutter ihm nicht zu Hilfe. Sie war sehr ernst und wirkte traurig.

«Dein Vater hat recht. Es ist die beste Lösung», sagte sie, während sie ihrem Sohn sanft eine Strähne aus dem Gesicht strich, die beinahe seine dunklen Augen verdeckte.

«Aber Mama!», widersprach er hilflos. «Und was ist mit Harvard? Das zweite Studienjahr wird bald beginnen.»

Seine Eltern sagten kein Wort.

«Nein!», schrie er verzweifelt. «Ich will nicht zum Militär. Ich hasse die Armee. Ich hasse sie!»

«Das war früher nicht so.»

Wütend wandte Scott sich seinem Vater zu. Er hatte recht. Als Kind hatte Scott immer nur General werden wollen, wie sein Großvater, oder Soldat wie sein Onkel Lead, der Bruder seiner Mutter. Geschichten vom Krieg hatten ihn fasziniert, und er hatte täglich mit den Pistolen geübt, die er von seinem Großvater zum achten Geburtstag bekommen hatte. Aber seit dem Tag vor zwei Jahren, an dem sein Onkel Lead in einem Duell gestorben war, wurde alles anders. Danach nahm Scott nie wieder eine Waffe in die Hand.

«Das ist lange her. Bevor Onkel Lead ...» Er sprach den Satz nicht zu Ende. «Bitte, Mama, du weißt, wie gern ich Anwalt werden will. Im letzten Jahr war ich der Beste meines Jahrgangs.»

Sanft lächelte seine Mutter ihm zu, als sie sich an ihren geliebten Bruder erinnerte. Sie wusste, dass Leads Tod für Scott besonders hart gewesen war.

«Harvard ist immer noch da, wenn du den Abschluss an der Marineakademie gemacht hast. Wenn es dann immer noch dein Wunsch ist, kannst du später wieder dort studieren.»

«Aber die Ausbildung an der Akademie dauert vier Jahre, und danach müsste ich noch drei Jahre bei der Marine dienen. Bitte», sagte er noch einmal, «ich verspreche euch auch, dass ich keinen Unsinn mehr mache.»

«Versprich nichts, was du nicht halten kannst, Scott», sagte sein Vater ungerührt. «Der Beschluss ist gefasst.»

Eine Woche später verabschiedete sich Scott auf dem Bahnsteig von seinen Eltern und seinem vier Jahre älteren Bruder Brian.

«Ob ich wohl die richtige Entscheidung getroffen habe?», fragte Raymond sich laut, während die Lokomotive ratternd am Horizont verschwand, eine dunkle Rauchwolke hinter sich herziehend. Er suchte die Augen seiner Frau. Sie hatten nicht aus Liebe geheiratet. Beatriz hatte immer praktisch gedacht. Und als Raymond O'Flanagan ihr einen Antrag gemacht hatte, ein Mann ohne bekannten Namen, aber immens reich, war das die perfekte Lösung für die schwierige wirtschaftliche Situation gewesen, in der ihre Familie sich damals befand. Obwohl ihr Vater, General Sanders, zunächst gezögert hatte, heirateten Beatriz und Raymond. Und mit den Jahren lernten sie, sich zu lieben. Inzwischen hätte Raymond O'Flanagan alles für seine geliebte Gattin aufgegeben, in diesem und auch im nächsten Leben.

Beatriz nahm ihren Mann am Arm, sprach ihm Mut zu und blickte in jene Augen voller Trauer, die sie so bewunderte. «Mach dir keine Sorgen. Er wird es schon schaffen.»

· 15 ·

In Baltimore stieg Scott aus dem Zug und nahm die Postkutsche. Ein paar Stunden später hielt die Kutsche im Zentrum von Annapolis. Als Scott die Gardine beiseiteschob, sah er, dass die Straßen leer und die Laternen schon angezündet waren. Resigniert ergriff er seinen Koffer, und nachdem er sich von dem Ehepaar verabschiedet hatte, das von Baltimore aus mit ihm gereist war, brach er zu Fuß auf, um das letzte Stück Weg zurückzulegen.

Er befolgte die Anweisungen, die der Kutscher ihm gegeben hatte, bog links in die erste Straße ein und lief dann weiter, bis er die Geräusche und Gebäude der Stadt hinter sich ließ. Suchend blickte er sich nach irgendetwas um, das ihm zur Orientierung dienen konnte, aber der Weg führte durch einen dichten, schwarzen Wald, und er konnte kaum noch erkennen, wohin er seinen Fuß setzte. Er wusste nicht einmal, wie weit die Akademie von der Stadt entfernt lag. Allein, mitten im Nichts, beklagte Scott sein Schicksal und betete, dass es in der Gegend keine wilden Tiere mehr gab. Und zu allem Übel kam jetzt auch noch Nebel auf, wahrscheinlich aus der nahen Bucht.

Als er schließlich vor dem Eisentor der Akademie stand, war der Nebel so dicht geworden, dass man die Hand nicht mehr vor Augen sah. Das Tor war geschlossen und das Wachhäuschen leer. Zum Glück hatte jemand die Idee gehabt, draußen eine Glocke anzubringen.

Nachdem er am Strang gezogen hatte, stellte Scott seinen Koffer auf dem Boden ab und setzte sich. Es war kalt, und er kauerte sich unter seinem Cape zusammen. Er hätte die Handschuhe nicht im Koffer lassen sollen, dachte er bei sich und fühlte, wie die Feuchtigkeit ihn in die Hände zwickte und seine Kleidung durchdrang. Er war noch nicht einmal auf dem Gelände der Akademie angekommen, und doch hasste er den Ort bereits.

Als er hörte, wie der dumpfe Klang von Schritten auf den Steinplatten näher kam, spürte er die Finger kaum noch.

«Wer ist da?», fragte eine Stimme aus dem Dunkel.

«Scott O'Flanagan», antwortete er.

Die Scharniere der Metalltür quietschten.

«Folgen Sie mir», befahl der Mann, dessen Umrisse vor Scott langsam Form angenommen hatten.

Das brauchte man ihm nicht zweimal zu sagen. Er wäre selbst dem Teufel hinterhergelaufen, hätte dieser die Freundlichkeit besessen, ihm einen trockenen und warmen Unterschlupf in Aussicht zu stellen. Wortlos führte der Wachoffizier ihn durch die Anlage.

Auf dem Weg durch das zweistöckige Gebäude, in dem er untergebracht war, war ihnen niemand begegnet. Scott fragte sich ernstlich, ob er wohl der einzige Student der Akademie war. Als er sein Zimmer betrat, schien sein Verdacht sich zu erhärten. Auch hier war keine Menschenseele zu sehen.

Nichtsdestoweniger verriet die Anzahl der Betten, Schränke, Nachttische und Stühle, dass der Raum für vier Personen ausgelegt war. Ein Tisch war in der Mitte des Zimmers platziert worden, genau gegenüber von einem breiten Schiebefenster, an jeder Seite stand ein Stuhl. Das einzige Möbelstück, das der spartanischen Unterbringung einen Hauch von Gemütlichkeit verlieh, war ein Metallofen.

«Ihr Bett», erklärte der Offizier und zeigte auf das Lager neben dem Fenster. Und noch bevor Scott eine weitere Bemerkung machen konnte, ging der Offizier auf einen Schrank zu und öffnete die Tür. «Ihre Kleidung», informierte er den Neuankömmling.

In diesem Moment erblickte Scott zum ersten Mal, was in den nächsten Jahren seine einzige Habe sein sollte. Und ihm gefiel keineswegs, was er sah.

«Sobald Sie sich umgezogen haben, haben Sie im Speisesaal zu erscheinen», sagte der Offizier, der Scotts eleganten Anzug mit offenkundiger Missbilligung betrachtete. «Wenn Sie vor die Tür treten, wenden Sie sich nach Osten, gehen etwa zwanzig Yards geradeaus, wenden sich dann nach Norden und dann wieder nach Osten. Sie können ihn nicht verfehlen.»

Scott bemühte sich, die Beschreibung zu behalten.

«Beeilen Sie sich. Das Abendessen wird in fünf Minuten serviert.»

Sobald Scott allein war, lief er zum Ofen. Der war eiskalt. Erst als er die Hände auf das Gitter drückte, seufzte er erleichtert. Die von der Restglut ausgestrahlte Wärme vermittelte ihm das erste angenehme Gefühl, seit er Boston verlassen hatte.

Nachdem er sich etwas aufgewärmt hatte, zog er sich aus und legte seine Kleider in den Koffer, den er unter das Bett schob. Im schlimmsten Fall würden sie vier Jahre lang dort bleiben. Danach nahm er eine der beiden Tagesuniformen aus dem Schrank und zog sie an. Die Hosen waren etwas zu lang, aber die Jacke saß. Er hätte sich gerne im Spiegel angesehen, fand aber keinen. Anscheinend war sogar ein einfacher Spiegel zu viel Luxus für die nüchternen, kalten Zimmer.

Als er vor die Tür trat, rief sich Scott die Wegbeschreibung zum Speisesaal ins Gedächtnis. Jetzt spürte er, wie hungrig er war. Zum Glück hielt die Uniform die Nachtkälte ab. Richtung Osten, wiederholte er in Gedanken, und während er angestrengt versuchte, irgendein Sternzeichen zu entdecken, das ihm dabei helfen könnte, in der Dunkelheit die Himmelsrichtungen zu bestimmen, knurrte ihm der Magen. Es war sinnlos. Der Nebel hatte die Sterne verschluckt, und die einzigen Lichter in seiner Umgebung waren die Laternen an den Mauern der Gebäude.

Vielleicht war es der Überlebensinstinkt, der ihn zu seinem Ziel führte, vielleicht aber auch einfach der dezente Geruch nach Essen. Jedenfalls fand er den Speisesaal und darin auch die übrigen Studenten, an deren Existenz er schon gezweifelt hatte.

Obwohl etwa hundert Studenten und zehn Lehrer unter den Holzbalken des Pavillons saßen, herrschte beeindruckende Stille. Man hätte eine Stecknadel zu Boden fallen hören. Scott setzte sich auf einen Stuhl nahe der Tür und wartete, dass ihm das Abendessen serviert wurde. Sobald sie ihr Mahl beendet hatten, erhoben sich die Mitglieder des Lehrkörpers und des Offiziersstabs von ihrem Tisch, der auf einem Podium stand und von dem aus man den gesamten Raum überblicken konnte. Erst danach taten die Studenten es ihnen nach.

Diesmal mischte Scott sich unter die Menschenmenge, die sich auf dem Campus verteilte, und kehrte zu seiner Unterkunft zurück.

«Kadett!», rief jemand hinter ihm, als er den Fuß auf die erste Treppenstufe setzte.

Aber Scott stieg die Treppe weiter hinauf, völlig gedankenverloren.

«Haben Sie mich nicht gehört?», wiederholte die Stimme.

Alle starrten Scott an.

«Meinen Sie mich?», fragte er und drehte sich zu einem jungen Mann um, der das Abzeichen eines Leutnants am Uniformrock trug.

«Name und Studienjahr?»

«Scott O'Flanagan, erstes Jahr.»

«Kadett O'Flanagan, Sir», korrigierte ihn der Offizier sichtlich verärgert angesichts des Mangels an Respekt.

Scott deutete mit einer leichten Bewegung an, dass er nun seinen Weg fortzusetzen gedachte.

«Wohin glauben Sie zu gehen, Kadett O'Flanagan?»

«Ich begebe mich auf mein Zimmer.»

«Ich begebe mich auf mein Zimmer, Sir», korrigierte ihn der Leutnant erneut.

Scott fand es äußerst gewöhnungsbedürftig, jemanden «Sir» zu nennen, der kaum ein paar Jahre älter war als er selbst.

«Können Sie mir sagen, Kadett O'Flanagan, was Sie mitten auf der Treppe machen?»

Überrascht sah Scott ihn an. «Ich wollte in den ersten Stock.»

«Sie wissen wohl nicht, dass Studenten im ersten Jahr nicht in der Mitte gehen, weder auf den Treppen noch in den Fluren?»

Er war so in Gedanken versunken gewesen, dass er die Schlange junger Männer, die sich an der Wand entlang bewegten, gar nicht bemerkt hatte.

«Es tut mir leid, Sir», sagte er, trat zur Seite und schloss sich der Prozession der jüngeren Männer an.

«Das kostet Sie zwei Strafpunkte, Kadett O'Flanagan.»

Leutnant Paul Sebastian vom Jahrgang 1845 hatte in diesem Sommer die vierjährige Ausbildung an der Marineschule beendet. Nach seinem Abschluss hatte er sich bereit erklärt, für zwei weitere Jahre als Unterstützungsoffizier in der Einrichtung zu bleiben. Nun holte er ein kleines Büchlein aus der rechten Tasche seines Uniformrocks und notierte, nachdem er die Spitze des Bleistifts mit der Zunge befeuchtet hatte, den Namen des Regelbrechers mit der entsprechenden Zahl der Strafpunkte. Danach blickte er O'Flanagan an, hinter dem sich die übrigen Studenten des ersten Jahres bereits zu stauen begannen. In kürzester Zeit würde die Schlange bis nach draußen reichen.

«Kadett O'Flanagan, Sie können weitergehen.»

Scott nickte und setzte sich in Bewegung, diesmal in angemessener Form dicht an der Wand. Im Gedächtnis notierte er die absurde Regel Nummer eins: In der Mitte des Ganges gehen gibt zwei Strafpunkte.

Oben angekommen, traf er endlich auf seine Zimmergenossen.

Ein junger Mann seines Alters mit hellbraunem Haar, grauen Augen und dem Auftreten eines Gentleman, kam ihm entgegen.

«Willkommen. Ich bin Richard Reemick aus Virginia», stellte er sich mit einem deutlichen Südstaatenakzent vor.

«Scott O'Flanagan, Boston», grüßte Scott und ergriff die Hand, die Richard ihm entgegenstreckte. Am gutgebauten Körper des Jungen aus Virginia sah die plumpe Uniform der Akademie beinahe gut aus.

«Die Leseratte da ist Arnold Wolf aus Pennsylvania», fuhr Richard mit der Vorstellungsrunde fort.

Ein Rothaariger mit rundem Gesicht und intellektuellem Aussehen, der auf dem Bett neben Scotts lag, schob sich die Brille hoch, die sofort wieder auf den mittleren Teil der Nase herunterrutschte, und nickte ihm zu. Scott antwortete mit einer Handbewegung. Vielleicht hatte Wolf auch einen Willkommensgruß gemurmelt, aber Scott war sich nicht sicher.

«Und schließlich Klaus Fritz aus Montgomery, Alabama», schloss Richard und zeigte auf einen jungen Mann mit quadratischem Kopf, dessen blonder Bürstenhaarschnitt einen undurchdringlichen Panzer über dem Schädel bildete. Dieser Klaus hatte offensichtlich mehr Interesse daran, die goldene Schnalle seiner Galauniform zu polieren, als herauszufinden, wie sein neuer Zimmergenosse aussah.

Obwohl er saß, kalkulierte Scott, dass er etwa so groß sein musste wie Richard. Mit seinem breiten Rücken, den kräftigen Schultern und dem quadratischen Kiefer machte er keinen besonders vertrauenerweckenden Eindruck. Fast schien er für das erste Jahr zu alt zu sein.

«Freut mich», grüßte Scott herzlich.

Klaus erwiderte nichts, hob nur kurz den Blick, legte die Schnalle auf den Tisch und stand auf. Jetzt konnte Scott sehen, dass er sogar noch größer war als Richard. Klaus ging dicht neben ihm vorbei und verließ das Zimmer, ohne ein Wort zu sagen.

Einem perfekten Gastgeber gleich übergab Richard ihm ein Buch, in dem die Regeln und der Verhaltenskodex aufgelistet waren, die die Schüler beachten sollten. Es wurde empfohlen, sie auswendig zu lernen. Er beschrieb ihm kurz den Tagesablauf in der Akademie und erklärte ihm den Gebrauch der unterschiedlichen Uniformen.

In dieser Nacht wurde Scott vom Schnarchen des unfreundlichen Klaus daran gehindert, auch nur ein Auge zu schließen. Und am nächsten Tag riss ihn schon um fünf Uhr früh der irritierende Klang einer Trompete aus dem Bett, und man zwang ihn dazu, sich auf dem mit Raureif bedeckten Rasen zum Appell aufzustellen. Während man ihn mit seinem Gewehr absurde Tänze aufführen ließ, schweifte Scotts Blick über die zehn Morgen Land, die zwischen dem Meer und der Mündung des Severn River eingezwängt lagen und die für die nächsten Jahre zu seinem Gefängnis werden würden.

Jetzt verstand er die Worte des Marinesekretärs George Bancroft. Dieser hatte angeordnet, dass die neue Marineakademie der Vereinigten Staaten hier errichtet werden sollte, und den Platz als einen gesunden Ort bezeichnet, weit weg von den Versuchungen und Ablenkungen der Großstadt.

Nach dem Frühstück hatte Scott zwanzig Minuten Zeit, um sich zu waschen und umzuziehen. Danach nahm er an seiner ersten Unterrichtsstunde teil.

Der Lehrer für Navigation, Kapitän Franklin Parlain, war ein alter Seebär. Seine Haut war gegerbt und seine Stirn von den charakteristischen Falten eines Mannes gezeichnet, der stundenlang unter der prallen Sonne den Horizont abgesucht hatte.

Von seinem Platz an einem der Fenster aus betrachtete Scott das Ufer des Severn River. Auf einmal fühlte er sich zurückversetzt nach Harvard, in den Philosophiekurs des exzentrischen Professors Larrabee. Von jenem Klassenzimmer aus hatte er nämlich den friedlichen Charles River und im Hintergrund die Stadt Boston sehen können. Er verspürte Heimweh. Um diese Zeit waren seine Freunde sicher schon im Wirtshaus, um bei einem Krug Bier zu diskutieren, wie man die Welt von ihren Übeln befreien konnte. Er musste unbedingt einen Weg finden, diesen absurden Ort zu verlassen und in sein normales Leben nach Harvard zurückzukehren. Tief in diese Gedanken versunken, beachtete er kaum die Zeichnungen und Zahlen an der Tafel.

«Mr. O'Flanagan?»

Vorsichtig stieß Richard seinen neuen Pultnachbarn an. Aber es war schon zu spät.

«Sie wirken gelangweilt, Mr. O'Flanagan.»

Scott lächelte entschuldigend. Aber an diesem feindlichen Ort nutzte ein Lächeln rein gar nichts.

«Würden Sie bitte meine Frage beantworten.»

«Es tut mir leid, Sir.»

«Mr. O'Flanagan, ich rate Ihnen, fleißig zu sein», sagte Parlain scharf. «Im Vergleich zu Ihren Kommilitonen liegen Sie weit zurück, und Sie sollten nicht glauben, dass Ihnen eine Sonderbehandlung zuteilwird, nur weil Sie anderthalb Monate nach Beginn des Studienjahrs aufgenommen wurden.»

«Es tut mir leid», entschuldigte Scott sich noch einmal.

«Mr. O'Flanagan, entschuldigen Sie sich nicht so ausgiebig, sondern passen Sie lieber auf. Mr. Reemick, können Sie mir eine Antwort geben?»

Richard studierte rasch die Aufzeichnungen an der Tafel und verglich sie mit seinen eigenen Notizen.

«Ich glaube, man müsste in Richtung Norden wenden.»

«Präzision, Mr. Reemick.»

Richard zögerte. «… Dreißig Grad?»

Parlain hob leicht die Augenbrauen, als er das Ergebnis hörte. Er murmelte etwas Unverständliches und wandte sich der Tafel zu, auf die er Richards Antwort schrieb und mit vier geraden Linien umrahmte.

«Dreißig Grad. Weder neunundzwanzig noch einunddreißig», wiederholte der Lehrer und unterstrich das Resultat noch einmal dick. «Es ist eigentlich so einfach, wie das Steuerrad zu drehen», sagte er mit lauter Stimme. «Das nächste Mal, wenn Sie in seichtem Wasser zwischen Riffs navigieren, sollten Sie daran denken. Wir wollen doch nicht, dass Haifischfutter aus Ihnen wird.»

Ohne ein weiteres Wort legte er die Kreide auf den Schreibtisch und verließ das Klassenzimmer. Seine Studenten erhoben sich zum Gruß.

«Pass bloß auf, Scott», warnte Richard ihn. «Parlain hat den Ruf, der härteste Lehrer der Akademie zu sein. Wenn du ihm unangenehm auffällst, könnte dein Leben hier kompliziert werden.»

«Danke für den Hinweis, ich werde ihn mir zu Herzen nehmen.»

Richard und Scott wandten sich gerade zur Tür, als Klaus Fritz Scott mit dem Ellenbogen rammte und aus dem Weg schob.

«Hey, was soll das?», protestierte Scott, als eines seiner Bücher auf den Boden knallte.

«Der Gang gehört nicht dir, Yankee», fuhr Klaus ihn an.

Richard warf Scott einen Seitenblick zu.

«Ist schon in Ordnung», sagte dieser ruhig, aber Klaus baute sich drohend vor ihm auf.

Richard, der vermeiden wollte, dass es zu einem Streit kam, hob beschwichtigend die Hände. «Lass gut sein, Klaus.»

Klaus runzelte die Stirn, warf Scott einen letzten bedrohlichen Blick zu und ging weiter. Offensichtlich war seine unerklärliche Abneigung Scott gegenüber nicht ausgeprägt genug, um sich auch mit Richard anzulegen.

Richard ließ Klaus nicht aus den Augen, bis dieser im Flur verschwand. Danach wandte er sich wieder Scott zu, der sich gerade nach seinem Buch bückte. «Die Leute hier sind wirklich freundlich», murmelte dieser und richtete sich auf.

«Bei Klaus solltest du aufpassen. Er gehört nicht zu den Menschen, die eine Beleidigung vergessen. Besser, du gehst ihm aus dem Weg», riet Richard ihm.

«Aber wir wohnen in einem Zimmer! Außerdem habe ich absolut nichts getan, was ihn beleidigen könnte. Jedenfalls bis jetzt noch nicht.»

In nächster Zeit schien Klaus ihm aus dem Weg zu gehen. Auch Scott mied ihn, so gut er konnte. Wenn sein Plan aufging, würde er ohnehin in wenigen Wochen nach Hause zurückkehren, und dieser vierschrötige Kerl müsste ihm nicht vorher noch unnötig die Nase brechen.

Einen Monat später hatte Scott einen Teil seines Plans bereits durchgeführt. Die ersten Prüfungen fielen genauso aus, wie er es beabsichtigt hatte. Seine Noten waren schlecht. Jetzt fehlte nur noch ein letzter Anstoß, und er hätte sein Ziel erreicht.

Nach dem Gottesdienst in der Kapelle hatten die Studenten für den Rest des Morgens frei. Trotzdem durfte Scott nicht in die Stadt fahren, in der Bucht rudern oder am Fluss spazieren gehen. Wegen seiner schlechten Examina und eines gescheiterten nächtlichen Ausbruchsversuchs vor zwei Tagen musste er zur Strafe auf seinem Zimmer bleiben, bis der Rat über seine Zukunft entschieden hätte. Kurz vor dem Mittagessen wurde er von Leutnant Paul Sebastian abgeholt, der sich gezwungen gesehen hatte, ein Extrabüchlein für die von Scott begangenen Regelverstöße anzulegen. Scott sollte sich beim Superintendenten melden.

Für jedes andere Mitglied der Marineakademie wäre es schmachvoll gewesen, einem Ausschluss entgegensehen zu müssen, aber für Scott war dies der glücklichste Moment, seit er an diesem furchtbaren Ort mitten im Nirgendwo angekommen war. Wenn die Dinge sich so entwickelten, wie er hoffte, würde man ihn noch an diesem Nachmittag hinauswerfen, und er würde nach Hause zurückkehren. Er würde seine Freunde sehen und wieder an die Universität gehen.

Als ihn der persönliche Adjutant des Superintendenten in das Büro bat, musste Scott sich wirklich bemühen, nicht zu lächeln und die Aufregung zu verbergen, die Besitz von ihm ergriffen hatte. Fast schon schmeckte er die Süße des Triumphs auf der Zunge. Noch fünf Minuten, und er wäre frei.

Es war nicht das erste Mal, dass Scott in das mit schmalen gewachsten Holzplatten verkleidete Büro gerufen wurde. Seine Weigerung, an den Seiten der Gänge zu laufen und pünktlich zu erscheinen, war zu seinem persönlichen Kreuzzug geworden und hatte ihn schon des Öfteren hierhergeführt. Er erkannte den Geruch nach Pfeifenrauch, der die höchste Autorität der Akademie stets begleitete. Darum bemüht, ernst und zerknirscht zu wirken, hob er den Blick kaum vom blauroten Teppich, der den Fußboden bedeckte, und trat so vor den Schreibtisch.

«Kadett O'Flanagan, hier ist jemand, der mit Ihnen sprechen möchte», teilte ihm der Superintendent mit und deutete auf eine Person, die mit dem Rücken zu ihnen vor dem Fenster stand und schweigend hinausblickte.

Erst als der Superintendent sie allein ließ, vernahm Scott eine schrecklich vertraute Stimme, die ihn aufblicken ließ.

«Hallo, Scott.» Scotts Knie wurden weich, und der süße Geschmack auf seiner Zunge bitter.

«Vater!»

Erst jetzt drehte Raymond O'Flanagan sich um. Niemals hätte Scott damit gerechnet, dass sein Vater im Vorfeld über den Ausschluss informiert werden würde. «Wie ich sehe, hast du nicht vor, die Chance zu nutzen, ein Ehrenmann zu werden.»

«Was für eine Chance?», gab Scott zurück. «Das hier ist schlimmer als ein Gefängnis.»

«Damit wirst du nicht durchkommen. Glaubst du, ich merke nicht, dass du es darauf anlegst, hinausgeworfen zu werden? Und dieser alberne Versuch, heimlich mitten in der Nacht zu verschwinden? Ich bitte dich, Scott! Selbst ein fünfjähriger Junge hätte das besser hinbekommen.»

Scott grinste. Der überraschte Gesichtsausdruck, den er aufgesetzt hatte, als der eifrige Paul Sebastian ihn bei seinem nächtlichen Fluchtversuch erwischt hatte, war ihm besonders gut gelungen. Der Leutnant konnte ja nicht ahnen, dass er ganze drei Mal vor dem Offiziersposten hatte vorbeigehen müssen, bis sie ihn endlich schnappten.

«Du hättest wenigstens etwas origineller sein können», rügte sein Vater ihn.

«Was soll ich sagen, Vater. Es tut mir leid.»

«Das stimmt nicht, Scott», fuhr sein Vater ihn an. «Es tut dir nicht leid. Aber ich versichere dir, dass es dir noch leidtun wird. Sie werden dich nämlich nicht rauswerfen.»

«Aber … das ist unmöglich …», versuchte Scott zu protestieren.

«Du hast schon richtig gehört», bestätigte sein Vater. «Du wirst hierbleiben. Diese plumpen Manöver haben zu nichts geführt. Ich musste viele Leute um einen Gefallen bitten, damit du aufgenommen wurdest, und ich habe noch mehr Menschen einen Gefallen getan, damit du auf dieser Akademie bleiben kannst, aber zum Glück hat der Name deines Großvaters noch immer einiges Gewicht in der Armee. Und ich werde nicht zulassen, dass du die Ehre der Familie besudelst.»

«Ich will nach Hause! Hier gehöre ich nicht hin!», schrie Scott wütend. «Du weißt, dass ich alles hasse, was mit dem Militär zu tun hat!»

«Es ist vollkommen egal, wie du darüber denkst, Scott. Du wirst bleiben. Und du wirst den Abschluss machen und durch keine einzige Prüfung mehr fallen. Hast du verstanden?»

Scott schwieg wütend.

«Mach den Abschluss, Junge. Mach den Abschluss, und ich verspreche dir, dass du danach nach Harvard gehst.»

«Aber wann, Vater? Nachdem ich noch einmal drei Jahre meines Lebens der Marine widme, als Bezahlung für diese mittelmäßige Ausbildung?»

«Sei nicht zynisch. Mathematik, Navigation, Chemie, Zeichnen, Astronomie, Französisch … Ich denke nicht, dass das eine mittelmäßige Ausbildung ist. Außerdem verspreche ich dir, dass es nur vier Jahre sein werden. Wenn du den Abschluss machst, kannst du nach Hause kommen.»

«Wie soll das gehen?»

«Überlass das mir. Solltest du allerdings hinausgeworfen werden, so schwöre ich dir bei allem, was mir heilig ist, dass ich mich persönlich darum kümmern werde, dass du nie wieder diese Brutstätte von Freidenkern betrittst, die einige Leute Universität nennen.»

Scott überlegte. Vielleicht war sein Vater wirklich reich und mächtig genug und könnte verhindern, dass sie seinen Sohn mit den anderen Offizieren einziehen würden, um mit drei Jahren Marinedienst für die erhaltene Ausbildung zu bezahlen.

«Ich versichere dir, du musst nur den Abschluss machen, Scott. Danach kannst du dein Leben weiterführen.»

Bei seiner nächsten Prüfung eine Woche später gab Scott genau die erforderliche Anzahl richtiger Antworten und bestand. Beim nachfolgenden Schießunterricht erlaubte er es sich sogar, einen seiner Treffer nur zwei Handbreit vom Schwarzen entfernt zu landen. Aber er tat nur das absolut Notwendige, um seinen Teil der Abmachung einzuhalten. Harvard war wieder nähergerückt.

Die Monate vergingen, und bevor er sichs versah, klopfte der Sommer an die Türen der Akademie. Während dieser ganzen Zeit hatte Scott sich nicht im Geringsten bemüht, Freundschaften zu schließen. Eher noch hatte er ein unglaubliches Talent, die übrigen Studenten mit seinen zynischen Kommentaren und seiner Respektlosigkeit gegenüber den Regeln der Einrichtung gegen sich aufzubringen. Sogar der wohlerzogene Richard Reemick mit seinem versöhnlichen Wesen hatte beschlossen, den anstrengenden Yankee zu meiden.

Es war nur noch ein Tag bis zum Abschlussexamen in Navigation. Die Prüfung von Kapitän Parlain raubte allen Schülern der Akademie den Schlaf. Nun, allen außer einem.

Nachdem sie den ganzen Tag gelernt hatten, hatten Arnold und Klaus nach dem Mittagessen eine Pause eingelegt und waren in Bennys Kneipe gegangen, die auf halbem Weg zwischen Akademie und Stadt lag. Richard hatte darauf verzichtet, sie zu begleiten. Er musste noch lernen. Es gab einige Aufgaben, die ihm unlösbar schienen. Da trat Scott, der den Vormittag am Ufer des Severn River verbracht hatte, in ihr gemeinsames Zimmer.

«Und Arnold und der Quadratkopf?», fragte er abfällig, als er die Bücherstapel seiner Kommilitonen auf einer Seite des Tisches liegen sah.

«Sie sind ein Bier trinken gegangen. Sie brauchten eine Pause.»

«Lernst du?»

«Ja», antwortete Richard scharf. «Und dir würde es auch nicht schlecht bekommen, ein bisschen zu lernen. Ich nehme an, du weißt, dass du rausfliegst, wenn du die Prüfung morgen nicht bestehst.»

«Ich weiß. Aber leider Gottes werde ich wohl bestehen.»

Scotts Sarkasmus ging Richard auf die Nerven. Mit konzentriert gerunzelter Stirn steckte er die Nase wieder in sein Buch. Die Aufgabe, die der Kommandant in der letzten Stunde gestellt hatte, machte ihm zu schaffen. Er fand die Lösung nicht und hatte keine Lust, seine Zeit mit sinnlosem Geschwätz zu vergeuden.

Aber Scott langweilte sich. Er hatte den Tag damit verbracht, in der Gegend herumzuschlendern, und vermisste die Gesellschaft eines anderen Menschen. Und ob es ihm nun passte oder nicht, Richard Reemick war der einzige Student an der Akademie, der höflich genug war, ihn nicht zum Teufel zu jagen. Scott blickte Richard über die Schulter und holte einen Apfel aus der Innentasche seiner Jacke, den er dort hatte verstecken können.

«Scott, du weißt genau, dass es verboten ist, in den Zimmern zu essen.»

Ohne Richards Bemerkung Beachtung zu schenken, biss Scott in den Apfel.

«Probleme, hm?»

Richard schob seine Aufzeichnungen zur Seite. Es machte ihn nervös, dass jemand hinter ihm stand und kaute. «Hast du nichts Besseres zu tun?», platzte er heraus.

«Eigentlich nicht», antwortete Scott, amüsiert darüber, dass auch dieser perfekte Gentleman einmal die Kontrolle verlor.

«Da du nicht die Absicht hast zu lernen, könntest du mich wenigstens in Ruhe lassen, damit ich mich auf die Prüfung vorbereiten kann. Mach einen Spaziergang. Es ist ein schöner Tag.»

«Ich möchte lieber hierbleiben. Draußen ist es zu heiß.»

Schon vor geraumer Zeit war Richard zu dem Schluss gekommen, dass der Yankee vor absolut gar nichts Respekt hatte. Er gefiel ihm nicht. Er hatte noch nie jemanden kennengelernt, der weniger Talent für alles Militärische besaß und der im Unterricht derart unaufmerksam war. Eigentlich konnte er sich nicht erklären, wie er es geschafft hatte, überhaupt durchzukommen. Aber durch irgendeinen mysteriösen Zufall bekam Scott am Ende immer die notwendige Punktzahl, um zu bestehen und damit zu verhindern, dass er aus der Akademie hinausgeworfen wurde.

«O'Flanagan, ich verstehe nicht, was du hier eigentlich willst.»

Scott ließ sich in seiner ganzen Länge auf das Bett fallen.

«Ausruhen.»

«Ich meine, auf der Akademie», erklärte Richard entnervt.

«Man könnte sagen, dass ich einen Vertrag erfülle.»

Die Lustlosigkeit und die fehlende Ernsthaftigkeit, mit der Scott O'Flanagan über die Einrichtung sprach, waren für Richard eine Beleidigung. Für ihn repräsentierte die Marineakademie ein wichtiges Gut, einen Ehrenkodex, den er zur Leitlinie seines Lebens machen wollte.

«Spürst du denn nicht, was es bedeutet, an diesen Ort zu gehören?»

Scott betrachtete seinen Apfel, der von einer glänzenden Wachsschicht umhüllt zu sein schien. Dann sah er Richard direkt an. Dieser hatte noch nie so tief in Scotts dunkle Augen gesehen. Fast war er überrascht, mit welcher Heftigkeit Scott seinen Blick erwiderte.

«Du irrst dich, Richard. Ich bin mir vollkommen darüber im Klaren, was dieser Ort bedeutet. Für dich Ehre, die Verpflichtung, deine Familie nicht zu enttäuschen, vielleicht Ruhm. Was auch immer das sein mag. Für mich ist es die einzige Möglichkeit, mir den Traum zu erfüllen, nach Harvard zu gehen. Es ist die Strafe für meine Auflehnung. Ich weiß sehr gut, was das bedeutet. Meine Familie hat über Generationen zu Orten wie diesem gehört, und der Ehrenkodex, den du so bewunderst, besteht aus nichts als Lügen. Lügen, um die wahren Beweggründe zu verbergen, deretwegen die Menschen Kriege führen. Die haben nämlich nichts mit Ehre zu tun, sondern mit dem unstillbaren Wunsch nach Macht. Und diese Lügen haben dazu geführt, dass einer der Menschen, die ich am meisten geliebt und respektiert habe, zu Tode gekommen ist.»

Scott sprach mit solcher Leidenschaft, dass Richard nicht wusste, was er erwidern sollte. Vielleicht war dieser geliebte Mensch, den Scott meinte, in einer Schlacht gefallen. Aber dafür konnte man die Marine doch nicht verantwortlich machen. Jeder Soldat wusste schließlich, dass der Tod Teil des Berufsrisikos war.

«Ich muss den Abschluss machen», gestand Richard. «Das schulde ich meiner Familie. Sie erwarten, dass ich zu den Besten gehöre, und deshalb muss ich Parlains Prüfung mit einer guten Note bestehen. Ich darf sie nicht enttäuschen.»

Die Last, die auf Richards Schultern lag, war Scott schmerzlich bekannt. Die Last, perfekt sein zu müssen. Scott hatte sie nie akzeptiert. Denn genau dieser Druck hatte seinem geliebten Onkel Lead den Tod gebracht. Scott legte das Kerngehäuse des Apfels auf das Tischchen neben seinem Bett.

«Ich kann dir helfen.»

«Du?»

«Ja, ich», bestätigte Scott mit Überzeugung. «Außerdem habe ich heute nichts Besseres vor.»

«Aber du schaffst es ja gerade mal eben so zu bestehen!»

«Nun, so sieht es aus», sagte Scott, sprang auf und näherte sich seinem Zimmergenossen mit einem geheimnisvollen Lächeln auf den Lippen. «Aber ich helfe dir nur unter einer Bedingung.»

«Was immer du willst.»

«Du musst mir dein Wort geben, dass es unter uns bleibt. Ich möchte nicht, dass du meinem Ruf schadest.»

«Das wird garantiert kein Problem sein.»

Bevor Richard noch etwas sagen konnte, hatte Scott sich schon neben ihn gesetzt und ihm das Buch mit der Aufgabe entrissen.

«Ich sehe, Parlain hat es uns ziemlich schwierig gemacht, in den Hafen zu gelangen. Nicht wahr?»

«Es genügt, Scott. Ich glaube, du solltest mir jetzt das Buch zurückgeben und mich lernen lassen.»

«Wie du willst», gehorchte er, ließ das Buch los und schnappte sich den Apfelrest, von dem er ein letztes Stück saftiges Fruchtfleisch abbiss.

«Ich würde es durch die Meerenge versuchen.»

«Bist du verrückt? Du vergisst, dass das Boot keine Ladung mit sich führt. Bei der starken Strömung und dem Wellengang würden wir in eine gefährliche Schräglage geraten, und dann wäre es unmöglich, das Schiff zu kontrollieren. Wir würden an den Felsen zerschellen.»

«Nicht, wenn du den Schwerpunkt nach unten verlagerst.»

Auf diese Möglichkeit war Richard noch nicht gekommen.

«Na gut, aber woher soll ich mitten auf dem Ozean zwei Tonnen Ballast herbekommen?»

«Eigentlich braucht man nur etwa tausendfünfhundert Kilo. An den Stränden dieser Gegend liegt tonnenweise Sand. Du müsstest nur die Back- und Steuerbordfrachträume füllen, um das Schiff zu stabilisieren.»

Zunächst wollte Richard den Vorschlag seines Mitstudenten geradewegs ablehnen, begann dann aber doch, neue Zahlen zu notieren. Als er nach einer langen Weile das Ergebnis sah, das er errechnet hatte, konnte er es kaum glauben.

«Wie bist du darauf gekommen?»

«Zufall, nehme ich an.» Scott grinste und zog vergnügt die Augenbrauen hoch. «Und? Willst du jetzt ein bisschen Platz für mich machen?»

Schon hatte Scott sich auf Arnolds Stuhl gesetzt und rückte etwas näher an Richard heran. Er griff nach dem Rest der Aufgaben und einem Kohlestift, schnappte sich Zirkel und Lineal und fing an, mit großer Sorgfalt ein paar Linien zu zeichnen. Er errechnete mit zwei Peilungen seine exakte Position, und nachdem er die Stärke der Strömung und die Abdrift bestimmt hatte, der das Schiff ausgesetzt war, zeichnete er einen neuen Kurs in die Karte ein, so schnell, dass Richard ihm nur schwer folgen konnte. Eine Stunde später war Scotts Gesicht mit Kohle verschmiert, und die rebellische Haarsträhne hing ihm über das linke Auge. Scott hatte nicht nur alle Aufgaben gelöst, die Richard nicht hatte bewältigen können, sondern hatte es sich sogar manchmal erlaubt, verschiedene Lösungswege auszuprobieren. Seine Beweisführung war genauso unglaublich wie seine Schnelligkeit beim Rechnen. Richard kam aus dem Staunen nicht mehr heraus. Er hatte nie gesehen, dass Scott sich in einer der Unterrichtsstunden des Kapitäns auch nur die geringste Notiz gemacht hätte. Er schien ja nicht einmal zuzuhören. Aber offensichtlich hatte er sich sämtliche Erklärungen des Lehrers gemerkt, während er selbst stundenlang auf einem Stück Papier herumgekritzelt hatte. Warum bemühte sich ein so intelligenter Mensch darum, mittelmäßig zu erscheinen? Zum ersten Mal seit Scott in sein Leben getreten war, empfand Richard so etwas wie Sympathie für seinen Zimmergenossen.

Ein paar Tage später gab der Kapitän die korrigierten Klausuren zurück. Die Studenten im Klassenzimmer waren einem Nervenzusammenbruch nah.

«Mr. O'Flanagan, ich sehe, Sie sind mal wieder durchgekommen», sagte er, als er die Arbeit mit dem Vermerk «Noch bestanden» auf das Pult legte.

Scott lächelte zufrieden.

«Sie sollten sich nicht darüber freuen. Wenn Sie nicht fleißiger werden, wird Ihnen auch im nächsten Jahr die zweifelhafte Ehre zuteil, Klassenletzter zu sein.»

«Ich werde mich sehr bemühen, Sir.»

Irritiert verzog der Kapitän den Mund, sodass sein Schnurrbart sich in Kurven legte. Was hatte O'Flanagan ihm gerade gesagt? Wollte er sich Mühe geben dazuzulernen oder versuchen, weiter der Klassenletzte zu bleiben? Er hatte schon viele Schüler gehabt, aber keiner hatte ihn so verunsichert wie Scott O'Flanagan. Er hatte etwas Unergründliches, das ihn beunruhigte. Kopfschüttelnd ging er zum nächsten Studenten. «Glückwunsch, Mr. Reemick.»

Richard sah sich seine Arbeit an. Es gab keine einzige Anmerkung.

«Ihre Klausur ist perfekt. Seitdem ich Lehrer an dieser Akademie bin, hatte ich nie das Vergnügen, eine Arbeit wie die Ihre zu Gesicht zu bekommen. Es ist mir eine Ehre, Ihr Lehrer zu sein.»

Richard errötete. Es war das erste Mal, dass er ein Lob aus dem Mund des Kapitäns hörte. Trotzdem war es ihm unangenehm. Dieses Lob hätte jemand anderem gebührt.

Als seine Mitschüler näher kamen, um ihm zu gratulieren, drehte er sich zu Scott um. Der machte ihm heimlich das Siegeszeichen, während er ihm zufrieden lächelnd seine eigene Arbeit voller Randanmerkungen zeigte.

Während Richard beglückwünscht wurde, verschwand Scott diskret und sorgte für den Rest des Tages dafür, dass Richard keine einzige Gelegenheit bekam, ihm zu danken.

Am nächsten Tag schifften sich die Studenten auf der *USS Preble* ein. Den Rest des Sommers würden sie auf See verbringen und erst zu Beginn des nächsten Studienjahres auf die Akademie zurückkehren.

· 16 ·

Im September 1842 war das Schulschiff *USS Somers* von Brooklyn aus in See gestochen. An Bord hatten sich junge Freiwillige befunden, die man mit Hilfe dieser einzigartigen Erfahrung dazu bringen wollte, ihr Leben der Marine zu widmen. Viele Menschen waren zum Kai gekommen, um die jungen Leute zu verabschieden, die eine lange Überfahrt bis zur afrikanischen Küste unternehmen würden, aber niemand hatte ahnen können, dass das Abenteuer in einer Tragödie enden würde. Schon wenige Wochen nach dem Aufbruch wurde klar, dass man mit Disziplinproblemen zu kämpfen hatte. Und als das Schiff die liberianische Küste verließ und sich auf die Heimfahrt machte, erhärtete sich der Verdacht, dass eine Verschwörung im Gange war. Der Kapitän musste handeln. Philip Spencer, der Sohn des Kriegsministers der Vereinigten Staaten, hatte sich bereits verdächtig gemacht, und am 26. November entdeckte man bei ihm eine Liste mit den Namen der übrigen Verschwörer. Er und seine Anhänger wurden verhaftet und der Meuterei für schuldig befunden. Man verurteilte sie zum Tode, hängte sie noch auf dem Schiff und warf ihre Leichen ins Meer. Philip Spencer, der Rädelsführer, war erst neunzehn Jahre alt.

Die Meuterei auf der *Somers* hatte die Nation erschüttert. Nachdem man erkannt hatte, dass das Experiment, junge Männer ohne Ausbildung auf ein Schiff zu holen und sie den Beruf in der täglichen Praxis erlernen zu lassen, ein schrecklicher Misserfolg gewesen war, beschloss man, die neue Marineschule an Land zu errichten.

Dank der Bemühungen des Marineministers George Bancroft konnte die Schule 1845 in den Gebäuden von Fort Severn eingerichtet werden, zwischen der Mündung des gleichnamigen Flusses und dem Ufer der Chesapeake Bay im Bundesstaat Maryland.

Schon Anfang 1850 wurden die fünf Jahre der Basisausbildung auf sieben aufgestockt, und ab Sommer 1851, als die Fregatte *USS Preble* als Schulschiff in Dienst genommen wurde, wurde der vierjährige Teil der Ausbildung in einem Stück absolviert. Im gleichen Jahr erhielt die Schule den Namen *United States Naval Academy*.

Die *USS Preble*, ein Dreimaster mit sechzehn Kanonen war dafür konstruiert, große Kriegsschiffe zu unterstützen und mit hohen Geschwindigkeiten zu segeln.

Scott lächelte, als der Bug gegen die blaue Weite schlug und Schaum auf das Deck spritzte. Der Sommer war fast vorüber und damit auch die Fahrt über den Atlantik, die die jungen Männer in den letzten Monaten unternommen hatten. Als er jetzt den Wind im Gesicht spürte und den unendlichen Horizont vor sich betrachtete, wusste Scott, dass er dieses Gefühl von Freiheit vermissen würde.

Seitdem sie wieder an Land waren, hatte es nicht aufgehört zu regnen. Der Unterricht würde erst in ein paar Tagen beginnen, aber bei dem schlechten Wetter waren sie praktisch in ihren Zimmern eingeschlossen.

Richard las ein Buch über militärische Taktik, Arnold und Klaus spielten eine Partie Schach, Scott lag auf dem Bett. Arnold schlug Klaus' Dame. «Schach und matt», verkündete er und nahm sich die Brille ab.

Zähneknirschend stellte Klaus fest, dass ihm kein Ausweg blieb. Ein weißer Springer verhinderte, dass er den König wegziehen konnte. Nachdem er nochmal alle Möglichkeiten analysiert hatte, schlug Klaus wütend gegen seine Figur, und der schwarze König fiel auf das Spielbrett. Dann stand er auf und stellte sich vor das Fenster.

«Verfluchter Regen!», schimpfte er. Scott warf einen Ball in die Luft und fing ihn wieder auf.

«Kannst du vielleicht aufhören, mit diesem verdammten Ball herumzuspielen?»

Die unterdrückte Wut, die man aus diesen Worten heraushörte, ließ Richard von seinem Buch aufblicken. Klaus hatte Scott nie ausstehen können, es war zwar in den letzten Monaten zu keinem Zusammenstoß mehr gekommen, aber das Eingeschlossensein der letzten Tage hatte den unbeherrschten jungen Mann deutscher Herkunft auf eine harte Probe gestellt.

«Hier kann wohl jemand nicht gut verlieren», murmelte Scott und warf seinen Ball erneut in die Luft.

«Was soll das heißen?»

«Nichts», sagte Scott, fing den Ball und warf ihn wieder hoch. Diesmal trat Klaus schnell einen Schritt vor, fing Scotts Ball im Flug ab und quetschte ihn voller Zorn zusammen.

«Warum bist du nicht schon längst verschwunden?»

«Weil ich so ungern auf deine Gesellschaft verzichten möchte. Und was ist übrigens mit dir? Warum bist noch hier? Strategisches Denken ist ja offensichtlich nicht deine Stärke.»

Richard warf Scott einen warnenden Blick zu. Klaus war zu impulsiv und zu stolz, um sich seine sarkastischen Bemerkungen gefallen zu lassen. Außerdem wusste Richard, warum Klaus Scott gegenüber so feindselig war. Klaus konnte ihm nicht verzeihen, dass er nach dem offiziellen Beginn des Unterrichts noch angenommen worden war. Im Gegensatz zu Richard gehörte Klaus zu keiner bedeutenden Südstaaten-Familie. Er hatte hart für einen Platz in der Akademie kämpfen müssen. Sein Aufnahmeantrag war erst nach zwei Jahren bewilligt worden. Dass jemand wie Scott seinen Platz ohne die geringste Anstrengung bekam, war Klaus unerträglich.

«Was willst du damit andeuten?», antwortete Klaus angriffslustig.

«Ich deute gar nichts an. Ich sage dir geradeheraus, dass jeder Idiot diesen Springer gesehen hätte.»

«Es reicht, Scott», warnte Richard.

«Wenn du so schlau bist, dann beweise es doch», höhnte Klaus und schleuderte ihm wütend den Ball ins Gesicht. Gerade noch rechtzeitig konnte Scott seine Arme hochreißen und das Wurfgeschoss abfangen. Dann sprang er auf und wartete, dass Arnold ihm seinen Platz überließ.

Obwohl Richard nicht ein einziges Mal beobachtet hatte, dass Scott Schach gespielt oder sich auch nur dafür interessiert hätte, ahnte er, dass Klaus nicht die geringste Chance hatte. Und ihm war ebenfalls bewusst, dass Klaus es nicht ertragen könnte, gegen Scott zu verlieren. Einen kurzen Moment lang hoffte er, Scott würde ihn vielleicht gewinnen lassen, aber der schien sich mächtig auf die Partie zu freuen.

Klaus setzte sich wieder auf seinen Platz.

Scott eröffnete mit dem Königsbauern. Klaus tat es ihm gleich. Dann zog Scott den Läufer, stand auf und spielte mit seinem Ball. Klaus hingegen überdachte akribisch alle seine Möglichkeiten, bevor er sich entschließen konnte, eine Figur zu bewegen. Keine fünf Minuten später war Klaus' schwarzer König schon wieder bedroht.

«Schach», sagte Scott.

Klaus starrte den König an, der von einem einfachen Bauern bedroht wurde. Missgelaunt machte er sich daran, seinen König in Sicherheit zu bringen, als Scott auf zwei Figuren zeigte, die Klaus nicht bemerkt hatte.

«Vielleicht sollte ich gleich ‹Schachmatt› sagen.»

Als Klaus feststellte, dass Scott ihn mit den Springern in die Enge gedrängt hatte, lief sein Gesicht rot an.

«Wir spielen noch eine Partie», befahl er und ballte die Fäuste.

«Wir können so oft spielen, wie du willst, das Ergebnis wird sich deshalb trotzdem nicht ändern.»

«Jetzt spiele ich mit den Weißen», sagte Klaus, drehte das Brett um und fing an, die Figuren wieder aufzustellen.

Scott stand auf.

«Setz dich wieder hin», befahl Klaus ihm wütend. «Du schuldest mir eine Revanche.»

«Ich sage doch, dass ich keine Lust habe.»

«Das schuldest du mir.»

«Ich schulde dir überhaupt nichts. Du hattest deine Chance.»

Heftig presste Klaus die Kiefer aufeinander. Aber Scott beachtete ihn nicht. «Ganz schön dicke Luft hier drin. Ich mache wohl lieber einen Spaziergang», sagte er, wandte sich zur Tür und verließ den Raum, nicht ohne noch einmal seinen Ball in die Luft zu werfen.

In diesem Moment explodierte Klaus. Als er aufsprang, warf er rücksichtslos den Stuhl und den Tisch mit dem Schachbrett um und rannte Scott hinterher. Dann stürzte er sich mit einem solchen Zorn auf ihn, dass beide ins Treppenhaus taumelten, dort zu Boden fielen und polternd die Treppe bis zum Eingangsbereich im Erdgeschoss herunterrollten. Noch bevor Scott sich aufrichten und wehren konnte, war Klaus schon wieder über ihm. Er packte Scott mit wahnsinniger Wut, riss ihn hoch und beförderte ihn mit einem weiteren Schlag vor das Gebäude in den Matsch, wo Scott benommen liegen blieb.

Aufgeschreckt vom Lärm, liefen die Kommilitonen aus den angrenzenden Schlafräumen aus dem Haus.

Als Scott jetzt Anstalten machte, sich zu erheben, packte Klaus ihn erneut, riss ihn nach oben und versetzte ihm einen Schlag, der seine Lippe aufplatzen ließ und ihn erneut zu Boden streckte. Scott hatte keine Möglichkeit, sich zur Wehr zu setzen, und schirmte sein Gesicht mit den Armen ab, als Klaus sich auf ihn stürzte.

«Mach ihn fertig!», riefen jetzt einige der Kommilitonen, die sich trotz des strömenden Regens im Kreis um die beiden aufgestellt hatten. Mit dem lauter werdenden Geschrei geriet Klaus vollkommen außer Kontrolle.

Ein heftiger Treffer in die Magengrube zwang Scott dazu, seine Deckung aufzugeben. Der nächste Fausthieb traf ihn hart am rechten Wangenknochen. Er war kurz davor, das Bewusstsein zu verlieren.

Jetzt verstummten die Zuschauer. Wenn Klaus weiter so auf Scott einprügeln würde, würde er ihn noch umbringen. Richard, der sich zwischen den Schaulustigen nach vorne gedrängelt hatte, versuchte sich Gehör zu verschaffen und jemanden um Hilfe zu bitten. Und da die Situation immer ernster wurde, ließen sich ein paar der Kadetten davon überzeugen, dass man die Kämpfenden trennen musste.

Drei von ihnen packten Klaus und hielten ihn fest, zwei weitere waren nötig, um ihn von seinem Gegner wegzuziehen. Richard stellte sich schützend vor Scott.

«Das ist noch nicht das letzte Wort, Yankee!», drohte Klaus und rang mit den jungen Männern, die all ihre Kräfte aufbieten mussten, damit er nicht wieder auf Scott losging.

Scott saß im strömenden Regen auf dem Boden. Beim Versuch aufzustehen, taumelte er und rutschte dabei fast im Matsch aus.

«Ich fordere Genugtuung!», schrie Klaus außer sich.

Richard packte Scott am Arm, um ihm aufzuhelfen. Sein Freund konnte sich kaum auf den Beinen halten. Seine Lippe blutete stark, und er rang nach Luft. Das rechte Auge war fast völlig zugeschwollen.

«Morgen früh um sechs! An der kleinen Bucht!»

«Bist du wahnsinnig geworden, Klaus? Duelle sind verboten, man wird euch hinauswerfen», warnte Richard, der Scott noch immer stützte. Aber Klaus ignorierte seine Warnung einfach. «Ich erwarte deine Sekundanten», schrie er wütend.

«Da kannst du lange warten, ich werde dir keine Sekundanten schicken», antwortete Scott mühsam. Mit einer Hand tastete er vorsichtig nach seiner Lippe.

«Was?»

«Du hast es gehört. Ich habe nicht die geringste Absicht, mich mit dir zu schlagen.»

Klaus spuckte verächtlich aus. Niemals hätte er eine solche Antwort erwartet. «Feigling!», brüllte er.

Keiner der Anwesenden hätte zugelassen, dass jemand vor so vielen Zeugen seine Männlichkeit in Zweifel zöge. Keiner außer Scott.

«Ich werde trotzdem warten», rief Klaus.

«Dann wirst du umsonst warten. Ich werde nicht kommen. Ich werde mich mit niemandem schlagen!», schrie jetzt auch Scott, während ihm der hinunterprasselnde Regen Blut und Dreck aus dem Gesicht wusch. Alle sollten ihn hören.

«Wenn du nicht kommst, werden alle erfahren, was für ein Feigling du bist», drohte ihm Klaus erneut.

«Sollen sie denken, was sie wollen. Ich komme auf keinen Fall. Und selbst wenn ich käme und du mich tausend Mal umbrächtest, Schach kannst du deshalb immer noch nicht spielen.»

Einige der Anwesenden warfen sich eindeutige Blicke zu. Obwohl es eigentlich verboten war, konnte man praktisch kein Duell ablehnen, ohne automatisch vor allen als Feigling dazustehen. Und wie konnte ein Feigling weiter zu ihnen gehören? Wie sollte man einem Feigling vertrauen?

«Lasst mich los!», befahl Klaus.

Vorsichtig lockerten die drei Kadetten ihren Griff. Klaus schien sich beruhigt zu haben. Mit einer abrupten Bewegung schüttelte er schließlich die Hände ab und verschwand, nicht ohne Scott noch einen drohenden Blick zuzuwerfen.

Sobald Klaus verschwunden war, kehrten auch die letzten Schaulustigen zu ihren Aufgaben zurück. Diejenigen, die Scott geholfen und sich Klaus entgegengestellt hatten, taten es ihnen gleich. Nur Richard blieb unbeirrbar an Scotts Seite und stützte ihn auf dem Weg zurück ins Zimmer.

Vollkommen durchnässt und mit Schlamm und Blut verschmiert, murmelte Scott etwas, das nach einem «Danke» klang, und ließ sich dann aufs Bett fallen.

«Eigentlich schlägt er nicht mal richtig hart zu», flüsterte er noch, bevor er die Augen schloss.

Am nächsten Morgen hatte es aufgehört zu regnen. Als die Sekundanten kamen, um Scott abzuholen, schlief der noch. Trotz der schlechten Meinung, die Klaus von Scott hatte, konnte er nicht wirklich glauben, dass sein Gegner nicht erscheinen würde. Nicht einmal Scott konnte ein solcher Feigling sein. Klaus hielt also sein Wort und traf pünktlich bei der kleinen Bucht ein. Dort wartete er. Aber Scott kam nicht.

Nach diesem Zwischenfall wurde Scott von keinem Studenten der Akademie, der etwas auf sich hielt, mehr gegrüßt. Und diejenigen, die aus den Nordstaaten kamen, waren sogar noch strenger mit ihm. Während die Südstaatler einfach annahmen, dass Scott eben ein Feigling war, nicht würdig, unter ihnen zu weilen, hielten die Nordstaatler ihn außerdem für einen Verräter, der sie alle bloßgestellt hatte.

In dem Maße, wie die politische Situation im Land schwieriger geworden war, hatte sich zwischen den Studenten ein immer größerer Graben aufgetan. Eine Art stillschweigender Vereinbarung besagte zwar, dass man nicht über Politik sprach, aber in einigen Situationen kam das Thema doch auf, und die Spannung zwischen den Parteien wurde immer spürbarer. Die Zeiten vertrauter Freundschaft waren endgültig vorüber.

Wenn Scott darunter litt, dass er auf einmal geschnitten

wurde, zeigte er es jedenfalls nicht. Er machte weiter wie bisher. Nur Richard stand ihm freundschaftlich zur Seite. Irgendwie hatte diese hässliche Begebenheit sie sogar noch enger miteinander verbunden. Da war etwas in Scott, das Richard immer mehr respektierte. Und die Erfahrung hatte ihn gelehrt, dass sein Freund sicher noch für weitere Überraschungen gut wäre. Es wäre ein schlimmer Fehler, ihn zu unterschätzen.

Klaus hingegen beachtete Scott einfach nicht mehr. Er war nur noch ein Feigling für ihn. Er hatte es abgelehnt, sich zu duellieren, und die ganze Akademie wusste darüber Bescheid. So jemand war es nicht einmal wert, den Abschluss machen zu dürfen, und Klaus konnte sich ihm überlegen fühlen. Er schwor also, sich über nichts mehr aufzuregen, was dieses respektlose Großmaul von sich gab, denn das würde schließlich bedeuten, sich auf sein Niveau hinabzubegeben. Und wenn Klaus etwas mit Sicherheit wusste, dann, dass er weit über dieser Plage von einem Yankee stand.

Als die Bäume am Ufer des Severn River erneut ihre Blätter verloren, bekam Scott unerwarteten Besuch.

«Großvater!»

«Mein lieber Enkel», grüßte ihn der alte Herr und ließ sich umarmen. Aus irgendeinem Grund war Scott der einzige Mensch aus der ganzen Familie, bei dem der General weich wurde und seine steifen Umgangsformen ablegte.

«Wie bin ich froh, dich zu sehen!»

Sein Großvater lächelte. «Ich freue mich auch sehr. Ich habe dich vermisst.»

«Was machst du hier?»

«Der Superintendent ist ein Freund von mir. Er hat eine Zeit lang unter meinem Befehl gedient. Ich habe gedacht, wenn ich ihn besuche, kann ich bei der Gelegenheit sehen, wie es meinem Enkel geht.»

General Sanders legte Scott den Arm um die Schultern.

«Deine Mutter lässt dich grüßen.»

«Wie geht es ihr?»

«Du fehlst ihr.»

«Ich vermisse sie auch», sagte Scott melancholisch. Aufmunternd klopfte ihm sein Großvater auf die Schulter.

«Wie geht es Brian?»

«Deinem Bruder geht es gut. Dein Vater hat schließlich erreicht, dass er es in der Politik zu etwas bringt. Wenn er so weitermacht, wird er noch Gouverneur, bevor du hier deinen Abschluss machst.»

«Ich weiß. Mama hat mir geschrieben.»

«Kürzlich habe ich mit deinem Vater geredet. Er wird es zwar niemals zugeben, aber es ist ihm sehr schwergefallen, dich hierher zu verbannen.»

Bei der Erwähnung seines Vaters reagierte Scott abwehrend.

Sicherlich war General Sanders nie sehr glücklich darüber gewesen, dass seine Tochter einen irischen Einwanderer geheiratet hatte. Aber seine Familie drohte in Schulden zu versinken, als dieser Mann, der zwar keinen gesellschaftlichen Hintergrund, aber sehr viel Geld hatte, um die Hand seiner Beatriz anhielt. Beatriz bot sich an, für ihre Familie dieses Opfer zu bringen, und aus Angst, seine Stellung in der guten Bostoner Gesellschaft zu verlieren, hinderte der General sie nicht daran. Seither hatte er unter ständigen Gewissensbissen zu leiden, die sich in einem heftigen Groll seinem Schwiegersohn gegenüber äußerten. Im Laufe der Jahre hatte er dann aber feststellen müssen, dass seine Tochter eigentlich glücklich war. Und wäre ihr Verhältnis ein anderes gewesen, hätte er Raymond O'Flanagan wahrscheinlich sogar bewundert. Vielleicht war jetzt die Zeit gekommen, endlich seinen Frieden mit ihm zu machen.

«Es kümmert mich nicht, was er denkt», brummte Scott.

«Das sollte es aber. Du weißt, dass er dich sehr liebt.»

«Es sieht nicht danach aus.» Scott runzelte die Stirn.

«Wollen wir ein paar Schritte gehen?»

Scott nickte. Trotz ihrer unterschiedlichen Weltsichten war es für Scott immer einfach gewesen, mit seinem Großvater zu reden.

Schweigend gingen sie eine Weile nebeneinander her. Sie verließen das bebaute Gelände und liefen bis zum Wald am Fluss entlang.

«Wie geht es dir hier?», fragte der General.

«Für meinen Geschmack legt man hier ein bisschen zu viel Wert auf Ehre.»

Charles Sanders kannte den Sarkasmus seines Enkels zur Genüge. «Du meinst damit den Zwischenfall mit Leutnant Fritz?»

Überrascht zog Scott die Augenbrauen hoch. «Wie hast du davon erfahren, Großvater?»

«Nun, man hat mich nicht grundlos zum General befördert.»

«Und? Willst du mir jetzt auch vorwerfen, dass ich ein Feigling bin?»

«Ich habe nie geglaubt, dass du ein Feigling bist, und das werde ich auch jetzt nicht tun. Manchmal braucht es sehr viel mehr Mut, sich den anderen entgegenzustellen, als alles mitzumachen. Scott, ich weiß, dass du deinen Onkel sehr geliebt hast, aber es ist langsam Zeit, ihn loszulassen.»

Scotts Miene verdüsterte sich.

«Ich habe ihn auch geliebt, Scott. Er war mein Sohn. Aber du musst lernen, dass das Leben weitergeht. Er war nicht wie du. Such nicht nach Schuldigen. Das Schicksal hat bestimmt, dass er sein Leben verliert.»

«Es hatte mit dem Schicksal nichts zu tun, Großvater. Das, was ihn umgebracht hat, war der Wunsch, niemanden zu enttäuschen.»

«Ich kann nicht von dir erwarten, dass du das verstehst, Scott, aber er hat getan, was er in diesem Moment für richtig hielt.»

«Er hat sich töten lassen, Großvater!»

«Es war ein Unfall, Scott. Er ist in einem Duell gestorben.»

«Du irrst dich. Ich weiß, dass es kein Unfall war. Nachdem er aus dem Westen zurückgekommen war, hatte er sich verändert. Bisher habe ich es noch nie jemandem erzählt und werde es auch nicht wiederholen, aber in der Nacht vor dem Duell war ich bei ihm. Ein Freund hatte mir erzählt, dass Lead sich am nächsten Morgen schlagen würde. Es war fast Mitternacht, als ich ankam. Die Dienstboten hatten sich schon zurückgezogen. Du selbst warst damals für ein paar Tage in Washington.»

General Sanders lauschte aufmerksam den Worten seines Enkels. Er hatte nicht gewusst, dass Scott in der Nacht vor dem Duell mit seinem Sohn gesprochen hatte.

«Lead war betrunken. Ich bat ihn, nicht noch mehr zu trinken, aber er hörte nicht auf mich. Er war am Boden zerstört, Großvater. Seine Augen hatten diese Freude verloren, die er immer ausgestrahlt hatte. Er erzählte mir davon, was er im Westen alles getan hatte. Er erzählte mir von den Grausamkeiten, die er in seinen Feldzügen gegen die Indianer begangen hatte. Frauen und Kinder hatte er ermordet. Und nur, um ihnen ihr Land zu rauben. Ihn quälten schreckliche Gewissensbisse, weil das Blut unschuldiger Menschen an seinen Händen klebte. Die Grundsätze, die ihm als Fundament für sein Leben dienten, waren wie ein Kartenhaus zusammengefallen. Sein Leben hatte jeden Sinn verloren.»

«Das ... das wusste ich nicht.»

«Er hätte es niemals zugegeben. Er wollte lieber sterben, als dich zu enttäuschen. Der Wunsch, in deinen und den Augen der Welt perfekt zu sein, war stärker als er. Er hätte dir niemals sagen können, dass er die Armee verlassen wollte.»

Schweigend nahm der General diesen Bericht über den Tod seines Sohnes auf.

«Und du machst genau das Gegenteil», sagte er schließlich. «Du stellst sicher, dass niemand etwas von dir erwartet, damit du keine Angst zu haben brauchst, uns zu enttäuschen.»

Scott senkte den Kopf.

«Es tut mir leid, Großvater. Aber ich kann ihm nicht verzeihen, dass er sich aus Angst darüber, was andere über ihn sagen könnten, hat töten lassen. Meinetwegen hätte er sein Leben nicht dafür aufs Spiel setzen müssen. Er wäre der Gleiche geblieben. Welche Bedeutung hätte es jetzt, dass jemand ihn einen Feigling nennt?»

«Für ihn hätte es eine Bedeutung gehabt», gab sein Großvater zurück. Jetzt erst verstand er vieles von dem, was seinen Sohn gequält hatte. «Vielleicht wirst du es eines Tages begreifen.»

«Nein, Großvater. Das werde ich nie begreifen.»

Ihr Spaziergang hatte sie zum Schießstand geführt.

So oft er konnte, kam Richard zum Üben her. Er trainierte gern allein. Und auch heute war er der Einzige. Scott und sein Großvater näherten sich genau in dem Augenblick, als Richard abdrückte und das Schwarze nur um eine Daumenbreite verfehlte.

«Ein guter Schuss, junger Mann!», lobte ihn der General.

«Danke», antwortete Richard und drehte sich zu dem Uniformierten in Scotts Begleitung um. Sofort als er die Sterne am Uniformrock des Unbekannten entdeckte, nahm Richard Haltung an.

«Großvater, das ist Richard Reemick. Richard, darf ich dir meinen Großvater vorstellen, General Sanders.»

Bei der Nennung dieses Namens hielt Richard den Atem an und stellte sich noch etwas gerader hin. Belustigt bemerkte Scott die Überraschung seines Freundes. «Sanders ist der Familienname meiner Mutter», erklärte er.

«General Sanders, es ist mir eine Ehre ...», stotterte Richard, als er sich plötzlich dieser Legende gegenübersah.

Jeder Mann, der an einer amerikanischen Militärakademie studierte, kannte den Namen von General Sanders. Als Sanders kaum älter als zwanzig gewesen war, hatten seine gewagten militärischen Manöver im Krieg von 1812 den Vereinigten Staaten zum Sieg gegen die Engländer verholfen.

«Stehen Sie bequem, junger Mann.»

Richard lockerte seine Haltung. «Ich wusste nicht, dass Scott Ihr Enkel ist», brachte er heraus.

«Nun, er scheint unsere Verwandtschaft nicht häufig zu erwähnen. Ich nehme an, dass es ihm das Leben etwas leichter macht. Sind Sie aus dem Süden?»

«Virginia, Sir.»

«Eine wunderschöne Gegend», seufzte der General nostalgisch. «Die Wiege vieler guter Schützen.»

«Richard ist der Klassenbeste», teilte Scott ihm mit.

«Besser als du?»

«Niemand ist besser als ich, Großvater.»

Der alte General lachte.

«Was denken Sie, Mr. Reemick? Glauben Sie, dass mein Enkel ein guter Schütze ist?»

Die Frage kam überraschend für Richard. Er musste irgendetwas Löbliches sagen, wollte aber nicht lügen.

«Ich glaube, dass er seit seiner Ankunft hier sehr viel besser geworden ist.»

General Sanders schien mit der Antwort des jungen Mannes zufrieden zu sein.

«Rücksichtsvoll, aber ehrlich. Sie gefallen mir, Mr. Reemick», sagte er und nahm eine der beiden Pistolen, die Richard schon geladen auf einer Ablage bereithielt. «Darf ich?»

«Aber natürlich, Sir.»

«Zeigst du mir, wie du dich verbessert hast, Scott?»

Scott blieb nichts anderes übrig, als die Waffe zu nehmen, die sein Großvater ihm hinhielt. In diesem Moment wünschte Richard, nicht so ein Großmaul gewesen zu sein. Unfreiwillig hatte er seinen Freund bloßgestellt, der es im letzten Jahr keineswegs geschafft hatte, sich zu verbessern, und der das Ziel unweigerlich um mindestens zwanzig Zentimeter verfehlte. Gemeinsam mit dem kurzsichtigen Arnold kam ihm die zweifelhafte Ehre zuteil, der schlechteste Schütze des Kurses zu sein.

Die Zielscheibe befand sich in einer Entfernung von zwanzig Schritten.

Nachdem Scott sich vergewissert hatte, dass die Pistole geladen war, wog er die Waffe in seiner Hand und bereitete sich auf den Schuss vor. Aber bevor er den Abzug betätigte, unterbrach der General seinen Enkel.

«Wollen wir die Distanz nicht ein bisschen erhöhen?»

Der alte General ist wohl schon etwas vertrottelt, dachte Richard, während er dabei zusah, wie Scott sich auf die Position begab, die der General ihm angewiesen hatte.

«Glaubst du, du triffst?»

«Kein Problem, Großvater.»

Zwar hatte er seinen Freund schon Hunderte von Malen schießen sehen, aber heute fiel Richard auf, dass Scott sich ganz anders aufstellte. Es war, als hätte er ein vollkommenes Gleichgewicht gefunden. Sein Körper wirkte nicht so ungeschickt und kraftlos wie sonst, und er hielt den Arm mit großer Sicherheit und Ruhe.

Verwirrt beobachtete Richard, wie Scott sein Ziel anpeilte. Dann hörte man die Detonation des Schusses. Als Richard zur Zielscheibe ging, entdeckte er ungläubig das Loch. Scott hatte mitten ins Schwarze getroffen. Lächelnd klopfte General Sanders seinem Enkel auf die Schulter.

«Mein lieber Enkel, ich sehe, dass du dir wirklich Mühe gibst, nicht positiv aufzufallen.»

Scott verzog das Gesicht und zuckte mit den Schultern.

«Ich tue, was ich kann, Großvater.»

Richard brauchte eine Weile, um die Sprache wiederzufinden. «Offensichtlich», sagte er schließlich, «hast du neben der Navigation noch andere versteckte Talente.»

Der General lud die beiden jungen Männer zum Mittagessen in einen Gasthof in der Nähe des Bahnhofs ein.

«Wann hast du schießen gelernt, Scott?», fragte Richard nach dem zweiten Glas Wein.

«Als Kind.»

«Er war acht Jahre alt, als ich es ihm beigebracht habe», erzählte der General stolz. «Damals war er vom Schießen nahezu besessen. Jeden Tag hat er stundenlang geübt. Mit vierzehn war er schon fast so gut wie sein Onkel Lead, mein Sohn, der ein hervorragender Schütze war.»

Richard wirkte nachdenklich. «Klaus wird wohl niemals erfahren, was für ein Glück er hatte», murmelte er vor sich hin. Aber der General hatte zugehört. «Anscheinend ist dieser Klaus ein ziemlich impulsiver Bursche», sagte er.

«Das kannst du wohl sagen. Wenn ich geahnt hätte, was mir bevorsteht, hätte ich ihn gewinnen lassen.»

Der General lächelte. Erstaunlicherweise schien dieser Ehrenmann in keiner Weise darüber entsetzt zu sein, dass Scott in der Akademie der Ruf eines Feiglings anhaftete.

«Und wenn ich richtig unterrichtet bin, Scott», sagte er, «hätte ich dir wohl besser das Boxen beibringen sollen.»

Die drei brachen in schallendes Gelächter aus.

Als sich die beiden Freunde von Scotts Großvater verabschiedeten, erklärte Richard erfreut, einen herrlichen Nachmittag verbracht zu haben. Und bei sich dachte er, dass er eine ganz neue Seite an Scott entdeckt hatte, sein Freund hatte ganz entspannt gewirkt und seine spöttische Art für eine Weile abgelegt.

Auf dem Rückweg wandte Richard sich seinem Freund zu und sah ihm fast feierlich in die Augen.

«Scott O'Flanagan, du bist immer für eine Überraschung gut.»

Für Richard und Scott, deren Freundschaft sich verändert hatte und noch tiefer geworden war, vergingen die folgenden Jahre wie im Flug. Richard hielt den Platz des Klassenbesten, und Scott schaffte es zum Erstaunen aller, die Prüfungen immer noch im letzten Moment zu bestehen und auf der Schule zu bleiben.

· 17 ·

Ich werde einen Spaziergang machen», verkündete Charlotte. «Kommst du mit, Hortensia?»

Konzentriert mischte ihre Schwester ein wenig mehr Grau in das Blau, das sie auf die Palette gedrückt hatte, und tauchte die Spitze ihres Pinsels in die Farbe. «Ich bleibe hier. Ich möchte den Himmel fertig malen, bevor das Licht weg ist», antwortete sie.

Charlotte machte einen Schmollmund. «Wie du willst. Ich werde jedenfalls einen Spaziergang machen.»

«Vergessen Sie den Sonnenschirm nicht, Miss Charlotte», erinnerte sie Latoya, die auf der Veranda Kartoffeln schälte und dabei ab und zu einen bewundernden Blick auf Hortensias Werk warf.

Charlotte verabscheute es, den dämlichen Sonnenschirm mitnehmen zu müssen. Er war ihr lästig. Außerdem war erst April, und sie war sowieso viel hübscher, wenn eine leichte Sonnenbräune die Farbe ihrer Augen hervorhob. «Na großartig. Dann bleibe ich eben auch hier», sagte sie und ließ sich zurück in den Korbstuhl fallen, an dem der unliebsame Sonnenschirm lehnte.

In diesem Moment trat Noah aus der Küchentür und ging über die Veranda. Freundlich nickte Hortensia ihm zu. «Auf Wiedersehen, Noah.»

«Auf Wiedersehen, Miss Hortensia», gab der Sklave zurück.

Latoya bemerkte sofort den besonderen Glanz in Charlottes Augen und spürte, wie sich ihr die Nackenhaare aufstellten. Miss Charlotte langweilte sich, und in diesen Momenten konnte sie wirklich gefährlich sein. Die Sklavin hoffte, dass Noah rasch verschwinden würde. Aber Charlotte war schneller. «Ich habe es mir überlegt, ich werde doch einen Spaziergang machen», verkündete sie unschuldig und stand energisch auf. «Noah!»

«Ja, Miss Charlotte?», fragte der Sklave misstrauisch.

«Ich möchte einen Spaziergang machen. Nimm den Sonnenschirm.»

Noah zögerte. In fünf Minuten musste er auf den Feldern sein, wagte es aber nicht, Charlottes Befehl zu missachten.

«Worauf wartest du?», wiederholte Charlotte und mied bewusst den vorwurfsvollen Blick ihrer Schwester.

Gerade als Noah näher kam und die Hand ausstreckte, um Charlottes Befehl zu gehorchen, gab sie dem Schirm einen kleinen Tritt, und er fiel zu Boden.

Verärgert ließ Latoya die Arbeit sinken und beobachtete ihre junge Herrin. Es war unvorstellbar, dass sie diese arrogante junge Frau seit so vielen Jahren mit ihrem Schweigen schützte. Von den vier Sklaven, die Bescheid wussten, war nur noch sie übrig, dachte sie voll Bitterkeit, als sie jetzt instinktiv die schmale Narbe in der Handfläche berührte und sich an ihre verlorenen Freunde erinnerte.

Gerade hatte Noah sich nach dem Schirm gebückt, als Katherine auf der Veranda erschien. «Du kannst gehen, Noah.»

Sofort gehorchte der Sklave. Er lehnte den Sonnenschirm an die Wand und verschwand.

Charlotte wagte nicht, sich umzudrehen. Der kurzangebundene und scharfe Tonfall der Mutter kündigte Ärger an.

«Hortensia, Latoya, lasst uns bitte allein.»

Diskret zogen die beiden sich in die Küche zurück. Charlotte wollte ihnen folgen, aber ihre Mutter hielt sie fest. «Du nicht, Charlotte. Ich will mit dir reden.»

Ernst blickte Katherine ihre Tochter an. «Du enttäuschst mich.»

«Ich habe nichts getan. Ich wollte nur einen Spaziergang machen.»

«Lüg mich nicht an, Charlotte! Du wolltest nichts weiter, als Noah demütigen.»

«Und wennschon!», brach es heftig aus ihr heraus. «Er ist nur ein Sklave! Und du behandelst ihn, als wäre er der Herr der Plantage.»

«Das stimmt nicht, Charlotte, und das weißt du.»

«Sag mir eins, Mutter. Warum hast du ihm das Lesen beigebracht?»

«Aus welchem Grund hätte ich das nicht tun sollen?»

«Weil es gesetzlich verboten ist, Mutter. Es ist gefährlich, wenn die Sklaven vergessen, wo sie hingehören. Oder hast du vielleicht Nat Turner vergessen? Wenn eines Tages herauskommt, was du getan hast, wird man dich bestrafen, und ihn auch.»

«Ah, jetzt verstehe ich.» Katherine nickte sarkastisch. «Du hast dich also zur Beschützerin der Weißen aufgeschwungen.»

«Irgendjemand muss das ja tun, wenn Papa nicht da ist. Ich werde nicht den gleichen Fehler machen wie du!»

Charlotte war kein Kind mehr. In Kürze würde sie achtzehn Jahre alt werden, und Katherine hätte kaum noch Einfluss auf ihre Tochter. Und leider setzten diese Ideen sich auf gefährliche Weise in ihrem Kopf fest. Katherine wusste nicht mehr, was sie noch tun könnte.

«Was habe ich falsch gemacht, Charlotte? Warum willst du nicht verstehen?»

«Du bist diejenige, die nicht versteht.»

«Was verstehe ich denn nicht, Charlotte?»

«Du kennst die wahre Natur der Sklaven nicht.»

«Was weißt du denn von ihrer wahren Natur, Charlotte? Hast du einmal darüber nachgedacht, wie hart ihr Leben ist? Weißt du, was es für einen intelligenten Jungen wie Noah bedeutet, ein Sklave zu sein?»

Charlotte schwieg. In gewisser Weise hatten Noahs Intelligenz und schnelle Auffassungsgabe sie wirklich überrascht, obwohl sie lieber zehn Peitschenhiebe in Kauf genommen hätte, als das zuzugeben.

«Glaubst du etwa, du beweist Mut, wenn du einen Menschen demütigst, der sich nicht verteidigen kann? Ich hätte dich für couragierter gehalten. Und pass auf, Charlotte», warnte Katherine ihre Tochter, «wenn du so weitermachst, wird aus dir eine arrogante und egoistische Frau. Ohne jedes Mitleid.»

«Er ist nur ein Sklave!»

«Ein Sklave», wiederholte Katherine ungehalten. «Was weißt du schon von ihm, von seinem Leben, seinen Wünschen? Glaubst du etwa, dass er nicht leidet, dass er nicht lacht? Dass er keine Träume hat? Nur sind seine Träume unerreichbar.»

Voller Trauer sah Katherine ihre Tochter an. Charlotte wurde ihrem Vater immer ähnlicher, und nur sie allein war daran schuld. Sie hatte versagt. Es wäre besser gewesen, wenn sie David verlassen hätte und weit weg gegangen wäre. Irgendwohin, wo diese Welt, bestehend aus Herren und Sklaven, keinen Einfluss mehr hatte. Sie hatte wahrlich kein Recht, ihre Tochter zu tadeln.

Eigentlich hatte Charlotte erwartet, dass ihre Mutter sie bestrafen oder ihr wie sonst bis zum bitteren Ende widersprechen würde. Diesmal aber seufzte sie nur und ging. Sie gab sich geschlagen.

Genau aus diesem Grund hatte der Streit Charlotte mehr als sonst mitgenommen. Sie überlegte ernsthaft, ihre Mutter um Verzeihung zu bitten, doch der unerwartete Besuch von Rebecca Sebastian hielt sie davon ab. Es gab überraschende Neuigkeiten.

Richard Reemick würde zurückkommen!

Richards Vater hatte einen leichten Herzanfall erlitten, und obwohl Mr. Reemick sich rasch wieder erholte, hatte man Richard Sonderurlaub gewährt.

Seit dem Hochzeitsfest ihrer Cousine Silvia waren fast vier Jahre vergangen, und Charlotte wusste nicht einmal, ob Richard sich überhaupt noch an sie erinnerte. Längst war sie nicht mehr das kleine vierzehnjährige Mädchen im geblümten Kleid. Sie war zu einer Frau herangewachsen und konnte es kaum abwarten, ihm das zu beweisen. Das Einzige, was sie brauchte, war eine Gelegenheit, und zwar bald. Denn wenn es stimmte, was Rebecca erzählt hatte, würde Richard nach nur wenigen Tagen nach Annapolis zurückkehren.

Als ihre Tochter am nächsten Morgen schon um acht Uhr früh in Reitkleidung im Esszimmer erschien, stutzte Katherine.

«Guten Morgen, Mama», grüßte Charlotte und gab ihr einen lauten Kuss auf die Wange.

«Guten Morgen, Charlotte. Darf man erfahren, wo du schon so früh hinwillst?»

Ohne sich hinzusetzen, nahm Charlotte sich ein knuspriges Brötchen und biss hinein.

«Ich werde ausreiten.»

«So früh schon?»

«Ich konnte nicht mehr schlafen.»

«Und Hortensia?»

«Sie wird später herunterkommen. Du weißt ja, dass sie nicht gerade eine Pferdenärrin ist.»

In diesem Moment erschien Latoya in der Tür, die das Esszimmer mit dem Dienstbotentrakt verband. Sie trug einen Korb mit Äpfeln. «Guten Morgen, Miss Charlotte.»

«Morgen», antwortete Charlotte gut gelaunt und stibitzte sich einen der glänzenden Äpfel.

«Ich bringe Ihnen sofort die Schokolade, Miss.»

«Nicht nötig. Ich werde heute nicht frühstücken.»

Katherine und die Sklavin warfen sich einen Blick zu. Das wäre das erste Mal, dass Charlotte eine Tasse Schokolade ablehnte.

«Geht es dir auch gut?»

«Ja, Mama», antwortete sie, vermied aber, ihrer Mutter in die Augen zu sehen. «Ich möchte nur nicht, dass es zu spät wird.»

«Wie du möchtest. Und denk daran, dass deine Cousine Silvia und ihr Mann heute zum Mittagessen kommen. Sie sind gerade bei deinem Onkel zu Besuch. Ich wäre dir dankbar, wenn du pünktlich zurück bist.»

Vor dem Haus wartete schon ein Sklave mit dem Pferd. Obwohl sie selbst den Befehl gegeben hatte, den Damensattel aufzulegen, verzog sie unwillkürlich das Gesicht. Normalerweise benutzte sie den Herrensattel, und die Vorstellung, seitlich auf dem Pferd zu sitzen, war ihr nicht besonders angenehm. Aber heute wollte sie Eindruck schinden. Trotz aller Unbequemlichkeiten würde sie sich also ausnahmsweise wie eine wohlerzogene junge Südstaatendame benehmen.

Der Sklave bückte sich neben dem Pferd, verschränkte die Hände und wartete, dass Charlotte ihren Fuß hineinsetzen würde, um sich abzustützen. Aber Charlotte hatte nie fremde Hilfe gebraucht, um auf- oder abzusteigen. Sie ignorierte die improvisierte Trittleiter des Sklaven, raffte ihren Rock ein wenig, schob ihren Stiefel in den Steigbügel und saß mühelos auf.

Der Sattel war unbequem und schränkte ihre Bewegungsfreiheit ein, aber das war es wert. Wie Rebecca nichtsahnend am Vortag beim Tee erzählt hatte, würde ihr Bruder Paul heute früh mit Orante und Richard ausreiten. Und sie hatte sogar gewusst, wohin. Als Charlotte Rebeccas Worte vernommen hatte, hatte sie sich schrecklich zusammennehmen müssen, um nicht vor Glück zu jubeln. Aber schließlich sollte niemand Verdacht schöpfen. Niemand musste wissen, dass sie entschlossen war, Richard Reemick zu heiraten.

Auf dem Gipfel des Hügels angekommen, hielt Charlotte das Pferd an und ließ ihren Blick über die Landschaft schweifen.

Am blauen Himmel war keine einzige Wolke zu sehen, und der Horizont zeichnete sich als deutliche Linie ab. Das Tal war aus dem langen Winterschlaf erwacht und hatte sich mit der Ankunft des Frühlings bunt gefärbt. Charlotte atmete tief ein. Milder Duft nach Lavendel und Lorbeer lag in der Luft. Es war ein wunderschöner Tag. Endlich würde sie Richard nach all den Jahren wiedersehen.

Glücklich betrachtete sie die Ebene, die sich zu ihren Füßen ausbreitete, als sie die drei Reiter entdeckte. Sie kamen im Schritttempo hinter einer Baumgruppe hervor, und man konnte den Widerhall ihrer Stimmen hören, den der Wind zu ihr trug. Die Reiter waren zu weit weg, als dass Charlotte ihre Gesichter hätte sehen können, aber sie erkannte ihre Pferde.

Vorneweg ging der Braune mit den weißen Hinterbeinen, der ihrem Cousin Orante gehörte. Dicht nach ihm kam Paul Sebastian, Rebeccas Bruder, auf Falcon. Der letzte Reiter saß auf einem Tier mit grauem Fell, das Charlotte noch nie zuvor gesehen hatte. Aber es war gar nicht nötig, Pferd oder Reiter zu erkennen. So wie ihr das Herz in der Brust schlug, konnte es nur Richard sein.

Paul entdeckte als Erster die Gestalt auf dem Hügel und hielt an. «Eine Frau», sagte er.

«Und sie ist nicht in Begleitung», präzisierte Richard, der vergeblich versuchte zu erspähen, wer sich in der Ferne vor der Sonne abzeichnete.

«Und ich würde sagen, dass sie uns mit großem Interesse beobachtet», fügte Orante hinzu. Die Hand schützend über die Augen gehalten, starrte er zum Hügel hinauf.

Einen Moment lang blieben die drei Männer unbeweglich stehen und fragten sich, wer die geheimnisvolle Dame auf dem Hügel wohl sein könnte. Dann unterbrach Paul die Stille. «Wollt ihr den ganzen Morgen lang nur diese Frau anstarren, oder seid ihr bereit für ein kleines Wettrennen zur alten Eiche?»

«Alles klar. Der Letzte gibt eine Runde aus.»

«Wie du willst, Orante, aber du glaubst doch wohl nicht, dass du gegen zwei Männer der Marine ankommst?»

«Das werden wir ja sehen, Richard.»

Die drei stellten sich in geringem Abstand nebeneinander auf dem Weg auf. Orante hob den Arm und sah nach rechts und links, um zu überprüfen, ob seine Freunde bereit waren.

«Vorwärts!», rief er dann, als er den Arm zum Startsignal hinunterriss. Der Klang seiner Stimme hallte durch die kühle, klare Morgenluft.

Charlotte hatte deutlich gesehen, was die drei vorhatten, und erriet auch sofort, wohin das Rennen führen sollte. Die Eiche war ein idealer Zielpunkt, und die Richtung, die die Reiter eingeschlagen hatten, bestätigte ihre Annahme. Der einsam stehende Baum erhob sich auf dem Gipfel einer sanft ansteigenden Anhöhe, etwa eine halbe Meile entfernt.

Energisch packte Charlotte die Zügel und gab ihrem Pferd die Sporen.

Orante, Paul und Richard kämpften darum, sich an die Spitze zu setzen, nahmen aber trotzdem wahr, dass die Frau den Hügel hinuntergaloppiert kam. Offensichtlich wollte sie auch an dem Rennen teilnehmen.

Als Richard die letzten fünfhundert Meter in Angriff nahm, waren Paul und Orante weit abgeschlagen. Nur die geheimnisvolle Unbekannte lag noch vor ihm, mit etwa zehn Pferdelängen Vorsprung. Es war, als flöge sie im Wind. Richard war vollkommen hingerissen vom ungewöhnlichen Anblick dieser jungen Frau, die ihm vorkam wie eine Naturgewalt.

Je mehr er von ihr sah, desto mehr wünschte er sich, sie einzuholen, und spornte sein Pferd an, noch schneller zu laufen. Auf der halben Anhöhe hatte er sie fast eingeholt, aber die Lady ritt, als wäre der Teufel hinter ihr her.

Charlottes Pferd keuchte und griff nicht mehr ganz so weit aus. Das letzte und steilste Stück des Aufstiegs hatte begonnen, bis zur Eiche waren es keine fünfzig Meter mehr. Niemand war vor ihr, und Charlotte spürte eine unbändige Kraft in sich. Sie würde siegen. Nur noch ein umgestürzter Baumstamm, der quer über dem Weg lag, trennte sie vom Ziel. Sie gab ihrem Pferd die Sporen und setzte zum Sprung über das Hindernis an. In diesem Moment tauchte Richards Grauer zu ihrer Rechten auf und sprang ebenfalls. Als sie gleichzeitig wieder auf dem Gras aufsetzten, trafen sich ihre Blicke. Lächelnd überholte er sie jetzt.

Neben der Eiche stoppte Richard abrupt. Er saß ab und ging Charlotte entgegen. Noch etwas außer Atem gratulierte er ihr.

«Sie haben ein gutes Rennen geliefert.»

«Danke. Das gilt auch für Sie.»

«Erlauben Sie.» Mit einem wunderschönen Lächeln streckte er seine Arme aus, um ihr beim Absteigen zu helfen.

Charlotte legte Richard die Hände auf die Schultern und wartete, dass er sie um die Taille fasste. Mühelos hob er sie hoch und setzte sie langsam auf dem Boden ab. Dabei konnte er den Blick nicht von ihr wenden. Charlotte war, als würde sie in das Blau des Himmels tauchen, das sich in seiner grauen Iris spiegelte. Und auch Richard spürte, wie jene schönen grünen Augen ihn gefangen nahmen.

Erst als Paul Sebastian ins Ziel geritten kam, wurde der Bann gebrochen.

Paul stieg ab und klopfte seinem Pferd beruhigend auf den Hals. Dann hob er mit seinem strahlendsten Lächeln die Hand an die Hutkrempe, um Charlotte zu begrüßen.

«Noch nie habe ich jemanden so schnell den Abhang hinunterreiten sehen!»

«Danke, Mr. Sebastian, aber das ist einzig das Verdienst meines Pferdes», antwortete Charlotte mit der gleichen Freundlichkeit. «Es ist eines der besten Tiere meines Vaters.»

Jetzt kam auch Orante.

«Wie geht es dir, Orante?»

«Charlotte! Ich habe mir fast schon gedacht, dass du es bist. Es gibt wohl keine andere Frau, die so reitet», lachte er. «Vor allem nicht in so einem Sattel.»

«Halb so schlimm, Orante. Ich bin es wohl gewöhnt», log Charlotte.

Richard sah verwirrt aus. Er schien der Einzige zu sein, der die Frau nicht kannte.

«Pardon», entschuldigte sich Orante, als er sah, dass Richard keine Ahnung hatte, mit wem er es zu tun hatte. «Vielleicht erinnerst du dich an meine Cousine Charlotte. Charlotte Parrish. Das ist Richard Reemick.»

«... Charlotte», wiederholte er und erinnerte sich deutlich an das Mädchen, das sich vor Jahren auf den jüngsten Spross der Carmodys gestürzt hatte, nachdem dieser ihre Familie beleidigt hatte. Überrascht stellte er fest, wie sehr sie sich in den letzten vier Jahren verändert hatte. «Es tut mir leid, Miss Parrish, ich habe Sie nicht wiedererkannt.»

«Es sind ja auch einige Jahre vergangen, seit wir uns das letzte Mal gesehen haben», antwortete Charlotte und sah ihn an.

«Ja», nickte Richard noch immer verwundert. «Wie schnell die Zeit vergeht.»

Plötzlich trat Stille ein, und wieder konnten Charlotte und Richard die Blicke nicht voneinander losreißen.

«Wir könnten einen Spaziergang machen», brach Paul das Schweigen.

Die jungen Leute gingen zu Fuß die Anhöhe hinunter und führten die noch keuchenden Pferde an den Zügeln mit. Charlotte und Richard blieben ein paar Schritte zurück.

«Es ist mir eine Freude, Sie wiederzusehen, Miss Parrish.»

«Bitte sagen Sie Charlotte zu mir.»

Charlotte strahlte. Niemals hätte sie sich vorstellen können, wie wunderbar es war, an Richards Seite zu gehen.

«Ich musste mich schon lange nicht mehr so anstrengen, um ein Wettrennen zu gewinnen. Mit einem Sattel wie dem Ihrem hätte ich mich wohl in ernsthaften Schwierigkeiten gesehen.»

Charlotte ließ ein bezauberndes Lachen hören, das in Richards Ohren wie die schönste Musik klang, die er je vernommen hatte.

Als sie auf der Wiese ankamen, ließen sie die Pferde grasen und setzten sich an einen kleinen Bach. Galant breitete Richard sein Jackett auf dem Rasen aus und bat Charlotte, darauf Platz zu nehmen.

Inzwischen war die Morgenluft etwas wärmer geworden, und eine sanfte Brise umwehte die jungen Leute. Bei Orantes amüsanten Geschichten, die den anderen mehr als ein Lachen entlockten, verging die Zeit wie im Flug, und ehe sie es bemerkten, war schon Mittag.

Plötzlich fiel Charlotte wieder ein, dass Silvia zum Essen

kommen wollte. Obwohl sie den Bann, unter dem sie standen, nur ungern brechen wollte, entschied sie doch, dass es Zeit war, nach Hause zurückzukehren.

«Es tut mir leid, aber ich fürchte, dass ich nach Hause muss. Gerade ist mir eingefallen, dass meine Cousine Silvia zum Essen kommt. Ich bin schon viel zu spät dran.»

«Wenn Sie erlauben, würde ich Sie gern begleiten», bot Richard sich an.

Charlottes Augen erstrahlten noch ein wenig mehr. Die Welt könnte nicht vollkommener sein. Endlich wären sie allein. Leider mischte Orante sich ein und machte ihre Hoffnungen zunichte.

«Ich komme auch mit euch. Ich hatte ganz vergessen, dass meine Schwester und ihr Mann zum Essen bei euch sind. Dann kann ich Tante Katherine und Hortensia sehen und reite später mit Silvia und Jonathan nach Heaven's Door zurück.»

Charlotte hörte nicht auf zu lächeln, bedachte ihren Cousin jedoch mit einem eisigen Blick.

Orante ließ sich nicht von seinem Vorhaben abbringen. Selbst ein Blinder hätte bemerkt, wie viel Leidenschaft in den Blicken steckte, die Richard und Charlotte einander schon den ganzen Morgen zuwarfen. Natürlich war sich Orante absolut sicher, dass Richard ein Ehrenmann war, aber seine Cousine war unberechenbar. Seine Anwesenheit würde böses Gerede verhindern.

Kurz bevor sie zum Haus kamen, verabschiedete Richard sich und ritt auf seinem Weg weiter. Auch für ihn war es spät geworden. Am nächsten Tag würde er zur Akademie zurückkehren, und er musste noch seine Reise vorbereiten.

Fast eine Stunde hatte man auf Charlotte gewartet. Dann hatte Katherine beschlossen, mit dem Essen anzufangen.

«Es tut mir so leid, Silvia», entschuldigte sie sich, als sie sich damit abfand, dass ihre Tochter nicht kommen würde.

«Es wird ihr doch nichts passiert sein, Tante?»

Katherine hatte auch daran gedacht. Einen Moment lang stieg die Vorstellung in ihr auf, dass Charlotte vielleicht allein und verletzt irgendwo liegen könnte, und sie verspürte Panik. Aber die Art und Weise, wie Hortensia ihren Kopf über den Teller beugte, beruhigte sie. Anscheinend wusste Hortensia, wo Charlotte war, auch wenn sie das Geheimnis ihrer Schwester niemals preisgeben würde.

«Mach dir keine Sorgen, Silvia. Ich bin mir sicher, dass sie irgendwann mit einer hübschen Ausrede durch diese Tür kommen wird.»

Als Orante und Charlotte endlich auf New Fortune ankamen, war es zwei Uhr, und das Dessert stand bereits auf dem Tisch. Und genau wie Katherine vorausgesagt hatte, erfand Charlotte eine lächerliche Geschichte von einem Sonnenstich, wo doch gerade mal der Frühling angefangen hatte. Dabei schilderte sie in so schillernden Farben, wie sehr sie unter der Sonne hatte leiden müssen, nachdem sie ihren Hut verloren hatte, dass Silvia beinahe die Tränen in die Augen traten.

«Zum Glück habe ich Orante getroffen», gestand sie schließlich.

«Ja, wirklich ein Glück, dass du ihn zufällig getroffen hast», sagte Katherine, als Charlotte fertig war, und sah ihren Neffen fest an, der sichtlich nervös nickte.

«Nun, nach all den Abenteuern wirst du hungrig sein, Orante. Setzt euch bitte.»

Orante setzte sich neben Hortensia, und Charlotte nahm gegenüber von ihr Platz.

Sofort stellte Darsy, die nach Olivias Tod dem Haus zugeteilt worden war, um Latoya zu helfen, Teller vor die beiden.

«Darsy, Miss Charlotte fühlt sich nicht wohl, sie braucht keinen Teller. Bring ihr bitte einen Tee.»

Charlotte spürte, wie ihr Magen knurrte. Am Morgen hatte sie kaum gefrühstückt und seitdem nichts gegessen. «Ich fühle mich schon viel besser, Mama.»

«Meine liebe Charlotte. Alle Welt weiß, dass man bei einem Sonnenstich nichts essen darf.»

Normalerweise hätte Charlotte protestiert, aber ihre Mutter war wütend. Sie hatte die Entschuldigung nur hingenommen, weil Silvia und ihr Mann anwesend waren.

«Deine Mutter hat recht», mischte Silvia sich ein, noch immer bewegt von Charlottes dramatischer Schilderung.

«Meinetwegen», gab Charlotte schließlich widerwillig nach. «Ein Tee wird genügen.»

Während sich Orante, der sein Grinsen kaum verheimlichen konnte, über die großzügige Portion gegrillten Kaninchens hermachte, blieb Charlotte nichts anderes übrig, als die Nase über den Tee zu halten. So konnte sie wenigstens den leckeren Duft der Speisen vertreiben, der ihr das Wasser im Mund zusammenlaufen ließ.

Nach dem Essen verabschiedeten sich die Gäste. Es war ein langer Weg bis Heaven's Door, wo sie noch ein paar Tage bleiben würden, bis es wieder nach Norfolk zurückging.

Kaum waren sie fort, entwischte Charlotte in die Küche und machte sich über die Reste des Kaninchens her.

· 18 ·

Nach Richards Urlaub bemerkte Scott eine kaum wahrnehmbare Veränderung an seinem Freund. Er war gesprächiger. Ständig lächelte er und erlaubte sich sogar manchmal einen Scherz. Zwar machte Richard selbst keine Andeutung in dieser Richtung, aber das war auch nicht nötig. Jeder Idiot hätte gemerkt, dass Richard Reemick sich verliebt hatte.

Es war Samstagnachmittag, und die meisten Studenten des letzten Studienjahrs waren in die Stadt gefahren. Richard hatte darauf verzichtet, sie zu begleiten, und schrieb einen Brief, während Scott, den niemand gebeten hatte mitzukommen, die Zeit für einen ausgedehnten Mittagsschlaf nutzte.

Gerade las Richard noch einmal durch, was er geschrieben hatte, als ein junger Kadett seinen Kopf zur Tür hineinstreckte.

«Richard Reemick?»

«Ja?»

«Du hast Besuch.»

«Ich?»

Der junge Mann nickte. «Er wartet unten.»

Nachdem Richard sich vergewissert hatte, dass die Tinte trocken war, legte er das Geschriebene unter einen Buchdeckel.

«Erwartest du jemanden?», fragte Scott aus seiner Ecke.

«Nein», antwortete Richard, während er seine Uniformjacke zuknöpfte.

«Du weißt nicht vielleicht seinen Namen?», fragte er den Kadetten.

«Ein Steward. Doktor Steward.»

Als Richard den Namen seines Onkels vernahm, beeilte er sich, aus dem Zimmer zu kommen.

Sobald Richard gegangen war, stand Scott auf und warf einen neugierigen Blick auf die Bücher, die auf dem Tisch seines Freundes gestapelt waren. In aller Ruhe klappte er den Deckel des obersten Buches auf und nahm das Blatt heraus, das Richard gerade versteckt hatte.

Doktor Steward ging im Treppenhaus auf und ab, als Richard ihm aufgeregt entgegenkam.

«Onkel! Ist etwas mit meinem Vater?»

«Deinem Vater geht es ausgezeichnet.»

«Verzeihen Sie bitte», entschuldigte Richard sich für seine kurzangebundene Begrüßung, «aber als ich erfahren habe, dass Sie gekommen sind, habe ich gedacht, dass …»

«Dein Vater erholt sich gut, wie ich dir schon zu Hause gesagt habe. Ich wollte dich nicht beunruhigen, aber ich muss dringend mit dir sprechen. Können wir vielleicht irgendwohin gehen, wo es etwas ruhiger ist?», sagte Steward und blickte auf die Studenten, die zahlreich ein- und ausgingen.

«Wir können zum Schießplatz gehen. Dort wird uns niemand stören.»

Obwohl ihn die Neugierde plagte, ging Richard schweigend neben seinem Onkel her und versuchte, den Grund zu erraten, der ihn zu ihm geführt hatte.

Sie kamen an einigen Kanonen vorbei, die an der gesamten Küste aufgestellt waren, gingen um den Geschützturm herum, der am Ufer der Bucht stand, und liefen weiter am Severn River entlang.

Als sie das bebaute Gelände der Akademie hinter sich gelassen hatten, setzte Doktor Steward sich auf eine Bank am Uferweg und forderte seinen Neffen auf, neben ihm Platz zu nehmen.

Er schien müde zu sein. Einen Moment lang betrachtete er das Wasser, das unaufhörlich in Richtung Meer floss, und rieb sich die Hände. Eigentlich war sein Onkel immer sehr direkt gewesen, aber jetzt fiel es ihm offensichtlich schwer, die richtigen Worte zu finden.

«Dein Vater hat mir erzählt, dass du ihn um Erlaubnis gebeten hast, Charlotte Parrish den Hof zu machen.»

«Ich verstehe nicht ...»

«Es stimmt also?»

«Ja, Onkel. Gerade heute habe ich die Erlaubnis meines Vaters erhalten.»

Doktor Steward wurde blass. Dann packte er Richard am Arm. «Du hast doch wohl hoffentlich mit niemandem darüber gesprochen?»

«Aber natürlich nicht!»

«Bist du sicher? Vielleicht irgendein Freund?», hakte Steward nach.

«Ich sage doch, dass ich das nicht getan habe. Sie wissen, dass das nicht korrekt wäre, bevor Charlottes Vater nicht sein Einverständnis gibt.» Die Beharrlichkeit seines Onkels irritierte ihn. Zweifelte sein Onkel etwa daran, dass er ein Ehrenmann war?

«Gerade eben habe ich Mr. Parrish einen Brief geschrieben, in dem ich ihm meine Absichten mitteile.»

Entsetzt sah sein Onkel ihn an. «Hast du ihn etwa abgeschickt?»

Langsam wurden Richard die vielen Fragen lästig. «Noch nicht. Das wollte ich heute Abend tun.»

«Gott sei Dank. Dann bin ich gerade noch rechtzeitig gekommen.»

«Ich verstehe nicht.»

«Es tut mir leid, Richard, aber du kannst diesen Brief nicht abschicken.»

«Aber ...»

«Vertrau mir. Sie ist keine Frau für dich. Für keinen Gentleman.»

Verärgert stand Richard auf.

«Was wollen Sie damit andeuten?»

«Sie ist nicht die Frau, für die du sie hältst.»

Richard wurde ungeduldig. Sein Onkel war Arzt. Vielleicht wusste er über irgendeinen Fehltritt Bescheid, den Charlotte begangen hatte. Irgendein Geheimnis, von dem Richard lieber gar nichts wissen wollte. «Denken Sie, ich lasse es zu, dass Sie ohne jeden Beweis solche Andeutungen machen? Dass Sie ihrem Ruf schaden?», warnte Richard seinen Onkel. «Passen Sie auf, was Sie sagen, oder ich werde vergessen, dass ich Ihnen Respekt schulde.»

«Du kannst sie nicht heiraten.»

«Aber warum nicht?»

Wenn Steward bis jetzt geschwiegen hatte, dann keinesfalls um Charlotte zu schützen, sondern weil er sich in gewisser Weise David verpflichtet fühlte. Aber jetzt hatte sich die Situation verändert. Sein Neffe konnte unmöglich die Tochter dieser Sklavin heiraten.

«Warum?», fragte Richard erneut. Langsam verlor er die Geduld.

«Weil sie eine Schwarze ist.»

Richard wich zurück. «Um Himmels willen! Haben Sie den Verstand verloren?»

«Hör mir zu», bat Steward seinen Neffen und lief hinter ihm her. «Ich war dort, als sie geboren wurde. In jener Nacht hat nicht nur Mrs. Parrish ihr Kind zur Welt gebracht, sondern auch ihre Sklavin, eine Frau mit sehr heller Haut. Die Sklavin starb. Und als Mrs. Parrish Stunden später ihre eigene Tochter bekam, ließ sie alle in dem Glauben, sie hätte Zwillinge zur Welt gebracht.»

«Das ist nicht wahr!», rief Richard, blieb aber stehen.

«Diese Sklavin hatte grüne Augen, Richard.»

«Sie lügen!»

«Warum sollte ich lügen? Welche Gründe könnte ich haben zu verhindern, dass du die Tochter eines meiner besten Freunde heiratest? Denk nach, Richard. Du weißt, dass das die Wahrheit ist.»

Richard ging zurück und ließ sich auf die Bank fallen. Verzweifelt bedeckte er sein Gesicht mit den Händen. «Nein! Charlotte hätte es mir gesagt.»

«Sie weiß es doch gar nicht! Sie hat nicht den geringsten Verdacht, dass ihre Mutter eine Sklavin war. Ach, es gehört sich einfach nicht. Immer wenn ich sie unter uns sehe, wenn sie sich aufführt wie eine Dame ... dabei ist sie nichts als eine Wilde!»

«Das reicht jetzt!»

«Muss ich dich etwa daran erinnern, wie sie sich auf den jungen Carmody gestürzt hat?»

«Sie war noch ein Kind», versuchte Richard, sie zu verteidigen. «Und dieser Idiot hatte ihre Mutter beleidigt.»

«Denk darüber nach, Richard. Welche andere Frau hätte sich so verhalten?»

Richard musste in Ruhe nachdenken. Er wollte jetzt nichts mehr hören. Konnte Charlotte wirklich eine Sklavin sein?

«Weder Katherine noch David Parrish hat grüne Augen.» Und Richard erinnerte sich perfekt an jede Nuance jener grünen Augen. Und er liebte sie … «Wer weiß noch davon?»

«David, der Aufseher und die Sklaven, die bei der Geburt geholfen haben. Aber ich glaube, dass sie fast alle gestorben sind.»

«Sklaven?»

«Die Sklaven werden nichts sagen. David hat sie bedroht.»

«Dann weiß es also sonst niemand?»

«So ist es.»

Richard ballte seine Hand zur Faust und presste sie sich gegen die Lippen. «Niemand?»

«Nein.»

Er ließ die Hand sinken und blickte seinen Onkel an. «Dann gibt es kein Problem. Ich kann sie trotzdem heiraten.»

«Das kannst du nicht ernst meinen! Trotz all dem, was ich dir gerade erklärt habe, bist du bereit, sie zur Frau zu nehmen?»

«Ja.»

«Hast du den Verstand verloren?»

«Sie haben es doch gesagt. Niemand weiß es. Und niemand muss es je erfahren.»

«Nein», sagte sein Onkel mit lauter Stimme.

«Warum?»

«Glaubst du, ich würde zulassen, dass der Sohn meiner Schwester eine Sklavin heiratet?»

«Sie ist keine Sklavin!»

«Und ob sie das ist! Auch wenn sie die große Dame markiert und ihre Haut weiß ist. Sie ist eine Sklavin und wird es immer bleiben. Hast du einmal an deine Familie gedacht? Deine Mutter, deine Schwestern», fuhr Steward fort. «Geheimnisse können nicht ewig bewahrt werden. Was würde passieren, wenn es nach der Hochzeit herauskommt? Wer würde die Schwägerinnen einer Sklavin heiraten? Du bist deiner Familie gegenüber verpflichtet. Auch ihre Ehre steht auf dem Spiel! Wärst du etwa dazu fähig, deine Familie einer solchen Schande auszusetzen? Und was ist mit deinem Vater? Glaubst du, er würde das in seinem Zustand verkraften? Wenn dein Vater es erfahren würde …»

«Tun Sie mir das nicht an, Onkel. Stellen Sie mich nicht vor die Wahl.»

«Täusch dich nicht, Richard. Du hast gar keine Wahl. Du wirst diese Frau nicht heiraten. Wenn du mir keine andere Möglichkeit lässt, werde ich die Wahrheit öffentlich machen.»

«Das dürfen Sie nicht!»

«Glaubst du etwa, ich lasse zu, dass du deine Zukunft ruinierst? Dass du Schimpf und Schande über deine Familie bringst? Ich werde niemals erlauben, dass der Stammhalter unserer Familie eine Schwarze zur Frau nimmt!»

«Sie können das nicht ernst meinen. Wenn die Wahrheit über ihre Herkunft ans Licht kommt, wird Charlotte ein schreckliches Schicksal erleiden.»

«Es hängt von dir ab. Die Zukunft dieser Frau liegt in deinen Händen.»

Richard dachte nach. Sollte sein Onkel wirklich die Wahrheit über Charlottes Geburt enthüllen, würde er nichts tun können, um sie zu beschützen. Und Richard spürte so viel Hass in diesem Menschen, zweifellos war er fähig, seine Drohung wahr zu machen.

Richard stand auf.

«Gut, Onkel. Aber Sie müssen mir Ihr Wort geben, dass Sie niemals Charlottes wahre Herkunft preisgeben.»

«Das verspreche ich, Richard. Wenn du dein Wort hältst, gilt auch das meine.»

Als Richard ins Zimmer zurückkam, war sein Gesichtsausdruck vollkommen verändert.

«Alles in Ordnung?», fragte Scott von seinem Bett aus.

Anstatt zu antworten, nahm Richard den Brief, den er an Charlottes Vater geschrieben hatte, steckte ihn sich in die Jackentasche und ging.

Scott stand auf und lief seinem Freund hinterher. «Hey, geht es dir gut?», rief er. Ohne auf Scott zu achten, ging Richard einfach stur weiter.

Scott holte seinen Freund trotz dessen entschlossenen Tempos ein und bestürmte ihn weiter mit Fragen. Doch es war nichts aus ihm herauszubekommen. Schließlich kamen sie zum Benny's, dem Lokal, in dem die Studenten sich in ihrer Freizeit trafen. Kaum war Richard eingetreten, bahnte er sich einen Weg bis zur Theke und griff sich ein Bier. Dann setzte er sich an einen freien Tisch in der Mitte des Raums.

«Bringen Sie mir auch eins», bat Scott die Kellnerin und setzte sich zu seinem Freund, der sein Bier schon in einem Zug hinuntergestürzt hatte.

Jetzt holte Richard den Brief aus der Jackentasche und

hielt eine Ecke in die Flamme der Kerze, die auf dem Tisch stand.

Schwarzer Rauch stieg auf, als die Flammen die Worte verschlangen. Erst als das Papier fast vollständig verbrannt war, ließ Richard es los und sah zu, wie das Feuer auch den Rest vernichtete.

Er hatte schon zwei Bier getrunken, als Pauline mit einem neuen Krug vorbeikam, eine Kellnerin, die Richard seit dem ersten Jahr vergeblich schöne Augen gemacht hatte. Als sie das Bier vor ihn hinstellte, packte Richard die junge Frau am Arm und zog sie auf seinen Schoß. «Danke, Charlotte», flüsterte er.

«Ich heiße Pauline», verbesserte sie ihn, hörte aber nicht auf zu lächeln und ließ sich von ihm umarmen.

«Charlotte», murmelte Richard wieder, und gedankenverloren wickelte er eine Strähne ihres dunklen Haars um seinen Finger.

«Ich heiße Pauline», sagte die junge Frau noch einmal und wand sich aus Richards Umarmung. Dann verschwand sie hinter der Theke.

«Wer ist Charlotte?», fragte Scott seinen Freund. Richards Augen leuchteten auf. Der Alkohol zeigte bereits seine Wirkung. «Charlotte ist die schönste und zauberhafteste Frau, die du dir vorstellen kannst», verkündete er mit etwas schleppender Stimme.

«Ich verstehe. Du bist verliebt.»

Langsam nickte Richard und stützte den Kopf schwer in die Hände. Er schloss die Augen, als wollte er vollkommen in die Erinnerung an diese Frau eintauchen. «Ich bin verrückt nach ihr. Wenn sie mich mit ihren grünen Augen ansieht, fühle ich, wie meine Seele zu brennen anfängt.»

«Und wo ist das Problem?»

Trotz der enormen Menge Alkohol, die schon durch seine Adern floss, war Richard noch nicht bereit, die Ängste zu verraten, die seinen Geist quälten. Als Scott bemerkte, dass sein Freund statt einer Antwort nur nach dem Krug griff, versuchte er, ihm das Bier wegzunehmen.

«Du hast genug getrunken.»

«Nein», protestierte Richard und hielt es fest. «Ich will mich betrinken!»

«Wenn das deine Absicht ist, kann ich dir versichern, dass du nicht noch mehr zu trinken brauchst.»

Richard schob die Hand seines Freundes energisch zur Seite und setzte den Krug noch einmal an die Lippen.

«Wir müssen gehen», drängte Scott, als er feststellte, dass außer ihnen kein anderes Mitglied der Akademie mehr in der Kneipe saß. «Wenn wir uns nicht beeilen, werden wir zu spät kommen, und wenn herauskommt, dass du betrunken bist, können sie dich rauswerfen.»

«Dann werfen sie mich eben raus!», schrie Richard und setzte den Krug laut auf dem Tisch ab. Dabei schwappte ein guter Teil seines Inhalts über.

Scott war beunruhigt. Er hatte noch nie gesehen, dass Richard so viel getrunken hatte. Eigentlich verlor er nie die Kontrolle. Es gefiel ihm nicht, seinen Freund in einer so jämmerlichen Verfassung zu sehen. Kurz fühlte er sich an seinen Onkel Lead in der Nacht vor seinem Tod erinnert.

Freundschaftlich packte Scott Richard an der Schulter. «Was ist mit dir los? Hat dein Zustand etwas mit dem Besuch deines Onkels zu tun? Was ist passiert?»

Die Erwähnung seines Onkels konnte den dichten, vom Alkohol verursachten Nebel durchdringen und hatte die Wirkung eines Alarmsignals. Sofort verschloss Richard sich misstrauisch. «Gar nichts ist los. Mir geht es gut», stritt er ab. Dann versuchte er aufzustehen.

Er konnte sich kaum auf den Beinen halten. Scott seufzte. In diesem Zustand würde er es niemals schaffen, die Akademie vor dem Zapfenstreich zu erreichen.

Ein Mann erklärte sich freundlicherweise bereit, sie für ein paar Münzen in seinem Wagen bis vor das Tor zu bringen. Aber Scott musste um jeden Preis verhindern, dass Richard derartig betrunken entdeckt wurde. Also stiegen sie nicht direkt vor dem Haupttor aus, sondern an der letzten Wegbiegung davor. Sie würden eine Abkürzung durch den Wald nehmen müssen, wenn sie die Wachen am Tor umgehen wollten.

Im Alkoholrausch murmelte Richard unzusammenhängende Sätze und Worte. Und da er sogar zum Gehen zu betrunken war, blieb Scott nichts anderes übrig, als sich seinen Freund quer über die Schultern zu legen und ihn zu tragen. Obwohl Scott in den letzten Jahren an Kraft gewonnen hatte, war Richard doch größer und kräftiger. Aber Scott gab nicht auf. Er würde rechtzeitig zurück sein, und wenn er sich noch so sehr anstrengen müsste.

Nur ein paar Minuten nachdem Scott den Freund in sein Bett gelegt und zugedeckt hatte, machten die Verantwortlichen die Runde durch das Stockwerk.

Beim Aufwachen plagten Richard sofort fürchterliche Kopfschmerzen. Zwar erinnerte er sich nicht mehr an alle Einzelheiten, aber das ununterbrochene Hämmern in den Schläfen und das sich wie ein Kreisel um ihn drehende

Zimmer machten ihm klar, dass er zu viel getrunken hatte. Ungeduldig wartete Richard darauf, dass Klaus und Arnold den Raum verließen, um endlich mit Scott reden zu können. Er musste unbedingt die Lücken in seinem Gedächtnis füllen, oder er würde verrückt werden.

«Ich glaube, ich habe gestern zu viel getrunken ...»

«Uff», schnaubte Scott. «Wenn ich dich gelassen hätte, wärst du im Alkohol ertrunken. Diese Charlotte muss ja eine einzigartige Frau sein, wenn ein Mann wie du wegen ihr dermaßen den Kopf verliert.»

Richard presste die Kiefer aufeinander. Er konnte sich nicht daran erinnern, sie überhaupt erwähnt zu haben. «Was habe ich über sie erzählt?»

«Eigentlich nichts. Vielleicht hast du fallengelassen, dass ...»

«Was?» Mit ein paar Schritten war Richard bei Scott, packte ihn und drückte ihn gegen die Wand. Scott versuchte nicht einmal, Gegenwehr zu leisten.

Ein Schweißtropfen rann Richard die Stirn hinunter. Er stand kurz davor, die Nerven zu verlieren.

«Nichts, mein Freund, mach dir keine Sorgen», beschwichtigte Scott ihn schnell. «Du hast keine schrecklichen Geheimnisse ausgeplaudert. Nur die typischen unzusammenhängenden Sätze eines Verliebten, der zu viel getrunken hat.»

Scotts Worte hörten sich ehrlich an. Vielleicht war er ein bisschen paranoid. Aber die Vorstellung, dass er das Geheimnis, das ihm anvertraut worden war, weitererzählt hatte, zehrte an seinen Nerven. Er schwor sich, nie wieder einen Tropfen Alkohol anzurühren. Das Risiko war zu groß. Dann spürte er, wie die Anspannung nachließ.

Langsam ließ er Scott los und sah beschämt zu Boden.

«Es tut mir leid. Verzeih mir. Ich weiß nicht, was mit mir los ist.»

«Wahrscheinlich ist es die Liebe. Sie kann einen Mann ganz verrückt machen. So sagt man zumindest ...»

Nach diesem Zwischenfall erwähnte Richard nie wieder den Namen Charlotte, und Scott wollte es ihm leichter machen und tat so, als hätte die Nacht, in der sein Freund sich in Bennys Kneipe betrunken hatte, nie stattgefunden.

Die Monate schritten schnell voran. Plötzlich hatte schon die Zeit der Abschlussprüfungen begonnen, und Richard lernte ohne Unterlass. Bei allen Kommilitonen war Aufregung spürbar. Bald schon wäre das letzte Studienjahr vorüber und damit ihre Zeit auf der Akademie. Eine Etappe ihres Lebens würde zu Ende gehen.

Eines Abends bemerkte Richard, dass Klaus' Bett noch unberührt war, obwohl schon in wenigen Minuten das Licht gelöscht werden musste. «Hast du Klaus gesehen?», fragte er Arnold, der rasch den Kopf schüttelte.

«Wo kann er nur stecken?», murmelte Richard.

Scott warf sich auf sein Bett. Er war müde und wollte schlafen. «Mach dir um ihn keine Sorgen. Eine Woche vor dem Abschluss wird selbst dieser Idiot nichts anstellen, was sein Offizierspatent gefährden könnte.»

Arnold stand vor dem Fenster. Während der letzten halben Stunde hatte er unaufhörlich in die Dunkelheit gestarrt. Er wirkte nervös. Richard wandte sich erneut an ihn. «Du weißt doch etwas!»

Arnolds Miene ließ keinen Zweifel darüber aufkommen.

«Sag mir, wenn du etwas weißt», drängte ihn Richard. «Es ist wichtig.»

Arnold zögerte. «Er trifft sich mit einer Frau.»

«Sieh einer an!», rief Scott überrascht aus.

«Wo?», fragte Richard, der Scotts Ausruf überhörte.

«Ich glaube, im alten Schuppen.»

«Ist er verrückt geworden? Wie konntest du ihm das durchgehen lassen? Wenn sie ihn auf dem Gelände mit einer Frau erwischen, werden sie ihn sofort hinauswerfen.»

«Ich habe versucht, es ihm auszureden», rechtfertigte sich Arnold. «Aber ihr wisst ja, was für ein Dickkopf er ist.» Im Unterschied zu seinen Mitstudenten hatte Arnold noch das gleiche bartlose und kindliche Gesicht wie vor vier Jahren. Er senkte den Kopf.

Das stimmte natürlich, dachte Richard bei sich. Klaus würde sich niemals von Arnold vorschreiben lassen, was er zu tun oder zu lassen hatte.

«Nicht einmal mir wäre es eingefallen, eine Frau auf das Gelände mitzubringen», lachte Scott, der sich prächtig zu amüsieren schien. «Sein Gehirn ist kleiner als das einer Ratte.»

«Scott, es ist jetzt genug», rief Richard. «Es ist jetzt keine Zeit für Scherze. Wenn sie ihn finden, fliegt er.»

«Nun, das hätte er sich überlegen sollen, bevor er dieser Frau ins Netz gegangen ist.»

Richard griff nach seiner Jacke und ging zur Tür.

«Darf man erfahren, was du vorhast?», fragte Scott.

«Ich werde ihn suchen.»

«Hast du den Verstand verloren?», schimpfte Scott. «Wenn sie uns erwischen, werden wir ebenfalls hinausgeworfen.»

«Irgendjemand muss ihm helfen.»

«Er verdient das nicht», antwortete Scott sehr ernst.

«Und du, Arnold, kommst du?» Aber der junge Mann aus Pennsylvania machte keinerlei Anstalten, ihm zu folgen.

«Ich dachte, du wärst sein Freund?»

«Es tut mir leid. Ich kann nicht riskieren, von der Schule zu fliegen.»

«Verstehe.» Richard verschwand allein aus dem Zimmer. Eine Sekunde später hatte Scott ihn eingeholt.

Klaus lag halbnackt mit einer Frau im Stroh. Scott erkannte Pauline, die sich blitzschnell den Oberkörper bedeckte und ihre Sachen zusammenraffte, als sie merkte, dass man sie entdeckt hatte. Dann rannte sie so eilig aus dem Schuppen, dass ihr ein paar Kleidungsstücke herunterfielen. Niemand versuchte, sie aufzuhalten. Klaus stand sofort auf und nahm Haltung an. Im ersten Moment war ihm vor Schreck der Atem weggeblieben. Jetzt, da er sah, dass die Eindringlinge nur seine Zimmergenossen waren, bückte er sich und zog wütend sein Hemd wieder an.

«Was wollt ihr hier?», fragte er und starrte Scott drohend an.

Richard ließ sich von seinem Tonfall nicht aus der Ruhe bringen. «Was glaubst du denn, was wir hier wollen? Wir versuchen zu verhindern, dass du deine Zukunft ruinierst.»

Klaus klopfte sich das Stroh von den Kleidern und knöpfte die Hosenträger an.

«Ich brauche weder deine Hilfe noch die deines feigen Freundes.»

«Gut. Wir gehen schon», mischte Scott sich ein.

«Genau. Hau ab, verdammter Feigling.»

«Es reicht, Klaus», warnte Richard ihn ernst. «Scott ist gekommen, um dir zu helfen.»

«Lass ihn in Frieden, Richard. Er wird schon wissen, was er tut, schlau, wie er ist.»

«Misch du dich da nicht ein, verfluchter Yankee.»

«Lass uns gehen, Richard. Sollen sie ihn doch erwischen», sagte Scott und zog seinen Freund am Arm. «Du hast getan, was du konntest. Wegen dieses Dummkopfs willst du doch wohl nicht deinen Abschluss riskieren.»

«Ja, hau schon ab, du Feigling», beschimpfte Klaus ihn wieder.

Langsam tat es Richard leid, Scott mitgeschleppt zu haben. Noch immer legte Klaus ihm gegenüber einen offenkundigen Hass an den Tag, und die Tatsache, dass gerade der Mensch, den er so verachtete, ihn in dieser peinlichen Situation erwischt hatte, machte die Sache nicht einfacher.

«Es kümmert mich nicht im Geringsten, was du von mir denkst», antwortete Scott. «Aber glaub nicht, dass ich die Chance, nach Harvard zurückzukehren, aufs Spiel setze, um einem undankbaren Idioten zu helfen, der seine Hosen nicht oben lassen kann. Richard, ich gehe. Du kannst tun, was du willst.»

Mit diesen Worten drehte er sich um und steuerte auf die Tür zu.

Klaus wurde rot im Gesicht. «Hey, verdammter Yankee! Dreh mir gefälligst nicht den Rücken zu!» Aber Scott kümmerte sich nicht mehr um ihn.

Da Scott sich außerhalb der Reichweite seiner Fäuste befand, packte Klaus eine Öllampe und machte Anstalten, sie zu werfen.

Richard stürzte auf ihn zu. «Bist du verrückt geworden?», schrie er und versuchte, ihm die Lampe zu entreißen. Aber Klaus war außer sich. Nichts konnte ihn mehr aufhalten. Wütend schubste er Richard zur Seite, der sich im Fallen den Kopf an einem Balken stieß und benommen liegen blieb. Dann holte er Schwung und warf die Lampe nach Scott, der sich, durch die Schreie gewarnt, umgedreht hatte und dem Geschoss gerade noch ausweichen konnte.

Scheppernd fiel die Lampe auf den Boden und zerbrach in tausend Teile. Das auslaufende Öl fing sofort Feuer, und im trockenen Stroh breiteten sich die Flammen rasch aus.

Nur wenige Meter vom Brandherd entfernt lag Richard halb bewusstlos am Boden.

In Windeseile kletterten die Flammen an den Holzplanken der Wände hoch, und der Rauch machte das Atmen fast unmöglich. Schnell rannte Scott zu Richard, um ihm aufzuhelfen, während Klaus verzweifelt versuchte, das Feuer mit seiner Jacke zu ersticken. Aber es war sinnlos.

«Wir müssen hier raus», rief Scott und schleifte Richard in Richtung Tür.

Inzwischen hatte das Feuer einen alten Holzkarren erfasst. Der Rauch wurde immer dichter.

Scott hielt sich Nase und Mund mit seinem Halstuch zu und zog Richard das letzte Stück nach draußen. Sobald sie in Sicherheit waren, ließ er seinen Freund fallen.

Noch immer benommen und von einem heftigen Hustenanfall geschüttelt, blieb Richard auf dem Boden liegen.

«Und Klaus?», rief er, als er sah, dass jede Spur von ihrem Zimmergenossen fehlte.

Scott sah sich um, konnte ihn aber nicht entdecken. «Verdammter Idiot. Er muss noch da drin sein.»

Inzwischen hatten die Flammen das Dach erreicht.

«Scott, wir müssen ihn da rausholen, sonst wird er noch ersticken», brachte Richard trotz eines neuerlichen Hustenanfalls heraus. Vergeblich versuchte er aufzustehen.

Er hatte den Satz kaum beendet, als man einen Dachbalken hörte, der donnernd zu Boden fiel. Eine Sekunde später hatte der Schuppen sich in eine einzige Feuerkugel verwandelt. Richard wandte den Blick ab. Es war zu spät.

Aber Scott war noch nicht bereit aufzugeben. Rasch zog er seine Jacke aus und tauchte sie in eine Regentonne, die in der Nähe stand. Das Gleiche tat er mit seinem gesamten Oberkörper. Dann band er sich das Halstuch vor Mund und Nase, holte tief Luft, und bevor Richard noch richtig begriff, was er vorhatte, war er schon wieder im Schuppen verschwunden.

Richard war zu schwach, um ihm zu folgen, und musste ohnmächtig zusehen, wie sein Freund von den Flammen verschluckt wurde.

Die Hitze war unerträglich. Jeder Atemzug schmerzte in der Kehle, und es fühlte sich an, als würde ihm die glühende Luft die Lungen verbrennen. Mit der nassen Jacke schützte Scott seinen Kopf. Das Feuer war überall. Angestrengt suchte er den Raum nach Klaus ab, aber der Vorhang aus Rauch war so dicht, dass er kaum seine eigenen Gliedmaßen sehen konnte. Entschlossen bahnte er sich einen Weg durch die brennenden Balken hin zu der Stelle, wo er Klaus zuletzt gesehen hatte.

Als er endlich vor ihm stand, sah Klaus ihn ungläubig an. «Du bist verrückt!», brachte er heraus und fing sofort heftig an zu husten. «Was tust du hier?»

«Was glaubst du denn? Ich versuche, dein dämliches Leben zu retten!»

Ganz in der Nähe zerplatzte eine Fensterscheibe, die der Hitze nicht mehr standhalten konnte.

Ein Teil des Daches war eingestürzt. Klaus war anscheinend nicht verletzt, aber ein schwerer Balken, an dessen Ende die Flammen blaurot züngelten, hatte sein Bein eingeklemmt. Allein würde er sich nicht befreien können.

«Du kannst nichts tun! Verschwinde von hier! Hier wird gleich alles zusammenkrachen!»

Aber Scott achtete nicht auf Klaus' Worte. Er trat einen Schritt zurück, um die Situation mit ein wenig Abstand betrachten zu können. Auf jeden Fall müsste er schnell handeln. Schon bald könnte ein weiterer Balken über ihren Köpfen hinabstürzen.

«Hau ab!», drängte Klaus. «Du kannst nichts tun!»

Scott sah Klaus in die Augen. «Wenn du hierbleibst, bleibe ich auch hier.»

Dann wickelte er sich die Jacke um die Hände und packte den Balken, der Klaus' Fuß eingeklemmt hatte, kurz entschlossen an seinem rotglühenden Ende. Mit aller Kraft versuchte er, ihn anzuheben. Dabei überfiel ihn ein so heftiger Schmerz, dass er beinahe das Bewusstsein verlor. Gleich danach nahm er den durchdringenden Geruch nach verbranntem Fleisch wahr.

Als Klaus und Scott sich außerhalb des Schuppens in Sicherheit gebracht hatten, ließen sie sich neben Richard auf den Boden fallen. Inzwischen wimmelte es auf der Wiese von Kadetten und Offizieren. Der Superintendent warf den drei erschöpften jungen Männern einen durchdringenden Blick zu, verschaffte sich dann einen Überblick über die Situation und übernahm das Kommando. Im Nu hatten alle, die beim Feueralarm herbeigerannt waren, geordnete Reihen gebildet und gaben Wassereimer durch.

Als das Feuer unter Kontrolle war, wandte der Superintendent sich wieder Klaus, Scott und Richard zu.

Anscheinend hatte Kadett Fritz bis auf ein paar blaue Flecke keine schlimmeren Verletzungen davongetragen. Richard Reemick wirkte hingegen noch immer etwas benommen, und Kadett O'Flanagan schien einer Ohnmacht nah. Sein Gesicht hatte sich zu einer schmerzverzerrten Grimasse verzogen, und seine Hände waren in einem furchtbaren Zustand.

«Bringen Sie die drei auf die Krankenstation», befahl der Superintendent in dem Moment, als Scott das Bewusstsein verlor.

Als Scott wieder aufwachte, waren seine Hände verbunden. Er hatte schwere Verbrennungen erlitten, und obwohl die Beweglichkeit der Finger nicht in Mitleidenschaft gezogen war, würde die Haut niemals wieder ganz verheilen. Im Gegensatz dazu waren Klaus' Verletzungen nur oberflächlich, auch wenn er noch ein paar Tage brauchen würde, um seine Lunge von den Rauchpartikeln zu befreien, die er eingeatmet hatte. Und auch Richard würde sich bald von seiner Gehirnerschütterung erholen.

Scott verließ erst am Tag der Abschlussfeier die Krankenstation und wurde zusammen mit Klaus und Richard sofort zum Superintendenten bestellt.

«Der Schuppen ist vollkommen abgebrannt», teilte der ihnen mit, als hätte es noch irgendeinen Zweifel daran gegeben. «Außerdem wurden Überreste weiblicher Kleidungsstücke in der Asche gefunden», fuhr er mit strenger Miene fort. «Sie wissen, dass eine solche Übertretung der Regeln den sofortigen Ausschluss zur Folge hat. Nur eine Woche vor dem Abschluss! Sie können sich gar nicht vorstellen, wie sehr mich das überrascht, Mr. O'Flanagan. Ich hatte angenommen, dass Sie in den letzten Jahren etwas gelernt hätten. Aber anscheinend sind Sie ein hoffnungsloser Fall.»

Klaus wollte protestieren, aber der Superintendent befahl ihm mit einer Handbewegung zu schweigen.

«Machen Sie sich nicht die Mühe, Mr. Fritz. Zumindest hat Kadett O'Flanagan genügend Ehrgefühl bewiesen, mich über das Vorgefallene in Kenntnis zu setzen. Ich weiß, dass Sie beide ihm nur zu Hilfe gekommen sind. Und wenn Sie ihn nicht gerettet hätten, wäre er jetzt tot. Ich werde Sie nicht dafür bestrafen. Zwar haben Sie die Ausgangssperre verletzt, aber Sie haben schließlich Ihr Leben für einen Kameraden aufs Spiel gesetzt, und das ehrt Sie.»

Verwirrt senkte Klaus seinen Blick zu Boden. Noch nie in seinem Leben hatte er sich so geschämt.

«Sie können zu Ihren Kameraden gehen. Die Paraden werden bald anfangen.» Einen Moment lang zögerten Richard und Klaus.

«Worauf warten Sie noch? Gehen Sie!»

Die beiden jungen Männer salutierten und verschwanden wie der Blitz.

«Und was Sie angeht, O'Flanagan, muss ich Ihnen sagen, dass ich in der langen Zeit, die ich für diese Institution verantwortlich bin, noch nie auf einen Mann getroffen bin, der in einem solchen Maße Ehrgefühl und Mut vermissen lässt. Sie sind eine Schande für die Akademie.

Es tut mir wirklich leid für Ihren Großvater und Ihren Onkel, beides Männer von untadeligem Verhalten. Wir hätten Sie gleich beim ersten Mal hinauswerfen müssen, als Sie die Regeln verletzt haben. Nun, diesmal wird Ihr Vater Sie nicht retten können. Mr. O'Flanagan, hiermit schließe ich Sie aus der Akademie aus.» Scott versuchte nicht einmal, sich jetzt noch zu verteidigen.

Während seiner Genesungszeit war ihm bewusst geworden, was Klaus geopfert hatte, um den Abschluss auf der Marineakademie machen zu können, und er wusste auch, dass es jenseits einer militärischen Laufbahn keine Zukunft für ihn gäbe. Ihm selbst hatte die Marine hingegen nie etwas bedeutet, und so hatte er, kurz nachdem die beiden anderen die Krankenstation verlassen hatten, den Beschluss gefasst, die Schuld allein auf sich zu nehmen. Vor ein paar Tagen hatte er dem Superintendenten bestellen lassen, dass er unter vier Augen mit ihm reden wolle. Es war nicht einmal schwer gewesen, den Offizier davon zu überzeugen, dass er allein für die Geschehnisse verantwortlich war. Er musste nur seinen Namen gegen den von Klaus austauschen, damit die Geschichte glaubwürdig blieb. Sein Ruf erledigte den Rest.

Es gab kein Zurück mehr. Richard und Klaus würden in ein paar Stunden ihr Leutnantspatent verliehen bekommen, und nach ein paar Tagen Urlaub würden sie wieder an Bord gehen, um die nächsten drei Jahre auf See zu verbringen und zurückzuzahlen, was sie ihrem Land schuldeten.

Scott dagegen musste nur noch seinen Koffer unter dem Bett hervorziehen und verschwinden.

Von seinem Zimmerfenster aus betrachtete er zum letzten Mal den Hauptplatz der Akademie. Heute waren Tribünen für die Angehörigen der Offiziersanwärter aufgestellt worden, mit Kokarden und Flaggen geschmückt.

Zum Glück hatte sich kein Mitglied der Familie O'Flanagan die Mühe gemacht zu kommen. Scott stellte sich vor, wie enttäuscht und verärgert sein Vater gewesen wäre, wenn er noch dazu vor Ort erfahren hätte, dass man seinen Sohn nur wenige Stunden vor der Abschlusszeremonie von der Schule geworfen hatte.

Auf dem Platz marschierten die Offiziersanwärter in perfekter Formation in ihren Galauniformen auf. Scott spürte einen Kloß im Hals, als er sie aus der Entfernung beobachtete.

Nachdem er seine Uniform gegen die Zivilkleidung eingetauscht hatte, fühlte er sich unbehaglich. Die ganzen Jahre lang hatte er diesen Moment herbeigesehnt, und jetzt spürte er nur einen tiefen Schmerz in seiner Brust.

Vom Fenster aus verfolgte er die Zeremonie, und als er sich davon überzeugt hatte, dass Klaus und Richard ihre Offizierspatente überreicht bekommen hatten, griff er nach seinem Koffer und ging auf dem gleichen Weg fort, auf dem er vor vier Jahren gekommen war.

Niemand würde ihn vermissen, dachte Scott, als er im Begriff war, in Annapolis in die Postkutsche zu steigen. Nun, er hatte sich auch nicht besonders darum bemüht, Freunde zu gewinnen. Dennoch musste Scott sich eingestehen, dass der Aufenthalt an diesem Ort und die Monate auf dem Meer eine tiefe, bleibende Spur in ihm hinterlassen hatten.

Im Rückblick erkannte er sich in dem jungen Mann kaum wieder, der in jener kalten und dunklen Novembernacht aus der gleichen Postkutsche gestiegen war.

Er setzte gerade seinen Fuß auf die Stufe, als ihm jemand von hinten eine Hand auf die Schulter legte. «Du willst doch nicht etwa gehen, ohne dich zu verabschieden?»

Lächelnd drehte Scott sich um. Unter Millionen von Stimmen hätte er Richards immer wiedererkannt.

«Na so was, da haben wir ja die frischgebackenen Leutnants Reemick und Fritz!»

Klaus stand ein Stück hinter Richard und stützte sich mit den Händen auf den Knien ab. Die Gesichtsfarbe und der keuchende Atem der beiden Männer verrieten, dass sie gerannt waren, obwohl ihre Lungen sich noch nicht vollständig vom Brand erholt hatten.

Als der Kutscher zur Abfahrt mahnte, wurden ihre Gesichter ernst.

«Was wirst du jetzt tun?», fragte Richard sichtlich besorgt.

«Ich weiß es nicht. Es wird mir schon etwas einfallen.»

«Wirst du nach Hause fahren?»

Scott zuckte mit den Schultern.

«Glaubst du, dass dein Vater seine Drohung wahr macht?»

«Ganz bestimmt», sagte Scott und verzog den Mund zu einer Art Grinsen.

«Es tut mir leid, Scott. Ich weiß, dass Harvard sehr wichtig für dich war. Wenn du einmal etwas brauchen solltest, vergiss nicht, dass du in meinem Haus immer willkommen bist.»

«Danke, Richard. Aber wir beide wissen doch, dass deine Nachbarn mich früher oder später lynchen würden.»

Richard lächelte. Aber zu seinem größten Bedauern war ihm bewusst, dass Scott recht hatte. «Versprich mir wenigstens, dass du mich einmal besuchen wirst.»

«Das verspreche ich», sagte er und umarmte den Mann, der sein einziger Freund geworden war.

Jetzt trat auch Klaus vor. Er hatte viel zu spät gemerkt, dass er sich in Scott getäuscht hatte. Scott hatte sein Leben für ihn riskiert und, ohne zu zögern, auf das verzichtet, was er sich am meisten gewünscht hatte. Neben vielen anderen Dingen verstand Klaus nun auch, warum Richard sich nie von Scott abgewandt hatte. Im Gegensatz zu ihm selbst hatte Richard hinter der zynischen Fassade den Ehrenmann sehen können. Sein eigener Geist war von Vorurteilen und Komplexen getrübt worden. Klaus schwor bei sich, dass das nicht noch einmal geschehen würde.

Der Moment des Abschieds war gekommen. Klaus kam näher und streckte Scott die Hand hin. «Es war mir eine Ehre, dich kennenzulernen, Scott.»

Scott gab ihm eine seiner verbundenen Hände und lächelte. «Geht mir auch so, Klaus.»

Drei Jahre später
Juni 1858

· 19 ·

Seit sie die Einladung der Reemicks für Richards Willkommensball bekommen hatten, sprach Charlotte von nichts anderem mehr.

Charlotte und Hortensia waren zu einem Kirchenkonzert unterwegs, als die Kutsche sich mit einem Rad in einem Schlagloch verkeilte. Noah, der die beiden Schwestern jetzt oft fuhr, kletterte vom Kutschbock. Er besah sich den Schaden und sagte dann entschuldigend: «Zwanzig Minuten wird es wohl dauern, bis wir weiterfahren können.»

Charlotte fluchte leise und warf Noah einen wütenden Blick zu, den dieser einfach übersah.

Die Kutsche war in der Nähe von Delow stecken geblieben, der Plantage der Reemicks. Zwar konnte man das Herrenhaus von diesem Punkt aus nicht sehen, aber nicht weit entfernt floss der Blossom Creek, ein hübscher kleiner Bach, umgeben von üppigen Linden mit weißer Rinde, der zum Land der Reemicks gehörte. Während Noah sich um die Kutsche kümmerte, unternahmen Charlotte und Hortensia einen kurzen Spaziergang bis zum Bachlauf.

«Wir werden zu spät kommen», schimpfte Charlotte und trat wütend gegen einen Kieselstein.

«Noah wird sich beeilen.»

Als sie am Bach angelangt waren, raffte Charlotte ihren Rock bis zu den Knien, wobei sie ihre gestärkten Spitzenunterröcke sehen ließ, und stieg auf einen flachen Stein am Ufer.

«Wusstest du, dass auch eine von Richards Schwestern kommt? Vielleicht begleitet Richard sie. Ich bin so aufgeregt!»

«Selbst wenn er nicht kommt, vergiss nicht, dass du ihn sehr bald treffen wirst», sagte ihre Schwester.

«Ich weiß nicht, ob ich so lange warten kann», jammerte Charlotte und sprang jetzt auf einen rundlichen Stein, der einen kurzen Schritt vom Ufer entfernt aus dem Wasser ragte.

«Aber es sind doch nur noch zwei Tage bis zum Ball!»

«Zwei Tage», seufzte Charlotte.

Plötzlich verrutschte der Stein, und Charlotte breitete ihre Arme aus, um das Gleichgewicht nicht zu verlieren.

«Pass auf!», warnte Hortensia sie. «Tu mir den Gefallen und komm zum Ufer zurück, sonst fällst du noch ins Wasser.»

Charlotte vergewisserte sich, dass der Stein wieder fest auf dem Grund des Baches ruhte, und drehte sich zu Hortensia um.

«Ich werde nicht fallen», erklärte sie beleidigt und versuchte jetzt einen kleinen Fels zu erreichen, der in der Mitte des Baches lag. Aber genau in dem Moment, in dem Charlotte sich abstieß, kippte der Stein unter ihrem Fuß noch einmal zur Seite.

Hortensia schlug sich die Hände vor den Mund, um einen Schrei zu unterdrücken, während sie mit ansehen musste, wie Charlotte vergeblich mit den Armen ruderte und eine Sekunde später mit einem platschenden Geräusch im Bach landete.

Zum Glück war das Wasser nur knietief, und Charlotte

streckte sofort wieder prustend den Kopf hervor. Als Hortensia das Gesicht ihrer Schwester auftauchen sah, atmete sie erleichtert auf.

«Geht es dir gut?»

«Hervorragend», antwortete Charlotte verächtlich und schob das Kinn in die Höhe.

Charlotte brachte es fertig, sich umzudrehen, aber als sie sich nun auf ihren Reifrock setzte, wurden die Stahlbänder der Konstruktion mitsamt dem Rock nach oben gedrückt und legten die weißen Spitzenunterröcke frei. Charlotte kümmerte sich nicht weiter darum. Sie blieb erst einmal in Ruhe inmitten des Bächleins sitzen und strich sich mit ihrer schmutzigen Hand ein paar Haarsträhnen, die ihr vor die Augen gefallen waren, hinter die Ohren.

Es kostete ihre Schwester große Mühe, nicht laut herauszulachen, als Charlottes Finger breite Schlammspuren auf ihren Wangen hinterließen.

«Brauchst du Hilfe?», fragte sie, das Lachen weiter unterdrückend.

«Ich schaff das schon allein.»

Charlotte unternahm einen ersten Versuch aufzustehen, aber die unzähligen Stoffschichten ihrer Röcke hatten so viel Wasser aufgesaugt, dass das Kleid sich in einen schweren Panzer verwandelt hatte. Da Charlotte nicht mit diesem Ballast gerechnet hatte, verlor sie erneut das Gleichgewicht und landete schimpfend im Wasser.

Da erschien wie durch Zauberei eine behandschuhte Hand vor ihr. Charlotte musste sich ein wenig nach hinten lehnen, um den Mann, zu dem sie gehörte, betrachten zu können. Er war jung, groß, und er stand mit einem Bein fest am Ufer und mit dem anderen auf dem Stein, von dem Charlotte vor wenigen Minuten abgerutscht war. Er trug keinen Hut. Sein Haar war dunkel und wirkte zerzaust, obwohl es eigentlich ziemlich kurz war. Der Anzug war von einem verwaschenen Grau und die Stiefel, von gutem Schnitt und aus weichem schwarzen Leder, waren schon verschiedene Male geflickt worden. Von ihrer unbequemen Lage aus versuchte sie, die Züge des Unbekannten zu erkennen, aber das weißliche Sonnenlicht, das von der Oberfläche des Baches reflektiert wurde, verwandelte das Gesicht des jungen Mannes in eine unförmige strahlende Kugel. Gerade wollte Charlotte die Hand ergreifen, als eine einsame Wolke die Sonne verdeckte und das Lichtschild vor dem Gesicht ihres Retters verschwinden ließ. Der Unbekannte lachte über sie!

Wütend lehnte Charlotte nun die Hilfe ab. Sie brauchte diesen Bauerntölpel nicht, um aufzustehen. Und beim nächsten Versuch hatte sie Erfolg. Als sie erst einmal stand, bemühte sie sich würdevoll, ihren verdreckten und klatschnassen Rock abzuwischen. Ihre Frisur hatte sich in ein schlammähnliches Durcheinander verwandelt, das ihr strähnig ins Gesicht und auf die Schultern hing.

Besorgt lief Hortensia zu ihrer Schwester.

«Geht es dir gut, Charlotte?»

«Natürlich!», antwortete sie und warf dem Unbekannten, der jetzt grinsend am Ufer stand, einen wütenden Blick zu. «Wir müssen uns beeilen, wenn wir nicht zu spät kommen wollen.»

«Was? Du willst doch nicht etwa in die Kirche?»

«Und ob ich das will. Glaubst du, ich werde nach all den Jahren eine Gelegenheit verpassen, Richard zu sehen?»

«Charlotte, wir müssen nach Hause zurück. Du bist vollkommen durchnässt.»

«Nicht einmal im Traum!», rief sie und setzte sich energisch in Richtung Kutsche in Bewegung.

«Das kannst du nicht ernst meinen!»

«Natürlich meine ich das ernst.»

«Du wirst eine Lungenentzündung bekommen!»

Aber Charlotte hatte nicht die Absicht, ihren Plan aufzugeben.

«Und wie willst du erklären, dass du in diesem Aufzug auftauchst?»

«Ich werde sagen, dass wir einen Unfall hatten. Das ist sehr romantisch. Richard wird sich sicher anbieten, mich nach Hause zu bringen.»

Langsam gingen Hortensia die Argumente aus.

«Wie du willst, Charlotte, aber wenn du krank wirst, wird Mutter dir nicht erlauben, auf den Ball zu gehen. Überleg es dir gut. Ist es das wert, vielleicht nicht nach Delow zu dürfen, nur weil Richard möglicherweise zu dieser Aufführung kommt? Und willst du ihm nach so langer Zeit so unter die Augen treten?»

Charlotte blickte an sich hinab und nahm zum ersten Mal ihr verdrecktes Kleid wahr. Mit ihrer aufgelösten Frisur und dem schmutzigen Gesicht sah sie wahrscheinlich aus wie eine Verrückte.

Erleichtert stellte Hortensia fest, dass Charlotte zögerte.

«Nun, wenn es Ihnen irgendwie hilft, ich glaube auch nicht, dass Sie in diesem Aufzug irgendwo erscheinen sollten», sagte nun der Unbekannte, der ihnen folgte. Ein deutlicher Nordstaatenakzent verriet seine Herkunft.

Beschämt sah Hortensia ihn an. Für einen Moment hatte sie den Mann vollkommen vergessen.

«Ich sehe, dass Ihre Umgangsformen einiges zu wünschen übrig lassen. Da Sie ein Yankee sind, überrascht mich das allerdings wenig», warf Charlotte ihm an den Kopf.

«In Anbetracht der Dinge, die ich in dieser kurzen, aber doch sehr interessanten Zeitspanne beobachten durfte, lassen meine Umgangsformen wohl kaum mehr zu wünschen übrig als die Ihren.»

Verblüfft starrte Hortensia den Unbekannten an. Die unverschämte Art, in der er Charlotte geantwortet hatte, schien ihr selbst für einen Yankee übertrieben. Noch nie hatte sie einen so unhöflichen Menschen gesehen.

Charlotte runzelte die Stirn und kniff ihre Augen zusammen, bis nur noch zwei schmale Schlitze zu sehen waren. Hortensia hoffte inständig, dass ihre Schwester nicht irgendeine Dummheit begehen würde.

«Ich weiß nicht, ob Ihnen klar ist, dass Sie sich auf Privatbesitz befinden.»

«Davon bin ich eigentlich ausgegangen.»

«Dann wissen Sie ja, was Sie zu tun haben. Nehmen Sie Ihr Pferd, wenn Sie denn eines besitzen, und verschwinden Sie von hier», präzisierte sie, während sie den Eindringling noch einmal ansah.

«Handelt es sich denn etwa um Ihren Privatbesitz?», fragte er unbeeindruckt lächelnd.

«Nein, aber um den Besitz von guten Freunden, und ich glaube nicht, dass es ihnen gefallen würde, wenn ein zerlumpter und schlechterzogener Yankee einfach so über ihre Ländereien spaziert.»

Der Fremde schien sich glänzend zu amüsieren. «Gehört das Land vielleicht besagtem Richard?»

Wenn Charlotte ihren Sonnenschirm nicht in der Kutsche gelassen hätte, hätte sie ihn diesem unverschämten

Kerl über den Schädel gezogen, dessen war Hortensia sich sicher.

«Zufällig ist es genau so. Und im Unterschied zu Ihnen ist Mr. Reemick ein echter Gentleman.»

«Ein Gentleman!», rief der Yankee in gespieltem Erstaunen aus. «Ich hatte von dieser Spezies gehört, aber ehrlich gesagt habe ich nicht geglaubt, dass es wirklich welche gibt.»

Hinter ein paar Bäumen konnten sie jetzt die Kutsche sehen. Noah hatte am Wegesrand gewartet, und die Anwesenheit des Fremden und Charlottes Aussehen versetzten ihn sofort in Alarmbereitschaft.

«Können wir fahren?», rief Charlotte dem Sklaven zu, der den Unbekannten wachsam beobachtete. Mit einem fast unmerklichen Wink gab sie ihm zu verstehen, dass keine Gefahr drohte.

Noah nickte und hielt den Schwestern die Tür auf.

Vom Wunsch angetrieben, diesen lästigen Menschen so schnell wie möglich loszuwerden, beschleunigte Hortensia ihre Schritte. Dankbar ergriff sie Noahs Hand, stieg in die Kutsche und wartete ungeduldig auf ihre Schwester. Aber die schien es plötzlich gar nicht mehr so eilig zu haben, ihrem Wortgefecht ein Ende zu setzen, fast wirkte es sogar, als ginge sie langsamer als gewöhnlich.

«Wir fahren nach Hause zurück», teilte Charlotte Noah mit, ignorierte wie immer die Hand des Sklaven und stieg in die Kutsche.

Geschickt lenkte Noah die beiden Pferde, die die elegante schwarze Kutsche mit den goldenen Beschlägen und granatroten Lederpolstern zogen, so, dass sie eine Wende von hundertachtzig Grad machten. Dann trieb er sie an.

«Übrigens», rief Charlotte und wandte sich in dreister

Weise noch einmal zu dem Fremden um. «Im Süden holt man die Hunde, wenn Unbekannte auf fremdem Eigentum herumlungern.»

Sichtlich amüsiert ließ der junge Mann jetzt ein lautes Lachen hören. «Und dabei habe ich so viel Gutes über die südliche Gastfreundschaft gehört!»

Sobald sie auf New Fortune angekommen waren, musste Charlotte niesen. Voller Angst, krank zu werden und nicht an der Feier zu Richards Ehren teilnehmen zu können, legte sie sich ins Bett, deckte sich bis obenhin zu und ließ sich von Latoya alle möglichen Mixturen zubereiten. Aber zum Glück war der unerwartete Nieser nur falscher Alarm. Trotzdem blieb Charlotte geschlagene zwei Tage unter ihrer sicheren warmen Decke liegen. Sie stand erst wieder auf, als es Zeit war, sich für den Ball vorzubereiten.

Charlotte wollte ein Kleid aus grüner Seide mit sehr schmaler Taille und einem weiten Bateau-Ausschnitt tragen, das sie in Richmond hatte anfertigen lassen. Hortensia dagegen hatte sich für ein türkisblaues Modell von elegantem, aber züchtigerem Schnitt entschieden.

«Ist das nicht ein bisschen gewagt?», meinte Hortensia, als sie sah, dass das Kleid die Schultern ihrer Schwester vollkommen entblößte.

«In Europa ist das die neueste Mode», verteidigte Charlotte sich und betrachtete ihre schöngerundeten Schultern stolz im Spiegel des Toilettentisches. «Und was hat man von schönen Schultern, wenn niemand sie bewundern kann.»

«Ich weiß nicht», sagte Hortensia unschlüssig und spielte mit der Saphirkette, die ihren dezenten V-Ausschnitt schmückte. «Ich finde es etwas übertrieben. Wenn du wenigstens eine Kette anlegen würdest, sähe es nicht so aus, als würdest du halbnackt gehen.»

«Laura Burton zeigt immer ihre Schultern, und ich glaube nicht, dass irgendein Mann etwas dagegen hat.»

Zweifelnd sah Hortensia ihre Schwester von der Seite an. Laura Burton war nun nicht gerade ein gutes Beispiel für Raffinesse und Geschmack.

Als Hortensia fertig war, legte sie ein leichtes Cape um und setzte sich. Nachdenklich betrachtete sie ihre Schwester, die gerade die Silberohrringe mit den Smaragden anlegte.

«Ich weiß nicht, Charlotte, aber ich habe das Gefühl, dass Richard dir aus dem Weg geht.»

Charlottes Augen leuchteten in der gleichen Farbe wie die Edelsteine ihres Ohrschmucks.

«Mir aus dem Weg gehen? Warum?»

«Seit seiner Rückkehr ist schon eine Woche vergangen, und er hat noch nichts unternommen, um dich wiederzusehen.»

«Sicher konnte er nicht. Denk doch, dass er jahrelang fort war. Bestimmt hatte er tausend Dinge zu erledigen.»

«Aber er hat auch nie geschrieben, er hat nicht versucht, dich zu sehen, nicht einmal eine einzige Nachricht ...»

«Er war sehr mit seinem Studium beschäftigt. Und dann ist er zur See gefahren. Wie hätte er mir da schreiben können?»

«Vielleicht hast du recht. Aber wann hat er sein Offizierspatent bekommen?»

«Was hat das damit zu tun?»

«Anstatt den Urlaub zu nutzen, um nach Virginia zu kommen, ist er in Maryland geblieben, bis er in See stechen musste.»

«Willst du damit andeuten, dass er mich nicht liebt?»

Hortensia zögerte.

«Ich glaube nur, dass du dir vielleicht nicht zu viele Hoffnungen machen solltest. Ich will nicht, dass dir jemand wehtut.»

«Mach dir keine Sorgen, Schwesterchen. Alles wird bestens laufen. Noch bevor du es richtig begriffen hast, bin ich schon Mrs. Reemick.»

Da Hortensia wusste, dass sie ihre Schwester ohnehin nicht überzeugen könnte, drang sie nicht weiter in sie. Und warum sollte sie Charlotte auch mit ihren eigenen Ängsten bedrücken?

«Was wirst du also tun?»

«Das einzig Mögliche», antwortete Charlotte scharf. «Ich werde dafür sorgen, dass Richard Reemick noch diese Woche um meine Hand anhält.»

Als die Schwestern über die Schwelle des Herrenhauses von Delow traten, drängten sich im Empfangszimmer schon die Gäste. Sklaven bahnten sich ihren Weg durch die Menge, um auf glänzenden Silberplatten die Horsd'œuvres anzubieten. Sanfte Hintergrundmusik verkürzte das Warten auf das Dinner. Drei Jahre, sagte sich Charlotte und spürte, wie ihr Puls sich beschleunigte, während ihre Augen in der Menschenmenge nach Richard suchten. Als sie ihn schließlich entdeckte, fühlte sie, wie ihr Herz beinahe stehenblieb. Überall hätte sie ihn wiedererkannt. Er trug die blaugoldene Galauniform. Seine gutgewachsene Gestalt und seine aufrechte Haltung ließen ihn unter den übrigen Gästen hervorstechen. Richard unterhielt sich angeregt mit zwei Männern, deren Gesichter Charlotte nicht sehen konnte. Sie atmete tief ein und nahm in Hortensias Begleitung die wenigen Meter in Angriff, die sie noch von Richard trennten.

Als er sie erblickte, erstrahlte sein Gesicht.

«Hortensia, Charlotte», grüßte er und sah wie gebannt in die smaragdgrünen Augen.

«Hallo, Richard. Ich freue mich, dich wiederzusehen. Es ist lange her.»

«Lange», seufzte er und konnte seinen Blick nicht von ihr losreißen. Er war wie verzaubert.

Drei lange Jahre, dachte Charlotte bei sich und betrachtete aufmerksam sein Gesicht.

Richard wirkte härter, die Jahre auf See hatten seine Haut gegerbt, und seine Züge hatten die Weichheit der Jugend zum Teil verloren. Er war zu einem attraktiven Mann gereift. Fast hatte Charlotte schon vergessen, wie schön diese grauen Augen waren, als sie nun tief in seinen Blick eintauchte.

Aber eine plötzliche Bewegung hinter Richard brach den Bann, und sie erblickte jetzt einen kräftigen Mann mit schulterlangem blondem Haar und Kinnbart, der so groß war wie Richard und ebenfalls eine Galauniform trug.

«Darf ich den Damen Parrish Leutnant Klaus Fritz aus Montgomery, Alabama, vorstellen», sagte Richard und riss sich von Charlottes Blick los.

Die beiden Schwestern nickten dem Offizier lächelnd zu, der nacheinander ihre Hände küsste. Hortensia errötete, als sie bemerkte, dass sein Blick unfreiwillig auf Charlottes nackte Schultern fiel, aber ihre Schwester ließ sich nicht aus der Ruhe bringen.

«... und das ist mein guter Freund Scott O'Flanagan aus

Boston», fuhr Richard fort, als er sich nun dem Mann zuwandte, der zu seiner Linken stand.

Charlotte gefror das Lächeln auf den Lippen, als sie den unverschämten Gesichtsausdruck wiedererkannte. Auch Hortensia war verstummt.

«Meine Damen. Ich bin erfreut, Sie wiederzusehen», begrüßte Scott sie höflich.

«Es ist mir ein Vergnügen», brachte Hortensia mit dünner Stimme hervor.

Der Yankee hatte den alten Anzug und die geflickten Stiefel gegen angemessenere Kleidung ausgetauscht, aber die Handschuhe erkannte Charlotte sofort wieder. Ihr Träger war zwar hochgewachsen, aber doch etwas kleiner als Richard oder Leutnant Fritz. Seine Augen waren dunkel, das Haar sogar fast schwarz. Er hatte ebenmäßige Gesichtszüge, die sie an die Abbildungen griechischer Marmorstatuen in den Büchern erinnerte, aber das ständige Grinsen verlieh ihm ein fast dreistes Aussehen. Obwohl Charlotte zugeben musste, dass jede andere Frau diesen jungen Mann äußerst attraktiv gefunden hätte, war er für sie doch nur ein verhasster, grober Mensch ohne Klasse, der es aus irgendeinem unverständlichen Grund geschafft hatte, sich bei Richard einzuschmeicheln.

«Mr. O'Flanagan. Es tut mir leid, aber in dem eleganten Anzug habe ich Sie kaum wiedererkannt.»

Scotts Gegenangriff ließ nicht auf sich warten.

«Ich fürchte, Miss Charlotte, dass es mir nicht anders geht.»

«Wie, ihr kennt euch?» Angesichts der Schärfe in Charlottes Tonfall mischte Richard sich neugierig ein.

«Ich hatte schon vor ein paar Tagen die Gelegenheit,

auf diese reizende junge Dame und ihre Schwester zu treffen.»

Mit einem flehenden Blick bat Charlotte ihn inständig, die Einzelheiten ihres Zusammentreffens nicht preiszugeben.

In diesem Moment verlangte Nicholas Reemick nach seinem Sohn. Er sollte die Burtons empfangen, die gerade angekommen waren. Richard entschuldigte sich, folgte seinem Vater und ließ Charlotte und Hortensia in der Gesellschaft von Klaus und Scott zurück. Sehnsuchtsvoll beobachtete Charlotte, wie Richard sich in der Menge entfernte.

Nachdem er Gwendolyn Burton mit einem knappen Gruß bedacht hatte – trotz ihres Alters trug sie ein schreiend gelbes Ensemble –, sprach Richard einen Moment mit Laura, die durch ein mit Rüschen und Verzierungen überladenes Kleid verriet, dass sie den schlechten Geschmack ihrer Mutter geerbt hatte. Trotz allem war Laura eine attraktive junge Frau, die wusste, wie sie aus ihrem schönen ovalen Gesicht und den blauen Augen Kapital schlagen konnte. In diesem Moment tauchte Camille Carson auf, die einzige Tochter eines wohlhabenden Pflanzers aus der Gegend. Da stand sie, nur wenige Schritte von Richard entfernt. Charlotte konnte genau beobachten, dass Camille auf plumpe Weise so tat, als wäre sie zufällig neben Richard gelandet. Sie runzelte die Stirn. Obwohl sie sich bemühte, an Camille irgendwelche Fehler zu entdecken, musste sie anerkennen, dass sie großartig aussah. Das Kleid in sehr hellem Blassrosa betonte ihre schmale Taille. Die blonden Locken fielen ihr über die züchtig bedeckten Schultern, und ihr Gesicht erstrahlte, sobald Richard das Wort an sie richtete.

Mit halbem Ohr hörte sie die Schilderung eines Kampfes mit den wilden Eingeborenen einer abgelegenen Insel, die Leutnant Fritz mit seiner tiefen und energischen Stimme zum Besten gab. Aber Charlotte hatte nicht die Absicht, ihre Zeit mit Geschichten über längst vergangene Scharmützel zu vergeuden, wo doch in diesem Moment die entscheidende Schlacht ihres eigenen Lebens bevorstand.

Sie nahm Hortensia am Arm und lächelte dem Offizier zu.

«Es tut mir leid, Leutnant Fritz», unterbrach sie ihn mit zerknirschtem Gesichtsausdruck und legte sich die Hand aufs Herz. «Wenn Sie uns entschuldigen, ich denke, wir sollten unseren Onkel begrüßen.» Dann ging sie und schleifte ihre Schwester mit sich.

Klaus blieb nichts anderes übrig, als zuzusehen, wie die beiden attraktivsten Frauen des Balls zwischen den anderen Gästen verschwanden.

«Mach dir nichts draus», munterte Scott ihn auf, der sich über den Misserfolg seines Freundes amüsierte. «So sind die Frauen.»

Resigniert zuckte Klaus mit den Schultern, als sein Blick auf die junge Dame fiel, die Richard vor wenigen Minuten begrüßt hatte. Sie war zwar bei weitem nicht so anziehend wie die anderen beiden, hatte aber durchaus ihre Reize. «Wenn es dir nichts ausmacht, werde ich mich ein bisschen unter die Leute mischen.»

«Kein Problem.» Scott grinste, als er entdeckt hatte, was Klaus plötzlich so interessierte. «Lass mich nur allein hier im feindlichen Gebiet zurück. Ich werde schon zurechtkommen.»

Als Charlotte die Nase in den Speisesaal steckte, stellte

sie zufrieden fest, dass sich niemand darin aufhielt. Der Tisch war schon gedeckt, und die Sklaven, die beim Abendessen bedienen würden, hatten noch genug im Empfangszimmer zu tun, wo zahlreiche Gäste versuchten, immer noch eines der leckeren Horsd'œuvres zu erhaschen. Die Platten leerten sich jedes Mal wieder in Windeseile.

«Darf man wissen, was du vorhast?», fragte Hortensia, die nervös im Türrahmen stehen geblieben war. Mit einem Wink brachte Charlotte sie zum Schweigen und bedeutete ihr, dort stehen zu bleiben und aufzupassen.

Hortensia hatte keine Ahnung, was Charlotte hier wollte, aber da sie ihre Schwester kannte, wusste sie, dass sie sicher nichts Gutes im Schilde führte. Jetzt sah sie, wie Charlotte ihr Augenmerk auf die eleganten beigefarbenen Kärtchen richtete, die auf den Tellern lagen und auf denen die Namen der Gäste eingeprägt waren. Sofort wurde Hortensia von einer schrecklichen Vorahnung überfallen, die nur eine Sekunde später bestätigt wurde. Charlotte nahm eine der Karten und tauschte sie mit einer anderen ein paar Plätze weiter.

Hinter die Treppe geduckt, die neben der Tür zum Speisesaal nach oben führte, beobachtete Hortensia mit einem Auge die Gäste. Mit dem anderen überwachte sie die Schritte ihrer Schwester. Ihre Knie wurden weich. Wenn jemand sie entdeckte, würde sie es bis ans Ende ihres Lebens nicht mehr wagen, vor die Tür zu gehen.

Als Charlotte wieder neben ihrer Schwester stand, war Hortensia kurz vor einem Nervenzusammenbruch.

«Bist du verrückt geworden?», flüsterte sie, traute sich aber nicht, ihre Stimme zu erheben, bis sie Charlotte rasch so weit wie möglich vom Speisesaal weggezerrt hatte.

Charlotte ließ sich nicht aus der Ruhe bringen.

«Was du da eben gemacht hast, geht sogar für dich zu weit», klagte sie, als sie ihrer Meinung nach weit genug vom Schauplatz des Verbrechens entfernt waren und niemand sie hören konnte. «Du kannst die Platzkarten nicht einfach vertauschen», flüsterte sie. «Glaubst du, dass die Reemicks nicht mehr wissen, wie sie ihre Gäste verteilt haben?»

«Hortensia, immer musst du an allem herumnörgeln. In der Liebe und im Krieg ist alles erlaubt», protestierte Charlotte. «Sie werden denken, dass sie einen Fehler gemacht haben. Bei so vielen Gästen und den Sklaven, die nicht lesen können, kann das schon mal passieren. Ich glaube nicht, dass sie darauf kommen, dass jemand die Platzkarten vertauscht hat.»

Damit zumindest hatte Charlotte recht. Kein Mensch mit ein bisschen Verstand würde auf die Idee kommen, dass jemand eine solche Dummheit begehen könnte.

«Zum Glück ist mir eingefallen nachzusehen, wo sie uns hingesetzt haben!», rief sie empört aus. «Nun rate mal, wer es geschafft hat, dass sie sie neben Richard setzen …»

«Camille?»

«Ja», bestätigte Charlotte. «Niemand Geringeres als der Unschuldsengel Camille.»

«Und du, wo warst du?»

Charlottes Augen hefteten sich auf Scott O'Flanagan, der sich in diesem Moment zu Laura Burton und Klaus stellte.

«Neben dem Yankee», sagte sie mit einem frechen Grinsen.

Der helle Klang eines Glöckchens kündigte an, dass die Gäste sich in den Speisesaal begeben sollten. Camille ging neben Richard. Zu jedem anderen Zeitpunkt hätte Charlotte dieser Anblick wütend gemacht, aber jetzt bereitete er ihr fast Vergnügen. Sie freute sich auf den Moment, in dem sie der wohlerzogenen und überkorrekten Camille sagen würde, dass sie sich im Platz geirrt hatte.

Hortensia fand schnell zu ihrem Stuhl, und als sie sich gesetzt hatte, versuchte sie sich möglichst unauffällig zu verhalten. Sie zog in Erwägung, plötzliches Unwohlsein vorzutäuschen und einfach nach Hause zu fahren, aber es war zu spät. Es würde geschehen, was geschehen musste.

«Miss Parrish», rief jemand hinter ihr, als Charlotte an dem Stuhl vorbeiging, der zuerst für sie bestimmt gewesen war.

Als sie die lästige Stimme des Yankees erkannte, wollte sie zuerst gar nicht stehen bleiben. Aber ein paar Neugierige waren auf sie aufmerksam geworden.

«Mr. O'Flanagan?»

«Ich glaube, Ihr Platz ist hier», sagte er zuvorkommend und deutete auf den leeren Stuhl zu seiner Rechten.

«Ich fürchte, Sie haben sich geirrt.»

«Ich denke nicht», gab er zurück und zeigte auf das Platzkärtchen auf dem Teller. «Sehen Sie doch selbst.»

Charlotte blieb nichts anderes übrig, als einen Blick darauf zu werfen: «Charlotte Parrish», las sie laut. Verwirrt und ungläubig starrte sie auf die Karte. «Aber wie? Wer? ...», fragte sie sich verständnislos, als das unverschämte Lächeln ihres Tischnachbarn ihr die Antwort lieferte. Fast wollte sie ihn anschreien, riss sich aber im letzten Moment zusammen. Sie schwor sich, dass dieser grobe, unangenehme Yankee keine Freude an ihr haben würde. Als er sich ritterlich erhob, um ihr den Stuhl heranzuschieben, unterdrückte sie den heftigen Impuls, ihn zu würgen.

«Miss Camille ist wirklich eine bezaubernde junge Frau», flüsterte Scott Charlotte ins Ohr, als sie sich in den Stuhl fallen ließ. «Sie wirkt so sanft ...»

«Ja, bezaubernd», antwortete Charlotte und zerquetschte wütend einen ihrer Handschuhe zwischen den Händen. «Eine perfekte Begleiterin für Sie. Hätten Sie die Platzkarten nicht getauscht, hätten Sie Gelegenheit gehabt, den ganzen Abend lang ihre angenehme Gesellschaft zu genießen.»

«Ja, das wäre wohl schön gewesen», antwortete Scott, als er sich immer noch lächelnd an ihre Seite setzte. «Aber vergessen Sie nicht, dass ich die Karte nur an ihren ursprünglichen Platz zurückgelegt habe.»

«Ich weiß nicht, was Sie meinen.»

«Das wissen Sie ganz genau. Und ich glaube, Sie sollten sich bei mir bedanken.»

«Bedanken?»

«Genau. Ich habe verhindert, dass Sie sich lächerlich machen, und dafür verdiene ich zumindest Ihren Dank. Ich konnte doch nicht zulassen, dass Ihre Freunde und Nachbarn Ihre guten Umgangsformen in Zweifel ziehen.»

«Ich verstehe. Jetzt sind Sie also der Experte in gutem Benehmen.»

Scott nickte bestätigend.

«Wenn Sie so ein Experte sind, dann sollten Sie auch wissen, dass ein Gentleman nie mit Handschuhen isst.»

Scott streckte seine Hände aus und lächelte. Es war so lange her, dass er die Handschuhe ausgezogen hatte, dass er sie manchmal gar nicht mehr wahrnahm. Er war der Einzige bei Tisch, der sie noch trug.

«Touché, Miss Parrish! Aber Sie haben ja selbst längst gemerkt, dass ich nur ein rücksichtsloser und schlechterzogener Yankee bin.»

Die Leidenschaft in Scotts Worten hatte die Aufmerksamkeit von Paul Sebastian erregt, der vor kurzem geheiratet hatte und in Begleitung seiner Frau gekommen war. Zwar sagte Paul nichts, aber Charlotte konnte sehen, wie sein Blick feindselig wurde.

Stand es wirklich so schlimm um das Verhältnis zwischen Norden und Süden?, fragte sich Charlotte, als sie merkte, dass schon die Anwesenheit eines Mannes aus den Nordstaaten eine solche Reaktion in einem sonst so gelassenen und wohlerzogenen Mann auslösen konnte.

Scott dagegen begegnete dem harten und missbilligenden Blick mit einem Lächeln.

«Anscheinend fällt es Ihnen leicht, Freundschaften zu schließen», bemerkte Charlotte.

«Sagen Sie das wegen des guten Leutnants Sebastian?»

Die Neugier war stärker als ihr Beschluss, ihren Tischnachbarn zu ignorieren. «Kennen Sie ihn denn?»

«Wir haben uns vor ein paar Jahren kennengelernt. Ich fürchte, er hat mir noch immer nicht verziehen, dass er meinetwegen so viele Notizbücher kaufen musste.»

Auch wenn sie überhaupt nichts verstanden hatte, begriff sie doch, dass die Feindseligkeit, die Paul Sebastian gegenüber Richards Gast empfand, persönlicher Natur war. Einen Moment lang überlegte sie, ob sie mehr darüber herausfinden wollte, aber schließlich könnte sie es auch über andere Kanäle in Erfahrung bringen. Und sie wollte diesem zudringlichen Menschen auf keinen Fall die Genugtuung verschaffen, auch nur das geringste Interesse an seinem Leben zu zeigen.

Inzwischen waren die Speisen aufgetragen worden. Alle aßen, tranken und plauderten mit ihren Tischnachbarn, ohne etwas von dem Vorgefallenen zu ahnen.

Nachdem Hortensia festgestellt hatte, dass die Welt nicht untergehen würde, wagte sie, den Kopf von ihrem Teller zu heben. Sie saß Scott gegenüber und nutzte einen Moment, in dem Charlotte ein paar Worte mit dem anderen Tischnachbarn wechselte, um ihm diskret zu danken.

Ihr eigener Tischherr, Robert Ardley, bemerkte sofort, dass Hortensia den Kopf gehoben hatte, und versuchte, ein Gespräch mit ihr zu beginnen.

Charlotte hatte schon lange bemerkt, dass Robert die Gesellschaft ihrer Schwester suchte. Er war ein guter Freund von Richard, und Charlotte war sich sicher, dass Robert ihn darum gebeten hatte, Hortensia neben ihm zu platzieren. Es war nicht schwer zu erraten, dass der ernste und schüchterne Ardley in ihre Schwester verliebt war. Und obwohl Hortensia nicht gerade ein offenes Buch war, was ihre Gefühle betraf, hatte Charlotte doch wahrgenommen, dass ihre Schwester jedes Mal ganz leicht errötete, wenn er sie darum bat, ihn auf einem Spaziergang zu begleiten oder mit ihm zu tanzen. Ja, auch Hortensia war in Robert verliebt, und obwohl Charlotte ihn immer etwas langweilig gefunden hatte, wusste sie doch, dass er einen guten Ehemann für sie abgeben würde. Außerdem befand sich die Plantage der Ardleys neben Richards, sie könnten sich also auch nachdem sie geheiratet hätten noch täglich sehen.

Charlotte wurde langsam unruhig. Ständig suchte sie Richards Augen, aber er hatte sie noch kein einziges Mal angesehen. Er wirkte zerstreut. Selbst Camille, die während des gesamten Dinners nicht aufhörte zu lächeln, musste um seine Aufmerksamkeit kämpfen. Charlotte konnte das nicht verstehen. So lange hatte sie von diesem Augenblick geträumt. Wieder und wieder hatte sie sich ausgemalt, wie er ihr entgegenlaufen und um ihre Hand bitten würde. Warum mied er sie?

Kurz darauf erhoben sich Richards Eltern. Richard und die übrigen Gäste taten es ihnen nach. Charlotte war eine der Ersten, die den Gastgebern folgten. Beinahe war sie vom Stuhl aufgesprungen. Sie musste Richard und Camille unbedingt einholen, bevor sie den Salon erreichten, in dem der Tanz stattfinden sollte.

Richard begleitete Camille bis zur Galerie, wo in Kürze die Musik beginnen würde. Als Charlotte sie eingeholt hatte, klangen schon die ersten Akkorde einer Melodie durch den Raum. Wenn sie mit Richard tanzen wollte, musste sie schnell handeln.

Und da geschah das Wunder.

Sie wusste nicht recht, wie er es gemacht hatte, aber Richards unbequemer Yankee-Freund überholte sie, und bevor sie noch irgendetwas tun oder sagen konnte, hatte er Camille Carson um den ersten Tanz gebeten. Camille war viel zu höflich, um die Einladung abzulehnen.

Scott drehte sich um und zwinkerte Charlotte zu, und diesmal konnte sie nicht anders, als sein Lächeln zu erwidern.

Ihr war nicht bewusst, wann sie in den Garten hinausgegangen waren, aber die Musik der Geigen hatte sich in ein fernes Säuseln verwandelt. Schweigend gingen sie Hand in Hand unter dem sternbedeckten Himmel, während die Grillen ihre Flügel aneinanderrieben und sie in eine sanfte Melodie hüllten. Als sie den Rand des Waldes erreicht hatten, nahmen sie auf einer steinernen Bank Platz, von einer mit Bougainvilleen gesprenkelten Hecke vor Blicken geschützt. Von dort aus war das Haus so weit weg, es wirkte beinahe irreal. Fast kam es Charlotte so vor, als wäre sie in einem Traum. Aber die Berührung von Richards starker Hand ließ keinen Zweifel zu. Es war Wirklichkeit. Charlotte roch den durchdringenden Duft der Blumen. Keiner von ihnen hatte ein einziges Wort gesprochen. Das brauchten sie nicht. Richard legte den Arm um ihre Taille und zog sie an sich. Charlotte fühlte, wie ihr Puls sich beschleunigte. Er sah ihr in die Augen. Die faszinierenden grauen Augen waren voller Verlangen.

«Charlotte ...», flüsterte er.

In der Ferne schrie eine Eule.

Und da, unter dem schützenden Dach der Sterne, küsste er sie.

· 20 ·

Am nächsten Morgen stieg Richard auf sein Pferd und ritt nach New Fortune. Er musste sie einfach wiedersehen. Anstatt die Straße zu nehmen, überquerte er die Felder und versteckte sich zwischen ein paar Bäumen. Charlotte kam schon bald aus dem Haus.

Richard beobachtete sie aus der Entfernung. Sie setzte sich auf die Schaukel, die am Ast einer Eiche festgemacht war, und lächelte. Sie war wunderschön. Noch immer konnte Richard die Wärme ihrer Lippen auf den seinen spüren. Sie liebte ihn. In diesem Moment spürte er, wie ein schmerzhafter innerer Kampf in ihm erwachte. Er konnte sie doch nicht einfach gehen lassen.

«Ich liebe dich, Charlotte», flüsterte er.

Da zerriss ein plötzlicher Blitz den Himmel. Donner folgte, und es fing an zu regnen. Charlotte sprang von der Schaukel und lief ins Haus.

Obwohl der Regen schlimmer wurde, rührte Richard sich nicht von der Stelle. Er musste eine Entscheidung treffen. Wie er dort stand und von den dicken Tropfen getroffen wurde, wurde Richard klar, was er tun musste. Er saß auf und ritt nach Delow zurück.

Er würde noch heute mit seinem Vater sprechen.

Als die Schwestern Parrish auf die Veranda geführt wurden, wurden sie schon von der Gastgeberin Laura Burton und ihren Freundinnen Dorothy Tadeus und Rebecca erwartet. Laura begrüßte die beiden und bat sie, sich zu setzen.

«Ich dachte, Camille würde auch kommen», sagte Charlotte, als sie den leeren Stuhl neben sich bemerkte.

«Ich weiß nicht, warum sie noch nicht da ist. Camille kommt normalerweise pünktlich.» Diese letzte Bemerkung war ein unverblümter Seitenhieb auf Charlotte und ihre Schwester, die über eine halbe Stunde zu spät gekommen waren.

«Es wird ihr doch nichts passiert sein?»

«Das glaube ich nicht, Hortensia», sagte Dorothy.

«Wusstet ihr, dass Camille und Richard sich neulich im Zug getroffen hatten? Sie war auf dem Rückweg von Baltimore, wo sie ihre Tante besucht hatte.»

«Nein, davon wusste ich nichts», murmelte Charlotte.

Dorothy nickte.

«Seitdem hat Camille immer wieder gesagt, wie gutaussehend und attraktiv er ist. Ich habe auch gehört, dass Richard sie darum gebeten hatte, ihm gestern Abend einen Tanz zu reservieren. Aber dann war er nirgends zu finden.»

«Die Arme hat schrecklich gelitten», sagte Laura mit übertriebenem Mitleid. «Übrigens, Charlotte, dich habe ich auch nicht gesehen.»

Hortensia wurde blass. Plötzlich begriff sie, dass Lauras Einladung nicht ganz uneigennützig gewesen war. Sie hatte ihnen eine Falle gestellt, und ihre Schwester würde sich mit dem Kopf voran hineinstürzen.

Charlotte nahm einen etwas zu großen Bissen von einem Stück Kuchen und sah Laura herausfordernd an. Der breite Florentinerhut, der die Burton-Tochter überallhin begleitete, hatte nicht verhindern können, dass die Sonne ein paar rötliche Flecken neben ihre spitze Nase gebrannt hatte.

«Nun, da ihr es ja sowieso schon wisst, ich bin mit Richard in den Garten gegangen, um ein wenig frische Luft zu schnappen», antwortete Charlotte, die sich nicht so leicht erschrecken ließ.

«Und, Charlotte, willst du uns nicht erzählen, was passiert ist? Sollen wir etwa vor Neugier sterben?»

Unter dem Tisch versetzte Hortensia ihr einen kleinen Tritt. Auf keinen Fall sollte sie diesen Klatschtanten etwas erzählen. Aber Charlotte achtete überhaupt nicht darauf. Sie hatte keine Lust zu schweigen, so glücklich war sie. Und schließlich war nichts Schlimmes dabei, dass sie den Mann geküsst hatte, der sie in Kürze zur Frau nehmen würde.

«Es gibt nichts zu erzählen. Außer vielleicht, dass Richard mich geküsst hat.»

Charlotte wich Hortensias Blick aus, denn sie wusste, dass ihre Schwester sie mit ihren tiefgründigen blauen Augen warnend anblickte, um ihr zu verstehen zu geben, dass sie auf keinen Fall noch mehr sagen durfte. Aber sie hatte nicht die geringste Absicht, ihr diesen Gefallen zu tun.

Verschwörerisch blickten Dorothy und Laura sich an. Am gleichen Tag noch würde man in der ganzen Grafschaft wissen, dass Richard Reemick die schamlose Charlotte Parrish geküsst hatte. Und was schlimmer war, dachte Hortensia, es würde ihre Schwester nicht einmal kümmern.

«Mein Gott!», rief Laura aus und hob theatralisch die Hände. «Wie konntest du erlauben, dass er dich küsst! Schließlich seid ihr nicht verlobt!», fügte sie entsetzt und mit tadelnder Stimme hinzu. Dabei schüttelte sie ihre langen Korkenzieherlocken von einer Seite auf die andere.

«Es war nur ein unschuldiger Kuss auf die Wange», warf Hortensia ein, in dem Versuch, dieser Intrige Einhalt zu gebieten. Für einen kurzen Moment hatte es den erwünschten Effekt, ein Kuss auf die Wange war kaum unkeusch zu nennen und gab nicht genügend Zündstoff her, um Charlottes Ruf zu schaden. Enttäuscht sahen Dorothy und Laura sich an. Aber ihrer Schwester war nicht zu helfen.

«Keineswegs», korrigierte Charlotte. «Es war ein richtiger Kuss. Und ich kann euch versichern, dass es wundervoll war.»

«Dann hat er also um deine Hand angehalten?», wollte Laura wissen.

«Das wird er bald tun», antwortete Charlotte scharf.

Skeptisch zogen Laura und Dorothy die Augenbrauen hoch.

«Es ist nicht so, wie es scheint.» Schnell widersprach Hortensia, die immer mehr bereute, Lauras Einladung gefolgt zu sein.

«Doch, Hortensia. Es ist, wie es scheint», verbesserte Charlotte, die diese ganze Scheinheiligkeit satthatte. «Richard hat mir in die Augen gesehen und hat mich so leidenschaftlich geküsst, dass ich fühlen konnte, wie das Blut in meinen Adern pochte und mein Herz fast zersprang.»

«Mein Gott, Charlotte Parrish! Hast du denn nicht das geringste Schamgefühl? Gibt es denn nichts auf der Welt, das dir peinlich ist?», schalt Laura sie sichtlich schockiert, während Dorothy ihr still beipflichtete.

«Sei doch nicht so verlogen, Laura!», brach es aus Charlotte heraus. «Ich kann dir versichern, wenn du auch nur ein einziges Wort von dem weitererzählst, was ich gerade gesagt habe, werden dein Vater und andere ehrwürdige Personen des County noch heute erfahren, dass du letzte Woche nicht bei uns zum Tee warst, wie du alle hast glauben machen. Stattdessen hast du dich heimlich mit Edgar Carmody getroffen», drohte Charlotte und funkelte Laura aus ihren grünen Augen an wie eine Raubkatze. «Und wenn ich mich recht entsinne, ist der besagte junge Mann bereits verlobt. Noch dazu mit deiner lieben Cousine», bemerkte sie schneidend, fast boshaft. «Ich frage mich wirklich, was eine anständige junge Frau wie du mit einem so guten Ruf ohne Begleitung im Haus eines alleinstehenden, attraktiven Mannes sucht, dem ein gewisser Ruf vorauseilt. Aber das geht mich natürlich nichts an, Laura.»

Lauras Gesichtsfarbe wechselte von leichenblass zu scharlachrot.

Hortensia lächelte. Sie selbst hätte zwar nicht den Mut aufgebracht, Laura so etwas ins Gesicht zu sagen, aber die hatte es eindeutig verdient. Und das Wichtigste war, dass Charlottes Ruf nicht gefährdet war.

In diesem Moment hörte man die Räder einer Kutsche, die vor dem Haupteingang hielt. Kurze Zeit später erschien Camille Carson, strahlend vor Glück.

«Camille, was für eine Überraschung!» Laura erhob sich und ging ihr entgegen. «Ich dachte, du hättest es dir anders überlegt und kämest nicht.»

«Es tut mir leid», entschuldigte sich Camille und gab Laura zwei Küsschen auf die Wange. «Aber es ist so viel passiert, dass ich ganz vergessen habe, jemanden zu schicken und Bescheid zu geben.»

Camille übergab einer Sklavin ihren Sonnenschirm und setzte sich auf den leeren Platz.

Als die Sklavin ihr etwas Tee einschenken wollte, bedeutete Camille ihr mit einer zarten Handbewegung, dass sie nichts wollte.

«Laura, es tut mir so leid, aber ich werde nicht lange bleiben können. Ich muss sofort nach Richmond. Ich wollte nur vorbeikommen, um euch die Nachricht selbst zu überbringen.»

«Und darf man wissen, was so wichtig ist, dass du es so eilig hast?»

«Ihr werdet es nicht glauben.»

«Bitte, sag es uns doch», bettelte Charlotte und ahmte dabei Camilles kindische Art nach.

Hortensia warf ihrer Schwester einen tadelnden Blick zu. Charlotte sah zwar durchaus ein, dass sie unhöflich war, aber diese Frau war wirklich zu albern. Und es machte sie wahnsinnig, dass Camille nicht einmal versuchte, ihr Interesse für Richard zu verbergen. Aber jetzt war alles anders. Richard hatte sie geküsst und würde in ein paar Tagen um ihre Hand anhalten.

Camille atmete tief ein und sah ihre Freundinnen an.

«Ich heirate!», verkündete sie begeistert.

Die fünf sahen sich überrascht an.

«Ich weiß, dass es etwas überraschend kommt, aber die Zeremonie wird schon in zwei Wochen auf Delow stattfinden.»

«Auf Delow?», fragte Charlotte, die im ersten Moment nicht begriff, warum Camille auf der Plantage von Richards Familie heiraten sollte. Aber die Röte in Camilles Gesicht, ihr verzücktes Lächeln … Ganz langsam verstand Charlotte, was das alles zu bedeuten hatte.

«Das ist gar nicht ungewöhnlich. Richards Familie hat seit Generationen auf Delow geheiratet.»

Charlotte stockte der Atem. Sie fühlte sich nahe daran, das Bewusstsein zu verlieren. Vielleicht hatte sie sich einfach verhört. Aber Laura nahm ihr nun jeden Zweifel.

«Camille Carson, du wirst Richard Reemick heiraten!», rief Laura und ließ einen Freudenschrei hören, als sie sah, wie Camille schüchtern nickte. Dann umarmte Laura Camille und sah Charlotte triumphierend an. Nicht im Traum hätte sie gedacht, so schnell ihre Rache zu bekommen.

«Glückwünsche», flüsterte Rebecca beeindruckt.

Unter dem Tisch griff Hortensia nach Charlottes Hand. Richard würde Camille heiraten.

«Wir wussten nicht …», setzte Hortensia an, fand aber keine weiteren Worte.

«Nun ja, ich auch nicht», gestand die glückliche Braut. «Ich habe wohl etwas geahnt», sagte sie, zu Charlotte gewandt. «Aber ich hätte nie gedacht, dass er so verliebt ist. Heute Morgen ist er nach Silver Bridge gekommen und bat um meine Hand. Richard war sich bewusst, dass seine Bitte etwas plötzlich kam, aber er gestand meinem Vater, dass er den Rest seines Lebens mit mir verbringen wolle und sich wünsche, so bald wie möglich Hochzeit zu feiern. Einen Moment lang befürchtete ich schon, mein Vater würde ihm die Bitte abschlagen, aber Richard war so beredt, dass er schließlich einverstanden war. Natürlich seid ihr alle eingeladen.»

«Ich komme mit Vergnügen», verkündete Laura fast strahlender als die Braut selbst.

«Ich auch», meldete sich Dorothy, die nicht aufhören konnte, Charlotte anzustarren.

«Ich freue mich so für dich … Richard muss sehr verliebt sein», gratulierte Laura ihr noch einmal. So schnell würde sie dieses Thema nicht wieder fallen lassen. «Und ihr, kommt ihr auch?», fragte sie die Parrish-Schwestern mit Unschuldsmiene.

Charlotte konnte sich nicht rühren, nicht sprechen. Sie fühlte nur einen heftigen Schmerz in der Brust. Am liebsten wollte sie einfach davonlaufen, aber ihre Schwester hielt sie fest an der Hand. Sicher war es ein Albtraum. Es konnte nicht sein. Immer schon hatte sie Richard geliebt, und er liebte sie auch. Das wusste sie. Auf dem Ball hatte sie es gespürt. Die Art, wie er sie angesehen hatte, wie er sie küsste. Er liebte sie. Zwar hatte er es nicht mit Worten gesagt, aber es brauchte keine Worte. Die Leidenschaft, mit der er sie umarmt hatte, während er ihren Namen flüsterte. Nein, sie konnte sich nicht geirrt haben.

«Ihr kommt doch?», fragte Camille, erstaunt über das Schweigen der Zwillinge.

Hortensia warf ihrer Schwester einen durchdringenden Blick aus ihren blauen Augen zu, bevor sie antwortete. «Natürlich kommen wir.»

Camille lächelte. «Dann lasse ich euch jetzt allein», sagte sie zufrieden. «Ich muss noch tausend Sachen erledigen. Wir sehen uns auf Delow.»

Sobald die Braut verschwunden war, blickte Laura Charlotte an. Die stolze, hochmütige Charlotte Parrish war kurz davor, in Tränen auszubrechen.

«Wie sonderbar, Charlotte», flüsterte Laura bissig. «Ein Mann erklärt dir seine Liebe, und am nächsten Morgen rennt er los und bittet um die Hand der Erstbesten, die ihm über den Weg läuft. Ich kann mir absolut nicht vorstellen, was du jetzt tun wirst.»

Gerade wollte Hortensia ihre Schwester verteidigen, als

Dorothy ihr energisch zuvorkam. «Laura, es reicht jetzt. Du hast deine Rache gehabt.»

Katherine saß lesend auf der Veranda, als Charlotte aus der Kutsche sprang, wie der Blitz an ihr vorbeistürzte und im Haus verschwand.

«Mein Gott! Darf man erfahren, was mit deiner Schwester los ist?», fragte sie Hortensia, die gleich danach an ihrer Mutter vorbeirannte.

«Nichts, Mama, alles ist in Ordnung», entschuldigte sie sich und blieb kurz stehen, um Luft zu holen. Dann rannte sie weiter. Ihre Worte wurden von der laut zuschlagenden Tür im ersten Stock Lügen gestraft.

Hortensia lief die Treppe hinauf und öffnete vorsichtig die Tür zu dem Zimmer, das sie sich seit der Kindheit mit ihrer Schwester teilte. «Es tut mir so leid», sagte Hortensia und konnte die Tränen nicht zurückhalten.

«Ich hasse dich! Warum hast du gesagt, dass wir zu dieser dummen Hochzeit gehen? Ich werde nicht hingehen! Ich gehe nicht!», wiederholte sie wütend und ballte die Fäuste.

«Und ob du gehen wirst, Charlotte. Wir werden beide gehen. Und du wirst beweisen, dass Charlotte Parrish sich von einem Dummkopf, der keine Achtung vor der Liebe hat, nicht unterkriegen lässt.»

«Ich kann nicht», sagte Charlotte und ließ sich weinend auf das Bett fallen.

Langsam näherte Hortensia sich ihrer Schwester. Sie setzte sich zu ihr und streichelte Charlotte sanft über den Kopf.

Charlotte sah ihre Schwester an. Tränen glitzerten über

der grünen Iris und ließen ihren Blick noch tiefer erscheinen. Noch nie hatte Hortensia eine solche Verzweiflung in diesen leidenschaftlichen Augen gesehen.

«Mein ganzes Leben lang habe ich ihn geliebt», sagte Charlotte weinend. «Das weißt du.»

Schweigend nickte ihre Schwester.

«Ich habe immer nur an ihn gedacht. Seitdem er Carmody auf Silvias Hochzeit die Stirn geboten hat, habe ich mir gewünscht, ihn zu heiraten.»

«Das weiß ich doch», sagte Hortensia tröstend und umarmte sie.

«Ich dachte, dass er mich liebt. Wenn du das Feuer in seinen Augen gesehen hättest, als er mein Gesicht in seine Hände nahm. Wenn du diesen Kuss gespürt hättest ...», schluchzte sie und stockte kurz. «Er liebt mich, Hortensia. Das weiß ich.»

«Quäl dich nicht, Charlotte. Es gibt nichts, was wir tun können.»

Charlotte hielt einen Moment lang inne. Ihr Gehirn arbeitete mit höchster Geschwindigkeit. Irgendetwas musste vorgefallen sein. Das alles musste ein Irrtum, ein Missverständnis sein. Und sie musste das klären, oder sie würde verrückt werden.

«Ich muss etwas tun, es muss irgendetwas geben, was ich tun kann», murmelte Charlotte immer wieder vor sich hin, als hätte sie den Verstand verloren.

«Meine liebste Schwester», bat Hortensia und nahm Charlottes Gesicht in ihre Hände. «Bitte, sieh mich an.»

Charlottes Augen gehorchten nicht, ziellos blickten sie umher, während ihre Lippen sinnlose Worte artikulierten.

«Ich werde mit ihm sprechen!», verkündete sie auf einmal, stand auf und rannte zur Tür. Aber ausnahmsweise war Hortensia schneller als ihre Schwester. Mit einem Sprung schnitt sie ihr den Weg ab und hielt sie mit aller Kraft fest.

«Das wirst du nicht tun.»

«Lass mich los», befahl Charlotte wütend und rang vergeblich mit ihrer Schwester. «Ich muss mit ihm sprechen!»

«Ich werde dich nicht gehen lassen», weigerte Hortensia sich standhaft und hielt ihre Schwester in ihren Armen fest.

«Ich muss», bettelte Charlotte. «Ich muss wissen, warum.»

Mit unendlicher Zärtlichkeit betrachtete Hortensia ihre Schwester. «Ich kann dich nicht gehen lassen, Charlotte.» Hortensia nahm das tränenüberströmte Gesicht ihrer Schwester in ihre Hände und sah ihr in die Augen.

Charlotte hatte aufgehört, mit ihr zu ringen. Die Schwestern standen sich jetzt gegenüber.

«Ich werde nicht zulassen, dass du zu ihm gehst, Charlotte. Und wenn ich dich in diesem Zimmer einschließen muss und du mich für den Rest deines Lebens hasst. Ich werde nicht zulassen, dass man dir wehtut.»

«Ich liebe ihn so sehr! Ich kann ihm nicht gegenübertreten, ich kann nicht dabei zusehen, wie er sie heiratet. Du hättest niemals sagen dürfen, dass wir auf diese Hochzeit gehen!», schimpfte sie kraftlos.

«Doch, Charlotte. Du kannst das. Denn ich werde bei dir sein. Wir werden zusammen sein, wie wir es immer gewesen sind. Und diesmal werde ich dir Halt geben.»

Obwohl ihr noch immer Tränen über die Wangen rollten, lächelte Charlotte jetzt. «Ich hätte niemals geglaubt, dass du mich festhalten kannst.»

«Ich auch nicht», gab Hortensia zu, die sich selbst kaum wiedererkannte. «Aber für dich würde ich alles tun.»

· 21 ·

Die Zeit bis zu Camilles und Richards Hochzeit verging schnell.

Charlotte sah glänzend aus. Die dunklen Augenringe, die ihren Blick während der letzten beiden Wochen verdüstert hatten, waren verschwunden, und als sie ihr hübsches Gesicht im Spiegel sah, schienen die langen Nächte voller Tränen und Schmerz so weit weg, als wären sie eine Erinnerung an einen schrecklichen Albtraum, der in den ersten morgendlichen Sonnenstrahlen verfliegt und nur einen bitteren Nachgeschmack in der Seele zurücklässt. Hortensia war sich sicher, dass ihre Schwester die schönste Frau auf der Hochzeit sein würde. Aber trotzdem ließ sie sich nicht täuschen. Etwas hatte sich verändert. Charlotte war nicht mehr die unbekümmerte junge Frau, die das Leben mit jedem Atemzug in sich einsog. Das Leben hatte ihr einen heftigen Schlag versetzt, und nichts würde je wieder so sein wie früher.

Schon zum zweiten Mal seit er nach Virginia gekommen war, zog Klaus sich seine Galauniform an. Er blickte in den Spiegel und nickte zufrieden. «Wer hätte vor ein paar Tagen gedacht, dass Richard so bald heiraten würde.»

Scott lag auf dem Bett, die Arme hinter dem Kopf verschränkt, und blickte gedankenverloren an die Decke. Er antwortete nicht.

«Und was ist mit dir?», fragte Klaus und drehte sich zu Scott um, mit dem er das Zimmer teilte. «Willst du den ganzen Tag hier herumliegen?»

Ein Klopfen unterbrach Scotts Schweigen. Schnell öffnete Klaus die Tür.

«Richard!», sagte er erstaunt.

«Hallo. Kann ich hereinkommen?»

Klaus trat zur Seite. Richard hatte bereits seinen Hochzeitsanzug an, obwohl bis zur Zeremonie noch ein paar Stunden Zeit waren.

«Und, Richard? Nervös?»

«Ein bisschen.»

Richards ausweichender Blick und die Geschwindigkeit, mit der Scott vom Bett aufstand, waren für Klaus Zeichen genug, kurz in den Garten zu verschwinden.

«Hast du über meinen Vorschlag nachgedacht?», fragte Richard, kaum dass er mit Scott allein war.

Als er seinem Freund in die Augen sah, fand er nur Trauer darin. «Unter anderen Umständen wäre es eine Ehre für mich gewesen. Aber so ... es tut mir leid, Richard, ich kann das nicht.»

Richard wirkte nicht überrascht. Eigentlich wäre er über eine andere Antwort enttäuscht gewesen.

«Klaus wird mit Vergnügen dein Trauzeuge werden.»

«Mal sehen. Bleibst du wenigstens bis zur Zeremonie?»

Scott senkte den Kopf.

«Verstehe.» Resigniert drehte Richard sich um und wollte schon das Zimmer verlassen, als Scott ihn am Arm packte.

«Sag mir wenigstens, warum, Richard. Erkläre mir,

warum du eine Frau heiratest, die du nicht liebst, obwohl du bis über beide Ohren in eine andere verliebt bist, die deine Liebe noch dazu erwidert und noch heute deine Frau werden würde.»

«Ich tue, was ich tun muss.»

«Nein, Richard. Du bist kurz davor, den größten Fehler deines Lebens zu begehen. Und ich wäre kaum dein Freund, wenn ich tatenlos zusehen würde, wie du dich in einen Abgrund stürzt. Du bist nicht bei Verstand, eine Frau wie Charlotte Parrish gehen zu lassen. Sie betet dich an! Sie ist verrückt nach dir! Und du nach ihr. Warum unglücklich sein, wenn das Glück zum Greifen naheliegt?»

«Das ist nicht so einfach.»

«Warum?»

«Es gibt Dinge, von denen du nichts weißt.»

«Was für Dinge, Richard? Was kann so schwerwiegend sein?»

«Es ist doch egal, warum, Scott», sagte er. Das Geheimnis lag ihm schwer auf der Seele. «Es ist nur wichtig, dass ich sie niemals heiraten kann.»

«Warum? Weil ihre Mutter eine Sklavin war?»

Richard erbleichte.

«Seit Jahren weiß ich, was dich quält. Seit jener Nacht, in der du dich nach dem Besuch deines Onkels fast bis zur Besinnungslosigkeit betrunken hast und ich dich in die Akademie zurückschleppen musste.»

«Dann hast du, am nächsten Tag, als ich dich gefragt habe …»

«Ich habe gelogen. Was hätte ich tun sollen. Ich konnte dir doch nicht sagen, dass du mir im Rausch das größte Geheimnis der Frau anvertraut hast, die du liebst.»

Angst spiegelte sich in Richards Augen.

«Du musst es mir schwören!», befahl er verzweifelt. «Niemand darf es jemals erfahren!»

«Ach, Richard. Natürlich schwöre ich es. Dein Geheimnis ist bei mir sicher.»

Scotts dunkle Augen sagten die Wahrheit. Richard war so müde. Müde von dem Gewicht dieses Geheimnisses, das auf seiner Seele lag. Doch zum ersten Mal verspürte er etwas Erleichterung bei dem Gedanken, diese Last nicht allein tragen zu müssen.

«Weißt du, wie ihre Zukunft aussähe, wenn es herauskommt?», fragte Richard. «Allein, mir vorzustellen, was passieren könnte, macht mir schon Angst. Was würde aus ihr werden?»

«Dann heirate sie und befreie sie von dieser Zukunft.»

«Das kann ich nicht.»

«Warum? Weil sie eine Schwarze ist?»

«Nein, Scott», sagte er resigniert. «Ich kann es nicht, weil mein Onkel die Wahrheit kennt. Er würde ohne Zögern ihre Herkunft preisgeben, um unsere Verbindung zu verhindern. Was würde dann aus ihr werden? Meine einzige Möglichkeit, Charlotte zu retten, ist es, Camille zu heiraten.»

«Nun, dann tust du mir leid, Richard. Und mir tut auch diese junge Frau leid, weil sie niemals verstehen wird, warum du sie verlassen hast.»

Katherine hatte ihre Töchter und David nicht zur Hochzeit begleitet. Sie hatte behauptet, sich nicht wohl zu fühlen, aber tatsächlich hatte sie seit dem Zwischenfall bei Silvias Hochzeit an keinem gesellschaftlichen Ereignis mehr teilgenommen und auch jetzt keine Lust dazu.

Im Schutz der Veranda genoss Katherine das süße Aroma ihres Apfeltees, während sie den Blick in Richtung der Reemick-Plantage schweifen ließ. Zu diesem Zeitpunkt würde das junge Paar bereits nach Norfolk unterwegs sein, um dort ein Schiff in Richtung Norden zu nehmen, wo sie ausgedehnte Flitterwochen verbringen würden. Das Fest würde noch ein paar Stunden andauern, und Katherine würde also noch warten müssen, bevor sie Einzelheiten über die Feier erfuhr.

Trotz ihrer Zurückgezogenheit und obwohl keine ihrer Töchter etwas hatte verlauten lassen, war sie bestens über Charlottes Enttäuschung unterrichtet. Latoya hatte sie über die bevorstehende Vermählung von Richard und Camille informiert.

Im Laufe der Jahre hatte Katherine entdeckt, dass es kaum eine bessere Informationsquelle gab als die Sklaven. Auch wenn ihre Besitzer sich bemühten, sie zu ignorieren, die Ohren ihrer demütigen und allgegenwärtigen Diener waren zu jedem Zeitpunkt wach und aufmerksam.

Es war Katherine nicht schwergefallen, die Zeichen zu einem Bild zusammenzufügen; Charlottes Tränen, die Verzweiflung in den Augen ihrer Tochter ... Jedes Mal, wenn sie in der Dunkelheit der Nacht Charlottes verzweifelte Schluchzer gehört hatte, hatte sich ihr das Herz zusammengezogen. Heimlich hatte sie über ihren Schlaf gewacht, und tausendmal wäre sie beinahe in ihr Zimmer gelaufen, um sie in den Arm zu nehmen und zu trösten. Aber sie tat es nicht. Dafür hatte Charlotte ihre Schwester, und Katherine war sich bewusst, dass es für den verletzten Stolz ihrer Tochter fürchterlich gewesen wäre, wenn außer Hortensia jemand von dem Schmerz wüsste, den die Zurückweisung dieses Mannes ihr zugefügt hatte. Charlotte war stark und würde darüber hinwegkommen. Die Zeit würde ihre Wunden heilen. Vielleicht war es sogar das Beste, dass Richard Camille gewählt hatte, dachte Katherine und spürte, wie ihr ein kalter Schauer über den Rücken lief. Wer wusste schon, ob die Dinge für ihre Töchter in Zukunft nicht schwieriger werden würden. Sie konnte nicht vermeiden, an jenen anderen Menschen zu denken, den die Mächte des Schicksals zerstört hatten. Molly, deren Leben plötzlich in tausend Teile zerbrochen war. Sie erinnerte sich daran, wie Molly in dieser neuen und feindlichen Umgebung nach und nach ihre Fröhlichkeit verloren hatte, bis sie fast eine lebende Tote gewesen war. Die dunklen Pläne, die die Zukunft für ihre Kinder möglicherweise bereithielt, lasteten schwer auf Katherine, und sie hatte Sehnsucht nach ihrer treuen Freundin.

Sie ritt zu Mollys Grab und setzte sich an den Fluss. In ihre Gedanken versunken und vom Plätschern des Wassers besänftigt, ließ sie ihr Leben an sich vorbeiziehen.

Als sie ihr Gesicht im Spiegel der kristallklaren Wasseroberfläche betrachtete, konnte sie in dieser müde aussehenden Frau kaum die naive und launenhafte junge Dame erkennen, die vor so vielen Jahren ihr Zuhause in New Orleans verlassen hatte.

Auch sie war sich ihrer Liebe sicher gewesen. Aber sie hatte sich getäuscht. Und noch immer, wenn sie an Davids Verrat dachte, traten ihr Tränen in die Augen, und das Herz wurde ihr eng. Sie hätte ihn damals schon verlassen sollen. Vielleicht wäre Molly dann jetzt noch am Leben. Bis jetzt war sie ihren Töchtern die Wahrheit schuldig geblieben. Aber plötzlich wusste Katherine, dass sie mit ihnen sprechen müsste. Die Zeit der Geheimnisse war vorbei.

Nachdem sie Kraft geschöpft hatte, legte sie einen Strauß frischer Dahlien auf das Grab, stieg auf und ritt zum Haus zurück. Vorher wollte sie noch beim Lagerhaus vorbei. Sie wollte mit Noah reden. Über die Jahre war er zu einem Freund geworden und hatte die Lücke ausgefüllt, die ihre geliebte Molly damals hinterlassen hatte.

Die starken Stürme, die in der vergangenen Woche über Virginia hinweggefegt waren, hatten die Pflanzungen zum Glück nicht beschädigt, aber das Lagerhaus der Plantage in einen üblen Zustand versetzt. Owen Graham hatte die Sklaven in Schichten organisiert, um es zu reparieren, bevor die Regenfälle anfingen und die gelagerte Baumwolle Schaden nehmen könnte.

Freundlich hob der Vorarbeiter die Hand an den Hut. «Guten Abend, Mrs. Parrish.»

Auch an dem rauen Gebirgsbewohner war die Zeit nicht spurlos vorübergegangen. Von seinem lockigen Haar hatte er allerdings jedes einzelne behalten, auch wenn es inzwischen grau geworden war. Owens Blick traf auf Katherines. Sie war noch immer eine schöne Frau.

«Guten Abend, Owen», begrüßte Katherine ihn freundschaftlich. «Ich sehe, dass die Schäden gravierend sind.»

Die beiden drehten sich um und betrachteten den Holzbau, der dicht am Ufer stand. Ein Teil des Daches war vollkommen weggerissen worden.

«So ist es, Mrs. Parrish. Die Männer arbeiten hart. In der

Nacht wird in Schichten gearbeitet, und ich hoffe, dass das Dach fertig ist, bevor die Regenfälle anfangen.»

Als Katherine die grauen, dichten Wolken betrachtete, die von der Küste heraufzogen, dachte sie, dass die Männer sich beeilen mussten.

«Ist Noah hier?»

Er lächelte und zeigte zum höchsten Teil des Gebäudes. Mit den Jahren hatte er sich an die freundschaftliche Beziehung zwischen Katherine und Noah gewöhnt. Sie erwiderte sein Lächeln und folgte mit den Augen seinem Finger. Es war nicht schwer, Noah zwischen den Männern auszumachen, die ohne Unterlass auf dem Dach arbeiteten.

Als Katherine gerade einen Fuß aus dem Steigbügel genommen hatte, kroch plötzlich eine Schlange aus dem Gebüsch. Im Bruchteil einer Sekunde stieg das Pferd und warf Katherine vor den entsetzten Augen Owens und der Sklaven zu Boden.

Schnell hatte sie sich schützend die Arme vor den Kopf gehalten und sich instinktiv zusammengerollt. Aber das Pferd raste vor Angst und trat wie wild auf sie ein. Der erste Tritt traf sie an den Rippen. Katherine schrie vor Schmerz laut auf, da wurde sie bereits erneut getroffen.

Owen versuchte, die Zügel des Tieres zu packen und es von der Frau wegzuziehen. Das Pferd würde Katherine sonst töten. Aber es stieg erneut und schüttelte den Vorarbeiter ab, der zu Boden fiel und von einem Huf am Arm getroffen wurde.

Inzwischen waren einige der Sklaven eilig vom Dach heruntergeklettert. Ihnen gelang es endlich, das Tier zu beruhigen.

Katherine lag regungslos am Boden.

Owen kniete sich neben sie. Er war wie gelähmt vor Angst, während die Sklaven aufgeregt um ihre Herrin herumliefen. Nur Noah warf sich neben sie auf den Boden.

«Herrin Katherine!», rief er und legte sein Ohr auf ihre Brust. Ganz schwach konnte er ihren Herzschlag hören.

«Sie lebt!», rief er. Die Männer ließen ein paar Freudenschreie hören, und Owen spürte grenzenlose Erleichterung.

Katherine öffnete die Augen.

«Alles wird gut», sagte Noah beruhigend.

Sie lächelte ihn an.

«Noah, du kannst nichts tun», flüsterte sie schwer atmend.

«Sie werden das überleben. Das verspreche ich Ihnen!»

Ohne das Einverständnis des Vorarbeiters abzuwarten, holte Noah ein Brett und schob es unter Katherines geschundenen Körper. Danach band er ihr mit Hilfe eines Tuchs den Kopf an der improvisierten Trage fest.

«Was tust du da?», fragte Owen schroff und hielt den Arm des Sklaven fest.

«Ich will verhindern, dass sie sich bewegt. Eine plötzliche Bewegung könnte eine Blutung verursachen.»

Owen dachte einen Moment lang nach und ließ den Sklaven dann gewähren. Noahs Interesse für die Medizin war ein offenes Geheimnis auf der Plantage, und Owen hatte schon vor langer Zeit akzeptiert, dass Noah intelligenter und gebildeter war, als er selbst es je sein würde.

«Ich sehe, dass diese Abhandlung über Medizin, die ich dir geschenkt habe, zu etwas nütze war», konnte Katherine leise flüstern, während Noah den Knoten festzog und sie sich in Richtung Herrenhaus auf den Weg machten.

«Bitte sprechen Sie nicht. Sie müssen Ihre Kräfte sparen», bat Noah sie.

Aber Katherine wusste, dass es keine Bedeutung mehr hatte, ob sie sprach oder nicht.

Ein paar Sklaven trugen Katherine zum Herrenhaus, und Owen und Noah legten sie in ihr Bett. Gerade wollte Noah aufstehen und das Zimmer verlassen, als Katherine seinen Arm ergriff.

«Noah, lass mich nicht allein.»

«Ich werde mich nicht von hier wegbewegen», versprach er und nahm ihre zarte weiße Hand. «Alles wird gut.»

«Wie sonderbar», überlegte sie. «Vor mehr als zwanzig Jahren war ich in der gleichen Situation, in der du jetzt bist. Ich habe versucht, meine Freundin zu retten und den Tod in die Irre zu führen. Aber das konnte ich nicht, genauso wenig wie du jetzt. Aber ich darf nicht sterben! Noch nicht», rief sie aus und klammerte sich verzweifelt an Noahs Hand. «Ich muss mit meinen Töchtern reden. Ich muss ihnen etwas sagen.»

Die leidenschaftlich ausgesprochenen Worte verursachten einen heftigen Hustenanfall. «Halten Sie durch! Kämpfen Sie!», schluchzte der Sklave, als er im Mundwinkel seiner Herrin ein dünnes Rinnsal Blut entdeckte. «Ihre Töchter werden gleich hier sein. Der Aufseher hat sie holen lassen.»

Einen Moment lang drang die Luft nicht mehr zu ihren Lungen durch. Katherines Augen verdunkelten sich. Fast sah es so aus, als wäre ihr Ende gekommen, aber der Anfall war plötzlich vorbei. Ihr Todeskampf würde noch etwas andauern.

«Mein lieber Noah», sagte sie sanft, sobald sie wieder sprechen konnte. «In all den Jahren warst du ein Trost für mich. Und du, Owen», sie blickte den Mann an, der seine Augen nicht von dem verletzten Körper der Frau wenden konnte, die er seit über zwanzig Jahren heimlich liebte, «mein treuer Freund.»

Owen lächelte ihr zu. Worte waren nicht notwendig. Sie hatte Owens wahre Gefühle immer gekannt.

«Strengen Sie sich nicht an», wiederholte Noah vergeblich.

«Aber ich muss reden, Noah. Ich will, dass du mir verzeihst.»

«Es gibt nichts zu verzeihen. Was sollte ich Ihnen verzeihen? Ich bin Ihnen dankbar.»

«Ich war so egoistisch! Mein Vater hatte recht», klagte sie, während ihr Körper um einen weiteren Atemzug kämpfte. «Ich hätte meinen Mann bitten sollen, dich und deine Mutter freizulassen. Aber ich habe euch hierbehalten. Jetzt erst begreife ich es. Die ganzen Jahre lang habe ich mich von verletztem Stolz lenken lassen. Nur deshalb bin ich bei David geblieben. Hass und Rachsucht gegenüber dem Mann, der mich gedemütigt hat, haben mein Leben bestimmt.»

Katherine war vollkommen erschöpft.

Nachdem sie wieder zu Atem gekommen war, flüsterte sie: «Verzeih mir, Noah, dass mein Stolz mich daran gehindert hat, das Richtige zu tun.»

Tränen traten in ihre honigfarbenen Augen.

«Ich verzeihe Ihnen, Katherine. Ich verzeihe Ihnen aus ganzer Seele.»

Es war eine schlichte Zeremonie. Klaus übernahm die Rolle des Trauzeugen, und Camille, die wunderschön aussah in ihrem weißen Kleid, konnte nicht aufhören zu lächeln.

Charlotte hatte keine Gelegenheit gehabt, sich Richard zu nähern, und jetzt schritt das frischvermählte Paar auf seinem Weg zur Kutsche durch das Spalier der Gäste hindurch. Ganz kurz trafen sich Richards und Charlottes Blicke. Sie tauchte ein in das tiefe Grau seiner Augen und suchte verzweifelt nach einer Antwort. Aber sie sah nichts als Trauer. Er verabschiedete sich von ihr. Charlotte spürte, wie die Tränen in ihr aufstiegen, als Hortensia sie in den Arm nahm. Dann schloss sie die Augen und ließ ihn gehen.

Genau wie Hortensia versprochen hatte, wich sie Charlotte keine Sekunde lang von der Seite. Nicht einmal Robert Ardley konnte sie zu einem Tanz überreden. Sobald Richard und Camille abgereist waren, fühlte Charlotte sich etwas besser. Die Begegnung mit ihm hatte sie von ihren quälenden Zweifeln befreit. Es blieb nur noch tiefes Leid in ihrem Herzen. Obwohl Charlotte ihre Schwester dazu ermunterte, das Fest zu genießen, blieb Hortensia weiter an ihrer Seite und überraschte sie mit ihrer Zähigkeit. Also beschloss Charlotte, die Aufforderungen der Männer nicht weiter abzulehnen und die nächste Einladung zum Tanz anzunehmen. So konnte der verliebte Robert wenigstens für ein paar Minuten mit Hortensia allein sein.

Leider wurde sie als Nächstes von William Burton aufgefordert.

Alles für das Glück meiner Schwester, dachte sich Charlotte und nahm Williams Hand. Es stellte sich heraus, dass er zwei linke Füße hatte und überhaupt kein Gefühl für den Takt. Obwohl Charlotte konzentriert auf die ungelenken Bewegungen ihres Partners achtete, um nicht hinzufallen, erkannte sie Jeremias, der am Rand der Tanzfläche aufgeregt mit ihrem Vater sprach.

Sofort begriff sie, dass etwas nicht in Ordnung war. Dann entfernte sich ihr Vater plötzlich eiligen Schrittes. Auch Hortensia war inzwischen auf die Männer aufmerksam geworden, blickte zu Charlotte hinüber, und gemeinsam rannten sie zu Jeremias.

«Was ist los?», fragte Charlotte ängstlich. «Wo ist mein Vater hingegangen?»

«Die Herrin», brachte Jeremias keuchend heraus. «Es ist etwas Schreckliches passiert, Herrin Katherine hatte einen Unfall.»

«Einen Unfall?», fragte Hortensia jetzt erschrocken. «Geht es ihr gut?»

Jeremias senkte den Kopf.

«Sprich, verdammt», sagte Charlotte, die fast die Geduld verlor.

Jeremias hob die Augen und sah Charlotte an. «Es tut mir leid!», sagte er schluchzend. «Herrin Katherine geht es sehr schlecht. Sie will mit Ihnen reden. Sie müssen sich beeilen!»

Als die Kutsche vor dem Haus anhielt, wartete Latoya schon in der Tür. Ihre Augen waren voller Tränen.

Das Pferd ihres Vaters stand bereits dort.

Schnell sprang Charlotte aus der Kutsche und lief zu der Sklavin. «Lebt sie?», fragte sie Latoya, die nicht aufhören konnte zu wimmern. «Lebt sie?», fragte sie noch einmal und schüttelte die Sklavin.

«Oh, Miss, der Herrin geht es sehr schlecht.»

Charlotte ließ Latoya los und rannte wie der Blitz die Treppen hinauf. Hortensia eilte ihr nach.

Als sie in das Zimmer ihrer Mutter kamen, blieben beide wie erstarrt stehen. Noch nie hatten sie ihre Mutter schwach gesehen. Ein dünnes Blutfädchen rann aus ihrem Mundwinkel, ihre Haut hatte jede Farbe verloren, und ihre wunderschönen, honigfarbenen Augen waren hinter den geschlossenen Lidern versteckt.

David kniete neben dem Bett und hielt die leblose Hand seiner Frau, während er unaufhörlich ihren Namen flüsterte.

«Wie geht es ihr?», fragte Charlotte.

«Es tut mir leid», sagte Owen traurig. «Es gibt nichts, was wir tun können.»

«Das kann nicht sein. Wo ist der Doktor? Warum kommt er nicht?»

«Mama, bitte wach auf», flüsterte Hortensia ihr zu.

Nervös blickte Charlotte sich um.

«Was ist passiert?», schimpfte sie wütend und suchte nach einem Verantwortlichen, den sie mit ihrem Zorn überschütten könnte.

Owen hatte das Gefühl, als wiederholte sich die Tragödie, die sich vor über zwanzig Jahren abgespielt hatte.

«Es war ein Unfall», hörte man plötzlich Katherine mit schwacher Stimme. «Niemand trägt die Schuld.»

Charlotte warf sich sofort neben sie aufs Bett.

«Mama! Bitte verlass uns nicht!», flehte Hortensia unter Tränen.

David lächelte, als Katherine erwachte, und führte ihre Hand an seine Lippen. «Alles wird gut», beruhigte er seine Frau.

Aber trotz ihres ernsten Zustands zog Katherine ihre Hand weg, sobald sie bemerkte, dass es David war, der sie gehalten hatte. «Ich will mit meinen Töchtern allein sein», sagte sie und wandte ihr Gesicht von David ab.

Davids Gesichtsausdruck verhärtete sich.

«Wie du willst, Katherine.» Er stand auf. Ein letztes Mal hatte ihr Stolz die Worte der Liebe erstickt, die in seinem Inneren aufgekeimt waren. Der Tod würde sie von seiner Seite reißen, ohne dass sie ihm verziehen hätte.

Dann blieben Mutter und Töchter allein.

In jener Nacht betrat Owen Graham die Kneipe von Joe Bruck. Er setzte sich in die hinterste Ecke der verfallenen Hütte, bestellte eine Flasche Whisky und trank ein Glas nach dem anderen, bis er bewusstlos vom Stuhl kippte. Er musste den Schmerz in seiner Seele ertränken. Am liebsten wollte er sterben. Einen Grund zu leben hatte er nicht mehr.

· 22 ·

Das Begräbnis wurde in aller Stille begangen, und auf Katherines ausdrücklichen Wunsch hin begrub man ihren Leichnam neben Molly. Obwohl Gaston Lacroix schon beinahe die siebzig erreicht hatte, nahm er mit seinen Söhnen und einigen Enkeln den weiten Weg aus Louisiana auf sich, um Abschied von seiner Tochter zu nehmen. Der Schmerz über den Verlust hatte den vitalen Mann tief getroffen. Er verbrachte ein paar Tage in der Gesellschaft seiner Enkelinnen und nahm ihnen das Versprechen ab, ihn bald zu besuchen. Dann kehrte er nach Hause zurück.

Seit dem Tod ihrer Mutter hatte Charlotte kein einziges Wort mit ihrem Vater gesprochen.

«Dräng mich nicht, Hortensia! Ich werde nie wieder mit diesem Mann sprechen. Ich hasse ihn!»

«Sag das nicht, Charlotte. Was auch immer er getan hat, er bleibt doch noch unser Vater.»

«Er hat uns getäuscht!», schrie sie verletzt. «Die ganzen Jahre habe ich ihn bewundert und war stolz auf ihn, und er ist nur ein ...»

Besänftigend legte Hortensia ihrer Schwester die Hand auf die Schulter, damit sie nichts sagte, was sie später bereuen würde. «Urteile nicht so streng über ihn, Charlotte. Er ist nur ein Mann.»

Überrascht sah Charlotte sie an. «Die Tatsache, dass er ein Mann ist, rechtfertigt also, was er getan hat?»

«Nein, natürlich nicht. Aber trotzdem ist er doch immer noch unser Vater.»

«Und was wird aus uns werden?»

Hortensia blickte Charlotte fest an. «Uns wird gar nichts geschehen, Charlotte. Unser Geheimnis ist gut aufgehoben.»

Davon war Charlotte allerdings nicht gerade überzeugt. In den letzten Tagen hatte sie festgestellt, dass das Leben sonderbare Möglichkeiten fand, einem die Rechnung zu präsentieren.

Die beiden Schwestern traten aus dem Wald und gingen über einen schmalen Seitenweg zum Herrenhaus. Davor erblickten sie einen alten Karren, um den eine Gruppe Sklaven stand.

«Was ist da los?», sagte Charlotte beunruhigt. «Es sieht aus, als ob sie jemanden mitnehmen würden!»

«Das kann nicht sein. Auf New Fortune wurde schon seit Jahrzehnten kein Sklave mehr verkauft.»

Als sie bei dem Wagen angekommen waren, machten die Sklaven ihnen Platz und gaben den Blick auf Noahs hochgewachsene Gestalt frei. In genau diesem Moment wurden seine Hände von einem weißen Mann in Ketten gelegt.

«Was tun Sie da?», fuhr Charlotte den Unbekannten an. Ärgerlich warf der Mann dem Vorarbeiter einen Blick zu. Charlotte hatte Owen zuerst gar nicht bemerkt.

«Was ist hier los, Owen? Was macht dieser Sklavenhändler auf New Fortune?»

«Es tut mir leid, Miss Charlotte. Es ist der Befehl Ihres Vaters.»

«So etwas würde er nicht erlauben», protestierte Charlotte. «Auf New Fortune werden keine Sklaven verkauft. Das muss ein Irrtum sein.»

Der Sklavenhändler wollte Einspruch erheben, aber Charlotte unterbrach ihn drohend: «Sie bewegen sich nicht von hier fort. Ich werde meinen Vater holen, und er wird das klarstellen.»

Noch bevor Owen Graham der jungen Frau erklären konnte, was vor sich ging, war sie schon ins Haus gelaufen. Hortensia folgte ihrer Schwester, so schnell sie konnte.

Der weiträumige Eingangsbereich war leer. Die Bilder ihrer Mutter waren mit schwarzem Trauerflor verhängt worden. Laut rief Charlotte nach ihrem Vater, bekam aber keine Antwort. Dann ging sie in die Bibliothek.

David Parrish saß am Schreibtisch, als seine Tochter aufgeregt in den Raum stürzte und vor ihm stehen blieb.

«Vater!», rief sie atemlos und stützte sich mit den Händen auf dem Tisch auf. «Sie bringen Noah weg.»

Ihr Vater blickte kaum von seiner Arbeit auf.

«Ich weiß.»

«Was?»

«Es ist ganz einfach. Ich will ihn hier nicht mehr sehen.»

Charlotte trat vom Schreibtisch zurück, als hätte sie sich an der polierten Holzplatte verbrannt.

«Das darfst du nicht tun! Er ist dein Sohn!»

«Nein!», schrie er und schlug mit den wütend geballten Fäusten auf den Tisch. Dann stand er auf. «Das ist nicht mein Sohn!», brüllte er. «Und genauso wenig ist eine von euch beiden meine Tochter», verkündete er und heftete seine Augen auf Hortensia, die gerade eingetreten war und unter dem kalten Blick ihres Vaters wie versteinert stehen blieb.

«Bist du verrückt geworden?», schimpfte Charlotte, die kaum glauben konnte, was sie hörte.

«Nein, Charlotte. Ich bin bei vollem Verstand. Willst du mir etwa erzählen, dass eure Mutter – nein, besser meine Ehefrau und die Mutter von einer von euch beiden – euch nicht die Wahrheit erzählt hat, bevor sie starb? Dass sie euch nicht erzählt hat, dass eine von euch die Tochter einer Sklavin ist?»

«Genau, Vater, einer Sklavin, die die Unverschämtheit besaß, zu weiß zu sein.»

«Sei still!», befahl er ihr und hob drohend die Hand.

«Nein! Ich werde nicht still sein!», schleuderte Charlotte ihm ebenso hitzköpfig entgegen. «Es ist nämlich nicht wichtig, wer unsere Mutter war. Wir kannten nur eine Mutter. Und auch wenn es dir nicht passt, sind wir beide deine Töchter. Genauso wie auch Noah dein Fleisch und Blut ist.»

«Das ist er nicht», schrie David wütend.

«Wenn du ihn so verachtest, hättest du dich vielleicht von deinen Sklavinnen fernhalten sollen.»

«Geh nicht zu weit, Charlotte», warnte er sie mit zornrotem Gesicht.

«Oder was?», forderte sie ihn heraus. «Willst du uns vielleicht auch verkaufen?»

«Du sagst es.»

Charlotte erbleichte. «Bist du verrückt geworden? Das kannst du nicht ernst meinen.»

David sagte kein Wort mehr.

Hortensia sah von ihrer Schwester zum wutverzerrten Gesicht ihres Vaters. Immer schneller sprang ihr Blick zwischen den beiden hin und her. Was war nur mit ihrer Familie geschehen? Ihr Vater musste den Verstand verloren haben.

Vergeblich versuchte Charlotte, ihre Überraschung zu verbergen.

«Kannst du uns denn so sehr hassen? Uns, die wir dich geliebt und respektiert haben? Ich habe dich mein ganzes Leben lang bewundert, Vater. Ich habe versucht zu werden wie du. Wie konnte ich nur so blind sein und nicht sehen, was du für ein Mensch bist. Erst jetzt verstehe ich so viele Dinge. Wie einsam unsere Mutter sich gefühlt haben muss ...»

«Und meine Einsamkeit?», fragte David jetzt vorwurfsvoll. «Mein Kummer? Zählt das nicht? All die Jahre musste ich den Hass deiner Mutter ertragen. Ihre Gleichgültigkeit. Glaubst du vielleicht, dass mir der Schmerz nichts ausmacht?»

«Das war deine gerechte Strafe.»

David warf seiner Tochter einen warnenden Blick zu. Fast fürchtete Hortensia, dass er Charlotte schlagen würde, aber er rührte sich nicht. Und auch Charlotte wich keinen Schritt zurück.

Fieberhaft versuchte Charlotte, irgendeine Lösung zu finden. Es gab immer irgendeinen Ausweg, sagte sie sich und versuchte, die aufsteigende Panik zu unterdrücken.

«Als Molly starb, war sie nicht dein Eigentum», sagte sie jetzt und hatte das Gefühl, am Horizont ein Licht sehen zu können. «Mama hat ihr die Freiheit geschenkt, ihre Tochter ist also frei. Du kannst nicht verkaufen, was dir nicht gehört.»

«Das ist mir durchaus bewusst», sagte David langsam und genoss jedes seiner Worte mit einem triumphierenden Lächeln, bei dem Charlotte die Haare zu Berge standen. «Ich habe immer daran gedacht. Aber ich fürchte, du hast eines nicht bedacht. Als meine Frau ihrer Sklavin die

Freiheit schenkte, war ihre Tochter schon geboren. Das Mädchen ist also rechtlich seit ihrer Geburt eine Sklavin. Arme Katherine!», rief er sarkastisch aus. «Sie ist nie darauf gekommen, dass das Mädchen, das sie als ihre Tochter großgezogen hat, immer nur ihre Sklavin war.»

Plötzlich zeichnete sich Angst in Charlottes Augen ab.

«Und es gibt Zeugen, die das bestätigen. Owen Graham selbst war zugegen. Wie ihr wisst, geht der Besitz eurer Mutter mit ihrem Tod in meine Hände über, und darunter befindet sich auch die Sklavin, die sie wie eine Tochter großgezogen hat.»

Was für ein Ungeheuer war dieser Mann, den Charlotte so bewundert hatte? Wie hatte Katherine Lacroix sich in so jemanden verlieben können? Er hatte über zwanzig Jahre gewartet, um sich endlich zu rächen.

«Ich weiß, dass ihr die Wahrheit kennt.»

Aus Hortensias Gesicht war alle Farbe gewichen. Die Veränderungen geschahen mit einer solchen Geschwindigkeit, dass sie sie nicht mehr begreifen konnte. Vor wenigen Minuten hatte sie selbst noch zu ihrer Schwester gesagt, dass es keinen Grund gebe, sich Sorgen zu machen. Dass niemand um ihr Geheimnis wisse. Niemand außer dem bedrohlichsten Menschen von allen: ihrem Vater.

David Parrish sah Charlotte an. Das dunkle Haar, die weiße Haut und die grünen Augen voller Feuer. Dann betrachtete er Hortensia, deren blondes Haar ihr in weiten Korkenzieherlocken über die Schultern fiel. Hohe, sanft gerundete Wangenknochen verliehen ihrem ovalen Gesicht eine harmonische Form. Fast sah sie aus wie eine Porzellanpuppe.

«Sag du mir die Wahrheit, Hortensia», redete er sanft auf sie ein.

Hortensias verzweifelte Augen suchten nach denen ihrer Schwester.

«Ich kann nicht, Papa», flüsterte sie dann mit dünner Stimme.

«Doch, du kannst, mein kleines Mädchen. Du musst mir nur alles sagen. Dann wird sich nichts verändern. Das verspreche ich dir. Alles bleibt, so wie es war.» Freundlich sah er sie an.

Leiser Zweifel machte sich in Hortensia breit. Sie erinnerte sich daran, dass sie ihrer Mutter auf dem Sterbebett versprochen hatte zu schweigen. Aber wie konnte sie ihrem Vater nicht vertrauen? Gerade wollte Hortensia ihren Mund aufmachen, als ihre Schwester ihr zuvorkam.

«Tu es nicht! Glaub ihm nicht, Hortensia! Denk daran, was Mutter gesagt hat. Ihm dürfen wir am allerwenigsten vertrauen. Er ist ein Lügner!»

Charlottes Worte kamen gerade noch im rechten Moment. Hortensia verschloss ihre Lippen.

«Es tut mir leid, Vater.» Sie senkte den Kopf. «Ich habe es Mama versprochen.»

Enttäuscht und wütend schüttelte David den Kopf. Er hatte Charlottes Macht über Hortensia unterschätzt.

«Wir werden es dir niemals sagen», triumphierte Charlotte. Sie hatte nicht die Absicht, ihrem Vater gegenüber irgendein Zugeständnis zu machen. Aber sie konnte auch im durchdringenden Blick ihres Vaters nicht das geringste Anzeichen dafür entdecken, dass er nachgeben würde.

«Dann werde ich eben eine Wahl treffen», sagte David kühl.

Hortensia hielt das nicht länger aus. «Vater ...», sagte sie und blickte Charlotte verzweifelt an.

Plötzlich fielen Charlotte Hortensias Worte wieder ein. Sie würde alles für Charlotte tun. Ihr lief es kalt den Rücken hinunter.

«Hortensia, tu das nicht. Das ist nicht nötig», kam Charlotte ihr zuvor.

David wartete.

«Ich bin diejenige, die du suchst», sagte Charlotte mit ruhiger Stimme.

Langsam drehte David Parrish sich zu Charlotte um. Mit unendlicher Verachtung forderten die schönen Augen seiner Tochter ihn heraus.

Er hielt ihrem Blick stand.

Unfähig, sich zu rühren, beobachtete Hortensia das Geschehen, als wäre sie Tausende von Meilen davon entfernt. Sie begriff nicht, was mit ihrer Familie passiert war. Ihre Mutter war tot, und nun musste sie erkennen, dass ihr Vater der schrecklichste Mensch auf Erden war.

«Dann geh mit denen, zu denen du gehörst», befahl David mit kalter Stimme.

Hortensia brachte kein Wort heraus. Voller Verzweiflung hielt sie sich an Charlotte fest, während Tränen über ihre Wangen rollten.

«Nein, Charlotte. Tu das nicht. Wir gehen beide. Ich komme mit dir.»

Charlotte nahm das tränenüberströmte Gesicht ihrer Schwester in die Hände.

«Nein. Das geht nicht. Du musst hierbleiben», sagte sie. «Du musst stark sein, Hortensia. Schon bald wird Robert Ardley um deine Hand anhalten. Du wirst heiraten und hier wegkommen. Ich werde weit weg sein, aber wenn ich weiß, dass es dir gutgeht, werde ich alles ertragen können. Und denk daran», warnte sie ihre Schwester leise, damit ihr Vater sie nicht hören konnte. «Erzähl niemandem unser Geheimnis. Man würde uns nicht verzeihen.»

Hortensia versprach es ihr mit einem Nicken. Dann gab Charlotte ihr einen Kuss auf die Stirn, und ohne sich noch einmal nach dem Mann umzudrehen, den sie ihr ganzes Leben lang bewundert und geliebt hatte, verließ sie den Raum.

Alle Sklaven von New Fortune waren gekommen, um sich von Noah zu verabschieden und seiner Mutter beizustehen. Aber trotz der vielen Menschen herrschte Stille. Traurig sahen Mutter und Sohn sich an. Es gab keine Tränen, nicht einmal Worte. Velvet musste stark sein. Obwohl jede Faser ihres Körpers danach verlangte, sich auf ihren Sohn zu stürzen und ihn festzuhalten, obwohl ihre Seele von einem tiefen Schmerz zerrissen wurde, blieb sie ruhig. Wenigstens hätte Noah dann das Gefühl, dass es ihr gutginge. Velvet wollte jede Sekunde nutzen, um sich das Bild ihres Sohnes in ihrem Herzen einzuprägen. Seit Noah gezeugt worden war, hatte sie gewusst, dass dieser Moment eines Tages kommen würde. Vielleicht würde sie ihren Sohn niemals wiedersehen, aber wenigstens war er vor ihren Augen zu einem Mann herangereift. Wenn sie ihn in diesem Leben noch einmal zu Gesicht bekäme, würde sie ihn erkennen.

Als Charlotte neben Noah auf den Karren stieg, packte jemand sie grob am Arm. «Wen haben wir denn da? Wird die hochmütige junge Dame uns etwa begleiten?», sagte der Sklavenhändler und bleckte eine Reihe gelber Zähne. Dann holte er die Handeisen von hinten aus dem Karren.

«Rühren Sie sie nicht an», hielt Owen ihn auf und nahm ihm die Fessel aus der Hand. «Ich mache das.»

Als er die Handfessel um Charlottes zarte Handgelenke

schloss, wagte er nicht, ihr in die Augen zu sehen. «Es tut mir leid», sagte er beschämt. Dann stieg er vom Wagen.

«Vergessen Sie nicht, dass Sie eine besondere Ware transportieren», warnte er noch den schmutzig aussehenden Mann. «Sie muss in gutem Zustand ankommen. Wenn ihr auf dem Weg etwas zustößt, werde ich persönlich nach Ihnen suchen, und Sie können sicher sein, dass ich Sie finde.»

Es hatte nicht den Anschein, als würde die Warnung den Sklavenhändler sonderlich beeindrucken.

Bestürzt beobachtete Hortensia die Szene vom Fenster der Bibliothek aus. Zum Glück konnte sie nicht hören, was gesprochen wurde. Vor wenigen Tagen hatte sie ihre Mutter verloren, ihr Vater war ein Fremder, und jetzt musste sie zusehen, wie ihre Schwester, ihre Freundin und Stütze, wie eine Sklavin gefesselt auf einem Karren saß, ohne dass sie etwas dagegen tun konnte. Sie wandte den Blick ab und ging einen Schritt auf ihren Vater zu, der gerade den Raum verlassen wollte.

«Tu das nicht!» Mit Tränen in den Augen warf sie sich ihrem Vater zu Füßen. «Niemand wird es erfahren. Lass nicht zu, dass sie geht.» Verzweifelt hielt Hortensia ihn an den Beinen fest.

Langsam sah David Parrish auf sie hinunter. Der Zorn war verschwunden, sein Gesicht war zu einer gefühllosen Maske gefroren, hinter der man keinerlei Emotionen erkennen konnte. Mit eiskalter und hasserfüllter Stimme sagte er: «Fass mich nie wieder an, Negerin.»

Erschrocken ließ Hortensia ihren Vater los und sah ihn an.

«Dachtest du etwa, dass ihr mich täuschen könnt?», fuhr er fort. «Glaubst du etwa, ich würde die Tochter von Katherine Lacroix nicht erkennen?»

«Du hast es gewusst?», stotterte Hortensia voller Entsetzen.

«Charlotte kann die Ähnlichkeit mit ihrer Mutter kaum verbergen. Und wie sie mich ansah, als sie nach Katherines Tod aus dem Zimmer kam, wusste ich, dass auch sie mir nie verzeihen würde.»

«Aber warum ...»

Jetzt lachte David grausam auf. «Katherine Lacroix wird sich im Grabe umdrehen. Du fragst dich, warum ich dich hierbehalten habe? Warum ich deine Gegenwart ertrage? Das ist ganz einfach. Vor ein paar Tagen hat mein Freund Oberst Dugan um deine Hand angehalten, und ich habe in deinem Namen angenommen. Und wage ja nicht, dich zu weigern», warnte er sie, noch bevor sie den Mund aufmachen konnte, um zu protestieren. «Du wirst Oberst Dugan heiraten, oder dein geliebter Robert Ardley wird erfahren, dass er um eine Sklavin geworben hat.»

Die Worte wurden mit einer solchen Verachtung ausgesprochen, dass sie Hortensia trafen wie ein Schlag ins Gesicht.

«Noch etwas», fügte er hinzu, ohne die junge Frau, die jetzt mit panikverzerrtem Gesicht am Boden saß, noch eines Blickes zu würdigen. «Ich will dich nicht mehr sehen, solange du noch in diesem Haus wohnst.»

Und dann verließ David Parrish das Zimmer. Der bittere Geschmack der Rache lag ihm auf der Zunge.

· 23 ·

Je weiter der Karren sie von New Fortune wegbrachte, desto mehr wuchs auch ihre quälende Angst. Was würde nur mit ihr geschehen?, fragte sich Charlotte und betrachtete verzweifelt die Eisen, die ihre Handgelenke umschlossen. Mit jeder Umdrehung der Räder schwand die Hoffnung, dass ihr Vater seine Entscheidung bereuen und sie zurückholen würde. Er würde ihr nicht verzeihen.

Verstohlen sah Charlotte Noah von der Seite an. Er wirkte vollkommen gleichmütig, fast als würde er sich mit seinem Schicksal abfinden. Bisher hatten sie kein Wort miteinander gewechselt, und sie hatte gewiss nicht vor, den ersten Schritt zu tun. Charlotte weigerte sich, ihre neue Lage zu akzeptieren, und solange ihr noch etwas Stolz blieb, an den sie sich klammern konnte, würde sie nicht zusammenbrechen. Wenn Noah das hier aushielt, dann würde sie das auch können. Die Vorstellung, er könnte sie am Boden sehen, war mehr, als sie an diesem Tag noch ertragen konnte.

Als es Nacht wurde, hielt der Sklavenhändler den Wagen am Straßengraben an und befahl Noah, Holz zu sammeln und ein Feuer zu machen. Danach briet er ein paar Eier mit Schinken und kochte Kaffee. Als das Essen endlich fertig war, setzte sich der ungepflegte Mann auf einen Stein und aß, ohne den Blick von seinem Teller zu heben. Nachdem er die Pfanne ausgeleckt hatte, vergewisserte er sich, dass Noah und Charlotte gut festgebunden waren, breitete eine Decke neben dem Feuer aus und legte sich schlafen. Erst jetzt begriff Charlotte, dass sie nichts zu essen bekommen würden.

Die Fesseln hatten rote Male auf ihren Handgelenken hinterlassen, und sie fühlte sich so schwach, dass sie beinahe den Mut verlor. Ihr Kleid war zu dünn, um die nächtliche Kälte abzuhalten, und sie hatte nicht einmal einen Schal, den sie sich über die Schultern legen konnte. Charlotte sah zu Noah. Der hatte sich in geringer Entfernung an einen Baumstamm gelehnt. Hunger und Kälte schienen ihm nichts anhaben zu können. Machte ihm denn gar nichts etwas aus?, fragte sich Charlotte verwirrt, während ein neuer Kälteschauer sie in Versuchung führte, näher ans Feuer zu rücken. Aber die Art, wie der Sklavenhändler sie ein paar Mal angesehen hatte, brachte sie davon ab. Ihr war klar, dass sie sich von diesem Mann so fern wie möglich halten musste. Also ließ sie sich in größtmöglicher Entfernung von ihren beiden Weggenossen auf dem Boden nieder. Dann umschlang sie ihren Körper mit den Armen und hoffte, dass ihre Zähne bald aufhören würden zu klappern.

Als sie erwachte, war ihr Körper vollkommen steif, sie war hungrig und erschöpft. Brauchten Sklaven denn kein Essen?, fragte sich Charlotte, deren Magen nach einer warmen Mahlzeit verlangte. Nachdem der Sklavenhändler den Rest des Kaffees dafür verschwendet hatte, das Feuer zu löschen, hatte sie entsetzt begriffen, dass dieser Mann ihnen auf der ganzen Fahrt nichts zu essen geben würde.

Als der Karren in die Hauptstraße von Richmond einbog, war die Stadt noch nicht erwacht. Alles sah aus wie bei Charlottes letztem Besuch. Über Vivian Somersys Boutique hing die schreiend grüne Markise. Dort waren ihre und Hortensias Kleider genäht worden, seit sie denken konnte. Kurz danach kamen sie am Rudy's vorbei, einem hübschen kleinen Kaffeehaus, in das ihre Mutter sie nach einem anstrengenden Tag voller Besorgungen oft auf eine Schokolade eingeladen hatte. Und bevor sie die Hauptstraße verließen und in Richtung Bahnhof einbogen, konnte Charlotte auch das Metallgitter erkennen, das die Schaufenster von Drew & Söhnen schützte, dem elegantesten Juwelier der Stadt. Dort hatte ihr Vater ihr vor nicht einmal einem Monat einen wertvollen Solitär gekauft. Hier war ihre Welt und lag zum Greifen nah vor ihr. Aber die Fesseln um ihre Handgelenke hatten eine Grenze errichtet, die sie nicht mehr übertreten konnte.

Zum ersten Mal wurde Charlotte sich ihrer neuen Lage richtig bewusst. Sie war niemand mehr. Von einem Tag auf den anderen war sie von einer reichen und eleganten Frau, der alle Türen offen standen, zu einer Ausgestoßenen geworden.

Als sie zum Bahnhof kamen, hätte sie schreien können. War die Welt verrückt geworden? Sie war doch dieselbe, die Frau, die von so vielen Männern bewundert wurde und deren Freunde in der besten Gesellschaft verkehrten.

Jetzt hielt der Wagen. Hunderte von Malen war Charlotte am Bahnhof von Richmond gewesen, und trotzdem waren ihr die Lastwaggons am Ende der Gleise nie aufgefallen.

«Worauf wartet ihr Faulpelze? Rein da mit euch», befahl der Sklavenhändler.

Trotz der Handeisen sprang Noah ohne Probleme auf den Boden. Schnell streckte er Charlotte seine Hände entgegen, aber sie ignorierte sie trotzig. Noch war sie nicht bereit, seine Hilfe anzunehmen. Nur unter größten Schwierigkeiten schaffte Charlotte es, vom Karren hinunterzuklettern.

«Rein da, habe ich gesagt!»

Verwirrt sah Charlotte sich um. Vor ihr befand sich nur ein Güterwaggon.

Der Händler deutete mit dem Kinn darauf. «Glaubt ihr, ich habe den ganzen Tag Zeit?»

«Da rein? Aber das ist für Vieh», protestierte Charlotte.

«Seid ihr etwa kein Vieh?»

Als er das Erschrecken in Charlottes Gesicht bemerkte, verzog der Händler seine Lippen zu einem perversen Lächeln.

«Der Prinzessin gefällt ihr neues Heim wohl nicht.»

Gerade wollte Charlotte etwas erwidern, als Noah sie mit angsterfülltem Blick darum bat, still zu sein.

Die kleinen schwarzen Pupillen dieses Unmenschen waren starr auf Charlotte geheftet. Das Gefühl von drohender Gefahr ließ ihr das Blut in den Adern gefrieren. Zum ersten Mal in ihrem Leben biss Charlotte sich auf die Zunge und senkte den Kopf.

«Mach auf!», befahl der Händler an Noah gewandt, und Noah gehorchte sofort. Er betätigte die Klinke und öffnete die Tür.

Sofort schlug ihnen ein so fürchterlicher Gestank entgegen, dass Charlotte zurückwich. Etwa fünfzehn Sklaven drängten sich im Inneren des Wagens. Ohne zu zögern, stieg Noah hinauf und zog an Charlotte, der diesmal nichts anderes übrig blieb, als seine Hilfe anzunehmen.

«Bestimmt wird die kleine Prinzessin sich wohl fühlen», sagte der Händler mit lautem Gelächter und schlug ihr die Tür vor der Nase zu.

Der Geruch nach Urin und Schweiß war so intensiv, dass Charlotte fürchtete, sich übergeben zu müssen. Es war klar, dass diese Männer und Frauen gezwungen waren, ihre Notdurft auf dem alten Stroh zu verrichten, das den Boden bedeckte. Als sie begriff, dass auch sie das irgendwann tun müsste, fühlte sie Panik in sich aufsteigen.

«Wollen die uns umbringen? Wir werden ersticken», rief sie und hämmerte mit den Fäusten gegen die Tür. Schnell trat Noah zu ihr und hielt ihre Hände fest.

«Fass mich nicht an, verfluchter Sklave!», fauchte sie, aber er ließ sie nicht los.

«Geben Sie sich keine Mühe, Miss Charlotte, es wird Sie keiner hören.» Er packte ihre Hände noch etwas fester. «Und selbst wenn uns jemand beachten würde, so würde Ihnen doch niemand zu Hilfe kommen. Sie sind jetzt wie wir», sagte er und deutete auf die anderen Frauen und Männer in diesem Gefängnis, die man im Halbdunkel kaum sehen konnte. «Je eher Sie sich daran gewöhnen, desto leichter werden die Dinge für Sie werden.»

«Du irrst dich. Ich werde nie so sein wie ihr», antwortete sie mit unendlicher Verachtung und wand sich aus Noahs Griff. «Und ich werde mich auch nie an so etwas gewöhnen. Das kann kein menschliches Wesen!»

Noah ließ sie in Ruhe. Es hatte ja doch keinen Sinn. Charlotte war zu stolz und zu stur, um nachzugeben.

«Wie Sie wollen, Miss Charlotte.»

Er drehte sich um und ging auf die andere Seite des Waggons. Einmal dort angekommen, setzte er sich auf das Stroh, lehnte sich an die Wand und schloss die Augen.

Zum zweiten Mal an jenem Morgen spürte Charlotte den bitteren Nachgeschmack der Worte, die ihr im Hals erstarben. Noah hatte es gewagt, ihr einfach den Rücken zuzudrehen und sie nicht weiter zu beachten. Mit aller Kraft ballte sie ihre Fäuste, um nicht vor Wut zu platzen. Erst als sie spürte, wie ihre Fingernägel sich schmerzhaft in die Handflächen bohrten, wurde sie etwas ruhiger. Sie würde sich nicht aufregen, sagte sie sich und versuchte sich wieder als Herrin der Lage zu fühlen. Denn auch wenn ihr Vater etwas anderes glaubte, war noch der letzte Blutstropfen, der durch ihre Adern floss, weiß, und sie würde sich nicht so weit herabwürdigen, hier vor diesen Sklaven herumzuschreien. Noah war zwar der Sohn ihres Vaters, aber er war immer noch ein Sklave. Und Charlotte hatte nicht die geringste Absicht, das zu vergessen.

Plötzlich spürte sie eine tiefe Erschöpfung. Die Anspannung der letzten Tage, der Hunger und die Müdigkeit hatten ihren Tribut gefordert. Sie konnte sich kaum noch auf den Beinen halten. Wenn sie nicht bald die Augen schloss, würde ihr der Kopf platzen. Sie musste sich beruhigen, nachdenken und eine Lösung finden, sagte sie sich und ließ sich neben einer Frau auf den Boden fallen, die eine erstaunliche Ähnlichkeit mit Darsy hatte.

Noch bevor sie den Rücken gegen die Holzwand gelehnt hatte, war Charlotte schon eingeschlafen.

Ihr Traum führte sie nach New Fortune, wo sie neben Hortensia schlief. Es war der Tag ihrer Hochzeit. Eine Woche vorher hatte Richard um ihre Hand angehalten, und ihr Vater war einverstanden gewesen. Die Hochzeit würde am Nachmittag auf Delow stattfinden. Eingetaucht in diese tröstliche Welt, fühlte sie, wie jemand sie sanft schüttelte.

«Noch ein bisschen länger, Mama. Bitte, ich bin so müde», murmelte sie mit geschlossenen Augen. «Lass mich noch ein wenig schlafen. Ich hatte einen schrecklichen Traum.»

«Wachen Sie auf, Miss Charlotte. Wir sind angekommen.»

Der Zug bewegte sich nicht mehr.

«Wo sind wir?», fragte Charlotte noch völlig benommen.

«In Baltimore.»

«Baltimore, Maryland! Das kann nicht sein! Wie lange habe ich geschlafen?»

«Seit wir in den Zug gebracht wurden.»

Verwirrt schwieg sie. Sie konnte noch immer nicht glauben, dass all das in Wirklichkeit geschah. Vielleicht spielte ihr Kopf ihr nur einen Streich. Bevor Noah sie geweckt hatte, war sie kurz davor gewesen, Richard zu heiraten.

«Nehmen Sie.»

«Was ist das?», fragte Charlotte, die jetzt erst bemerkte, dass Noah etwas in der Hand hielt.

«Etwas zu essen. Bald werden sie uns holen kommen, und wer weiß, wann wir wieder etwas kriegen.»

Im Halbdunkel konnte Charlotte erkennen, dass Noah ihr einen Fladen Brot und eine Kelle Wasser hinhielt.

«Sie müssen wieder zu Kräften kommen», drängte er.

Bei näherem Hinsehen bemerkte Charlotte einen großen Schimmelfleck auf dem Brot. Sie drehte den Kopf weg. «Ich habe keinen Hunger.»

«Essen Sie», befahl Noah ihr. «Es wird für lange Zeit nichts Besseres geben.»

«Ich werde nicht lange Zeit hier sein.»

«Glauben Sie etwa, dass jemand kommt, um Sie zu retten?»

«Ja, meine Freunde werden mich suchen.»

«Sie haben keine Freunde mehr, Miss Charlotte. Kein weißer Herr ist der Freund eines Sklaven. Je schneller Sie das begreifen, desto leichter wird es für Sie. Und ich glaube nicht, dass Master Parrish irgendjemandem etwas erzählt hat. Ich denke, dass Ihr Vater wahrscheinlich eine Reise zu Ihren Verwandten nach New Orleans vorgibt, um Ihre Abwesenheit zu erklären. Niemand wäre überrascht, wenn Sie nach Mr. Reemicks Hochzeit für eine Weile verreisen würden.»

Wusste dieser verdammte Kerl denn über alles Bescheid? Charlotte war in keinem Augenblick der Gedanke gekommen, dass ihr Vater genauso wenig wie die beiden Schwestern wünschte, dass die Wahrheit ans Licht kam. Wie dumm war sie gewesen! Wenn sie vorher daran gedacht hätte, hätte sie ihre Karten besser ausgespielt und mit Hortensia zu ihrer Familie nach New Orleans fliehen können. Aber ihr Vater war klüger gewesen. Er hatte einen geschickten Zug gemacht und gewonnen.

«Sobald die Weißen den Bahnhof verlassen haben, sind wir dran. Wenn Sie ohnmächtig werden, kommen Sie nicht weit. Sie müssen essen», beharrte Noah.

Die Wut, die in Charlotte aufstieg, als sie sich bewusst wurde, mit welcher Leichtigkeit ihr Vater sie hereingelegt hatte, war stärker als ihr Ekel. Plötzlich keimte der Wunsch zu fliehen in ihr auf und beherrschte alle ihre Gedanken. Schnell riss sie Noah das Brot aus der Hand und stopfte es in sich hinein. Danach verdrängte sie die Tatsache, dass alle dieselbe Kelle benutzten, um aus dem Wassereimer zu trinken, den jemand neben die Tür gestellt hatte, und stürzte alles bis auf den letzten Tropfen hinunter.

Erst lange Zeit nachdem die weißen Reisenden den Bahnhof verlassen hatten, wurden die Türen geöffnet.

Seit man ihr Charlotte vor ein paar Tagen entrissen hatte, hatte Hortensia ihr Zimmer kaum einmal verlassen. Sie hatte nicht die Kraft, sich dem harten Blick ihres Vaters auszusetzen. Aber sein Schweigen war noch schlimmer. Ein eiskaltes Schweigen.

Und trotzdem sah es von ihrem Zimmerfenster aus so aus, als hätte sich auf New Fortune nichts verändert. Das Leben ging unbeeindruckt von den schrecklichen Dingen, die das Schicksal für sie bereithielt, seinen gewohnten Gang.

«Wo bist du nur, Schwesterchen?», fragte Hortensia den Wind. «Wo hat unser Vater dich hingeschickt?»

Aber der Wind schwieg.

«Wie ich dich vermisse, Charlotte», sprach sie wieder und wünschte sich so sehr, dass ihre Schwester sie hören könnte.

Latoya klopfte schon zum zweiten Mal an die Tür, bevor sie schließlich eintrat. «Miss Hortensia?», rief sie.

Hortensia gab keine Antwort.

«Miss Hortensia. Oberst Ross erwartet Sie in der Bibliothek», teilte ihr die Sklavin mit.

Aber ihre junge Herrin starrte einfach weiter aus dem Fenster.

«Geht es Ihnen gut, Miss?»

Die Besorgnis in Latoyas Stimme bewegte Hortensia zu einer Antwort. «Mir geht es gut», sagte sie und drehte sich mit einem Lächeln zu der Sklavin um. Aber die ließ sich nicht täuschen. Die verzweifelte Trauer, die in jedem Blick ihrer jungen Herrin lag, konnte man nicht hinter einem Lächeln verstecken.

«Danke, Latoya. Bitte sag Oberst Dugan, dass ich gleich hinunterkomme.»

Die Sklavin nickte. Auch sie war traurig.

Als Ross Dugan vierzig geworden war, hatte er die Armee verlassen und war nach Hause zurückgekehrt, um eine Familie zu gründen. Es wäre ihm nie in den Sinn gekommen, um Hortensias Hand anzuhalten, aber als er David gegenüber seine Zukunftspläne erwähnte, schlug dieser selbst vor, Hortensia zur Frau zu nehmen. Und Dugan hatte akzeptiert. Aber jetzt kamen Zweifel in ihm auf. Sicher war Hortensia sehr hübsch und hatte ein angenehmes Wesen, aber es trennte sie doch ein großer Altersunterschied. Vielleicht ein zu großer.

«Ich weiß nicht, David. Ich glaube, ich bin zu alt für deine Tochter.»

David spielte mit seinem Cognacglas, bevor er antwortete.

«Red keinen Unsinn, Ross. Du bist noch ein stattlicher Mann.»

«Was denkt sie denn?»

«Ich habe dir doch schon gesagt, dass sie einverstanden ist.»

«Ich weiß. Aber es fällt mir schwer zu glauben, dass eine junge Frau mit ihren Vorzügen einen Mann wie mich in Betracht zieht. Ich bin mir sicher, dass es ihr nicht an jungen und ebenso reichen Verehrern fehlt.»

«Aber, aber ... So reich bist du nun auch wieder nicht», scherzte David.

Dugan lächelte. Obwohl sich an seinen Schläfen ein paar graue Strähnen bemerkbar machten, hatten die Jahre ihn gut behandelt. Und durch die körperliche Betätigung beim Militär war er in Form geblieben. Ja, dachte er bei sich, man konnte durchaus sagen, dass er noch ein attraktiver Mann war.

Als Hortensia in die Bibliothek trat, leuchteten Ross Dugans Augen auf. Und fast als wäre er ein junger Mann von zwanzig Jahren, sprang er von seinem Sitz auf und lief ihr entgegen.

«Miss Hortensia», begrüßte er sie und küsste die Hand seiner Versprochenen. «Es ist mir eine Ehre, dass Sie mein Bitten erhört haben. Sie machen mich zum glücklichsten Mann der Welt.»

Ausweichend stammelte Hortensia etwas, aber ein Blick von David genügte, um sie daran zu erinnern, was sie zu tun hatte.

«Danke. Sie sind sehr freundlich», brachte sie heraus und bemühte sich, ehrlich zu klingen.

Diese Worte zerstreuten alle Zweifel, die Ross Dugan bezüglich der Ehewünsche der jungen Frau gehegt hatte.

«Der Tod Ihrer Mutter tut mir sehr leid. Sie war eine außergewöhnliche Frau.»

Die Art und Weise, wie David jede von Hortensias Bewegungen beobachtete, brachte sie dazu, den Kopf zu senken und etwas Ähnliches wie ein Danke zu murmeln.

Dugan lächelte ihr zu und versuchte, sie aufzumuntern.

«Alles wird gut werden. Ich verstehe, dass dieser Moment sehr schwierig für Sie ist. Wo noch dazu Ihre Schwester zu Ihrer Familie nach New Orleans gereist ist. Sicher fühlen Sie sich sehr allein.»

«Sehr, Mr. Dugan», nickte sie und versuchte mit aller Macht, die Tränen zurückzuhalten.

«Nennen Sie mich Ross. Und ich hoffe, Sie erlauben mir, Hortensia zu sagen.»

Wieder nickte sie, während eine erste Träne ihren Widerstand durchbrach und ihr über die Wange rollte.

Jetzt stand David auf und stellte sich zu seinem Freund

Dugan, der noch nie mit Frauentränen zurechtgekommen war. «Es wird ihr bald bessergehen», sagte David und klopfte seinem Freund beruhigend auf die Schultern. «Katherines Tod ist noch nicht lange her.»

«Gewiss. Entschuldigen Sie mein mangelndes Taktgefühl», entschuldigte Dugan sich bestürzt. «Ich hätte sie nicht erwähnen sollen.»

«Beruhige dich, meine Kleine», sagte David jetzt in einem tröstenden Tonfall. Als Hortensia merkte, dass ihr Vater im Begriff war, sie in den Arm zu nehmen, erstarrte sie. David drückte Hortensia an seine Brust, so wie ein Vater es getan hätte, dem der Schmerz seiner Tochter wirklich naheging. Aber die ekelhafte Wärme dieser vergifteten Umarmung machte Hortensia solche Angst, dass die Tränen in ihrer Seele gefroren.

«Siehst du, Ross, es ist schon vorbei», sagte David nach kurzer Zeit und ließ Hortensia los. «Sie braucht nur ein bisschen Zuwendung.» Als Dugan in das Gesicht seiner Verlobten sah, stellte er verwirrt fest, dass nicht einmal die Spur einer Träne darin zu sehen war.

«Aber sprechen wir von angenehmeren Dingen. Wann, glaubst du, könnt ihr Hochzeit feiern, Ross?»

Bevor Dugan etwas dazu sagte, suchte er in Hortensias Augen nach einer Antwort.

«... Nun, ich würde gern so bald wie möglich heiraten. Natürlich nach einer Trauerzeit, die euch angemessen erscheint», fügte er schnell hinzu, um nicht gefühllos zu erscheinen.

«In drei Monaten also?», meinte David und schlug damit die kürzeste Zeitspanne vor, die sich für einen solchen Verlust noch gerade eben geziemte.

«Ist dir das recht, Hortensia?», fragte Dugan und

wandte sich zum ersten Mal in dieser vertrauten Form an seine Verlobte.

«Ja, es ist mir recht», antwortete Hortensia.

· 24 ·

Nachdem sie die Nacht in einem alten Lagerhaus im Bahnhof von Baltimore verbracht hatten, wurden Noah und Charlotte von den übrigen Sklaven getrennt und in Richtung Norden gebracht. Ihr endgültiges Ziel lag eine halbe Tagesreise von der Stadt entfernt.

Als sie auf Sarton ankamen, erschien Charlotte dieses Haus mit den beigegetünchten Wänden und den großen Fenstern zunächst wie ein heimeliger Ort, an dem sie vielleicht gern eine Familie gegründet hätte. Aber ihr neuer Stand als Sklavin vermittelte ihr eine ganz andere Sicht auf die Dinge. Die Plantage war ihr Gefängnis und ihre Chance zugleich. Es war ungewöhnlich, dass so hoch im Norden überhaupt Baumwolle angebaut wurde. Sie hatten Glück gehabt, hierhergebracht worden zu sein. Denn die Grenze zwischen Maryland und Pennsylvania war höchstens zwei Tagesreisen zu Fuß von hier entfernt. Ja, sagte sie sich und machte sich Mut. Sie würde ein paar Tage brauchen, um wieder zu Kräften zu kommen, aber dann würde sie nach Norden fliehen und wäre wieder frei.

Der Karren hielt vor einem gepflegt wirkenden etwa sechzigjährigen Mann in Arbeitskleidung.

«Vorwärts, ihr Faulpelze!», befahl der Mann, der sie auf dem letzten Teil des Weges bewacht hatte, als er vom Kutschbock sprang.

Müde gehorchte Charlotte. Mit beinahe automatischen

Bewegungen kletterte sie vom Wagen. Dann stellte sie sich neben Noah und wartete.

«Hier sind sie, Mr. Boromat.»

Der Mann kam auf Charlotte zu, bis sein Gesicht nur noch eine Handbreit von ihrem entfernt war. Er sah ihr in die Augen, trat dann einen Schritt zurück und betrachtete sie eingehend von oben bis unten.

Charlotte sah erbärmlich aus. Ihr feines schwarzes Kleid war zerknittert, fleckig und stank. Je näher dieser Mann kam, umso deutlicher wurde sich Charlotte ihres eigenen Körpergeruchs bewusst. Noch nie hatte sie sich so unbehaglich gefühlt. Sie kam sich vor wie ein Ackergaul, den man auf dem Markt verkaufen wollte.

«So was, ich hätte nicht gedacht, dass sie so weiß ist», sagte der Mann etwas ärgerlich.

«Ja, es ist unglaublich», nickte der Sklavenhändler. «Wenn man nicht aufpasst, könnte sie fast für eine von uns durchgehen. Aber mir machen sie nichts vor, auch wenn sie noch so gut gekleidet sind und sich zu benehmen wissen. Ich muss sie nur riechen.»

Der Mann schwieg dazu und holte aus einer seiner Jackentaschen ein kleines Beutelchen hervor. «Hier, die vereinbarte Summe.»

Der Händler nahm den Beutel und wog ihn in der Hand. «Ich werde sie dann mal losmachen», sagte er und fing an, die Handeisen aufzuschließen.

«Ich bin Boromat, der Aufseher», stellte der Mann sich vor. «Wie heißt du?», fragte er zu Noah gewandt.

«Noah, Master Boromat», antwortete der und rieb sich die Handgelenke, die endlich von den Fesseln befreit waren.

«Du siehst kräftig aus.»

Noah sagte nichts. Seine Körpergröße, die breiten Schultern und die Armmuskulatur waren Antwort genug. Jetzt drehte der Aufseher sich mit einem missbilligenden Blick zu Charlotte um. Ihre Handgelenke waren vollkommen wundgescheuert.

«Das ist meine Schwester Charlotte, Master Boromat», sagte Noah schnell und warf Charlotte einen warnenden Blick zu. Die ballte wütend die Fäuste, sagte aber nichts.

Was für eine sonderbare Laune der Natur, dachte der Aufseher und betrachtete noch einmal die weißhäutige Sklavin, die aus irgendeinem Grund wütend zu sein schien. Diese Frau hatte in ihrem ganzen Leben noch nicht gearbeitet. Zumindest nicht auf einem Baumwollfeld. Was sollte er nur mit ihr anstellen?, fragte er sich. Auf den Feldern würde sie nicht viel nützen und im Haus noch weniger. Den Plantagenbesitzern war es unangenehm, sich mit Sklaven zu umgeben, die so weiß waren wie sie. Das führte nur zu peinlichen Missverständnissen. Vielleicht sollte er seinem Herrn raten, sie loszuwerden. In den Bordellen wurden gute Preise für so weiße Frauen gezahlt, und diese hier war noch dazu eine Schönheit. Aber der Herr und seine Frau waren auf Reisen und würden vor Ende des Sommers nicht auf die Plantage zurückkehren.

«Heute könnt ihr euch ausruhen», sagte er jetzt zu den beiden. «Morgen werdet ihr anfangen zu arbeiten. Sie dort wird euch zeigen, wo ihr euch einrichten könnt.» Er deutete mit dem Kinn auf eine Sklavin, die ein Stück hinter ihnen stand und die keiner der beiden vorher bemerkt hatte.

Der Aufseher ging, und die Frau, die etwa zwanzig Jahre alt war, bedeutete ihnen, ihr zu folgen.

Obwohl man es vom Herrenhaus nicht hatte sehen können, war das Sklavendorf nicht weit entfernt. «Hier ist euer Quartier», sagte die Sklavin und öffnete die Tür einer der Hütten. «Ich gehe saubere Kleidung und etwas zu essen holen. Ich bin gleich zurück.»

Noah bedankte sich und trat ein. Charlotte wartete, bis das Mädchen gegangen war, und folgte ihm dann.

Im Inneren der vier Wände erblickten sie zwei Strohsäcke mit Decken darüber, einen Tisch mit zwei Hockern, ein paar Kochutensilien und einen kleinen Herd.

«Wie schrecklich es hier ist!», protestierte Charlotte, kaum dass sie die Schwelle überschritten hatte. «An einem solchen Ort werde ich unmöglich wohnen können!»

«Ich finde es eigentlich ganz gemütlich», widersprach Noah. «Es sieht aus, als hätte es ein gutes Dach, und der Boden ist aus Holz», sagte er zufrieden nach einer ersten Begutachtung.

«Aus Holz …», wiederholte Charlotte sarkastisch, als sie merkte, dass die Bohlen auf dem Boden der Hütte unter jedem ihrer Schritte etwas nachgaben.

«Sicher ist es kein Eichenparkett, aber wenigstens ist der Boden nicht aus Erde. Insgesamt ist es wirklich viel besser als die Hütte, die ich mir mit meiner Mutter geteilt habe.»

«Das ist nicht wahr!», schimpfte Charlotte. Auf keinen Fall würde sie sich davon überzeugen lassen, dass die Hütten auf New Fortune noch schlechter waren als dieses Loch, das eher für Tiere gebaut schien.

«Wie Sie meinen», seufzte Noah und sah sich nun den Herd genauer an. Er wollte sich nicht streiten.

Aber Charlotte konnte das Thema nicht einfach fallen lassen. «Wie kannst du es wagen zu behaupten, dass dieser Ort besser ist als unser Zuhause! Wie kannst du nur so treulos sein!»

Gerade wollte Noah Charlotte einmal gründlich die Meinung sagen, als die junge Sklavin mit einem großen Bündel auf dem Kopf wiederauftauchte.

«Entschuldigt», sagte sie. Die Atmosphäre war merklich spannungsgeladen. «Ich kann auch später wiederkommen.»

«Nein, es ist schon gut. Bitte, komm herein», sagte Noah.

Trotzig verschränkte Charlotte die Arme und drehte sich zur Wand. Aber Noah kümmerte sich nicht weiter um sie und half der Sklavin, das Bündel auf den Tisch zu legen.

«Ich habe euch ein paar Kleider mitgebracht. Sie müssten eigentlich passen. Hier ist auch etwas Brot und Maismehl.»

Charlotte war es leid, die Wand anzustarren, und lief zum Tisch. Schnell griff sie sich ein paar Kleider und Tücher. Sie waren nicht neu, aber wenigstens schienen sie sauber zu sein.

«Ich will mich waschen», sagte Charlotte brüsk.

Verärgert starrte die Sklavin sie an.

«Ich danke dir für alles», sagte Noah schnell, bevor Charlotte mit ihren Allüren noch den Hass der anderen Sklaven auf sich zog. «Das ist Charlotte, meine Schwester. Kümmere dich nicht um ihre Umgangsformen. Wie du siehst, lassen sie wirklich zu wünschen übrig.»

Charlotte sprühte Feuer aus ihren Augen.

Aber die Sklavin bemerkte es nicht. Sie lächelte nachgiebig.

«Macht nichts. Ich bin Melody. Ich lebe mit meinen Eltern und Geschwistern in der übernächsten Hütte. Und du?»

«Noah.»

«Noah ...», wiederholte Melody langsam und ließ sich den Klang des Namens auf der Zunge zergehen. «Ein schöner Name», sagte sie, immer noch lächelnd.

Als Melody sie zu der Stelle führte, wo sie sich waschen konnte, starrte Charlotte entsetzt auf den kleinen Fluss, der nahe am Sklavendorf verlief. Es war sogar eher ein Bach, denn der Wasserlauf war keinen Meter breit und nur knietief.

«Hier?»

Melody nickte.

Obwohl die Sklavin ihr mehrmals versichert hatte, dass die Männer sich an einer anderen Stelle wuschen, musste Charlotte selbst nachsehen, ob auch niemand in der Nähe war. Erst dann entkleidete sie sich und tauchte ins kühle Wasser ein.

Die kräftige Strömung hatte die Wirkung einer belebenden Massage. Was hätte sie in diesem Moment nicht für ein Stück von der Lavendelseife gegeben, mit der Latoya ihr immer den Rücken eingeseift hatte. Aber das klare Wasser des Baches musste diesmal ausreichen. Sie blieb im Wasser, bis ihre Finger blau anliefen. Danach trocknete sie sich ab und zog endlich ein sauberes Kleid an.

Als sie in die Hütte zurückkam, hatte Noah schon aufgedeckt. Auch er hatte sich gewaschen und etwas Frisches angezogen. Und trotzdem hatte er noch die Zeit gefunden, einen weißlichen Brei zuzubereiten, der in einem Topf auf dem Herd blubberte.

«Was ist das?», fragte Charlotte, ließ ihre dreckige Wäsche auf den Boden fallen und setzte sich an den Tisch.

«Maisbrei», antwortete Noah und füllte ihr auf.

Sofort verzog sie den Mund zu einer Grimasse. «Gibt es nichts anderes?»

«Nein», sagte Noah und goss den Rest des Breis in seinen eigenen Teller.

Charlotte schnupperte an dem Brei, probierte dann aber doch einen Löffel voll und spuckte ihn sofort wieder aus. «Mein Gott, das schmeckt ja fürchterlich. Auf keinen Fall werde ich das essen», sagte sie und schob den Teller weg.

«Wie Sie wollen. Aber wenn Sie nichts essen, sind Sie morgen zu schwach für die Arbeit.»

«Arbeit! Wo wir uns noch nicht einmal von der Reise erholt haben. Wollen die uns umbringen?»

Darauf gab es nichts zu erwidern. Schweigend beugte Noah sich über seinen Teller und aß. Er musste wieder zu Kräften kommen.

Ungeduldig sprang Charlotte auf und stampfte mit dem Fuß auf dem Boden auf. «Und als ob diese Demütigungen und Entbehrungen nicht schon genügen würden, muss ich auch noch mit dir eine Hütte teilen. Was bildest du dir eigentlich ein, einfach zu behaupten, dass ich deine Schwester bin?», schrie sie Noah an.

Jetzt verlor auch Noah die Geduld. «Ich habe sehr wohl verstanden, dass uns die Tatsache, dass wir vom gleichen Vater abstammen, keineswegs zu Gleichen macht. Und noch weniger zu Geschwistern. Aber auch wenn Sie es nicht glauben können, ich habe Sie nicht aus Stolz als meine Schwester vorgestellt, sondern zu Ihrem Schutz. Für Sie ist es in diesem Moment sehr viel sicherer, bei mir zu leben. Und selbst Sie sollten begreifen, dass es für mich nicht sehr angenehm ist, mit einer launischen und egoistischen Frau wie Ihnen zusammenzuwohnen. Wenn Sie nicht bleiben wollen, steht es Ihnen frei, in einer anderen Hütte unterzukommen. Sie wissen, wo die Tür ist. Und wenn es Ihnen nichts ausmacht, möchte ich jetzt gern schlafen. Morgen müssen wir früh aufstehen, und ich bin müde.»

Noah stellte die beiden Teller in eine Schüssel, zog sich die Schuhe aus und legte sich auf die Pritsche neben der Tür.

«Schlafen Sie gut, Miss Charlotte.»

Die Sonne brannte unerbittlich. Charlotte hatte nicht erwartet, stundenlang in der Sonne arbeiten zu müssen, und hatte keine Kopfbedeckung. Sie war durstig, und ihr tat der Kopf weh. Langsam richtete sie sich auf und ging zum Wassereimer.

«Was machst du da?», fragte der Aufseher und hielt sein Pferd genau vor ihr an.

«Ich habe Durst.»

«Schon das fünfte Mal an diesem Morgen willst du etwas trinken», sagte er und versperrte ihr mit der Peitsche den Weg. «Das Wasser ist nicht nur für dich. Du hast es ja nicht einmal verdient. Das bisschen Baumwolle hast du heute gepflückt», rügte er sie und deutete auf Charlottes Korb, der nicht einmal halb voll war. «Du hast dich genug ausgeruht», sagte er. «Zurück an die Arbeit!»

Flehend sah Charlotte ihn an, aber der Aufseher hatte kein Erbarmen. Mit einer Bewegung der Peitsche bedeutete er ihr weiterzuarbeiten.

Als sie jetzt nach einer Baumwollkapsel griff, verletzte sie sich erneut an den scharfen Kanten. Ihre Hände waren schon ganz zerschunden, und der Schmerz trieb ihr die Tränen in die Augen. Warum behauptete dieser gefühllose Mensch, dass sie nicht hart arbeiten würde? Sah er vielleicht nicht, wie ihre Hände bluteten?

Am Ende des Tages hatte Charlotte zwei Körbe gefüllt. Diese Menge pflückten sonst Kinder an einem Vormittag. Kopfschüttelnd warf der Aufseher einen Blick auf Charlottes Arbeit. Dann gab er seinem Pferd einen Peitschenhieb und ritt davon.

Gemeinsam mit den anderen Sklaven ging Charlotte zum Hüttendorf zurück. Obwohl der Weg nicht weit war, schleppte Charlotte sich so langsam voran, dass sie den Rest der Gruppe aus den Augen verlor. Sie war vollkommen erschöpft, ihre Finger waren wund, und der Rücken tat ihr so weh, dass sie sich nicht aufrichten konnte.

Als sie endlich in die Hütte trat, saß Noah schon am Tisch und aß seinen Maisbrei.

Ohne ein Wort schleppte Charlotte sich zum anderen Hocker und ließ sich darauffallen. Dann legte sie ihren Kopf auf den Tisch. Sie fühlte sich krank.

Noah aß weiter. Er hatte nicht die Absicht, als Erster das Schweigen zu brechen, das seit dem Streit am Vortag zwischen ihnen herrschte. Aber als er das Blut an Charlottes Händen sah, tat sie ihm leid. Die Schnitte waren sehr tief, die Finger waren geschwollen, und auf großen Teilen der Handflächen sah man das offene Fleisch.

«Das muss sehr wehtun», sagte Noah mitfühlend.

Charlotte drehte den Kopf auf dem Tisch und sah ihn an. Ihre Wangen waren stark gerötet. «Es geht mir nicht gut.»

Noah fühlte ihre Stirn. Sie war glühend heiß. «Sie haben Fieber. Sie haben zu viel Sonne abbekommen. Wir müssen das Fieber irgendwie senken.»

«Und wie willst du das anstellen, Doktor?»

«Mir fällt schon etwas ein, vertrauen Sie mir.»

Ungläubig lächelnd schloss Charlotte die Augen. «Fast hätte ich vergessen, wie gern du deine große hässliche Nase in die Medizinbücher gesteckt hast, die meine Mutter dir geschenkt hat», murmelte sie, bevor sie einschlief.

Als sie die Augen wieder öffnete, stand eine Schüssel mit Wasser vor ihr auf dem Tisch.

«Legen Sie die Hände hinein», befahl Noah.

In dem Trog war eine gelbliche Flüssigkeit.

«Was ist das?»

«Johanniskraut. Als Sie eingeschlafen sind, habe ich draußen ein paar Pflanzen gesammelt. Es wird ein wenig brennen, aber die Wunden werden schneller verheilen.»

Sie zögerte.

«Wenn Sie nicht wollen, dass die Hände sich entzünden, sollten Sie tun, was ich sage.»

Charlotte gehorchte. Das Wasser war lauwarm. Zuerst brannte es wirklich, aber dann ließ der Schmerz langsam nach, und die Wunden hörten auf zu bluten.

«Morgen werde ich nicht arbeiten können.»

«Es wird Ihnen nichts anderes übrigbleiben.»

«Aber meine Hände … Und ich kann mich kaum auf den Beinen halten. Ich habe Fieber.»

«Den Herren ist der Zustand Ihrer Hände egal, und der Ihrer Seele noch mehr. Wenn Sie nicht arbeiten, sind Sie zu nichts nütze, und wenn Sie zu nichts nütze sind, hat es keinen Zweck, Sie durchzufüttern. Man wird Sie verkaufen.»

«Großartig. Ich will sowieso hier weg.»

«Ich glaube nicht, dass Sie das wollen», sagte er und sah ihr direkt in die Augen, überrascht, dass sie so wenig von der Welt wusste.

«Warum sollte ich das nicht wollen? Es kann nichts Schlimmeres geben als das hier.»

«Es gibt neben dem Baumwollpflücken nur eines, was eine so schöne Sklavin wie Sie tun kann.»

«Willst du damit sagen, dass …?»

«Sklavinnen mit heller Haut sind begehrte Ware in den Bordellen der Stadt. Dort landen sie irgendwann alle.»

«Das ist nicht wahr!»

«Wie viele Sklavinnen mit heller Haut haben Sie gekannt? Ich meine keine Mulattinnen. Ich meine Sklavinnen, die auch Weiße sein könnten.»

Charlotte senkte den Kopf.

«Jetzt wissen Sie, warum Sie morgen arbeiten müssen, bis Sie umfallen. Nach allem, was ich gehört habe, ist der Aufseher ein fairer Mann. Wenn Sie sich Mühe geben, wird er vielleicht erlauben, dass Sie hierbleiben.»

Als das Wasser abgekühlt war, wies Noah Charlotte an, die Hände aus der Schüssel zu nehmen. Vorsichtig trocknete er die wunde Haut ab und bedeckte sie mit dünnen Stoffstreifen, die er zuvor abgekocht und getrocknet hatte. Danach machte er Charlotte einen Kräutertee mit einer Prise Salz.

«Trinken Sie. Das wird Ihnen guttun.»

Charlotte nahm die Tasse und führte sie an die Lippen. Der Tee war heiß, und sie trank nur in langsamen, kleinen Schlucken.

«Sie müssen Flüssigkeit aufnehmen. Es war unklug, ohne Kopfbedeckung in der Sonne zu arbeiten. Sie sind nicht daran gewöhnt.»

Erst nachdem sie noch drei weitere Tassen Tee getrunken hatte, erlaubte Noah ihr, sich hinzulegen.

«Warum hilfst du mir, Noah? Nachdem ich dich all die

Jahre lang schlecht behandelt habe ... Ich verstehe nicht, wie du mich ertragen kannst», sagte Charlotte beschämt.

Bevor er ihr antwortete, vergewisserte er sich, dass sie auch gut zugedeckt war.

«Jemand, der fähig ist, für seine Schwester ein solches Schicksal auf sich zu nehmen, hat meinen Respekt verdient.»

«Du weißt es also», sagte Charlotte mit Tränen in den Augen.

Noah nickte.

«Hat meine Mutter ...?»

«Nein, Miss Charlotte. Sie hat mir nie etwas gesagt und auch nicht geahnt, dass ich es wusste.»

«Wie hast du es dann erfahren?»

«Ich habe es aus Zufall entdeckt, als ich noch ein Junge war.»

«Erzähl mir davon.»

«Es ist schon so lange her.»

«Bitte ...»

«Na gut, ich erzähle es Ihnen», willigte Noah ein und stellte seinen Hocker neben Charlottes Bett. «Es ist sonderbar, obwohl ich schon lange nicht mehr daran gedacht habe, ist die Erinnerung noch ganz deutlich. Ich war noch ein Kind. An diesem Tag gab es nicht so viel auf den Feldern zu tun, und als die Schulstunden um waren, hat Mr. Owen mir frei gegeben. Ich weiß noch, wie ich mich gefreut habe. Ich beschloss, den freien Nachmittag zu nutzen, um ein bisschen Fleisch zu besorgen, und wollte am Fluss Frösche fangen.»

Charlotte verzog angeekelt das Gesicht.

«Ja, ich weiß, es hört sich nicht sehr appetitlich an, aber auch wenn Sie es nicht glauben, Frösche sind viel leckerer als Maisbrei», sagte Noah belustigt. «Da war ich jedenfalls und verfolgte gerade einen riesigen Frosch, als ich Herrin Katherine neben Mollys Grab entdeckte. Alle auf der Plantage kannten die Geschichte von der weißen Sklavin und ihrem toten Baby. Ihre Mutter sollte mich nicht sehen, und so versteckte ich mich hinter dem großen Felsen am Fluss. Sie legte frische Blumen auf das Grab und fing an zu reden. Ich wollte nicht lauschen, aber ich konnte es nicht verhindern. Ich hörte, wie Ihre Mutter Molly erzählte, dass sie beruhigt sein solle, dass es ihrer Tochter Hortensia gutgehe.»

«Und du hast es niemandem gesagt?»

Noah schüttelte mit dem Kopf.

«Nicht einmal deiner Mutter?»

«Nein.»

«Aber warum? Mein Vater hätte alles für diese Information gegeben.»

«Alles außer dem, was ich haben wollte», gestand Noah mit einem Anflug von Trauer. «Was hätte ich davon gehabt, es ihm zu erzählen? Es hätte nur Hortensia und Ihrer Mutter geschadet. Und ich habe Miss Hortensia immer sehr gemocht.»

Charlotte dachte daran, dass sie ihn nur einen Tag zuvor als treulos beschimpft hatte. Wie falsch hatte sie ihn beurteilt! Sie war hochmütig und gefühllos gewesen.

«Ich wusste das nicht», sagte sie. «Es tut mir leid.»

«Schon in Ordnung. Machen Sie sich keine Sorgen. Es gibt nichts zu verzeihen. Schlafen Sie jetzt, Miss Charlotte. Morgen müssen Sie hart arbeiten.»

Als Noah aufstehen wollte, hielt Charlotte ihn am Handgelenk fest.

«Sag Charlotte zu mir.»

Lächelnd sah er ihr in die Augen.

«Gute Nacht, Charlotte.»

«Gute Nacht, Noah.»

Der Tee, den Noah gebraut hatte, hatte dafür gesorgt, dass Charlotte die ganze Nacht durchschlief. Am nächsten Morgen war das Fieber gesunken, und auch ihren Händen ging es besser. Zwar war Charlotte noch etwas schwach auf den Beinen, aber als sie den Maisbrei aufgegessen hatte, den Noah ihr brachte, fühlte sie sich viel besser. Bevor sie auf das Feld gingen, behandelte Noah noch einmal ihre Wunden und verband ihr die Hände. Er fand sogar die Zeit, ihr aus ein paar Bananenblättern einen Hut zu fertigen.

An diesem Tag arbeitete Charlotte ohne Pause. Immer wenn sie merkte, dass der Aufseher sie ansah, arbeitete sie noch schneller. Zwar spürte sie ihre Hände wieder, aber Noahs Verband hielt. Sie pflückte acht Körbe und hörte erst auf, als sie sicher war, dass sie die Letzte auf dem Feld war. Der Aufseher hatte sie aus der Ferne beobachtet, und als die Sklaven sich auf den Rückweg ins Hüttendorf machten, bemerkte Charlotte, dass er sie mit einem veränderten Blick ansah.

Charlottes Körper gewöhnte sich überraschend schnell an die harte Arbeit. Aber wenn Noah sich nicht so gut um sie gekümmert hätte, wäre sie irgendwann zusammengebrochen. Eigentlich war es der Gedanke an Flucht, der ihr jeden Morgen die Kraft zum Aufstehen gab. Im Geiste war sie ununterbrochen damit beschäftigt, diese Flucht zu planen, und hatte schon Hunderte von Möglichkeiten durchgespielt. Aber nach dem vierten Arbeitstag war sie so erschöpft, dass sie beschloss, sich eine Woche Ruhe zu gönnen. Vorher würde sie nicht ernsthaft daran denken können zu fliehen. Und so vergingen die Tage, und Charlotte fühlte sich immer schwächer. Jeden Abend, wenn sie von den Feldern zurückkam, wollte sie nur noch ins Bett fallen und sagte sich: «Morgen werde ich fliehen. Heute muss ich schlafen.»

· 25 ·

Zwei Monate später war Charlotte noch immer auf Sarton. Als sie eines Nachmittags am Fluss ihre Kleider wusch, tauchte Melody hinter ihr auf.

«In ein paar Tagen wird die Herrschaft zurückkehren. Das Haus muss geputzt werden, und Mr. Boromat hat mir gesagt, dass ich eine Frau aussuchen darf, die mir helfen soll.»

Charlotte hörte für einen Moment auf, an einem hartnäckigen Fleck zu reiben, und sah auf.

«Und?»

«Nun, ich habe gedacht, dass du vielleicht Lust dazu hast.»

Eigentlich waren die beiden nicht gerade Freundinnen. Melody fand Charlotte hochnäsig, und Charlotte war umgekehrt der Ansicht, dass Melody etwas einfältig war. Wenn Melody sie ausgesucht hatte, dann weil die Sklavin an Noah interessiert war. Charlotte wusste nicht so genau, ob Noah diese Zuneigung erwiderte.

«Danke, Melody. Es wäre schön, für ein paar Tage etwas anderes zu machen.»

«Bis morgen also.»

Am nächsten Tag fingen sie mit dem Salon und dem Empfangszimmer an. Sie zogen die Laken von den Möbeln, wuschen die Gardinen, klopften die Teppiche, wischten Staub und bohnerten die Fußböden.

Am Ende des Tages wollte Melody noch die Kohle im Kamin zurechtlegen. Sie bereitete alles so vor, dass man ihn nur noch anzuzünden brauchte.

«Kannst du mir etwas Papier geben?», bat sie Charlotte. «Es liegt da hinten.»

Charlotte drehte sich um und entdeckte einen Stapel alter Zeitungen in einem Korb. Sie knüllte ein paar einzelne Seiten zusammen und reichte sie Melody. «Reicht das?»

«Noch ein bisschen mehr.»

Charlotte riss eine weitere Seite ab, aber kurz bevor sie sie zusammenknüllte, fiel ihr Blick auf eine Überschrift. Schlagartig richtete sie sich auf.

«Worauf wartest du», drängte Melody.

Unauffällig ließ Charlotte das Papier in ihrer Schürzentasche verschwinden und riss schnell eine neue Seite ab. «Hier.»

«Ist alles in Ordnung?», fragte Melody neugierig.

Charlotte nickte.

«Du bist ganz blass geworden. Als hättest du ein Gespenst gesehen.»

«Nein, mir geht es gut, wirklich.»

Melody bedrängte sie nicht weiter und stopfte das Papier unter die Kohlen.

«So, das war's! Für heute sind wir fertig. Morgen sind die Schlafzimmer dran.»

Keuchend stürzte Charlotte in die Hütte. Sie war den ganzen Weg vom Herrenhaus gelaufen.

«Ach, zum Glück bist du schon hier, Noah!»

«Wir durften heute früher aufhören.»

Charlotte ließ ihn kaum ausreden und holte sofort das Stück Zeitung aus ihrer Schürze.

«Hier, lies das», sagte sie und streckte es Noah hin.

«Bist du verrückt geworden? Wir sind hier nicht auf New Fortune. Weißt du, was passiert, wenn jemand erfährt, dass wir lesen können?»

«Sei still und lies einfach!»

Noah nahm das Papier und strich es glatt. Es war eine Seite aus dem Gesellschaftsteil. Dort wurde berichtet, dass die Tochter eines der reichsten Landbesitzer Virginias heiraten würde. Erst in der letzten Zeile wurden die Namen des Brautpaars bekannt gegeben. Noah war sprachlos.

«Ich verstehe das nicht, Noah. Ich war mir so sicher, dass Robert Ardley um Hortensias Hand anhalten würde. Wie ist es möglich, dass sie jetzt Oberst Dugan heiratet?»

«Vielleicht hat dein Vater herausgefunden, dass eigentlich Hortensia Mollys Tochter ist, und sie gezwungen.»

«Aber wie soll er das herausbekommen haben? Sie hat es ihm bestimmt nicht verraten.»

«Ich weiß es nicht. Aber anders kann ich es mir nicht erklären. Wie hätte er sonst ihre Einwilligung erzwingen können?»

«Wann ist die Hochzeit?»

Noah überflog den Text noch einmal. «Am fünften Oktober. Die Hälfte des Septembers ist wahrscheinlich vorbei, also bleiben bis dahin noch zehn bis vierzehn Tage.»

Nervös lief Charlotte in der Hütte auf und ab. Ihr Kopf war kurz davor zu zerspringen.

«Das müssen wir verhindern!»

«Das können wir nicht, Charlotte. Wir können nichts tun. Du vergisst, wer wir sind und wo wir sind.»

«Das vergesse ich keineswegs. Und ich kann einfach

nicht glauben, dass mein Opfer, alles, was ich durchgemacht habe, umsonst war. Wenn mein Vater wirklich weiß, wer sie ist, was wird nur mit ihr geschehen?»

Verzweifelt fuhr Charlotte fort: «Bitte, Noah. Ich flehe dich an. Wir müssen etwas tun. Du hast doch gesagt, dass du Hortensia immer gemocht hast.»

Noah sah sie an. Charlotte würde nie akzeptieren, nicht mehr selbst über ihre Zukunft bestimmen zu können. Noah zuckte hilflos mit den Schultern.

Wütend stampfte Charlotte mit dem Fuß auf. «Ich werde nicht untätig hier herumsitzen, während dieser Bastard von meinem Vater damit durchkommt. Ich schwöre beim Andenken meiner Mutter, dass ich diese Hochzeit verhindern werde. Mit oder ohne deine Hilfe.»

«Und was willst du tun?»

«Ich werde sie da rausholen.»

«Und wie willst du da hinkommen? Zu Fuß?»

«Kriechend, wenn es sein muss!»

«Du brauchst viel länger als zehn Tage. Selbst wenn du es schaffen würdest zu fliehen, würdest du doch niemals rechtzeitig ankommen.»

«Ich werde rechtzeitig dort sein. Ich kann versuchen, ein Pferd zu stehlen. Allein oder mit deiner Hilfe, ich schwöre, ich werde es versuchen.»

Noah wusste, dass Charlotte es ernst meinte. Aber allein könnte sie es niemals schaffen.

«Wenn sie uns schnappen, hängen sie uns auf.»

«Das ist immer noch besser, als für den Rest meines Lebens als Sklavin zu leben. Außerdem werden sie uns nicht schnappen.»

«Und was wird aus mir? Was soll ich danach tun, wo soll ich hin?»

«Du kommst mit uns. Wir werden uns um dich kümmern.»

Noah dachte nach, bevor er Charlotte eine Antwort gab. Er war sein ganzes Leben ein Sklave gewesen. Aber auch in ihm war langsam der Wunsch gewachsen, dieses Schicksal hinter sich zu lassen.

«Einverstanden. Ich gehe mit dir. Und außerdem ist da meine Mutter. Ich kann sie nicht dort allein lassen.»

Am nächsten Morgen ging Charlotte wieder mit Melody zum Haupthaus. Sie putzten die Schlafzimmer und taten die letzten Handgriffe. Danach würde sie zu Noah in die Hütte gehen, und in derselben Nacht noch würden sie fliehen.

«Am meisten Sorgen machen mir die Hunde», sagte Noah. Aber Charlotte grinste.

«Ich verstehe nicht, was daran so lustig ist.»

«Ich habe mir alles gut überlegt», antwortete Charlotte und holte einen kleinen, in ein Taschentuch gewickelten Gegenstand unter dem Bett hervor.

«Was ist das?»

«Unser Passierschein in die Freiheit!» Unter dem Tuch kam ein Parfümfläschchen zum Vorschein.

«Wo hast du das her?»

«Gefunden.»

«Du hast es gestohlen!»

«Sagen wir, ich habe es mir ausgeliehen», antwortete Charlotte gekränkt.

«Wenn sie dich erwischen, ziehen sie dir bei lebendigem Leib die Haut ab.»

«Wenn sie uns heute Nacht erwischen, ist dieses Parfüm wahrscheinlich unser geringstes Problem.»

Gegen Mitternacht gingen sie los. Schweigend verließen sie das Hüttendorf und gingen runter zum Bach. Niemand sah sie. Charlotte hatte dort hinter einem Gebüsch ein Bündel versteckt, das sie jetzt mitnahmen. Sie folgten dem Gewässer Richtung Norden, bis sie nach zwei Stunden an einem Punkt ankamen, wo der Bachlauf sich teilte. Einer der Arme führte wieder nach Süden zurück in Richtung Plantage.

«Hier ist es», sagte Noah und blieb stehen. «Ich hatte schon befürchtet, dass es diese Stelle gar nicht gäbe. Wir müssen uns beeilen, damit wir den Weg zurück noch schaffen und ein paar Stunden Vorsprung haben, bevor unsere Flucht bemerkt wird.»

Charlotte nickte. Sie warf das Bündel auf die andere Seite des Baches, entledigte sich ihrer Kleider und watete ans andere Ufer. Dort zog sie ein Kleid an, das im Bündel gewesen war. Jetzt zog sich auch Noah aus. Er legte seine und Charlottes Kleider vor einen Stein und trat ein paar Schritte zurück. Jetzt schleuderte er das Parfümfläschchen gegen den Stein. Es zerbrach und ergoss seinen Inhalt über die Kleider.

Dann durchquerte auch er den Bach und zog auf der anderen Seite ein Hemd und eine Hose an, an denen noch der Geruch eines anderen Menschen haftete.

«Wie bist du an die Sachen gekommen?»

«Ich habe Melody gesagt, dass ich ihr bei der Wäsche helfen würde, zum Dank dafür, dass sie mich ausgesucht hat, um im Haus zu helfen. Die Sachen sind von ihr und ihrem Vater.»

«Hat sie dir geglaubt?»

«Warum sollte sie mir nicht glauben? Denkst du, dass es etwas nützt?»

«Vermutlich schon. Die Hunde werden unsere Spur bis

hierher problemlos verfolgen. Wenn sie die parfümierten Sachen finden, wird ihr Geruchssinn für ein paar Stunden ausgeschaltet sein. Und es wird sie auch verwirren, dass wir die fremden Kleider angezogen haben. Zudem haben wir unseren Verfolgern genügend Indizien dafür geliefert, dass wir nach Norden wollen. In dieser Richtung liegt Pennsylvania. Niemand, der einigermaßen bei Verstand ist, würde annehmen, dass zwei entlaufene Sklaven den Hals riskieren, indem sie sich in den Süden zurückbegeben, wenn die Freiheit nur wenige Meilen weit entfernt ist.»

«Du hast recht», antwortete Charlotte zufrieden.

Den Rückweg legten Charlotte und Noah im Bach watend zurück. Im Wasser würden sie keine Spuren hinterlassen, die die Hunde verfolgen könnten. Es war riskant, eine falsche Fährte zu legen und ihre Verfolger glauben zu machen, dass sie in den Norden fliehen wollten, denn jetzt mussten sie noch einmal zurück auf das Gebiet der Plantage. Aber es war die einzige Möglichkeit, ihre Spuren zu verwischen und etwas Zeit zu gewinnen.

Als sie die Plantage endlich zum zweiten Mal hinter sich gelassen hatten, schlugen sie sich in den Wald. Fast im Dunkeln kämpften sie sich zwischen dichtem Gebüsch und tiefhängenden Ästen vorwärts. Kurz bevor der Sonnenaufgang drohte, verbargen sie sich in einem Erdloch und bedeckten sich mit Laub und Zweigen. In diesem Versteck warteten sie den Anbruch der sicheren Nacht ab. Am nächsten Tag schafften sie es bis zu den Bergen. New Fortune rückte immer näher.

Weil sie sich tagsüber verstecken mussten, kamen sie nur langsam voran. Sie ernährten sich nur von wilden Beeren und Früchten, die sie auf ihrem Weg finden konnten. Und während die Tage vergingen und ihre Kräfte schwanden, zweifelte sogar Charlotte manchmal daran, dass sie noch rechtzeitig ankommen würden, um Hortensias Hochzeit zu verhindern.

«Miss Hortensia. Hier ist Ihr Kleid.»

Hortensia drehte sich zu Latoya um, die gerade das Zimmer betreten hatte. «Leg es dort hin.»

Vorsichtig breitete die Sklavin das Hochzeitskleid auf dem Bett aus, das unter den vielen Metern elfenbeinweißer Naturseide fast nicht mehr zu sehen war. «Es ist wunderschön», sagte sie bewundernd.

«Ja, es ist sehr hübsch», erwiderte Hortensia mit erstickter Stimme. Ihr war, als hätte ihr jemand eine Schlinge um den Hals gelegt und zöge sie immer fester zu.

Latoya blickte ihre Herrin an. Seit Charlotte als Sklavin verkauft worden war, war Hortensia nicht mehr sie selbst gewesen. Immer war sie traurig. Sie verließ kaum einmal ihr Zimmer, und wenn doch, dann lief sie wie eine verlorene Seele durch das Haus. Latoya fühlte die Narbe in ihrer Handfläche und verspürte tiefe Trauer. Sie war die Letzte, die noch wusste, was damals geschehen war. Sie hatten Stillschweigen geschworen, und trotzdem hatten sie nichts erreicht. Mollys Tochter würde das gleiche Schicksal erleiden wie ihre Mutter. Sie hatten Charlotte nicht retten können.

«Seien Sie nicht traurig, Miss Hortensia», versuchte Latoya ihre Herrin aufzumuntern. «Mr. Dugan liebt Sie sehr.»

«Ich weiß, Latoya. Er ist ein guter Mann. Aber ich liebe ihn nicht.»

Verwirrt senkte die Sklavin den Kopf. Wenn sie ihn

nicht heiraten wollte, warum hatte sie den Antrag dann angenommen?

«Miss Hortensia, wir werden Sie alle sehr vermissen, wenn Sie gehen.»

Hortensia ging einen Schritt auf Latoya zu und umarmte sie.

«Danke», sagte sie mit Tränen in den Augen. «Ich werde euch auch sehr vermissen.»

«Weinen Sie nicht, Miss. Sie werden sehen, dass morgen alles wunderbar wird», sagte Latoya aufmunternd. «Sie werden eine wunderschöne Braut sein, und die Gäste kommen von überall her. Außerdem können Sie uns besuchen, wann immer Sie wollen. Die Plantage von Mr. Ross ist nicht weit weg, und Ihr Vater wird sich sicher freuen, wenn Sie kommen, jetzt, wo er ganz allein geblieben ist.»

Hortensia versuchte zu lächeln.

«Bestimmt. Alles wird gut werden.»

Aber als Latoya aus dem Zimmer ging, setzte Hortensia sich aufs Bett und betete mit ganzer Seele, dass ihre Hochzeit nicht stattfinden würde.

Seit Stunden hockten Noah und Charlotte hinter den Ställen und beobachteten das Haus, als endlich das letzte Licht gelöscht wurde.

«Es wurde auch Zeit», sagte Charlotte. «Ich dachte schon, sie würden gar nicht zu Bett gehen.»

«Denk daran», ermahnte Noah sie, «bring Hortensia sofort hierher, sobald du sie gefunden hast. Ich hole meine Mutter. Sei vorsichtig, Charlotte!»

«Du auch, Noah.»

Charlotte trat aus dem Versteck.

«Viel Glück», flüsterte Noah, dann liefen sie beide geduckt in entgegengesetzte Richtungen, Noah zum Hüttendorf und Charlotte zum Haupthaus.

Hortensia saß im Dunkel ihres Zimmers und grübelte über einen Ausweg nach, als sich plötzlich eine Gestalt in ihr Zimmer schlich. Erschrocken hielt sie den Atem an und drückte sich tiefer in den Sessel. Der Schatten bewegte sich vorsichtig in Richtung Bett und flüsterte ihren Namen: «Hortensia.»

Die Verzweiflung hatte ihren Tribut gefordert, dachte Hortensia, die glaubte, die Stimme ihrer Schwester zu erkennen.

«Hortensia», sagte die Stimme wieder.

Die Gestalt blieb stehen, und während sie sich an der Öllampe auf dem Nachttisch zu schaffen machte, brachte Hortensia ein fragendes «Charlotte?» heraus.

In diesem Moment wurde es hell im Zimmer.

«Du bist es!», sagte Hortensia und konnte kaum glauben, was ihre Sinne ihr vorgaukeln wollten. Zögernd streichelte sie Charlottes lächelndes Gesicht. «Du bist es wirklich!», sagte sie erneut und brach in Tränen aus. «Ich habe gebetet, ich habe mir so sehr gewünscht, dich wiederzusehen. Er weiß Bescheid. Er weiß, dass ich Mollys Tochter bin», gestand sie ihrer Schwester voller Angst.

«Ich weiß.»

«Ich habe dich so sehr vermisst, Charlotte. Lass mich nicht wieder allein.»

Die beiden Schwestern verschmolzen in einer Umarmung.

«Niemals», flüsterte Charlotte und ließ endlich ihren Tränen freien Lauf.

Auch in dieser Nacht machte Velvet sich darauf gefasst, lange wach zu liegen. Seit Noah von ihr getrennt worden war, schlief sie schlecht. Sie legte sich aufs Bett und wartete vergeblich auf den Schlaf.

Als sie Noah in die Hütte kommen sah, dachte sie, sie wäre endlich eingeschlafen und würde träumen. «Lass mich nicht aufwachen», flehte Velvet die Nacht an, ohne den Blick von Noah abzuwenden.

Jetzt nahm Noah das Gesicht seiner Mutter zwischen seine Hände und gab ihr einen Kuss auf die Stirn.

«Du schläfst nicht, Mutter. Ich bin es, Noah. Ich bin gekommen, um dich mitzunehmen.»

«Mein Kleiner», sagte sie und nahm ihren Sohn in den Arm. «Aber wie soll das gehen?»

«Jetzt ist keine Zeit für Erklärungen, Mama. Zieh dich an, wir müssen uns beeilen. Charlotte und Hortensia warten auf uns», sagte er, während er aus den Körben ein paar Kleider und ein Stück Brot für den Weg zusammensuchte. Aber als er das Bündel geschnürt hatte, sah er, dass seine Mutter noch nicht angezogen war.

«Worauf wartest du, Mama? Wir müssen uns beeilen!»

Velvet rührte sich nicht. Sie stand nur da und betrachtete ihren Sohn.

«Ich komme nicht mit.»

Noah richtete sich auf.

«Was soll das? Ich bin gekommen, um dich zu holen.»

«Es tut mir leid, aber ich bin nur ein Hindernis.»

«Das ist Unsinn.»

«Guck dir mein Bein an.»

In der Eile hatte Noah gar nicht bemerkt, dass der Knöchel seiner Mutter verbunden war.

«Es ist nichts Schlimmes», sagte sie schnell, um ihn zu beruhigen. «Ich bin nur umgeknickt, aber ich kann kaum laufen. Ich würde euch nur aufhalten.»

«Nein. Bestimmt nicht. Ich kann dich tragen.»

«Du weißt, dass das nicht geht, Noah. Nur wenn ich hierbleibe, habt ihr eine Chance. Wie schnell haben sie eine hinkende Sklavin gefunden, was glaubst du?»

Verzweifelt ließ Noah sich auf einen Stuhl fallen.

«Aber ich brauche dich. Ich kann nicht zulassen, dass du hierbleibst.»

«Mach dir um mich keine Sorgen. Mir geht es hier gut. Ich bin hier geboren, und ich werde hier sterben. Aber du verdienst etwas Besseres.»

«Wir verdienen alle etwas Besseres als das hier, Mama.»

«Vielleicht. Aber jetzt hast du andere Menschen, an die du denken musst. Deine Schwestern brauchen dich. Geh mit ihnen.»

«Aber ...»

«Sei beruhigt, Noah. Wenn du dich retten kannst, geht es auch mir gut. Und jetzt geh!», drängte sie ein letztes Mal. «Ihr müsst euch beeilen.»

«Ich verspreche dir, Mama, dass ich eines Tages kommen werde, um dich zu holen.»

Zum zweiten Mal sah Velvet ihren Sohn weggehen. Aber diesmal war es anders. Diesmal würde ihr Sohn die Freiheit finden.

Charlotte zog Melodys altes Kleid aus und suchte sich eines von ihren eigenen aus dem Schrank. Nachdem sie ihr schmutziges Haar unter einem Hut versteckt hatte, leerte sie die Reisetasche aus, die Latoya für Hortensia gepackt hatte, und rannte zur Kommode.

«Was tust du, Charlotte?»

«Wir brauchen Geld.»

«Fahren wir denn nicht zu Großvater?»

«Nein», sagte Charlotte und kippte den Inhalt des Schmuckkästchens in die Tasche. «Wir müssen an Noah und seine Mutter denken.»

«Noah und seine Mutter?»

«Sie warten draußen auf uns. Und außerdem bin auch ich nach wie vor eine entlaufene Sklavin. Ich kann nicht im Süden bleiben.»

«Aber Großvater würde uns helfen.»

Charlotte hörte für einen Moment auf, wie rasend in den Schubladen zu stöbern, und sah ihre Schwester an.

«Es geht nicht.»

«Warum?»

«Vielleicht ist Großvater wie unser Vater!»

«Das kann nicht sein. Großvater liebt uns. Er würde verstehen ... Niemand kann so sein wie unser Vater.»

«Wir können es nicht riskieren. Mama hat Großvater nie die Wahrheit erzählt.»

Hortensia wollte protestieren, aber sie wusste, dass ihre Schwester recht hatte.

«Wohin wollen wir dann?»

«In den Norden. Dort sind wir sicher.»

Charlotte beugte sich über die Frisierkommode. «Wo ist der Schmuck?», fragte sie, als sie nur ein paar Stücke fand.

«Das meiste ist in Mamas Zimmer. Aber hier liegt noch

die Diamanthalskette mit den Ohrringen und dem Armband. Ich habe sie neulich getragen und hatte noch keine Gelegenheit, sie zurückzubringen. Und hier ist die Perlenkette, die ich morgen hätte umlegen sollen.» Hortensia zog eine Schublade auf und gab Charlotte den Schmuck.

«Und die Goldmünzen, die Großvater uns geschenkt hat?»

«Im Schrank.»

«Hol sie.»

Zusätzlich zu den Münzen legte Hortensia noch ein dickes Bündel Scheine in die Tasche. «Das hat Onkel Quentin mir gestern gegeben, es ist mein Hochzeitsgeschenk.»

«Das genügt», sagte Charlotte und sah sich noch einmal um. Sie wollte nichts von Wert zurücklassen. «Wir müssen los.»

Sie löschten das Licht, und Charlotte steckte vorsichtig einen Kopf zur Tür hinaus. Als sie sich vergewissert hatte, dass niemand da war, gab sie ihrer Schwester ein Zeichen.

Langsam schlichen die beiden durch das dunkle Haus. Vorsichtig setzten sie einen Schritt vor den nächsten, um kein Geräusch auf den Eichendielen zu machen. Sie hatten den Flur und den ersten Treppenzug schon geschafft, es fehlte nur noch ein kleines Stück bis ins Erdgeschoss, wo der Teppich des Empfangszimmers die letzten Schritte bis zur Tür dämpfen würde.

Als ihr Ziel zum Greifen nah war, ging auf einmal ein Licht an.

Als Noah zum Treffpunkt kam und Charlotte und Hortensia noch nicht da waren, wusste er, dass etwas schiefgegangen war.

Er musste herausfinden, was passiert war. Vorsichtig näherte er sich dem Haus, um durch ein Fenster in das Empfangszimmer zu spähen, aber alle Gardinen waren vorgezogen. Er versuchte, durch die Haupttür ins Haus zu gelangen, doch sie war versperrt. Dann probierte er eine der Glastüren, die von der Veranda ins Esszimmer führten, und hatte endlich Glück.

Gerade als er sich vorsichtig hineingeschlichen hatte, drückte ihm jemand die Mündung eines Gewehrs in die Seite.

«Da haben wir ja den Dritten!», rief David aus.

Noah wagte kaum zu atmen. Auf keinen Fall wollte er seinem Vater einen Grund geben abzudrücken.

«Vorwärts!», befahl David und stieß ihm das Gewehr in den Rücken. Noah gehorchte.

Charlotte und Hortensia standen wie angewurzelt im Empfangszimmer. Als Noah sich neben sie stellte, trat David ein paar Schritte zurück und setzte sich auf einen Sessel. Dabei behielt er sie die ganze Zeit über im Visier.

«Ihr seid entweder sehr mutig oder sehr dumm», sagte er, während die drei auf das Gewehr starrten.

«Ich hatte noch gar keine Gelegenheit, dich zu begrüßen, Tochter. Ich freue mich, dich zu sehen, Charlotte.»

Charlotte wollte sich wütend auf ihn stürzen, aber Hortensia hielt sie zurück.

«Leider kann ich von mir nicht das Gleiche behaupten, Vater.»

David lächelte kalt. Seine Tochter konnte noch nicht einmal den Mund halten, wenn sie mit einer Waffe bedroht wurde.

«Du bist wie deine Mutter. Es war klar, dass du wegen dieser Negerin herkommen würdest.»

Entsetzt nahm Charlotte die Verachtung wahr, mit der ihr Vater über Hortensia sprach.

«Ich habe versucht, dich gut zu erziehen, aber wie ich sehe, haben meine Bemühungen nicht gefruchtet.»

«Zum Glück bin ich rechtzeitig aufgewacht, Vater. Du hast mich lange Zeit getäuscht. Und ich hatte sogar diesen Unsinn geglaubt, dass die Sklaven so anders wären als wir. Aber die Ereignisse der letzten Monate haben mir die Augen geöffnet. Eigentlich verdanke ich es dir, dass ich die Dinge nun etwas anders sehe.»

«Ich verstehe dich nicht, Charlotte. Warum hast du sie vorgezogen?», sagte er und deutete auf Hortensia. «Wir sind uns so ähnlich. Wir haben uns so gut verstanden. Wir hätten zusammenbleiben können. Aber du hast dich für sie entschieden. Wegen einer verfluchten Sklavin hast du dich mit mir überworfen!» David war wütend.

«Und ich würde es wieder tun», antwortete Charlotte und sah ihrem Vater fest in die Augen. «Da du uns so sehr verachtest, brauchst du dir keine Sorgen zu machen», sagte Charlotte und achtete nicht auf die stillen Gesten ihrer Geschwister, die sie zur Zurückhaltung mahnten. «Du wirst uns nie wieder sehen. Diese Nacht verschwinden wir für immer aus deinem Leben. Stell dir einfach vor, wir hätten niemals existiert.»

«Ich fürchte, du irrst dich, Charlotte. Die da wird morgen Oberst Dugan heiraten, und ihr zwei werdet dorthin zurückgebracht, von wo ihr geflohen seid.»

«Nein, Vater. Hortensia wird diesen Mann nicht heiraten, und du wirst uns gehen lassen.»

«Du hast doch den Verstand verloren.»

«Du wirst nichts dagegen tun können, Vater. Denn sonst werde ich dafür sorgen, dass Ross Dugan erfährt, dass du ihn mit der Tochter einer Sklavin verheiraten wolltest. Glaubst du, dass er dir das verzeihen würde? Und was werden die Nachbarn sagen?»

David erstarrte.

«Du hast mich einmal hereingelegt, aber diesmal wird dir das nicht gelingen. Inzwischen habe ich begriffen, dass du viel mehr Angst davor hast als ich, dass die Nachbarn die Wahrheit erfahren. Wir gehen jetzt.»

Charlotte packte Noah und Hortensia an den Armen und machte einen Schritt vorwärts.

David stand auf.

«Keinen Schritt weiter!»

Aber Charlotte dachte nicht daran, stehen zu bleiben.

«Halt, habe ich gesagt!»

Als keiner der drei gehorchte, zog David den Abzug.

Nach dem ohrenbetäubenden Schuss wurde es schlagartig still. Hortensia, Charlotte und Noah waren unverletzt, es war nur ein Warnschuss gewesen.

«Ich werde nicht noch einmal danebenschießen», versprach David und nahm Noah ins Visier. «Du weißt, dass ich nicht zögern werde, Charlotte.»

In diesem Moment stürzte Owen in das Empfangszimmer. Er war noch nicht ganz angekleidet und hatte seine Pistole in der Hand. Als er entdeckte, wer die Eindringlinge waren, blieb er abrupt stehen und warf David einen kurzen Blick zu.

«Owen, bewach sie. Sie haben versucht zu fliehen.»

Der Aufseher brauchte nur einen kurzen Moment, um zu realisieren, was vor sich ging. Dann zielte er auf Noah.

David ließ sein Gewehr sinken und ging auf Charlotte zu. Blitzartig nahm Owen jetzt David ins Visier.

«Bist du verrückt geworden, Owen?», schrie David.

«Nein, Mr. Parrish. Ich war verrückt, als ich zuließ, dass Sie eine von Katherines Töchtern als Sklavin verkauften. Aber das wird nicht noch einmal geschehen. Stellen Sie das Gewehr weg!»

«Drohst du mir etwa?»

«Ich werde das nicht noch einmal sagen», sagte Owen.

David sah Charlotte an, während er das Gewehr an die Wand lehnte.

«Noah, bring mir die Waffe», befahl Owen.

«Ihr werdet nicht weit kommen. Wenn auffällt, dass die Braut und ihr Vater nicht zur Hochzeit erscheinen, werden sie mich suchen. Und dich werden sie aufhängen», drohte er Owen.

Aber Owen reagierte nicht auf die Drohung und wandte sich Davids Kindern zu.

«Geht schon!»

Als sie bei der Tür waren, drehte Charlotte sich zum Aufseher um.

«Und du?»

«Machen Sie sich um mich keine Sorgen, Miss Charlotte. Ich werde ihn bis Sonnenaufgang festhalten, dann verschwinde ich auch. Ich glaube nicht, dass Ihr Vater etwas sagen wird, und selbst wenn. Wenn sie ihn suchen kommen, bin ich schon weit weg. Ich werde in die Berge zurückkehren, in denen ich aufgewachsen bin. Dort bin ich sicher. Wirklich», beruhigte er sie.

«Danke, Owen. Ich werde dir das nie vergessen.»

Sie ritten die ganze Nacht durch und kamen gerade rechtzeitig in Richmond an, um den Zug nach Norden zu nehmen. Einen Teil des Bargeldes, das Hortensia von ihrem Onkel bekommen hatte, gaben sie für ein Privatabteil aus. Zuerst stiegen Charlotte und Hortensia ein und zogen alle Gardinen vor. Und nachdem Noah sich vergewissert hatte, dass der Schaffner am anderen Ende des Zuges beschäftigt war, kam er hinterher und versteckte sich unter den Sitzen. Dann setzten Charlotte und Hortensia sich nebeneinander und breiteten die weiten Röcke über ihrem Bruder aus. Es war nichts mehr von ihm zu sehen.

Es war eine quälend lange Reise, aber keiner der drei stand auch nur für einen Moment von seinem Platz auf. Sie mussten sehr vorsichtig sein. Wenn jemand Noah entdecken würde, wären sie verloren.

Hortensia entdeckte als Erste den Grenzpfosten, der den Übergang von Maryland nach Pennsylvania markierte. Jetzt fehlte nicht mehr viel. Sie würden es wirklich schaffen, dachte sie zum ersten Mal, seit sie geflohen waren. Aber plötzlich wurde der Zug langsamer und blieb mit kreischenden Rädern stehen. Zweihundert Meter vor der Grenze.

Kurz darauf erschien der Schaffner im Abteil. «Guten Tag, die Damen», grüßte er und hob seine Hand an die Mütze, wobei er Charlotte einen Moment länger ansah, als eigentlich nötig gewesen wäre.

«Guten Tag», antwortete Charlotte und blickte ihm direkt ins Gesicht, während sie Noah unter dem Sitz einen kleinen Warntritt versetzte. «Warum halten wir?», fragte sie, obwohl sie die Antwort eigentlich kannte. Draußen sah man ein paar Männer mit Hunden, die die Unterseiten des Zuges überprüften.

Hortensia versuchte zu lächeln, aber sie war nervös.

«Kein Grund zur Sorge. Es ist nur Routine. Ständig versuchen Sklaven, auf dem Dach oder zwischen den Waggons versteckt nach Norden zu gelangen. Der Zug hält hier immer. In ein paar Minuten geht die Fahrt weiter. Wenn Sie mich entschuldigen, ich muss auch die anderen Fahrgäste informieren.»

«Ob er dich erkannt hat?», flüsterte Hortensia, als der Schaffner das Abteil verlassen hatte. Sie war am Rande eines Nervenzusammenbruchs. An einem kleinen Bahnhof war eine Suchmeldung mit einer Zeichnung von Noah und Charlotte angeschlagen gewesen.

«Das glaube ich nicht. Sie suchen schließlich eine Sklavin und nicht zwei junge Damen aus Virginia.»

«Und Noah? Vielleicht hat ihn jemand am Bahnhof gesehen.»

«Er ist bestimmt niemandem aufgefallen. Außerdem war die Zeichnung nicht sehr genau, sie würde auf Hunderte von Sklaven passen.»

«Wir hätten lieber nicht durch Maryland fahren sollen.»

«Es gab nun einmal keine andere Möglichkeit.»

In diesem Moment ging ein Mann mit zwei Hunden direkt vor ihrem Fenster vorbei. Die Tiere schnüffelten und blieben laut bellend stehen.

«Hier ist irgendetwas», rief der Mann und versuchte, die Hunde zurückzuhalten, die sich wie wahnsinnig gebärdeten. «Schnell!»

Hortensia spürte Panik in sich aufsteigen. Erstarrt wagte sie nicht einmal zu zwinkern.

Jetzt kamen zwei andere Männer dazu und zielten mit Gewehren auf den Zug.

«Heraus mit dir!»

Noah rührte sich nicht.

«Was sollen wir tun?», fragte Hortensia und sank tiefer

in den Sitz, als könnte sie ihren Bruder so besser beschützen.

«Nichts», befahl Charlotte, die vollkommen blass geworden war. «Bleib einfach sitzen!»

Von draußen hörte man wieder die bedrohliche Stimme. «Heraus, ich werde das nicht noch einmal sagen!»

Jetzt versuchte Hortensia aufzustehen, aber Charlotte hinderte sie daran. «Bist du verrückt geworden», schimpfte sie leise und hielt sie fest am Arm gepackt. «Was soll das werden?»

«Ich halte das nicht mehr aus. Wenn es sein muss, stelle ich mich», gestand Hortensia erschöpft.

In diesem Moment bellten die Hunde wieder. «Er flieht!», ertönte eine Stimme. Dann hörte man schnelle Schritte auf dem Kies neben den Gleisen. Die beiden Schwestern blickten aus dem Fenster und sahen einen Farbigen in Richtung Grenze rennen. Auf einmal hallte ein Schuss durch die Luft, und der Sklave brach zusammen.

«Ich habe ihn erwischt», sagte einer der Männer und ging zu dem leblos auf dem Boden ausgestreckten Körper. Mit dem Fuß drehte er ihn um.

«Hast du ihn erledigt?», rief ein anderer ihm zu, woraufhin der Mann nickte. «Er ist mausetot.»

Endlich setzte der Zug sich in Bewegung. Erstarrt beobachteten Hortensia und Charlotte, wie der Mann, der den Sklaven erschossen hatte, nun einen Fuß auf den Leichnam setzte und triumphierend grinste.

Erst lange nachdem sie die Grenze überquert hatten, verließ Noah sein Versteck. Selbst als der Zug in New York hielt, fühlten sie sich noch nicht sicher. Der leblose Körper des jungen Mannes neben den Gleisen rief ihnen ins Gedächtnis, was ihnen bevorstand, wenn man sie fangen und in den Süden zurückbringen würde. Es reichte nicht aus, die Grenze überquert zu haben. Die drei wussten, dass sie weiterhin vorsichtig sein mussten. Das Gesetz über entlaufene Sklaven, das die Nordstaaten dazu verpflichtete, die Flüchtlinge zu ihren Besitzern zurückzubringen, hing wie ein Damoklesschwert über ihnen. Die besten Chancen hatten sie in Massachusetts, dem einzigen Staat, der es gewagt hatte, den Süden herauszufordern und Gesetze zu erlassen, die den Vollzug des Gesetzes über entlaufene Sklaven verhinderten.

In der Hauptstadt Boston könnten sie ohne Angst ein neues Leben beginnen.

· 26 ·

Die Stadt Boston war praktisch dem Meer entrissen worden. Anfangs war nur eine kleine Halbinsel zwischen dem Atlantik und dem Charles River bewohnt. Als Mitte des Jahrhunderts der Deich von Mill Pond gebaut worden war, hatte man zusätzliche zwanzig Hektar gewonnen, und nach diesem ersten Sieg über das Meer folgten weitere: South Cove, Great Cove und West Cove. Und seit zwei Jahren bemühte sich die Stadt um das ehrgeizigste Projekt von allen. Man versuchte, die zweihundert Hektar Sumpf der Bostoner Back Bay trockenzulegen und die Mündung des Charles River zu verengen.

Ununterbrochen brachten Lastzüge dafür Kies und Erde von Neeham nach Boston. Hunderte von Männern verteilten in harter Arbeit das Füllmaterial. Ihre Arbeitstage dauerten in der Regel länger als zwölf Stunden.

Einer dieser Männer war Noah. Als seine Schicht zu Ende war, dämmerte es bereits. Es schneite, und der Nordwind schnitt ihm wie mit Messern ins Gesicht. Noah wickelte sich den Schal fest um den Kopf und schritt rasch voran. Es war ein ganzes Stück bis nach Hause.

Obwohl er im letzten Jahr alles versucht hatte, hatte Noah nichts Besseres gefunden als diese Knochenarbeit, bei der die Arbeiter bis zur Erschöpfung schuften mussten.

Wegen seiner Entscheidung, die Anstellung in der Back Bay anzunehmen, hatte es mehr als einmal Streit zwischen ihm und Charlotte gegeben. Sie hatten einen Teil des Schmucks verkauft, und mit dem Erlös hatten sie ein Haus kaufen können, und es blieb ihnen noch genügend Geld, um in bescheidenem Wohlstand zu leben. Deshalb war Charlotte der Ansicht, dass Noah den Rücken nicht für eine Handvoll Münzen krumm machen sollte. Aber Noah bestand darauf zu arbeiten.

Wenn seine Schwester wüsste, dass man ihm nur die Hälfte von dem zahlte, was seine weißen Kollegen bekamen, würde sie ihn zu Hause einsperren.

Während Noah über all die Ereignisse des letzten Jahres nachdachte, rollte plötzlich ein kleiner Ball an ihm vorbei auf die Straße.

Sein Besitzer, ein Junge von etwa sechs Jahren, riss sich von der Hand einer Frau in einer Dienstbotenuniform los und rannte seinem Spielzeug hinterher. Mitten auf der Straße blieb er stehen und bückte sich nach dem Ball.

Gleichzeitig kam mit hoher Geschwindigkeit eine Kutsche angefahren. Der Kutscher hatte das Kind zwar gesehen und sofort an den Zügeln gerissen, aber Noah war klar, dass das Gefährt wegen der dünnen Schneeschicht auf der Straße nicht rechtzeitig zum Stehen kommen und das Kind überrollen würde. Entsetzt schrie die Frau auf. Die Pferde wieherten schrill.

Ohne lang zu überlegen, warf Noah sich auf den Jungen, packte ihn und riss ihn mit sich zur Seite. Dicht neben sich hörte er die Hufschläge auf das Pflaster knallen. Als die Kutsche endlich zum Stillstand gekommen war, befand sich das Vorderrad weniger als eine Handbreit neben seinem Kopf.

Rasch sprang der Kutscher vom Bock hinunter. «Geht es ihm gut?»

Noah warf einen kurzen Blick auf das kleine Gesicht, das zwischen Schal und Mütze hervorguckte. Zwei weitaufgerissene blaue Augen sahen ihn erschrocken an.

«Ich denke nicht, dass er verletzt ist», beruhigte Noah den Mann, während er sich aufrichtete und den Jungen auf seine eigenen Füße stellte.

«Gott sei Dank!»

Mit einem erleichterten Seufzer stieg der Kutscher wieder auf sein Gefährt und fuhr weiter.

Noah lächelte dem Jungen zu.

«Du darfst nicht einfach so auf die Straße laufen. Das ist sehr gefährlich.»

Gerade wollte der Junge etwas sagen, als die Kinderfrau herbeistürmte, ihn packte und weinend umarmte.

«Mein Gott, Peter!», schrie sie und dankte dem Himmel, als sie sah, dass er unversehrt war. «Tu so etwas nie wieder, hörst du?»

Das Kind, das den Ball noch immer umklammert hielt, nickte wieder stumm.

«Versprich mir das!»

«Ich verspreche es, Miss Florence.»

Daraufhin nahm die Frau den Jungen bei der Hand und zog ihn mit sich fort, ohne Noah eines Blickes gewürdigt zu haben.

Als das Kind verschwunden war, wollte Noah sich nach seinem Schal bücken, der noch auf der Straße lag. Plötzlich durchzuckte ein starker Schmerz seinen Arm. Außerdem entdeckte er einen Blutfleck auf seinem Mantel.

«Was für eine Kälte», klagte Charlotte, als sie ins Haus trat. Schnell schloss Hortensia die Tür hinter ihr, damit es nicht hereinschneite. Dann übergab Charlotte ihr den Korb mit dem Gemüse, das sie gerade gekauft hatte, und rieb sich die Hände.

«Es ist schrecklich. Ich werde mich nie daran gewöhnen», beschwerte Charlotte sich wieder und klopfte sich den Schnee von den Stiefeln.

«Charlotte, was tust du da? Du machst alles dreckig! Du hättest den Schnee draußen abklopfen können.»

«Es ist doch nur Wasser. Außerdem wäre ich erfroren, wenn ich nur eine Sekunde länger in dieser Kälte geblieben wäre», sagte sie und hängte Mantel, Schal und Hut an die Garderobe. «Und Noah?», fragte sie.

«Er ist noch nicht hier. Anscheinend ist er heute etwas später dran», sagte Hortensia und ging in die Küche.

Charlotte folgte ihrer Schwester und setzte sich auf die Bank, während Hortensia das Gemüse auspackte.

«Ich verstehe nicht, warum Noah unbedingt arbeiten will.»

«Du weißt, dass er sich unwohl dabei fühlt, von unserem Geld zu leben», sagte Hortensia.

«Was für ein Unsinn. Tausend Mal habe ich ihm gesagt, dass das Geld uns allen dreien gehört.»

«Ich weiß, aber er sieht es nicht so.»

Hortensia hatte Kartoffeln und Tomaten ausgepackt und sah nur noch Möhren am Boden des Korbs liegen.

«Wo ist der Sellerie, Charlotte?»

«Der Sellerie? Der muss im Korb liegen.»

«Da ist er aber nicht», antwortete Hortensia.

«Ich habe ihn wohl vergessen.»

Ärgerlich verzog Hortensia das Gesicht. «Was für ein

Zufall! Ich weiß ja, dass du keinen Sellerie magst, aber du könntest trotzdem mal welchen mitbringen.»

«Ich habe ihn wirklich vergessen. Das nächste Mal denke ich dran.»

Obwohl Charlotte zerknirscht guckte, konnte sie ihre Schwester nicht täuschen. Charlotte hatte keineswegs die Absicht, jemals Sellerie zu kaufen. Den würde Hortensia schon selbst holen müssen.

Kurze Zeit später brodelte die Suppe im Topf. Hortensia warf einen Blick in den Ofen, auch der Braten würde bald fertig sein. Dann ging sie ins Esszimmer, und Charlotte folgte ihr.

Liebevoll deckte Hortensia den Tisch, während ihre Schwester sie mit vor der Brust verschränkten Armen beobachtete. Zum Schluss holte Hortensia noch einen Krug mit Wasser aus der Küche.

«Trotz allem verstehe ich nicht, warum Noah arbeiten will», sinnierte Charlotte.

«Er möchte einfach sicher sein, dass er auch allein zurechtkommen würde.»

«Aber mit dem, was er verdient, kann er sich nicht einmal ein paar Möhren kaufen!»

Charlotte reichte ihrer Schwester den Brotkorb von der Anrichte. Hortensia stellte ihn in die Mitte des Tisches und nickte zufrieden. Alles war fertig.

«Ach, Charlotte, schließlich wird er zum ersten Mal in seinem Leben für seine Arbeit bezahlt. Er ist gewissermaßen sein eigener Herr.»

«Unsinn.» Charlotte schüttelte den Kopf und zupfte sich ein paar Krumen vom Brot ab. «Niemand will sich für ein paar lächerliche Münzen kaputtmachen. Ich würde das im Leben nicht tun. Ich sage ja auch gar nicht, dass er nicht arbeiten soll. Aber doch nicht als Lasttier. Er könnte sich eine Arbeit suchen, die seinen Fähigkeiten eher entspricht.»

«Und was sollte das sein?»

«Er könnte studieren.»

«Hast du vergessen, dass er es versucht hat? Weißt du nicht mehr, wie verzweifelt er war, als sein Antrag abgelehnt wurde?»

«Ich weiß, man hat ihn an der medizinischen Fakultät abgelehnt, aber Noah ist der geborene Arzt, Hortensia. Er sollte nicht so schnell aufgeben.»

«Auch wenn du dich noch so sehr bemühst, es einfach zu ignorieren, an Noahs Hautfarbe wird sich nichts ändern. Die Weißen lassen auch hier im Norden nicht zu, dass die Schwarzen ihre Mauern durchbrechen. Vielleicht gehen sie hier subtiler vor als in Virginia, aber das ist fast schlimmer. Sie lassen die Schwarzen in dem Glauben, dass ihnen alle Türen offen stehen und sie frei sind. Aber das ist nur Heuchelei. Die Schwarzen sind gut genug für schwere Arbeit oder als Dienstboten, aber nicht, um Ärzte oder Anwälte zu werden. Noah und ich haben das schon vor einiger Zeit begriffen, aber du scheinst es nicht sehen zu wollen.»

«Ich sehe es, Hortensia. Ich sehe es jeden Tag in Noahs Augen, wenn er mit gesenktem Kopf von der Arbeit nach Hause kommt. Ich sehe es jedes Mal, wenn unsere Nachbarin Mrs. Towers zu Besuch kommt und unseren Bruder schräg ansieht. Ich sehe es, wenn er an unserer Seite durch die Straßen geht. Er liest nicht einmal mehr. Seitdem seine Bewerbung für ein Medizinstudium abgelehnt wurde, hat er keins der medizinischen Bücher mehr angesehen. Es ist, als würde er langsam ersticken, Hortensia. Jeden Tag ein bisschen mehr. Und darum werde ich ihn weiter drängen. Ich werde nicht zulassen, dass Noah aufgibt, ohne überhaupt angefangen zu haben zu kämpfen.»

«Aber er weiß nicht, wie man kämpft.»

«Dann wird es Zeit, dass er es lernt!»

«Für dich ist das leicht, Charlotte. Unser Leben hat dir erlaubt, dich aufzulehnen. Aber für Noah war es anders. Er war immer ein Sklave, nie hat er einen eigenen Willen haben dürfen. Ihm wurde so oft gesagt, dass er nichts vom Leben erwarten soll, dass er es schließlich geglaubt hat. Du kannst die Seele der Menschen nicht verändern, Charlotte. Akzeptiere das endlich. Du kannst die Welt nicht verändern.»

«Vielleicht werde ich die Welt nicht verändern, Hortensia. Aber ich schwöre dir, dass ich Noahs Leben verändere.»

In diesem Moment kam Noah zur Tür herein. Man sah ihm an, dass er gefallen war. Seine Kleider waren schmutzig, und er hatte eine Wunde an der Stirn.

«Um Himmels willen», schrie Hortensia auf und lief ihm entgegen.

«Was ist passiert?», fragte Charlotte, während Hortensia ihm half, den Mantel auszuziehen.

«Vorsichtig», warnte Noah und verzog das Gesicht vor Schmerzen. «Ich glaube, ich habe mir die Schulter ausgerenkt.»

«Du siehst nicht gut aus. Ich gehe einen Arzt holen», sagte Charlotte und griff schon nach ihrem Mantel.

«Nein. Es ist nicht notwendig. Mir geht es wirklich gut. Ich muss nur die Wunde säubern und den Arm ruhig stellen.»

Charlotte zögerte.

«Wirklich, es ist alles in Ordnung. Ich bin ausgerutscht. Ich brauche keinen Arzt.»

«Meinetwegen», sagte Charlotte. «Wie du willst. Aber ich werde nicht glauben, dass du einfach nur ausgerutscht bist. Was brauchst du?»

Noah trat vor den Spiegel, der in der Diele an der Wand hing. Aufmerksam betrachtete er die Wunde. Es war kein tiefer Schnitt. Sein Gesicht und sein Mantel waren zwar voller Blut, aber die Wunde hatte schon aufgehört zu bluten und würde auch verheilen, ohne genäht zu werden.

«Bring mir etwas Wasser und Alkohol, Tücher, um die Wunde sauber zu machen, und ein Schultertuch.»

Charlotte brachte die Dinge, nach denen Noah verlangt hatte, ins Esszimmer, wo ihr Bruder inzwischen auf einem Stuhl Platz genommen hatte.

Während Hortensia seine Wunde säuberte und seine Blutflecken im Gesicht abwischte, band Charlotte mit dem Schultertuch den Arm unter Noahs Anweisung fest.

«Fertig», sagte sie, als sie den letzten Knoten gemacht hatte. Vorsichtig versuchte Noah, die Schulter zu bewegen, aber es gelang ihm nicht.

«Perfekt», sagte er zufrieden und stand auf.

«Und wirst du uns jetzt erzählen, was passiert ist?»

«Es ist nichts passiert.»

Charlotte runzelte die Stirn. Sie glaubte ihm kein Wort.

«Wollen wir zu Abend essen?», schlug Hortensia vor.

«Ja, bitte», sagte Charlotte und ließ ihren Bruder erst einmal in Ruhe. «Ich habe einen Mordshunger.»

«Du hast immer einen Mordshunger», antworteten Noah und Hortensia im Chor.

Nach einer Woche fühlte Noah sich kräftig genug, um zur Arbeit zurückzukehren. Wieder führte die Entscheidung zu einem heftigen Streit zwischen ihm und Charlotte. Nachdem er mit einem lauten Türenknallen das Haus verlassen hatte, schimpfte Charlotte noch eine halbe Stunde vor sich hin.

«Verdammter Dickkopf.» Sie setzte sich in einen Sessel und dachte eine Weile nach.

Plötzlich sprang sie auf und rief: «Gerade ist mir das perfekte Weihnachtsgeschenk für Noah eingefallen. Komm, Schwesterherz, wir haben viel zu tun.» Bei diesen Worten rannte sie in die Diele, um Hut und Mantel zu holen.

Bevor Hortensia etwas dazu sagen konnte, hatten sie schon eine Kutsche genommen und fuhren auf die andere Seite des Flusses nach Cambridge, wo sich die angesehene Harvard-Universität befand.

Es waren noch zwei Tage bis Weihnachten, und die meisten Studenten waren schon nach Hause gefahren. Nur diejenigen, deren Familien zu weit entfernt wohnten, als dass sich die Reise für die kurzen Weihnachtsferien gelohnt hätte, waren geblieben. Als Hortensia und Charlotte auf dem Campus standen und sich suchend umguckten, bot sich einer von ihnen zuvorkommend an, die beiden zum Büro des Dekans zu begleiten.

«Hier ist es.» Der Student blieb vor dem Eingang zu einem Gebäude stehen. «Gehen Sie nur das Treppchen hinauf, dann kommen Sie direkt zum Sekretariat.»

«Sie waren sehr freundlich, danke», sagte Charlotte.

«Es war mir eine Ehre, die Damen. Wenn Sie noch etwas brauchen, fragen Sie nach William Van der Hooke, Abschlussjahrgang Rechtswissenschaft», stellte er sich vor.

Dabei sah er Hortensia so tief in die Augen, dass sie errötete.

«Vielen Dank, Mr. Van der Hooke», sagte Charlotte, amüsiert über die Kühnheit des jungen Mannes.

«Auf Wiedersehen», sagte auch Hortensia und wurde noch etwas röter.

Gleich darauf standen sie im Vorzimmer des Dekans.

«Guten Tag», grüßte Charlotte und trat auf den Sekretär zu, der sich über einen Haufen Papiere gebeugt hatte. Der Mann blickte Charlotte über den Rand der kleinen Metallbrille hinweg leicht verärgert an.

«Womit kann ich Ihnen dienen?», fragte er kurz angebunden.

«Wir möchten bitte mit dem Dekan sprechen.»

Sogleich nahm der Mann ein Büchlein zur Hand und schlug es auf.

«Ihr Name?»

«Hortensia und Charlotte Lacroix.»

«Lacroix ...», wiederholte er, während er die Liste der Namen durchging, die er für diesen Tag notiert hatte. «Es tut mir leid, leider hat der Dekan heute keinen Termin mit Ihnen.»

«Ich verstehe», nickte Charlotte. «Aber könnten Sie ihn wenigstens darüber in Kenntnis setzen, dass wir ihn sehen möchten? Vielleicht kann er uns trotzdem empfangen.»

Ungehalten runzelte der Mann die Stirn.

«Ich bitte Sie», sagte sie mit ihrem Engelsgesicht. «Wir haben eine so lange Reise aus dem Süden gemacht und können nur ein paar Tage bleiben», sagte sie mit bedrückter Stimme, wobei sie ihren Südstaatenakzent besonders betonte.

«Nun, der Herr Dekan befindet sich gar nicht in seinem Büro.»

Hortensia, die bisher nicht gewagt hatte, den Mund aufzumachen, seufzte nun sichtlich erleichtert auf. Aber Charlotte gab sich wie immer nicht so leicht geschlagen.

«Wird er denn heute noch zurückkommen?», fragte sie.

Anstatt zu antworten, zuckte der Sekretär nur mit den Schultern. Offensichtlich wusste er es selbst nicht.

«Wir sollten besser gehen, Charlotte», schlug Hortensia vor und zog ihre Schwester am Arm.

Einen Moment lang war Charlotte unschlüssig. Sie hatte nicht in Betracht gezogen, dass der Dekan gar nicht anwesend sein könnte.

«Können wir auf ihn warten?»

«Wenn Sie wünschen», antwortete der Sekretär kühl. «Aber ich kann Ihnen nicht sagen, ob er wiederkommt.»

«Wir werden warten», verkündete Charlotte und setzte sich auf die Bank neben der Tür des Büros.

Zwei Stunden später, gegen Mittag, trat ein etwa sechzigjähriger Mann in einem eleganten dunklen Mantel ins Vorzimmer. Der Sekretär flüsterte ihm etwas zu und deutete auf die beiden jungen Frauen.

Der Herr drehte sich zu ihnen um. «Ich wünsche den Damen einen guten Tag. Ich höre, Sie möchten mich sprechen?»

Lächelnd stand Charlotte auf und stellte sich und ihre Schwester vor. Dann ergänzte sie: «Es wäre sehr freundlich, wenn wir Ihnen eine Minute Ihrer Zeit stehlen dürften. Es ist sehr wichtig.»

«Treten Sie doch bitte ein», sagte er mit ruhiger Stimme und hielt ihnen die Tür zu seinem Büro auf.

Er betrat nach ihnen den Raum und hängte Mantel

und Hut an eine Garderobe. Nachdem er ihnen die beiden Stühle vor dem Schreibtisch angeboten hatte, nahm er selbst seinen Platz ein.

Es war unmöglich zu erraten, was im Kopf des Dekans vorging. Breite Koteletten gingen in einen dichten, ergrauten Oberlippenbart über. Nur sein Kinn war sorgfältig rasiert. Er nickte ihnen auffordernd zu. «Womit kann ich Ihnen dienen?»

«Zuerst einmal möchten wir Ihnen von Herzen danken, dass Sie uns empfangen», begann Charlotte. Jedes ihrer Worte war mit Bedacht gewählt. «Ich bin mir vollauf bewusst, dass Sie ein vielbeschäftigter Mann sind, und ich verspreche Ihnen, dass wir uns kurz fassen. Vor ein paar Monaten haben Sie die Bewerbung eines fähigen jungen Mannes abgelehnt», sprach sie weiter.

Auch wenn im Gesichtsausdruck des Dekans nicht die geringste Veränderung zu sehen war, merkte man doch an der Art, wie er seine Manschetten glatt strich, dass er sich zu wappnen schien.

«Es handelt sich um einen intelligenten und fleißigen jungen Mann», erklärte Charlotte, «und ich kann Ihnen versichern, dass er großes Talent für den Arztberuf hat. Wenn Sie vielleicht noch einmal über eine Aufnahme nachdenken könnten.»

«Ich verstehe, junge Dame», nickte der Dekan gnädig. «Leider fürchte ich, dass ich nichts unternehmen kann. Wenn der Antrag abgelehnt wurde, dann muss der junge Mann es im nächsten Jahr noch einmal versuchen.»

«Aber das wird nicht reichen», gab Charlotte etwas schärfer zurück. «Es ist egal, wie oft er es versucht oder wie begabt er ist. Sein Problem wird immer das gleiche sein.»

Die Leidenschaft in diesen Worten überraschte den Dekan. Fragend sah er Charlotte an.

«Es tut mir leid», sagte Charlotte und stand auf. «Ich habe gedacht, wenn wir mit Ihnen sprechen ... Ich dachte, Sie sind ein gerechter Mann und dass man an diesem Ort nach der Wahrheit strebt. Aber ich habe mich wohl geirrt. Langsam begreife ich, dass die schönen Worte über die Gleichheit der Menschen nicht viel bedeuten. Ich dachte, hier wären die Dinge anders. Aber es ist wohl nicht besser als im Süden. Hortensia, wir gehen.»

Hortensia, der dieses ganze Gespräch unangenehm war, sprang schnell auf und lief ihrer Schwester nach.

Auch der Dekan erhob sich.

«Warten Sie», sagte er, «wie war der Name des jungen Mannes noch gleich?»

«Noah. Noah Lacroix.»

Er sah sie an.

«Er ist unser Bruder», erklärte Charlotte stolz.

Stumm forderte der Dekan die beiden auf, sich wieder zu setzen. Dann öffnete er die Tür seines Büros und rief dem Sekretär zu, dass er ihm die Akte eines gewissen Noah Lacroix bringen solle. Kurz danach reichte der Angestellte die Papiere herein.

Der Dekan holte das einzige Blatt heraus, das sich in der Akte befand, und murmelte: «Männlich, Virginia, zweiundzwanzig Jahre ...» Er benötigte ein paar Minuten und legte den Antrag dann auf den Tisch.

«Es tut mir wirklich leid, aber leider ist der Antrag vollkommen zu Recht abgelehnt worden.»

«Ich verstehe, also ist seine Hautfarbe das Problem.»

Erstaunt blickte der Dekan auf.

«Wie kommen Sie darauf?»

«Ist es denn etwa nicht so?», gab Charlotte zurück.

Der Dekan wirkte immer überraschter.

«Um Himmels willen!», rief er aus. «Die Hautfarbe des Mannes ist mir gar nicht bekannt. Ich dachte, es handelt sich um Ihren Bruder.»

«So ist es auch, er ist unser Halbbruder. Seine Mutter war eine Sklavin.»

Charlottes Geständnis schien den Dekan nicht zu beeindrucken.

«Miss Lacroix, Sie sollten wissen, dass wir stolz darauf sind, an unserem Institut nicht nur Weiße auszubilden», erklärte er, ein wenig in seiner Ehre gekränkt. «Mehrere schwarze Männer haben hier bereits ihren Abschluss erlangt.»

«Aber», sagte Charlotte verwirrt, «warum haben Sie Noahs Bewerbung dann abgelehnt?»

«Weil er keinerlei Ausbildung nachweisen kann. Wenn man seiner Bewerbung Glauben schenken darf, hat er nicht einmal eine Schule besucht. Es gibt keine Empfehlungsschreiben, gar nichts ...»

Doch Charlotte gab sich noch nicht geschlagen. «Ich bitte Sie um Entschuldigung dafür, dass ich Sie falsch beurteilt habe. Ich möchte keinesfalls, dass Sie etwas Unrechtmäßiges tun. Sie sollen ihm nur eine Chance geben. Lassen Sie mich Ihnen aus dem Leben unseres Bruders erzählen.» Einen Moment hielt Charlotte inne und beobachtete den Dekan, der zwar noch immer ein wenig verärgert schien, in dessen Augen man aber einen Funken Neugierde entdecken konnte.

«Unser Bruder ist als Sklave geboren. Im Süden bedeutet das, keine Rechte zu haben. Es bedeutet, nicht selbst über sein Schicksal bestimmen zu können. Es bedeutet, auf Hoffnungen, Träume und Wünsche verzichten zu müssen. Weil man nichts ist. Weil man nur so viel wert ist wie irgendein Tier auf der Plantage.» Charlotte sah ihr Gegenüber fest an. «Sie wissen sicher, dass es im Süden gesetzlich verboten ist, dass Sklaven lesen und schreiben lernen. Wenn man einen Sklaven trotzdem dabei erwischt, wartet eine harte Strafe auf ihn. Er wird vor den Augen aller Sklaven der Plantage an einen Baum gebunden und ausgepeitscht, bis die Haut seines Rückens sich in Fetzen ablöst. Manchmal sind die Schnitte so tief, dass sie bis zum Knochen gehen. So ist Noah aufgewachsen, Sir. Er wusste, dass Bildung für Sklaven sehr gefährlich ist. In dieser schrecklichen Situation hat unsere Mutter aus Mitleid mit dem unehelichen Sohn ihres Mannes das Gesetz gebrochen und ihm das Lesen beigebracht. Lange Jahre hat sie das heimlich getan, und als sie ihm alles beigebracht hatte, was sie selbst wusste, hat sie ihm Bücher geschenkt, die er nur so verschlungen hat. Denken Sie daran, dass sein Leben jedes Mal in Gefahr war, wenn er ein paar Zeilen las oder seinen Namen schrieb. Aber das war ihm egal. Denn wenn er Descartes, Platon oder einen anderen Philosophen las, dann eröffneten sich ihm ungeahnte Welten. Wenn er sich in diese Bücher vertiefte, konnte sein Geist die Fesseln der Sklaverei hinter sich lassen, und er fühlte sich als freier Mensch. Und deshalb bitte ich Sie darum, ihm eine Chance zu geben. Eine Chance für einen Menschen, der sein Leben für seine Bildung riskiert hat.»

Als Charlotte fertig gesprochen hatte, glänzten ihre Augen. Selbst Hortensia war bewegt, und wenn sie nicht gewusst hätte, dass Charlotte die Geschichte ein wenig übertrieben erzählt hatte, wäre sie in Tränen ausgebrochen.

Der Dekan sah die beiden eine Weile lang nachdenklich an.

«Nun, es gibt da eine Möglichkeit, die nur in ganz besonderen Fällen Anwendung findet», sagte er schließlich. «Aber ich denke, dass der junge Mann diese Chance verdient. Wegen seiner eigenen Bemühungen und auch wegen des Risikos, das Ihre Mutter eingegangen ist. Im Juni kann Noah Lacroix eine Eingangsprüfung absolvieren. Eine Kommission wird ihn in den verschiedenen Fächern prüfen, die für das Medizinstudium notwendig sind. Wenn er diese Prüfung besteht, wird er im nächsten Jahr anfangen können.»

Charlotte sprang auf und umarmte Hortensia.

«Danke», sagte sie immer wieder und schüttelte die Hand des Dekans. «Ich versichere Ihnen, Sie werden es nicht bereuen.»

An Heiligabend standen Charlotte und Hortensia früh auf und fuhren noch einmal nach Cambridge. Bisher hatten sie Noah gegenüber ihren Besuch beim Dekan nicht erwähnt. Sie wollten ihm erst am Abend davon erzählen, es war ihr gemeinsames Weihnachtsgeschenk.

Mit der Liste der Bücher, die dem Dekan zufolge unabdingbar waren, liefen die Schwestern durch alle Buchhandlungen in Universitätsnähe. Sie suchten in verstaubten Regalen, stöberten in Hinterzimmern und wühlten in Körben voller Bücher aus zweiter Hand. Gegen Mittag konnten sie den letzten Titel von der Liste streichen. Danach wollte Charlotte unbedingt eine schöne grüne Schachtel kaufen, die zu finden sie fast noch mehr Mühe kostete. Aber aus einem Grund, den Hortensia nicht ganz verstand, musste es eine ganz bestimmte Schachtel sein, und so rannten sie durch alle Läden der Stadt, bis sie eine gefunden hatten, mit der Charlotte zufrieden war. Endlich kehrten sie nach Hause zurück, legten die fünf Bände in die Schachtel und versteckten sie bis zum Abendessen.

Als Charlotte und Hortensia ihrem Bruder beim Nachtisch die Schachtel übergaben, war Noah sprachlos, und seine Augen füllten sich mit Tränen. Auch Charlotte war irgendwie bewegt, nur Hortensia verstand rein gar nichts.

«Du bist es also gewesen», sagte Noah zu Charlotte gewandt und strich über die Schachtel.

Charlotte senkte den Kopf.

«Verzeih mir», sagte sie. «Ich weiß, diese ist anders als die, die ich kaputt gemacht habe, aber ich hoffe, sie gefällt dir trotzdem. Außerdem ist sie eigentlich viel hübscher, und es ist auch noch etwas darin.» Jetzt blickte Charlotte Noah an, und er lächelte ihr zu.

Als er den Deckel abnahm, ergriff er das erste Buch und las den Titel. «*Latein. Grammatik und Übungen.* Hört sich interessant an», sagte er zweifelnd. Dann sah er, dass auch alle anderen Bücher nicht viel unterhaltsamer wirkten.

Charlotte und Hortensia sahen sich an und kicherten. Sie wirkten so glücklich, also gab er sich Mühe, so zu tun, als würde er sich freuen. Leider war er alles andere als ein guter Schauspieler.

«Freust du dich?», fragte Hortensia aufgeregt.

«Es ist ein wundervolles Geschenk.»

«Du ahnst nicht, wie schwierig es war, diese Bücher zu bekommen», fuhr Hortensia fort. «Wir mussten alle Buchhandlungen in Cambridge durchwühlen, Noah. Das Mathematikbuch hat Charlotte einem jungen Mann geradezu aus der Hand gerissen.»

«Ihr hättet euch nicht solche Mühe machen sollen.»

«Aber natürlich mussten wir das!», rief Charlotte aus. «Wie willst du dich sonst auf die Prüfung vorbereiten?», fügte sie mit einem arglistigen Funkeln ihrer grünen Augen hinzu.

«Was für eine Prüfung?»

Nachdem sie Charlotte einen kurzen Blick zugeworfen hatte, platzte Hortensia mit dem Geheimnis heraus: «Die Prüfung, die du ablegen musst, um an der medizinischen Fakultät aufgenommen zu werden!» Sie ließ einen kleinen Freudenschrei hören.

«Wie?»

«Genau so ist es!», bekräftigte Charlotte.

«Aber das kann nicht sein», sagte Noah.

Hortensia nickte.

«Ich verstehe nicht. Ich dachte ...»

«Wir haben das auch gedacht! Aber wir haben uns wohl geirrt», erklärte Charlotte. «Anscheinend ist es ihnen vollkommen egal, dass du ein bisschen brauner bist als die meisten ihrer blassen Studenten. Sie nehmen nur keine Dummköpfe an der besten amerikanischen Universität an. Also musst du erst eine Prüfung ablegen.»

Schweigend versuchte Noah, diese Neuigkeit zu verarbeiten.

«Dafür sind die Bücher, Noah», erklärte Hortensia. «Der Dekan hat gemeint, dass du die Prüfung problemlos bestehen kannst, wenn du lernst, was in diesen Büchern steht.»

«Ich ...», stotterte Noah, während ihm die Tränen in die Augen schossen. «Danke!», sagte er und drückte sich die Bücher an die Brust.

An diesem Heiligabend gingen sie erst im Morgengrauen schlafen. Die ganze Nacht lang redeten sie, sangen Weihnachtslieder, lachten und weinten. Schon lange waren sie nicht mehr so glücklich gewesen.

Am nächsten Tag kündigte Noah seine Stelle. Charlotte war mehr als zufrieden. Schließlich hatte sie ihren Kopf durchgesetzt.

· 27 ·

Die Räder der Kalesche wollten sich einfach nicht mehr drehen. Der Kutscher versuchte noch ein weiteres Mal, die Steigung anzugehen, aber es war zwecklos. Es hatte gefroren, und die Straße war zu einer Eisbahn geworden.

«Lassen Sie es gut sein. Ich gehe zu Fuß weiter», sagte Brian dem Kutscher.

«Es tut mir leid, Sir.»

Brian wartete, dass der Mann ihm die Tür öffnete, und stieg aus dem Wagen.

Zwar hatte er nicht gewusst, in welcher Ecke von Fort Hill die Adresse lag, die er suchte, aber er hätte doch niemals erwartet, dass sie sich in diesem guten Wohnviertel befand. Er hätte eher angenommen, dass er auf der anderen Seite des Hügels suchen musste, wo sich Immigranten und entlaufene Sklaven eine Bleibe suchten.

«Sind Sie sicher, dass es hier ist?», fragte Brian noch einmal nach, als er die soliden roten Backsteinhäuser in der gepflegten Straße betrachtete.

«Ganz sicher, Sir.»

Zweifellos hatte sein Informant sich geirrt, dachte Brian entmutigt.

Nun, die Adresse, die er von dem Polier bekommen hatte, der sich um die Arbeiten in der Back Bay kümmerte, war die einzige Spur, die er hatte. Wenigstens gab es die Straße überhaupt, sagte er sich und ging los.

Schon nach zwanzig Schritten hatte er gefunden, was er suchte. Brian stand vor dem Haus mit der Nummer vier. Das Haus war zwar keine Villa, aber doch ein solides Backsteingebäude mit zwei Etagen, das wahrscheinlich vor nicht allzu langer Zeit erbaut worden war. Die Fensterläden waren kürzlich gestrichen worden, und in den Fenstern zu beiden Seiten der Tür standen hübsche grüne Blumentöpfe mit rosaroten Geranien.

Noch einmal überprüfte Brian die Hausnummer und betätigte dann den glänzenden Türklopfer.

Charlotte saß im Salon und trank eine Tasse Schokolade, während Hortensia und Noah in der Küche den Abwasch erledigten. Sie vernahm ein Klopfen an der Tür.

«Wahrscheinlich ist es Mrs. Towers», rief Charlotte, machte aber keine Anstalten aufzustehen.

Sekunden später klopfte es erneut.

«Sie bleibt einfach sitzen!», schimpfte Hortensia und warf das Küchenhandtuch auf den Tisch.

«Ich gehe», bot Noah sich an.

«Nein, ich gehe schon. Du hast ganz nasse Hände.»

Schnell zog Hortensia sich die Schürze aus, überprüfte im Spiegel den Sitz ihrer Frisur und ging zur Tür. Als sie in die Diele kam, stellte sie fest, dass Charlotte nur zwei Meter von der Tür entfernt in einem Sessel saß.

«Es wäre wohl zu viel von dir verlangt, die Tür zu öffnen, Charlotte?»

Charlotte verzog das Gesicht.

«Du weißt doch, wie anstrengend Mrs. Towers ist, Hortensia. Wenn ich selbst gehe, wird die Schokolade kalt.»

Inzwischen klopfte es zum dritten Mal. Seufzend ging Hortensia zur Tür und öffnete.

Als Brian sich dem samtweichen Gesicht einer blonden Frau gegenübersah, mit Augen so blau wie der Ozean, war er endgültig davon überzeugt, sich in der Tür geirrt zu haben.

«Verzeihen Sie», sagte Brian und konnte den Blick nicht von der engelsgleichen Gestalt abwenden. «Ich glaube, ich habe mich geirrt. Ich suche Arch Street 4.»

«Dann sind Sie richtig», antwortete Hortensia mit einem bezaubernden Lächeln. Sobald sie die unbekannte Stimme vernommen hatte, war auch Charlotte in die Diele gekommen.

«Wer ist denn da?», fragte sie und streckte ihre Nase zur Tür heraus.

«Pardon», entschuldigte Brian sich aufs Neue. «Mein Name ist Brian O'Flanagan.»

«Guten Tag, Mr. O'Flanagan», begrüßte Hortensia ihn. «Das ist meine Schwester Charlotte, ich bin Hortensia.»

«Es freut mich, Miss ...»

«Lacroix.»

Brian lüpfte leicht seinen Hut.

«Können wir Ihnen irgendwie helfen?», fragte Hortensia.

«Ich suche einen Mann, der Noah heißt, aber ich denke, ich bin hier wohl falsch.»

«Sie suchen Noah?», fragte Charlotte neugierig.

«Kennen Sie ihn denn, Madam?»

«Natürlich kennen wir ihn. Er wohnt hier.»

Brian lächelte.

«Vielleicht könnte ich mit ihm sprechen?»

Charlotte und Hortensia sahen sich kurz an.

«Kommen Sie herein», sagte Hortensia und machte die Tür weit auf.

Bevor er über die Schwelle trat, klopfte der Unbekannte sich sorgfältig den Schnee von den Schuhen und nahm seinen Hut ab.

«Bitte», sagte Hortensia, nahm den Hut in Empfang und legte ihn auf die Anrichte. «Geben Sie mir doch Ihren Mantel.»

«Gern, vielen Dank», nickte Brian. Darunter kam ein eleganter schwarzer Anzug zum Vorschein.

Hortensia geleitete den Herrn in den kleinen Salon.

«Möchten Sie einen Tee oder Schokolade?»

«Nein, danke. Ich werde nur einen Moment bleiben», sagte Brian.

«Warten Sie doch bitte, ich werde Noah Bescheid sagen, dass Sie da sind», entschuldigte sich Hortensia. Der geheimnisvolle Besucher blieb in Charlottes Begleitung zurück.

Der Salon war lang und schmal und in hellem Blau tapeziert. Auf dem Boden lag der gleiche Teppich mit Fliedermuster wie auf dem Parkett in der Diele. Es gab nicht viele Möbel. Ein schwarzer Lacksekretär, eine cremefarbene Sofagarnitur und die beiden Armsessel, in denen er und Charlotte Platz genommen hatten. Daneben stand nur noch ein Beistelltischchen mit einer Tasse mit Schokoladenresten darauf. Bis auf ein Bild von einer Seelandschaft in einem vergoldeten Rahmen und den indigoblauen Gardinen vor dem einzigen Fenster waren die Wände fast nackt. Aber obwohl der Raum so schmucklos war, kam er Brian gemütlich vor.

«Wir wohnen hier noch nicht sehr lange», entschuldigte Charlotte sich, die die Gedanken ihres Gastes erraten konnte.

«Kommen Sie von weit her?»

«Aus dem Süden», antwortete Charlotte ausweichend, aber ihr Akzent hatte das ohnehin schon verraten. «Und Sie, Mr. Flanagan? Sind Sie von hier?»

«Ja, Madam, ich wohne in der Beacon Street», antwortete Brian und blickte in die faszinierenden grünen Augen.

Brian O'Flanagan musste etwas über dreißig sein, dachte Charlotte. Aber abgesehen von ein paar beginnenden Stirnfalten wirkte seine perfekt rasierte Gesichtshaut wie die eines Zwanzigjährigen, und Charlotte war überrascht, dass jemand mit so hellen Haaren so dunkle Augen haben konnte.

«Kennen Sie die Straße?»

«Dem Namen nach, Mr. O'Flanagan», antwortete Charlotte und dachte bei sich, dass dieser attraktive Mann reich sein musste, wenn er in einer so guten Lage wohnte.

Gerade wollte Brian die junge Dame einladen, einmal sein Haus zu besuchen, als ihre Schwester in Begleitung eines farbigen Mannes erschien.

«Noah?», fragte Brian und stand sofort auf.

Noah nickte.

«Es ist mir eine Ehre, Sie kennenzulernen. Ich bin Brian O'Flanagan.»

«Es freut mich, Mr. O'Flanagan», antwortete Noah und schüttelte misstrauisch die Hand des Fremden.

«Sie können sich nicht vorstellen, wie lange ich gebraucht habe, um Sie zu finden. Schon seit Wochen bin ich auf der Suche nach Ihnen.»

Diskret zog Hortensia ihre Schwester am Arm, aber Charlotte war viel zu neugierig, um Noah mit Mr. O'Flanagan allein zu lassen.

«Ich möchte, dass Sie wissen, dass ich Ihnen ewig dankbar bin.»

Obwohl man es Noah kaum ansah, merkte Charlotte doch, dass er genauso neugierig war wie sie selbst.

«Entschuldigen Sie, Mr. O'Flanagan, aber ich glaube, Sie irren sich», sagte er etwas verwirrt. «Ich habe gewiss nichts getan, was diese Dankbarkeit verdient.»

«Oh, es tut mir leid, ich glaube, ich habe mich nicht angemessen vorgestellt», sagte Brian jetzt lächelnd. «Ich bin der Vater von Peter, dem kleinen Jungen, dem Sie vor zwei Wochen das Leben gerettet haben.»

Charlotte drehte sich zu Noah um. Das war also der Grund für die Verletzungen gewesen.

«Wie geht es dem Jungen?», fragte Noah. «Ich konnte gerade einmal feststellen, dass er unverletzt war.»

«Er hat noch manchmal Albträume, aber sonst hat er nur ein paar blaue Flecken davongetragen. Und das verdanke ich Ihnen. Mir wurde berichtet, dass Sie sich vor die Kutsche geworfen haben. Und dass Sie sogar verletzt wurden», sagte er und blickte auf die Narbe auf Noahs Stirn.

«Mir ist nichts passiert, Sir. Aber ich freue mich zu hören, dass es dem Jungen gutgeht.»

«Noch einmal danke. Ich weiß, dass ich niemals wiedergutmachen kann, was Sie für meine Familie getan haben, aber ich möchte Ihnen wenigstens auf diese Art meine Dankbarkeit zeigen», sagte er, zog einen dicken Umschlag aus der Innentasche seines Jacketts und streckte ihn Noah hin.

«Das kann ich auf keinen Fall annehmen», sagte Noah, als er begriff, dass es sich um Geld handelte.

«Bitte», drängte O'Flanagan.

Aber Noah schüttelte den Kopf.

Gerade wollte Charlotte den Umschlag für Noah annehmen, als Hortensia ihre Hand festhielt.

Niemals hätte Brian es für möglich gehalten, dass ein Mann, der in der Back Bay Erde und Kies schaufelte, ohne mit der Wimper zu zucken einen Jahreslohn ablehnte.

«Ich wollte Sie nicht verletzen. Ich weiß, dass ich mit keinem Geld der Welt bezahlen kann, was Sie getan haben. Ich werde immer in Ihrer Schuld stehen. Bitte nehmen Sie es an.»

«Es tut mir leid, aber das kann ich nicht. Aber ich freue mich, dass Sie persönlich gekommen sind, um mir Ihren Dank auszusprechen.»

«Wie Sie meinen», gab Brian auf und steckte den Umschlag wieder weg. «Vielleicht … In drei Tagen werden ein paar Freunde und Verwandte bei mir zu Gast sein, um das neue Jahr zu begrüßen. Es wäre mir eine Ehre, wenn Sie meine Einladung für diesen Abend annehmen. Natürlich hoffe ich, dass Sie ebenfalls kommen», sagte er zu Charlotte und Hortensia gewandt.

Gerade wollte Noah die Einladung höflich ablehnen, als Charlotte ihm zuvorkam.

«Wir kommen sehr gerne», sagte sie und wich Noahs Blick aus.

«Das freut mich sehr. Dann sehen wir uns in drei Tagen. Mein Kutscher wird Sie um sieben abholen.»

«Du hättest diese Einladung nicht annehmen dürfen», warf Noah Charlotte vor, kaum dass Mr. O'Flanagan aus dem Haus war.

«Warum nicht?»

«Ich fühle mich unbehaglich dabei.»

«Habe ich mich vielleicht nicht unbehaglich gefühlt, als du all dieses Geld abgelehnt hast?»

«Mir erschien es richtig», unterstützte Hortensia ihn.

«Ihr seid dumm und stolz. Mr. O'Flanagan bedeutet dieses Geld rein gar nichts, er ist reich. Hättest du das Geld genommen, wäre er noch genauso reich und noch dazu glücklich. Es ist Weihnachten! Wir hätten ihm die Freude machen sollen, das Geld anzunehmen.»

«Es ging eben nicht», sagte Noah.

«Du bist ein Sturkopf.»

«Das musst gerade du mir sagen!»

«Vielleicht bin ich ein kleines bisschen dickköpfig und vielleicht auch stolz. Aber zum Glück bin ich etwas praktischer veranlagt als ihr beiden. Du willst das Geld nicht, in Ordnung. Wie du willst. Aber nimm wenigstens die Einladung an. Hortensia und ich sind kein einziges Mal ausgegangen, seit wir vor über einem Jahr in Boston angekommen sind. Wir kennen niemanden, und diese Einladung ist die perfekte Gelegenheit, einmal unter Leute zu kommen», sagte sie bittend.

«Meinetwegen brauchst du das nicht, Noah», warf Hortensia ein. Aber Charlotte ließ nicht locker.

«Schlag die Einladung nicht aus, Noah. Ich gebe ja zu, dass ich so gern auf ein Fest gehen möchte. Ich vermisse die Musik, die Leute … Ich liebe Feste. Ist das etwa eine Sünde?»

Noah fühlte sich fast etwas egoistisch. Er war sich bewusst, dass Charlotte freiwillig auf viele Dinge verzichtet hatte, seitdem sie ihr Elternhaus verlassen mussten.

«Meinetwegen», gab er seufzend nach. «Aber ich werde es bestimmt bereuen.»

«Wir werden ja sehen.»

· 28 ·

Charlotte konnte ihre Geschwister sogar davon überzeugen, für diesen besonderen Anlass etwas zum Anziehen zu kaufen. Noah, der im ersten Moment gerade einmal mit einem praktischen dunklen Anzug einverstanden gewesen war, stand plötzlich in einem hocheleganten schwarzen Anzug mit beigefarbener Seidenweste, Halstuch, Cape, Handschuhen, Hut und glänzenden Lederschuhen da, ohne ganz zu begreifen, wie es so weit hatte kommen können. Charlotte selbst hatte sich für ein kostspieliges türkisblaues Kleid mit passendem Cape entschieden, viel zu dünn für diese Jahreszeit. Nur Hortensia, die kein Geld für etwas ausgeben wollte, das sie ihrer Meinung nach kaum jemals wieder tragen würde, wählte eine preiswerte und dezente Kombination, die sie auch zu anderen Anlässen anziehen könnte.

Als die drei Geschwister am 31. Dezember 1859 in ihren neuen Kleidern das Haus verließen, wartete die Kutsche von Mr. O'Flanagan schon unten an der Steigung zur Arch Street.

Der Kutscher stieg vom Bock, öffnete die Tür und wartete, bis seine drei Fahrgäste den Hügel heruntergekommen und eingestiegen waren.

Dann fuhr er los.

«Wie kalt es ist», rief Charlotte und rieb sich die Hände.

«Ich habe dir ja gleich gesagt, dass dieses Cape nicht warm genug ist.»

«Ich weiß, Hortensia. Aber es war so wunderschön. Außerdem hätte ich nicht gedacht, dass es so kalt ist.»

Hortensia zog die Augenbrauen hoch und tauschte einen kurzen Blick mit Noah. Sie alle hatten Boston zur Genüge kennengelernt, und man musste schon sehr dämlich sein, um eine so armselige Ausrede zu glauben.

Doch Charlotte zitterte dermaßen, dass Hortensia sie besorgt ansah und ihr ein Stück von ihrem Cape abgab.

Noah hatte eine bessere Idee. Ihm fiel ein, dass man in den hohlen Kutschbänken manchmal Decken und andere Dinge aufbewahrte. Er versuchte sein Glück und klappte seine Seite auf, und tatsächlich fand er dort neben einem Seil und ein paar Kissen eine Felldecke, unter der Charlotte sofort verschwand, kaum dass er sie ihr reichte.

Die vornehme Beacon Street verlief vor dem Boston Common Park, am Fuß des gleichnamigen Hügels.

Während die Kutsche durch den Lichtkorridor fuhr, der sich durch die Gaslampen über der gepflasterten Straße öffnete, tauchten die Umrisse der Villen aus der Dunkelheit auf, und Charlotte wurde immer euphorischer. Schließlich hielt die Kutsche vor dem größten und prächtigsten Anwesen an.

Bei Noah und Hortensia stellten sich andere Gefühle ein, als die Kutsche an ihrem Ziel ankam. Noah konnte sich Angenehmeres vorstellen, als den Silvesterabend unter den feindlichen Blicken weißer Männer zu verbringen. Auch Hortensia fühlte sich unbehaglich bei dem Gedanken, sich in der Gesellschaft zu bewegen, als wäre nichts geschehen. Die Angst, jemand könnte ihr Geheimnis entdecken, lag ihr so schwer auf der Brust, dass es ihr fast den Atem nahm.

Beim Aussteigen spürte Charlotte erneut empfindlich, dass ihr Cape für den harten Bostoner Winter eindeutig zu dünn war, und drängte sich zwischen ihre Geschwister. Zum Glück wurde ihnen sofort geöffnet. Brian O'Flanagan begrüßte sie persönlich an der Tür.

«Meine Damen, Noah», begrüßte er seine Gäste, küsste Hortensia und Charlotte die Hand und drückte sehr herzlich die ihres Bruders.

«Guten Abend», erwiderten die drei wie aus einem Mund.

Dann übergaben Noah und Hortensia ihre Capes einem Diener, der hinter ihrem Gastgeber aufgetaucht war. Charlotte, die furchtbar für ihren triumphalen Einzug gefroren hatte, legte ihr Cape nur widerwillig ab. Hilflos musste sie zusehen, wie es in einem Schrank verschwand, ohne dass jemand es bewundern konnte.

«Kommen Sie doch bitte herein», bat Brian, und die drei folgten ihm durch eine Doppeltür aus massivem Holz, die den Eingangsbereich vom Rest des Hauses trennte.

Sie gingen an einer Treppe mit einem elegant geschwungenen Mahagonigeländer vorbei, auf deren Treppenabsatz sich ein hohes Fenster öffnete, und traten durch einen Türbogen links neben der Treppe in den Salon.

Hortensia war an Brians Arm vorausgegangen und blickte sich bewundernd um. «Was für ein schönes Haus.»

«Danke, Miss Lacroix.»

Charlotte, die ein paar Schritte dahinter neben Noah ging, spitzte ihre Ohren, um jedes Wort mitzuhören.

«Eigentlich habe ich in den Außenbezirken der Stadt gelebt, aber nachdem vor vier Jahren meine Frau gestorben ist, bin ich in das Haus meiner Eltern zurückgekehrt.»

«Oh, das tut mir sehr leid», brachte Hortensia voller Mitgefühl heraus. Dann schwiegen beide.

Im Salon warteten die anderen Gäste. Es war nur etwa ein Dutzend Personen anwesend. Die meisten standen in kleinen Grüppchen herum und unterhielten sich angeregt bei einem Glas Champagner. Im Hintergrund spielte ein Violinquartett.

Als Charlotte zusammen mit Noah eintrat, spürte sie, wie man zunächst ihr ein paar diskrete Blicke zuwarf. Dann aber starrten alle Noah an.

Eine rothaarige Frau mit dunkelblauen Augen löste sich aus einer der Gruppen und kam auf sie zu.

Brian lächelte. «Mutter, ich möchte dir Charlotte und Hortensia Lacroix vorstellen.»

«Ich bin Beatriz O'Flanagan, sehr erfreut», sagte sie mit einem strahlenden Lächeln.

«Und das hier ist Noah», sagte Brian, und sofort galt ihre ganze Aufmerksamkeit ihm.

«Sie sind also der junge Mann, der meinen Enkel gerettet hat», rief sie. «Unser Sohn hat erzählt, dass Sie Ihr Leben riskiert haben, um ihn zu beschützen.»

Gerade wollte Noah dies abstreiten, als sie mit ihrer behandschuhten Hand sanft die seine ergriff.

«Nein, bitte», sagte sie. «Das, was Sie getan haben, war sehr mutig und edel. Sie sollen wissen, dass meine Familie Ihnen immer dankbar sein wird.»

Respektvoll senkte Noah den Kopf.

«Wenn Sie erlauben, stelle ich Ihnen unsere übrigen Gäste vor», sprach Mrs. O'Flanagan weiter, legte ihre Hand auf seinen Arm und ging auf eine Gruppe zu. Brian folgte mit Charlotte und Hortensia.

«Das sind meine Cousine Josephine Russell und ihre

Tochter Ursula», sagte Brians Mutter. «Ich möchte euch Noah vorstellen, und Charlotte und Hortensia Lacroix.»

«Sehr erfreut», gaben die beiden Damen zurück, allerdings konnte Josephine nicht verhindern, dass ihr Mund sich leicht angeekelt verzog, als Noah einen Schritt auf sie zu machte, um sie zu begrüßen. Dafür studierte sie mit Kennermiene die mehrsträngige Kette aus wilden Perlen, die Charlotte um den Hals trug.

Danach kam die Reihe an die einzigen Gäste, die nicht zur Familie gehörten. Ein Paar mittleren Alters war in Begleitung eines noch jugendlichen Sohnes gekommen. Bei ihnen stand ein attraktiver dunkelhaariger Mann, der auf den Namen Fernando Fuentes hörte und den Brian als guten Freund vorstellte. Mr. Fuentes hatte seinen Blick nicht von Charlotte wenden können, seit sie den Saal betreten hatte. Wieder tauschten sie die Begrüßungsfloskeln aus, die die Etikette ihnen auferlegte, und gingen weiter die Runde.

«Mein Onkel Lionel Sanders, Josephines Vater», sagte Mrs. O'Flanagan im Vorbeigehen und deutete auf einen hochgewachsenen, mageren Mann, der die achtzig sicherlich schon überschritten hatte, auf einem Sofa vor sich hin döste und sich nicht um das Geschehen kümmerte.

Schließlich kamen sie zum letzten Gast. Gemütlich saß er vor dem Kamin und stand auch nicht auf, als sie sich näherten. Gelassen zog er an einer Zigarre und stieß eine dichte Rauchwolke aus, die die Luft mit einem durchdringenden, süßlichen Duft erfüllte.

Die Ähnlichkeit mit Brian war so offensichtlich, dass Charlotte auch ohne Vorstellung wusste, dass es sich um seinen Vater handeln musste. Jetzt legte er die Zigarre beiseite und stand auf, nachdem seine Frau ihm einen kurzen Blick zugeworfen hatte.

«Raymond O'Flanagan», stellte er sich vor.

Charlotte blickte in ein Paar dunkle, tiefgründige und intelligente Augen, die ihr furchtbar bekannt vorkamen. Zuerst dachte sie, dass es wohl die Ähnlichkeit mit Brian sein musste, aber dann merkte sie, dass Brians Augen, auch wenn sie die gleiche Farbe hatten wie die seines Vaters, nicht mit der gleichen Intensität strahlten. Charlotte spürte förmlich, wie dieser Blick ihre Erinnerungen aufwühlte, konnte ihm aber kein Gesicht zuordnen.

Das Familienoberhaupt wandte sich direkt an Noah.

«Sie sind also der junge Mann, der unserem Enkel das Leben gerettet hat ...»

Bescheiden nickte Noah.

«Es ist uns eine große Ehre, dass Sie gekommen sind», sagte Raymond O'Flanagan.

In diesem Moment begannen die anderen Gäste ins Esszimmer hinüberzugehen. Hortensia hatte ein paar Worte mit Brian gewechselt und konnte das verhaltene Gemurmel hören, das Noahs Anwesenheit ausgelöst hatte. Sie war tief getroffen von der sichtlichen Verachtung, die diese Menschen für ihren Bruder empfanden. Und unwillkürlich bereute sie, zugelassen zu haben, dass Charlotte ihren Willen durchgesetzt hatte und Noah nun diese unangenehme Situation ertragen musste.

Zudem warf Josephine Noah nun einen Blick zu, bei dem sich Hortensia das Nackenhaar sträubte. Noah war hier nicht willkommen, und diese Frau wollte ihm das zeigen.

«Ich sehe, dass nicht alle unsere Gäste so dankbar sind wie ich», sagte Brians Vater sarkastisch und erwiderte Josephines Blick, die sofort woanders hinsah.

Nach einer stummen Ermahnung seiner Frau lächelte er und klopfte Noah freundlich auf die Schulter.

«Machen Sie sich keine Sorgen, mein Freund. Meine eigene Anwesenheit gefällt den meisten Verwandten meiner Frau ebenso wenig», teilte er ihm amüsiert mit. «Kommen Sie. Heute sitzen Sie an meiner Seite.»

Wenn Charlotte und Hortensia nicht so viel Luxus gewöhnt gewesen wären, hätten sie mit offenem Mund gestaunt. Man hatte für diesen Anlass an nichts gespart. Der Tisch war wundervoll geschmückt worden. Die traditionellen Blumenarrangements auf der Tafel waren durch ein paar Mistelzweige ersetzt worden. Die Gläser waren aus feinstem Kristall, Silber und Porzellan waren mit hübschen weihnachtlichen Motiven verziert, und sogar auf die Servietten waren Christbäume gestickt.

Beatriz O'Flanagan saß an einem Kopfende des Tisches, Hortensia bekam den Platz zu ihrer Rechten, Mr. Fuentes den zu ihrer Linken. Neben ihm saß Charlotte. Noah saß am anderen Ende des Tisches neben Raymond O'Flanagan, der das andere Kopfende eingenommen hatte.

Als alle Platz genommen hatten, bemerkte Charlotte, dass der Stuhl zu ihrer Linken leer geblieben war. Niemand außer ihr schien sich daran zu stören, dass das Abendessen gebracht wurde, obwohl der letzte Gast noch nicht erschienen war.

«Hoffentlich ist nichts passiert», bemerkte Charlotte zu Mr. Fuentes und deutete auf den leeren Stuhl.

«Machen Sie sich keine Sorgen, Miss Lacroix, er kommt immer zu spät», flüsterte der Tischnachbar.

Lächelnd bedankte Charlotte sich für die Erklärung und betrachtete die Garnelen, die der Diener gerade vor sie hingestellt hatte. Ihr lief das Wasser im Mund zusammen. Überrascht stellte sie fest, dass alle Gäste mit dem Essen anfingen. Anscheinend würde man nicht auf den verspäteten Gast warten. Sie warf ihrer Schwester einen fragenden Blick zu. Auch die zögerte, aber dann zuckte Charlotte mit den Schultern und spießte entschlossen eine Garnele auf. Wie immer hatte sie einen Mordshunger.

Nach den Horsd'œuvres wurden Pilzküchlein serviert, dann ein delikater Meeresfrüchtesalat und schließlich das Hauptgericht, ein mit Orangenscheiben und gebackenen Kartoffeln garniertes gebratenes Zicklein, zu dem es eine wunderbar nach wilden Kräutern duftende Soße gab.

Beim Essen unterhielt Fernando Fuentes die drei Damen an seiner Seite mit amüsanten Geschichten.

«Du bist wirklich ein furchtbarer Mensch, Fernando», sagte Mrs. O'Flanagan, nachdem er eine pikante Anekdote über einen Schmuckhändler und seine Gattin erzählt hatte.

«Meine liebe Beatriz, Sie wissen doch, dass ich nie etwas erfinde.»

«Eben drum. Und es erstaunt mich, dass man dich in den guten Bostoner Familien noch immer empfängt.»

Jetzt lächelte er Hortensia an, die sofort errötete. An seiner sanften Art zu sprechen und dem Blick, den er Hortensia zugeworfen hatte, konnte Charlotte deutlich den Verführer erkennen. Als er nun sie ansah, blickte Charlotte scheu auf ihren Teller.

Bestimmt bildete Fernando Fuentes sich jetzt ein, Eindruck auf sie gemacht zu haben. Innerlich musste sie lächeln. Wie einfach es doch war, Männer zu manipulieren, die sich für unwiderstehlich hielten.

Plötzlich vernahm Charlotte energische Schritte hinter sich.

«Es tut mir leid!», hörte sie die Stimme eines jungen

Mannes sagen, woraufhin alle Gäste ihre Augen von den Tellern hoben.

Josephine warf dem Unbekannten sogar einen unfreundlichen Blick zu, bevor sie sich wieder ihrer Mahlzeit zuwandte.

«Ich fürchte, ich bin mal wieder zu spät», sagte die Stimme mit einem frechen Unterton.

Charlotte hätte sich nur zu gern sofort umgedreht, aber selbst sie fand zu viel Neugierde etwas unschicklich. Deshalb hatte sie noch keinen Blick auf den Unbekannten erhaschen können, der sich nun auf den Stuhl neben ihr fallen ließ. «Danke, George», sagte er freundlich, als der Diener sofort ein Stück Fleisch auf seinen Teller legte. «Könntest du mir auch noch etwas Salat bringen?»

Sprachlos beobachtete Charlotte, dass der Mann, noch bevor er sich die Handschuhe ausgezogen hatte, die Salatschüssel in Empfang nahm, den Inhalt auf seinen Teller kippte und sie dem Diener zurückgab.

«Entschuldigt, aber ich bin wirklich hungrig», sagte er in die Runde und fing an zu essen.

In ihrem ganzen Leben hatte sie noch keinen Menschen gesehen, dem es derartig an Manieren mangelte, dachte Charlotte und wollte gerade einen genaueren Blick auf ihn werfen, als sie bemerkte, dass Hortensia ganz blass geworden war. Sie sah aus, als hätte sie ein Gespenst gesehen.

Und plötzlich fiel ihr alles wieder ein. Die Handschuhe, die unverschämte Stimme, Raymond O'Flanagans Augen, all das nahm in ihrer Erinnerung Form an. Ein kurzer Seitenblick genügte, und sie erkannte sogar den alten Anzug wieder, den er bereits in Virginia getragen hatte. Starr blickte sie vor sich auf den Teller.

«Scott», sagte Mrs. O'Flanagan und zerstreute damit auch den allerletzten Zweifel.

«Ja, Mutter?»

«Ich glaube, du kennst unsere Gäste noch nicht.»

Scott richtete sich auf und blickte auf die Frau, die neben seiner Mutter saß. Hortensia hielt den Atem an.

«Miss Hortensia Lacroix, ihre Schwester Charlotte und Noah, der junge Mann, der Peter das Leben gerettet hat.»

Ein Lächeln zeigte sich auf Scotts Gesicht.

«Was für eine Überraschung! Es ist mir ein Vergnügen, Sie wiederzusehen», sagte Scott und nickte Hortensia zu.

«Das Vergnügen ist ganz auf meiner Seite», stotterte sie.

Jetzt blickte er auf seine Tischnachbarin zur Rechten. «Miss Charlotte», begrüßte er sie mit einem frechen Grinsen und zwang sie dazu, ihn anzusehen.

«Mr. O'Flanagan», erwiderte sie kühl, entschlossen, ihn nicht anzulächeln.

Inzwischen hatten sie die Aufmerksamkeit des ganzen Tisches auf sich gelenkt. Auch Noahs Gesichtsausdruck verriet, dass er Scott wiedererkannt hatte.

«Sie kennen also meinen Sohn?», fragte Mrs. O'Flanagan.

«So ist es», antwortete Charlotte knapp.

«Ich hatte das Vergnügen, die Schwestern Pa…»

«Lacroix», fiel Charlotte ihm mit einem stechenden Blick ins Wort.

«… die Schwestern Lacroix bereits kennenzulernen», beendete Scott seinen Satz.

«Was für ein schöner Zufall», rief Scotts Mutter nun bewegt aus.

«O ja, Mutter. Auch wenn ich befürchte, dass die Damen mich nicht in besonders guter Erinnerung haben», fügte er hinzu.

«Das wundert mich überhaupt nicht», mischte sich sein Vater vom anderen Ende des Tisches ein. Josephine nickte beipflichtend.

«Nun, Vater, ich fürchte, auch deine Umgangsformen hätten der strengen Prüfung der guten Gesellschaft der Südstaaten nicht standgehalten.»

Unfreiwillig musste Josephine wieder nicken.

«Das stimmt doch, Tante?»

Bei der unerwarteten Frage ihres Neffen hörte Josephine sofort auf zu nicken. Obwohl ihre Abneigung gegenüber Raymond O'Flanagan offensichtlich war, wollte sie den Mann, der ihre Familie ernährte, trotzdem nicht beleidigen.

«Es genügt, Scott!», warf seine Mutter ein.

«Verzeihen Sie, wenn ich Sie gekränkt habe, Tante.»

Josephine antwortete mit einem säuerlichen Blick, den Scott mit einem Lächeln erwiderte.

Brian fing jetzt an von der Oper zu reden, die gerade in der Stadt uraufgeführt worden war, und Charlotte nutzte die Ruhe, um das letzte Stück Fleisch auf ihrem Teller zu essen.

«Ich sehe, dass Sie Ihren Appetit nicht verloren haben», flüsterte Scott ihr ins Ohr, als die Gabel komplett in Charlottes Mund verschwunden war.

«Und Sie haben noch immer keine Tischmanieren», gab Charlotte zurück und warf einen Blick auf die abgetragenen Lederhandschuhe.

«Das kann ich nicht leugnen, liebe Miss Lacroix. Wollen wir nicht trotzdem Frieden schließen?»

«Ich wusste gar nicht, dass wir uns im Krieg befinden.»

Josephine bemühte sich, jedes der Worte zu erhaschen, die ihr Neffe mit der von Brian eingeladenen Dame gewechselt hatte.

«Miss Charlotte», fragte sie, «wo haben Sie meinen Neffen denn kennengelernt?»

«Im Süden», antwortete Charlotte zuvorkommend. Hortensia saß stocksteif auf ihrem Platz.

Jetzt hakte Brians Mutter nach. «Ich glaube, Brian hat mir gar nicht erzählt, aus welchem Teil der Südstaaten Sie kommen.» Die gefährliche Neugierde war offensichtlich ansteckend.

«Unsere Familie stammt aus New Orleans.»

«Was für ein wundervoller Ort», rief Mr. Fuentes wehmütig aus.

«Dann haben Sie also in New Orleans gelebt?», wollte Josephine wissen.

Ein neugieriger Blick offenbarte, dass Scott anscheinend noch mehr an der Antwort interessiert war als seine Tante.

Bevor Charlotte antwortete, tauschte sie einen Blick mit Hortensia, die immer blasser wurde. Auch Noah hörte etwas angespannt zu.

«Das Anwesen unserer Familie liegt in der Stadt, aber wir haben die meiste Zeit auf dem Land gelebt, auf der Plantage unseres Vaters», erklärte Charlotte ausweichend.

Überrascht wandte sich Mrs. O'Flanagan an ihren Sohn.

«Ich wusste gar nicht, dass du einmal in New Orleans warst, Scott.»

«Leider war ich das auch nie, Mama.»

Scott wollte schon fortfahren, als er einen Blick von Hortensia auffing, der ihn inständig bat, Schweigen zu bewahren.

«Ich habe die Damen bei einem gemeinsamen Freund kennengelernt», sagte er vage.

«Bei Richard?», fragte seine Mutter.

Scott nickte.

Bei der Erwähnung dieses Namens fiel ein Schatten über Charlottes Gesicht.

«Ein sympathischer junger Mann», erklärte Beatriz jetzt begeistert. «Vergangenen Sommer ist er mit seiner Frau hier zu Besuch gewesen. Ein wundervolles Paar. Sie waren auf ihrer Hochzeitsreise und so verliebt! Leider konnten sie nur ein paar Tage bleiben, und Scott war nicht in der Stadt, sie konnten sich also gar nicht sehen.»

Das war zu viel. Bei diesen Worten war Charlottes Wunde wieder aufgebrochen.

«Geht es Ihnen gut?», fragte Josephine neugierig. «Sie sind ganz blass geworden.»

Am liebsten hätte Charlotte diese Frau am Hals gepackt und gewürgt. Aber sie lächelte freundlich. «Danke, mir geht es ausgezeichnet», log sie und hoffte, dass ihre Wut für etwas mehr Röte auf ihren Wangen sorgen würde.

Einen Moment lang überlegte Scott, ob vielleicht Richards Hochzeit der Grund gewesen war, weshalb Hortensia und Charlotte Virginia verlassen hatten und in Boston lebten. Aber wieso war auch ihr Sklave bei ihnen? Hortensias flehentlicher Blick und Charlottes Bemühungen, einen der angesehensten Namen aus Virginia zu verbergen, legten die Vermutung nahe, dass etwas mehr hinter alldem steckte als enttäuschte Liebe.

Charlotte spürte, wie Scott sie ansah. Er wirkte ernst.

Zum Glück kamen die Dienstboten jetzt herein, räumten den Tisch ab und servierten jedem ein köstliches Stück Torte.

Als sie wieder verschwunden waren, hatte Charlotte ihre gesunde Gesichtsfarbe wieder.

«Ah, großartig!», rief Scott aus, als er die Torte probierte. Insgeheim musste Charlotte ihm ausnahmsweise beipflichten.

«Wie gefällt Ihnen denn unsere Stadt?», fragte Beatriz O'Flanagan Hortensia.

«Oh, sie ist wunderschön. Und es leben so viele Menschen hier.»

«Nun, so groß ist die Stadt eigentlich nicht», erklärte Josephine, die nur darauf gewartet hatte, sich an der Unterhaltung zu beteiligen. «Aber im Süden gibt es wohl keine so großen Städte. Da Sie vom Land kommen, ist es nur natürlich, dass eine so große Stadt Sie erdrückt. Sie haben sicher sehr einsam gelebt ...»

«Oh nein, es gefällt mir hier», antwortete Hortensia. «Außerdem waren wir oft in der Stadt.» Sie vermied den Namen Richmond. «Und wir haben auch nicht einsam gelebt.»

«Pardon, das habe ich vergessen. Sicher hatten Sie eine Menge ... Sie wissen schon», sagte Josephine bösartig.

Obwohl den ganzen Abend niemand gewagt hatte, das Wort auszusprechen, hatte Josephine es geschafft, alle darauf aufmerksam zu machen, dass diese Frauen andere Menschen ihr Eigentum nannten.

Beschämt senkte Hortensia den Kopf und schwieg.

Charlotte ließ den Löffel auf ihren Teller sinken und sah Josephine scharf an. Sie würde nicht zulassen, dass diese Frau ihnen Lektionen in Moral erteilte. Und schon gar nicht Hortensia.

«Entschuldigen Sie, aber ich habe nicht gehört, was Sie gesagt haben. Eine Menge was?»

Eine leichte Anspannung machte sich bemerkbar.

«Ich denke nicht, dass ich es aussprechen muss, Miss Lacroix», sagte Josephine mit einem angestrengten Lächeln, während sie zu Noah schielte. «Wir sind doch alle erwachsene Menschen.»

«Ich fürchte, ich verstehe Sie noch immer nicht, Mrs. Russell», sagte Charlotte. Die Bösartigkeit dieser Frau erinnerte sie fast ein wenig an Laura Burton.

«Ich sagte, dass Sie sicher eine Menge Sklaven hatten.»

«Etwa hundertzehn, nicht wahr, Hortensia?»

Hortensia nickte.

Der Junge, der mit seinen Eltern gekommen war, wurde jetzt ärgerlich. «Das ist unmenschlich!», ließ er verlauten, und viele der Anwesenden nickten schweigend.

«Es ist kaum unmenschlicher, als Kinder bis zur Erschöpfung in Fabriken arbeiten zu lassen», gab Charlotte wütend zurück.

«Wenigstens sind sie frei», sagte der Junge wieder, und nur ein Blick seines Vaters hinderte ihn daran weiterzusprechen.

Josephine hingegen hatte nicht die Absicht, das Thema so schnell beizulegen.

«Sie sollten wissen, junge Dame, dass Scott, obwohl er jetzt sonderbarerweise so schweigsam ist, ein glühender Vertreter der Abolition ist.»

«Das weiß ich, Mrs. Russell.»

«Und das stört Sie nicht?»

«Keineswegs. Wahrscheinlich ist es das Einzige, worüber wir völlig einer Meinung sind.»

«Und trotzdem halten Sie Sklaven?»

«Eigentlich ist es mein Vater, der Sklaven hält.»

«Aber … der junge Mann?», fragte Josephine und deutete mit dem Kopf auf Noah.

«Meinen Sie etwa Noah?»

Josephine nickte, während die anderen Gäste gespannt auf den Ehrengast blickten.

«Noah ist nicht unser Sklave», erklärte Charlotte freundlich lächelnd. «Noah ist unser Bruder.»

Sofort entgleisten Josephines Gesichtszüge, und beinahe verschluckte sie sich an einem Stück Kuchen. Stille legte sich bleischwer über den Tisch. Charlotte musste nicht aufblicken, um zu sehen, dass alle Anwesenden mit offenem Mund dasaßen. Sogar das Klacken der Gabeln war verstummt.

Zufrieden setzte Charlotte ein engelsgleiches Lächeln auf. Elegant hob sie die Gabel mit einem weiteren Bissen Kuchen, der ihr so gut schmeckte wie schon lange nicht mehr.

«Ich gratuliere», flüsterte Scott ihr ins Ohr. «Nicht einmal ich hätte es geschafft, meine Tante derartig zu schockieren.»

Am anderen Ende des Tisches sah man auch Raymond O'Flanagan lächeln. Man musste zugeben, dass diese Frau Mut hatte.

Charlotte ließ sich von den neugierigen Blicken, die die drei so unterschiedlichen Geschwister genau studierten, nicht erschüttern. Mit geradem Rücken saß sie auf ihrem Platz, und immer wenn sie spürte, dass ein Augenpaar verstohlen auf sie gerichtet wurde, nickte sie freundlich. Auch Noah blickte stolz in die Runde, obwohl ihm die Situation etwas unangenehm war. Diskret zwinkerte Charlotte ihm zu. Nur Hortensia wagte nicht, den Kopf zu heben.

Charlotte konnte fast körperlich fühlen, wie in den Köpfen der Männer und Frauen am Tisch eine einzige Frage hämmerte. Waren diese Frauen, die sie wie Damen der Gesellschaft behandelt hatten, etwa auch schwarz?

Auch Noah schien die Gedanken ahnen zu können und beeilte sich zu erklären: «Eigentlich sind wir Halbgeschwister. Unser Vater war ein Weißer. Aber während Charlotte und Hortensia die Töchter seiner weißen Ehefrau sind, ist meine Mutter eine Sklavin.»

Charlotte runzelte die Stirn. Gern hätte sie diese Heuchler noch ein wenig schmoren lassen.

Selbst der junge Mann, der die Gleichheit von Weißen und Schwarzen gerade noch so leidenschaftlich verteidigt hatte, seufzte erleichtert, als nun kein Zweifel mehr daran bestand, dass die beiden schönen Frauen am Tisch Weiße waren. Nur Hortensia wurde das Herz schwer. Gerade erst hatte sie etwas entdeckt, das Charlotte schon lange wusste. Die Weißen brauchten das Gefühl, anders zu sein. Zwar konnten sie, wenn auch widerwillig, akzeptieren, dass ein Schwarzer weißes Blut in seinen Adern hatte, schließlich blieb er dabei immer noch ein Schwarzer. Aber die Vorstellung, dass ein Weißer, den man wie einen Gleichen behandelte und der unerkannt unter ihnen weilte, eigentlich schwarzes Blut in sich hatte, erfüllte sie mit Schrecken. Hortensia verspürte tiefe Trauer. Egal in welchem Teil dieses Landes sie sich befand, nie würde sie zu den anderen gehören.

«Ich denke, wir sollten in den Salon zurückkehren», schlug Beatriz O'Flanagan vor und erhob sich.

«Eine gute Idee, Mutter», stimmte Scott ihr zu und stand ebenfalls auf. «Miss Charlotte, würden Sie mir die Ehre erweisen, mich zu begleiten», sagte er und bot ihr seinen Arm.

«Es ist mir ein Vergnügen.»

Die Musiker, die während des Abendessens eine Ruhepause eingelegt hatten, erfüllten die Luft erneut mit Melodien, als die Gäste in den Salon traten. Trotzdem wurde nicht getanzt. Man stand in kleinen Grüppchen beieinander und plauderte.

Raymond O'Flanagan setzte sich in den Sessel vor dem Kamin und zündete sich eine weitere Zigarre an, ohne darauf zu achten, ob der Rauch jemanden stören könnte.

«Da sehen Sie, von wem ich meine Manieren geerbt habe», flüsterte Scott Charlotte zu. Gerade wollte sie etwas darauf erwidern, als er ihr zuvorkam. «Und wenn es Ihnen nichts ausmacht – schließlich möchte ich Ihre Erwartungen nicht enttäuschen –, bin ich weiterhin unhöflich und lasse Sie hier zurück, während ich meine bewundernswerten Verwandten begrüße. Sie werden sicher zurechtkommen, jetzt, wo Sie so viele Freunde gewonnen haben.»

Mit einem unverschämten Augenzwinkern verabschiedete sich Scott und ließ sie stehen.

«Dieser Trottel», schimpfte Charlotte, als Hortensia mit Mr. Fuentes auf sie zukam.

«Geht es dir gut?», fragte Hortensia.

«Ja. Aber dieser Mann macht mich wahnsinnig», sagte sie. «Ich verstehe nicht, wie Brian sein Bruder sein kann.»

«Wissen Sie, obwohl Brian Jura studiert hat, Mitglied des Regierungskabinetts ist und in Zukunft wahrscheinlich eine wichtige Rolle in der Politik des Landes spielen wird, ist Scott doch einer der besten Anwälte Bostons.»

«Anwalt?»

«Wussten Sie das nicht? Ich dachte, wo Sie sich doch kennen ... Seit er letztes Jahr in Harvard den Abschluss gemacht hat, hat er keinen Fall verloren.»

«Nicht zu fassen», dachte Charlotte laut.

Scott setzte sich gerade zu seinem Vater.

«Ich verstehe nicht, warum sie überhaupt noch miteinander reden», sagte Josephine, die sich aus unerfindlichen Gründen zu den Schwestern und Mr. Fuentes gestellt hatte.

«Scott ist ein guter Junge», verteidigte ihre Tochter Ursula ihn.

«Guter Junge!», wiederholte ihre Mutter verächtlich, die auf keinen Fall wollte, dass ihre Tochter mehr als brüderliche Liebe für ihren Cousin entwickelte. «Scott war immer ein Rebell, und Manieren hat er auch keine. Er hat sich nie um den guten Namen der Familie gekümmert. Hast du etwa vergessen, dass er von der Marineakademie geflogen ist? Was für eine Schande für uns alle!», rief sie erregt aus.

«Ich wusste gar nicht, dass er in Annapolis studiert hat», sagte Charlotte, die jetzt verstand, wo Richard und Scott Freunde geworden waren. «Warum ist er denn ausgeschlossen worden?»

«Ich weiß es nicht. Aber ich bin mir sicher, dass er es verdient hat.»

Die Art, wie Fernando Fuentes Charlottes Blick auswich, ließ sie vermuten, dass er mehr über diese Angelegenheit wusste.

«Und als ob das nicht genügte, ist da jetzt noch diese Sache mit der Klage. Was für ein Sohn ist das, der seinen Vater vor Gericht zerrt?»

«Vor Gericht?», fragte Charlotte unschuldig.

«Ja», nickte sie und ließ sich von der Abneigung mitreißen, die sie beiden gegenüber hegte. «Scott hat sich zum Anwalt eines armen Schluckers aufgeschwungen. Ich glaube, der Mann hat eine Hand oder einen Fuß in einer der Fabriken seines Vaters verloren. Ich bin mir nicht sicher», sagte sie, als hätte es keine Bedeutung. «Als Scott davon erfuhr, hat er ihn aufgesucht und ihm angeboten, ihn vor Gericht zu vertreten. Natürlich ohne Bezahlung», fügte sie maliziös hinzu.

«Warum tut er so etwas?», fragte Hortensia neugierig.

«Bevor der schreckliche Unfall passierte, hatten die Arbeiter den Polier mehrmals darum gebeten, die Sicherheitsvorkehrungen zu verbessern, aber er hat sie einfach ignoriert, bis eine Kette gerissen ist und eine Stahlplatte den Arm von Scotts Klient abgetrennt hat», erklärte Mr. Fuentes.

«O mein Gott!», rief Hortensia aus.

«Der Mann hat zwar überlebt, wird aber nie wieder arbeiten können. Und er hat eine Frau und vier kleine Kinder.»

Hortensia spürte tiefes Mitgefühl, als sie sich vorstellte, in welchen Schwierigkeiten diese Familie nun stecken musste.

«Nach dem Unfall haben sich die Arbeiter aller Fabriken des Sektors zusammengetan. Sie fordern die Verbesserung der Sicherheitsmaßnahmen und drohen damit zu streiken. Es hat viele Demonstrationen gegeben, aber es war absehbar, dass die Leute ihre Arbeit schon bald wieder aufnehmen würden, ohne ihre Forderungen durchgesetzt zu haben.»

«Das ist wirklich furchtbar», sagte Charlotte, wider Willen ebenfalls von der Geschichte berührt.

«Dann hat Scott angeboten, ihnen zu helfen. Seiner Ansicht nach haben sein Vater und die anderen Gesellschafter eine moralische Verpflichtung gegenüber diesem Mann und seiner Familie», erklärte Mr. Fuentes.

«Wofür sollten sie verantwortlich sein? Fabriken sind eben gefährliche Orte. Was soll aus unserem Land werden, wenn jeder Arbeiter den Fabrikbesitzer verklagt, wenn er einen Unfall hat? Das ist absurd. Und wenn dieser undankbare Mensch den Fall gewinnt, werden alle Faulpelze in Boston denken, dass sie das Recht haben, es ihm nachzutun.»

«Nun», sagte Ursula, die ihre Bewunderung für ihren Cousin kaum verbergen konnte, «wie ich gehört habe, gewinnt Scott ziemlich häufig. Anscheinend haben die Anwälte von Onkel Raymond versucht, zu einer außergerichtlichen Einigung zu kommen, damit er die Klage zurückzieht.»

«So etwas wird er natürlich niemals akzeptieren», sagte Josephine entschieden. «Er hält sich für einen Ritter der gerechten Sache.»

Alle blickten zu Scott und seinem Vater. Sie hätten viel darum gegeben zu verstehen, was gesagt wurde.

«Hoffentlich streiten sie sich nicht», seufzte Ursula. «Manchmal streiten sie sich ganz fürchterlich. Dann sprechen sie monatelang nicht miteinander», fügte sie erklärend hinzu.

«Es wirkt gar nicht so, als würde sie sich nicht vertragen», sagte Charlotte, die nicht das geringste Anzeichen von Feindseligkeit zwischen Vater und Sohn entdecken konnte.

«Nicht vertragen? Niemand hat gesagt, sie würden sich nicht vertragen!», protestierte Josephine mit weitaufgerissenen Augen. «Raymond vergöttert seinen Jüngsten, und Scott empfindet das Gleiche für seinen Vater», betonte sie. «Beide sind sie aus dem gleichen Holz geschnitzt. Zum Glück ist Brian nach Beatriz geraten.»

«Aber wenn sie sich so schätzen, warum streiten sie dann?», fragte Charlotte, die immer weniger verstand.

«Das ist dieses giftige irische Blut», erklärte Josephine voller Verachtung. «Sie sind glücklich, wenn sie sich streiten können. Wir haben uns bemüht, sie zu einem zivilisierten Volk zu machen, aber sie bleiben nichts als ein Haufen Wilder. Sie sind nicht wie wir, die Engländer. Sie wissen nicht, was Ehre bedeutet.»

Es hatte wohl keinen Sinn, dem etwas entgegensetzen zu wollen.

Wieder sah Charlotte zu Scott. In diesem Moment hatte Brian sich zu seinem Bruder gesetzt. Am liebsten hätte sie sich unsichtbar gemacht und im vierten Sessel Platz genommen, um dem Gespräch zu lauschen.

Raymond O'Flanagan zog genüsslich an seiner Zigarre.

«Du wirst verlieren, Scott», prophezeite er seinem Sohn und stieß eine dichte Rauchwolke aus.

Unerschütterlich wartete Scott, bis die Wolke an ihm vorbeigezogen war.

«Ich denke nicht, dass die Kohorte deiner Anwälte das ebenso sieht.»

«Diese Blutsauger», schnaubte er. «Nutzloses Pack. Aber selbst wenn du es nicht zugeben kannst, ein Vergleich ist die einzige Chance für deinen Mann. Denk darüber nach, mein Sohn. Wenn du ihn vor Gericht schleppst, wirst du nichts erreichen.»

«Vielleicht solltest du sein Angebot überdenken», riet Brian seinem Bruder. «Denk daran, dass dieser Mann ohne den Arm nie wieder arbeiten kann. Er hat Kinder,

Scott. Wenn du den Handel akzeptierst, hat er wenigstens etwas in der Hand, aber wenn du vor Gericht verlierst ... Du solltest vorsichtig sein.»

«Und was ist mit der Gerechtigkeit, Brian? Ist es gerecht, dass dieser Mann jetzt verkrüppelt ist, obwohl man es hätte vermeiden können?»

«Unfälle passieren eben.»

«Dein Bruder hat recht, Scott», sagte sein Vater. «Offensichtlich bist du der Einzige, der den Tatsachen nicht ins Auge sehen will. In Fabriken geschehen nun mal Unfälle. Schreckliche Unfälle, aber Unfälle.»

«Wie bequem für dich, Vater», gab Scott ernüchtert zurück. «Und das genügt also? Ein Unfall! Diese Männer machen dich reich, und du solltest besser als jeder andere wissen, wie schwer es ist, jeden Tag bis zur Erschöpfung zu arbeiten und trotzdem kaum eine Familie ernähren zu können.»

Raymond O'Flanagan wurde ernst. Sein Sohn hatte keine Ahnung, was er selbst als Kind hatte durchmachen müssen. Deshalb war es in seinen Fabriken anders als in anderen auch verboten, Kinder einzustellen, denen man nur wenig bezahlen musste. Bei ihm wurde erst beschäftigt, wer mindestens vierzehn Jahre alt war.

«Aber darum geht es gar nicht, Vater», fuhr Scott fort. «In der Fabrik ist eine schadhafte Kette gerissen, und das hat den Unfall verursacht. Und der Polier wusste davon. Ein paar Tage vor dem Unfall wäre fast schon einmal etwas passiert, und trotzdem wurde nichts unternommen. Diesmal war es nur ein Arm, das nächste Mal stirbt vielleicht jemand. Was ist das Leben eines Mannes wert?»

Aufmerksam beobachtete Brian seinen Vater. Aber er hatte noch immer nicht gelernt, in dem ernsten und nachdenklichen Gesicht zu lesen. Das konnte nur Scott, und vielleicht war er es deshalb auch, der seinen Vater ständig aus der Fassung brachte. Wenn das geschah, erzitterte der Boden unter ihren Füßen, aber aus irgendeinem Grund schien Raymond O'Flanagan an diesem Abend keine erhitzte Debatte anfangen zu wollen.

«Es tut nichts zur Sache, ob das Recht auf deiner Seite ist oder nicht», sagte er langsam. «Diesmal kannst du nicht gewinnen. Und das weißt du, Scott. Du wirst den Vergleich annehmen, das ist deine Pflicht. Du weißt, dass es für deinen Klienten die einzige Chance ist. Bei diesem Verfahren wird darüber gestritten, ob ein Arbeiter das Recht hat, seinen Arbeitgeber im Falle eines Unfalls zu verklagen. Es geht nicht um diesen Mann, sondern um die Verpflichtung, in Sicherheitsmaßnahmen zu investieren. Für die Fabrikbesitzer bedeutet das einen Haufen Ausgaben, die sie nicht bereit sind zu tätigen. Ich muss nicht einmal selbst meine Macht ausnutzen, um den Fall zu gewinnen, denn das werden schon andere für mich tun. Andere, die sehr viel skrupelloser sind als ich.»

«Was willst du damit andeuten, Vater?», fragte Brian entsetzt.

«Ich will gar nichts andeuten. Vor ein paar Tagen ist das Haus, in dem Scotts Klient wohnt, zu Asche verbrannt.»

«O mein Gott», sagte Brian. «Mir war nicht klar, dass die Sache so ernst ist.»

«Zum Glück war niemand dort, als das Unglück passierte. Anscheinend ist die Familie bedroht worden und hatte das Haus vorher schon heimlich verlassen. Niemand weiß, wo sie sich jetzt aufhalten. Nun, einer schon», sagte er mit einem Blick zu Scott, der nicht einmal mit der Wimper gezuckt hatte.

Natürlich hatte sein Vater recht. In diesem Fall ging es um mehr als um eine einfache Entschädigung. Im Gegensatz zu seinem Vater waren die anderen Gesellschafter nicht damit einverstanden gewesen, dass der Fall vor Gericht ging. Das Attentat auf das Haus seines Klienten war ein deutlicher Beweis dafür, was alles auf dem Spiel stand. Und um jeden Zweifel daran auszuräumen, war am selben Tag auch sein eigenes Haus mit Drohungen beschmiert worden. Offensichtlich war jemand sehr nervös geworden.

«Mach dir keine Sorgen, Brian. Niemand wird es wagen, mir Schaden zuzufügen», versicherte er und verschwieg wohlweislich, dass er bereits bedroht worden war. «Sie haben zu viel Angst vor unserem Vater. Außerdem würden sie an den beiden Männern, die mir überallhin folgen, wohl nicht vorbeikommen.»

«Welche Männer?»

«Zwei Leibwächter, die im Moment wahrscheinlich hinter irgendeinem Baum im Garten stehen. Übrigens, Vater, da es sich doch sicher um deine Angestellten handelt, solltest du sie hereinbitten. Draußen ist es fürchterlich kalt.»

Raymond lächelte.

«Sie sitzen schon seit Stunden in der Küche.»

«Nun, du hättest mich wenigstens um Erlaubnis fragen können.»

«Wozu? Du hättest den Schutz doch ohnehin abgelehnt. Ich mache mir lediglich Sorgen um deine Sicherheit, und du weißt selbst, dass ich Grund dazu habe.»

«Ist denn etwas passiert?», fragte Brian verwirrt.

Mit unschuldiger Miene schüttelte Scott den Kopf.

Raymond O'Flanagan kam jetzt noch einmal auf seinen Vorschlag zurück. «Vergiss den verdammten Fall und akzeptiere den Vergleich. Es ist eine ordentliche Summe.»

Scott dachte nach. Gleich im ersten Moment hatte er vorgehabt, das Geld zu akzeptieren, es war sogar eine höhere Summe, als er erwartet hatte. Zwar wäre er gern vor Gericht gegangen, um diesen Leuten eine Lehre zu erteilen, die mit dem Schweiß anderer Männer ein Vermögen machten, aber immerhin war der verantwortungslose Polier entlassen und die Kette erneuert worden. An Ruhm war Scott nicht interessiert. Er musste nur diesen Mann und seine Familie beschützen. Und diejenigen, die ihre Interessen in Gefahr sahen, hatten viel Geld und konnten mit diesem Geld so einiges kaufen, selbst Zeugen und Richter. Wenn es nur um ihn ginge, würde er sich vielleicht anders entscheiden, aber er würde diese arme Familie nicht in seinen Krieg mit hineinziehen.

«Was sagst du, Scott?» Raymond O'Flanagan streckte seinem Sohn die Hand entgegen. Einen Moment lang sah Scott die Hand an, dann stand er auf. «Wir werden sehen, Vater.»

Brian erhob sich ebenfalls, und beide begaben sich sofort zu Noah, der in einer Ecke des Raums stand und versuchte, möglichst wenig aufzufallen.

«Ich glaube, ich habe dich noch nicht vorgestellt», sagte Brian. «Noah, das ist mein Bruder Scott.»

Scott trat schnell auf Noah zu und drückte ihm fest die Hand. «Es ist mir wirklich eine Freude», sagte er. «Schön, Sie wiederzusehen.»

Brian warf seinem Bruder einen fragenden Blick zu.

«Ich hatte das Vergnügen, Noah bei der gleichen Gelegenheit kennenzulernen, bei der ich auch Miss Charlotte und Miss Hortensia getroffen habe.»

Noah wurde ein wenig unruhig, aber etwas in Scotts Blick sagte ihm, dass er sich keine Sorgen machen musste.

Dieser nachlässig gekleidete Mann mit dem ehrlichen Lächeln würde nichts verraten, was ihn oder seine Schwestern kompromittieren könnte.

«Es ist nicht zu glauben, wie klein die Welt doch ist», sagte Brian erstaunt. «Du musst mir unbedingt erzählen, wie ihr euch kennengelernt habt.»

Dann ließ Brian die beiden allein, um sich um die übrigen Gäste zu kümmern.

«Ich habe gehört, du arbeitest in der Back Bay», sagte Scott interessiert.

«Nicht mehr. Ich habe vor ein paar Tagen aufgehört.»

«Wenn du Arbeit brauchst, ich habe viele Freunde …»

«Danke, aber das wird nicht nötig sein. Für den Moment werde ich nicht arbeiten. Ich bereite mich für eine Aufnahmeprüfung an der medizinischen Fakultät vor.»

«In Harvard?»

Noah nickte.

«Ich habe dort studiert!», rief Scott erfreut aus. «Es wird dir gefallen!»

«Nun, noch bin ich nicht aufgenommen worden. Charlotte ist davon überzeugt, dass ich es schaffe, aber in Mathematik bin ich nie über Bruchrechnung hinausgekommen. Ich weiß nicht, ob ich es schaffe, so viel in so kurzer Zeit zu lernen.»

«Ich kann dir helfen.»

«Sie?»

«O ja.»

«Entschuldigen Sie, Sir, aber ich dachte, Sie sind Anwalt.»

«Und ein guter sogar. Aber vor meinem Jurastudium war ich vier lange Jahre auf der Marineakademie in Annapolis. Dort gehörte Mathematik zu meinen Lieblingsfächern. Auch wenn ich gestehen muss, dass man mich gefeuert hat, bevor ich den Abschluss machen konnte», fügte er in ironischem Tonfall hinzu.

«Das tut mir leid.»

«Das muss niemandem leidtun. Es musste so kommen. Du wirst sehen, dass wir alle unsere kleinen Geheimnisse haben», sagte er und betrachtete seine Handschuhe.

Noah schwieg einen Moment.

«Ich würde dir wirklich gerne helfen», sagte Scott ehrlich, und streckte ihm die Hand hin. «Und schließlich stehe ich in deiner Schuld, weil du meinen Neffen gerettet hast.»

Noah dachte kurz nach. Scotts Angebot schien von Herzen zu kommen. Und er brauchte wirklich Hilfe, das hatte er entdeckt, als er das Mathematikbuch aufgeschlagen hatte. Die anderen Fächer würden ihm keine Probleme machen, aber Mathematik …

«Ich nehme gern an», sagte Noah und schlug ein.

«Wunderbar!»

Als Charlotte bemerkte, dass Noah und Scott sich konzentriert unterhielten, wurde sie neugierig. Worüber konnten die beiden nur sprechen? Scott wusste mehr über ihre Vergangenheit, als ihr lieb war, und er war viel zu unberechenbar, als dass man sich in seiner Gegenwart sicher fühlen konnte. Es wäre besser, sie würde ein Auge auf die beiden haben. Sie entschuldigte sich also bei der anstrengenden Tante Josephine und ging zu den beiden Männern hinüber.

«Ich denke, das neue Jahr wird in Kürze beginnen», sagte sie und unterbrach damit das Gespräch der beiden. Die Gäste hatten sich tatsächlich bereits um die Standuhr versammelt.

Scott, Noah und Charlotte gesellten sich zu ihnen. In

weniger als einer Minute würde das Jahr 1859 zu Ende gehen. Ein Diener sorgte dafür, dass alle Gäste mit einem Glas Champagner versorgt waren.

Als der erste Schlag der Uhr ertönte und die Gäste anfingen zu zählen, zwinkerte Scott Charlotte zu.

«Eins … zwei …», und als die Stimmen im Chor «Zwölf» riefen, wurde das Jahr 1860 mit einem Konfettiregen begrüßt. Man hob die Gläser und prostete sich zu, und alle tauschten Neujahrsglückwünsche aus.

Nachdem Scott lediglich Noah ein frohes neues Jahr gewünscht hatte, begab er sich sofort auf die andere Seite des Raums. Mit offenem Mund sah Charlotte, wie er seiner Tante einen Kuss auf die Wange gab. Höflich lächelte diese ihn an, während ihre Augen ihn zu durchbohren schienen.

Seine Cousine dagegen fiel ihm beinahe um den Hals, als er sich ihr zuwandte. Dann verabschiedete sich Scott von beiden mit einer übertriebenen Verbeugung und ging zu seiner Mutter.

«Frohes neues Jahr, Mama», sagte er und umarmte sie liebevoll.

«Frohes neues Jahr, du Lausebengel.»

Überall wurden Neujahrswünsche ausgetauscht und geplaudert. Etwa um ein Uhr morgens kam die Feier zu ihrem Ende. Beatriz und Brian O'Flanagan verabschiedeten sich von jedem ihrer Gäste. Die Geschwister Lacroix waren die Letzten, die gingen.

«Es war ein wunderbares Fest», sagte Hortensia, während ein Diener ihr das Cape überreichte. «Vielen Dank für die Einladung.»

Charlotte hatte ihr Cape schon in Empfang genommen, legte es sich um und wandte sich dann ihren Gastgebern zu. Raymond O'Flanagan war bereits verschwunden, und Scott sprach in einer Ecke des Empfangssaals mit Noah.

«Ein frohes neues Jahr noch einmal», sagte sie zu Beatriz, als sie sich verabschiedete.

«Das wünsche ich Ihnen auch», antwortete ihre Gastgeberin. «Bitte besuchen Sie uns bald wieder.»

Brian bestand darauf, sie bis zur Kutsche zu begleiten, die schon draußen wartete. Scott zog sich schnell seinen Mantel an und kam hinter ihnen her.

«Ein sehr schönes Cape, aber etwas kühl für diese Jahreszeit», sagte Scott, als er Charlotte eingeholt hatte. «Sie müssen ja furchtbar frieren.»

«Mir ist gar nicht kalt, Mr. O'Flanagan», sagte sie und versteckte ihre Gänsehaut unter dem Stoff, während sie ihren Schritt etwas verlangsamte. «Übrigens ist es nicht notwendig, dass Sie uns begleiten.»

«Da mein Bruder Sie höchstpersönlich bis zu dieser Kutsche begleitet, die Sie gesund und munter an Ihrer Haustür abliefern wird, kann ich wohl gestehen, dass ich nicht die geringste Absicht habe, Sie zu begleiten.»

«Entschuldigen Sie. Als Sie das Haus gleichzeitig mit uns verließen, dachte ich …»

«Nun, ich fürchte, Brian ist der einzige Gentleman der Familie. Ich fahre nach Hause.»

«Wohnen Sie denn nicht hier?»

«Hier?» Er lachte. «Seit Jahren nicht mehr. Sie denken wohl, ich bin ein reicher Exzentriker, der seine alten Anzüge aus einem komischen Spleen heraus trägt. Nein, ich bin arm wie eine Kirchenmaus. Das einzige Geld, das ich in meinem Leben besessen habe, hat mir mein Großvater hinterlassen, und das wurde bis zum letzten Penny von meinem Jurastudium aufgezehrt. Sie haben Pech, ich bin wirklich eine schlechte Partie. Meine beklagenswerte finanzielle Situation erlaubt mir lediglich eine kleine Kanzlei im North End.»

Brian, der nur noch darauf wartete, dass Charlotte einstieg, versuchte sich seinen Ärger über Scotts geschmacklose Erklärungen nicht anmerken zu lassen. Zuvorkommend reichte er Charlotte seine Hand, um ihr in die Kutsche zu helfen. «Es war mir ein Vergnügen, Miss Charlotte.»

Dann verabschiedete er sich auch von Noah und Hortensia, die ganz hinten in der Kalesche saß. «Ich hoffe, dass wir uns bald wiedersehen.»

Hortensia lächelte ihm zu.

Gerade wollte Brian die Tür schließen, als Scott seinen Kopf noch einmal in die Kutsche steckte.

«Die Damen, Noah, auch ich hoffe, Sie bald wiederzusehen.»

«Ich werde voller Ungeduld warten», sagte Charlotte und zeigte ihm die Zähne. «Aber es ist wohl kaum wahrscheinlich, dass unsere Wege sich so bald wieder kreuzen.»

«Dann legen wir es in die Hand des Schicksals», gab Scott zurück und hatte damit das letzte Wort.

Als sie zu Hause ankamen, hatte Charlotte sich immer noch nicht genug über Scotts Verhalten ausgelassen. Sie wurde es nicht müde zu wiederholen, was für ein ungehobelter Kerl er doch war. Zum Glück würde sie ihn nicht so bald wiedersehen.

Noah schwieg dazu.

· 29 ·

Eine kurze Nachricht im Wirtschaftsteil der Zeitung verkündete, dass man die Klage gegen Raymond O'Flanagan & Co. zurückgezogen hatte. Vielleicht wäre die Meldung etwas ausführlicher ausgefallen, wäre der Hauptaktionär der Fabrik, in der sich der Unfall ereignet hatte, nicht gleichzeitig auch der Besitzer der Zeitung gewesen.

Nach dem Dinner bei den O'Flanagans hatte Charlotte Erkundigungen über den Fall eingezogen. So hatte sie von dem Brand erfahren und auch, dass seither niemand die Familie gesehen hatte. Einige Stimmen behaupteten, jemand habe die Familie verschwinden lassen, aber Charlotte glaubte eher an die zweite Hypothese, die besagte, dass sie nach Erhalt einer beträchtlichen Entschädigung in den Westen gezogen war.

Dann schlug sie den Gesellschaftsteil der Zeitung auf. Das am häufigsten kommentierte Ereignis war der Neujahrsempfang im Haus des Gouverneurs. Der Bericht darüber füllte eine ganze Seite. Nur die einflussreichsten Persönlichkeiten des Staates waren eingeladen worden, und Brian, Beatriz und Raymond O'Flanagan tauchten ganz oben auf der Gästeliste auf. Scott dagegen wurde nicht erwähnt. Charlotte stellte sich den Empfang vor, den Luxus, die schönen Kleider und schließlich auch, wie sie selbst in ihrem hübschen neuen Kleid durch die Räume der Gouverneursresidenz spazierte. Sie war vollkommen in ihrer Vision versunken, als es an der Tür klopfte.

«Hortensia! Es ist jemand an der Tür!», rief Charlotte.

Aber Hortensia rührte sich nicht.

«Hortensia!», rief sie wieder, als es schon zum zweiten Mal klopfte. «Verdammt», sagte sie, ließ die Zeitung fallen und nahm die Füße vom Tisch. «Sind denn alle taub?»

Bevor sie die Tür öffnete, setzte Charlotte ein höfliches Lächeln auf.

«Guten Tag», sagte Scott und trat einfach ein, ohne dass sie ihn darum gebeten hätte.

«Was tun Sie denn hier?»

«Anscheinend arbeitet das Schicksal schnell», gab er mit ironischem Unterton zurück. «Wollen Sie mir denn nicht guten Tag sagen?»

«Keineswegs», sagte Charlotte, die immer noch die Türklinke in der Hand hielt.

In diesem Moment erschien Hortensia. Sie hatte in der Küche gearbeitet und trug noch eine Schürze.

«Guten Tag, Miss Hortensia.»

«Guten Tag, Mr. O'Flanagan», grüßte Hortensia, die überhaupt nicht überrascht wirkte. «Entschuldigen Sie meinen Aufzug, aber wir haben Sie so früh nicht erwartet.»

«Das tut mir leid», sagte er. «Ich bin früher fertig geworden und dachte, es wäre nicht schlecht, so früh wie möglich anzufangen.»

Misstrauisch verfolgte Charlotte das Gespräch. Offensichtlich hatte Hortensia gewusst, dass Scott O'Flanagan an diesem Nachmittag kommen würde. Warum hatte sie ihr nichts davon gesagt?

«Ich hoffe, ich störe nicht?»

«Aber nein», beruhigte ihn Hortensia. «Noah ist in seinem Zimmer. Ich sage ihm gleich Bescheid. Treten Sie doch erst einmal ein.» Hortensia geleitete ihren Gast in den kleinen Salon. Dann hob sie die Zeitung vom Boden auf und legte sie auf das Tischchen.

Neugierig sah Scott sich im Raum um, und sobald er ihnen für einen Moment den Rücken zugekehrt hatte, warf Charlotte ihrer Schwester wütende Blicke zu.

«Sie haben ein sehr gemütliches Heim», sagte er plötzlich und drehte sich wieder zu den Schwestern um. Charlotte setzte sofort ein etwas verkrampftes Lächeln auf.

«Ich hole Noah», sagte Hortensia. «Meine Schwester wird Ihnen so lange Gesellschaft leisten.» Sie deutete auf das Sofa.

«Schöne Feier», sagte Scott, als er die Überschrift des Gesellschaftsteils sah, während Charlotte so weit von ihm wegrückte, wie es irgend ging.

«Sie waren ja offensichtlich nicht eingeladen.»

«Nein. Aber ich mag solche Veranstaltungen auch nicht besonders.»

«Ach ja?»

«Sie glauben mir nicht?», fragte er und sah sie fest an.

«Ich muss Ihnen wohl nicht antworten», gab Charlotte zurück und mied den beunruhigenden Blick seiner dunklen Augen. «Und wenn es Ihnen nichts ausmacht, wüsste ich jetzt gern, was Sie in meinem Haus zu suchen haben.»

Scott lehnte sich bequem im Sofa zurück.

«Ich würde Ihnen gern sagen, dass ich gekommen bin, um Sie zu sehen, aber das wäre wohl eine Lüge.»

Charlotte runzelte die Stirn.

«Ich möchte Noah besuchen.»

«Noah?»

Scott nickte.

«Was haben Sie mit meinem Bruder zu schaffen?»

«Er hat sich angeboten, mir bei den Vorbereitungen für die Aufnahmeprüfung zu helfen. Und ich habe das Angebot angenommen», beantwortete Noah ihre Frage, als er in den Salon trat.

Sofort sprang Scott auf und ging auf ihn zu. Herzlich schüttelten die beiden Männer sich die Hände.

«Ich kann Hilfe gebrauchen. Vor allem in Mathematik», erklärte Noah zu Charlotte gewandt.

«Aber Sie sind doch Anwalt.»

«Sicher», sagte Scott. «Aber Sie sollten wissen, dass ich beinahe an der Marineakademie meinen Abschluss gemacht hätte. Die dortige mathematische Ausbildung hat einen ausgezeichneten Ruf.»

«Nun, ich habe gehört, dass man Sie dort hinausgeworfen hat.»

«Charlotte!», rief Hortensia sie zur Ordnung, die im selben Moment ohne Schürze und mit zurechtgemachtem Haar wieder hereingekommen war.

«Bitte verzeihen Sie», sagte Noah entschuldigend.

«Kein Problem», lächelte Scott.

Die beiden Männer zogen sich zurück, und Scott nickte den Schwestern noch einmal zu, bevor er Noah die Treppen hinauf folgte.

«Warum hast du mir nicht gesagt, dass er kommt?», schimpfte Charlotte, als die beiden im ersten Stock verschwunden waren.

«Ich wollte ja.»

«Wann? Nachdem er wieder gegangen ist?»

«Es ist doch nicht so wichtig», verteidigte sich Hortensia.

«Es ist sehr großzügig von ihm, dass er Noah hilft. Und du warst wirklich sehr grob!»

«Ich? Grob?», schnaubte Charlotte. «Er ist grob! Und ich kann mir nicht vorstellen, dass er Noah helfen kann. So schlau kann er ja nicht sein, wenn sie ihn sogar rausgeworfen haben.»

«Ich denke, du irrst dich, Charlotte. Ursula hat mir erzählt, dass er schon in Harvard war, bevor er auf die Marineakademie ging. Und seine ersten Prüfungen waren wirklich brillant.»

«Was soll sie schon sagen. Sie ist seine Cousine. Und wie sie ihn ansieht. Die Arme ist ja vollkommen in ihn verschossen.»

«Und warum auch nicht. Er ist ein gutaussehender junger Mann.»

«Hortensia! Bist du verrückt geworden?»

«Denk, was du willst, Charlotte. Aber solange er Noah hilft, wirst du dich ihm gegenüber korrekt benehmen. Schließlich steht viel auf dem Spiel.»

«Meinetwegen», gab Charlotte nach. «Aber ich werde nicht mit ihm reden.»

Fast zwei Stunden verbrachten die beiden Männer in Noahs Zimmer. Noah lernte schnell, aber obwohl seine Kenntnisse in anderen Fächern erstaunlich waren, hatte er in Mathematik nur Basiswissen. Aufmerksam lauschte er Scotts Erklärungen. Er absorbierte jedes Wort und konnte fast so schnell rechnen wie Scott selbst. Sobald Scott ihm eine Aufgabe erklärt hatte, konnte Noah sie ohne langes Überlegen fehlerlos lösen. Scott war beeindruckt. Um

Punkt sechs Uhr beschlossen sie, aufzuhören und erst am nächsten Tag weiterzumachen.

«Vielen Dank», sagte Noah, als er ihn zur Tür brachte.

«Es war mir ein Vergnügen.»

Auch Hortensia war aufgestanden, um Scott zu verabschieden. Nur Charlotte war auf ihrem Sessel im Salon sitzen geblieben, von wo sie, hinter der aufgeschlagenen Zeitung versteckt, alles beobachten konnte.

«Ich hoffe, ich bin nicht zu lange geblieben. Es macht wirklich Freude, Noah zu unterrichten.»

«Er war immer schon sehr klug», sagte Hortensia stolz, und zögernd fügte sie hinzu: «Mr. O'Flanagan, vielleicht hätten Sie Lust, mit uns zu Abend zu essen.»

Er überlegte einen Moment. Die Vorstellung war verlockend, vor allem, weil zu Hause nur ein Stück hartes Brot und eine Gemüsesuppe auf ihn warteten.

Für Charlotte kam die unerwartete Einladung genauso überraschend. Mit offenem Mund ließ sie die Zeitung sinken. Doch es war zu spät.

Zwar stand Scott mit dem Rücken zu Charlotte, aber irgendwie konnte er ahnen, dass sie protestierte. Er grinste.

«Ich nehme gern an», sagte er. «Und bitte nennen Sie mich Scott.»

Als sie sich zu Tisch setzten, warf Charlotte einen schrägen Blick auf Scotts Hände. Wieder hatte er die Handschuhe anbehalten.

«Ich möchte meine Tradition, den guten Sitten zuwiderzuhandeln, gern beibehalten», sagte er, ohne die geringsten Anstalten zu machen, die Handschuhe auszuziehen.

Charlotte verzog überheblich das Gesicht. Allerdings weckte diese sonderbare Angewohnheit, seine Hände nicht zu entblößen, langsam ihre Neugierde. Fast kamen Zweifel in ihr auf, ob Scott unter dem schwarzen abgetragenen Leder überhaupt Hände hatte.

Das Tischgespräch fand ohne Charlotte statt. Sie schwieg beharrlich, und wenn Hortensia sich an sie wandte und versuchte, sie in die Konversation mit einzubeziehen, gab sie scharfe und einsilbige Antworten.

Obwohl Scott wusste, dass Charlotte sich nur wegen ihm so verhielt, schien es ihm nicht viel auszumachen. Er war sogar ungewöhnlich höflich und schaffte es sogar, Noah das eine oder andere Lächeln zu entlocken.

«Es war der schönste Abend, den ich seit langem verbracht habe», lobte Scott, als er schließlich gehen musste. «Alles war wunderbar. Sie sind eine großartige Köchin.»

«Danke, Scott», sagte Hortensia lächelnd. Sie hatte sich schnell an den vertrauten Umgangston gewöhnt.

Schweigend stand Charlotte auf und brachte ihren Teller in die Küche, um sich nicht verabschieden zu müssen.

«Es tut mir leid», entschuldigte Hortensia sich für das Verhalten ihrer Schwester. «Sie kann wirklich stur sein.»

«Machen Sie sich keine Gedanken darüber, Hortensia.»

«Ich begleite Sie hinaus, Mr. O'Flanagan», sagte Noah, dem es deutlich schwerer fiel, die förmliche Anrede wegzulassen.

Erst als Charlotte die Tür ins Schloss fallen hörte, kam sie wieder aus der Küche. «Ich dachte schon, er würde nie gehen!», brach es wütend aus ihr heraus.

Sie ließ sich auf ihren Stuhl fallen, stützte die Ellenbogen auf und legte ihr Kinn in die Hände. «So ein Grobian!», sagte sie und schüttelte den Kopf, während Noah mit einem Stapel Teller in der Küche verschwand.

Als er in den Salon zurückkam, stand nur noch der Wasserkrug auf dem Tisch. «Ich kümmere mich um den Rest», sagte Hortensia. «Du kannst ruhig schon schlafen gehen.»

«Aber wir müssen noch abwaschen, Hortensia …»

«Mach dir keine Sorgen. Charlotte wäscht heute ab.»

Sobald Noah in sein Zimmer gegangen war, stand Charlotte auf. «Ich will nicht, dass du diesen Menschen noch einmal einlädst.»

Hortensia sah ihre Schwester direkt an. «Nun, Charlotte, ich fürchte, dass wir uns ausnahmsweise einmal nicht nach deinen Wünschen richten können», sagte sie ruhig. «Ich werde Scott auch morgen zum Abendessen einladen.»

«Das wirst du nicht!», protestierte Charlotte.

«Es reicht, Charlotte!», brach es aus Hortensia heraus, und sie schlug mit der Hand auf den Tisch. «Es kann nicht immer nur darum gehen, was du willst oder nicht willst. Du warst wirklich sehr unhöflich heute.»

«Ich?», protestierte sie und legte sich empört die Hände aufs Herz. «Er zieht sich ja nicht einmal die Handschuhe zum Essen aus.»

«Vergiss nicht, dass er Noah hilft. Schon aus Respekt vor deinem Bruder solltest du dich etwas zusammennehmen. Außerdem hat seine Cousine Ursula mir erzählt, dass er kaum Geld verdient. Wenn seine Mutter sich nicht persönlich darum kümmern würde, ihm etwas zu schicken, hätte er nicht einmal etwas Richtiges zu essen.»

«Immer diese Ursula! Wenn er kein Geld verdient, dann weil er nicht will.»

«Wie du meinst, Charlotte. Aber du wirst morgen trotzdem nett zu ihm sein.»

«Meinetwegen», gab Charlotte nach und zog die Nase kraus. «Und jetzt gehe ich schlafen.»

Hortensia sah Charlotte nach, die die Treppen hinaufstieg. Dann ging sie in die Küche und betrachtete seufzend den Stapel Teller, den sie jetzt wohl doch allein abwaschen musste.

Am nächsten Abend kamen Noah und Scott um Punkt sechs Uhr ins Esszimmer hinunter.

Charlotte wollte nicht mit ihrer Schwester streiten, aber vor allem hätte sie es ohnehin kaum ausgehalten, einen zweiten Abend zu schweigen, und schon gar nicht, da sich die Unterhaltung um gesellschaftlichen Klatsch drehte. Scott unterrichtete sie über den letzten Skandal, der die gute Bostoner Gesellschaft erschüttert hatte. Ein junger Erbe war mit einem Dienstmädchen davongelaufen.

«Unglaublich», rief Hortensia, nachdem sie die ganze Geschichte gehört hatten.

«So ist es. Und umso mehr, da seine Eltern ihn enterbt haben», fügte Scott hinzu.

«Er muss sie sehr lieben», seufzte Hortensia.

«Unsinn», sagte Charlotte. «Ich möchte vielmehr wissen, wie lange die Liebe anhält, wenn sie weiterhin kein Geld haben.»

«Wie kannst du nur so gefühllos sein?»

«Ich bin nicht gefühllos, Hortensia. So ist das eben.»

«Sie würden also nur einen reichen Mann heiraten?», fragte Scott interessiert.

«Davon können Sie ausgehen.»

«Charlotte!»

«Ihr wolltet doch die Wahrheit hören. Nun, das ist die Wahrheit. Wenn eine Frau schon heiraten muss, dann wenigstens einen reichen Mann. Liebe existiert nicht. Meinst du nicht, Noah?»

«Ich weiß nicht. Ich war noch nie verliebt.»

«Da seht ihr.»

«Aber das heißt nicht, dass ich nicht an die Liebe glaube», erklärte Noah. «Ich denke, dass die Unterschiede vielleicht manchmal zu groß sind. Es gibt Verbindungen, die nicht halten können.»

«Ich bin nicht dieser Meinung», widersprach Scott. «Ich glaube, die Liebe kann alles überwinden.»

«Ich fürchte, Sie sind ein Romantiker, Scott», sagte Hortensia. «Ich könnte das nicht. Ich glaube, mir würde der Mut für eine solche Verbindung fehlen.»

Es war erstaunlich, wie leicht es Hortensia fiel, so offen mit Scott zu sprechen. Eigentlich war sie viel zu schüchtern, ihre Meinung zu einem solchen Thema zu äußern, noch dazu vor einem Mann, der nicht zur Familie gehörte.

«Wie schade, liebe Hortensia. Und Sie, Charlotte?»

«Ich?»

«Ja, Sie», drängte Scott und sah ihr tief in die Augen.

«Ich würde so etwas nie tun», behauptete sie, spürte aber gleichzeitig, wie ihr Herz etwas ganz anderes sagte. Selbst wenn Richard der ärmste Mann der Welt gewesen wäre, hätte sie alles für ihn getan.

«Gewiss», sagte Scott, ohne den Blick von ihr zu wenden. «Ich habe vergessen, dass die Liebe nicht für Sie existiert.»

«Genau», antwortete Charlotte im Brustton der Überzeugung.

«Dann waren Sie also nie verliebt?»

«Nein», sagte sie ernst, konnte aber nicht vermeiden, dass ihre Stimme bei der Erinnerung an Richard einen bitteren Unterton erhielt.

«Wie schade», gab Scott zurück und verstummte. Einen Moment lang war die Trauer in Charlottes Augen unübersehbar, und Hortensia sah sie besorgt an.

Dann lächelte Scott. «Nun, ich habe mich schon oft verliebt», gestand er.

«Oft?», fragte Hortensia neugierig.

«Hunderte von Malen!», rief er lächelnd aus. «Und immer in schöne und reiche Frauen!»

Noah und Hortensia lachten.

«Sie sind wirklich ein Romantiker», beschloss Hortensia.

«Die Romantik ist die Hoffnung der Armen», sagte Scott mit einem Augenzwinkern.

Als sie sich diesmal verabschieden mussten, kam auch Charlotte mit an die Tür. Auch wenn sie es nie zugegeben hätte, hatte sie sich sehr wohl gefühlt.

Der gleiche Ablauf wiederholte sich an den nächsten Tagen. Montags bis samstags kam Scott pünktlich um vier Uhr, um Noah zu unterrichten, und danach blieb er immer zum Abendessen. Schon bald war er fast ein weiteres Familienmitglied geworden.

· 30 ·

Erst Mitte Mai konnte der Frühling den Winter vertreiben. Am ersten wärmeren Sonntag, an dem man die dicken Wintercapes im Schrank lassen konnte, zogen Hortensia und Charlotte ihre hübschen neuen Kleider an und tauschten die dicken Filzhüte gegen elegante Florentinerhüte. Nach der Kirche ging Noah zurück nach Hause, um zu lernen, während Charlotte und Hortensia einen Spaziergang durch den Boston Common machten.

Der Park war wunderschön. Die Bäume hingen wieder voller Blätter, und die Blumen waren aus dem langen Winterschlaf erwacht und ließen die Beete im Glanz ihrer Farben erstrahlen. Gemeinsam mit vielen anderen Menschen, die die gleiche Idee gehabt hatten, schlenderten Charlotte und ihre Schwester über die Sandwege.

Schließlich verließen sie den breiten Weg, auf dem anscheinend ganz Boston unterwegs war, und setzten sich nahe am Ufer des Teiches ins Gras. Ein paar Schwäne bewegten sich elegant über das blaue Wasser und schnappten nach den Brotbrocken, die eine Gruppe Kinder ihnen zuwarf.

«Wie schön es ist», rief Hortensia aus und hielt ihr Gesicht in die Sonne.

«Ich hatte schon Angst, dass ich diese Wärme nie wieder auf meiner Haut spüren würde», nickte Charlotte und legte ihren Hut ab.

«Weißt du, Charlotte, ich hätte nie gedacht, dass mir die Sonne so sehr fehlt.» Einer der Schwäne richtete sich flügelschlagend auf und brachte die Kinder zum Lachen.

«Ich auch nicht», sagte Charlotte und lehnte sich mit geschlossenen Augen zurück.

Die Zeit schien stillzustehen. Die Stimmen der Passanten rückten in den Hintergrund, bis man nur noch das Singen der Vögel hörte. Die Schwestern schwiegen, in ihre eigenen Gedanken versunken.

Auf einmal spürte Charlotte einen Schatten zwischen sich und der Sonne und schlug die Augen auf.

«Scott!», rief sie überrascht aus. Sie hatten gar nicht gehört, wie er herangekommen war.

«Guten Tag, die Damen», sagte er und trat nur so weit zurück, dass Charlotte wieder in der Sonne saß. Ihr Blick fiel auf Brian, der noch auf dem Gehweg stand. «Wir sind mit Peter hier. Er wollte die Schwäne füttern.»

Scott zeigte auf einen kleinen Jungen, der am Ufer stand und ein großes Stück Brot ins Wasser warf.

Brian winkte ihnen zu und kam näher.

«Die Damen Lacroix», grüßte er und hob höflich die Hand an den Hut. «Es ist mir ein Vergnügen, Sie wiederzusehen.»

«Das Vergnügen ist ganz auf unserer Seite», antwortete Hortensia.

«Wir wollten einen Spaziergang machen. Vielleicht haben Sie Lust, uns zu begleiten?», fragte er und hielt Hortensia seine Hand hin.

«Miss Lacroix», ahmte Scott ihn nach und bot Charlotte seine Hand mit einer komischen Verbeugung.

«Mit Vergnügen», antwortete sie und sprang auf.

Dann gingen die beiden ein paar Meter hinter Hortensia und Brian her zu Peter.

«Onkel, die Schwäne haben alles gefressen, was ich ihnen gebracht habe», erklärte der Junge und kippte die Papiertüte aus, um zu zeigen, dass sie leer war.

«Sie haben nach dem harten Winter wohl großen Hunger gehabt. Zum Glück hast du an sie gedacht.»

«Es sind ja auch noch andere Leute gekommen», sagte das Kind bescheiden.

«Stimmt, Peter. Ihr habt das alle sehr gut gemacht.» Bei diesen Worten breitete sich ein Lächeln auf dem Gesicht des Kleinen aus.

«Ich sehe, du hast ein Händchen für Kinder», flüsterte Charlotte ihm zu.

«Wahrscheinlich bin ich selbst noch ein bisschen ein Kind.»

Langsam schlenderten sie zur Brücke, die über den Teich führte. Von der Mitte hatte man einen wundervollen Blick. Hortensia und Brian waren einfach weitergegangen, aber Charlotte blieb stehen und sah über den Park. Sie atmete tief ein.

«Was für ein wunderschöner Anblick.»

Scott stand neben ihr und betrachtete sie aufmerksam. Die Sonne hatte ein wenig Farbe auf die Wangen der jungen Frau gezaubert. Weil sie auf dem Rasen gelegen hatte, war ihr Haar etwas in Unordnung geraten, und im Sonnenlicht schienen ihre Augen noch grüner zu strahlen als sonst.

«Wunderschön», sagte er und konnte nicht aufhören, sie anzusehen. Sie lächelte ihn an.

Als sie ihren Weg fortsetzten, bemerkten sie zwei junge Damen, die sich nach Brian und Hortensia umgedreht hatten und im Weitergehen auch Charlotte von oben bis unten taxierten.

«Guten Tag», grüßte Scott sie freundlich.

Die beiden Frauen antworteten mit einem höflichen Nicken.

«Anscheinend weckt ihr die Neugierde der Passanten», flüsterte Scott Charlotte ins Ohr. Und tatsächlich: Nur ein paar Schritte weiter kamen wieder zwei junge Frauen an ihnen vorbei.

«Guten Tag, Scott», grüßte ihn die größere der beiden und musterte eingehend seine grünäugige Begleiterin.

«Guten Tag, Susan. Lauren.»

Auch Charlotte ließ sich nichts entgehen. Die beiden waren vielleicht ein oder zwei Jahre jünger als sie selbst – in einem Monat würde sie dreiundzwanzig werden. Man sah an den studierten Bewegungen und den Kleidern, dass sie zur besten Gesellschaft gehörten. Und sie waren beide hübsch und blond. Nach der Gesichtsform zu urteilen, waren es Schwestern, und der feindselige Blick, den Lauren ihr zuwarf, verriet allzu deutlich, dass sie an Scott interessiert war.

«Du bist also ein Herzensbrecher», sagte Charlotte, als sie an ihnen vorbei waren. «Mein Gott, kennst du eigentlich alle Frauen in Boston?»

«Nur die heiratsfähigen jungen Damen aus den besten Familien.»

Charlotte lächelte.

Gegen Mittag verabschiedeten sie sich, und Brian lud sie zu einem Picknick am nächsten Wochenende ein. Eine wunderbare Gelegenheit, die gute Bostoner Gesellschaft besser kennenzulernen.

Auch Noah war eingeladen, aber sie entschuldigten ihren Bruder damit, dass er lernen müsste. In Wirklichkeit würde er sich unter Brians Gästen unbehaglich fühlen, genauso wie Brians Gäste in seiner Gegenwart.

Noch ehe sie sichs versahen, war der Tag von Noahs Prüfung gekommen. Charlotte, Hortensia, Scott und Brian begleiteten ihn zur medizinischen Fakultät.

«Du wirst es gut machen», munterte Scott ihn auf, bevor er in den Hörsaal gerufen wurde.

«Ich weiß nicht, Scott. Ich habe das Gefühl, als könnte ich mich an nichts mehr erinnern.»

«Hab Vertrauen. Alles wird gut.»

Brian drückte ihm die Hand, Hortensia gab ihm einen Kuss auf die Wange, und Charlotte lächelte ihm ermutigend zu.

«Glaubst du wirklich, dass er besteht?», fragte Charlotte Scott, als Noah hinter der Tür verschwunden war.

«Ich habe nicht den geringsten Zweifel daran.»

«Er muss bestehen, Scott. Es ist wichtig für ihn.»

«Er wird es schaffen.»

«Versprich es mir», sagte sie und sah ihm in die Augen.

Ihr Blick war wie Feuer in seiner Seele. Sie vertraute ihm. Er hätte ihr alles versprochen.

«Ich verspreche es dir, Charlotte.»

Sie lächelte.

Zwei Stunden später kam Noah zurück. Charlotte lief ihm eilends entgegen.

«Wie war es?»

«Ich glaube, gut.»

«Du glaubst? Haben sie denn nichts gesagt?»

Noah schüttelte den Kopf und sah zu Boden. «Wir müssen warten.»

«Wie lange?»

Er zuckte mit den Schultern.

«Ich weiß nicht, wie ich das aushalten soll», gestand Charlotte seufzend.

«Mach dir keine Sorgen, Noah», sagte Hortensia beruhigend. «Du hast bestimmt bestanden.»

Noah versuchte zu lächeln, aber es gelang ihm nicht. All die Mühen. All die Hoffnungen. Und jetzt hing alles von diesen fünf Männern ab, die ihn unentwegt befragt hatten. Wieder lag sein Schicksal in den Händen weißer Männer. Im Geiste ging Noah seine Antworten noch einmal durch. Sie waren klar und eindeutig gewesen. Er hatte kein einziges Mal gezögert und war davon überzeugt, alles richtig gemacht zu haben. Aber sicher konnte er trotzdem nicht sein. Während der Prüfung hatte er die Gesichter der Professoren beobachtet. Keiner hatte ihm zugelächelt. Ihre Mienen waren ernst gewesen.

«Wie es auch immer ausgeht, ich möchte euch danken.»

Charlotte wollte protestieren, aber Noah ließ sie nicht zu Wort kommen. «Doch, ich möchte euch danken. Euch, liebe Schwestern, weil ihr mir diese Chance verschafft habt, und dir, mein Freund, weil du so viel Vertrauen in mich gesetzt hast.» Er ergriff Scotts Hand und drückte sie. «Ich danke euch.»

Eine halbe Stunde später kam ein Diener heraus und bat Noah zurück in den Saal. Charlotte wollte ihn unbedingt begleiten, musste aber mit den anderen im Gang warten.

«Ich kriege gleich einen Herzanfall», gestand sie nach fünf Minuten. «Warum brauchen die so lange, um das Resultat bekannt zu geben?»

«Quäl dich nicht», sagte Scott, in Wirklichkeit kaum weniger nervös unter der gelassenen Oberfläche. «Wir können nichts tun als warten.»

Erst nach fünf unerträglich langsam vergehenden Minuten kam Noah zurück.

«Und?», fragte Charlotte sofort.

Als sie sah, dass Noah Tränen in den Augen hatte, spürte sie, wie sich ihr Herz zusammenzog.

«Ich habe bestanden!», brachte Noah heraus, der seinen eigenen Worten kaum glauben konnte. «Ich werde Arzt!»

«Ich habe es gewusst!», rief Charlotte und fiel ihm um den Hals. Auch Hortensia umarmte ihren Bruder.

«Herzliche Glückwünsche!»

Brian wollte sie unbedingt zum Abendessen einladen, aber Noah lehnte ab. Er war müde. Nach den aufwühlenden letzten Stunden musste er allein sein. Er wollte sich nur hinlegen und bis zum Morgen schlafen. Brian drängte ihn nicht. Aber Noah überzeugte seine Schwestern davon, die Einladung trotzdem anzunehmen.

Noahs Glück war nicht vollkommen. Auf New Fortune wäre er zu Herrin Katherine gelaufen und hätte ihr die freudige Nachricht überbracht. Sie war es, die dieses Wunder möglich gemacht hatte. Und dann war da noch seine Mutter. Seine Mutter, dachte Noah und fühlte Schuldgefühle in sich aufsteigen. Sie war noch immer im Süden. Weit weg. Bestimmt machte sie sich Sorgen um ihn. Sie war zur Sklaverei verdammt, während sich ihm eine neue Welt voller Möglichkeiten eröffnet hatte. Aber das würde anders werden, schwor er sich. So bald wie möglich würde er sie holen.

Nachdem sie im besten Restaurant der Stadt gegessen hatten, brachten Brian und Scott die beiden Schwestern nach Hause. Wie immer hatte Brians Kutsche an der Ecke zur Arch Street gehalten, und die vier liefen das letzte Stück zu Fuß.

«Wo bleiben sie nur?», fragte Charlotte und drehte sich um.

Brian und Hortensia waren vor der Kutsche stehen geblieben.

«Sie sind ein schönes Paar», sagte Scott.

«Wer?»

«Mein Bruder und Hortensia. Ich denke, sie werden zusammen sehr glücklich werden.»

Plötzlich wurde Charlotte ernst.

«Was willst du damit sagen?»

«Das liegt doch auf der Hand, Charlotte. Mein Bruder will Hortensia heiraten.»

Charlotte hatte das Gefühl, als ob ihr jemand eine Ohrfeige versetzt hätte. Wie hatte sie das nicht sehen können. Sogar ein Blinder hätte es bemerkt. Hortensias Lächeln, wenn sie Brian erblickte. Seine ständigen Einladungen. Scott hatte recht.

«Glaubst du, dass sie seinen Antrag annehmen wird?»

«Das glaube ich nicht», sagte sie, drehte sich um und machte die Haustür auf. Scott folgte ihr.

«Du musst sie gehen lassen, Charlotte.»

«Ich weiß nicht, was du meinst.»

«Doch, du weißt es sehr wohl. Sie liebt ihn. Aber Hortensia betet dich an. Sie wird ihn nicht heiraten, wenn sie glaubt, dass du dann enttäuscht bist.»

«Das ist doch Unsinn.»

In diesem Moment kam Hortensia angerannt und fiel ihrer Schwester weinend um den Hals. Scott verabschiedete sich schnell und ging zu seinem Bruder, der mitten auf der Straße stehen geblieben war.

Charlotte hielt ihre Schwester fest im Arm und zog sie ins Haus. «Was ist los?»

«Er hat mich gefragt, ob ich ihn heiraten möchte.»

Charlottes Herzschlag beschleunigte sich.

«Und, willst du?»

Hortensia antwortete nicht.

«Sag schon», drängte Charlotte sie.

«Ich habe nein gesagt!», sagte sie und schluchzte verzweifelt.

«Beruhige dich, Hortensia. Es war sicher nicht leicht, aber wenn du ihn nicht liebst, konntest du nichts anderes tun!»

«Aber ich liebe ihn doch!», gestand sie.

Wie ein Messer schnitten diese Worte in Charlottes Herz.

«Wenn du ihn liebst, warum hast du dann abgelehnt?»

Aber Charlotte kannte die Antwort ja schon. Sie war selbst ein Teil des Problems. Scott hatte recht gehabt. Wenn Hortensia heiratete, würde so vieles anders werden.

«Mir wird es gutgehen», log Charlotte. «Es ist doch auch nicht weit. Ich werde euch besuchen.»

«Es ist nicht nur deswegen.»

«Weswegen dann?»

«Du weißt es doch. Wenn er entdeckt, wer ich bin …», brach es mit erstickter Stimme aus ihr heraus.

Charlotte sah ihre Schwester an. Erst jetzt verstand sie ihre Angst.

«Denk nicht daran. Es ist egal, wer deine Mutter war. Du bist Hortensia. Der liebste und freundlichste Mensch auf der Welt. Sei glücklich, Schwesterchen. Nimm an, was das Leben dir bietet. Denke einmal im Leben nur an dich. Heirate ihn. Brian muss nichts davon wissen. Er will es gar nicht wissen.»

Charlottes Worte waren tief aus ihrem Herzen gekommen. Aber Hortensia schüttelte den Kopf.

«Das habe ich mir auch gesagt, Charlotte, aber ich kann nicht. Ich kann ihn nicht belügen. Ich muss es ihm sagen.»

«Nein! Das musst du nicht. Du schuldest ihm nichts, Hortensia. Wozu sollte es gut sein?»

«Ich weiß es nicht», gestand Hortensia und sah ihre Schwester traurig an. «Aber ich kann kein gemeinsames Leben mit ihm beginnen, wenn dieses Geheimnis zwischen uns steht. Das würde ich nicht aushalten. Lieber ertrage ich jetzt seine Verachtung, als ein Leben lang Angst vor dem Moment zu haben, in dem er es doch erfährt.»

«Tu es nicht, Hortensia», bat Charlotte sie und ergriff ihre Hand. «Heirate ihn einfach und sei glücklich.»

«Ich muss es tun, und du weißt das. Ich bin es leid, Charlotte. Ich bin es leid, zu lügen und Angst zu haben. Wenn er es erführe, wenn wir verheiratet sind … ich könnte seinen Blick nicht ertragen.»

Zu gut verstand Charlotte, von welchen Blicken ihre Schwester sprach. Sie hatte sie selbst auf sich gespürt, als die Leute sie für eine Sklavin gehalten hatten.

«Wenn er etwas erfährt, sagen wir einfach, dass ich Mollys Tochter bin. Niemand kann uns das Gegenteil beweisen.»

«Diesmal nicht, Charlotte. Du sollst dich nicht noch einmal für mich opfern. Versteh das bitte», flehte Hortensia sie an. «Ich muss es ihm sagen. Irgendwie schulde ich es auch meiner leiblichen Mutter. Du musst mir einmal erlauben, meinem Schicksal selbst die Stirn zu bieten.»

Hortensia setzte sich zwar nur selten etwas in den Kopf, wenn sie es dann aber doch tat, konnte niemand sie davon abbringen. Am nächsten Morgen nahm sie eine Kutsche und fuhr zu Brian. Und sie wollte sich nicht einmal von Charlotte begleiten lassen. Hortensia hatte eine Entscheidung getroffen.

Hortensia wurde in den kleinen Salon neben dem Empfang geführt. Sie hatte sich noch gar nicht überlegt, wie sie anfangen wollte, als Brian durch die Tür kam.

«Guten Tag, Hortensia», sagte er und sah sie fragend an.

«Hallo, Brian.»

«Bitte nimm doch Platz.»

Sie setzte sich und wartete, bis auch er saß.

«Ich freue mich, dich zu sehen. Nach dem gestrigen Abend hätte ich nicht gedacht, dass du noch einmal hierherkommst. Ich …», stotterte er. «Ich wollte dich nicht kränken. Ich dachte … es tut mir leid.»

«Nein, Brian. Du hast schon richtig gedacht.»

Brians dunkle Augen schienen sich etwas aufzuhellen.

«Dann verstehe ich nicht …?», sagte er.

«Ich kann nicht deine Frau werden. Nicht weil ich nicht

wollte, sondern weil du mich sicher nicht noch einmal darum bitten wirst, wenn du die Wahrheit kennst.»

Brian wollte das abstreiten, aber Hortensia unterbrach ihn.

«Nein, warte. Lass mich ausreden. Ich musste all meinen Mut zusammennehmen, um hierherzukommen.» Mit fester Stimme fuhr sie fort.

«Eigentlich ist mein Nachname nicht Lacroix, sondern Parrish.»

Diese erste Enthüllung schien keine Wirkung auf Brian zu haben. Er hörte weiterhin aufmerksam zu.

«Und obwohl ein Teil meiner Familie wirklich aus New Orleans stammt, bin ich in Virginia geboren und aufgewachsen, wo mein Vater der Besitzer einer der größten Plantagen des Staates ist.»

«Hortensia, ich weiß nicht, welche Bedeutung ...»

«Es wird für dich von Bedeutung sein», sagte sie und bat ihn, weiter zuzuhören. «Lacroix ist der Name meiner Mutter. Katherine Lacroix war eine außergewöhnliche Frau. Sie hatte eine Sklavin, mit der sie zusammenlebte, seitdem sie Kinder gewesen waren. Sie liebte sie wie eine Schwester. Molly war ihr Name. Sie war sehr schön, ihre Haut war wie Elfenbein, und sie hatte grüne Augen. Der Anteil schwarzen Blutes in ihren Adern war nur gering, aber im Süden genügte das, um sie zu einer Sklavin zu machen.» Nach einer kurzen Pause sprach Hortensia weiter. «Mein Vater hat sie vergewaltigt. Wer weiß, warum. Vielleicht weil er sie attraktiv fand oder weil es ihn kränkte, dass sie so weiß war.»

Hortensia sah Brian an. Reglos wartete er darauf, dass sie ihre Geschichte zu Ende erzählte.

«Mein Vater hat diese Sklavin nicht wieder angerührt,

aber es war schon zu spät. Molly war schwanger. Und wie das unergründliche Schicksal es wollte, waren Herrin und Sklavin zur gleichen Zeit schwanger und bekamen sogar in derselben Nacht, im selben Raum ihre Kinder. Die Sklavin hatte eine schwere Geburt und starb, nachdem sie ihr Kind zur Welt gebracht hatte.»

«Noah?»

«Nein, Brian. Sie hat ein Mädchen bekommen. Ein Mädchen mit weißer Haut.»

Jetzt fiel Brian Charlottes Gesicht ein, ihre grünen Augen und der aufrührerische Charakter.

«Also Charlotte …»

«Nein. Es ist nicht Charlotte. Ich bin das Kind mit der weißen Haut. Ich bin die Tochter der Sklavin.»

Jetzt war es gesagt. Es gab kein Zurück mehr. Hortensia hatte ihre größte Angst besiegt.

«Jetzt kennst du die Wahrheit. Deshalb habe ich dein Angebot nicht angenommen. Ich will dich nicht anlügen. Und auch wenn meine Haut und meine Erziehung das Gegenteil behaupten, ich kann dir die Wahrheit nicht verheimlichen. Ich bin eine Schwarze, Brian. Ihr ganzes Leben lang hat Katherine versucht, es vor unserem Vater geheim zu halten. Aber er hat es entdeckt. Deshalb mussten wir fliehen. Früher oder später hättest du es doch erfahren.»

Hortensia wartete ein paar Sekunden. Brian brachte kein Wort heraus.

«Ich verstehe», sagte Hortensia und erhob sich. «Adieu, Brian.»

Zu Hause rannte Charlotte hin und her wie ein Tiger im Käfig. Noah spürte, dass etwas nicht stimmte. Hortensia war schon früh weggefahren und noch nicht zurück. Aber Noah fragte nicht. Er hatte gelernt, die Privatsphäre seiner Schwestern zu respektieren.

«Endlich!», rief Charlotte aus, als Hortensia die Tür öffnete. «Wenn du nur eine Sekunde später gekommen wärst, hätte ich nach dir gesucht.»

Langsam schloss Hortensia die Tür und nahm den Hut ab.

«Hast du es ihm gesagt?», fragte Charlotte, die Hortensias Bedachtsamkeit noch in den Wahnsinn trieb.

Hortensia nickte. Sie wirkte sehr ruhig.

«Und was hat er gesagt?»

«Nichts.»

«Was soll das heißen, nichts?»

«Genau das. Er hat nichts gesagt. Brian hat geschwiegen. Er hat mich nicht einmal angesehen, als ich gegangen bin.»

«Es tut mir so leid, Hortensia.» Charlotte umarmte sie. «Mach dir keine Sorgen. Du wirst einen Mann finden, der dich liebt. Und ich werde dich niemals verlassen.»

«Ich weiß, Schwesterchen. Aber ich fürchte, niemand wird mich je lieben.»

«Sag das nicht.»

«Es stimmt doch. Wir wissen es beide.» Gerne hätte Charlotte etwas dagegen gesagt, aber im Grunde fürchtete sie, dass ihre Schwester recht hatte.

Noah hatte genug gehört, um zu verstehen, was geschehen war.

«Es tut mir leid, Hortensia», sagte Noah. «Ich hätte ihn für couragierter gehalten.»

«Gib nicht ihm die Schuld. Die Dinge sind eben, wie sie sind.»

Kaum hatte sie den Satz beendet, als heftig an die Tür gehämmert wurde. Charlotte lief zum Fenster und sah hinaus.

«Es ist Brian!»

«Ich will ihn nicht sehen.»

Es klopfte wieder, und jetzt hörte man auch Brians Stimme. «Hortensia! Bitte mach auf! Ich muss mit dir sprechen!», rief er.

Hortensia wurde unruhig. Wenn Brian weiter so schrie, würde er noch die ganze Nachbarschaft auf sich aufmerksam machen.

Noah öffnete die Tür einen Spalt.

«Ich muss mit ihr sprechen», sagte Brian zu ihm.

«Es tut mir leid, Brian. Wirklich. Aber sie will dich nicht sehen», sagte Noah entschieden.

«Bitte! Ich muss mit ihr sprechen.»

Noah bewegte sich nicht vom Fleck. Sosehr er Brian auch schätzte, er würde seine Schwester beschützen.

«Bitte», flehte er, und jetzt erklang Hortensias Stimme aus dem Salon. «Es ist gut», gab sie nach. «Lass ihn herein.»

Sofort stürzte Brian ins Haus. Er wirkte verzweifelt. Schnell stellte Noah sich neben seine Schwester.

«Bitte, ich muss mit dir sprechen», bat Brian.

«Es gibt nichts mehr zu sagen, Brian», sagte Hortensia ruhig. «Warum sollen wir uns noch mehr Schmerzen zufügen?»

«Du verstehst nicht! Ich liebe dich, Hortensia! Ich liebe dich mehr als je zuvor. Ich bitte dich um Verzeihung.»

«Du?»

«Wer denn sonst! Ich bitte dich um Verzeihung, weil ich zugelassen habe, dass du auf diese Weise von mir gehst. Ich hätte niemals so reagieren dürfen. Es stimmt, deine Worte haben mich erschreckt. Aber du bist doch immer noch die Gleiche. Bitte, verzeih mir. Ich könnte niemals ertragen, dich zu verlieren. Bitte ...» Er sah ihr in die Augen und ergriff ihre Hände. «Heirate mich.»

Charlotte und Noah hielten den Atem an.

«O ja», sagte Hortensia und brach in Tränen aus. Brian nahm sie in die Arme.

Selbst Charlotte und Noah konnten ihre Rührung nicht verbergen.

Letztendlich war Charlotte doch glücklich über Brians und Hortensias Verlobung. Eigentlich war sie selbst über diese Tatsache überrascht, denn im Grunde hatte Scott recht gehabt. Obwohl sie es nicht zugeben mochte, wollte sie nicht, dass Hortensia heiratete. Sie wollte nicht, dass ihre Welt sich veränderte. Sie brauchte Hortensia. Immer hatten sie sich gegenseitig umeinander gekümmert. Brian war ein Fremder, der aus dem Nichts aufgetaucht war und ihr das Liebste wegnehmen wollte. Sie war eifersüchtig gewesen, und es hatte ihr wehgetan, dass Hortensia sie und Noah verlassen wollte. Scott hatte das früher als sie selbst begriffen. Aber jetzt hatte sich etwas verändert. Charlotte hatte jetzt erst verstanden, wie sehr ihre Schwester unter dem Geheimnis ihrer Herkunft gelitten hatte. Außerdem erinnerte sie sich daran, dass auch Hortensia schon einmal verliebt gewesen war, und dachte an Robert Ardley zurück. Ihre Schwester verdiente es, glücklich zu sein.

Und wenn Charlotte dafür die Ehe mit Brian akzeptieren müsste, dann würde sie das tun. Schließlich war er ein guter Mann. Er liebte ihre Schwester und konnte ihr das Leben bieten, das sie verdiente.

«Noah, wann kommt Scott endlich?», fragte Charlotte ungeduldig. Es war schon fünf vor sechs.

«Scott kommt heute nicht.»

«Warum?»

«Es gibt keinen Grund mehr. Ich brauche keinen Unterricht mehr.»

Charlottes Gesichtsausdruck verriet, dass sie nicht im Traum an diese Möglichkeit gedacht hatte. «Er könnte doch wenigstens weiter zum Essen kommen.»

«Über all den Ereignissen habe ich ganz vergessen, es dir zu erzählen», sagte die jetzt immer vor Glück strahlende Hortensia. «Ich konnte ihn absolut nicht davon überzeugen, weiter bei uns zu essen. Es schien ihm nicht korrekt, unsere Gastfreundschaft auszunutzen. Nun, er wird wenigstens einmal die Woche kommen. Am Freitag.»

«Freitag! Aber heute ist Dienstag!», protestierte Charlotte. «Ich muss mit ihm reden. Ich will, dass er weiß, dass ich mich in etwas geirrt hatte.»

«Du kannst es ihm am Freitag sagen.»

«Das ist viel zu spät.» Es war Charlotte gar nicht recht, dass Scott sie die ganze Zeit für eine Egoistin halten würde. «Ich muss heute mit ihm sprechen!»

Charlotte sprang auf, nahm sich einen Schirm von der Garderobe und ging zur Tür.

«Was tust du?»

«Ich gehe zu ihm.»

«Wohin?»

«Zu ihm nach Hause.»

«Du weißt doch gar nicht, wo er wohnt.»

«Ich nicht. Aber Noah schon», sagte sie und warf ihrem Bruder einen Blick zu. «Ich weiß, dass du öfter bei ihm warst.»

Hortensia drehte sich sofort zu Noah um. «Sag es ihr nicht!»

Noah sah Hortensia an, dann Charlotte. Er hatte versucht sich herauszuhalten, würde aber nun wohl Partei ergreifen müssen.

«Salem Street 6, in der Nähe der Old North Church. Ganz am Anfang der Straße ist ein Laden für Töpferwaren.»

«Noah!», rief Hortensia enttäuscht aus.

Charlotte lächelte ihrem Bruder zu.

«Du kannst nicht einfach so bei ihm zu Hause auftauchen!», versuchte Hortensia auf sie einzureden.

«Warum?»

«Das wäre nicht korrekt, und das weißt du.»

«Unsinn. Scott ist ein Freund.»

Hortensia schwieg. Vielleicht war Scott für Charlotte nur ein Freund, aber jeder, der einmal beobachtet hatte, wie Scott ihre Schwester ansah, wusste, dass er dieses Gefühl nicht teilte. Hilfesuchend blickte sie zu Noah.

Der zuckte nur mit den Schultern. «Charlotte ist eine erwachsene Frau. Sie wird schon wissen, was sie tut. Außerdem hört sie ohnehin nicht auf uns.»

«Ich gehe dann», sagte Charlotte und entschwand durch die Tür.

«Du warst mir wirklich keine große Hilfe, Noah.»

Ernst sah er Hortensia an.

«Vielleicht ist es gut so. Vielleicht ist der Moment gekommen, in dem die beiden sich aussprechen sollten.»

«Das glaube ich nicht, Noah. Charlottes Wunden sind noch nicht verheilt.»

Hastig war Charlotte die Straße hinuntergelaufen. Sie hielt die erste Kutsche an, die vorbeifuhr, und nach einer Fahrt von zwanzig Minuten kamen sie nach Copps Hill, dem höchsten Punkt im North End.

Charlotte gab dem Kutscher ein paar Münzen und stieg aus.

Jetzt musste sie nur noch jemanden nach der Adresse fragen, die Noah ihr genannt und die sie während der Fahrt ständig im Stillen wiederholt hatte.

Wegen der sommerlichen Hitze hatten sich die Anwohner der alten Häuser auf der Straße versammelt. Charlotte war überrascht, dass hier so viele Menschen lebten. Kinder liefen durch die Straßen, und alte Leute saßen auf Stühlen vor ihrer Haustür. Vorsichtig ging Charlotte die Straße entlang. Sie war nicht gepflastert, und Charlotte wollte nicht mit den neuen Schuhen in eine Pfütze treten. Sie konnte keine einzige Hausnummer entdecken und war sich nicht einmal sicher, ob sie überhaupt in der richtigen Straße gelandet war.

Als sie schon kehrtmachen wollte, erblickte sie an der nächsten Ecke einen Laden für Töpferwaren.

Zwei vollkommen durchnässte Kinder liefen an ihr vorbei, ohne sie zu beachten, und verschwanden hinter einer der Türen.

«Entschuldigen Sie», sagte Charlotte zu einem alten Mann, der in einem Stuhl döste. «Könnten Sie mir sagen, wo ich die Salem Street Nummer 6 finde?»

Der Mann lächelte freundlich, gab aber keine Antwort.

«Machen Sie sich keine Mühe», rief ihr eine Frau zu,

die auf einen Besen gelehnt in einer Tür auf der anderen Straßenseite Wache zu halten schien. «Er versteht kein Wort. Er ist Pole.»

«Dann könnten Sie mir vielleicht sagen, wo ich die Salem Street 6 finde?», sagte sie zu der Frau gewandt, die jetzt mit dem Besen auf eine harmlose Ameise einschlug, die in ihren Herrschaftsbereich eindringen wollte. Dann lehnte sie sich wieder auf den Besenstiel und zeigte mit dem Daumen hinter sich.

«Das ist hier.»

Erleichtert lächelte Charlotte.

«Wissen Sie vielleicht auch, welches die Wohnung von Scott O'Flanagan ist?»

Jetzt betrachtete die Frau Charlotte von oben bis unten.

«Letzter Stock.»

«Danke», sagte Charlotte und verschwand im Inneren des Gebäudes.

Das Treppenhaus wurde nur von einer kleinen Luke im Dach beleuchtet. Als sie auf den ersten Treppenabsatz kam, sah sie nach oben. Es fehlten noch mindestens drei Stockwerke. Obwohl das Gebäude eher ärmlich wirkte, stellte Charlotte überrascht fest, wie sauber es war. Man hatte sogar die Wände gestrichen.

Im zweiten Stock musste Charlotte wieder haltmachen. Ihr Korsett war zu eng geschnürt, und ihre Lungen konnten sich nicht weit genug ausdehnen. Sie musste noch zwei Pausen einlegen, bevor sie vollkommen erschöpft an ihrem Ziel angekommen war.

Die Hitze hatte das oberste Stockwerk in einen Ofen verwandelt. Einen Moment lang hielt sie inne und trat dann vor die einzige Tür.

Die Tür stand offen. Sicher hatte Scott sie geöffnet, um

die Hitze mit ein wenig Zugluft erträglicher zu machen, denn genau gegenüber der Tür war auch ein weitgeöffnetes Fenster zu sehen.

Zögernd trat Charlotte ein. Scott war nirgendwo zu entdecken. Das einzige Zimmer war zwar nicht groß, wirkte aber sauber und war mit allem ausgestattet, was man zum Leben brauchte. Ein Bett mit einem Waschtischchen daneben. Ein kleiner Kocher, um Essen warm zu machen, und ein Tisch mit zwei Stühlen, auf dem sich Papiere häuften. Charlotte bahnte sich zwischen Bücherhaufen und Aktenordnern, die überall auf dem Boden lagen, einen Weg durch den Raum. Regale gab es nicht. Auf dem Tisch stand zwischen all den Papieren ein Topf mit Veilchen.

«Meine Mutter hat sie mir geschenkt», sagte Scott hinter ihr. Sie drehte sich um und sah, wie er gerade durch das Fenster in das Zimmer zurückkletterte.

«Ich brauchte ein bisschen frische Luft», sagte er und steckte die Hände in die Taschen.

Charlotte trat zum Fenster und sah nach unten. Beinahe wurde ihr schwindelig.

«Du bist verrückt, Scott! Du hättest dich umbringen können!»

«Das glaube ich nicht. Und? Wie komme ich zu der Ehre, Charlotte?»

«Ich musste dich sehen.»

Scott sah ihr in die Augen.

«Ich muss dir etwas erzählen.»

«Das muss ja sehr wichtig sein, wenn du dafür extra hergekommen bist.»

«Das ist es», sagte sie, ohne Scotts Worten größere Beachtung zu schenken. «Brian und Hortensia werden heiraten!», rief sie fröhlich aus.

Aber wenn sie Scott damit überraschen wollte, war ihr das gründlich misslungen.

«Ich weiß. Brian hat mir erzählt, dass Hortensia seinen Antrag angenommen hat.»

«Das wusste ich nicht», sagte sie und fühlte sich angesichts Scotts kühler Reaktion wie eine Idiotin. «Ich dachte einfach, du würdest es gern wissen wollen.»

Charlotte sah Scott an. Irgendetwas war anders an ihm. Fast bedauerte sie, nicht auf ihre Schwester gehört zu haben.

«Es tut mir leid, wenn ich dich belästigt habe. Ich wollte dir nur sagen, dass ich mich für sie gefreut habe und dass du dich geirrt hast, als du meintest, ich würde sie nicht gehen lassen.»

Charlotte machte eine kurze Pause, bevor sie weitersprach.

«Ich dachte, du würdest dich freuen. Aber ich habe mich wohl geirrt.»

Charlotte drehte sich um und wollte die Wohnung verlassen, als Scott sie am Arm festhielt.

«Bitte geh nicht.» Als Charlotte sich wieder zu ihm umwandte, fiel ihr Blick unweigerlich auf Scotts Hand, die sich um ihr Handgelenk schloss.

«Oh mein Gott!», rief sie und konnte den Blick nicht von der verbrannten Haut wenden. «Deshalb trägst du die Handschuhe? Ich … es tut mir leid. Ich wusste das nicht.»

Rasch zog er unter einem Haufen Papiere einen Handschuh hervor, streifte ihn über und suchte hastig den zweiten. Da ergriff Charlotte die Hand, die er noch nicht wieder bedeckt hatte.

«Tu das nicht.»

Er hielt inne.

«Stört es dich nicht?»

«Wie könnte es mich stören?»

Scott lächelte sie an.

Vorsichtig drehte Charlotte die Hand um und berührte zärtlich die Narben. Die Handfläche sah noch schlimmer aus als der Handrücken. Mit Schaudern dachte sie an die Schmerzen, die Scott hatte ertragen müssen.

«Es muss furchtbar wehgetan haben», sagte sie und strich mit ihrem Finger über die zerstörte Haut.

«Ein wenig.»

Er sah sie an. Sie standen so nah beieinander, dass Charlotte seinen Atem spüren konnte. Sein Blick sagte so viel. Charlotte bekam plötzlich Angst. Sie versuchte, einen Schritt zurückzugehen, aber es war zu spät. Scott hatte die Arme um sie gelegt und zog sie sanft an sich. Charlottes Kopf sagte ihr, dass sie sich losmachen müsste, aber ihr Körper wollte ihr nicht gehorchen. Er beugte sich zu ihr hinunter, und sie konnte nicht anders, als immer tiefer in seine dunklen Augen zu blicken.

Als Scott sie küsste, spürte sie, wie ihr ganzer Körper bebte. Dieser heftige und leidenschaftliche Kuss, ganz anders als jener erste Kuss von Richard, weckte etwas in ihr, das sie lange tot geglaubt hatte. Sie musste etwas tun, bevor es zu spät wäre. Als er seine Lippen von den ihren löste, kam es ihr so vor, als würden ihre Beine ihr den Dienst versagen.

«Das hättest du nicht tun dürfen», warf sie ihm vor und machte sich brüsk von ihm los. Sie wusste, dass sie diesem Blick nicht noch einmal widerstehen könnte.

Scott sah sie an und ließ seine Arme sinken.

«Aber warum nicht, Charlotte? Ich liebe dich.»

«Nein, Scott. Bitte hör auf damit.»

Scott streichelte ihr Gesicht und sah ihr in die Augen. «Aber es ist die Wahrheit. Und du liebst mich auch.»

Sein tiefer Blick ließ ihr das Herz in der Brust zerspringen. Noch immer spürte sie die Wärme seiner Lippen und erzitterte.

«Du irrst dich, Scott. Ich werde nie jemanden lieben. Ich habe es dir gesagt! Warum hörst du nicht auf mich», schimpfte sie und trat von ihm zurück. «Warum machst du kaputt, was wir haben? Warum können wir nicht weitermachen wie bisher?», flehte sie ihn an. «Warum können wir nicht Freunde sein?»

«Weil ich mehr von dir will, Charlotte», gestand er. «Ich brauche mehr. Aber du hast es die ganze Zeit nicht bemerkt. Du wolltest es nicht sehen.»

«Du hättest mich nicht küssen dürfen», sagte sie wieder.

Aber Scott schüttelte nur den Kopf.

«Sag mir, warum. Warum kannst du mich nicht lieben?»

«Ich habe es dir schon gesagt. Ich werde mich nicht mehr verlieben.»

«Das stimmt nicht, Charlotte. Ich weiß, dass du mich liebst. Du bist voller ... Leidenschaft. Ich habe so viel davon in meinen Armen gespürt.»

«Hör sofort auf», schrie sie und kehrte ihm den Rücken zu.

«Es ist wegen Richard, nicht wahr?»

Charlotte spürte, wie ihr Herz sich zusammenzog.

«Ich dachte, das wäre vorbei. Ich dachte, du hättest ihn vergessen. Aber langsam verstehe ich, dass du das nie tun wirst.»

«Du weißt überhaupt nichts, Scott!»

«Du irrst dich, Charlotte. Ich weiß, dass du ihn geliebt

hast und dass er dich geliebt hat. Aber manchmal genügt das eben nicht.»

«Warum sagst du das?»

«Vergiss es. Es ist nicht mehr wichtig.»

Charlotte horchte auf. Wusste Scott etwa, warum Richard sie verlassen hatte?

«Und ob es wichtig ist. Du weißt es», sagte sie aufs Geratewohl und machte einen Schritt auf Scott zu. «Du weißt, warum er mich nicht geheiratet hat.»

Scott senkte den Kopf.

«Sag es mir! Ich muss es wissen! Raus mit der Sprache, Scott, oder ich werde verrückt!»

Charlotte war verzweifelt.

«Er hat dich verlassen, weil er dich beschützen wollte.»

«Beschützen?»

«Ja, Charlotte.»

«Wovor beschützen?»

«Er kennt dein Geheimnis.»

«Welches Geheimnis?» Verwirrt sah Charlotte ihn an.

«Nichts.»

«Verdammt nochmal, Scott!», schrie sie. «Jetzt sag es endlich!»

«Gut. Wie du willst. Er wusste über deine Mutter Bescheid.»

«Was ist mit meiner Mutter?»

Jetzt gab es für Scott kein Zurück mehr. «Richard wusste, dass deine Mutter eine Sklavin war.»

Charlotte spürte, wie sich das Zimmer zu drehen anfing. Nur die Wut, die plötzlich in ihr aufstieg, konnte verhindern, dass sie in Ohnmacht fiel. Jetzt war ihr alles klar. Wie hatte sie so dumm sein können. Sie hätte es merken müssen!

«Anscheinend hat sein Onkel geholfen, dich zur Welt zu bringen.»

«Er glaubt, ich bin dieses Mädchen?», fragte Charlotte entgeistert.

«Ist es denn nicht so?»

Charlotte schwieg.

«Warum hat er nicht mit mir gesprochen? Ich hätte es ihm erklären können.»

«Es gab nichts zu erklären. Er wusste nicht, ob du davon etwas weißt. Als sein Onkel erfuhr, dass Richard dich heiraten wollte, hat er ihm die Wahrheit erzählt. Richard wollte dich trotzdem noch, aber sein Onkel hat ihm damit gedroht, deine wahre Identität öffentlich zu machen. Deshalb hat er Camille geheiratet, Charlotte. Richard hat sich für dich geopfert.»

«Dann hat er mich geliebt?»

«Er hat dich immer geliebt.»

«Mein Gott. Warum hat er es mir nicht gesagt? Wir hätten weglaufen können. Irgendwohin, wo uns niemand kannte.»

«Manchmal genügt es nicht zu lieben. Richard war seiner Familie verpflichtet. Er konnte nicht einfach tun und lassen, was er wollte.»

«Wenn er mich wirklich geliebt hätte …», sagte sie, und ihre Augen füllten sich mit Tränen.

«Aber er hat dich geliebt, Charlotte. Zweifle nicht daran und vergiss es auch nicht. Die Hochzeit mit Camille war sein Opfer, um dich zu retten.»

Jetzt ließ Charlotte ihren Tränen freien Lauf. Endlich verstand sie. Richard hatte sie geliebt. Sie hatte sich nicht geirrt.

«Quäl dich doch nicht», versuchte Scott sie zu trösten,

obwohl Charlotte ihn nicht näher herankommen ließ. «Man kann nichts mehr daran ändern.»

Scotts Worte drangen kaum zu ihr durch. Ihr Kopf war kurz davor zu explodieren. Sie musste hinaus. Sie musste nachdenken.

«Charlotte, bitte heirate mich. Es ist mir egal, wer deine Mutter war. Es ist mir egal, ob du eine Sklavin bist, ob du reich bist, ob du arm bist. Ich liebe dich.»

Charlotte sah ihn an. Er wartete auf eine Antwort.

Ihre Tränen waren versiegt. Charlotte spürte, wie die Enttäuschung ihr Herz hart machte.

«Es tut mir leid, Scott. Ich kann nie wieder jemanden lieben», sagte sie mit ruhiger Stimme, wandte sich zur Tür und ging.

· 31 ·

Genau wie das erste Mal, als er auf New Fortune zum Unterricht gegangen war, stand Noah vor dem Morgengrauen auf. Er frühstückte, nahm seine Mappe und verließ das Haus. Er hätte er eine Kutsche bis zur North Grove Street nehmen können, aber er zog es vor zu laufen. Er ging gern zu Fuß, und der lange Spaziergang und die frische Luft würden seine Nerven etwas beruhigen.

Nachdem er das State House hinter sich gelassen hatte, das mit seiner kupfernen Kuppel über die Stadt herrschte, begab er sich zum Massachusetts General Hospital. Die meisten Fakultäten hatten ihren Sitz im benachbarten Cambridge, aber der Unterricht in Medizin fand in einem Gebäude in Boston statt, neben dem von Bulfinch gebauten Krankenhaus.

Trotz des langen Weges war Noah zu früh dran. Er suchte seinen Hörsaal und setzte sich noch ganz allein im Raum diskret an das hinterste Pult.

Nach ein paar Minuten kamen die ersten Studenten, und nach und nach füllten sich dann die anderen Plätze. Jeder, der hineinkam, sah Noah an. Einige beachteten ihn einfach nicht weiter, aber andere zeigten ihren Unmut mit einem Kopfschütteln oder einer abwertenden Bemerkung. Noah regte sich nicht auf. Obwohl er insgeheim davon geträumt hatte, dass die Dinge sich nun verändern würden, wusste er doch, dass dem nicht so war. Als schließlich nur noch die Plätze neben Noah frei waren, kam ein junger Mann mit wichtigem Gehabe auf ihn zu und befahl ihm mit einer Handbewegung, den Platz frei zu machen.

«Verdammter Faulpelz!», schimpfte er. «Zurück an deine Arbeit!»

Noah rührte sich nicht.

«Hast du mich nicht gehört?»

Die Studenten, die in der Nähe saßen, drehten sich um. Jetzt holte Noah die Bücher aus seiner Tasche und legte sie auf den Tisch.

«Hier ist meine Arbeit», antwortete er, sah den Jungen fest an und erhob sich langsam.

Als Noah sich zu seiner vollen Größe aufgerichtet hatte, schien sein Gegenüber geradezu zu schrumpfen. Noah überragte ihn um einen ganzen Kopf, und sein kräftiger und muskulöser Körper luden nicht dazu ein, ihn herauszufordern.

«Im Süden würde so etwas nicht passieren», murmelte der junge Mann und schob eines der freien Pulte auf die andere Seite des Ganges.

Seine Strategie, möglichst nicht aufzufallen, war nicht aufgegangen. Denn wenn seine Anwesenheit vorher vielleicht noch einem Studenten egal gewesen war, so war das jetzt nicht mehr so. Fast fühlte Noah sich in die Unterrichtsstunden mit Mademoiselle Gassaud zurückversetzt. Nur hatte wenigstens Hortensia ihn damals immer bedingungslos unterstützt. Jetzt konnte er im ganzen Hörsaal kein einziges freundliches Gesicht entdecken.

Noah blickte stur geradeaus. Er war gekommen, um etwas zu lernen, sagte er sich und versuchte, die Verachtung der anderen jungen Männer einfach an sich abprallen zu lassen.

«Wie war dein erster Tag?», fragte Scott und wich einer Frau mit einem Korb voller Blumen aus, die einen großen Teil der Straße für sich in Anspruch nahm.

Noah seufzte.

«So schlimm?»

«Es ist sonderbar, aber als ich da an diesem Pult saß, fühlte ich mich in meine Kindheit zurückversetzt. Ich fühlte mich wie vor dieser schrecklichen Gouvernante», erinnerte er sich fast wehmütig. «Ich glaube, ich habe am ganzen Körper gezittert.»

«Das tut mir leid. Es muss hart sein, der einzige Schwarze in einem Hörsaal voller Weißer zu sein», meinte Scott. «Zum Glück lädt Ralph uns zu einem wunderbaren Abendessen ein, im besten Hotel der Stadt. Das wird die Schmerzen etwas lindern.»

«... ich bin mir nicht sicher, ob das so eine gute Idee war. Eigentlich begreife ich immer noch nicht ganz, wie du mich davon überzeugen konntest, dich zu begleiten.»

«Wir werden uns amüsieren, das verspreche ich dir. Und mir wird es guttun, meinen geplagten Magen einmal ordentlich zu füllen.»

«Vielleicht sollte ich lieber nicht mitkommen. Ich kenne ihn ja nicht einmal.»

«Ich habe dir schon tausend Mal gesagt, dass er mit mir in Harvard studiert hat. Er ist etwas wunderlich, aber du wirst ihn mögen», sagte Scott und fuhr fort: «Du brauchst eine Pause, lieber Freund. Entspann dich und mach dir nicht so viele Gedanken. Du musst die Bücher mal für eine Weile vergessen und stattdessen die kleinen Freuden des Lebens genießen.»

Als sie im Restaurant ankamen, führte ein livrierter Kellner sie zu einem Tisch, an dem ein junger Mann in einem eleganten olivgrünen Anzug bereits auf sie wartete. Er hatte ein langgezogenes Gesicht, tiefe Geheimratsecken, und sein Schurrbart war so schmal und akkurat, dass er fast so aussah, als hätte ein Bildhauer ihn in sorgfältiger Arbeit aus Stein gemeißelt.

«Guten Abend.» Lächelnd erhob sich der junge Mann.

«Wie geht es dir, Ralph? Lange nicht mehr gesehen.»

«Ja, lange Zeit. Und ich sehe, dass du noch immer so unpünktlich bist», sagte er, hörte aber nicht auf zu lächeln.

«Das stimmt, und ich muss dich um Entschuldigung bitten. Manche Angewohnheiten wird man so schnell nicht wieder los.»

«Mach dir keine Gedanken. Ich würde ja auch keine Uhr darum bitten, rückwärts zu gehen. Aber willst du mich nicht deinem Begleiter vorstellen?»

«Noah, Ralph», stellte Scott die beiden Männer vor.

Lächelnd streckte Ralph seine Hand aus.

«Raphael August Cramer der Dritte», präzisierte er. «Mit Abschluss in Jura und Philosophie.»

«Noah Lacroix», antwortete Noah. «Entlaufener Sklave und Medizinstudent.»

Ralph lachte über Noahs sarkastische Selbstbeschreibung.

«Freut mich sehr. Aber setzt euch doch bitte.»

Als Scott und Noah Platz genommen hatten, fuhr er fort: «Ich habe mir erlaubt, bereits die Getränke zu bestellen. Ich denke, dieser Weißwein passt ausgezeichnet zu den hervorragenden Meeresfrüchten, die man hier bekommt.»

«Mir läuft schon das Wasser im Munde zusammen», freute sich Scott und nahm einen Schluck aus dem Glas, das Ralph ihm eingeschenkt hatte. «Wunderbar.»

Noah betrachtete etwas zweifelnd das teuer aussehende Etikett.

«Mach dir wegen des Geldes keine Sorgen», unterbrach ihn Scott. Er hatte Noahs Gedanken erraten. «Du kannst ruhig trinken. Ralph würde es sicher als Kränkung empfinden, wenn wir ihn nicht bezahlen lassen.»

«Nun ...», fügte Ralph mit einem ironischen Unterton hinzu, «eigentlich ist es mein Vater, der die Rechnung übernimmt.»

«Ich ... eigentlich bin ich nicht daran gewöhnt, Alkohol zu trinken», sagte Noah.

«Das ist gar kein Problem», ermunterte Ralph ihn. «Trink einfach, und du wirst sehen, wie leicht es ist. Ich kann dir garantieren, dass man nicht auf die Universität gehen muss, um das Weintrinken zu erlernen.»

Der Kellner trat an den Tisch und reichte ihnen die Speisekarte. Ralph musste nur einen kurzen Blick darauf werfen. Er hatte schon oft hier gegessen und kannte jedes einzelne der Gerichte, die dem Restaurant zu seinem guten Namen verholfen hatten. «Ich glaube, der Hummer ist sehr gut.»

«Scheint mir eine ausgezeichnete Wahl zu sein», sagte Scott.

Ralph wandte sich Noah zu.

«Ich bin mit allem einverstanden.»

«Dann haben wir uns entschieden. Wir nehmen alle den

Hummer», bestätigte er. Als Vorspeise wählten sie Austern und Gänseleberpastete.

«Und, Ralph, was hast du im letzten Jahr so getrieben?»

Ralph setzte ein gelangweiltes Gesicht auf.

«Ich fürchte, für einen reichen und faulen jungen Mann wie mich gibt es nur eine Möglichkeit, sich zu beschäftigen.» Er legte eine kurze Pause ein, um seinen Worten mehr Wirkung zu verleihen. «Ich verschwende das immense Vermögen meiner Familie», sagte er jetzt lächelnd und hob sein Glas.

Schon während sie die Horsd'œuvres verspeisten, entspann sich ein lebhaftes Gespräch. Ralph hatte gerade vier Monate in Europa verbracht und erzählte von seinen Erlebnissen.

Der Hummer war köstlich. Noah hatte noch nie etwas Ähnliches gegessen und musste erst beobachten, wie Scott geschickt den kleinen Holzhammer benutzte, um den Panzer des Tieres aufzubrechen, bevor er selbst in den Genuss des saftigen weißen Fleisches kommen konnte.

Plötzlich ließ Ralph seine Gabel sinken und sah in Richtung Eingang.

«Ist etwas?», fragte Scott.

«Anscheinend ist dieser Ort heute besonders beliebt», antwortete Ralph und bedeutete Scott, einen Blick hinter sich zu werfen. Als Scott den Mann erblickte, der wesentlich zu seiner Verbannung in die Marineakademie beigetragen hatte, ließ er einen erstaunten Ausruf hören.

«Wusstest du, dass er sich im Senat zur Wahl stellen will?»

Überrascht drehte Scott sich wieder um.

«Hatte er sich nicht eigentlich aus der Politik zurückgezogen?»

«Es wäre wohl richtiger zu sagen, dass die Politik sich von ihm zurückgezogen hat», ergänzte Ralph. «Als er damals die Wahlen gewonnen hatte, erfasste ihn ein plötzlicher Gedächtnisverlust. Anscheinend hatte er vollkommen vergessen, dass nur der Einfluss deines Vaters ihn zum Bürgermeister gemacht hatte. Sein Ego, das wohl nie besonders zaghaft gewesen war, wuchs dermaßen, dass er zu glauben anfing, er hätte das Bürgermeisteramt aus eigenem Verdienst bekommen. Fast sofort nachdem er das Amt innehatte, brach er mit deinem Vater. Man hört, er hätte ihn in der Öffentlichkeit einen dreckigen Iren genannt.»

«Davon wusste ich gar nichts.»

«Damals warst du ja auch in dieser Matrosenschule im Niemandsland», meinte Ralph. «Er wurde jedenfalls nicht wiedergewählt. Seit dem Tag, an dem Zorton sich gegen deinen Vater gestellt hat, ist er politisch tot, aber der Idiot hat es anscheinend immer noch nicht begriffen.»

Obwohl Zorton etwas dicker geworden war, hatte er sich doch nicht sehr verändert. Er trug einen blauen Anzug und hatte sich ein grünes Seidentuch um den Hals gebunden. Seine Miene war die eines Mannes, der davon überzeugt ist, Großes vollbringen zu können.

Dicht gefolgt von einer attraktiven Frau, die sicher nicht Mrs. Zorton war, durchquerte er lächelnd und grüßend den Raum, als befände er sich mitten in einer Wahlkampagne. Plötzlich stand er vor dem Tisch der drei Freunde.

«Mr. Zorton!», rief Ralph mit übertriebener Herzlichkeit. «Was für eine Ehre, Sie wiederzusehen.»

«Mr. Cramer», nickte Zorton höflich, als er den Sohn eines potenziellen Geldgebers erkannte.

«Scott O'Flanagan kennen Sie ja noch, nicht wahr?»

Als er diesen Namen vernahm, fiel Zortons breites Lächeln schlagartig in sich zusammen. Offensichtlich hatte er die Kränkung, die ihm der Sohn seines Unterstützers vor Jahren zugefügt hatte, noch immer nicht vergessen. Bevor er sich Scott zuwandte, plusterte er sich noch ein bisschen mehr auf.

«Ich bin überrascht, Sie hier anzutreffen, O'Flanagan», sagte er und taxierte mit offensichtlicher Missbilligung Scotts einfachen Anzug. Dabei warf er auch einen schrägen Blick auf den elegant gekleideten Noah. «Man sieht, dass Sie es nicht weit gebracht haben. Selbst Sklaven sind jetzt besser angezogen.»

«Das will ich doch hoffen, Zorton. Mein Freund hier allerdings ist Medizinstudent in Harvard.»

«In Harvard?», wiederholte Zorton ungläubig und so laut, dass ihn auch die Gäste an den Nachbartischen mühelos hören konnten.

«So ist es», bestätigte Scott.

«Wo soll das noch hinführen?», rief Zorton aus, in der Absicht, die Aufmerksamkeit des ganzen Restaurants auf sich zu ziehen. «Genügt ihnen denn die Freiheit noch nicht?», fragte er um Zustimmung heischend.

Noah sah, wie die Leute in seiner Nähe nickten und miteinander flüsterten, während sie ihn feindselig anstarrten.

Animiert durch die positiven Reaktionen in seiner Umgebung, setzte Zorton gerade zu einer längeren Rede vor seinem improvisierten Publikum an, als Noah ihn unterbrach.

«Gewiss», sagte er, «ich bin als Sklave geboren, wie viele andere vor mir in der langen Geschichte dieser Welt. Aber genau deshalb studiere ich an der Universität.» Die Worte sprudelten einfach so aus ihm hervor, vielleicht angestoßen von der Wirkung des Weins und dem angeregten Gespräch. Zum ersten Mal in seinem Leben ließ Noah seinen Gefühlen freien Lauf. «Denn allein die Gebildeten sind frei.»

«Bitte, was meinen Sie?»

«Ich habe mir nur erlaubt, die Worte eines anderen Sklaven zu zitieren», antwortete Noah.

«Sein Name ist übrigens Epiktet», ergänzte Scott. Er hatte das Zitat jenes griechischen Philosophen erkannt, der als Sklave geboren worden war und die Freiheit erlangt hatte.

«Komischer Name für einen Sklaven», bemerkte Zorton ungeduldig.

«Im Übrigen ein sehr passender Name», fügte jetzt auch Ralph hinzu, «denn wie Sie sicher wissen, bedeutet Epiktet ‹der Gekaufte› und weist damit auf seine Herkunft als Sklave hin.»

«Und dieser so gebildete Sklave isst nicht zufällig auch hier mit Ihnen zu Abend?», versuchte Zorton jetzt das Thema zu wechseln. Schließlich sollte niemand bemerken, dass er kein Wort verstand.

«Nein», antwortete Noah. «Sein Leben hat mich zwar inspiriert, aber leider habe ich ihn nie persönlich kennenlernen können. Er ist sehr weit weg von hier geboren, in Hierapolis in Phrygien.»

«Phrygien …», murmelte Zorton. «Das liegt im Süden, nicht wahr?»

«Wohl eher im Osten», präzisierte Scott, der sich das Lachen kaum verkneifen konnte.

Zorton hatte absolut keine Ahnung, wo Phrygien lag, und sah Scott jetzt voller Verachtung an. Er konnte sich noch gut daran erinnern, wie Scott ihn damals öffentlich bloßgestellt hatte, und würde nicht zulassen, dass sich so etwas wiederholte.

«Verzweifeln Sie nicht, mein Freund. Sie werden sicher noch einmal Gelegenheit haben, ihn kennenzulernen», sagte er und wollte sich verabschieden.

«Ich fürchte, das ist unmöglich, Mr. Zorton», gab Noah zurück. «Epiktet lebte vor fast zweitausend Jahren auf der anderen Seite des Ozeans, im alten Griechenland. Wissen Sie, die Sklaverei ist so alt wie die Welt, der Ehrgeiz und der Krieg, und jeder kann ihr zum Opfer fallen. Egal, zu welcher Zeit oder an welchem Ort. Was Epiktet geschehen ist, kann Armen und Plebejern, Königen und Weisen widerfahren. Und das Leben dieses Philosophen, der als Sklave geboren wurde, aber frei gestorben ist, zeigt, dass Hand- oder Fußfesseln keine Bedeutung haben. Ob jemand ein großer Mann ist, hängt von der Freiheit seines Geistes ab.»

Das Gemurmel in ihrer Umgebung verstummte. Alle sahen Zorton in Erwartung einer Antwort an. Selbst Scott war sprachlos, er hätte von Noah nie eine solche Reaktion erwartet.

Zorton wurde kurz etwas blass, als er die erwartungsvollen Blicke auf sich spürte. Dank seiner langen Erfahrung als Politiker war er jedoch geschult darin, seine Gefühle zu verbergen.

«Wenn Sie mich jetzt entschuldigen ... Wirklich sehr erfreut, Sie kennenzulernen. Vielleicht können wir uns ein anderes Mal weiter über dieses interessante Thema unterhalten», brachte er schließlich heraus und entfernte sich eilig von diesem Mann, der ihn wieder einmal aus der Fassung gebracht hatte und dabei wie immer von einem Haufen unerwünschter Gestalten umgeben war.

Beinahe musste Scott laut loslachen.

«Ich habe mich nicht mehr so amüsiert, seit ich beim Schach gegen Klaus Fritz gewonnen habe», platzte er heraus.

«Wirklich herrlich. Ich wusste gar nicht, dass unser Freund hier ein solcher Redner ist. Und bewandert in alter Geschichte, wie ich sehe», gab Ralph anerkennend zu.

«Es wird wohl etwas Zeit vergehen, bis dieser Mann noch einmal das Wort an uns richtet», lachte Scott.

«Hoffentlich», fügte Ralph hinzu. «Dann lässt er mich vielleicht in Frieden, er ist nämlich ziemlich hinter dem Geld meines Vaters her.»

Aber Noah war seine kleine Rede trotzdem peinlich.

«Es tut mir leid», sagte er, nachdem er sich ein wenig beruhigt hatte. «Ich fürchte, ich habe euch in eine unangenehme Situation gebracht. Ich weiß nicht, was in mich gefahren ist.»

«Du musst dich nicht entschuldigen, Noah. Dieser Kretin hat lautstark danach verlangt, dass ihm mal jemand zeigt, wo er hingehört», munterte Ralph ihn auf. Scott nickte bestätigend.

Noah beruhigte sich ein wenig. Den restlichen Abend scherzten und lachten sie, vor allem über die unzähligen Geschichten, die Scott und Ralph zum Besten gaben. Eigentlich war es einer der glücklichsten Abende, die Noah je erlebt hatte. Zum ersten Mal in seinem Leben – vielleicht ein wenig berauscht vom Wein und vom guten Essen – fühlte er sich wie ein freier Mann. Einfach jemand, der mit zwei anderen Männern, die seine dunkle Hautfarbe nicht zu bemerken schienen, am Tisch saß, trank und sich unterhielt.

«Danke, es war ein wunderbares Essen. Ich habe mich noch nie so wohl gefühlt», verabschiedete Noah sich von seinen beiden Begleitern, als er sich den Mantel zuknöpfte.

«Das Vergnügen war ganz auf meiner Seite», gab Ralph zurück. «Auch ich habe schon lange keinen so anregenden Abend mehr verlebt.»

«Ich hoffe, wir werden das bald wiederholen, Ralph», sagte Scott.

«Du weißt ja, für ein Glas Wein in angenehmer Gesellschaft ist in meinem vollen Terminkalender immer ein Plätzchen frei.»

Ralph hatte den beiden angeboten, sie mit seiner Kutsche nach Hause zu bringen, aber Noah lehnte ab. Er wollte noch ein Stück laufen. Er wollte dieses neue und sonderbar schöne Gefühl noch ein wenig auskosten. Das Gefühl, für einen Moment zu diesen beiden freien Männern gehört zu haben.

«Auch ich kann lernen, frei zu sein», dachte er. «Genau wie Epiktet.»

· 32 ·

Die Hochzeit wurde Anfang September in einer kleinen Kapelle im Zentrum Bostons begangen. Es war eine schlichte, aber schöne Zeremonie. Brians Eltern und Peter, Scott, Fernando Fuentes, Noah und Charlotte waren die einzigen Gäste.

Noah führte Hortensia zum Altar. Charlotte und Scott, die sich nicht wiedergesehen hatten, seit sie bei ihm gewesen war, wechselten während der ganzen Zeit keinen einzigen Blick. Beim Mittagessen im Haus in der Beacon Street, das Raymond O'Flanagan dem jungen Paar zur Hochzeit geschenkt hatte, setzte Scott sich so weit von ihr weg, wie es in der kleinen Runde möglich war.

Nach dem Essen stand Charlotte diskret auf und ging in den Garten. Sie lief ein bisschen herum und setzte sich dann allein auf eine Bank.

Eine ganze Weile später setzte Hortensia sich zu ihrer Schwester. «Scott ist gegangen», teilte sie ihr mit.

«Er hat mich nicht einmal angesehen.»

«Er ist verletzt, Charlotte.»

«Ach, er hasst mich wohl eher.»

«Nein, er liebt dich. Er braucht einfach Zeit.»

«Er wird mir nie verzeihen.»

«Doch, das wird er. Das verspreche ich dir.»

«Ich vermisse ihn so, Hortensia», gestand Charlotte. «Warum hat er alles zerstört?»

«Er wollte nichts zerstören.»

«Aber er hat es getan.»

Hortensia wirkte nachdenklich. Sie schwieg einen Moment lang und ergriff dann die Hand ihrer Schwester. «Weißt du was, Charlotte? Ich habe es dir nie gesagt, aber ich habe immer gedacht, dass Richard nicht der richtige Mann für dich ist.»

«Warum sagst du das?»

«Er war viel zu ernst. Zu sehr auf seine Verpflichtungen bedacht. Du brauchst einen Mann, der deine Leidenschaft für das Leben teilt.»

«Richard hat mich verstanden.»

Hortensia schüttelte den Kopf. «Ach, Charlotte. Richard ist wie Brian. Vielleicht kann er dein Wesen verstehen, und vielleicht beneidet er dich sogar darum, aber er könnte es nie mit dir teilen. Mit ihm müsstest du deine wahre Natur immer verstecken. Aber Scott … Scott ist wie du. Und das weißt du auch.»

«Nein …», stritt Charlotte ab.

«Du musst Richard loslassen.»

«Das kann ich nicht», sagte sie verzweifelt.

«Kannst du es nicht, oder willst du nicht?»

Charlotte ließ den Kopf sinken.

«Lass nicht zu, dass dein Stolz dich daran hindert weiterzuleben. Lass ihn los …»

Jetzt trat Brian zu ihnen.

«Hortensia», unterbrach er seine Frau und gab ihr einen Kuss. «Wir müssen aufbrechen.»

Hortensia sah ihre Schwester beunruhigt an.

«Mach dir um mich keine Sorgen», beruhigte Charlotte sie. «Es geht mir gut. Fahrt schon los, sonst verpasst ihr noch euer Schiff.»

«Sobald wir zurück sind, komme ich dich besuchen. Wir sind nur einen Monat weg.»

«Geh nur», ermunterte Charlotte sie und verabschiedete sich mit einem Kuss von ihrer Schwester. «Geh mit deinem Ehemann.» Dann sah sie Brian an. «Pass mir gut auf sie auf!»

«Versprochen.»

Als sie an diesem Abend nach Hause zurückkehrte, kam ihr alles sonderbar vor. Ohne Hortensia im Bett neben ihr war das Zimmer leer. Sie vermisste sie sehr. Ihre Schwester hatte ihr mit ihrer Zärtlichkeit und ihren klugen Worten immer Ruhe vermittelt. Und nun war sie weit weg. Sie würden die Flitterwochen in Kanada verbringen, und auch danach wäre nichts mehr so wie vorher. Charlotte fühlte sich allein. Zum ersten Mal begriff sie, wie sehr ihre Mutter unter der Einsamkeit gelitten haben musste. Würde sie ihr Schicksal teilen? Würde sie für den Rest ihres Lebens allein sein? Bei dem Gedanken traten ihr Tränen in die Augen.

Im Nebenzimmer konnte Noah Charlotte weinen hören. Stundenlang schluchzte sie verbittert und verzweifelt. Er hätte sie gern getröstet, aber es wäre ihr nicht recht gewesen. Sie würde wie immer allein darüber hinwegkommen.

Als Charlotte dann nach ein paar Stunden endlich einschlief, konnte Noah trotzdem kein Auge zutun. Am nächsten Morgen würde er wieder früh aufstehen und zum Unterricht gehen.

Als Hortensia von ihrer Hochzeitsreise zurückkehrte, hatten sich die Wälder Neuenglands rot gefärbt, und die Einwohner Bostons bereiteten sich auf die Ankunft des Winters vor.

Wie sie versprochen hatte, ging sie sofort zu Charlotte.

«Hortensia», rief Charlotte gerührt, als sie ihre Schwester erblickte. «Ich dachte, ihr würdet erst am Abend ankommen.»

Die Schwestern fielen sich um den Hals.

«Das habe ich auch gedacht, aber der Wind war sehr stark und hat den Fahrplan günstig beeinflusst. Wir sind schon in der Nacht angekommen. Ich wollte sofort zu dir, aber Brian hat mich davon überzeugt, bis zum Morgen zu warten.»

Fragend sah Hortensia ihre Schwester an. «Wo ist Noah?»

«Lernen.»

«Heute ist doch Sonntag.»

«Schon, aber er lernt jeden Tag. Wenn er nicht im Unterricht sitzt, hockt er in der Bibliothek. Er geht bei Morgengrauen aus dem Haus und kommt erst nachts zurück. Ich sehe ihn kaum. Mach dir keine Sorgen. Sobald er zurückkommt, werde ich ihm sagen, dass er dich besuchen soll.»

«Sag ihm, dass ich ihn erwarte.»

Charlotte lächelte. Ihr war der Monat ohne Hortensia lang geworden. Aber jetzt war sie wieder zurück. Endlich waren sie wieder zusammen.

«Ich habe dich so vermisst!»

«Ich dich auch, Charlotte», gestand Hortensia.

Hortensia strahlte vor Glück. Ihre Augen leuchteten, und sie hörte nicht auf zu lächeln.

«Du siehst glücklich aus», sagte Charlotte zufrieden.

«Das bin ich auch. Ich hätte nicht gedacht, dass man so glücklich sein kann. Brian ist ein wundervoller Mann.»

«Ich freue mich so für dich!»

«Ich weiß, Charlotte. Und du? Wie geht es dir?»

«Gut», sagte sie, aber ihr Blick strafte ihre Antwort Lügen.

«Weißt du, dass ich Scott seit eurer Hochzeit nicht gesehen habe?»

Hortensia schwieg.

«Es ist so viel Zeit vergangen. Glaubst du, er hat mir noch immer nicht verziehen?»

«Hat Noah denn nichts gesagt?»

«Was hätte er denn sagen sollen?»

Hortensia senkte den Kopf.

«Was ist los?»

«Nichts», sagte Hortensia, aber sie sah ihrer Schwester noch immer nicht in die Augen.

«Ich kenne dich doch. Ich weiß, dass du mir etwas verheimlichst.»

«Früher oder später bekommst du es ja sowieso heraus», gab Hortensia nach. «Als wir losgefahren sind, ist Scott zum Hafen gekommen, um sich zu verabschieden.»

«So ist er eben. Er hätte euch auch wie alle anderen zu Hause eine gute Reise wünschen können, aber ...»

«Nein, Charlotte, du hast mich nicht verstanden. Er selbst hat die Stadt verlassen.»

Seit sie ihn kannte, hatte Scott Boston nur wenige Male verlassen, und immer war es um seine juristischen Feldzüge gegangen.

Aufmerksam beobachtete Hortensia die Reaktion ihrer Schwester.

«Ach, das wusste ich nicht. Weißt du, wann er zurückkommt?»

Hortensia schwieg einen Moment und sah ihrer Schwester in die Augen.

«Scott wird nicht zurückkommen, Charlotte.»

Einen Moment lang stockte ihr der Atem. Es war, als hätte sich ein grauer Schatten um ihre Seele gelegt. Zum zweiten Mal hatte ein Mann sie verlassen. Und Scott hatte sich nicht einmal verabschiedet. Charlotte hatte ihren besten Freund verloren. Langsam wurde ihr klar, dass nichts mehr so sein würde wie früher.

«Es tut mir leid, Charlotte. Aber ich musste es dir sagen.»

«Es ist in Ordnung. Es macht mir nichts aus», sagte Charlotte. «Wahrscheinlich ist es besser so.»

Doch Hortensia sah das verräterische Glänzen in Charlottes Augen. Sie war tiefer getroffen, als sie zugeben wollte.

«Charlotte? Geht es dir wirklich gut?»

«Entschuldige, was hast du gesagt?»

«Geht es dir gut?»

«Sicher. Es ist nichts», lächelte sie. «Die Nachricht hat mich überrascht, aber mir geht es gleich besser. Versprochen.»

Hortensia war besorgt. «Warum ziehst du nicht zu uns? Das Haus ist groß genug.»

«Ich will euch nicht stören.»

«Du störst nicht. Brian findet auch, dass es eine gute Idee ist.»

«Brian findet, dass es eine gute Idee ist, weil er dich viel zu sehr liebt, um dir etwas abzuschlagen.»

«Kommt beide zu uns», bat Hortensia sie. «So könnten wir uns jeden Tag sehen.»

«Wir können uns auch so jeden Tag sehen. Außerdem

werde ich die Tage nicht mehr lange allein verbringen. Ich habe beschlossen, mir eine Arbeit zu suchen.»

Überrascht trat Hortensia einen Schritt zurück und sah ihre Schwester von oben bis unten an.

«Arbeit? Du?»

«Ja», sagte Charlotte entschlossen. «Ich habe in den letzten Wochen oft darüber nachgedacht. Ich glaube, es würde mir guttun. Ich wäre beschäftigt, und obwohl noch etwas von dem Schmuck übrig ist, könnte ein wenig Extrageld nicht schaden, jetzt, wo Noah studiert.»

«Wenn es wegen des Geldes ist, mach dir keine Gedanken. Ich werde mit Brian sprechen. Er wird sich darum kümmern.»

«Tu das nicht. Ich möchte nicht, dass ein Mann unsere Probleme lösen muss, als wären wir hilflose Geschöpfe, die nicht für sich selbst sorgen können. Ich möchte die Gewissheit haben, dass ich auch allein zurechtkomme. Dass ich meinen Weg selbst wählen kann. Es ist nicht nur das Geld, Hortensia. Ich habe einfach Lust, etwas zu tun. Ich muss mich irgendwie beschäftigen.»

«Es gibt tausend Dinge, mit denen du dich beschäftigen könntest, ohne arbeiten zu müssen. Du könntest nähen oder spazieren gehen.»

«Hortensia, bitte. Siehst du mich tatsächlich Taschentücher umhäkeln oder Strümpfe stopfen?»

«Nein», musste sie zugeben. «Aber ich kann mir auch nicht vorstellen, dass du arbeitest. Du kannst ja nicht einmal dein eigenes Haus in Ordnung halten. Was willst du denn tun?»

«Ich werde Reporter.»

«Reporter!», wiederholte Hortensia. «Das ist ein Beruf für Männer.»

«Aber ich verstehe nicht, warum», protestierte sie. «Als Reporter muss man nur Fragen stellen und schreiben. Ich denke nicht, dass das so schwierig ist.»

Bei der Vorstellung, dass Charlotte ihre Nase in alle möglichen Dinge steckte, standen Hortensia die Haare zu Berge.

«Ich weiß nicht. Eine Frau ganz allein. Wer weiß, wo du überall hinmusst und mit was für Leuten du dich abgeben müsstest. Nein, ich glaube, es ist keine gute Idee», redete sie auf Charlotte ein. «Vielleicht gibt es irgendeine andere Möglichkeit. Und außerdem: Was sollen die Leute denken!»

«Sollen sie denken, was sie wollen. Sollen sie doch reden, wenn sie wollen. Sie tun es doch ohnehin. Dann hätten sie wenigstens etwas zu sagen. Ich mache schließlich nichts Ungehöriges. Es wäre schön, wenn du mich verstehst.»

«Ich verstehe es ja», gab Hortensia zu und stellte sich vor, wie Charlotte mit Block und Bleistift hinterm Ohr durch die Stadt rannte. Sie seufzte. «Eigentlich macht mir am meisten Angst, dass es genau die richtige Arbeit für dich wäre. Trotzdem, denk bitte über mein Angebot nach.»

«Versteh doch, ich will einfach nicht die typische, arme alte Jungfer sein, die ihrer Familie zur Last fällt. Ich möchte gern auf meine eigene Art und Weise zurechtkommen. Ich will keine Almosen.»

«Es sind keine Almosen. Es ist Liebe! Du bist meine Schwester, meine Familie. Wenn es dir nicht gutgeht, geht es mir auch nicht gut.»

«Aber es wird mir gutgehen.»

Hortensia war noch nicht überzeugt.

Offensichtlich hatte Charlotte bereits einen Beschluss gefasst, und Hortensia wusste, dass nichts sie davon abbringen könnte. Sie runzelte die Stirn.

«Meinetwegen», gab sie jetzt widerwillig nach. «Aber wie willst du es anstellen?»

«Ich werde mit Brians Vater sprechen.»

«Mit Raymond O'Flanagan?»

«Er ist der Besitzer der auflagenstärksten Zeitung Bostons!»

«Ich sehe, du hast an alles gedacht.»

Charlotte hob leicht ihre Augenbrauen.

«Ist ja gut», lenkte Hortensia ein. «Ich werde mit Brian sprechen, vielleicht kann er etwas tun.»

«Das ist lieb von dir, aber ich möchte das selbst tun. Wenn ich Reporterin werden möchte, muss ich beweisen, dass ich es auch allein schaffe.»

«Wie du willst», nickte Hortensia, insgeheim davon überzeugt, dass Brians Vater keine Frau bei seiner Zeitung arbeiten lassen würde. «Aber wenn es Schwierigkeiten gibt, denk an mein Angebot.»

«Es wird keine Schwierigkeiten geben.»

Als Hortensia gegen Mittag aufbrach, bot sie ihrer Schwester an, sie in der Kutsche mitzunehmen und am Haus ihres Schwiegervaters abzusetzen. Sie selbst wohnte auch in der Beacon Street, allerdings ein paar Querstraßen weiter westlich auf dem ersten Stück Land, das aus den Sümpfen der Back Bay gewonnen worden war.

Aber Charlotte zog es vor zu warten. Sie wollte nicht so unhöflich sein und zur Mittagessenszeit hineinplatzen.

Also aß sie erst einmal etwas und wartete geduldig darauf, dass die Uhr fünf schlug, die Zeit, in der man üblicherweise Besuche machte. Dann zog sie sich Stiefel und Mantel an. Ein dunkelblaues, fast schwarzes Modell, das sie günstig am Ende des letzten Winters gekauft hatte. Sie hatte Monate warten müssen, bis die Temperaturen wieder so weit gesunken waren, dass sie ihn anziehen konnte. Dazu hatte sie einen mit gelben Federn geschmückten Filzhut der gleichen Farbe erstanden, dessen Sitz sie nun im Spiegel prüfte. Dann ergriff sie ihre Handtasche und machte sich auf den Weg.

Zwar hätte sie durch den Park gehen können, aber es hatte die ganze Woche geregnet, und auch wenn jetzt die Sonne schien, waren die Sandwege durch die Grünanlagen sicher matschig. Weil sie vor ihrem zukünftigen Arbeitgeber nicht mit dreckigen Stiefeln erscheinen wollte, ging Charlotte also um den Park herum, auch wenn sie das doppelt so viel Zeit kostete.

Als sie vor Raymond O'Flanagans Tür stand, war der Saum ihres Kleides makellos, und kein bisschen Matsch klebte an ihren Stiefeln. Bevor sie klopfte, atmete sie tief ein.

«Guten Tag, Miss», begrüßte sie ein Butler, den Charlotte noch nie gesehen hatte.

«Guten Tag.»

«Womit kann ich dienen?»

«Ich möchte bitte mit Mr. O'Flanagan sprechen.»

«Wen darf ich melden?», fragte der Bedienstete und versperrte die Tür wie ein Wachhund.

«Charlotte Lacroix. Ich bin Hortensia O'Flanagans Schwester.»

Hortensias Name zeigte Wirkung.

«Treten Sie bitte ein», bat der Butler zuvorkommend, nachdem er einmal festgestellt hatte, dass die Unbekannte würdig war, die Schwelle zu übertreten. «Wenn Sie mich entschuldigen würden, ich sage Mr. O'Flanagan Bescheid. Sie können im kleinen Salon warten.» Mit einer eleganten Handbewegung wies er ihr den Weg.

Charlotte bedankte sich und trat ein.

Eine Minute später erschien Raymond O'Flanagan in Hemdsärmeln.

«Was für eine angenehme Überraschung», sagte er, kam ihr entgegen und begrüßte sie herzlich mit einem Kuss auf die Wange.

«Guten Tag, Mr. O'Flanagan», sagte Charlotte. «Ich hoffe, ich störe Sie nicht. Vielleicht hätte ich Ihnen eine Nachricht schicken und mein Kommen ankündigen sollen.»

«Ich bitte dich! Die Familie ist immer willkommen. Aber ich fürchte, dass du zu spät bist. Beatriz ist gerade zu Brian und Hortensia gefahren. Diese Frauen!», seufzte er. «Sie ist vor Neugierde beinahe gestorben und wollte unbedingt wissen, wie es ihnen ergangen ist. Eine Mutter vermisst ihre Kinder immer. Du kannst dir vorstellen, jetzt, wo Brian und Peter umgezogen sind und Scott weg ist ...»

«Ich verstehe», sagte sie.

«Es ist wirklich schade», klagte O'Flanagan. «Beatriz hätte sich sehr gefreut, dich zu sehen.»

«Ich hätte mich auch gefreut, aber eigentlich bin ich gekommen, um mit Ihnen zu sprechen.»

«Mit mir?»

Charlotte nickte.

«Ich wollte Sie um etwas bitten.»

Mr. O'Flanagan setzte sich in einen Sessel und bat Charlotte, neben ihm Platz zu nehmen.

«Ich möchte in Ihrer Zeitung arbeiten.»

Klar und direkt, dachte Raymond. Ihm gefielen Menschen mit Charakter und Entschlusskraft. Seit sie öffentlich verkündet hatte, dass Noah ihr Bruder war, hatte er diese Frau gemocht. Dafür brauchte man viel Mut. Mit einem einzigen Satz hatte sie es diesen Heuchlern am Tisch gezeigt. Und das mit Stil. Außerdem hatte er Gerüchte über die etwas zu innige Beziehung gehört, die Scott und Charlotte verbunden hatte.

Eigentlich hatte er nichts darauf gegeben, aber als die beiden auf Hortensias und Brians Hochzeit kein einziges Wort miteinander gesprochen hatten, war er sich sicher gewesen, dass doch etwas dran war. Sein Sohn war in Charlotte verliebt. Und sicher hatte diese leidenschaftliche Frau mit den grünen Augen einiges damit zu tun, dass er so plötzlich die Stadt verlassen hatte. Einen Moment lang hatte er sogar angenommen, dass die Bitte der jungen Frau etwas mit Scott zu tun haben könnte, und wiederholte nun überrascht: «In meiner Zeitung arbeiten?»

«Ich weiß», kam Charlotte ihm zuvor. «Eigentlich ist es nicht üblich, dass eine Frau Reporterin werden will. Vielleicht schockiert Sie das. Aber ich versichere Ihnen, dass ich es kann. Ich möchte nur eine Chance bekommen. Ich werde Sie bestimmt nicht enttäuschen.»

Die Leidenschaft, mit der Charlotte ihr Anliegen vorbrachte, erinnerte ihn an Scott. An den ungestümen Träumer, der er bis zum Tod seines Onkels gewesen war, bevor der Zynismus ihn mit seinen scharfen Klauen gepackt hatte.

«Ich werde mit dem Herausgeber sprechen.»

«Wirklich? Sie wollen es mir nicht ausreden? Sie sind nicht schockiert?»

«Mich schockiert so leicht nichts», lachte er. «Nun, dir sollte klar sein, dass du nicht bevorzugt behandelt wirst, weil du eine Frau bist und zur Familie gehörst. Aber du sollst deine Chance bekommen», versprach er. «Natürlich musst du wie alle anderen erst eine Probezeit überstehen. Wenn der Herausgeber nach dem ersten Monat der Meinung ist, dass du deine Arbeit gut machst, hast du den Job.»

Charlotte sprang auf und fiel Raymond um den Hals.

«Sie werden es nicht bereuen, Mr. O'Flanagan.»

· 33 ·

Als Hugo Spelman seinen Chef vor der Tür seines Büros entdeckte, erstarrte er vor Schreck. In den zwanzig Jahren, in denen er die Zeitung leitete, hatte Raymond O'Flanagan nie auch nur einen Fuß in das Innere des Gebäudes gesetzt. Wenn er ihm etwas mitteilen wollte, schickte er einfach einen seiner Gehilfen mit einer Nachricht oder bat ihn darum, ins Hauptbüro zu kommen, einem Gebäude neben dem Old State House, von wo aus Raymond sein Wirtschaftsimperium mit Hilfe eines Heers von Anwälten und Buchhaltern führte.

Die Tatsache, dass er das Büro in seinem Elfenbeinturm verlassen hatte und sich höchstpersönlich zu Hugo begab, verriet, dass es sich um eine Angelegenheit handeln musste, die ihm am Herzen lag. Sie führten ein kurzes Gespräch. Raymond informierte seinen Herausgeber, dass am nächsten Tag eine junge Frau in der Zeitung anfangen würde. Sollte sie nach einer Probezeit von einem Monat nicht dazu in der Lage sein, gute Arbeit zu leisten, könnte Hugo sie wieder entlassen.

Obwohl O'Flanagan ihm versichert hatte, für eine eventuelle Entlassung freie Hand zu haben, war Hugo Spelman nicht wohl bei der Sache. Ob er sie entlassen müsste oder nicht, dem klugen Herausgeber war bewusst, dass er am Ende das Nachsehen haben würde.

Zwei Tage nach Antritt ihrer neuen Stelle kam Charlotte in Spelmans Büro. «Entschuldigen Sie bitte.»

«Ja?», antwortete er kurz angebunden.

«Hätten Sie vielleicht Zeit für ein kurzes Gespräch?»

Kaum war diese Frau hier, fing sie schon an, ihn zu belästigen. Jeden anderen Angestellten hätte er in hohem Bogen hinausgeworfen, aber Hugo war zu sehr Gentleman, um mit einer Dame ebenso umzuspringen, auch wenn sie tausend Mal seine Angestellte war.

«Treten Sie ein, Miss Lacroix.»

Charlotte blieb vor dem Schreibtisch stehen, bis ihr Chef sie seufzend aufforderte, sich zu setzen.

«Was gibt es denn?»

«Mr. Spelman, es tut mir schrecklich leid, Sie belästigen zu müssen», sagte sie mit einem engelsgleichen Lächeln. «Ich weiß, dass ich erst zwei Tage bei Ihnen bin, und vor allem möchte ich Ihnen für das Vertrauen danken, das Sie in mich setzen. Ich möchte auf keinen Fall, dass Sie mich für undankbar halten, aber ich fürchte, dass ich Ihnen meine Fähigkeiten kaum zeigen kann, wenn ich an meinem Tisch sitzen bleibe.»

Ungehalten räusperte Spelman sich. Er hatte beschlossen, sich das Problem vom Hals zu schaffen, indem er die Dame an einen etwas abgelegenen Tisch setzte und Schreibarbeiten ausführen ließ, die auch ein Schüler hätte erledigen können.

«Miss Lacroix, ich fürchte, das ist für den Moment alles, was ich Ihnen anbieten kann. Vielleicht etwas später, wenn Sie besser verstehen, wie es hier in der Zeitung läuft …»

«Ich habe verstanden.» Charlotte blickte dem erstaunten Hugo Spelman in die Augen. Bisher hatte er die Augen der jungen Frau nie bemerkt. Jetzt fragte er sich, wie er sie nur hatte übersehen können.

«Reden wir Klartext», sagte Charlotte und legte die Rolle der arglosen Dame ab. «Sie wollen mich hier nicht.»

Eigentlich wollte Spelman etwas dagegen sagen, aber warum sollte er das Offensichtliche leugnen.

«Sagen Sie nichts, ich kann Sie verstehen. Sie befinden sich in einer komplizierten Situation. Sie wollen mich eigentlich loswerden, möchten aber Mr. O'Flanagan auch nicht sagen, dass Sie seinen Schützling entlassen mussten.»

«Wie ich sehe, haben Sie die Lage perfekt erfasst.»

«Ich glaube, ich kann Ihnen eine Lösung anbieten.»

Hugo horchte auf. Vielleicht hatte er sich vom Äußeren der jungen Frau oder von ihrem Südstaatenakzent täuschen lassen. Es handelte sich offensichtlich um eine Frau mit Charakter.

«Ich höre.»

«Sie wollen mich loswerden. Und ich möchte Ihnen einfach nur zeigen, dass ich dieser Arbeit gewachsen bin. Ich bitte Sie nur um eine einzige Chance. Wenn sich zeigt, dass ich die Arbeit nicht machen kann, werde ich freiwillig gehen.»

Nachdenklich sah Hugo sie an und wog Charlottes Vorschlag ab. Nun. Wenn sie unbedingt auf die Straße wollte, dann würde er es ihr gestatten.

«Meinetwegen.»

«Abgemacht», sagte Charlotte und drückte die Hand des Herausgebers.

«Abgemacht», wiederholte Spelman zufrieden. Sicher wäre er die junge Frau schon bald wieder los.

Am nächsten Tag stand Charlotte im Morgengrauen auf. Sie zog sich bequeme Schuhe an, steckte ein paar Blätter und einen Stift ein und lief schnell in die Redaktion.

«Guten Morgen, Mr. Spelman», begrüßte sie ihren Chef, als er eintrat.

«Miss Lacroix. Ich sehe, Sie sind früh aufgestanden.»

«Ich kann es kaum erwarten anzufangen», sagte sie, und als ihr Chef sie mit einer Handbewegung aufforderte, ihm zu folgen, sprang sie auf.

Nachdem Spelman sich in aller Ruhe seines Mantels entledigt und den Hut auf die Ablage gelegt hatte, setzte er sich.

«Wollen wir doch mal sehen.» Schnell überblickte er einen Stapel kleiner Kärtchen, auf die Nachrichten gekritzelt waren, die am nächsten Tag gebracht werden mussten. Schließlich blieben seine schlauen Äuglein an einer Karte am äußersten Rand des Tisches haften. Lächelnd nahm er sie in die Hand.

«Miss Lacroix», sagte er, während er sie Charlotte übergab, «Sie werden heute Ihren ersten Artikel schreiben.»

Vor Aufregung zitterte Charlotte fast ein bisschen.

«Matrose im Hafen erstochen», las sie jetzt laut vor und stockte.

«Anscheinend ist der Mann in einer Kneipe verblutet, und niemand will etwas gesehen haben.»

«O mein Gott!»

«Es ist im Norden passiert. Ana Street.»

«Entschuldigen Sie, haben Sie Ana Street gesagt?»

«Ja, auf der Höhe des Hafens.»

Charlotte schluckte.

«Sie meinen die Gegend, die man Black Sea nennt?»

«Genau dort.»

Charlotte lief es kalt den Rücken hinunter. Jedes Kind wusste, dass man diese Straße besser mied.

«Wenn Sie glauben, dass Sie das nicht leisten können ...», warf Spelman ein. Zufrieden hatte er festgestellt, dass die junge Frau blass geworden war, und streckte die Hand nach dem Kärtchen aus.

Aber Charlotte presste es sich rasch gegen die Brust. Mit bebenden Nasenflügeln warf sie Spelman einen zornigen Blick zu.

«Kein Problem», sagte sie und steckte sich das Kärtchen in die Handtasche. «Toter Seemann am North End», wiederholte sie, drehte sich um und spazierte aus dem Büro.

Selbst als sie auf die Straße hinausging, war sie noch so wütend, dass sie eine tiefe Pfütze mitten auf dem Weg übersah.

«Das hat mir gerade noch gefehlt», rief sie mit den Füßen im Wasser. «Aber dieser Mistkerl irrt sich, wenn er glaubt, dass er mich damit loswird!», schimpfte sie laut und zog die Blicke einiger Passanten auf sich. «Da muss ihm schon etwas Besseres einfallen, als mich in die verrufenste Ecke der Stadt zu schicken.»

Wenn Spelman auch nur für eine Sekunde angenommen hatte, dass diese Frau so dumm sein könnte, ganz allein die Straße zu betreten, in der Prostituierte und Banditen herumlungerten und in die selbst die Polizei sich nur ungern vorwagte, dann hätte er sie am Stuhl festgebunden und höchstpersönlich wieder bei Raymond O'Flanagan abgeliefert. Aber er war davon überzeugt, dass die feine junge Dame mit ihren eleganten Stiefeln direkt hinter Faneuil Hall kehrtmachen würde, sobald sie den ersten Dreck auf der Straße entdeckte, den in dieser Gegend niemand wegräumte. Sie würde so schnell davonlaufen, dass die absurde Idee, eine Frau könnte als Reporter arbeiten, in Windeseile aus ihrem Kopf verschwinden würde. Dann würde sie sich hoffentlich einen Ehemann suchen und wie jede anständige junge Dame zu Hause bleiben.

Aber Spelman kannte Charlotte nicht.

Wenn sie nicht so verdammt stolz wäre, hätte Charlotte auf ihren gesunden Menschenverstand gehört und wäre wirklich davongelaufen, als der erste betrunkene und zahnlose Matrose auf sie zukam und ihr ein paar Münzen dafür anbot, ihm ein wenig Gesellschaft zu leisten.

Erschrocken beschleunigte sie ihren Schritt.

Um sie herum lag überall Dreck auf der Straße, und ein kleines pelziges Tier bog blitzartig vor ihr in eine dunkle Gasse ein.

In einem Müllhaufen an der nächsten Straßenecke kämpften zwei Ratten um einen Fischkopf. Charlotte hielt sich die Hand vor den Mund, um einen Schrei zu unterdrücken. Schnell schloss sie die Augen und zwang sich, ruhig weiterzuatmen. Sie würde auf keinen Fall aufgeben und unterdrückte den Impuls, schreiend davonzulaufen. Sie war Katherine Lacroix' Tochter und würde sich von diesen elenden Tieren nicht einschüchtern lassen.

Als sie die Augen wieder öffnete, waren die Ratten verschwunden.

Die Spelunke, in der der unglückliche Matrose sein Leben ausgehaucht hatte, war nicht schwer zu finden. Charlotte ging einfach hinein und wandte sich direkt an den Mann hinter der Theke.

«Entschuldigen Sie. Ich bin Charlotte Lacroix vom *Boston*

Universal. Ich habe mich gefragt, ob Sie wohl etwas über den Matrosen wissen, der hier gestern umgekommen ist.»

Der Mann blickte sie von oben bis unten an und erschlug mit der flachen Hand eine Fliege, die sich auf die Theke gesetzt hatte.

«Ich weiß gar nichts», sagte er und kehrte ihr den Rücken zu.

Charlotte sah sich um. Der andere Mann im Raum war so betrunken, dass er kaum sprechen konnte. Es hätte keinen Sinn, ihn zu befragen.

«Hören Sie zu, Miss», rief ihr der Wirt zu. «Ich gebe Ihnen einen Rat. Das hier ist kein Ort für Sie. Hören Sie auf, Ihre Nase in Angelegenheiten zu stecken, die Sie nichts angehen, und gehen Sie ganz schnell dorthin zurück, wo Sie hergekommen sind.»

Wohl wissend, dass sie nichts in der Hand hatte, um den Wirt zum Sprechen zu bringen, starrte Charlotte noch einmal auf den dunklen Fleck auf den Dielen und verließ die Kneipe.

Was sollte sie nur tun? Entmutigt setzte sie sich auf eine Kiste, die jemand an einer Straßenecke hatte stehen lassen, und beobachtete das Treiben auf der Straße.

«Müde?», fragte eine weibliche Stimme.

«Ich kann absolut nicht mehr», antwortete sie und wandte sich zu der Frau, die sich neben sie an die Wand gelehnt hatte. Offensichtlich war sie eine Prostituierte.

«Ich habe dich hier noch nie gesehen. Bist du neu?»

«Ich bin gerade angekommen.»

Die Frau betrachtete Charlotte für eine Weile.

«Du bist viel zu hübsch, um eine Hure zu sein.»

«Ich bin auch keine. Ich bin Reporterin. Oder wenigstens wäre ich das gern.»

Bei diesen Worten machte die Frau sofort Anstalten, die Flucht zu ergreifen.

«Bitte, geh nicht!»

«Es tut mir leid. Ich kann nichts sagen.»

Charlottes Augen flehten sie um Hilfe an.

«Ich verspreche dir, dass niemand erfährt, dass du mit mir gesprochen hast. Ich gebe dir mein Wort. Und ich kann dich bezahlen.»

Vorsichtig blickte die Frau zu allen Seiten. Niemand schien auf sie zu achten. «Okay. In einer Stunde in Faneuil Hall, Ecke North Market Commercial.»

«Ecke Market Commercial», wiederholte Charlotte, als sie aufstand.

«Und jetzt hau ab. Besser, wir werden nicht zusammen gesehen.»

Erst als Charlotte die Markthalle sah, in der sie jeden Morgen einkaufte, beruhigte sie sich wieder. Nachdem sie heil aus dem gefährlichsten Viertel dieser Stadt herausgekommen war, schwor sie sich, nie wieder so töricht zu sein.

Es war fast Mittag, und Faneuil Hall war voller Menschen. Mit Ellenbogen und Schubsern drängelten sie sich vor den zahlreichen Marktständen, die die Stadt mit frischen Lebensmitteln versorgten.

Charlotte erstand einen Pie mit Fleischfüllung an einem Stand auf der Straße und aß ihn im Stehen an der Ecke, an der sie verabredet war. Als ihre Informantin mit zwanzig Minuten Verspätung endlich erschien, hatte Charlotte bereits ihren zweiten Pie in der Hand.

«Es tut mir leid», entschuldigte sich die Prostituierte. «Ich hatte noch einen Freier.»

«Danke, dass du gekommen bist.» Die Frau starrte auf das letzte Stück Pie in Charlottes Hand.

«Hast du Hunger?»

Sie nickte.

Charlotte hatte ein Café entdeckt und deutete nun auf den Eingang. «Lass uns da hineingehen.»

Die Frau nickte wieder.

Sie traten ein und setzten sich an einen etwas abgelegenen Tisch. «Was möchtest du?»

Als sie keine Antwort bekam, bestellte Charlotte zwei Tassen Tee und für die Frau ein Stück Kuchen, das sie praktisch verschlang.

«Ich heiße Charlotte Lacroix», stellte sie sich vor, nachdem ihre Begleiterin fertig war.

«Ich bin Gertrud», sagte diese und wischte sich den Mund mit der Hand ab.

Charlotte betrachtete sie aufmerksam. Sie trug ihr langes Haar offen, und obwohl es zunächst brünett erschien, war es doch in Wirklichkeit so schmutzig, dass man seine tatsächliche Farbe kaum erraten konnte. Eine lange Strähne fiel ihr über eine Gesichtshälfte. Ein Rest von roter Farbe war auf ihren Lippen zu sehen, und sie hatte noch alle Zähne. Charlotte schätzte sie auf etwa fünfunddreißig.

«Darf ich fragen, wie alt du bist?»

«Ich bin letzten Monat dreiundzwanzig geworden.»

«Dreiundzwanzig», wiederholte Charlotte ungläubig. Diese Frau war genauso alt wie sie.

Als Gertrud sich das Haar aus dem Gesicht strich, um den Tee zu trinken, kam ein hässlicher blauer Fleck über dem einen Auge zum Vorschein.

«O mein Gott! Was ist dir passiert?»

«Es ist nichts», sagte sie und ließ sich die Strähne schnell wieder ins Gesicht fallen. «Mein Chef hatte einen schlechten Tag.»

«Das tut mir furchtbar leid.»

Gertrud winkte ab. «Es ist bald wieder weg. Normalerweise schlägt er uns nicht ins Gesicht. Du weißt schon, wir sollen gut aussehen», versuchte sie, ihn zu verteidigen. «Die Polizei hat wegen dem Mord im Bezirk rumgeschnüffelt, und dann ist er immer sehr nervös.»

«Die Polizei?»

Gertrud tat geheimnisvoll. «Eine Schlägerei ist eine Sache, aber wenn ein Mann in einer vollen Kneipe mit aufgeschlitzter Kehle verblutet, dann ist das nicht normal.»

«Es ist schrecklich. Ich habe nicht gewusst, dass er so gestorben ist.»

«Armer Gilbert.»

«Du kanntest ihn?»

«Er war ein Stammkunde», sagte sie. «Er hatte die schlechte Angewohnheit, zu viel zu reden. Noch Stunden vor seinem Tod hat er mir stolz erzählt, dass er mit wichtigen Leuten Geschäfte machte.»

«Was für Geschäfte?»

«So genau weiß ich das nicht», sagte Gertrud zögernd. «Aber in der letzten Zeit hatte er ziemlich viel Geld. Einmal hat er von einem wichtigen Mann erzählt ...», überlegte sie. «Seinen Namen hat er nie genannt, aber ich glaube, es war ein Bankier. Gilbert hat erzählt, dass er jede Woche Geld von ihm bekam, damit er seinen Mund hielt.»

«Du meinst, er hat ihn erpresst?»

Ihr Schweigen bestätigte Charlottes Annahme. Sie unterhielten sich fast eine Stunde lang. Charlotte machte sich Notizen zu den wichtigsten Fakten und versprach Gertrud, ihre Identität um keinen Preis zu enthüllen. Dann gab sie ihr alles Geld, das sie bei sich hatte, und ließ sie die Adresse der Redaktion auswendig lernen, falls sie noch etwas in Erfahrung bringen konnte oder in Schwierigkeiten geriet.

Sobald Charlotte wieder in der Redaktion war, setzte sie sich an ihren Schreibtisch und schrieb bis in den Abend hinein. Sie hatte genügend Informationen, um drei Spalten zu füllen. Nachdem sie den Text noch ein letztes Mal durchgegangen war, schrieb sie stolz ihren Namen darunter und legte ihn Mr. Spelman auf den Schreibtisch. Zufrieden ging sie nach Hause.

Als Hugo Spelman den Artikel am nächsten Morgen las, musste er zähneknirschend zugeben, dass er sich geirrt hatte. Der Bericht, den Charlotte Lacroix verfasst hatte, wurde unter der Schlagzeile MORD AN EINEM ERPRESSER auf der ersten Seite veröffentlicht. Und damit begann Charlottes Karriere als Journalistin. Bald folgten weitere Artikel, die ebenso großen Anklang fanden. Obwohl Spelman oft versuchte, sie auszuhorchen, verriet Charlotte nie, wer ihre Quellen waren. Und ob es sich um einen gesellschaftlichen Skandal handelte oder einen Raubüberfall, irgendwie schaffte diese Frau es immer, einen Informationsvorsprung zu haben.

Seit zehn Minuten feilte Charlotte an dem letzten Satz eines Artikels, als der Junge auftauchte, der die Botengänge im Haus erledigte.

«Miss Charlotte?»

«Ja, Albin?»

«Dieser Brief ist für Sie abgegeben worden.» Er übergab ihr einen schlichten Umschlag ohne Absender, auf dem in deutlichen Lettern ihr Name stand.

«Weißt du, wer ihn gebracht hat?»

«Einer der Laufburschen vom *Edward's.*»

«Vom Hotel?»

Der Junge nickte.

«Danke, Albin», sagte Charlotte und schenkte ihm ihr schönstes Lächeln.

«Gern geschehen, Miss Lacroix», antwortete der Junge eifrig und rannte wieder zurück zu seinem Posten an der Eingangstür.

Neugierig riss Charlotte den Umschlag auf. Auf einem Bogen Briefpapier aus dem *Edward's* hatte jemand eine knappe Nachricht verfasst. Ein Freund, hieß es, wolle sie sehen und würde im Hotel auf sie warten.

«Gut», sagte sie zu sich selbst. «Mal sehen, was dieser mysteriöse Freund uns zu erzählen hat.»

Charlotte zog ihren Mantel an, setzte den Hut auf und steckte die Nachricht ein. Dann nahm sie die Feder und schrieb in einem Zug den letzten Satz, über dem sie so lange gegrübelt hatte. «Perfekt!», rief sie zufrieden aus und verschwand aus dem Büro.

Auch wenn sie nie im *Edward's* abgestiegen war, hatte sie das Hotel doch mehrmals beruflich aufgesucht. Das Wort Luxus war absolut ungenügend, um die ganz mit Marmor ausgekleidete Empfangshalle des Hauses zu beschreiben. Charlotte lief über einen breiten blauen Perserteppich zur Rezeption.

«Guten Tag», grüßte sie. «Mein Name ist Charlotte Lacroix. Ich werde erwartet.»

Der unermüdlich lächelnde Empfangschef, der in einen eleganten schwarzen Anzug gekleidet war, nickte ihr zu und winkte gleichzeitig einen Laufburschen herbei.

«Erlauben Sie», sagte er, «dass der junge Mann Sie in den orientalischen Salon begleitet. Dort wartet man bereits auf Sie.»

Charlotte bedankte sich und folgte dem Jungen, der alle fünf Schritte anhielt, um sich zu ihr umzudrehen und sie mit einer Verbeugung aufzufordern, ihm zu folgen. Am Ende eines Ganges blieb er kurz vor einer Doppeltür stehen und öffnete sie nach einer weiteren Verbeugung. Hinter ihr machte er sie sanft wieder zu.

«Wie schön!», rief Charlotte bewundernd aus und trat in den orientalisch eingerichteten Raum. Und noch bevor sie sich nach dem mysteriösen Freund umsehen konnte, hörte sie eine vertraut klingende Stimme aus dem hinteren Teil des Raums.

«*Bonjour*, Charlotte.» Es war, als würde tief in ihrem Herzen etwas schmelzen, als sie sich nun wie in Trance auf die Gestalt zu bewegte, die sich langsam aus einem Sessel erhob.

«O Gott!», rief sie und hob die Hände an den Mund. «Großvater!» Ihre Augen füllten sich mit Tränen.

«Meine kleine Charlotte!», sagte der alte Mann unter Schluchzern, als er seine Enkelin in die Arme schloss. «Ich habe so lange nach euch gesucht! Ich hatte schon Angst, ich würde euch vielleicht nie wiedersehen …»

Schweigend hielten die beiden sich eine Weile in den Armen, dann setzten sie sich. Neben ihrem Großvater fühlte sich Charlotte, als wäre sie endlich wieder zu Hause angekommen. Drei Jahre waren seit dem Tod ihrer Mutter vergangen, und der Großvater hatte sich verändert. Er war schmaler geworden, und die Jahre hatten ihn gebeugt. Ein trauriger Schleier lag über seinen dunklen Augen.

«Wie hast du uns gefunden?», fragte Charlotte, die die Hand ihres Großvaters nicht mehr loslassen wollte.

«Ich habe Detektive beauftragt und überall nach euch suchen lassen. Lange Zeit hatten sie keinen Erfolg. Aber dann …» Er zog etwas aus seiner Westentasche und gab es ihr. Es war eine der Goldmünzen, die er ihnen geschenkt hatte und die sie nach und nach verkauft hatten.

«Ich hatte schon alle Hoffnung verloren, als mir diese Münze in die Hände fiel. Ein Juwelier aus New Orleans hatte sie auf einer Reise nach Boston erstanden.»

Froh blickte er seine Enkelin an, dann aber runzelte er die Stirn. «Wie Tiere hat er euch verkauft!», rief er und ballte wütend die Fäuste.

Überrascht sah Charlotte auf.

«Dein eigener Vater hat die Unverschämtheit besessen, mir alles zu erzählen, als ich euch besuchen wollte. Wenn du ihn gesehen hättest. Er war noch stolz auf seine Tat. Ich hätte ihn mit meinen eigenen Händen töten können. Aber schließlich wurde mir klar, dass ich selbst auch die Schuld daran trug.»

«Du?»

«*Oui*, mein Mädchen. Wie konnte ich ihn für etwas zur Verantwortung ziehen, das ich mein ganzes Leben lang getan hatte? So habe ich meinen Hochmut teuer bezahlt. Wer hätte gedacht, dass mein eigen Fleisch und Blut einmal behandelt werden würde, wie ich Hunderte von Männern und Frauen behandelt habe. Warum seid ihr nicht zu mir gekommen?»

«Wir konnten nicht, Großvater. Wir hatten Angst. Denk

an unsere Lage, an das, was geschehen war. Noah und ich sind noch immer zwei entflohene Sklaven.»

«Ich hätte euch geholfen.»

Traurig nahm er das Gesicht seiner Enkelin zwischen seine Hände. «Hast du etwa daran gezweifelt? Hast du geglaubt, dass ich Hortensia genauso ablehnen könnte, wie euer Vater es getan hat?»

«Es ist doch jetzt nicht mehr wichtig, Großvater.»

Gefühle von Schuld und Trauer legten sich schwer über Gaston Lacroix. Seine Enkelinnen hatten ihm nicht vertraut. Sie hatten gefürchtet, er wäre wie ihr Vater.

«Ihr seid meine Enkelinnen. Ich liebe euch. Ihr seid beide die Töchter meiner geliebten Katherine.»

«Alles wird gut, Großvater», versuchte Charlotte, ihn aufzumuntern. «Hortensia hat einen wunderbaren Mann gefunden, Noah wird Arzt werden, und ich ... ich laufe durch die Stadt und stecke meine Nase überall hinein. Die Zeit hat die Wunden heilen lassen», flüsterte sie sanft und dankte leise dem Himmel.

«Mon Dieu», rief Gaston glücklich aus und streichelte das Gesicht seiner Enkelin. Das Leben hatte ihm eine zweite Chance gegeben.

Als Brian Hortensia verkündete, dass sie Besuch hatte, dachte sie im ersten Moment, es wären die Damen, mit denen sie eine Wohltätigkeitsveranstaltung organisierte und die sich in ihrem Haus versammeln wollten.

«Eigentlich wollten sie erst in einer halben Stunde da sein», sagte sie mit einem Blick auf die Uhr.

Brian konnte nicht aufhören zu lächeln.

«Du hattest doch einen Termin?», fragte sie neugierig, als ihr Mann wartend vor ihr stehen blieb.

«Ich denke, ich bleibe zu Hause und kümmere mich um den Besuch. Du solltest ihn nicht warten lassen», sagte er, nahm sie bei der Hand und zog sie hinter sich her.

«Du bist heute so geheimnisvoll.»

«Findest du, Liebling?», antwortete Brian, als sie die Treppe hinunter waren. Er nahm sie bei den Schultern und schob sie vor sich in den Salon.

Als Hortensia an der Seite von Charlotte ihren Großvater entdeckte, stieß sie einen Schrei aus und fiel ihm um den Hals. Lächelnd nahm Gaston Lacroix sie in die Arme.

«*Ma petite* Hortensia», flüsterte er glücklich.

«Großvater! Seit wann bist du hier?», fragte Hortensia, die sich nicht aus der Umarmung ihres Großvaters lösen wollte.

«Seit heute Morgen. Ich habe Charlotte eine Nachricht geschickt, sobald ich angekommen war.»

«Ich bin so froh, Großvater!»

«Mein liebes Mädchen. Wie lange habe ich diesen Moment herbeigesehnt!»

Plötzlich löste Hortensia sich ein wenig von dem alten Mann. Ein Schatten hatte sich über ihr Gesicht gelegt.

«Was ist los, *ma petite*?»

«Da ist etwas, das du wissen musst, Großvater. Wir hätten es dir schon längst erzählen sollen.»

Zärtlich hob Gaston Lacroix das Kinn seiner Enkelin hoch. «Da ist nichts, was ich wissen müsste, mein Mädchen. Nichts außer der Tatsache, dass meine Enkelinnen, die beiden Mädchen, die meine Tochter über alles geliebt hat und die ich für immer verloren glaubte, wieder an meiner Seite sind. Ich habe dich lieb, *ma petite*, meine süße Hortensia. Und ich werde dich immer lieb haben, was auch passieren mag.»

Der Großvater wusste Bescheid. Er wusste, dass sie die Tochter einer Sklavin war, und liebte sie trotzdem. Weinend vor Freude, ließ Hortensia sich erneut umarmen.

Einen ganzen Monat lang war Gaston Lacroix im Haus von Brian und Hortensia zu Gast, bevor er nach New Orleans zurückkehrte. Er versprach, im Sommer wiederzukommen und dann die ganze Familie mitzubringen.

Aber aus der Ferne hörte man schon die Trommeln des Krieges, und keiner von ihnen ahnte, dass vier lange Jahre vergehen müssten, bevor das launische Schicksal ihnen gestatten würde, sich wieder in die Arme zu schließen.

· 34 ·

An einem Morgen Anfang April 1861 betrat Charlotte wie immer möglichst unauffällig die Redaktion. In dem halben Jahr, in dem sie schon bei der Zeitung arbeitete, hatte sie es nur am ersten Tag geschafft, pünktlich zu erscheinen.

«Guten Morgen, Frank», grüßte Charlotte, zog schnell den Mantel aus und ließ sich auf ihren Sitz gleiten, wobei sie die Tür zu Spelmans Büro keinen Moment lang aus den Augen ließ.

«Hallo, Charlotte», antwortete der Mann mit dem rundlichen Gesicht und dem großzügigen Bauchumfang am benachbarten Schreibtisch, der sich um den Wirtschaftsteil kümmerte. «Du kannst beruhigt sein. Er ist noch nicht da.»

«Ein Glück. Ich habe heute wirklich keine Lust, mir Spelmans Theater anzuhören.»

«Du könntest ja auch einfach mal pünktlich kommen ...»

«Ich weiß ja», entschuldigte sie sich. «Aber gestern ist es wirklich spät geworden. Ich war auf einem Empfang beim Gouverneur und bin erst im Morgengrauen nach Hause gegangen. Ich habe kaum geschlafen.»

Anerkennend hob Frank die schmale dunkle Linie seiner Augenbrauen.

«Du bist wirklich unglaublich, Charlotte.»

«Gibt es denn Neuigkeiten? Warum ist der Chef nicht im Büro?»

«Er ist bei Raymond O'Flanagan. Anscheinend ist irgendetwas Ernstes im Gange», flüsterte er ihr vertraulich zu.

«Kann schon sein, jetzt, wo du es sagst. Auf dem Empfang gestern war einiges los. Die Männer haben sich ziemlich lange zurückgezogen, und als sie wieder herauskamen, sahen sie besorgt aus.»

«Dann gibt es wohl keinen Zweifel.»

«Was meinst du, Frank?»

«Ich habe Gerüchte gehört, dass Fort Sumter angegriffen wurde.»

«O mein Gott!», rief Charlotte aus. Sie konnte es kaum glauben. Obwohl die politische Situation immer schwieriger geworden war, seit sich sieben der Südstaaten von der Union der Vereinigten Staaten getrennt hatten, hätte Charlotte es niemals für möglich gehalten, dass sie zu den Waffen greifen würden. Aber dann war Fort Sumter in South Carolina, wo sich eine Garnison des Unionsheers aufhielt, belagert worden, und die Lage hatte sich zugespitzt. Die konföderierten Südstaaten hatten gefordert, dass sich das Fort ergeben sollte, aber Lincoln, der vor kurzem erst ins Weiße Haus eingezogen war, war nicht bereit gewesen, klein beizugeben. Die Belagerung von Fort Sumter hatte sich zu einer Kraftprobe entwickelt, bei der jeder falsche Schritt fatale Folgen haben konnte.

Das Wort «Krieg» wollte ihr nicht mehr aus dem Kopf gehen. Auf dem Nachhauseweg begegnete Charlotte einigen Demonstranten, die zum Kampf aufriefen. Die Leute jubelten und lachten, und sobald jemand einen neuen

Slogan in die Menge rief, wurde er begeistert aufgenommen. Es wirkte beinahe wie ein Fest. Hatte die ganze Welt den Verstand verloren?

Charlotte kam furchtbar niedergeschlagen zu Hause an. Mechanisch suchte sie ihren Schlüssel und steckte ihn ins Schloss. Sie war so in Gedanken versunken, dass sie zuerst gar nicht bemerkt hatte, dass jemand neben der Haustür wartete.

«Brian!», rief sie aus und fuhr zusammen. «Geht es Hortensia gut?»

Seit ein paar Monaten war ihre Schwester schwanger, und in den letzten Wochen hatte sie sich hin und wieder unwohl gefühlt.

«Keine Sorge, sie ist wohlauf. Aber ich muss mit dir reden.»

Charlotte öffnete die Tür, und sie traten ein. Die Garderobe war voll, also legte Charlotte ihren Mantel über das Treppengeländer.

«Setz dich doch bitte», sagte Charlotte und schob einen Stapel Zeitungen vom Sofa auf den Boden. «Möchtest du einen Tee?»

«Nein danke, Charlotte.»

Brian wirkte so ernst, dass Charlotte anfing, sich Sorgen zu machen.

«Sag, was ist los?»

«Ich nehme an, dass du die Gerüchte gehört hast?»

«Du meinst über den … Krieg?»

Brian nickte.

«Das sind nur Gerüchte, Brian. In ein paar Wochen ist alles wieder beim Alten.»

«Diesmal nicht, Charlotte. Fort Sumter wird nicht lange durchhalten. Wenn keine Verstärkung kommt, haben sie in ein paar Stunden keine Munition mehr. Sie werden sich ergeben müssen.»

«Dann ist in ein paar Stunden alles vorbei», rief sie und stürzte sich auf die Hoffnung, die das Wort «ergeben» in ihr wachrief.

«Mach dir nichts vor. Der Norden kann nicht einfach so tun, als hätte es diesen Angriff nicht gegeben. Lincoln wird das nicht vergessen. Das kann er nicht. Mit dem Angriff auf das Fort hat der Süden Lincoln die Rechtfertigung geliefert, die er gebraucht hat. Er wird zurückschlagen.»

Charlotte spürte, wie ihr Magen sich zusammenzog.

«Ich wurde in das Krisenkabinett berufen. In zwei Tagen breche ich nach Washington auf. Es gibt keinen Weg mehr zurück. Es wird Krieg geben.»

«Aber das darf nicht sein! Irgendjemand muss diesem Wahnsinn Einhalt gebieten!»

«Man kann es nicht mehr ungeschehen machen.»

Charlotte setzte sich. Sie musste nachdenken.

«Weiß Hortensia es schon?»

Brian wirkte erschöpft, als er antwortete. «Noch nicht. Ich hatte nicht den Mut, es ihr zu sagen. Deshalb bin ich hier. Ich brauche die Gewissheit, dass es Hortensia gutgeht. Es sind noch ein paar Monate, bis das Kind kommt, aber ich möchte nicht, dass sie allein ist. Auch wenn meine Eltern in der gleichen Straße wohnen, wäre ich doch beruhigter, wenn ich wüsste, dass du bei ihr bist. Ich möchte dich darum bitten, während meiner Abwesenheit in die Beacon Street zu ziehen.»

Charlotte nickte. Zwar würde sie lieber in ihrem eigenen Haus wohnen bleiben, aber sie würde ihre Schwester nicht im Stich lassen.

«Sei beruhigt, Brian. Gleich morgen komme ich zu euch.»

«Danke, Charlotte. Das beruhigt mich.»

Brian stand auf und nahm seinen Hut. Charlotte brachte ihn zur Tür.

«Wann sagst du ihr, dass du wegfährst?»

«Heute Abend», erwiderte er und drückte sich den Hut auf den Kopf.

Nachdem Fort Sumter gefallen war, hatte der junge Südstaatler, mit dem Noah am ersten Unterrichtstag aneinandergeraten war, die Universität verlassen und war zu seiner Familie zurückgekehrt, wie auch alle anderen Studenten aus den konföderierten Staaten. Bis Mitte Mai war es jedoch zu keinen Kampfhandlungen gekommen.

«Gentlemen», sagte Professor Watson, als er den Anatomieunterricht beendet hatte. «Sie wissen, dass die erste Phase Ihrer Ausbildung heute zu Ende geht. Nach diesen Monaten, die der Theorie gewidmet waren, werden Sie während der nächsten Jahre auf die medizinische Praxis vorbereitet. Zu diesem Zweck ist jeder von Ihnen einem renommierten Arzt zugeteilt worden, der Ihnen helfen wird, Ihre Ausbildung zu vervollständigen und praktische Erfahrungen zu sammeln. Am Schwarzen Brett finden Sie die Liste mit Ihren Namen und den Namen der Ärzte. Das wäre alles.»

Die besten Ärzte der Stadt waren auf der Liste aufgeführt. Aber als Noah seinen Namen endlich gefunden hatte, erkannte er, dass alle seine Bemühungen umsonst gewesen waren.

Professor Watson war gerade dabei, die Schrift eines Schülers zu entziffern, als es an seiner Tür klopfte. Watson schielte über seine Lesebrille hinweg.

«Ah! Sie sind es», sagte er, als er seinen Studenten höflich an der Tür warten sah. «Kommen Sie doch herein.»

Noah gehorchte. «Verzeihen Sie die Störung, Professor Watson.»

Das magere Gesicht des Professors war von einem gepflegten weißen Bart bedeckt. Obwohl er schon etwas gebückt ging, waren seine Hände doch kräftig und geschickt. Er war der beste Chirurg in der Stadt. Jetzt setzte er die Brille ab und sah Noah eindringlich an. «Ich habe mir schon gedacht, dass Sie kommen würden, ich hatte nur nicht angenommen, dass Sie eine Woche dafür brauchen.»

Noah sagte nichts. Ihm war die Entscheidung, zum Professor zu gehen, sehr schwergefallen.

«Also, Mr. Lacroix?»

Noah wusste nicht, wie er anfangen sollte. Bisher hatte er die Dinge, die ihm widerfahren waren, immer akzeptiert. Bis jetzt.

«Ich …», begann er zögerlich, «ich wollte nur fragen, ob ich meine praktische Ausbildung auch woanders machen kann.»

Im Unterschied zu seinen Kommilitonen war Noah keinem Arzt zugeteilt worden, sondern nur einer Abteilung des Krankenhauses auf der anderen Seite der Straße.

Das General Hospital war eine Wohlfahrtseinrichtung, in der mittellose Menschen behandelt wurden. Die Ärzte mit Prestige praktizierten in Privatpraxen. Dort behandelten sie die reichen Männer, die das Krankenhaus zwar finanziell unterstützten, jedoch im Krankheitsfall nie einen Schritt über seine Schwelle setzen würden.

«Ich verstehe», nickte Watson. «Sie denken, Sie haben etwas Besseres verdient.»

«Das wollte ich nicht damit sagen.»

«Doch, ich denke, genau das wollten Sie sagen.»

Noah fühlte sich müde. Er wollte nicht in dieses Kakerlakennest, wo die Ärzte bei der ersten sich bietenden Gelegenheit wieder kündigten und wo ständig Patienten an Infektionen starben, weil die Hygiene vollkommen unzureichend war. Kein Student, der versuchte, ein guter Arzt zu werden, wollte an einem solchen Ort landen.

«Gut. Sie haben recht, Sir», gab er jetzt zu. «Wenn ich eine andere Hautfarbe hätte, wäre ich bestimmt nicht dem Krankenhaus zugeteilt worden, sondern einem der wichtigen Ärzte der Stadt.»

Der Professor schwieg einen Moment lang.

«Das stimmt», sagte er dann ehrlich. «Aber Sie sind nun einmal nicht wie die anderen, Mr. Lacroix, und das wissen Sie. Sehen Sie mich nicht so an. Ich hege gewiss keine Vorurteile in dieser Hinsicht. Ein Chirurg weiß, dass die Menschen alle gleich sind. Sie sind ein hochintelligenter Mann, vielleicht sogar der beste Schüler, den ich je hatte. Aber das macht die Sache für Sie leider nicht einfacher. Sie haben recht. Unter anderen Umständen würden Sie Ihre praktische Ausbildung woanders machen. Aber leider wollte keiner der Ärzte Sie als seinen Assistenten annehmen.»

Diese Möglichkeit hatte Noah gar nicht in Betracht gezogen. «Das … das wusste ich nicht.»

«Nun, jetzt wissen Sie es. Wenn Sie wollen, können Sie Ihren Posten natürlich ablehnen, aber Sie würden dort viel lernen. Außerdem denke ich, dass Sie besser als jeder andere in der Lage sind, die besondere Situation der Menschen zu verstehen, die im General Hospital behandelt werden. Mittellose Menschen. Männer, Frauen und Kinder, die sich damit abfinden müssen, von Personen behandelt zu werden, die oftmals noch nicht einmal Ärzte sind. Hätte ich ihnen vielleicht meinen schlechtesten Studenten schicken sollen? Sind Sie vielleicht zu gut für diese Leute? Die erste Pflicht eines Arztes ist es, den Kranken zu helfen. Arm oder reich, Mr. Lacroix. Ich dachte, dass Sie das besser als jeder andere verstehen.»

Beschämt senkte Noah den Kopf.

«Also?»

«Es tut mir leid, Professor Watson. Es wird mir eine Ehre sein, meine praktische Ausbildung dort zu machen, wo Sie mich hingeschickt haben. Guten Abend, Professor.»

Watson sah Noah nach, als der sein Büro verließ. Dann setzte er sich die Brille wieder auf und versuchte, den nächsten Absatz zu entziffern.

Charles Bulfinch, der Architekt, der auch beim Bau des Kapitols in Washington mitgewirkt hatte, war damit beauftragt worden, das Massachusetts General Hospital zu erbauen. Von außen sah man nur seine elegante, neoklassizistische Fassade, aber sobald ein Besucher das Gebäude betrat, bot sich ihm ein ganz anderer Anblick.

Ein neuerlicher Choleraausbruch in den Armenvierteln der Stadt hatte dazu geführt, dass die Kapazitäten des Krankenhauses vollkommen erschöpft waren. Da die Betten besetzt waren, wurden die Kranken in die Gänge gelegt, zuerst noch auf Feldbetten, schließlich aber einfach auf den Fußboden.

Als Noah die Station betrat, auf der die Cholerapatienten gesammelt wurden, musste er sich ein Taschentuch vor das Gesicht drücken, um sich vor dem Gestank zu schützen. Aus Angst, sich anzustecken, hatten die wenigen Angestellten die Infizierten ihrem Schicksal überlassen.

Seufzend zog er seinen Mantel aus und schlüpfte in einen Kittel, und ohne Rat oder Hilfe zu suchen, machte er sich daran, die Kranken zu behandeln. An seinem ersten Vormittag starben fünf Menschen an Flüssigkeitsmangel, ein sechster verblutete nach einer missglückten Operation.

Am Nachmittag wurde er in das Büro des Krankenhausdirektors Frederick Hougan bestellt.

Noah hatte Gerüchte über dessen Morphinsucht gehört, hatte ihnen aber keinen Glauben geschenkt, bis er ihm nun gegenüberstand. Trotz des Dämmerlichts blieben Hougans Pupillen zwei winzige Pünktchen, seine Hände zitterten, und er trank ständig Wasser. Ohne den Einfluss seines reichen Onkels würde er diesen Posten nicht mehr lange bekleiden.

Als Hougan merkte, dass Noah ihn aufmerksam beobachtete, nahm er die Hände vom Tisch, um das Zittern zu verbergen.

Die Unterredung dauerte nicht lange. Nach einer kurzen Begrüßung teilte Hougan ihm mit, dass Noah sich beim Chefarzt der Chirurgie im ersten Stock melden solle.

Als er dort Professor Watson antraf, der mit seinem makellosen weißen Kittel in dieser dunklen Welt beinahe wirkte wie ein Sonnenstrahl, blieb Noah überrascht stehen.

«Professor?»

«Mr. Lacroix. Ich habe Sie schon erwartet.»

«Aber … Ich soll mich doch beim Chefarzt der Chirurgie melden.»

«Der vor Ihnen steht. Ich arbeite jeden Nachmittag hier.»

«Das wusste ich nicht.»

«Das ist auch kaum jemandem bekannt. Da es dabei

bleiben soll, hoffe ich, dass Sie mein Geheimnis nicht verraten.»

«Natürlich nicht, Professor.»

«Begleiten Sie mich bei meinem Rundgang», sagte er. «Ich suche schon lange einen Assistenten.»

Noah konnte sein Glück kaum fassen. Noch vor zwei Tagen hatte er geglaubt, dass er nie ein guter Arzt werden würde, und jetzt bot der beste Chirurg der Stadt ihm an, ihn als seinen persönlichen Assistenten zu nehmen. Für diese Chance wären einige seiner Mitstudenten zu einem Mord bereit gewesen.

«Es wird mir eine große Ehre sein», antwortete Noah und folgte seinem Lehrer zu seinem ersten Patienten.

Am 21. Juli 1861 musste die Union bei Bull Run, Manassas, ihre erste Niederlage hinnehmen.

Noah erfuhr davon, als er sich gerade auf dem Weg ins Krankenhaus befand. Er hatte immer angenommen, dass der Norden gewinnen würde, schließlich war das Recht auf seiner Seite.

Nachdem Noah die Wunde des Patienten zugenäht hatte, den Professor Watson heute operiert hatte, vergewisserte er sich noch, dass er wieder aufwachte, als die Wirkung des Äthers nachließ, und begab sich dann ins Büro seines Mentors.

«Entschuldigen Sie, Professor. Ich muss mit Ihnen sprechen.»

Der Arzt saß hinter seinem Schreibtisch und forderte ihn mit einer Handbewegung auf einzutreten. Noah gehorchte und schloss die Tür hinter sich.

«Ich gratuliere Ihnen zu Ihrem Geschick, Mr. Lacroix. Sie haben exzellente Arbeit geleistet.»

«Danke.»

«Wenn Sie so weitermachen, können Sie in ein paar Wochen selbst einen Eingriff durchführen. Selbstverständlich unter meiner Aufsicht.»

Noah errötete. In den anderthalb Monaten, die er jetzt am Operationstisch assistierte, hatte der Professor ihn noch nie gelobt.

«Ist etwas nicht in Ordnung, junger Mann?»

«Ich möchte mich nur bei Ihnen bedanken. Für alles, was Sie für mich getan haben. Ohne Ihre Hilfe hätte ich das nie geschafft.»

«Unterschätzen Sie Ihre Leistung nicht. Das Verdienst gebührt Ihnen allein.»

«Doktor, ich bin gekommen, um mich zu verabschieden. Ich werde mich freiwillig als Soldat melden.»

Plötzlich veränderte sich Professor Watsons Gesichtsausdruck.

«Darf ich fragen, warum?»

«Es ist meine Pflicht.»

«Ihre Pflicht?», wiederholte er sarkastisch und sah ihn fest an. «Sie sind Arzt. Ihre Pflicht ist es, Leben zu retten, nicht Leben zu zerstören!»

«Es tut mir leid, Professor. Aber meine Leute brauchen mich. Ich kann mich nicht einfach raushalten, während die Weißen meinen Krieg für mich ausfechten.»

«Unsinn!», rief Watson aus und schlug wütend auf den Tisch.

Überrascht über diesen plötzlichen Ausbruch, blickte Noah den Professor an.

«Glauben Sie denn, dass der Krieg etwas verändert?

Denken Sie, die Dinge werden wirklich anders für die Farbigen, wenn der Norden gewinnt? Machen Sie sich nichts vor. Ihrem Volk gegenüber haben Sie einzig und allein die Pflicht, Arzt zu werden. Sie führen bereits einen Krieg, Mr. Lacroix. Und dieser Krieg findet hier statt. Wenn Sie Ihrem Volk helfen wollen, werden Sie ein guter Arzt. Zeigen Sie den Weißen, was Sie können.»

«Es tut mir leid, Professor, aber ich kann nicht.»

Fast fürchtete Noah, dass Watson aufstehen und ihn schütteln würde, um ihn zur Vernunft zu bringen, aber der Professor blieb reglos sitzen. Schweigend sah er seinen Schüler an, bevor er weitersprach.

«Wenn Sie wirklich glauben, dass Sie das tun müssen, dann gehen Sie. Ich werde Sie nicht aufhalten.»

«Auf Wiedersehen, Doktor Watson», sagte Noah.

«Viel Glück, Mr. Lacroix», antwortete der Professor, aber er sah ihn schon nicht mehr an. Er wollte es nicht wahrhaben, dass der Krieg ihm seinen besten Schüler wegnahm. Seitdem er gesehen hatte, wie Noah seine ersten Stiche machte, hatte er gewusst, dass dieser Mann dafür geboren war, Chirurg zu werden. Seine ruhige Hand, von einem wachen und intelligenten Geist geführt, zögerte niemals. Obwohl er kühl wirkte, war er doch ein mitfühlender Mann, der die Leiden seiner Patienten verstehen konnte. Fast bewunderte Watson seinen jungen Schüler. Er war davon überzeugt, dass ein außergewöhnlicher Arzt aus ihm werden würde. Jetzt schloss er die Augen und betete dafür, dass dieser absurde Krieg ihm das Leben ließ.

Mit gesenktem Kopf kam Noah in die Beacon Street. Es war schon hart gewesen, dem Professor seinen Entschluss mitzuteilen, aber es würde noch schlimmer sein, es Charlotte beizubringen.

«Nein, nein und nochmals nein!», rief Charlotte, als sie von Noahs Plänen erfuhr. «Du darfst dich nicht freiwillig melden.»

«Du kannst nichts dagegen tun. Ich habe mich entschieden.»

Hortensia, die in ein paar Wochen ihr Kind zur Welt bringen würde, saß in einem Schaukelstuhl. Noah stand vor ihr, und Charlotte hatte ihm trotzig den Rücken zugekehrt.

«Versteh doch, Charlotte. Ich kann hier nicht einfach abwarten, während andere ihr Leben riskieren.»

«Das ist doch Irrsinn. Niemand hat sie darum gebeten, sich freiwillig zu melden. Wenn sie sich gegenseitig umbringen wollen, bitte. Aber nicht du, Noah. Wir brauchen dich hier.»

«Das stimmt nicht, Charlotte. Außerdem weißt du, dass ich auch an meine Mutter denken muss.»

«Noah, ihr wird es gutgehen. Die Front ist weit genug von New Fortune entfernt.»

«Ich muss gehen.»

«Nein!», schrie Charlotte verzweifelt. «Du musst nirgendwohin gehen. Glaubst du, Velvet würde es gefallen, dass du dich abknallen lässt?»

Hortensia zuckte zusammen. Seit Wochen hatte sie nichts von Brian gehört, der an der Front war, und Charlottes Worte trugen nicht gerade dazu bei, sie zu beruhigen.

«Verzeih, Hortensia. Ich weiß einfach nicht, was ich diesem Dickkopf sonst sagen soll, damit er zur Vernunft kommt.»

«Noah, überleg es dir gut», mischte Hortensia sich jetzt ein. «Ich würde es nicht ertragen, wenn dir etwas passiert.»

«Mir wird nichts passieren, das verspreche ich euch», versuchte er, seine Schwestern zu beruhigen.

«Wie kannst du sagen, dass dir nichts passieren wird? Im Krieg ist niemand sicher.»

Wieder zuckte Hortensia zusammen.

Noah wusste, dass er Charlotte nicht von der Richtigkeit seiner Entscheidung überzeugen könnte. Aber sein Entschluss stand fest. Noah hatte eine Rechnung zu begleichen. Als Soldat würde er sein Gewehr laden und sich endlich den Männern entgegenstellen, die ihn sein ganzes Leben lang gedemütigt hatten.

«Ich brauche dein Einverständnis nicht, Charlotte. Im Krankenhaus habe ich schon Bescheid gegeben, dass ich von meiner Arbeit zurücktrete. Meine Tasche ist gepackt. Heute Nachmittag geht mein Zug nach Washington, wo ich mich melden werde.»

«Sie werden dich nicht nehmen!»

«Doch, das werden sie.»

«Wie du willst», platzte sie wütend heraus und stampfte mit dem Fuß auf, als wollte sie auf ihn losgehen. «Wenn du unbedingt willst, dass sie dir diesen harten Dickschädel durchlöchern, mach doch, was du für richtig hältst!», fluchte sie und rannte auf ihr Zimmer.

Noah und Hortensia blieben allein im Salon zurück.

«Sie wird sich beruhigen.»

«Ich weiß.»

«Gibt es denn nichts, was dich davon abbringen kann?»

Noah blickte zu Boden. Mühevoll stand Hortensia auf und gab ihrem Bruder einen Kuss auf die Wange.

«Versprich mir, dass du auf dich aufpasst und wohlbehalten zurückkommst, Noah.»

«Das verspreche ich dir, Hortensia.»

Obwohl Hortensia ihm angeboten hatte, ihn zum Zug zu begleiten, zog Noah es vor, allein zu gehen. Er mochte keine Abschiede. Sie erinnerten ihn an den Tag, an dem er auf New Fortune von seiner Mutter getrennt worden war. Er verabschiedete sich mit einer Umarmung von Hortensia und verließ das Haus.

Draußen wartete schon die Kalesche.

Noah war traurig. Der Streit mit Charlotte schmerzte ihn, und obwohl Hortensia sich bemüht hatte, gefasst zu bleiben, war sie schließlich doch in Tränen ausgebrochen. Und Charlotte war nicht heruntergekommen, um sich zu verabschieden. Dafür war sie viel zu stur. Nachdem der Kutscher seine Tasche im Wagen verstaut hatte, drehte Noah sich noch einmal um und sah instinktiv zu den Fenstern im ersten Stock. Die Gardinen waren halb vorgezogen, und man konnte nichts erkennen. Gerade wollte Noah sich enttäuscht auf den Weg machen, als er Charlotte entdeckte, die ans Fenster getreten war und ihn ansah. Die flache Hand gegen die Scheibe gedrückt, formte sie mit den Lippen einen Abschiedsgruß. Noah lächelte und legte seine Hand aufs Herz.

· 35 ·

Pünktlich fuhr der Zug aus dem Bostoner Bahnhof ab. Noah würde lange unterwegs sein. Er starrte aus dem Fenster. Seine Gedanken trugen ihn immer wieder in seine Kindheit zurück, in die Zeit, als er über die Felder von New Fortune gelaufen war. Als er endlich einschlief, träumte er, dass alles ganz anders war. Er lebte im Herrenhaus, sein Vater war da und hielt ihn auf dem Arm, während seine Mutter in einem hübschen Kleid auf der Veranda saß und ihnen zulächelte. Noah war glücklich. Dann riss ihn das Pfeifen des Zuges in die Realität zurück. Der Zug war mitten auf der Strecke stehen geblieben, weil vor ihm ein Lastwaggon auf dem Weg zur Front nicht weiterkam.

Erst um acht Uhr abends, mit mehr als fünf Stunden Verspätung, kam Noah an seinem Ziel an. Das Einzugsbüro der Stadt war schon geschlossen. Er würde einen Platz zum Übernachten brauchen, aber zum Glück hatte er einen guten Freund in der Stadt. Er nahm seinen Koffer und hielt eine Kutsche an.

Scott empfing Noah mit offenen Armen. Seit Brians und Hortensias Hochzeit hatten sie sich nicht mehr gesehen, sich aber regelmäßig geschrieben. Scott fragte in seinen Briefen nicht nach Charlotte, und Noah vermied es, seine Schwester zu erwähnen, um seinem Freund Kummer zu ersparen.

«Was für eine wunderbare Überraschung!», rief Scott aus und bat ihn in seine kleine Wohnung.

«Verzeih, dass ich mich nicht vorher angemeldet habe, aber ich weiß nicht, wo ich sonst übernachten soll.»

«Red keinen Unsinn. Fühl dich einfach wie zu Hause!»

Noah sah sich schnell um. Von der Decke blätterte der Putz ab, und ein großer Wasserfleck breitete sich an einer der Außenwände aus. Die Möbel sahen aus, als hätte Scott sie bei einer Versteigerung erstanden.

«Gemütlich hast du es hier», sagte Noah mit einem ironischen Unterton und dachte an die Sklavenhütten auf New Fortune.

«Erzähl doch, was führt dich hierher?»

«Ich werde mich freiwillig melden», antwortete Noah, und obwohl er es vermied, Scott bei diesen Worten anzusehen, spürte er, wie das Lächeln aus dem Gesicht seines Freundes verschwand. «Ich weiß, dass du gegen den Krieg bist, Scott, aber ich bitte dich darum, es einfach zu akzeptieren.»

Noah wollte nicht noch einen weiteren Streit ausfechten müssen.

«Das tue ich», sagte Scott. Dann schwiegen sie. Erst nach einer Weile klopfte Scott seinem Freund auf die Schulter.

«Was hältst du davon, deinen letzten freien Abend mit einem Essen zu begehen?»

«Gut, aber ich bezahle.»

Grinsend drehte Scott seine leeren Hosentaschen um. «Ich werde dich nicht davon abhalten!»

Das beste Restaurant der Stadt war ein überfülltes Gasthaus.

«Sehr elegant», bemerkte Noah, als sie endlich einen Tisch ergattert hatten.

Scott winkte die Kellnerin zu sich. Die Frau brauchte ein paar Minuten, bis sie sich einen Weg zu ihrem Tisch gebahnt hatte. Ihre Schürze war fleckig, und ihre Wangen leuchteten rot.

«Was darf ich bringen?», fragte sie Scott und stellte zwei Krüge Bier vor ihm auf den Tisch. Noah würdigte sie keines Blickes.

«Was möchtest du, Noah?»

«Ich habe Hunger. Mir ist alles recht.»

Scott sprach etwas lauter, um sich in dem Durcheinander Gehör zu verschaffen.

«Sie haben meinen Freund hier gehört. Bringen Sie uns von allem. Wir haben Hunger.»

Etwas vor sich hin murmelnd, machte die Frau kehrt und verschwand in der Menge.

«Die Dinge haben sich nicht verändert», sagte Noah, der bemerkt hatte, dass ein paar Männer in der Nähe auf ihn aufmerksam geworden waren.

«Dann sollten wir schnell essen. Wenn wir uns schlagen müssen, dann wenigstens mit vollem Magen.»

Noah lächelte. Er würde sich das Abendessen nicht verderben lassen.

Schon bald wurden Schüsseln und Pfannen an den Tisch gebracht. Schmorbraten, Eintopf, Kartoffeln … Noah hätte nicht gedacht, dass man an diesem Ort so gut essen würde. Als sie alles verspeist hatten, wurden ihnen noch große Stücke Apfelkuchen serviert.

«Also, ich weiß nicht, ob ich mehrere solcher Besuche überleben würde», stöhnte Scott mit vollem Mund und schaute fragend auf den letzten Rest Kuchen auf Noahs Teller.

Noah lehnte sich zurück. «Ich kann nicht mehr, Scott.»

«Schon gut, wenn du darauf bestehst…» Während Scott sich auch noch über den Kuchenrest hermachte, winkte Noah der Kellnerin und bat sie um die Rechnung. Er zahlte und gab ein großzügiges Trinkgeld. Die Frau riss ihm das Geld förmlich aus der Hand und ließ es in ihrer Schürzentasche verschwinden. Dann murmelte sie etwas, das wie ein Dankeschön klang, und verschwand.

«Du weißt wahrscheinlich, dass sie dir mehr berechnet hat, als üblich ist», sagte Scott.

«Ich weiß. Aber heute habe ich meinen großzügigen Tag.»

«Ich fürchte, du bist ein perfekter Gentleman geworden, Noah.»

Als Scott sich mit einem prüfenden Blick davon überzeugt hatte, dass sich nichts Essbares mehr auf dem Tisch befand, standen sie auf. Das Lokal war noch immer voller Menschen. Obwohl noch Sommer war, war es draußen kalt geworden, und die Reisenden suchten die Wärme des Gasthauses. Noch bevor sie an der Tür angekommen waren, hatten sie wieder zwei Krüge Bier in der Hand.

Am nächsten Morgen wachte Noah in Scotts Bett auf. Er hatte fürchterliche Kopfschmerzen, und als er vorsichtig aufstand, drehte sich alles. Irgendwann letzte Nacht hatte er aufgehört, das Bier noch mitzuzählen.

«Nie wieder werde ich auch nur einen Tropfen Alkohol anrühren», schwor er sich und starrte fünf Minuten lang vor sich hin, bis die Dinge an ihrem Platz blieben.

Scott schlief noch auf dem Sofa. Noah entschied, ihn

nicht zu wecken. Nachdem er sich leise angezogen hatte, schlich er aus der Wohnung.

Morgentau lag noch in der Luft. Noah knöpfte seine Jacke zu, atmete tief ein und machte sich auf den Weg. Das Rekrutierungsbüro war im Erdgeschoss eines Krankenhauses eingerichtet worden, nur wenige Straßen von Scotts Wohnung entfernt. Es war ein modernes graues Gebäude mit grünen Fensterrahmen und roten Dachziegeln. Davor lag ein kleiner Garten ohne Blumen, dem dafür die Ehre zuteilwurde, einen Fahnenmast zu beherbergen, an dem die Fahne der Union im Wind flatterte.

Noah folgte einem Pfeil, der den Weg zum Rekrutierungsbüro wies. Er ging am Haupteingang vorbei und trat in eine schmalere Tür, über der ein Schild befestigt war.

Hinter einem Schreibtisch saß der diensthabende Offizier und sprach mit einem sommersprossigen Jüngling, der gerade eben das nötige Alter erreicht zu haben schien, um sich freiwillig zu melden. Sonst war niemand im Raum. Noah setzte sich auf einen der Stühle an der Wand und wartete, bis er an die Reihe kam.

Der Offizier, der sich kaum die Mühe gemacht hatte, den jungen Mann richtig anzusehen, brauchte ein paar Minuten, um das Formular auszufüllen. Am Schluss ließ er ihn unterschreiben und erklärte ihm, wo er sich am nächsten Morgen melden sollte. Dann legte er das Formular in eine Schublade und forderte Noah auf, näher zu kommen.

«Vorname?», fragte er, ohne aufzusehen, als Noah vor ihm stand.

«Noah.»

«Familienname?»

«Lacroix.»

«La...», sagte der Offizier, während er mit der Feder die

Buchstaben auf das Papier kratzte. «Können Sie das bitte wiederholen?»

«L – A – C – R – O -I – X», buchstabierte Noah.

Als er den Namen notiert hatte, hob der Offizier den Blick und sah Noah kurz an. Dann senkte er die Augen wieder auf das Papier.

«Adresse?»

Sobald die Daten aufgeschrieben waren, zeigte der Mann ihm, wo er unterschreiben musste. «Sie können auch ein X machen», sagte er und hielt ihm die Feder hin.

Noah nahm das Blatt auf und überprüfte den Eintrag des Offiziers noch einmal. Gerade wollte er unterschreiben, als man plötzlich von der Straße einen lauten Hilfeschrei vernahm. Er klang so verzweifelt, dass sogar der Offizier seinen Platz verließ und nach draußen lief, um zu sehen, was geschehen war. Noah folgte ihm.

Der friedliche Vorplatz hatte sich ein Chaos verwandelt. Zwei mit Verwundeten beladene Lastkarren waren wie aus dem Nichts aufgetaucht. Die Verletzten wurden von Trägern in das Gebäude gebracht, während aufgeregte Krankenschwestern hin und her liefen. Schnell ging Noah zu einem der Karren und half, einen Verletzten, dessen eine Gesichtshälfte vollkommen verbrannt war, auf eine Trage zu legen und in das Gebäude zu bringen. Auch in der Eingangshalle herrschte vollkommenes Durcheinander. Die Krankenträger legten die Verletzten einfach auf dem Boden ab, bevor sie wieder hinausrannten und den Nächsten holten.

«Mein Gott», rief Noah aus, als er sah, wie viele Soldaten mit blutigen Verbänden darauf warteten, behandelt zu werden. «Was ist geschehen?», fragte er eine Krankenschwester, die an ihm vorbeilief.

«Die Leute sind in einen Hinterhalt geraten. Wir tun alles, um sie unterzubringen, aber es gibt keine freien Betten. Wir sind völlig überfüllt.»

Noah stellte fest, dass der improvisierte Verband eines Verwundeten in der kurzen Zeit, die er mit einer Schwester gesprochen hatte, vollkommen durchgeblutet war.

«Dieser Mann verblutet! Wo ist der Arzt?»

«Heute ist Sonntag. Nur ein Arzt hat Dienst, und der ist im Operationssaal. Ich fürchte, ich muss die Verantwortung hier allein tragen.»

«Wie viel Personal haben Sie zu Ihrer Verfügung?»

«Fünf Schwestern und vier Träger.»

«Was ist mit diesen Männern?», fragte Noah und deutete auf eine Gruppe Soldaten, die im Gang herumstand. «Sind die auch verletzt?»

«Nein, sie haben die Verwundeten hergebracht. Der befehlshabende Offizier kann nicht weit sein.»

«Sehr gut. Es genügt, wenn zwei Schwestern dem Arzt helfen. Schicken Sie mir den Rest.»

Die Schwester zögerte.

«Ich bin Medizinstudent», erklärte er.

Eine Sekunde lang betrachtete die Schwester Noah. Man konnte ihr ansehen, dass sie an seinen Worten zweifelte, aber die Sicherheit, mit der er sprach, schien sie schließlich zu überzeugen.

«Gut. Was genau soll ich tun?»

«Bringen Sie mir Tücher, Bänder oder etwas Ähnliches in verschiedenen Farben, die man um einen Arm oder ein Bein binden kann. Danach schicken Sie mir die Krankenschwestern, die nicht im Behandlungszimmer helfen, und auch alle unverletzten Soldaten, die den Trägern helfen können.»

Die Frau seufzte erleichtert, offensichtlich war sie froh, dass ihr jemand Verantwortung abnahm. Dann lief sie los.

Als sie wiederkam, hatte sie zwei weitere Krankenschwestern im Schlepptau und ein paar Wollknäuel in der Hand. «Ich habe nur das hier gefunden.»

«Sehr gut», sagte Noah zufrieden. Er hob die Stimme, damit ihn die Schwestern alle gut hörten, und gab jeder ein Wollknäuel in die Hand. «Mit der Wolle markieren wir die Verletzten. Jede Farbe entspricht einem bestimmten Zustand oder einer Behandlung.» Noah machte eine Pause und sah die Schwestern an, um sich davon zu überzeugen, dass sie ihn verstanden hatten. «Rot heißt, die Leute brauchen dringend Hilfe. Grün bedeutet, dass die Patienten eine ärztliche Behandlung brauchen, die warten kann. Und Gelb heißt, dass die Patienten Prellungen oder Wunden haben, die auch von Ihnen gesäubert und genäht werden können. Verstanden?»

Die Frauen nickten. Sofort zog Noah sein Jackett aus und fing an, die Verletzten der Reihe nach zu untersuchen.

«Grün!», sagte er sofort beim ersten Patienten, und die Krankenschwester schnitt ein Stück Wolle ab und wickelte es ihm um den Arm.

«Gelb!»

In weniger als zehn Minuten war jeder der Verletzten markiert und wurde je nach der Farbe um seinen Arm in verschiedene Räume gebracht. In der Eingangshalle blieben nur zwei Leichen und vier Schwerverletzte mit roten Armbinden zurück. Noah befahl den Soldaten, die Verletzten vor den Eingang zum Operationssaal zu bringen. Dort schrieb er ihnen mit Kreide Zahlen auf die Stirn, die die Reihenfolge festlegten, nach der sie behandelt werden mussten. Von den vier Soldaten schwebte nur einer in wirklich akuter Lebensgefahr. Es war ein junger Schwarzer, der eine Kugel in den Magen bekommen hatte. Wenn man ihn nicht bald operierte, würde er verbluten.

Noah versuchte verzweifelt, die Blutung mit Hilfe eines Handtuchs zu stoppen. Er drückte mit aller Kraft die Arterie ab, die das Gebiet versorgte. Als der Arzt endlich aus dem Operationssaal kam, war Noahs Hemd blutgetränkt, und der junge Soldat delirierte bereits.

«Doktor!», rief Noah. «Dieser Mann verliert viel Blut. Er braucht sofort Hilfe.» Der Arzt warf nur einen kurzen Blick auf den Patienten. «Schnell», befahl er. «Bringen Sie ihn hinein.» Dann verschwand er wieder hinter der Tür zum Operationssaal.

Als die Soldaten den Verwundeten auf eine Trage legten, erschien ihr befehlshabender Offizier. «Was tun Sie da?»

«Wir bringen den Verwundeten zum Arzt, Sir», antwortete einer der Soldaten.

«Und wer hat das angeordnet?»

Beide drehten sich gleichzeitig zu Noah um, den der Sergeant sofort wütend anblickte.

«Sind Sie vielleicht Arzt?»

«Nein, aber ich bin Medizinstudent. Dieser Mann wird sterben, wenn die Blutung nicht gestillt wird.»

Der Sergeant näherte sich dem Verletzten und warf ihm einen Blick zu. Danach drehte er sich zu dem Mann mit der Nummer zwei auf der Stirn um und zeigte auf ihn.

«Nehmen Sie diesen hier mit.»

«Das dürfen Sie nicht», rief Noah empört aus, als er zusehen musste, wie die Männer den Mann aufhoben, der sich nicht in unmittelbarer Lebensgefahr bestand, da ihm nur eine Kugel in der Schulter steckte.

«Seine Verletzung kann warten. Aber dieser Mann hier wird sterben, wenn er nicht sofort behandelt wird.»

Die Träger zögerten. Man musste kein Arzt sein, um zu sehen, dass es schlimm um den Patienten stand.

«Haben Sie nicht gehört, Soldaten?», befahl der Sergeant erneut.

In diesem Augenblick verlor der junge Mann das Bewusstsein. Verzweifelt blickte Noah sich um, aber es war sonst niemand da, der ihm helfen konnte.

«Gehorchen Sie!»

Noah richtete sich auf und versuchte dabei, weiter Druck auf die Arterie auszuüben. «Sehen Sie denn nicht, dass dieser Mann stirbt?», flehte er die Soldaten an.

«... Helfen Sie mir», stöhnte der Sterbende jetzt in einem letzten klaren Moment. Die Soldaten warfen nur einen kurzen Blick auf den Mann am Boden. «Es tut mir leid», sagte einer der beiden, während sie den Befehl ihres Sergeants ausführten.

Tränen der Ohnmacht rollten über Noahs Wangen. Er würde die Blutung nicht länger stoppen können. Er stand auf und hob den sterbenden Soldaten vorsichtig hoch, um ihn eigenhändig in den Operationssaal zu tragen. Aber der Sergeant trat ihm in den Weg. «Bleiben Sie sofort stehen!», schrie er drohend und legte seine Hand an den Gürtel.

Als Noah ihn nur wütend anblickte, zog der Sergeant seine Pistole und zielte auf Noahs Kopf. Verzweifelt blieb Noah stehen. Er kannte diesen hasserfüllten Blick. Der Mann würde ihn töten, ohne mit der Wimper zu zucken.

In diesem Moment hörte der Soldat in seinen Armen auf zu atmen.

«Verdammt, Sie haben ihn getötet», schrie Noah machtlos, während er den Körper des schwarzen Soldaten langsam auf den Boden legte. «Warum? Verdammt nochmal, warum? Er hat auf Ihrer Seite gekämpft!», schimpfte er und starrte die blaue Unionsuniform an.

Ohne das geringste Anzeichen von Reue betrachtete der Sergeant den leblosen Körper des Soldaten und sah Noah verächtlich an.

«Was bedeutet schon das Leben eines Schwarzen, wenn auch weiße Männer sterben könnten?» Dann steckte er seine Pistole in den Gürtel und ging.

Erregt verließ Noah das Krankenhaus und lief ziellos durch die Straßen. Sein Kopf war kurz davor zu explodieren. Er musste sich beruhigen und nachdenken. Der Tod des jungen Mannes hatte ihn tief getroffen. Er hatte so viele Hoffnungen gehegt, wollte mithelfen, eine neue Welt zu erschaffen, und jetzt hatte dieser niederträchtige Sergeant alles zunichtegemacht. Nur wegen seiner Hautfarbe hatte der Sergeant das Leben eines Mannes weggeworfen. Und niemand hatte einen Finger gekrümmt, um ihm zu helfen. Der junge Mann hatte sein Leben für die Union gegeben, aber das schien außer ihm niemanden zu interessieren. Vor Wut und Verzweiflung hätte Noah schreien mögen. Am Fluss blieb er stehen und betrachtete das kristallklare Wasser. Dann holte er seufzend das Rekrutierungsformular aus seiner Jackentasche, knüllte es zusammen und warf es in den Potomac.

Sie hatten recht, Professor Watson, dachte er bei sich, während der Fluss das Papier in Richtung Meer davontrug. Das hier ist nicht mein Krieg.

Am gleichen Abend nahm er einen Zug nach Boston. Sobald er angekommen war, bat er den Professor darum, ihn wieder im Massachusetts General Hospital aufzunehmen. Wenn Noah auf seiner Reise nach Washington etwas begriffen hatte, dann, dass er nicht eher ruhen würde, bis er endlich Arzt war.

«Du musst dich etwas ausruhen», sagte Charlotte, als sie Hortensias Augenringe bemerkte.

«Ich weiß. Aber ich kann nicht. Es ist so heiß, und ich kann kaum schlafen.»

«Natürlich, das Baby wird ja auch bald kommen.»

Hortensia und Charlotte waren überglücklich gewesen, als Noah auf einmal wieder vor ihnen stand. Doch Hortensia wurde zusehends stiller, je näher der Geburtstermin rückte.

«Was ist nur mit dir los?», fragte Charlotte, die schon längst bemerkt hatte, dass ihre Schwester sich mehr und mehr in ihr Schneckenhaus zurückzog. «Was macht dir Sorgen?»

«Gar nichts.»

«Hortensia», drängte Charlotte. Mit einer so offensichtlichen Lüge gab sie sich nicht zufrieden.

«Ich habe Angst», gestand ihr ihre Schwester.

Zum ersten Mal in ihrem Leben überlegte Charlotte einen Moment, bevor sie antwortete. Fest nahm sie ihre Schwester in den Arm.

«Alles wird gut. Der Arzt sagt, dass alles in Ordnung ist, und jetzt, wo Noah zurück ist, musst du dir keine Gedanken mehr machen.»

«Das weiß ich doch. Es ist so dumm von mir», sagte Hortensia und schwieg.

Aber auch Charlotte war besorgt. Schließlich war Molly gestorben, als sie Hortensia zur Welt gebracht hatte. Schnell verbannte Charlotte diesen Gedanken aus ihrem Kopf. Es würde nichts passieren. Jeden Tag wurden Kinder geboren, und ihren Müttern ging es gut.

Hortensia verknotete ihre Hände ineinander, und es schien, als wollte sie etwas sagen, doch sie seufzte bloß.

«Was ist denn nur, Schwesterchen?», sagte Charlotte zärtlich. «Du kannst mir doch alles sagen.»

Hortensia zögerte.

«Und wenn es nun ...»

Sie konnte den Satz nicht zu Ende sprechen.

«Ganz gewiss nicht», antwortete Charlotte, die die Ängste ihrer Schwester erriet.

«Aber wenn doch?»

«Hat Brian etwa irgendetwas gesagt?»

Heftig schüttelte Hortensia den Kopf. Aber ihr standen Tränen in den Augen.

«Nein. Er hat nie etwas gesagt. Aber ich weiß, dass er daran denkt. Ich will nicht, dass du denkst, dass ich mein Kind nicht lieben würde», sagte Hortensia schnell und blickte verlegen zu Boden. «Mit ganzer Seele werde ich es lieben. Aber ich möchte nicht, dass es leiden muss.»

«Das weiß ich doch», beruhigte Charlotte sie.

«Du musst mich für ein Monster halten.»

Hortensia fürchtete, dass ihr Kind keine weiße Haut haben könnte, gleichzeitig litt sie deswegen aber unter schrecklichen Gewissensbissen. Der Zwiespalt quälte sie so sehr, dass sogar ihre Gesundheit darunter litt.

«Sag so etwas nicht, Hortensia. Mach dir nicht so viele Gedanken», tröstete sie ihre Schwester und wischte ihr die Tränen aus dem Gesicht. «Es wird ein wunderschönes

Baby, egal welche Hautfarbe es hat. Alle werden es lieben, und ich werde die stolzeste Tante der Welt sein.»

In der gleichen Nacht noch wachte Hortensia um drei Uhr früh auf. Das Kind kam so schnell, dass keine Zeit war, den Arzt zu rufen, und Noah seine Nichte selbst auf die Welt holte. Er nahm sie auf den Arm, küsste sie zärtlich und übergab sie Charlotte.

Die betrachtete den Körper des Neugeborenen. Lächelnd streichelte sie die winzigen Händchen und dankte Gott, dass Mutter und Tochter wohlauf waren. Dann wusch sie das Kind, wickelte es in eine Decke und brachte es Hortensia, die gerührt in Tränen ausbrach.

Drei Jahre später
November 1864

· 36 ·

Die kleine Molly sah ihrer Mutter jeden Tag ähnlicher. Ihre Augen waren dunkel wie die ihres Vaters, ihre blonden Haare hatte sie von beiden Elternteilen geerbt. Sie war ein aufgewecktes und fröhliches Kind und wuchs glücklich auf. Ihre Familie liebte sie, und ihr Bruder Peter wurde seines neuen Spielzeugs nicht müde.

In dieser friedlichen Welt schien der Krieg nur ein Trugbild zu sein. Aber leider war er eine Realität. Der absurde Kampf, der tausende Menschen das Leben gekostet und Hass in den Herzen gesät hatte, dauerte nun schon über drei Jahre.

Charlotte musste an Frank denken, ihren Kollegen aus der Redaktion, der schon wenige Monate nach Beginn des Krieges gefallen war. Manchmal fürchtete sie, dieser Albtraum würde nie aufhören.

Nachdenklich saß Charlotte am kleinen Teich im Garten und sah ihrer Nichte dabei zu, wie sie einem kleinen Vogel hinterherlief. Obwohl sie schon drei Jahre alt war, hatte ihr Vater sie nur ein einziges Mal sehen können. Hoffentlich war dieser verfluchte Krieg bald vorüber.

Im Stillen betete sie für Brian, der irgendwo in North Carolina stationiert war. Und auch für Noah, der sich, nachdem er sein Studium im Sommer beendet hatte, dem Ärztekorps angeschlossen hatte. Man hatte ihn in ein Militärkrankenhaus in Maryland geschickt, nur wenige Meilen von der Grenze zu Virginia entfernt. Zum Glück musste sie sich wenigstens um Scott keine Sorgen machen. Denn obwohl niemand je von ihm sprach und sie auch nie fragte, wohin er verschwunden war, wusste Charlotte mit Gewissheit, dass er sich nicht zum Kampf gemeldet hatte.

Sie betete auch für ihre Familie und für Freunde in Virginia. Und für Richard, den Mann, den sie geliebt hatte und von dem sie seit Jahren nichts mehr gehört hatte.

Charlotte wickelte sich fester in ihren Schal. Plötzlich war es kühl geworden.

Als sie zusammen mit Molly wieder ins Haus kam, saß Hortensia im Salon bei einer Stickarbeit.

«Es wird bald schneien», sagte Charlotte und schloss die Tür.

Molly lief zu ihrer Mutter, die ihr einen Kuss auf das kalte Gesicht gab. Hortensia knöpfte ihrer Tochter den Mantel auf und nahm ihr die Mütze ab.

«Mami, für dich!»

Hortensia nahm die Kieselsteine aus der Hand ihrer Tochter und bewunderte sie, als wären es wertvolle Edelsteine.

«Wie schön», sagte sie und gab Molly noch einen Kuss. «Hast du sie schon Tante Charlotte gezeigt?»

Das kleine Mädchen riss die Augen auf. «Nein!»

«Und worauf wartest du dann?»

Als Molly an Charlottes Rock zog, war ihre Tante tief in der Betrachtung des dunklen Flusses versunken. «Sie sind sehr hübsch. Du musst sie Peter zeigen, wenn er aus der Schule kommt.»

Das Mädchen legte ihren Schatz in ein Glasgefäß, holte dann ihre Lumpenpuppe, die auf einem Sessel gelegen hatte, und spielte mit ihr in einer Ecke des Zimmers.

In diesem Moment wurde an die Tür geklopft, und der Butler erschien kurz darauf im Salon.

«Miss Charlotte», entschuldigte er sich und hielt ihr ein Silbertablett mit einem Umschlag entgegen. «Das ist gerade für Sie abgegeben worden.»

«Danke, Victor.»

Sie nahm den Umschlag und riss ihn auf.

«Es ist eine Nachricht von Noah!»

Hortensia hielt den Atem an. «O Gott», rief sie mit erstickter Stimme. «Geht es ihm gut?»

Charlotte las die Nachricht laut vor. «Du musst dringend kommen. Deine Gegenwart ist zwingend erforderlich. Noah.»

Sie ließ das Blatt sinken. «Ich verstehe das nicht», sagte sie und konnte ihre Besorgnis nicht verbergen.

«Was wirst du tun?»

«Ich fahre nach Washington.»

«Und wie kommst du zu Noah?»

«Das Krankenhaus ist nur zwei Tagesreisen von der Hauptstadt entfernt. Ich werde mir irgendein Transportmittel suchen. Vielleicht kann ich eine Kutsche mieten.»

«Ich komme mit dir.» Hortensia stand auf.

«Nein. Du musst bei den Kindern bleiben.»

«Aber wenn ihm etwas passiert ist ...»

«Es geht ihm sicher gut», beruhigte Charlotte ihre Schwester, aber sie wirkte nicht sehr überzeugt. «Sobald ich ihn sehe, gebe ich dir Bescheid.»

Schnell packte sie einen kleinen Koffer. Als sie das Haus verließ, drückte Hortensia ihr einen Zettel in die Hand.

«Was ist das?», fragte sie, als sie sah, dass es eine Adresse in Washington war.

«Scott wohnt dort.»

«Er ist in Washington?»

Hortensia nickte.

Charlotte wollte den Zettel nicht annehmen, aber Hortensia drängte sie. «Bitte. Ich bin beruhigter, wenn ich weiß, dass du jemanden hast, falls du in Schwierigkeiten bist. Bitte.» Hortensia beobachtete, wie Charlotte die Adresse in ihre Tasche steckte. «Pass auf dich auf, Charlotte», sagte sie mit feuchten Augen und umarmte ihre Schwester lange und innig.

Kaum war Charlotte in Washington angekommen, fand sie einen Mann, der sie auf der Landstraße zu dem Krankenhaus brachte, wo Noah arbeitete.

Je weiter sie nach Süden kam, desto deutlicher machte sich der Krieg bemerkbar. Es gab mehr Kontrollen, und auf den Straßen, auf denen man früh am Morgen schon Raureif sehen konnte, waren ganze Regimenter unterwegs. Vier Tage nachdem sie Boston verlassen hatte, kam Charlotte endlich vor dem Krankenhaus an. Sie war vollkommen erschöpft. Mit einem tiefen Seufzer nahm sie ihren Koffer. Sie musste auf alles gefasst sein.

«Ich suche Doktor Lacroix», sagte sie zu einer Krankenschwester, die solche Ringe unter den Augen hatte, als hätte sie nächtelang nicht geschlafen.

Die Krankenschwester zeigte auf die Treppe. «Im ersten Stock.»

Beruhigt atmete Charlotte auf. Zumindest lebte er noch.

Nachdem sie die Stufen hinaufgestiegen und an unzähligen Verletzten vorbeigekommen war, streckte Charlotte ihren Kopf in einen Saal und wandte sich erneut an eine der vielen Krankenschwestern, die sich um die Verwundeten kümmerten.

«Doktor Lacroix, bitte?»

Die Krankenschwester lächelte ihr zu und deutete auf einen Vorhang, der den Saal teilte.

«Dort hinten, Miss.»

«Danke.»

Das Herz schlug ihr bis zum Hals, als Charlotte zögernd auf den Vorhang zuging. Sie versuchte, sich innerlich auf das Schlimmste vorzubereiten. Erst nachdem sie all ihren Mut zusammengenommen hatte, schob sie den Vorhang beiseite.

Noah schrieb in aller Ruhe etwas auf die Tafel am Fußende eines Krankenbettes. Er wirkte verändert. Es waren nur wenige Monate vergangen, seit er seine Approbation bekommen hatte, und er war immer noch der elegante und aufrechte junge Mann, der im nächsten Monat achtundzwanzig werden würde. Aber trotzdem war da etwas Unbekanntes an ihm. Er sah müde aus, und in seinem ernsten Gesicht spiegelten sich die Schrecken des Krieges, die er in den letzten Monaten erlebt hatte.

«Noah!», rief Charlotte, ließ den Koffer auf den Boden fallen und fiel ihrem Bruder um den Hals. «Ich hatte schon gedacht, dass dir etwas passiert wäre. Du hast uns einen furchtbaren Schrecken eingejagt.»

«Mir geht es gut, Charlotte.»

«Gott sei Dank!», rief sie aus und sah ihn prüfend an, um sicherzugehen, dass er sie auch nicht belog.

«Wirklich», lächelte Noah. «Mit mir ist alles in Ordnung.»

«Und deine Nachricht?»

Als Charlotte den Brief erwähnte, führte Noah seinen Finger an die Lippen, damit sie schwieg. Sie gehorchte. Dann sah er sich vorsichtig nach seinem Patienten um, der aber im Moment nicht bei Bewusstsein war, und trat noch näher an seine Schwester.

«Ich konnte nicht deutlicher werden», flüsterte er. «Man weiß nie, wer einem alles nachspioniert.»

«Was ist denn los, Noah?»

Noah beendete noch schnell die Notizen auf der Tafel des Patienten und gab dann Charlotte ein Zeichen, ihm zu folgen. In einem kleinen Raum überreichte er ihr den Kittel einer Krankenschwester. «Zieh das an.»

«Was ist los, Noah? Du machst mir Angst!»

«Du wirst so tun, als wärst du eine Krankenschwester. Und sag kein Wort, Charlotte.» Sie nickte.

«Man hat ihn vor ein paar Tagen mit zwei Kugeln im Rücken hergebracht», erklärte Noah. «Er hatte viel Blut verloren, und ich dachte schon, er würde sterben. Er ist zwar noch immer sehr schwach, und sein Fieber ist bisher nicht gesunken, aber wahrscheinlich wird er sich wieder erholen.»

Gerade wollte Charlotte fragen, von wem eigentlich die Rede war, als sie zu einem Zimmer kamen. Die Tür wurde von einem kaum achtzehnjährigen Gefreiten der Union bewacht.

«Doktor», sagte er und salutierte.

«Guten Tag, Gefreiter. Ich möchte meinen Patienten sehen.»

Der Soldat warf einen misstrauischen Blick auf Charlotte. «Das ist die neue Schwester», teilte Noah ihm mit. «Sie ist gerade erst angekommen und wird mir helfen.»

Offensichtlich gab der Gefreite sich mit der Erklärung

zufrieden, denn er holte einen Schlüssel aus seiner Uniformjacke und öffnete die Tür. Charlotte folgte Noah, der rasch die Tür hinter ihnen schloss.

«Ich verstehe das alles nicht», sagte Charlotte und blickte ihren Bruder verwirrt an.

«Sieh dir erst einmal den Patienten an.»

Charlotte gehorchte. Leise ging sie einen Schritt vor und warf einen Blick auf den Mann, der schlafend im Bett lag.

Ihr Herz machte einen kleinen Sprung, als sie ihn erkannte. Fast musste sie einen Schrei unterdrücken. Das Haar war inzwischen gewachsen, und ein dichter blonder Bart bedeckte einen Teil seines Gesichts, aber es gab keinen Zweifel. Es war Richard.

«Richard! O mein Gott!»

Noah warf Charlotte einen warnenden Blick zu. Sie musste vorsichtig sein. Der Soldat, der auf der anderen Seite der Tür wartete, konnte jeden Moment eintreten.

«Wie ist er hier nur gelandet?»

«Man hat ihn am Strand gefunden. Sein Schiff hatte versucht, die Blockade zu durchbrechen, ist aber entdeckt worden. Es wurde versenkt. Ich habe keine Ahnung, wie er es angestellt hat, die Küste lebend zu erreichen.»

Charlotte nahm das feuchte Tuch von Richards Stirn und streichelte sanft sein Gesicht.

«Er glüht ja!»

«Sein Fieber ist gestiegen. Aber er ist stark. Er wird es überstehen.»

Das Blut pochte Charlotte heftig in den Schläfen. So oft hatte sie davon geträumt, ihn wiederzusehen. Vor ihm zu stehen und ihm in die Augen sehen zu können. Und nun lag er vor ihr. Verletzt und wehrlos.

«Was wird mit ihm geschehen?»

«Er ist ein hochrangiger Offizier. Es gibt kaum eine begehrtere Beute. Sobald sichergestellt ist, dass er den Transport übersteht, wird man ihn in das Gefängnis etwas weiter flussaufwärts bringen.»

«Aber das dürfen sie nicht. Er ist sehr krank!»

Noah antwortete nicht. Leider kannte er dieses Gefängnis nur zu gut. Zweimal hatte er dort hingehen müssen. Und beide Male war er sehr niedergeschlagen wieder gegangen. Ein böses Schicksal wartete dort auf die Männer, die sich entschieden hatten, für die Aufrechterhaltung der Sklaverei zu kämpfen. Die konföderierten Gefangenen wurden in enge, dreckige Zellen gepfercht und starben wie die Fliegen an Unterernährung und Tuberkulose.

«Wir dürfen nicht zulassen, dass sie ihn mitnehmen. Er wird das nicht überleben. Du musst es verhindern.»

«Das weiß ich. Aber ich werde ihn nicht mehr lange hierbehalten können. Es wird gemunkelt, dass es bald eine große Schlacht geben wird, und sie brauchen Informationen. Ein, höchstens zwei Tage kann ich ihn vielleicht noch schützen, dann nehmen sie ihn mit.»

In diesem Moment schlug Richard die Augen auf. «... Charlotte», flüsterte er verwirrt.

Rasch beugte sie sich zu Richard hinunter und strich ihm zärtlich über den Kopf.

«Liebste», murmelte er mit schwacher Stimme. Charlotte nahm Richards Hand und legte sie sich an die Wange.

«Ja, ich bin es, Richard», flüsterte sie mit Tränen in den Augen. «Du wirst wieder gesund. Das verspreche ich dir. Ich werde mich um alles kümmern.»

Noah trat diskret einen Schritt zurück.

«Ich habe dir so viel zu sagen.» Richards Körper war vom Fieber so geschwächt, dass er sich anstrengen musste, um verständliche Worte herauszubringen.

«Jetzt nicht», beruhigte ihn Charlotte. «Du musst dich ausruhen.»

«Ich habe geglaubt, ich würde dich nie wiedersehen. Dein Vater hat gesagt, du bist in New Orleans. Ich könnte es nicht ertragen, dass du mich hasst, Charlotte.»

«Wie könnte ich dich hassen, Richard.»

«Ich ... du verstehst nicht. Ich habe es gewusst», gestand er gequält. «Mein Onkel hat es mir gesagt. Doktor Steward. Er war dabei, als deine Mutter dich zur Welt brachte. Ich weiß, dass sie eine Sklavin war. Dass sie bei der Geburt gestorben ist und dass dein Vater beide Mädchen anerkennen musste.»

Noah warf Charlotte einen Blick zu, aber sie blieb unbeweglich.

«Das ist nicht mehr wichtig», sagte sie und bemerkte betrübt, wie Richards Körper von Krämpfen geschüttelt wurde. «Quäle dich nicht so. Ich weiß, dass du Camille geheiratet hast, um mich zu schützen.»

«Du weißt es?»

«Scott hat es mir erzählt. Aber jetzt bist nur du wichtig. Du musst wieder gesund werden.»

Richard schüttelte den Kopf.

«Doch. Es ist wichtig. Ich hätte nicht auf die Erpressung meines Onkels eingehen dürfen. Ich hätte dich heiraten müssen», stöhnte er atemlos. «Ich vermisse dich so sehr ...»

Die Anstrengung hatte Richard seine letzten Kraftreserven gekostet.

«Quäle dich nicht mehr.» Charlotte gab Richard einen

Kuss auf die glühende Wange. «Ruh dich aus. Schlaf. Alles wird gut.»

«Charlotte ... ich liebe dich.»

Richard schloss die Augen.

Noah kam näher und fühlte seinen Puls. «Er schläft.»

Ein letztes Mal betrachtete sie Richard. Er wirkte so gequält. Sein Schlaf war unruhig. Auch er war ein Opfer gewesen. Bei dem Gedanken spürte Charlotte eine Welle von Zuneigung in sich aufsteigen. Er liebte sie. Er hatte sie immer geliebt.

«Er wusste es also?», fragte Noah, der langsam anfing zu verstehen, was geschehen war.

Charlotte drehte sich zu ihrem Bruder um und nickte. «Er glaubte es zu wissen.»

«Und du hast ihn die ganze Zeit in dem Glauben gelassen, dass du Mollys Tochter bist?»

«Als ich erfuhr, was geschehen war, war es längst zu spät. Er hatte Camille schon geheiratet. Er hat sich geopfert, um mich zu retten, Noah.»

«Dann sag es ihm jetzt.»

«Wozu sollte das gut sein? Er ist ein verheirateter Mann. Die Wahrheit würde seinen Kummer noch verschlimmern. Schließlich konnte er mich nicht beschützen, weil die Gefahr gar nicht von seinem Onkel ausging, sondern von unserem Vater. Ich kann ihm doch nicht sagen, dass sein Opfer umsonst war. So hat er wenigstens einen Trost.»

Noah war ein pragmatisch denkender Mann. Charlotte hatte recht. Es hatte wenig Sinn, in der Vergangenheit herumzuwühlen, wenn man die Zukunft nicht mehr ändern konnte.

«Was sollen wir tun?»

Instinktiv legte Charlotte die Hand auf ihre Tasche. «Ich weiß jemanden, der uns helfen wird.»

Nachdem Charlotte Hortensia eine Nachricht geschickt hatte, in der sie ihr mitteilte, dass es Noah gutging und sie selbst bald zurückkommen würde, verabschiedete sie sich von ihrem Bruder und brach nach Washington auf. Genau wie auf dem Hinweg kam sie nur langsam voran. Die Landstraßen waren in schlechtem Zustand, und es war nicht einfach, eine Transportmöglichkeit zu bekommen. In der Stadt angekommen, nahm sie sich ein Zimmer bei einer alten Witwe. Sie badete und zog sich langsam an. Schließlich ließ sie eine Kutsche kommen und übergab dem Kutscher die Adresse, die Hortensia aufgeschrieben hatte.

«Wir sind am Ziel», rief der Kutscher und blieb vor einem Gebäude mit abblätternder Farbe stehen.

Plötzlich sank Charlotte das Herz, und sie blieb kraftlos sitzen.

«Geht es Ihnen gut, Miss?», fragte der Kutscher.

«Bitte?», antwortete Charlotte wie abwesend.

«Ob es Ihnen gutgeht? Sie sind ganz blass geworden.»

«Es ist nichts, danke», gab Charlotte zurück und kramte ein paar Münzen aus ihrer Tasche.

Der Mann bedankte sich und öffnete die Wagentür. Charlotte stieg aus und ging zur Tür des Gebäudes. Am liebsten wäre sie noch länger dort stehen geblieben, um ein wenig nachzudenken, aber der Kutscher wartete noch, anscheinend um ihren Zustand besorgt. Erst als sie die Schwelle übertreten hatte, hörte sie, wie die Pferde sich wieder in Bewegung setzten. Einen Moment lang lehnte sie sich im Hausflur an die Wand und atmete tief durch. Dann machte sie sich daran, die Treppen hinaufzusteigen.

Als sie vor Scotts Wohnungstür stand, hielt Charlotte den Atem an. Vielleicht war er ja gar nicht zu Hause. Sie wäre die Treppe gern direkt wieder hinuntergerannt. Aber sie war nie feige gewesen und erst recht nicht jetzt, wo Richards Leben in ihren Händen lag.

Noch einmal atmete sie tief ein. Dann klopfte sie.

Als sie das Knarren der Dielen auf der anderen Seite der Tür hörte, fing ihr Herz an zu klopfen.

Dann tauchte Scotts lächelndes Gesicht aus dem Dunkel auf.

«Hallo, Scott.»

Im ersten Moment sah er sie nur schweigend an, dann trat er zur Seite und bat sie herein.

Die Wohnung sah nicht viel besser aus als die in Boston. Sie war zwar sauber und aufgeräumt, der Raum war aber trotzdem nicht anheimelnd. Als Scott ihr einen Stuhl anbot, zog Charlotte es vor, stehen zu bleiben.

Niemand sagte ein Wort. Unverwandt sah Scott sie an, aber Charlotte konnte seinen Blick nicht aushalten und wandte jäh ihr Gesicht ab.

«Was tust du hier, Charlotte?», fragte Scott schließlich leise.

Sie sah ihm in die Augen.

«Ich brauche deine Hilfe, Scott. Ich habe sonst niemanden, den ich darum bitten könnte», brach es aus ihr hervor. Verzweifelt ließ sie sich auf den Stuhl fallen, den sie eben noch abgelehnt hatte. «Ich weiß nicht, was ich tun soll. Es geht um Richard», sagte sie und versuchte vergeblich zu erkennen, welche Wirkung ihre Worte auf Scott hatten. «Er ist verletzt.»

Scotts Gesichtsausdruck veränderte sich.

«Was ist geschehen?»

«Vor ein paar Tagen ist auf ihn geschossen worden. Man hat ihn gefunden und in Noahs Krankenhaus gebracht. Noah hat mich benachrichtigt. Scott … er ist so schwach …», sagte Charlotte und brach in Tränen aus.

Scott kniete sich neben Charlotte und ergriff ihre Hände.

«Charlotte», sagte er beruhigend. «Erzähl mir, was geschehen ist.»

«Noah hat gesagt, dass sie ihn in das Gefängnis verlegen, wo sie die konföderierten Soldaten hinbringen. Das wird er nicht überleben», stöhnte sie.

Scott wurde noch ernster. Auch er hatte von diesem Gefängnis gehört.

«Ich weiß nicht, was ich tun soll. Noah kann ihn nicht mehr lange im Krankenhaus behalten. Vielleicht wenn wir Brian finden könnten … er hat viele einflussreiche Freunde.»

«Nein. Er kann uns nicht helfen. Er könnte dadurch Schwierigkeiten bekommen.»

«Was sollen wir sonst tun?»

Scott lächelte.

Fast hatte Charlotte vergessen, wie sehr sie dieses verschmitzte und beruhigende Lächeln vermisst hatte.

«Ich verspreche dir, dass ich mich darum kümmern werde.»

«Aber …»

«Alles wird gut, Charlotte. Vertrau mir.»

«Ich habe nie aufgehört, dir zu vertrauen, Scott.»

Scott nahm Charlotte das Versprechen ab, dass sie am nächsten Tag nach Boston zurückkehren würde. Natürlich weigerte sie sich, aber Scott ließ nicht mit sich reden. Man sollte sie nicht mit dem in Verbindung bringen können, was er vorhatte. Am nächsten Morgen nahm Charlotte den Zug nach Hause.

· 37 ·

In nur wenigen Tagen war Neumond, dann würde die Mondscheibe vollkommen vom Erdschatten verschluckt werden. Jetzt gab sie gerade noch genügend Licht ab, damit Scott sich auf seinem Weg orientieren konnte.

Auf jeden Laut achtend, ritt er durch die Nacht. Vor ein paar Stunden hatte er die gegnerischen Linien überquert, und er wollte vermeiden, dass eine verirrte Kugel ihn erledigte, bevor seine Mission überhaupt begonnen hätte. Langsam kroch der Gedanke in ihm hoch, dass es vielleicht doch keine so gute Idee gewesen war, mitten in der Nacht durch feindliches Gebiet zu reiten, aber jetzt konnte er nicht mehr zurück. Und Richard würde nicht viel Zeit bleiben.

In diesem Moment erklang das unverwechselbare Klicken eines Abzugshahns im Gebüsch am Wegesrand. Rasch zügelte Scott sein Pferd und riss die Hände nach oben. «Nicht schießen!», rief er. «Ich bin unbewaffnet!»

«Keine Bewegung!», befahl jemand mit Südstaatenakzent, der kurz darauf aus dem Gebüsch kam und sich Scott näherte, sein Gewehr auf ihn gerichtet. Fast gleichzeitig erschien ein zweiter, ebenfalls bewaffneter Mann. Es waren konföderierte Soldaten.

«Steigen Sie ab», befahl der erste grimmig und stieß ihm den Gewehrlauf in die Seite.

Scott gehorchte. Mit langsamen, deutlichen Bewegungen stieg er vom Pferd. Er wollte ihnen auf keinen Fall einen Grund geben, auf ihn zu schießen. Beide standen hinter ihm, und er konnte sie nicht sehen, aber er nahm deutlich ihren Gestank wahr. Selbst ein Stinktier hätte entsetzt das Weite gesucht.

Während der zweite Mann sein Gewehr auf Scott gerichtet hielt, durchsuchte der erste ihn.

«Er ist wirklich unbewaffnet», sagte er ungläubig zu seinem Kameraden und trat ein paar Schritte zurück, um aus sicherem Abstand auf ihn zielen zu können. «Was willst du hier, Yankee?»

Mit dem größer gewordenen Abstand wurde der strenge Geruch etwas abgemildert. Dankbar atmete Scott auf.

«Ich muss Leutnant Klaus Fritz sprechen.»

Die beiden Männer warfen sich einen Blick zu. Dann fesselten sie ihm die Hände und führten ihn in den Wald.

Etwa eine Stunde später waren sie in ihrem Lager angekommen und banden Scott an einen Baum.

Klaus hatte sich in seinem Zelt ausgestreckt, als zwei Soldaten vor dem Eingang auftauchten und salutierten.

«Verzeihen Sie, Sir», sagte der eine. «Aber wir haben einen Gefangenen gemacht.»

«Einen Gefangenen?»

«Einen Yankee, Sir. Er sieht wie ein Zivilist aus, zumindest ist er nicht bewaffnet.»

Klaus richtete sich verärgert auf. Er würde nachsehen müssen, um wen es sich handelte.

«Er hat nach Ihnen gefragt, Sir.»

«Nach mir?»

«Ja, Sir», antworteten die Männer wie aus einem Munde.

Klaus stand von seinem Feldbett auf und zog die Stiefel über ein Paar Strümpfe, das dringend geflickt werden musste. Er suchte nach seiner Jacke, überprüfte, ob seine Pistolen geladen waren, und setzte den Hut auf.

«Bringen Sie mich zu ihm.»

Die Soldaten eskortierten ihren Kommandanten zu dem Ort, wo sie den Gefangenen gefesselt hatten. Als Klaus Scott erkannte, konnte er seine Überraschung nicht verbergen.

«Binden Sie ihn los!», befahl er sofort den beiden Soldaten. «Ich hoffe, er ist unversehrt», fügte er drohend hinzu.

«Zu Befehl, Sir», antwortete einer der beiden nervös, während er mit einem Messer Scotts Fesseln durchtrennte. «Wir haben ihn nur gefesselt, damit er nicht abhaut.»

«Komm schon her!», rief Klaus grinsend und breitete seine Arme aus. Scott rieb sich die Handgelenke und ließ sich von Klaus umarmen.

«Du bist unglaublich! Ich hätte niemals erraten, wer das sein könnte. Allerdings, wenn man ernsthaft darüber nachdenkt», sagte Klaus, «wer sonst wäre so verrückt, unbewaffnet die feindlichen Linien zu durchqueren.»

«Was soll ich sagen, Klaus. Du weißt ja, dass ich für Waffen nicht viel übrighabe.»

Klaus lachte vergnügt.

«Komm. Wir setzen uns ans Feuer. Und Sie können auf Ihren Wachtposten zurückkehren.»

Die Soldaten gehorchten sofort und waren schon wieder im Wald verschwunden, als die beiden Freunde sich auf ein paar Steine um ein Lagerfeuer setzten.

«Wie ich sehe, kommandierst du die Leute immer noch gern herum, Leutnant.»

«Oberst», verbesserte Klaus ihn und zeigte auf die Streifen auf seiner Uniformjacke. «Willst du einen Schluck?», fragte er und bot ihm einen Flachmann an, den er aus seiner Innentasche zog.

Dankend nahm Scott das Angebot an. Als ihm die Flüssigkeit die Kehle hinunterlief, hatte er das Gefühl, er hätte Feuer verschluckt.

«Mein Gott», hustete er und spuckte aus, während ihm die Tränen in die Augen traten. Sofort gab er Klaus die Flasche zurück. «Woraus zum Teufel macht ihr dieses Gebräu?»

«Das sage ich dir lieber nicht», lachte Klaus und nahm gelassen einen Schluck.

Da die Konföderation kaum Kriegsschiffe hatte, war sie gezwungen gewesen, viele der Marineoffiziere an der Landfront einzusetzen. Prüfend betrachtete Scott seinen Freund. Er war sorgfältig rasiert und gekämmt, aber man sah ihm an, dass er abgenommen hatte, und seine Uniform war zerschlissen. Als er sich umblickte, stellte Scott fest, dass die meisten Zelte kaputt waren. Einige der Pferde waren so mager, dass man ihre Rippen sehen konnte, und auch die Männer wirkten müde und erschöpft.

«Wir werden nicht mehr lange durchhalten», sagte Klaus, der Scotts Gedanken erriet.

«Das tut mir leid.»

«Mir nicht. Dieser absurde Krieg muss endlich vorbei sein. Das verstehe ich jetzt. Wir können ihn nicht gewinnen. Ohne Munition und Essen sind die Baumwollfelder und der Kampfgeist der Leute nichts wert. Ich sage dir etwas», gestand er, «diesen Monat habe ich fünfzehn Männer durch das Fieber verloren. Nur weil wir keine Decken haben. Wenn es nicht bald zum Kampf kommt, sind keine Soldaten mehr übrig, die noch kämpfen könnten. Einen weiteren Winter überstehen wir nicht.»

Scott schwieg. Er hatte immer gewusst, dass der Süden den Krieg nicht gewinnen konnte. Es war nur eine Frage der Zeit gewesen. Auch wenn der Süden große Generäle hatte und die Männer von der Sache überzeugt waren, so fehlte es ihm doch an der notwendigen Industrie. Im Süden wurde nichts von dem produziert, was man für einen langen Feldzug brauchte. Die Fabriken standen im Norden, und der Strom der Einwanderer, die aus Europa kamen, um in diesen Fabriken zu arbeiten, würde für eine lange Zeit nicht abreißen.

«Ich nehme an, du hast dich nicht rekrutieren lassen?», fragte Klaus, um das Thema zu wechseln.

«So ist es», nickte Scott.

«Freut mich. Aber sag, was führt dich hierher? Ich glaube kaum, dass du mich einfach besuchen wolltest. Was denkst du dir überhaupt dabei, mit deinem unverwechselbaren Akzent hier einfach vor meinen Männern aufzutauchen?», schimpfte Klaus. «Und dann noch unbewaffnet! Sie hätten dich töten können.»

«Haben sie aber nicht.»

«Eingebildeter Idiot. Ich sehe, die Zeit hat nicht ein einziges Körnchen gesunden Menschenverstand in diesen Sturkopf geprügelt.»

Scott grinste.

«Weshalb bist du also hier?»

Plötzlich wurde Scotts Gesichtsausdruck so ernst, wie Klaus ihn noch nie zuvor gesehen hatte. Nicht einmal, als er durch sein Verschulden von der Marineakademie geflogen war. Scott rieb sich die Hände, und Klaus wandte den Blick verlegen ab. Noch immer fühlte er sich schuldig, wenn er Scotts vernarbte Haut sah.

«Ich brauche deine Hilfe, mein Freund», gestand Scott

und sah Klaus an. «Es geht um Richard. Er ist verletzt und befindet sich im Gefängnis in Maryland.»

Scott brauchte den Namen dieser Hölle nicht auszusprechen. Jeder konföderierte Soldat hatte von dem Fort gehört, in dem die Gefangenen zu Hunderten an den Folgen von Hunger, Kälte und Krankheiten starben.

«Wenn wir ihn da nicht rausholen, wird er bald sterben.»

Klaus nahm noch einen Schluck und starrte ins Feuer.

«Und was können wir tun? Du erwartest hoffentlich nicht, dass ich mit meinen Männern die Front durchbreche und das Fort angreife. Ich habe nur vierhundert Leute, und die meisten würden nicht einmal mehr einen Tagesmarsch überleben. Das wäre reiner Selbstmord.»

«Ich dachte an etwas ganz anderes. Ich glaube, zwei Mann allein könnten es schaffen.»

«Zwei Mann? Bist du verrückt geworden?»

«Nein. Ich habe es mir gut überlegt. Mit ein bisschen Glück sind wir schon wieder auf und davon, bevor sie überhaupt merken, dass Richard verschwunden ist, und zwar ohne einen Schuss abgefeuert zu haben.»

«Bist du sicher, Scott?»

«Ja. Ich weiß, dass wir das schaffen können. Vertrau mir.»

Klaus sah wieder ins Feuer. Deutlich erinnerte er sich an den Mann, der fähig gewesen war, in einen brennenden Schuppen zu gehen, um ihm das Leben zu retten, ihm, der ihn gehasst hatte. Er spürte einen Kloß im Hals. Erst damals hatte er wirklich verstanden, was Mut bedeutete. Und jetzt kam der gleiche Mann, tauchte mitten im gegnerischen Gebiet auf, um ihn um Hilfe zu bitten und wieder sein Leben für einen Freund aufs Spiel zu setzen.

Für ihn und Richard würde Klaus alles tun. «Gut», sagte

er. «Ich weiß nicht, wie dein Plan aussieht, aber wenn auch nur die geringste Aussicht auf Erfolg besteht, müssen wir es wagen. Und wenn jemand aus so einem Wahnsinn heil wieder herauskommt, dann bist wohl du es. Ich bin dabei, Scott.»

Am nächsten Morgen, nachdem Klaus seinen Offiziersstab über die Einzelheiten der Operation informiert und dem höchstrangigen Offizier für die Zeit seiner Abwesenheit die Befehlsgewalt übertragen hatte, brachen sie in Richtung Norden auf.

Das Schwierigste war es, die Frontlinie zu passieren, aber Klaus' Männer überwachten die Landstraßen, und er kannte sich gut in der Gegend aus.

Erst spät in der Nacht hielten sie und versteckten sich in einer verlassenen Hütte im Wald, wenige Meilen vom Gefängnis entfernt.

Während Klaus die Decken ausbreitete, verstaute Scott sorgsam die beiden Fässchen mit Schwarzpulver, die er unbedingt hatte mitnehmen wollen. Sie hätten gern eine Tasse heißen Kaffee getrunken, um sich in der eiskalten Novembernacht aufzuwärmen, aber der Schein eines Feuers wäre zu weit sichtbar gewesen. Auf keinen Fall wollten sie den halben Staat Maryland darauf aufmerksam machen, dass sie am nächsten Morgen das sicherste Fort auf dem Gebiet der Union angreifen würden.

Scott zog ein paar Linien auf dem Boden. Grob skizzierte er die Lage des Flusses und ihres Zielobjekts und erläuterte seinen Plan.

«Wir nähern uns von der Westseite. Der Wald ist hier

sehr dicht, da sind wir besser geschützt. Danach überqueren wir an diesem Punkt den Fluss und dringen in das Gefängnis ein.»

«Ich weiß nicht, ob dir aufgefallen ist, dass es zwischen diesen beiden Punkten keinen einzigen Baum gibt», sagte Klaus und deutete auf die Zeichnung. «Hier ist alles offenes Gelände, und nicht einmal ein Eichhörnchen würde unbemerkt dort entlanglaufen können. Die Konstrukteure des Forts haben gute Arbeit geleistet und alles weggeschafft, was als Schutzwall dienen könnte.»

«Ich weiß.»

«Du weißt? Großartig. Und wie willst du also diese zweihundert Meter überwinden, ohne entdeckt zu werden?»

«Unter der Erde.»

«Ich bin nicht zu Scherzen aufgelegt. Wir würden Jahre brauchen, um einen solchen Tunnel zu graben.»

«Wer hat gesagt, dass wir graben müssen?»

«Aber ...»

«Wir werden über das Abwassersystem in das Fort kommen. Es war zwar nicht ganz einfach, aber ich habe die Lösung im Tagebuch eines englischen Offiziers gefunden, der während des Unabhängigkeitskriegs gedient hat. Dieser Soldat war Ingenieur, und man hat ihn mit dem Bau eines Geheimgangs beauftragt, der die Befestigungsanlage mit dem Fluss verbindet. Als die Engländer sich ergaben, haben sie die Existenz des Tunnels nicht preisgegeben, deshalb ist er in Vergessenheit geraten. Und erst Jahre später wurde über den Ruinen jenes Forts das jetzige Gefängnis errichtet.»

«Und wie zum Teufel hast du dieses Tagebuch gefunden? Ich wusste gar nicht, dass du so ein Bücherwurm bist.»

«Es gehörte meinem Großvater. Er hat es mir bei seinem Tod vermacht.»

«Woher wissen wir, ob es den Gang noch gibt?»

«Ich hoffe, dass es ihn gibt und er noch begehbar ist, aber ganz sicher können wir erst sein, wenn wir ihn gefunden haben. Wir müssen das Flussufer absuchen, der Eingang zum Tunnel müsste dort in der Nähe liegen, wahrscheinlich am Waldrand. Man kann ihn vom Fort aus nicht sehen. Mit ein bisschen Glück kommen wir von dort aus in das Abwassersystem.»

«Der alte Fluchtweg der Engländer dient uns also für einen Angriff. Welch Ironie», bemerkte Klaus.

«Nicht wahr? Wenn wir einmal drin sind, brauchen wir nur der Karte zu folgen.»

«Was für eine Karte?»

Scott holte eine Papierrolle hervor und breitete sie über der Skizze auf dem Boden aus.

«Wo hast du das her?»

«Sagen wir, ich habe es geliehen. Du machst dir keine Vorstellung davon, was man alles in der Kongressbibliothek findet.»

Die Karte zeigte das verzweigte Abwassersystem, das unter dem Fort verlief.

«Wenn ich die Stellen im Tagebuch richtig deute, dann müsste der Tunnel etwa hier mit dem Hauptnetz verbunden sein», sagte Scott und zeigte auf einen Punkt auf der Karte. «Wenn wir dort angekommen sind, gehen wir unterirdisch bis zu dem Zellenkomplex, wo Richard untergebracht ist. Und hier», er deutete auf ein Kreuz, das er in den Plan eingezeichnet hatte, «müsste es einen Abflussschacht geben.»

Beeindruckt sah Klaus ihn an.

«Woher weißt du, wo Richard sich befindet?»

Die genauen Angaben hatte er von Noah bekommen, dem es gelungen war, Richard bis zu seinem neuen Aufenthaltsort zu begleiten.

«Sagen wir, ich habe so meine Quellen.»

«Schon verstanden.»

«Wir klettern den Schacht hoch und kommen so in das Gefängnis. Zurück müssen wir den gleichen Weg benutzen. Wenn die Soldaten bemerken, dass Richard verschwunden ist, sind wir schon weit weg.»

«Gut. Das sieht alles ganz einfach aus. Aber was machen wir, wenn wir die Wachhabenden auf ihrem Rundgang treffen?»

«Gar nichts. Wir werden nämlich niemanden treffen. Richard ist in einer der am tiefsten gelegenen Zelle des Gefängnisses untergebracht, das Quartier der Wachen ist weit entfernt», erklärte Scott und zeigte ihm den Platz auf der Karte. «Hier siehst du, dass es ein Stockwerk darüber liegt. So früh am Morgen und bei der Kälte wird keiner von ihnen auf die Idee kommen, einen Rundgang zu machen.»

Klaus war überrascht. Scott hatte alles bis ins letzte Detail geplant, die Rettungsaktion schien fast etwas zu einfach.

«Ich bin froh, dich nicht zum Feind zu haben», gestand er. «Wenn du dich mit nur zwei Mann in das sicherste Fort des Landes wagst, will ich lieber nicht wissen, was du mit einem Regiment anstellen würdest.»

«Zum Glück werden wir beide das nie erfahren.»

Dann gingen sie den Plan noch einmal sorgfältig durch.

Sie benötigten eine weitere Nacht, um den Eingang des Tunnels zu finden. In der Nacht darauf kehrten sie dorthin zurück. Es war Neumond, und ein dünnes Wolkenband verdeckte die Sterne. Perfekt. In dieser Dunkelheit konnte man nur zwei Meter weit sehen.

Der Eingang des Tunnels war von Unkraut überwuchert. Scott bahnte sich einen Weg durch das Gestrüpp, das in den letzten achtzig Jahren ein Geheimnis bewahrt hatte. Klaus, der zunächst ein wenig zurückgeblieben war, um die Pferde hinter den Bäumen zu verstecken, stieß zu ihm und bot ihm eine seiner Pistolen an.

Scott lehnte ab. «Ich werde sie nicht brauchen.»

«Bitte», drängte ihn Klaus.

«Gib dir keine Mühe, Klaus. Ich möchte keine Waffe. Ich habe alles, was ich brauche.»

Erst jetzt bemerkte Klaus den schweren Rucksack, den Scott auf dem Rücken trug.

«Gut. Wie du willst», sagte er und steckte die Waffe wieder in den Gürtel. «Geh du vor.»

Sobald sie ein paar Meter tief im Tunnel waren, holte Scott zwei Fackeln aus dem Rucksack, zündete sie an und gab eine davon Klaus, der wegen der geringen Höhe des Gangs gebückt gehen musste. Von der Decke und den Wänden des Tunnels hingen Flechten herab und streiften ihre Gesichter.

Nach etwa zehn Minuten endete der Gang plötzlich.

«Verdammt», rief Klaus. «Ich wusste ja, dass es nicht so einfach sein kann.»

Aber Scott holte nur stumm eine kleine Spitzhacke aus dem Rucksack und begann den Erdwall zu bearbeiten, der ihnen den Weg versperrte.

«Da kommen wir niemals durch», beklagte sich Klaus. «Wir haben ja nicht einmal eine Vorstellung davon, wie weit es noch bis zu den Kloaken ist.»

«Merkst du nichts?», fragte Scott, der unermüdlich weiter auf die Erde einhackte.

«Was soll ich bemerken?»

«Den Geruch.»

Ein weiterer kräftiger Schlag löste einen kleinen Erdrutsch aus, und eine rote Mauer kam zum Vorschein.

«Das ist Backstein», sagte Klaus. «Der Tunnel ist zugemauert worden.»

Aber Scott gab nicht auf. Er hieb auf die Mauer ein, und ein paar Schläge später klaffte ein Loch in der Wand, durch das die beiden Männer problemlos passen würden.

«Igitt, wie das stinkt!»

«Wir haben es geschafft, Klaus!», rief Scott. «Das sind die Abwasserkanäle!»

Scott zwängte sich als Erster durch das Loch. Klaus folgte ihm.

Der Gestank war widerwärtig. Schmutziges Wasser stand ihnen bis zu den Knien. Am Rand entdeckten sie ein paar Ratten, die rasch untertauchten, als Licht auf sie fiel.

«Verdammte Biester», schrie Klaus und spürte, wie ihn eine Gänsehaut überlief.

Scott wirkte keinen Moment lang unsicher. Er hatte sich die Karte gut eingeprägt und bewegte sich mit einer solchen Leichtigkeit durch den Tunnel, dass Klaus ihn fast im Verdacht hatte, früher schon einmal dort gewesen zu sein.

Als sie an einer Abzweigung ankamen, blieb er dann aber doch stehen und leuchtete in beide Tunnel hinein.

«Was ist los?»

«Das hier ist nicht eingezeichnet.»

«Was soll das heißen, es ist nicht eingezeichnet?»

«Warte hier. Ich bin gleich zurück.»

«Das rate ich dir auch …», protestierte Klaus. Er hätte schwören können, dass er Scott kurz lachen hörte, aber dann war sein Freund schon in einem der Tunnel verschwunden.

«Verdammter besserwisserischer Yankee!», schimpfte er innerlich.

Zu allem Überfluss spielte eine Ratte zwischen seinen Beinen herum. Als er versuchte, sie mit der Fackel zu vertreiben, machte er eine so jähe Bewegung, dass die Fackel im Wasser landete, wo sie zischend verglühte.

Als Scott endlich zurückkam und Klaus aus der Dunkelheit erlöste, war dieser am Rand eines Nervenzusammenbruchs.

«Das wurde auch Zeit», schimpfte er leise.

«Alles in Ordnung, Klaus?»

«Wenn wir hier raus sind, wird alles wieder in Ordnung sein.»

«Es ist nicht mehr weit. Komm.»

Am Ende des Ganges war eine Eisenleiter in die Wand eingelassen.

«Kletter da hoch», sagte Scott und beleuchtete die Sprossen. «Ich bin hinter dir.»

Misstrauisch beäugte Klaus die Leiter. Sie war verrostet und sah nicht so aus, als könnte sie das Gewicht eines Mannes seiner Statur aushalten. Aber die Leiter hielt. Drei Meter weiter oben hob Klaus den Kanaldeckel hoch und schob ihn beiseite. Vorsichtig streckte den Kopf in den Gang. Niemand war zu sehen. Genau wie Scott vorausgesagt hatte, war kein Wachmann in der Nähe. Schnell kletterte er ganz aus dem Schacht. Lieber hätte er sich einem ganzen Regiment entgegengestellt, als eine Sekunde länger in diesem Rattenloch zu verweilen. Nachdem er sich ein wenig umgesehen hatte, gab er Scott ein Zeichen nachzukommen.

Obwohl der Gang gut beleuchtet war, war er doch eng und feucht. Zu beiden Seiten befanden sich Zellen. Die Türen waren aus massivem Holz, in denen sich kleine rechteckige Öffnungen befanden.

Auf der Suche nach ihrem Freund spähten sie der Reihe nach in alle Zellen.

«Hier ist er!», rief Klaus endlich.

Schnell rannte Scott zu ihm und sah durch die Öffnung. Dann holte er eine Zange aus dem Rucksack und gab sie Klaus, der das Vorhängeschloss ohne große Schwierigkeiten aufbrechen konnte. Scott betrat den Raum und näherte sich Richard. Regungslos lag sein Freund auf dem Boden.

«Richard!», rief Scott erschrocken aus und legte ihm eine Hand auf die Stirn. Er war schweißgebadet und glühte. Seine Haut war gelblich blass, und durch das Fieber waren seine Lippen rissig geworden. Richards Lider zitterten, bevor er die Augen öffnete.

«Schon wieder habe ich Visionen», lächelte er.

«Kannst du gehen?», fragte Scott, als er bemerkte, dass Richard blutete. Seine Wunden mussten wieder aufgegangen sein.

«Ich kann es versuchen», sagte er, schaffte aber nicht einmal, sich zum Sitzen aufzurichten. Seufzend sank er zurück auf den Boden. «Es tut mir leid, mein Freund. Du hättest nicht kommen dürfen. Ich kann nicht. Geh!»

Klaus, der an der Tür Wache gehalten hatte, näherte sich den beiden.

«Du glaubst doch nicht, dass ich die Ratten zwischen meinen Füßen ertragen habe, um dich dann hier zurückzulassen!»

Mit Scotts Hilfe lud Klaus sich den Verletzten auf die Schultern und trug ihn aus der Zelle. Es würde schwierig werden, ihn durch den Schacht zu den Kanälen hinunterzubringen, aber zum Glück hatte Scott ein Seil mitgebracht, das er Richard nun fest um die Brust band. Dann stieg er selbst in den Schacht, und Klaus ließ Richard langsam hinunter.

Der Abstieg über die Leiter war schwierig und dauerte lange, aber mit vereinten Kräften ließen die beiden Männer ihren geschwächten Freund vorsichtig hinunter. Als Scott und Richard unten angekommen waren, kletterte Klaus schnell hinterher, nachdem er den Schachtdeckel an seinen Platz zurückgezogen hatte. Unten lud er sich Richard erneut auf den Rücken. Dann holte Scott eine weitere Fackel aus seinem Rucksack und übernahm wieder die Führung.

Weil Richard sich kaum aufrecht halten konnte, setzten sie ihn hinter Klaus aufs Pferd und banden ihn mit dem Seil an ihm fest.

Sie kamen nur langsam voran und gelangten erst im Morgengrauen zu einer Brücke, die über die Schlucht führte. Im Schritttempo überquerten sie den Fluss, der fünfzehn Meter unter ihnen in der Tiefe lag.

Plötzlich wurde die Stille von Kanonendonner zerrissen.

«Das kommt vom Fort!»

«Ich weiß», sagte Scott. «Ich dachte, wir hätten etwas mehr Zeit, bis sie die Flucht entdecken würden. Anscheinend haben sie doch noch einen Rundgang gemacht.» Er ließ seinen Blick über den Horizont schweifen. Bisher sah man noch keine Spur von ihren Verfolgern.

«Wie viel Zeit haben wir?», fragte Klaus.

«Ich denke, wir haben eine Stunde Vorsprung. In zwei Stunden werden sie uns erreicht haben.»

«Zwei Stunden? Bei diesem Tempo brauchen wir mindestens drei bis zur Grenze. Wir werden es niemals schaffen.»

Jetzt hatten sie die andere Seite der Brücke erreicht, und Scott zügelte sein Pferd und saß ab.

«Was tust du da, Scott? Wir müssen weiter!»

«Wir brauchen mehr Zeit.»

«Aber woher sollen wir die nehmen?»

Scott drehte sich um und deutete auf die beiden Fässer mit Schwarzpulver.

«Ich werde die Brücke sprengen.»

«Damit? Du bist verrückt.»

Die Brücke bestand aus einer soliden Metallkonstruktion und spannte sich in einem einzigen Bogen, der von zwei Stützpfeilern gehalten wurde, über die Schlucht.

«Hast du dir das genau angesehen?», fragte Klaus. «Du brauchst mindestens doppelt so viel Pulver, um diese Pfeiler zu zerstören. Damit wirst du nicht einmal einen Kratzer verursachen.» Er war sichtlich ärgerlich.

«Mach dir keine Sorgen, vertrau mir einfach.»

«Ich will dich nicht beleidigen, Scott, aber das hier ist keine einfache Sache, und in der Akademie warst du nicht gerade der Klassenbeste.»

Scott grinste. «Nun, es ist nicht immer alles so, wie es scheint.»

«Meinetwegen», lenkte Klaus ein. Er musste zugeben, dass Scott diese ganze Rettungsaktion allein geplant hatte. «Versuch es. Außerdem haben wir kaum eine andere Möglichkeit.»

«Es wird funktionieren, ich habe es genau durchdacht.

Die Brücke ist zwar solide konstruiert, aber wenn meine Berechnungen stimmen, müsste sie nachgeben. Und der nächste Übergang ist fast sechs Meilen weiter. Wenn sie die Schlucht zuerst an dieser Stelle zu überqueren versuchen, seid ihr in Sicherheit. Jetzt müsst ihr aber los.»

Klaus' Gesichtsausdruck verriet seine Gedanken.

«Und du?»

«Mir wird nichts geschehen. Ich trage keine Waffen, und mein Akzent schützt mich. Selbst wenn ich auf Soldaten der Union treffe, kommen sie doch niemals auf den Gedanken, dass ich einem konföderierten Offizier zur Flucht verholfen habe. Mach dir keine Sorgen.»

Aber Klaus machte sich Sorgen. Richards Zustand verschlechterte sich zusehends. Immer wieder verlor er für längere Zeit das Bewusstsein, und Klaus wollte ihn so schnell wie möglich in Sicherheit bringen. Sollte Scotts Plan nicht funktionieren, dann würden die Soldaten die Brücke überqueren können, und ihrer aller Leben wäre in Gefahr.

In diesem Moment erwachte Richard für einen Moment aus der Bewusstlosigkeit und lächelte. «Vertrau ihm. Er wird es schaffen», flüsterte er Klaus ins Ohr.

«Seid ihr denn alle beide verrückt geworden?»

Langsam drehte Richard sich zu Scott um. «Danke, mein Freund», sagte er. Scott trat zu ihm und drückte ihm die Hand.

«Pass auf dich auf, Richard.»

Kraftlos schloss Richard die Augen und lehnte sich wieder gegen Klaus' breiten Rücken.

Klaus warf Scott einen letzten Blick zu und gab seinem Pferd die Sporen. Worte waren nicht mehr notwendig. Beide würden ihr Leben geben, um ihren Freund zu retten.

Sobald Klaus und Richard ihren Weg wieder aufgenommen hatten, kletterte Scott über das Brückengeländer und ließ sich seitlich zu einem der Pfeiler hinunter. Dort brachte er geschickt die Pulverfässchen an. Dann hangelte er sich zurück ans Ufer, bereitete die Zündschnur vor und versteckte sich im Unterholz.

Eine halbe Stunde später war Klaus auf einem Hügel angelangt und hielt sein Pferd im Schutz einer Baumgruppe an. Richard hatte wieder das Bewusstsein verloren.

Klaus sah, wie sich die Soldaten von der anderen Seite des Flusses her mit hoher Geschwindigkeit näherten. Jetzt konnte er auch Scott ausmachen, der die Zündschnur angezündet hatte und sich hinter einen Felsen duckte. Es ertönte ein dumpfer, kurzer Laut. Nur eine Sekunde später wäre die ganze Kolonne von der Detonation erfasst worden, aber Scott hatte darauf geachtet, niemanden zu verletzen. Als der Rauch verflogen war, musste Klaus feststellen, dass die Metallstruktur nicht beschädigt war. Die Soldaten, die beim Knall zurückgewichen waren, gruppierten sich jetzt neu, um die Brücke zu überqueren.

«Das konnte ja nicht gutgehen», fluchte Klaus. Ihm war bewusst, dass man Scott gefangen nehmen würde, sobald die Soldaten die Schlucht überquert hatten. Fieberhaft dachte er nach. Am liebsten wäre er umgekehrt, um Scott zu Hilfe zu eilen, aber er konnte Richard nicht allein zurücklassen und würde ohnehin nicht rechtzeitig da sein.

Und dann plötzlich hörte er das Knarren. Es war, als würde die Brücke ein metallisches Klagen ausstoßen.

Vor seinen erstaunten Augen brach die Brücke wie ein Kartenhaus zusammen.

«Verfluchter Yankee! Du hast es mal wieder hingekriegt!», rief Klaus voller Freude. Von dem tosenden Krach war jetzt auch Richard aufgewacht. Für einen Moment schlug er die Augen auf und lächelte.

«Ich habe es dir gesagt, Klaus. Ich wusste, er würde es schaffen», flüsterte er kraftlos. «Er hat mich zwar gebeten, das Geheimnis zu bewahren, aber eigentlich war nicht ich der Klassenbeste.»

«Warum bloß überrascht mich das nicht», lachte Klaus. Er wendete sein Pferd und nahm den Weg wieder auf. Jetzt musste er sich nur noch darum kümmern, Richard in Sicherheit zu bringen.

· 38 ·

Sechs Monate später, am 19. April 1865, ergab sich General Lee im Appotamox Courthouse in North Carolina. Der Krieg, in dem Brüder gegeneinander gekämpft hatten und der die Erde mit dem Blut ihrer Söhne getränkt hatte, war endlich vorbei.

Als Brian und Noah nach Hause zurückkehrten, zog Charlotte wieder mit ihrem Bruder in die Arch Street.

Professor Watson, der erst in den Ruhestand gehen wollte, wenn er sicher sein konnte, dass sein Posten dem richtigen Mann übertragen würde, bot Noah an, Chefchirurg im General Hospital zu werden. Doch Noah zögerte. Er hatte sich während des Krieges einen guten Ruf als Arzt erarbeitet und überlegte, seine eigene Praxis zu eröffnen. Das Gehalt im Krankenhaus wäre eher bescheiden, obwohl er mehr Arbeit hätte. Trotz allem konnte Noah nicht vergessen, dass er nur an diesem Ort eine Chance bekommen hatte. Als er ein einfacher, schwarzer Medizinstudent gewesen war, hatte außer dem Professor niemand an ihn geglaubt. Er hatte eine Schuld bei ihm zu begleichen. Außerdem würde die Arbeit im Krankenhaus ihn daran erinnern, wo seine Wurzeln waren. Er würde sein Leben den Armen und Ausgestoßenen widmen, zu denen er bis vor kurzem noch selbst gehört hatte. Noah bedankte sich bei seinem Mentor und nahm das Angebot an.

Kurz nachdem Charlotte aus Washington zurückgekehrt war, hatte sie eine Nachricht von Scott erhalten. Richard war wohlbehalten in Virginia angekommen. In der Zwischenzeit hatte sie nichts mehr von Scott gehört, aber sie erfuhr von Hortensia, dass Scott nach Boston zurückgekehrt war. Zu Beatriz' großer Erleichterung war ihr Sohn zu ihnen in die Beacon Street gezogen und hatte angefangen, für seinen Vater zu arbeiten. Im Gegenzug hatte Raymond O'Flanagan sich verpflichtet, die Arbeitsbedingungen in seinen Fabriken zu verbessern. Außerdem würde er in Zukunft regelmäßig eine großzügige Summe an das General Hospital zahlen, damit seine Arbeiter und ihre Familien das Recht auf freie ärztliche Versorgung bekamen.

«Was ist los mit dir?», fragte Charlotte Noah, als er eines Abends von der Arbeit zurückkam. «Schon seit Wochen spüre ich, dass du beunruhigt bist. Ist im Krankenhaus irgendetwas nicht in Ordnung?»

«Nein, alles läuft bestens. Ich glaube, es ist das, was ich mir immer erträumt habe.»

«Aber da ist doch etwas, was dir Sorgen macht.»

«Ach, Charlotte, seit Jahren habe ich keine Nachrichten von meiner Mutter. Und man hört, dass Virginia im Krieg vollkommen zerstört wurde.»

Charlotte schwieg. Auch sie hatte Gerüchte darüber gehört, wie schwierig das Leben im Süden zurzeit war, und hatte oft an ihre Freunde gedacht.

«Es wird ihr sicher gutgehen. Velvet war immer eine starke Frau.»

«Ich kann es nicht mehr weiter aufschieben, Charlotte. Ich muss sie holen.»

Allein die Vorstellung, dass Noah in diese vom Krieg verwüstete Gegend reiste, in der der Hass gegenüber den Farbigen stärker war als je zuvor, erfüllte sie mit Angst.

«Das geht nicht. Es ist zu gefährlich. Auch wenn die Sklaven befreit wurden, die Leute haben es noch nicht akzeptiert. Du darfst nicht fahren. Bitte Brian darum, Velvet zu holen. Ich bin sicher, dass er es gern für dich tut.»

«Ich muss selbst fahren.»

«Dann bitte ihn wenigstens, dich zu begleiten.»

«Nein, Charlotte. Er ist gerade erst nach Hause zurückgekehrt, nach vier Jahren im Krieg. Ich kann ihn nicht darum bitten. Ich kann nicht riskieren, dass ihm etwas zustößt. Hortensia hat schon genug gelitten.»

«Dann komme ich mit.»

Noah lächelte. Charlotte ließ einfach niemals locker.

«Ich bin dir dankbar, dass du das für mich tun würdest, aber ich muss allein fahren. Außerdem weiß ich, dass du ihn lieber nicht wiedersehen willst.»

Bei der Erwähnung ihres Vaters stiegen Gefühle in Charlotte auf, die sie längst begraben geglaubt hatte. Sie verstummte.

«Ich muss nur noch ein paar Angelegenheiten im Krankenhaus regeln, dann fahre ich.»

Als Scott erfuhr, was sein Freund vorhatte, bot auch er sich an, ihn zu begleiten. Aber Noah lehnte ab. Es gab Dinge im Leben, denen ein Mann allein entgegentreten musste. Und David Parrish gehörte definitiv dazu.

Jedes Mal wenn Velvet den Blick hob und über die brachliegenden, vom Feuer gezeichneten Felder schweifen ließ, fiel es ihr schwer, ihr Zuhause wiederzuerkennen. Die Tiere waren von den Soldaten der Union beschlagnahmt worden. Die Felder und das Herrenhaus waren zu Asche verbrannt. Nur die Marmorsäulen vor der Veranda hatten den Flammen widerstehen können. Velvet warf den Hühnern eine Handvoll Mais hin und hob dann die vier Eier auf, die die Hühner über Nacht gelegt hatten. Eine der Hennen war schon zu alt, um noch Eier zu legen. Sie würden sie schlachten müssen, obwohl sich nicht mehr viel Fleisch unter Haut und Federn verbarg.

Velvets Leben war immer hart gewesen, aber nach dem Krieg war es noch schlimmer geworden. Nachdem Charlotte und Hortensia geflohen waren, hatte der Master sich verändert. Er war bitter und geizig geworden. Manchmal wurde er jähzornig und war dann beinahe gefährlich. Die Sklaven fürchteten ihn, und selbst seine Nachbarn begannen, ihn zu meiden. Als am Ende des Krieges die Befreiung der Sklaven verkündet worden war, hatten viele Schwarze die Plantagen verlassen. Auf Delow waren einige von ihnen bei ihren alten Herren geblieben, nicht so auf New Fortune. Bei der ersten Gelegenheit waren alle verschwunden. Velvet war die Ausnahme. Sie wäre ja gern mit den anderen gegangen, aber sie konnte nicht. Wie würde ihr Sohn sie sonst je wiederfinden?

Nachdem die Soldaten das Herrenhaus abgebrannt hatten, war David in das Waldhäuschen gezogen, in dem früher die Gouvernante gewohnt hatte. Damals war es ein gemütliches, hübsches Häuschen gewesen, von Bäumen und Rosensträuchern umgeben. Aber jetzt kletterte Unkraut die Wände hinauf. Die Veranda fiel fast in sich zusammen, die Farbe war abgeblättert, und das Dach hätte längst repariert werden müssen. Auch Velvet lebte in diesem Haus, aber sie hatte keine Angst. Seit Noahs Geburt hatte der Herr sich nicht wieder zu ihr gelegt. Sie kochte, wusch, kümmerte sich um den kleinen Garten, der gerade genug abwarf, dass die beiden nicht verhungern mussten, und gehorchte widerspruchslos den Befehlen des Mannes, den sie nach wie vor «Herr» nannte.

Während sie den Hühnern dabei zusah, wie sie den letzten Rest Mais aufpickten, bückte sie sich nach einem kleinen Behälter mit ein wenig Ziegenmilch, die sie vorher gemolken hatte, und ging zum Haus. Master Parrish würde bald aufstehen, und wenn sein Frühstück nicht fertig war, würde er wütend werden. Gerade wollte sie ins Haus gehen, als sie eine Kutsche hörte. Sie drehte sich um, konnte aber die Gestalt auf dem Kutschbock im Gegenlicht nicht erkennen. Sie konnte nur sehen, dass es ein Mann war. Ein schwarzer, sehr gut gekleideter Mann. Sie dachte noch, dass sie noch nie einen schwarzen Mann in einem so eleganten Anzug gesehen hatte. Jetzt ließ der Mann das Pferd anhalten und stieg vom Kutschbock hinunter. Noch immer konnte Velvet sein Gesicht nicht erkennen.

«Guten Tag», sagte sie und ging ein paar Schritte, um sich in den Schatten zu stellen.

«Hallo, Mama.»

Velvet blieb beinahe das Herz stehen. Eigentlich musste sie den Mann, der jetzt näher gekommen war, gar nicht mehr ansehen. So tief hatte sich der Klang dieser Stimme in ihrem Herzen eingegraben.

«Noah!», rief sie zaghaft und fürchtete, dass dieses Trugbild verschwinden könnte, sobald sie seinen Namen aussprach.

«Ich bin es, Mutter!»

Fassungslos ließ Velvet den Behälter mit der Milch auf den Boden fallen und lief ihm entgegen.

«Mein Junge», sagte Velvet immer wieder und umschloss das Gesicht ihres Sohnes mit beiden Händen. Tränen rollten ihr die Wangen hinunter. «Du bist zurückgekommen.»

«Ich habe es doch versprochen», antwortete er. Bewegt entdeckte er ein paar Fältchen in den Augenwinkeln seiner Mutter und streichelte ihr Gesicht. «Du bist wunderschön.»

Noah hatte sich verändert. Seine Augen, sein ehrliches und schönes Lächeln. Er war ein Mann geworden.

«Du siehst so anders aus», sagte sie und staunte über die elegante Bekleidung.

«Ich bin jetzt Arzt.»

«Arzt!», wiederholte sie, als könnte sie kaum fassen, dass ein Sklave Arzt sein könnte. «Für Sklaven?»

Noah lächelte. «Für freie Menschen, Mutter.»

Wieder umarmte Velvet ihren Sohn. Sie wollte ihn spüren. Sie wollte sicher sein, dass er wahrhaftig da war.

«Lass uns fahren, Mutter. Hol deine Sachen. Wir haben eine lange Reise vor uns.»

«Wohin fahren wir?»

«Nach Hause.»

«Ich muss nichts holen. Alles, was ich brauche, trage ich am Leib.»

«Dann komm.»

Noah half seiner Mutter dabei, in den Einspänner zu steigen. Gerade wollte er sich neben sie setzen, als sich die Tür des Häuschens öffnete.

David Parrish stellte sich mitten auf die Veranda. Er war alt geworden. Seine Kleider waren zerschlissen, das Haar ungekämmt, und er trug einen mehrere Tage alten Bart. Trotzdem hatte seine Haltung nichts von ihrem Hochmut eingebüßt, und in seinem Blick lag der gleiche Hass, den Noah immer gefürchtet hatte.

«Du willst dich also nicht einmal verabschieden», sagte sein Vater.

Velvet senkte den Kopf.

«Undankbare Negerin», schimpfte er. «Und du?», schrie er Noah an. «Was willst du auf meinem Land?»

Einen Moment lang überkam Noah eine fast lähmende Angst. Er war zwar ein erwachsener Mann, und David war auch nur ein Mann, allein und unbewaffnet. Trotzdem spürte er, wie die unsichtbaren Ketten eines Lebens in Unterwerfung schwer auf ihm lasteten.

«Ich bin gekommen, um meine Mutter zu holen.»

Velvet wurde unruhig an seiner Seite.

«Treu wie ein Hund ist er, dein Sprössling. Meinetwegen kannst du sie mitnehmen», sagte er verächtlich. «Sie ist sowieso zu nichts nütze.»

Am liebsten hätte Noah kein Wort mit diesem Mann gewechselt, aber die Verachtung, mit der er über seine Mutter gesprochen hatte, konnte er nicht hinnehmen.

«Bilden Sie sich nichts ein, Sir. Sie braucht Ihre Erlaubnis nicht, um zu gehen. Sie ist frei und kann tun, was sie will. In diesem Land gibt es keine Sklaven mehr.»

«Ah, ich verstehe. Du denkst, dass die teuren und eleganten Kleider etwas aus dir machen. Aber du bist immer noch ein Nichts. Du bist nur ein Sklave mit den Allüren eines Herrn.»

«Bitte, Noah, lass uns fahren. Kümmere dich nicht um ihn», bat ihn Velvet.

«Nein, Mutter. Warum sollten wir zulassen, dass dieser Mann uns weiter demütigt?», erklärte Noah. «Was glaubt er denn, wer er ist? Wo sind seine Freunde? Seine Familie? Er soll sich doch nur einmal ansehen. Er kann einem leidtun. Nichts weiter als ein einsamer Tyrann ist aus ihm geworden. Alle, die ihn einmal geliebt haben, haben ihn verlassen.»

Davids Augen funkelten vor Zorn.

«Verdammter Neger!»

Aber Noah ließ sich nicht mehr einschüchtern.

«Sieh ihn dir gut an, Mutter. Er hat niemanden. Wer wird bei seinem Begräbnis weinen? Wo hat sein Stolz ihn hingeführt?»

«Es ist genug, Noah!», bat ihn seine Mutter. «Vergiss nicht, dass er dein Vater ist.»

«Das vergesse ich keineswegs. Ich habe es nie vergessen können. Mein ganzes Leben lang habe ich eine freundliche Geste von ihm erwartet, irgendein Zeichen der Anerkennung. Erst jetzt begreife ich, dass ich das nie bekommen werde. Niemals. Ob ich ein reicher Mann bin oder Arzt, er wird mich nicht akzeptieren.»

«Noah ...», sagte seine Mutter sanft.

«So ist es doch, Vater?», stieß er voller Schmerz aus.

David antwortete nicht. Aber sein hasserfüllter Blick bestätigte jedes einzelne von Noahs Worten.

Noah hielt Davids Blick stand. Er ließ sich nicht mehr einschüchtern. Auf einmal fühlte er weder Trauer noch Angst. Endlich hatte dieser Mann die Macht über ihn verloren.

Noah kehrte ihm den Rücken zu und stieg auf den Kutschbock. Er war frei und hatte die Fesseln seiner Vergangenheit zerrissen. Ihm blieb nur noch die Zukunft. Eine neue, offene Zukunft an der Seite seiner Mutter und seiner Schwestern.

Velvet zog zu Noah und Charlotte in die Arch Street. Obwohl sie es nicht erwartet hätte, fiel es ihr schwer, frei zu sein. Noch immer kam es ihr komisch vor, das Haus zu verlassen, ohne vorher um Erlaubnis zu bitten. Auch konnte sie sich nicht daran gewöhnen, dass Charlotte und Hortensia plötzlich Mitglieder ihrer Familie waren, nicht mehr ihre jungen Herrinnen. Sie fühlte sich unwohl bei den gemeinsamen Mahlzeiten oder wenn sie im gleichen Raum saßen. Aber alle schienen sie gern zu haben, und Noahs Anwesenheit machte alles einfacher. Eines Tages ging Charlotte mit ihr einkaufen. Schließlich brauchte die Mutter des besten Chirurgen der Stadt eine angemessene Garderobe. Noch dazu wo Beatriz O'Flanagan in Kürze ein großes Fest geben würde, um das Ende des Krieges und die Heimkehr ihrer Söhne zu feiern. Auch Gaston Lacroix würde aus New Orleans anreisen und sogar den Rest der Familie mitbringen.

Nachdem sie mehr Kleider in Auftrag gegeben hatten, als Velvet glaubte, je anziehen zu können, kauften sie ein paar Krapfen und aßen sie auf dem Weg nach Hause. Charlotte hörte keine Sekunde auf zu reden. Eigentlich war Velvet an gesellschaftlichem Klatsch über Leute, die sie nicht kannte, nicht interessiert, nun aber nickte sie zu jedem Wort. Sie mochte die Lebendigkeit, mit der Charlotte alles in ihrem Leben anging. Charlotte schwieg einen Moment, biss ein Stück von ihrem Krapfen ab und lächelte Velvet an. Auch Noahs Mutter lächelte. Sie war glücklich.

Das Fest bei den O'Flanagans sollte das herausragendste gesellschaftliche Ereignis des Jahres werden. Es wurde bis ins letzte Detail geplant. Die Einladungen mit Goldrand und schönster Schrift waren zwei Wochen vorher verschickt worden. Nur die beste Bostoner Gesellschaft würde kommen.

Am Abend vor dem Fest wusste Charlotte noch immer nicht, was sie anziehen wollte. Auf dem Fußboden ihres Zimmers war ein Haufen Schuhe verstreut, und auf dem Bett lagen mindestens vier Kleider.

Sie hielt sich ein Kleid vor den Körper und betrachtete sich prüfend im Spiegel. Obwohl es ihr gut stand, war es nicht spektakulär. Darin könnte sie vielleicht zu den Nachbarn zum Tee gehen, aber nicht auf ein Fest, auf dem die Juwelen der Damen selbst die Mittagssonne überstrahlen würden.

Charlotte warf ihrem Spiegelbild einen letzten Blick zu und verzog das Gesicht. Dann ließ sie das Kleid auf den Boden fallen und wollte gerade das nächste probieren, als es klopfte.

«Verdammt!», schimpfte sie ärgerlich, als ihr einfiel, dass Noah und Velvet spazieren gegangen waren. «Ich komme schon!», rief sie, als es zum zweiten Mal klopfte.

Ihre Hand drehte bereits den Türknauf, als Charlotte entsetzt feststellte, dass sie im Unterrock dastand.

«O mein Gott!», rief sie und lehnte sich mit dem ganzen Gewicht ihres Körpers gegen die Tür. «Einen Moment!» Schnell riss sie das erste Kleidungsstück von der Garderobe, das sie zu fassen bekam, und zog es sich über.

Sobald sie sich bedeckt hatte, setzte sie ein freundliches Lächeln auf und öffnete die Tür, gegen die schon wieder geklopft wurde.

«Hallo, Charlotte», grüßte Scott, den man in seinem eleganten neuen Anzug kaum wiedererkannte.

Durch den unangekündigten Besuch überrumpelt, konnte Charlotte ihre Emotionen und den Impuls, ihn zu umarmen, nicht zurückhalten. Sie hatte Scott so sehr vermisst … Aber als sie die Arme um ihn legte, spürte sie, wie Scotts Körper sich versteifte. Sofort ließ ihn los und trat einen Schritt zurück. Sie schluckte.

«Ich freue mich, dich zu sehen», brachte sie heraus, bemüht, die Trauer zu verbergen, die seine Abwehr in ihr ausgelöst hatte. «Du siehst so anders aus.»

«Auch du siehst irgendwie anders aus», antwortete er und sah sie von oben bis unten an.

In der Eile hatte Charlotte sich Noahs Mantel gegriffen. Er reichte bis zum Boden, und die Schultern hingen ihr bis auf die Ellbogen hinab. Sie zog ihn etwas enger um sich.

«Ich war gerade dabei, Kleider für morgen anzuprobieren …»

Scott grinste.

«Das ist nicht besonders witzig», bemerkte sie ärgerlich.

«Ein bisschen schon», erwiderte er und gab sich keine Mühe, seine Belustigung zu verbergen.

«So sehr hast du dich wohl trotzdem nicht verändert, trotz deines vorbildlichen Aufzugs.»

«Jetzt wo ich für meinen Vater arbeite, muss ich ein bisschen vorbildlich aussehen. Aber das heißt noch lange nicht, dass ich es bin», bemerkte er amüsiert.

«Willst du hereinkommen?»

Scotts Gesicht verdüsterte sich erneut.

«Nein danke. Ich brauche nur einen Moment», sagte er und betrachtete wehmütig das Haus, in dem er die schönsten Momente seines Lebens verbracht hatte.

Charlotte wurde unruhig. Warum war er so ernst? Was wollte er ihr sagen? Wollte er etwa noch einmal um ihre Hand bitten?

«Ich möchte dich nicht lange stören», entschuldigte er sich und sah ihr in die Augen. «Ich bin nur vorbeigekommen, um dir zu sagen, dass Richard morgen auf das Fest kommt.»

Bei diesen Worten hellte Charlottes Miene sich auf. «Richard? Kommt er nach Boston?»

«Er wird heute Abend ankommen. Er und mein Freund Klaus Fritz wohnen im Haus meiner Eltern. Ich dachte, du würdest das gern wissen.»

Dann wandte Scott sich zum Gehen, drehte sich aber noch einmal um. «Übrigens, Richards Frau, Camille, ist vor ein paar Monaten gestorben.»

Noch bevor sie etwas erwidern konnte, war Scott gegangen. Langsam schloss Charlotte die Tür.

Durch dieses Unglück war Richard wieder frei. Jetzt war für sie beide wieder alles möglich, aber trotzdem verspürte Charlotte Traurigkeit. Sie hatte Camille nie besonders gemocht, aber sie war noch so jung gewesen ... Wie konnte Scott ihr all das sagen und dann einfach fortgehen, dachte sie wütend. Plötzlich hatte sie überhaupt keine Lust mehr, ein Kleid anzuprobieren. Das Fest war ihr vollkommen egal geworden. Sie ging in ihr Zimmer hoch und warf sich aufs Bett. Und während die Tränen über ihre Wangen rollten, schlief sie ein. Ihre Träume führten sie nach Delow, in die Nacht, in der Richard sie geküsst hatte. Sie hörte die Grillen zirpen und spürte die frische Abendbrise auf ihrer Haut, während Richard sie in seinen Armen hielt. Aber es war gar nicht Richard, der sie in ihrem Traum küsste. Es waren nicht seine Küsse, die sie erbeben ließen. Als Charlotte schweißgebadet erwachte, war es schon fast zehn Uhr. Sie trat vor den Spiegel und sah sich an. Eigentlich hatte sie es immer gewusst. Sie hatte es gespürt, als Scott sie umarmt und geküsst hatte. Sie liebte ihn, und wenn Scott dachte, dass er sie einfach so an Richard weiterreichen könnte, dann kannte er sie schlecht.

Schnell zog sie eines der Kleider an, die noch auf dem Boden lagen, warf sich einen Schal über die Schultern und ging aus dem Haus. Sie musste unbedingt mit Scott reden.

Obwohl es schon dunkel war, nahm Charlotte die Abkürzung durch den Park. Sie hatte es eilig, und das war der kürzeste Weg zu den O'Flanagans.

«Guten Abend, Miss Lacroix», wurde sie vom Butler begrüßt. Dann forderte er sie auf einzutreten.

«Guten Abend. Könnten Sie bitte Scott sagen, dass ich ihn sehen muss?»

Noch bevor der Diener ihr mitteilen konnte, dass Scott noch nicht wieder zurück war, erschien er hinter ihr in der Haustür.

Sie drehte sich um, und die beiden sahen sich an. Charlotte lächelte und wollte gerade auf ihn zulaufen, als plötzlich auch Richard und Klaus hinter ihm auftauchten.

«Charlotte!», rief Richard aus und ließ vor Überraschung seine Tasche fallen.

Schnell wandte Scott seinen Blick ab und trat zur Seite.
«Charlotte», sagte Richard wieder und ging auf sie zu.

«Richard, ich habe mir solche Sorgen gemacht», sagte sie und fiel ihm um den Hals. «Scott hatte mir eine Nachricht geschickt, dass du wohlbehalten angekommen warst, aber ...»

«Mir geht es gut», sagte er glücklich lächelnd.

«Ich bin so froh», sagte Charlotte bewegt. «Ich dachte, ich würde dich nie wiedersehen.»

Richard, der den Blick nicht von Charlotte wenden

konnte, schien sich erst jetzt darauf zu besinnen, dass sie nicht allein waren.

«Ich weiß nicht, ob du dich an meinen Freund Klaus Fritz erinnerst.»

«Es ist mir eine Freude, Sie wiederzusehen, Miss Charlotte», sagte Klaus. Als er ihr zulächelte, erinnerte Charlotte sich an den hochgewachsenen, blonden jungen Mann, der Richards Gast auf Delow gewesen war.

«Ganz meinerseits, Mr. Fritz.»

Behutsam ergriff Richard Charlottes Hände.

«Ich kann mir vorstellen, dass ihr viel miteinander zu besprechen habt», unterbrach Scott sie brüsk. «Wenn ihr uns entschuldigt, wir werden uns zurückziehen. Gute Nacht, Charlotte.»

«Aber ich ... ich wollte ...»

Noch bevor sie den Satz beenden konnte, hatte er Klaus schon ein Zeichen gegeben.

«Gute Nacht», verabschiedete Klaus sich höflich.

Richard konnte nicht aufhören zu lächeln und ließ auch ihre Hand nicht los. Charlotte fühlte sich unfähig, ihn zu enttäuschen. Wie hätte sie ihm sagen können, dass sie eigentlich zu Scott wollte?

«... Gute Nacht», brachte sie schließlich heraus. Dann sah sie, wie Klaus seinem Freund zuzwinkerte und Scott hinterherlief, der bereits verschwunden war, ohne sich noch einmal umzudrehen.

Nach all dem vergangenen Leid standen Richard und Charlotte sich nun wieder gegenüber. So viel Zeit war verflossen.

«Es tut mir leid, dass Camille gestorben ist», sagte Charlotte.

Richards Gesichtsausdruck verriet, dass sie ein schmerzhaftes Kapitel angesprochen hatte.

«Sofort nach unserer Hochzeitsreise bin ich in See gestochen. Dann kam der Krieg. Ich habe nur ein paar Monate an ihrer Seite verbracht. Niemals hätte ich sie heiraten dürfen. Ich dachte, dass ich ein guter Ehemann werden könnte, aber sie hätte einen Mann verdient, der sie liebte. Obwohl ich trotz allem glaube, dass Camille glücklich war.» Seine Stimme klang schuldbewusst.

Sanft legte Charlotte ihm die Hand auf die Lippen. «Sprich nicht weiter. Sie hat dich geliebt, das weiß ich. Und ich bin sicher, dass sie glücklich war. Sie hätte keinen besseren Mann finden können.»

«Ich habe nie aufgehört, mich zu fragen, ob ich das Richtige getan habe. Vielleicht hätte ich die Drohungen meines Onkels einfach nicht beachten sollen. Nun, wenigstens ist dir nichts geschehen.»

Offensichtlich wusste Richard nicht, dass das Schicksal, vor dem er sie bewahren wollte, sie doch noch getroffen hatte.

«Du hast das Richtige getan. Zweifle niemals daran. Du bist ein Ehrenmann, und ich glaube, genau deswegen habe ich mich auch in dich verliebt. Du hattest deiner Familie gegenüber eine Verpflichtung und hast dein Glück für das Wohl der anderen geopfert.»

«Sag das nicht.»

«Aber es stimmt. Wenn du deine Verpflichtung missachtet hättest, wenn wir weggelaufen wären … Du hättest deine Familie sehr enttäuscht. Und wenn die Wahrheit ans Licht und Schande über die Deinen gekommen wäre, hättest du dich immer schuldig gefühlt. Wir hätten niemals glücklich werden können. Und du hast dich für mich geopfert, Richard. Du hast es getan, um mich zu beschützen. In diesem Moment gab es keine andere Möglichkeit.»

«Ich werde dich nie wieder gehen lassen», sagte er und hob leicht ihr Kinn, damit sie ihm in die Augen sah.

Doch als er sie küssen wollte, wandte Charlotte das Gesicht ab.

«Es ist zu spät, Richard.»

Er hielt inne.

«Das ist es nicht. Wir sind frei. Es ist mir egal, ob deine Mutter eine Sklavin ist ...»

Richard legte seine Arme um sie.

«Ich liebe dich.»

Charlotte sah ihm in die Augen.

Erst jetzt bemerkte er, dass ihr Licht sich verändert hatte. Er sah Zuneigung und Schmerz, aber sosehr er auch suchte, er konnte in diesen smaragdgrünen Augen nicht mehr die Leidenschaft entdecken, nach der er sich so lange gesehnt hatte. Langsam ließ er seine Arme sinken.

«Es ist zu spät, Richard», sagte sie noch einmal.

«Zu spät?», fragte er verwirrt.

Sie trat einen Schritt zurück.

«Es tut mir so leid», sagte sie und konnte die Tränen kaum zurückhalten. Es war so schwer, dem Mann, den sie ihr ganzes Leben lang geliebt hatte, die Wahrheit zu sagen.

Richard schwieg.

«Ich weiß nicht, wie und wann es geschehen ist. Ich verstehe es nicht einmal. Wenn mein Leben anders verlaufen wäre. Wenn ich ...» Charlotte wagte nicht weiterzusprechen, aber Richard erriet, was sie sagen wollte.

«... Scott.»

«Woher weißt du?»

«Das ist nicht schwer. Zuerst habe ich es nicht begriffen, aber jetzt … Obwohl er sich über unser Wiedersehen gefreut hat, habe ich gespürt, dass ihn etwas tief beunruhigte. Dann habe ich bemerkt, wie du ihn angesehen hast und wie er deinem Blick auswich. Dieses ‹Etwas› warst du.»

«Ich möchte dir nicht wehtun, Richard.»

Charlotte sah ihn ängstlich an.

Richard spürte einen tiefen Schmerz in seiner Brust. Noch vor einer Sekunde war alles möglich gewesen. Das Leben hatte ihm eine zweite Chance geschenkt. Und nun musste er wieder machtlos zusehen, wie die Frau, die er liebte, von ihm ging.

Richard atmete tief ein und schwieg, während er versuchte, Ordnung in das Chaos seiner Gefühle zu bringen.

«Wie sonderbar», flüsterte er nach einer Weile. «Der Mann, dem ich mein Leben zu verdanken habe, nimmt mir jetzt das Wertvollste, was es darin gab … Aber wenn es einen Mann gibt, der deine Liebe verdient, dann ist es Scott.» Ruhig ergriff er nun Charlottes Hände und sah ihr in die Augen. «Ich kann dich verstehen. Und ich weiß, dass er sich nie zwischen uns gedrängt hat, obwohl er dich geliebt hat.» Lächelnd schüttelte Richard den Kopf. «Als er erfuhr, dass Camille gestorben war, hat er mir geschrieben und darauf bestanden, dass ich ihn besuchen komme. Jetzt verstehe ich, warum. Er weiß nicht einmal, dass du in ihn verliebt bist.»

Charlotte hatte einen Kloß im Hals.

«Es tut mir leid», sagte sie wieder. «Verzeih mir.» Tränen füllten ihre Augen. Dann gab Richard ihr einen Kuss, und Charlotte verabschiedete sich schweigend von dem Mann, den sie schon als Kind geliebt hatte.

Scott hatte es sich in einem Sessel bequem gemacht, während Klaus sich einen Whisky einschenkte.

«Auch einen?», fragte er.

«Einen doppelten.»

«Du scheinst es ja zu brauchen», antwortete Klaus und schüttete Whisky in ein zweites Glas. «Wasser?»

Scott schüttelte den Kopf, und Klaus hielt ihm das Glas hin.

«Du bist so still. Ich verstehe nicht, was mit dir los ist», fragte Klaus neugierig. «Du bist komisch, ich meine, noch komischer als sonst.»

Lächelnd hob Scott sein Glas.

«Auf Richards Gesundheit!», prostete Klaus seinem Freund zu und setzte sich neben ihn.

Als Raymond O'Flanagan in den Salon trat, stand Klaus auf. «Setzen Sie sich bitte», sagte O'Flanagan zu seinem Gast gewandt. «Ich möchte Ihnen nur für einen kurzen Moment meinen Sohn entführen.»

«Natürlich, Sir.»

Nachdem Scott den Whisky hinuntergestürzt hatte, stand er auf und folgte seinem Vater.

Nachdenklich drehte Klaus das Glas in seinen Händen und sah Scott nach. Dann hörte er den hohlen Klang der Eingangstür. Charlotte war gegangen. Klaus wartete darauf, dass Richard in den Salon kam, um mit ihm sein Wiedersehen mit Charlotte zu feiern. Er wollte ihm gratulieren und mit ihm anstoßen. Aber Richard tauchte nicht auf. Achselzuckend schenkte Klaus sich ein weiteres Glas ein. Dann musste ihm eben dieser edle Scotch Gesellschaft leisten.

Nach dem Gespräch mit Charlotte war Richard wie betäubt. Er wollte allein sein und hatte gerade dem ersten Stock erreicht, als er hinter einer Tür Raymond O'Flanagans Stimme erkannte. Richard hörte, dass Charlottes Name fiel, und blieb stehen. Eigentlich wollte er nicht lauschen, aber die Tür war nur angelehnt, und er konnte jedes Wort verstehen.

«Ich habe gerade Charlotte gesehen. Sie hat sich mit Richard unterhalten», sagte Scotts Vater.

Scott schwieg, also sprach er weiter. «Ich habe nie mit dir darüber gesprochen, aber ich weiß, dass da zwischen euch etwas ist. Ich weiß, dass du leidest, und es tut mir weh, dich so zu sehen, mein Sohn. Was willst du tun? Wirst du sie gehen lassen?»

«Sie liebt mich nicht.»

«Hast du sie gefragt?»

«Das habe ich schon vor langer Zeit getan.»

«Und du willst aufgeben? Du warst immer ein Kämpfer, Scott. Und gerade sie willst du nun einfach ohne Kampf gehen lassen?»

«Ja. Ich kann nichts tun. Ich bin nicht der, den sie liebt.»

«Hast du sie denn noch einmal gefragt?»

Mutlos legte Scott sich die Hände vor das Gesicht. Als Charlotte ihn vorhin angesehen hatte, hatte er einen Moment lang geglaubt, dass auch sie etwas für ihn empfand, aber es war zu spät.

«Ich kann nicht, Vater!»

Scott nahm einen tiefen Atemzug. Er konnte seine Gefühle kaum unter Kontrolle halten.

«Richard liebt sie», gestand er schließlich. «Ich könnte doch niemals … Schon einmal hat er auf sie verzichten müssen, um sie zu schützen. Aber jetzt ist seine Frau gestorben, und er ist wieder frei. Richard verdient es, glücklich zu werden, Vater. Er ist mein Freund. Und selbst wenn ich die Frau verliere, die ich liebe, die einzige, die ich jemals geliebt habe, ich werde ihn nicht hintergehen.»

Raymond O'Flanagan hörte den Worten seines Sohnes aufmerksam zu. Gern hätte er ihm gesagt, dass er Richard vergessen solle, dass er für sein eigenes Glück kämpfen müsse, aber er tat es nicht. Scott war nicht so wie er selbst. Auf Kosten anderer würde er nicht glücklich werden können. Und Raymond O'Flanagan wollte seinem Sohn nicht das nehmen, was ihn immer zu etwas Besonderem gemacht hatte. Er legte Scott seine Hand auf die Schulter und schwieg.

«Es ist gut, Sohn. Diese Entscheidung musst du allein treffen. Aber eines Tages wirst du auch an dein eigenes Glück denken müssen. Nicht immer nur an die anderen.»

«Ich könnte nicht glücklich sein, wenn mir ständig bewusst wäre, dass ich meinen Freund hintergangen habe. Bitte versteh das, Vater.»

«Das tue ich, mein Sohn.»

Richard hatte genug gehört. Leise machte er sich auf die Suche nach seinem Zimmer. Er musste nachdenken und die Gefühle ordnen, die in seinem Inneren miteinander rangen.

· 39 ·

Sie schlief unruhig. Immer wieder wachte Charlotte auf und dachte an Richard. Es war ihr unerträglich, ihm wehgetan zu haben.

Als der Morgen graute, fühlte sie sich nicht besser. Sie wusste, dass sie auf ihr Herz hören musste. Aber zu welchem Preis? Sie fühlte sich nicht in der Lage aufzustehen und überlegte bereits, nicht auf das Fest am Abend zu gehen, als Velvet an ihre Tür klopfte.

«Guten Morgen, Charlotte», sagte sie, bemüht, das Wort «Herrin» wegzulassen und sie zu duzen. «Ein Junge hat diese Nachricht für dich abgegeben.» Velvet legte ein Briefchen auf den Nachttisch.

Charlotte machte keine Anstalten, danach zu greifen, sondern zog sich stattdessen die Decke über den Kopf.

«Der Junge hat gesagt, dass Mr. Richard Reemick ihn geschickt hat», betonte Velvet nun, und sofort steckte Charlotte den Kopf unter der Decke hervor.

«Von Richard?»

Schon hatte sie sich den Brief geschnappt, das Siegel gebrochen und den Bogen mit nervösen Fingern auseinandergefaltet.

Die mit eleganter Handschrift geschriebenen Worte drehten sich vor ihren Augen.

Nachdem sie die Zeilen gelesen hatte, sah sie auf und lächelte. Richard war nicht böse auf sie und wünschte ihr

Glück. Auf einmal war die Ungewissheit, die sie während der letzten Stunden gequält hatte, wie weggeblasen.

Fröhlich sprang sie aus dem Bett und rannte auf Velvet zu. «Ich bin so glücklich!», rief sie und fiel ihr um den Hals.

Dann schlüpfte sie aus dem Nachthemd, zog ein Kleid an und stürmte die Treppe hinunter. Ohne das Frühstück zu beachten, das Velvet im Esszimmer für sie bereitgestellt hatte, verließ sie eilig das Haus.

Fast hätte sie ihre Nachbarin umgerannt. Sie murmelte ein paar Worte der Entschuldigung und lief schnellen Schrittes weiter. Sie musste sich beeilen, damit niemand ihr zuvorkam.

Schon von weitem sah sie das Kleid im Schaufenster. Gott sei Dank!

Mrs. Redwater bediente gerade zwei Damen, als Charlotte in den Laden stürzte. Obwohl ihr Haar vollkommen durcheinander war und sie aufgewühlt wirkte, erkannte Mrs. Redwater Charlotte sofort.

«Mein Gott, Miss Lacroix! Geht es Ihnen auch gut?»

Lächelnd nickte Charlotte und versuchte ihren Atem zu beruhigen.

«Gleich ist es besser», entschuldigte sie sich keuchend. «Ich bin gelaufen. Ich möchte das Kleid aus dem Schaufenster», sagte sie, ohne Zeit mit Höflichkeiten zu verlieren.

Mrs. Redwater nickte und machte sich daran, das Kleid aus dem Fenster zu holen.

«Es ist wunderschön», sagte sie. «Beste Wildseide. Wenn Sie bitte in die Anprobe gehen, dann stecke ich den Saum und die Taille ab. In ein paar Tagen ist es fertig.»

«Aber ich brauche es heute Abend!»

«Das ist unmöglich! Heute Abend findet das Fest der

O'Flanagans statt. Alle Modistinnen der Stadt sind nur damit beschäftigt.»

Damit hatte Charlotte nicht gerechnet. Verzweifelt warf sie einen Blick auf das Kleid, das Mrs. Redwater noch auf ihren Armen ausgebreitet hielt. Es war wie für sie gemacht.

«Das ist egal. Ich nehme es so mit.»

«Wollen Sie es nicht anprobieren?»

«Dafür habe ich keine Zeit.»

«Ich kann es Ihnen nach Hause schicken lassen.»

«Das wird nicht nötig sein. Danke.»

Noch bevor Mrs. Redwater das Kleid ordentlich zusammenlegen und in einem Karton verstauen konnte, hatte Charlotte ein Bündel Geldscheine auf den Ladentisch gelegt, das Kleid kurz entschlossen zusammengeknüllt und sich unter dem Arm geklemmt.

«O Gott!», rief die Frau entsetzt angesichts eines solchen Sakrilegs. «So zerknittert es doch.»

«Machen Sie sich keine Sorgen», beruhigte Charlotte sie. «Ich werde es einfach bügeln.»

Auf der Straße schrieb Charlotte eine kurze Nachricht auf den Block, den sie immer bei sich trug. Zusammen mit ein paar Münzen übergab sie den Zettel einem Jungen und bat ihn darum, die Nachricht bei Hortensia abzugeben. Danach kehrte sie nach Hause zurück.

Um zwölf Uhr kam Hortensia in die Arch Street. Sie begrüßte Velvet und hängte ihr Cape an der Garderobe auf.

«Ich dachte schon, du würdest gar nicht mehr kommen!»

«Ich habe mich auf den Weg gemacht, sobald ich deine Nachricht erhalten habe. Was ist denn los?»

Charlotte holte das Kleid.

«Was ist das?»

«Mein Kleid.»

«Du willst damit sagen, dass du mir wegen eines Kleides einen solchen Schrecken eingejagt hast? Ich hatte Angst, dir wäre etwas zugestoßen. In der Nachricht steht, es ginge um Leben und Tod!»

«Das stimmt ja auch!», verteidigte Charlotte sich. «Ich muss wirklich gut aussehen. Und es gibt keine einzige Modistin in der Stadt, die mir das Kleid bis heute Abend ändern kann.»

Hortensia griff nach ihrem Cape und machte Anstalten zu gehen.

«Bitte, geh nicht. Ich brauche dich! Du weißt, dass ich mit Nadel und Faden eine Katastrophe bin. Und ich muss heute Abend vollkommen sein.»

«Meinetwegen», gab Hortensia nach und hängte das Cape wieder auf. «Aber diesmal ist es wirklich das letzte Mal.»

Schnell zog Charlotte sich das Kleid über.

«Darf man um Himmels willen erfahren, was mit diesem Kleid passiert ist?»

«Es ist doch nur ein bisschen zerknittert.»

Seufzend bückte Hortensia sich zu dem Nähkästchen, das sie Charlotte vor einem Jahr geschenkt hatte und das noch genau dort stand, wo Hortensia es damals hingestellt hatte.

«Ich musste den Großvater und unsere Onkel im Haus allein lassen, um herzukommen», sagte sie und fing an, die Taille abzustecken.

«Sind sie schon hier?»

«Ja, sie sind früh angekommen. Großvater wird etwas länger bleiben, aber Mutters Brüder kehren schon in ein paar Tagen nach New Orleans zurück.»

«Wie geht es Großvater?»

«Gut. Du müsstest ihn zusammen mit Molly sehen.» Hortensias Gesicht erstrahlte, als sie daran dachte, wie der Großvater seine Enkelin zum ersten Mal gesehen hatte. «Es ist so wundervoll, wie sie miteinander spielen.»

«Ich freue mich schon darauf, ihn zu sehen!»

«Großvater wollte mitkommen und dich gleich begrüßen, aber die Reise war lang, und er war sehr erschöpft. Ich musste darauf bestehen, dass er sich noch etwas ausruht. Heute Abend siehst du sie ja alle.»

Um den Saum abstecken zu können, ließ Hortensia ihre Schwester auf einen Stuhl steigen. Dann überprüfte sie kurz, ob sie auch nichts vergessen hatte. «So, das war's.» Zufrieden nickte sie, nachdem sie den Sitz einer Nadel korrigiert hatte. «Ich muss nur die Taille etwas enger machen und den Saum anheben. Ich denke, in ein paar Stunden bin ich fertig.»

Hortensia hatte noch nicht ausgeredet, da war Charlotte schon wieder angezogen. Sie setzte sich den Hut auf und knotete das Band fest.

«Wie? Du gehst?»

«Verzeih, Hortensia, aber ich habe noch keine Schuhe. Ich bin sofort zurück. Es macht dir doch nichts aus, oder?»

Eigentlich wollte Hortensia ihrer Schwester sagen, dass es ihr durchaus etwas ausmachte. Dass sie sie nicht zu Tode erschrecken und dann inmitten von Metern von Stoff allein zurücklassen könnte, aber sie hielt sich zurück.

«Es fällt mir zwar schwer, es zuzugeben, aber du wärst mir ohnehin keine große Hilfe.» Hortensia bedeutete ihr mit einer Handbewegung, dass sie ruhig gehen konnte.

«Danke, Schwesterherz», verabschiedete Charlotte sich und gab ihr einen Kuss auf die Wange. «Mach dir keine

Sorgen. Ich bin zurück, bevor du fertig bist.» Kurz bevor sie das Haus verließ, drehte sie sich noch einmal um. «Übrigens … Ich bin in Scott verliebt!», rief sie ihr zu und war schon weg.

Daher also die ganze Aufregung. Lächelnd hob Hortensia das Kleid vom Boden auf und fing an zu arbeiten. Zum Glück war das Kleid fast wie für Charlotte gemacht.

Als Hortensia ein paar Stunden später den letzten Nadelstich tat, war Charlotte noch nicht wieder aufgetaucht. Hortensia bügelte das Kleid, und damit ihre aufgeregte Schwester die Arbeit nicht wieder zunichtemachte, ging sie in den ersten Stock und breitete es sorgsam auf dem Bett aus.

Es blieb ihr gerade genug Zeit, um nach Hause zurückzukehren und sich selbst für das Fest umzuziehen.

Klaus hätte sein Zimmer schon vor einer halben Stunde verlassen müssen. Aber er war eingenickt. Wenn er sich nicht beeilte, würde er zu spät zum Essen erscheinen. Er zog sich so schnell an, wie es irgend ging, und rannte die Dienstbotentreppe hinunter, damit nicht so auffiel, dass er zu spät war.

Nachdem er die letzten Stufen mit einem Sprung überwunden hatte, hörte er die Stimmen der Gäste im Empfangszimmer. Erleichtert verlangsamte er seinen Schritt. Er hatte es geschafft. Gerade wollte er diskret den Dienstbotenbereich verlassen und sich unter die Gäste mischen, als er plötzlich einen Mann entdeckte, der mit einem Koffer in der Hand durch die Hintertür verschwinden wollte. Er erkannte ihn sofort und blieb stehen.

«Richard?»

Richard zögerte einen Moment, drehte sich dann aber zu seinem Freund um.

«Was tust du?»

«Ich gehe, Klaus. Ich kehre auf die See zurück. Mein Schiff wird mit der nächsten Flut auslaufen.»

«Aber du kannst nicht einfach verschwinden! Scott und seine Eltern erwarten dich …»

«Ich habe Mr. O'Flanagan schon heute Nachmittag meine Entschuldigung überbracht. Und eigentlich wollte ich diese beiden Briefe einem Diener geben, damit er sie euch überreicht, wenn ich weg bin. Aber das ist jetzt wohl nicht mehr nötig. Hier. Nimm du sie. Einer ist für dich, einer für Scott.»

Klaus nahm die Briefe entgegen.

«Und Charlotte?»

Richard senkte den Kopf.

«Was ist los?», fragte Klaus. «Ich habe gedacht, du wärst in sie verliebt.»

«Das werde ich auch immer sein. Aber das Leben hält nicht immer eine zweite Chance für uns bereit, sosehr wir es uns auch wünschen», sagte er müde. «Man kann nicht einfach zur letzten Wegkreuzung zurückkehren und doch den anderen Weg einschlagen.»

«Aber …»

«Meine Zeit hier ist vorbei, Klaus. Ich muss jetzt gehen.»

«Und Scott?»

«Er ist es, den Charlotte liebt. Nicht mich.»

Klaus sah die tiefe Trauer im Gesicht seines Freundes.

«Du gehst, ohne dich von ihm zu verabschieden?»

«Es ist besser so. Er wird es verstehen.»

«Auf Wiedersehen, Richard. Ich werde dich vermissen.»

«Auf Wiedersehen, Klaus. Pass auf dich auf.»

Schweigend umarmten sich die Freunde, dann nahm Richard seinen Koffer und ging.

Während sich das Schiff langsam von der Küste entfernte, spürte Richard, dass die Vergangenheit hinter ihm zurückblieb. Als eine Bö das Großsegel spannte, sah Richard über den Bug nach vorn. Er würde auch diese neue Herausforderung seines Lebens annehmen. Mit geschlossenen Augen verabschiedete er sich endgültig von Charlotte und wünschte ihr von ganzem Herzen, dass das Glück sie auf der Reise begleitete, die sie jetzt gemeinsam mit Scott beginnen würde.

Sein eigener Weg würde von nun an vom Wind bestimmt werden.

Sobald Velvet ihr Kleid angezogen hatte, fühlte sie sich unwohl. Charlotte hatte ihr die Haare aufgesteckt und sie gedrängt, eine Perlenkette umzulegen. Noahs Mutter wagte nicht, ihr zu widersprechen, aber die Vorstellung, etwas dermaßen Teures um den Hals zu tragen, machte ihr Angst.

Doch als Velvet sich im Spiegel betrachtete, erkannte sie sich kaum wieder und entdeckte überrascht, dass sie noch eine junge Frau war. Und sie fühlte sich sogar hübsch.

Als die Kutsche zwischen den bunten Laternen hielt, die den Eingang der O'Flanagans schmückten, eilten sofort zwei livrierte Diener herbei und öffneten ihnen die Tür. Velvet folgte Charlotte und Noah ins Haus.

Hortensia entdeckte die drei sofort, und mit Brian

an der Hand bahnte sie sich rasch einen Weg durch die Gäste, um sich um ihre Familie zu kümmern. Noah blieb die ganze Zeit dicht bei seiner Mutter.

Dann trat Raymond O'Flanagan zu der kleinen Gruppe.

«Ich freue mich, dich wiederzusehen, Noah.»

«Guten Abend, Sir. Ich möchte Ihnen meine Mutter vorstellen.»

Velvet wurde unruhig, als sie merkte, dass die Aufmerksamkeit dieses wichtigen Mannes auf sie gelenkt wurde.

«Guten Abend, Sir», murmelte sie mit dünner Stimme.

«Ich freue mich, Sie endlich kennenzulernen. Sie müssen sehr stolz auf Ihren Sohn sein. Es ist ein großartiger Arzt aus ihm geworden. Das General Hospital hat einen wirklich guten Fang mit ihm gemacht.»

«Danke, Sir», antwortete Velvet zaghaft.

«Ich wollte Ihnen auch danken», fiel Noah jetzt ein. «Sie haben viel für das Krankenhaus getan.»

«Du weißt ja, dass mir nichts anderes übrig geblieben ist», sagte Raymond mit ironischem Unterton. «Scott kann sehr überzeugend sein, wenn er es darauf anlegt. Und das Projekt war es wert. Ich bin froh, dass ich daran teilhaben konnte.»

Gebannt hörte Velvet zu. Sie konnte kaum glauben, dass ihr Sohn mit diesem weißen Mann von gleich zu gleich sprach. Es kam ihr wie ein Wunder vor.

Während Raymond Noah und Velvet in das Esszimmer begleitete, erkannte Charlotte die unverwechselbaren Umrisse einer geliebten Person. Schnell lief sie zu ihm hin.

«Großvater!»

«*Mon Dieu*, mein liebes Kind!»

«Wie schön, dich zu sehen, Großvater! Ich war mir nicht sicher, ob du wirklich kommen würdest.»

«Um nichts in der Welt hätte ich mir nehmen lassen, meine beiden kleinen Mädchen wiederzusehen.»

Charlotte fiel ihrem Großvater in die Arme. Vier lange Jahre hatte sie ihn nicht gesehen. Dann begrüßte sie die anderen Familienmitglieder, die er mitgebracht hatte und von denen sie viele noch gar nicht kannte.

Glücklich betrachtete sie ihre Familie.

«Ich bin so froh, Großvater!»

«Ich auch, meine Liebe. Nach dem Krieg hatte ich schon Angst, dass ich nicht mehr die Kraft haben würde, euch noch einmal zu besuchen.»

Beide sahen sich an, und in diesem Moment spürte Charlotte, dass endlich alles gut war. Sie musste nur noch eine winzige Kleinigkeit regeln. Sie entschuldigte sich bei ihrem Großvater und der Familie und begab sich unauffällig ins Esszimmer.

Als Scott sich an den Tisch setzte, hatten die meisten Gäste ihre Plätze schon eingenommen. Seine Freunde hatte er allerdings noch nicht entdeckt. Die Plätze ihm gegenüber, die für Charlotte und Richard bestimmt waren, waren noch leer.

Jetzt kam Klaus mit ein paar Nachzüglern herein und ging an ihm vorbei.

«Klaus», rief er. «Wo habt ihr nur gesteckt? Und wo ist Richard?»

«Ich fürchte, er ist schon weg. Er hat mir diesen Brief für dich gegeben», flüsterte Klaus ihm zu und übergab ihm diskret die Nachricht. Dann ging er zu seinem Platz.

Sie waren also endlich zusammen, dachte Scott und steckte das Briefchen in die Jackentasche. Später würde er die Nachricht in Ruhe lesen. Gern hätte er Charlotte noch ein letztes Mal gesehen, aber er wusste, dass es so für alle am einfachsten war.

Einen Moment lang schloss er die Augen, um ihr in Gedanken Glück zu wünschen, als jemand sich neben ihn setzte und seinen Arm berührte.

«Guten Abend, Scott. Ich hoffe doch wohl, dass du die Handschuhe zum Essen ausziehen wirst.»

«Charlotte!»

Sie lächelte.

«Aber ... Was machst du hier? Ich dachte ... Aber dann ... Der Brief ...»

Hastig zog er den Brief aus der Tasche und faltete ihn auseinander.

Mein lieber Scott,
es ist immer schwer, sich von einem Freund zu verabschieden, und ich glaube, so ist es leichter für uns beide. Ich kann dir nicht genug für alles danken, was du in diesen Jahren unserer Freundschaft für mich getan hast. In den letzten Tagen habe ich feststellen können, dass Charlotte mir gegenüber nicht mehr die gleichen Gefühle hegt. Dass sie nicht mich liebt, sondern dich. Und dass du um unserer Freundschaft willen auf sie verzichten wolltest. Aber dafür gibt es jetzt keinen Grund mehr. Ich kehre auf das Meer zurück. Dort habe ich mich immer glücklich und frei gefühlt. Ich wünsche euch alles Glück der Welt. Niemand verdient es mehr als ihr beide. Für immer dein Freund
Richard

«Er ist abgereist», bestätigte Charlotte.

«Ich werde ihn vermissen.»

«Ich auch», sagte Charlotte betrübt.

Scott schwieg kurz, als müsste er erst nachdenken.

«Und du ...?» Wieder verstummte er. «Ist dein Platz nicht gegenüber?»

Bevor Scott noch etwas sagen konnte, zeigte Charlotte ihm zuvorkommend das Kärtchen neben ihrem Teller, auf dem klar und deutlich ihr Name geschrieben stand.

«Du bist unverbesserlich. Eines Tages wirst du damit aufhören müssen, die Gäste anderer Leute nach deinem Geschmack zu platzieren.»

«Ich weiß gar nicht, was du meinst.»

Scott lächelte und zog sich die Handschuhe aus.

Charlotte sah ihn an. Sie war so wunderschön. Ihre Augen strahlten wie Feuer. Scott fühlte, wie sein Herz beinahe aufhörte zu schlagen.

«Was willst du, Charlotte?»

Sie ergriff Scotts Hand und drückte sie fest.

«Ich will dich.»

«Du hast mich immer gehabt.»

Charlotte lächelte. Juni wäre ein wunderbarer Monat, um Hochzeit zu feiern.

Philippe
Claudel
Die
grauen
Seelen
Roman

Diane
Broeckhoven
Ein Tag mit
Herrn Jules

Toni Morrison
Liebe
Roman

MIX
Papier aus verantwortungsvollen Quellen
FSC® C083411

Das für dieses Buch verwendete FSC®-zertifizierte Papier
Lux Cream liefert Stora Enso, Finnland.